Es beginnt mit einer ungewöhnlichen Brieffreundschaft. Die 65-jährige Amy aus Iowa und die 28-jährige Sara aus Schweden verbindet eines: Sie lieben Bücher – mehr noch als Menschen. Begeistert beschließt Sara, ihre Seelenverwandte zu besuchen. Als sie jedoch in Broken Wheel ankommt, ist Amy tot. Und Sara mutterseelenallein. Mitten in der Einöde. Irgendwo in Iowa. Doch Sara lässt sich nicht unterkriegen und eröffnet mit Amys Sammlung eine Buchhandlung. Und sie erfindet neue Kategorien, um den verschlafenen Ort für Bücher zu begeistern: »Keine unnötigen Wörter«, »Für Freitagabende«, »Gemütliche Sonntage im Bett«. Ihre Empfehlungen sind so skurril und liebenswert wie die Einwohner selbst. Und allmählich beginnen die Menschen aus Broken Wheel zu lesen – während Sara erkennt, dass es noch etwas anderes im Leben gibt außer Büchern.

Katarina Bivald arbeitete 10 Jahre lang in einem Buchladen. Sie lebt in der Nähe von Stockholm, gemeinsam mit ihrer Schwester und so vielen Bücherregalen, wie sie nur gerade so reinpassen in die Wohnung. Sie weiß bis heute nicht genau, was sie bevorzugt: Menschen oder Bücher.

Katarina Bivald

Ein Buchladen zum Verlieben

Roman

Aus dem Schwedischen
von Gabriele Haefs

btb

Die schwedische Originalausgabe erschien 2013 unter dem Titel
»Läsarna i Broken Wheel rekommenderar«
bei Forum Bokförlag, Stockholm.

MIX
Papier aus verantwortungsvollen Quellen
FSC® C014496
FSC
www.fsc.org

Verlagsgruppe Random House FSC® N001967

4. Auflage
Genehmigte Taschenbuchausgabe Juli 2016

Umschlaggestaltung: semper smile, München
Umschlagmotiv: © mauritius images/Photononstop
Druck und Einband: GGP Media GmbH, Pößneck
UB · Herstellung: sc
Printed in Germany
ISBN 978-3-442-71392-9

www.btb-verlag.de
www.facebook.com/btbverlag

Sara Lindqvist
Kornvägen 7, I
136 38 Haninge
Schweden

Broken Wheel, Iowa, 15. April 2009

Liebe Sara,

hoffentlich gefällt dir Louisa May Alcotts »Ein Mädchen aus der alten Schule«. Es ist eine bezaubernde Geschichte, aber vielleicht moralisiert die Autorin da ein wenig mehr als in »Betty und ihre Schwestern«.
Was die Bezahlung angeht, daran brauchst du nicht zu denken, ich hatte das Buch seit Jahren doppelt. Es ist nur schön zu wissen, dass es jetzt ein neues Heim gefunden hat und sogar den ganzen Weg nach Europa reisen wird. Ich war noch nie in Schweden, aber ich bin sicher, dass es ein sehr, sehr schönes Land ist.
Ist es nicht lustig, dass unsere Bücher am Ende weiter gereist sein werden als wir selbst? Tröstlich oder beunruhigend, das weiß ich eigentlich gar nicht.

Viele Grüße,
Amy Harris

Bücher vs. Leben: 1:0

Die fremde Frau in der Hauptstraße von Hope sah schon fast erschreckend alltäglich aus. Eine magere, nichtssagende Gestalt in einem Herbstmantel, der für diese Jahreszeit viel zu warm und grau war. Ein Rucksack lag zu ihren Füßen, und an einem der schlanken Beine lehnte eine riesige Reisetasche. Die Bewohner der Stadt, die zufällig ihre Ankunft gesehen hatten, fanden es im Grunde unhöflich, sich so wenig um das eigene Aussehen zu kümmern. Als ob diese Frau nicht das geringste Interesse daran hätte, einen guten Eindruck auf sie zu machen.

Ihre Haare waren von einem undefinierbaren Braun, weder richtig hell noch richtig dunkel. Sie wurden von einer achtlos befestigten Haarspange gehalten und fielen in unordentlichen Locken über ihre Schultern. Wo sich ihr Gesicht hätte befinden sollen, war stattdessen Louisa May Alcotts »Ein Mädchen aus der alten Schule« zu sehen.

Die Fremde schien sich offenbar wirklich nicht dafür zu interessieren, dass sie in Hope war. Als ob sie zufällig dort gelandet wäre, einfach so mit Buch und Gepäck und ungekämmten Haaren und allem, und ebenso gut in jeder anderen Stadt hätte sein können. Sie stand in einer der schönsten Straßen von Cedar County, vielleicht der schönsten in ganz Süd-Iowa, aber sie hatte für nichts anderes Augen als für dieses Buch.

Ganz uninteressiert konnte sie aber dennoch nicht sein. Ab und zu lugten zwei große graue Augen über den Rand des Buches, wie ein Präriehund, der den Kopf hebt und sich davon überzeugen will, dass keine Gefahr droht.

Das Buch wurde noch ein wenig gesenkt, und sie schaute

zuerst nach links, um dann ihren Blick so weit nach rechts schweifen zu lassen, wie sie nur konnte, ohne den Kopf zu drehen. Dann hob sie das Buch wieder und schien sich abermals in die Geschichte zu vertiefen.

In Wirklichkeit hatte Sara sich inzwischen fast jedes Detail dieser Straße genau eingeprägt. Auch mit dem Buch vor dem Gesicht hätte sie beschreiben können, dass die letzten Strahlen der Abendsonne die blankpolierten Jeeps zum Leuchten brachten, dass sogar die Baumkronen ordentlich und sauber strukturiert wirkten und dass an dem Frisiersalon fünfzig Meter weiter ein in patriotischen rot-weiß-blauen Streifen gehaltenes Reklameschild aus laminiertem Kunststoff prangte. Über allem hing ein erstickender Duft von frischgebackenem Apfelkuchen. Der kam aus dem Café hinter ihrem Rücken, wo einige Frauen mittleren Alters sie mit offenem Missfallen beim Lesen betrachteten. Jedenfalls kam es Sara so vor. Immer, wenn sie von ihrem Buch aufblickte, runzelten die Frauen die Stirn und schüttelten leicht den Kopf, als ob sie eine ungeschriebene Benimmregel brach, wenn sie auf dem Bürgersteig las.

Sie zog noch einmal ihr Mobiltelefon aus der Tasche und rief die zuletzt gewählte Nummer an. Neun Klingeltöne, dann legte sie wieder auf.

Amy Harris verspätete sich also. Sicher gab es dafür eine plausible Erklärung. Eine Reifenpanne, vielleicht. Kein Benzin mehr. Es konnte leicht passieren, dass man sich um – sie schaute abermals auf das Display ihres Telefons – zwei Stunden und siebenunddreißig Minuten verspätete.

Sie war nicht nervös, noch nicht. Amy Harris schrieb richtige Briefe auf ganz echtem altmodischen Briefpapier, es war dick und sahnefarben. Es war einfach unmöglich, dass ein Mensch, der Briefe auf echtem sahnefarbenen Briefpapier schrieb, eine Freundin in einer fremden Stadt im Stich lassen könnte, oder sich als psychopathische Massenmörderin mit sadistischen sexuellen Neigungen erwies, ganz egal, was Saras Mutter gesagt hatte.

»Entschuldigung, meine Liebe.«

Eine fremde Frau war vor ihr stehen geblieben. Sie hatte die Art von falschem geduldigen Blick, den Menschen oft aufsetzten, wenn sie Sara mehrmals dieselbe Frage gestellt hatten.

»Kann ich Ihnen irgendwie behilflich sein?«, fragte die Frau. Eine braune Papiertüte mit Lebensmitteln ruhte auf ihrer Hüfte, und eine Konservenbüchse mit Hunt's Tomatensuppe wippte gefährlich nah am Rand.

»Nein, danke«, sagte Sara. »Ich warte auf jemanden.«

»Na so was.« Der Tonfall war belustigt und nachsichtig. Die Frauen im Straßencafé verfolgten das Gespräch voller Interesse. »Zum ersten Mal in Hope?«

»Ich bin unterwegs nach Broken Wheel.«

Vielleicht war es Einbildung, aber die Frau schien mit dieser Antwort durchaus nicht zufrieden zu sein. Die Konservenbüchse wippte gefährlich weiter auf und ab. Nach ungefähr einer Minute sagte die Frau: »Ich fürchte, dieser Ort ist nicht der Rede wert, Broken Wheel, meine ich. Kennen Sie da jemanden?«

»Ich werde bei Amy Harris wohnen.«

Schweigen.

»Ich bin sicher, dass sie auf dem Weg hierher ist«, sagte Sara.

»Mir scheint, Sie sind hier Ihrem Schicksal überlassen worden, meine Liebe.« Die Frau schaute Sara erwartungsvoll an. »Aber rufen Sie sie doch an.«

Sara zog widerwillig ein weiteres Mal ihr Telefon hervor und versuchte, nicht auszuweichen, als die fremde Frau ihre Wange gegen Saras Ohr drückte, um den Klingelzeichen lauschen zu können.

»Sie antwortet offenbar nicht.« Sara steckte das Telefon

wieder in die Tasche, und die Frau lehnte sich ein wenig zurück. »Was wollen Sie denn da?«

»Ich habe Urlaub. Ich möchte ein Zimmer mieten.«

»Und jetzt sind Sie hier im Stich gelassen worden. Was für ein schöner Anfang. Ich hoffe, Sie haben nicht im Voraus bezahlt.« Die Frau nahm ihre Einkaufstüte in die andere Hand und schnippte mit den Fingern in Richtung Straßencafé. »Hank«, sagte sie laut zu dem einen Mann. »Du bringst das Mädel nach Broken Wheel, okay?«

»Ich hab meinen Kaffee noch nicht ausgetrunken.«

»Dann nimm ihn doch mit.«

Der Mann grunzte unwillig, erhob sich dann gehorsam und verschwand im Lokal.

»Ich an Ihrer Stelle«, sagte die Frau zu Sara, »würde nicht sofort bezahlen. Ich würde warten, bis ich nach Hause fahre. Und ich würde das Geld solange an einer sicheren Stelle verstecken.« Sie nickte so energisch, dass die Büchse mit der Tomatensuppe abermals hochhüpfte. »Ich sage ja nicht, dass alle in Broken Wheel Diebe sind«, fügte sie sicherheitshalber hinzu. »Aber wie wir sind sie dort *nicht.*«

Hank kam mit einem neuen Pappbecher voll Kaffee zurück, und Saras Tasche und Rucksack wurden auf die Rückbank seines Autos gewuchtet. Sara wurde freundlich, aber energisch auf dem Vordersitz untergebracht.

»Fahr sie hin, Hank«, sagte die Frau und klopfte mit ihrer freien Hand zweimal auf das Wagendach. Sie beugte sich zu dem offenen Fenster vor.

»Wenn Sie es sich anders überlegen, können Sie jederzeit hierher zurückkommen.«

»Broken Wheel also«, sagte Hank gleichgültig.

Sara faltete die Hände über ihrem Buch und versuchte, entspannt auszusehen. Im Wagen roch es nach billigem Rasierwasser und teurem, dunkel gerösteten Kaffee.

»Was wollen Sie denn da?«

»Lesen.«

Er schüttelte den Kopf.

»Als Urlaub«, erklärte sie.

»Wir werden ja sehen«, erwiderte Hank.

Die Aussicht aus dem Autofenster veränderte sich vor Saras Augen. Grüne Wiesen wurden zu Feldern, die glitzernden Autos verschwanden, und die adretten Häuschen wurden abgelöst von einer massiven Wand aus Mais, die sich auf beiden Straßenseiten erhob. Die Straße führte in betäubender Gleichförmigkeit stets geradeaus. Hier und dort wurde sie von anderen, ebenso geraden Straßen gekreuzt, so, als ob irgendwann einmal irgendwer durch die gewaltige Ebene geschritten wäre und die Straßen mit einem Lineal gezogen hätte. Gar keine so schlechte Methode, dachte Sara. Aber je weiter sie fuhren, umso seltener wurden die anderen Straßen, bis Sara das Gefühl hatte, Kilometer um Kilometer nur noch von Mais umgeben zu sein.

»Kann ja nicht mehr viel von übrig sein«, sagte Hank. »Ein Freund von mir ist da aufgewachsen. Verkauft jetzt in Des Moines Versicherungen.«

Sie wusste nicht, was sie dazu sagen sollte. »Wie schön«, murmelte sie zaghaft.

»Dem geht es gut«, sagte der Mann zustimmend. »Viel besser, als zu versuchen, in Broken Wheel den Hof der Familie zu betreiben, das steht mal fest.«

Danach sagte er nichts mehr.

Sara beugte sich zum Wagenfenster vor, wie um nach der Stadt aus Amys Briefen Ausschau zu halten. Sie hatte so viel über Broken Wheel gehört, dass sie fast das Gefühl hatte, Miss Annie könne jederzeit auf ihrem Moped angefahren kommen, oder Jimmy könne plötzlich am Straßenrand stehen und die neueste Ausgabe seiner Zeitung schwenken. Für einen Moment konnte sie die beiden fast vor sich sehen, aber dann verschwamm alles und löste sich im Staub hinter ihnen auf. Eine Scheune tauchte auf und verschwand dann wieder hinter Mais, als ob es sie niemals gegeben hätte. Sie war das einzige Gebäude, das sie in der letzten Viertelstunde gesehen hatte.

Ob die Stadt wohl so aussehen würde, wie sie sich das vorgestellt hatte? Sara vergaß sogar ihre Unruhe darüber, dass Amy sich am Telefon nicht meldete, jetzt, da sie Broken Wheel endlich sehen würde.

Aber als sie dann dort ankamen, hätte sie den Ort durchaus verpassen können, wenn Hank nicht langsamer gefahren wäre. Er tauchte plötzlich neben der breiten, fast dreispurigen Straße auf. Mehrere Läden hatten zerbrochene oder mit Brettern zugenagelte Fenster. Die Häuser waren so niedrig, dass sie in den Asphalt zu kriechen schienen.

»Was haben Sie also vor?«, fragte Hank gleichgültig. »Soll ich Sie zurückfahren?«

Sie schaute sich um. Der Diner hatte immerhin geöffnet. Das Wort »Diner« leuchtete in roten Neonbuchstaben, und ein einsamer Mann saß am Tisch vor dem Fenster. Sie schüttelte den Kopf.

»Wie Sie wollen«, sagte er, und es klang wie »selbst schuld«.

Sie stieg aus dem Wagen, öffnete die Tür zur Rückbank und nahm ihr Gepäck heraus, wobei sie das Buch fest unter den Arm klemmte. Hank fuhr sofort los, sowie sie die Tür zuschlug. Bei der einzigen Ampel im Ort bog er mit voller Wucht um die Kurve.

Die Ampel hing mitten über der Straße an einem Draht und zeigte Rot.

Sara stand mit der Reisetasche an einem Bein, den Rucksack über der Schulter und das Buch fest an die Brust gepresst vor dem Diner.

Alles wird gut, sagte sie sich. Alles findet sich. Keine Katastrophen … Sie überlegte sich das Letzte anders: Keine komplette Katastrophe kann passieren, solange man Bücher und Geld hat. Sie hatte genug Geld, um in eine Jugendherberge zu gehen, falls das nötig wäre. Nur war sie sich ziemlich sicher, dass es in Broken Wheel keine Jugendherberge gab.

Sie schob die Türen auf – echte Saloontüren, was für ein absurdes Detail – und ging hinein. Der Diner war leer, bis auf den Mann am Fenster und eine Frau hinter dem Tresen. Der Mann war dünn und sehnig, und seine ganze Körpersprache und Ausstrahlung schienen um Entschuldigung für seine Existenz zu bitten. Er schaute nicht einmal auf, als sie hereinkam, sondern drehte nur weiter seine Kaffeetasse in der Hand langsam hin und her.

Die Frau dagegen richtete ihre gesamte Aufmerksamkeit auf die Tür. Sie wog mindestens hundertfünfzig Kilo, und ihre gewaltigen Arme ruhten vor ihr auf dem hohen Tresen. Entweder war der eine Spezialkonstruktion für sie oder sie arbeitete schon so lange dort, dass er sich ihr angepasst hatte. Er war aus dunklem Holz und hätte eher in eine Kneipe gehört. Aber dort hätte es Bierdeckel gegeben statt Papierserviettenhalter aus rostfreiem Stahl und laminierten Speisekarten mit Plastikbildern der diversen Sorten an Fett, die hier serviert wurden.

Die Frau zündete sich mit einer Selbstverständlichkeit eine Zigarette an, als sei die einfach eine Verlängerung ihres Körpers.

»Sie sind sicher die Touristin«, sagte sie. Der Zigarettenrauch traf Sara voll im Gesicht.

»Sara.«

»Da haben Sie sich ja einen verdammt schlechten Tag zum Herkommen ausgesucht.«

»Wissen Sie, wo Amy Harris wohnt?«

Die Frau nickte noch einmal. »Einen verdammt schlechten Tag.« Ein wenig Asche fiel von der Zigarette und landete auf dem Tresen.

»Ich heiße Grace«, sagte sie. »Oder, um ehrlich zu sein, ich heiße Madeleine. Aber so sollten Sie mich lieber nicht nennen.«

Sara hatte nicht vor, sie überhaupt irgendwie zu nennen.

»Und jetzt sind Sie hier.«

Sara hatte das deutliche Gefühl, dass Grace-die-nicht-so-hieß diesen Moment genoss. Sie dehnte ihn aus. Nickte dreimal vor sich hin, zog energisch an ihrer Zigarette und ließ den Rauch langsam aus ihrem einen Mundwinkel entweichen. Dann beugte sie sich über den Tresen vor.

»Amy ist tot«, sagte sie.

In Saras Erinnerung würde Amys Tod immer verbunden sein mit dem Licht zu greller Neonröhren, mit Zigarettenrauch und Essensgeruch, aber im ersten Moment wirkte dadurch alles nur unwirklich. Sie stand in einem Diner in einer amerikanischen Kleinstadt und erfuhr, dass eine Frau, die ihr persönlich niemals begegnet war, nicht mehr lebte. Die ganze Situation war einfach zu sehr wie ein Traum, um sie betroffen zu machen, zu absurd sogar, um als Albtraum durchgehen zu können.

»Tot?«, fragte sie, ein unglaublich blödsinniger Kommentar, sogar für ihre Verhältnisse. Sie ließ sich auf einen Barhocker sinken. Sie hatte keine Ahnung, was sie jetzt tun sollte. Sie dachte an die Frau in Hope und fragte sich, ob sie vielleicht doch mit Hank hätte zurückfahren sollen.

Amy kann nicht tot sein, überlegte Sara. Sie war doch meine Freundin. Sie hat *Bücher* geliebt, um Himmels willen.

Sara verspürte keine Trauer, sie wurde jedoch daran erinnert, dass das Leben aus Zufällen besteht, und das Gefühl des Surrealen wurde stärker. Sie war aus Schweden nach Iowa gekommen, um im Leben eine Pause zu machen, um dem Leben zu entgehen sogar, aber durchaus nicht, um dem Tod zu begegnen.

Wie war Amy gestorben? Ein Teil von ihr wollte fragen, ein anderer wollte es nicht wissen.

Grace redete weiter, ehe Sara sich entschieden hatte: »Die Beerdigung läuft jetzt wohl gerade. So was wird heutzutage aber nicht sehr feierlich gemacht. Zu viel religiöser Schnickschnack, wenn Sie mich fragen.« Sie schaute auf die Uhr. »Aber Sie sollten jetzt wohl rübergehen. Irgendwer, der Amy besser gekannt hat, weiß sicher, was wir mit Ihnen anfangen können. Ich versuche ja immer, nicht in die Probleme dieser Stadt hineingezogen zu werden, und Sie sind jedenfalls eins.«

Sie drückte ihre Zigarette aus. »George, fährst du Sara eben zu Amys Haus?«

Der Mann am Fenster schaute auf. Für einen Moment sah er so gelähmt aus, wie Sara sich selbst vorkam. Dann erhob er sich und schleppte ihr Gepäck zum Auto.

Grace packte sie am Ellbogen, als sie ihm folgen wollte. »Das ist der arme George«, sagte sie und nickte seinem Rücken zu.

Das Haus von Amy Harris war so groß, dass Küche und Wohnzimmer im Erdgeschoss durchaus geräumig waren, aber so klein, dass die wenigen Menschen, die nach der Beerdigung hergekommen waren, es zu füllen schienen. Auflaufformen standen auf Tisch und Anrichte, und jemand hatte Schüsseln mit Salaten und Brot bereitgestellt und Besteck und Servietten in Gläser gesteckt.

Sara wurde ein Pappteller voll Essen in die Hand gedrückt, dann ließ man sie mehr oder weniger in Ruhe. George hielt sich noch immer an ihrer Seite, und sie war gerührt von dieser unerwarteten Fürsorge. Er kam ihr nicht sonderlich mutig vor, nicht einmal verglichen mit ihr selbst, aber er hatte sie ins Haus begleitet und wanderte dort nun ebenso zögerlich umher wie sie.

In der düsteren Diele stand ein dunkler Schreibtisch, auf

den jemand ein gerahmtes Foto einer Frau gestellt hatte, die Sara für Amy hielt, dazu zwei verschlissene Tischfähnchen, die Flagge der USA und die von Iowa. *Wir lieben unsere Freiheit und werden unsere Rechte verteidigen,* verkündeten die gestickten Goldbuchstaben auf Letzterer, aber die rote Farbe war ausgeblichen und der eine Rand franste aus.

Die Frau auf dem Foto war Sara vollständig fremd. Sie mochte zwanzig Jahre alt sein, hatte die Haare zu zwei dünnen Zöpfen geflochten, und ihr Lächeln war nur ein ganz normales starres Kameralächeln, wie tausend andere auch. Vielleicht lag etwas in ihren Augen, ein lachendes Funkeln, das verriet, dass sie wusste, dass alles nur ein Scherz war, und das Sara aus ihren Briefen kannte. Aber das war alles.

Vor drei Wochen hatte sie sich Amy so nahe gefühlt, dass sie bereit gewesen war, zwei Monate bei ihr zu wohnen, jetzt schien jegliche Spur ihrer Freundschaft mit Amy gestorben zu sein. Sara hatte nie geglaubt, man müsse sich persönlich kennen, um befreundet zu sein, viele ihrer reichsten Beziehungen hatte sie zu Personen gehabt, die gar nicht existierten – aber plötzlich kam es ihr falsch und fast frevelhaft vor, an der Vorstellung festzuhalten, sie hätten einander etwas bedeutet.

Die Menschen um sie herum bewegten sich langsam und unentschlossen durch die Zimmer, als fragten sie sich, was zum Henker sie dort eigentlich zu suchen hatten, was fast genau das war, was auch Sara dachte. Dennoch wirkten sie nicht betroffen. Sie sahen nicht überrascht aus. Niemand weinte.

Die meisten musterten Sara neugierig, aber etwas, vielleicht Respekt angesichts der Lage, in der sie sich befanden, hielt sie davon ab, Sara mit direkten Fragen zu belästigen. Stattdessen umkreisten sie sie und lächelten jedes Mal, wenn sie einen ihrer Blicke auffing.

Eine Frau löste sich aus der Menge und stellte sie in der Diele, mitten zwischen Wohnzimmer und Küche.

»Caroline Rohde.«

Haltung und Handschlag waren militärisch.

Die Frau vor Sara war viel schöner, als Sara sich das vorgestellt hatte. Sie hatte tiefe mandelförmige Augen, und ihre Züge waren so scharf gemeißelt wie die einer Statue. Im Licht der Deckenlampe schimmerte die Haut über den hohen Wangenknochen fast leuchtend weiß. Ihre Haare waren füllig, mit grauen Strähnen, die wie flüssiges Silber wirkten.

Um den Hals trug sie ein schwarzes Tuch aus kühler dünner Seide, das an einer anderen fehl am Platze gewirkt hätte, vor allem bei einer Beerdigung, aber bei ihr wirkte es zeitlos und geradezu extravagant. Ihr Alter war schwer zu schätzen, aber sie hatte die Ausstrahlung eines Menschen, der niemals richtig jung gewesen ist. Sara hatte das deutliche Gefühl, dass Caroline Rohde für die Jugend nicht viel übrig hatte.

Als sie nun redete, verstummten alle um sie herum, und ihre Stimme passte zu ihrer Ausstrahlung; energisch, entschieden, geradeheraus. In ihrer Stimme lag vielleicht eine Andeutung von einem Willkommenslächeln, aber das kam nie bei ihren Mundwinkeln an. Es ließ höchstens die Linien um ihren Mund härter wirken.

»Amy hat erzählt, dass Sie kommen würden«, sagte sie. »Ich kann nicht behaupten, dass ich das für eine gute Idee gehalten habe, aber ich war doch nicht befugt, etwas dazu zu sagen.«

Sie fügte hinzu, fast, als sei ihr das gerade erst eingefallen: »Vielleicht hätte ich das ja gar nicht erwarten sollen, aber Sie müssen zugeben, dass das zu einer ein wenig… misslichen Situation geführt hat.«

»Misslich«, wiederholte Sara. Aber sie begriff nicht, woher Amy hätte wissen sollen, dass sie sterben würde.

Andere umringten sie jetzt in einem lockeren Halbkreis, wobei alle hinter Caroline standen und Sara anstarrten, wie einen zufällig in die Stadt gekommenen Zirkus.

»Wir wussten nicht einmal, wie wir Sie verständigen sollten, als Amy… von uns gegangen ist. Und jetzt sind Sie hier«, fasste Caroline die Lage zusammen. »Na ja, wir werden ja sehen, was wir mit Ihnen machen können.«

»Ich muss wohl irgendwo wohnen«, sagte Sara. Alle beugten sich vor, um zu hören, was sie sagte.

»Wohnen?«, fragte Caroline. »Natürlich wohnen Sie hier. Das Haus ist doch leer, oder?«

»Aber….«

Ein Mann mit Pastorenkragen lächelte Sara freundlich an, sagte dann aber leider: »Amy hat uns noch aufgetragen, Ihnen zu sagen, dass sich in dieser Hinsicht nichts geändert hat.«

Nichts hatte sich geändert? Sara wusste nicht, ob Amy verrückt war, oder der Pastor oder ganz Broken Wheel.

»Es gibt natürlich ein Gästezimmer«, sagte Caroline. »Da schlafen Sie heute, danach überlegen wir, was wir mit Ihnen anfangen sollen.«

Der Pastor nickte, und auf irgendeine Weise war es entschieden: Sara würde allein in Amy Harris' verlassenem Haus wohnen.

Sie wurde ins Obergeschoss geführt. Caroline ging ganz vorn, wie ein Heerführer in einem Krieg, dicht gefolgt von Sara und – einem hilfreichen stummen Schatten gleich – von George. Hinter ihm kamen die meisten anderen Gäste. Jemand trug Saras Taschen, sie wusste nicht, wer, aber als sie das kleine Zimmer erreicht hatte, tauchten Rucksack und Reisetasche auf wie durch ein Wunder.

»Wir werden dafür sorgen, dass Sie alles haben, was Sie brauchen«, sagte Caroline von der Türöffnung her, und sie klang durchaus nicht unfreundlich. Dann scheuchte sie alle anderen davon und winkte Sara kurz zu, ehe sie die Tür hinter sich zuzog.

Sara ließ sich auf das Bett sinken, plötzlich wieder allein, den Pappteller mit dem Essen noch immer in der Hand, und ein einsames Buch auf der Tagesdecke neben sich.

Ja, verflixt, dachte sie.

Sara Lindqvist
Kornvägen 7, I
136 38 Haninge
Schweden

Broken Wheel, Iowa, 3. Juni 2009

Liebe Sara,

vielen Dank für dein liebes Geschenk. Es war vielleicht kein Buch, das ich mir selbst gekauft hätte, und gerade darum ist es mir umso willkommener. Aber es war eine üble Geschichte. Ich hatte ja keine Ahnung, dass in Schweden solche Dinge passieren. Aber andererseits weiß ich auch nicht, warum sie nicht passieren sollten. Ich bin davon überzeugt, dass kleine Städte noch viel stärker von Gewalt, Sex und Skandalen beherrscht sind als große, und wenn das für Städte gilt, dann doch sicher auch für kleine Länder? Ich nehme an, es liegt daran, dass die Menschen einander da näher kommen. Wir haben hier in Broken Wheel einwandfrei auch schon unseren Anteil an Skandalen erlebt. Aber eine Lisbeth Salander, die haben wir nun wirklich nicht. Eine bemerkenswerte Frau. Wenn ich das richtig verstanden habe, dann gibt es noch zwei Bücher in der Serie. Würdest du mir den Gefallen tun und auch noch die anderen beiden schicken? Ich werde nicht schlafen können, solange ich nicht weiß, was aus ihr wird, und das gilt natürlich auch für diesen überspannten jungen Herrn Blomkvist. Natürlich bezahle ich dafür. Um bei Kleinstädten, Mord und Sex zu bleiben, schicke ich dir Harper Lees »Wer die Nachtigall stört«, als erste Rate.

Viele Grüße,
Amy Harris

Broken Wheels Nachrichtenbrief

Sie haben vier neue Nachrichten. Eingegangen um null-fünf-dreizehn:

»Liebling! Hier ist deine Mama! Was? Ja, ja. Und dein Papa, natürlich. Wir sind gerade von Anders und Gunnel zurückgekommen. Du weißt, unsere ehemaligen Nachbarn, die dann in ein einfach hinreißendes Haus in Tyresö umgezogen sind. Wie geht es dir denn? Bist du jetzt angekommen? Wie ist es denn so da draußen in der Prärie? Ist Amy total verrückt? Hast du den richtigen Bus erwischt? Ich begreife ja nicht, warum du so unbedingt dahin fahren wolltest …«

Eingegangen um null-fünf-fünfzehn. Ihre Mutter redete weiter, als ob sie niemals unterbrochen worden wäre.

»In dieses Land. Warte, ich bin noch nicht fertig. Jaja, hier kommt dein Vater, der absolut etwas sagen will, obwohl ich also wirklich noch nicht fertig bin.«

Kurze Pause, ernstes Räuspern.

»Sara! Ich hoffe, du sitzt nicht nur im Haus und liest. Du musst dich hinauswagen und mit Menschen reden. Es ist eine phantastische Möglichkeit, so eine Reise. Ich weiß noch, wie deine Mutter und ich …«

Eingegangen um null-fünf-achtzehn:

»Was ist bloß los mit diesen Anrufbeantwortern? Warum lassen die mich nie ausreden? Ja, dann bis dann. Moment mal. Deine Mutter möchte noch etwas sagen.«

»Du weißt, wenn du dir die Sache anders überlegst, kannst du ja noch immer nach New York fahren. Oder nach Los Angeles. Und bezahl nicht alles im Voraus.«

Die Mitteilung wurde abermals unterbrochen, und die

nächste war erst drei Stunden später eingegangen. Jetzt wieder ihre Mutter:

»Sara! Warum antwortest du nicht, wenn wir dich anrufen? Ist Amy eine Massenmörderin? Ich weiß doch, wie es in den USA zugeht. Wenn du irgendwo zerstückelt herumliegst, werde ich dir das nie verzeihen. Wenn du dich nicht sofort meldest, benachrichtige ich die CIA.« Die Stimme ihres Vaters murmelte etwas im Hintergrund. »FBI. Auch egal.«

Ihre Mutter hatte sich noch nicht beruhigt, als Sara sie dann erreichte.

»Das mit so einem kleinen Ort gefällt mir überhaupt nicht«, sagte sie. Diese Diskussion führten sie nicht zum ersten Mal.

Sara rieb sich die Stirn und ließ sich aufs Bett sinken. Ihr Zimmer war klein, vielleicht drei mal fünf Meter. Außer dem Bett gab es dort gleich unter dem Fenster einen Sessel, einen Nachttisch und einen kleinen Schreibtisch. Das war alles. Die Tapeten waren hell und geblümt und schienen mindestens zwei Jahrzehnte alt zu sein. Die Vorhänge wiesen ein ganz anderes Blumenmuster auf und waren offenbar ihr zu Ehren aufgehängt worden. Sie waren mindestens zehn Zentimeter zu kurz für das Fenster.

»Kleinstädte sind so … langweilig. Du hättest doch überall hin auf der Welt reisen können.«

Das war übrigens ironisch gemeint. Saras Mutter hatte ihr immer zugesetzt, sie solle reisen, und als sie das nun tat, führte sie sich auf, als hätte Sara doch lieber zu Hause in Haninge bleiben sollen.

»Und so gefährlich. Wer weiß, was sich dort für Verrückte verstecken!«

Es war unklar, was schlimmer war, die Langeweile oder das Risiko, dass Sara auf einen der vielen verrückten Massenmörder stoßen könnte, die sich in allen Schubladen versteckten. Ihre Worte weckten bei Sara eine Erinnerung.

»Das liegt daran, dass die Menschen sich in kleinen Orten nahekommen«, sagte sie.

»Also ehrlich, was weißt du denn über Menschen? Wenn du nicht die ganze Zeit die Nase in einem Buch hättest …«

Auch diese Diskussion hatten sie schon oft geführt.

Vielleicht war es ja kein Wunder, dass die Mutter ihre älteste Tochter immer als Prüfung betrachtet hatte. Saras jüngere Schwester Josefin arbeitete als Juristin beim Gericht in Södertälje. Sie wollte Anwältin werden, ein gesellschaftlich anerkannter Beruf, der in angemessen teurer Kleidung verrichtet wurde. Sara dagegen. Ein *Buchladen*! In einem Einkaufszentrum in einem Vorort. Das war nur haarscharf besser, als eine arbeitslose ehemalige Buchhändlerin zu sein, was sie jetzt war. Und als sie nun endlich ins Ausland fuhr, wählte sie als Ziel ein Kaff in der amerikanischen Prärie, um dort bei einer älteren Dame zu wohnen.

Sara war es normalerweise egal, dass ihre Mutter sie so offenbar langweilig fand. Ihre Mutter hatte nicht ganz unrecht. Sara hatte in ihrem ganzen Leben noch nichts unternommen, was auch nur im Geringsten abenteuerlich gewesen wäre. Aber die ewigen Sticheleien gegen Amy waren ihr vor ihrer Abreise dann doch arg auf die Nerven gegangen, und jetzt, wo sie die tragische Beerdigung so frisch in Erinnerung hatte, antwortete sie deshalb nur kurz und einsilbig auf die vielen Kommentare ihrer Mutter.

Ihre Mutter schien zu spüren, dass sie zu weit gegangen war, denn sie sagte: »Na ja, immerhin bist du nicht erstochen worden.« Ihr Tonfall war so unverhohlen pessimistisch, dass ein »noch« absolut überflüssig war. »Wie ist Amy denn so? Ist sie nett zu dir?«

»Amy ist …« Sara verstummte. »Sie ist sympathisch.«

Das war sie ja auch. Nur war sie leider eben auch tot.

Sara schlich sich aus ihrem Zimmer und über den dunklen Gang, wie eine nervöse Einbrecherin. Vor ihrem Zimmer gab es einen schmalen Flur, der in ein Badezimmer und zu Amys Zimmer führte. Caroline hatte ihr das gezeigt, als sie sie ins Gästezimmer geführt hatte. Sie lief schnell an Amys Zimmer vorbei und versuchte, die verschlossene Tür nicht anzusehen. Sie fragte sich, ob irgendwer sie jemals wieder öffnen würde. Sie hatte jedenfalls nicht vor, das zu tun.

Bei der Treppe blieb sie stehen und lauschte. Dann ging sie langsam nach unten.

Vor jedem weiteren Zimmer zögerte sie und schaute vorsichtig durch die Türöffnung. Sie wusste nicht, was sie eigentlich erwartete. Irgendwelche Stadtbewohner, die sich hinter dem Wohnzimmersofa verstecken. Wütende Verwandte von Amy in der Diele, die ihr vorwarfen, im Haus zu wohnen, ohne Miete zu zahlen, oder Amys Gespenst in der Küche. Aber alles war leer und verlassen.

Sie ging durch Amys Zuhause, fuhr mit den Händen über Oberflächen, die Amy berührt hatte, in den Zimmern, in denen sie gelebt hatte. Die Stille im Haus machte ihr Angst, kleine Momentaufnahmen von erstarrtem Alltagsleben überrumpelten sie gerade dann, wenn sie am wenigsten darauf vorbereitet war.

Irgendwer hatte einen Wasserkocher, ein Glas Nescafé und eine Flasche Milch in die Küche gestellt. Es gab Brot vom Vortag, und als sie den Kühlschrank öffnete, entdeckte sie, dass Essen im Überfluss vorhanden war, sorgfältig in Plastikfolie gewickelt und mit dem Datum des Vortages und der Bezeichnung des Gerichts versehen.

Sie aß trockenes Brot und schaltete den Wasserkocher ein, ehe sie sich ins Badezimmer hochschlich, um zu duschen. Sogar die Dusche über der kleinen ovalen Badewanne sah altertümlich aus. Sie zog sich aus, faltete alle Kleider ordentlich zusammen und legte sie auf einen abgenutzten Schemel, der der Toilette gegenüber in einer Ecke stand. Sie hoffte, dass sie dort trocken bleiben würden, aber weder Abfluss noch Duschvorhang sahen sonderlich vertrauenswürdig aus.

Die Rohre stießen ein heulendes, klagendes Geräusch aus, und das Wasser wurde kaum lauwarm.

So hatte das doch wirklich nicht werden sollen, dachte Sara. Ihre Haare waren in ein Handtuch gewickelt, das sie im Badezimmer gefunden hatte, und sie hatte gerade ihre Taschen ausgepackt und war wieder in die Küche gegangen. Bisher hatte sie in keinem Zimmer mehr als zwanzig Minuten verbracht, abgesehen vom Gästezimmer, in dem sie geschlafen hatte. Auf irgendeine Weise fühlte sie sich sicherer, wenn sie sich bewegte.

Das Auspacken hatte dreizehn Minuten gedauert, und jetzt war es halb elf und sie hatte nichts zu tun. Draußen war die Luft jetzt schon stickig. Durch die offene Küchentür strömte der Geruch von trockener Erde und verkommenem Gemüse herein. Er kämpfte gegen den im Haus, die muffige Luft, die nach Holz und alten Läufern roch.

Sara ließ sich auf den Küchenstuhl sinken und suchte nach irgendeinem Zeichen dafür, dass Amy dort gelebt hatte, aber sie sah nur abgeblätterte Schubladen und auf der Fensterbank tote Topfblumen.

Das hier hätte ihr Abenteuer werden sollen. Sie und Amy hätten hier sitzen sollen, vielleicht auf genau diesen Stühlen, und über Bücher und die Stadt und Menschen sprechen, die Amy gekannt hatte, und es hätte so schön sein sollen.

»Amy«, sagte sie. »Was zum Kuckuck hast du nur angestellt? Wir wollten doch echte Freundinnen werden.«

Bei der Küchentür, die auf die Veranda hinausführte, standen zwei Paar Gummistiefel in unterschiedlicher Größe. Das Gras war hoch und von der Sommersonne vergilbt, und der

Küchengarten war schon seit langem zugewachsen. Vermutlich gab es dort allerlei, was in dem hohen Gras nicht zu sehen war, aber Sara konnte zwei knorrige Apfelbäume, die seit Jahren offenbar nicht mehr beschnitten worden waren, und ein kleines Beet mit verwilderten Kräutern, die große Ähnlichkeit mit Unkraut hatten, und zwei gigantische Tomatenpflanzen identifizieren.

Sara ging wieder hinein und verbrachte eine Stunde damit, ihre Bücher im Haus zu verteilen, damit es gemütlicher aussähe. Aber dreizehn Bücher waren bei weitem nicht genug für alle Zimmer. Zu Hause hatte sie fast zweitausend Bücher und drei Freundinnen. Wenn man die ehemaligen Kolleginnen aus dem Buchladen so nennen könnte.

Sie hatte mit siebzehn im Buchladen angefangen, zuerst zu Weihnachten, beim Ausverkauf und im Sommer, dann in Vollzeit. Und da war sie geblieben. Eine halbe Stunde entfernt von ihrem Geburtsort. So wenig spannend war ihr Leben bisher verlaufen.

Eine der Frauen aus dem Buchladen hatte einmal behauptet, alle Erzählungen fingen damit an, dass jemand ankam oder aufbrach. Niemand war jemals bei ihr im Buchladen Josephsson angekommen, und erst recht war niemand in Saras Zweizimmerwohnung in Haninge angekommen. Nur Briefe, in schöner Handschrift. Eine Zeitlang hätte Sara schwören können, dass die Briefe ein kleines Stück von Iowa mitbrachten, einen schwachen, aber deutlich zu verspürenden Hauch von Abenteuer, von Möglichkeiten, von einem anderen, zeitloseren Leben.

Aber jetzt, wo sie hier war, roch es nur muffig nach Holz und alten Läufern.

»Reiß dich zusammen, Sara«, sagte sie. Es war beruhigend, eine menschliche Stimme zu hören, auch wenn es ihre eigene war. Die einzigen anderen Geräusche, die sie hörte, waren die überlangen Zweige, die gegen ein Fenster oben im Haus schlugen, und die Wasserleitung, die ab und zu ohne Grund losröchelte.

Wie konnte man tausende von Meilen reisen und doch derselbe Mensch sein, wenn man ankam? Das begriff Sara nicht. Abgesehen davon, dass sie jetzt dreizehn Bücher und gar keine Freundinnen hatte.

»Reiß dich zusammen«, sagte sie noch einmal, aber es klang durchaus nicht mutiger.

Sara nahm an, dass die meisten, die überhaupt an sie dachten, glaubten, sie benutze Bücher, um sich vor dem Leben zu drücken.

Und vielleicht stimmte das ja. Sie hatte schon in der Oberstufe entdeckt, dass nur wenige einen Menschen bemerken, der sich hinter einem Buch versteckt. Ab und zu hatte sie aufschauen müssen, um sich vor einem Lineal oder Schulbuch zu ducken, die angeflogen kamen, aber im Allgemeinen waren die gar nicht nach ihr geworfen worden, und meistens hatte sie nicht einmal den Zusammenhang im Buch aus den Augen verloren. Während die anderen in der Klasse mobbten oder gemobbt wurden, sinnlose Zeichen in die Tische ritzten oder sich gegenseitig die Schränke vollkritzelten, hatte Sara himmelsstürmende Leidenschaft, Tod, Lachen, fremde Länder, vergangene Zeiten erlebt. Andere hatten vielleicht in einem kleinen Gymnasium in Haninge festgesteckt, aber sie war Geisha in Japan gewesen, war mit Chinas letzter Kaiserin durch die klaustrophobisch verschlossenen Räume der Verbotenen Stadt gewandert, war mit Anne und den anderen auf Green Gables aufgewachsen, hatte etliche Morde erlebt und mit den Klassikern geliebt und gelitten.

Die Bücher waren zwar ein Schutzwall gewesen, aber nicht nur das. Sie hatten Sara vor der Umwelt beschützt, hatten aber auch die Umwelt in eine Art verschwommene Kulisse für die wahren Abenteuer in ihrem Leben verwandelt.

Man hätte glauben können, dass zehn Jahre in einem Buchladen den Büchern etwas von ihrem magischen Glanz genommen hätten, aber für Sara war das Gegenteil der Fall. Im Moment hatte sie zwei Erinnerungen an jedes Buch, die Erinnerung, es verkauft, und die Erinnerung, es gelesen zu haben. Sie hatte jedes Jahr im Ausverkauf endlose Mengen Terry Pratchett abgesetzt, ehe sie vor wenigen Jahren kapituliert, eins gelesen und sich dadurch mit einem der phantastischsten und produktivsten Autoren unserer Zeit bekannt gemacht hatte. Sie erinnerte sich an den Sommer, in dem sie das Gefühl gehabt hatte, fast nur Ulla-Carin Lindqvists »Rudern ohne Ruder« zu verkaufen, und an den Sommerabend drei Jahre später, als sie dieses Buch gelesen hatte. Sie wusste noch, dass der Umschlag eine dunkle, in gedämpften, erdigen Farben gehaltene Silhouette zeigte, wie an einem Sommerabend, wenn die Sonne gerade untergegangen ist, dass das Buch klein und dünn gewesen war und dass alle, die es kauften, unbedingt Kommentare abgeben wollten, wie »das war diese Nachrichtensprecherin«, »die Nachrichtensprecherin, die gestorben ist«, »sie war immer so gut im Fernsehen«, als ob es ihnen auf irgendeine Weise das Herz gebrochen hätte, dass jemand aus dem Fernsehen sterben konnte. Sara glaubte, dass es die Sorte Buch war, das die Menschen schon berührte, noch ehe sie es überhaupt gelesen hatten.

Sie hatte mehr Stapel Liza Marklund geschleppt, als sie sich erinnern mochte, hatte mindestens drei verschiedene Taschenbuchausgaben von Jan Guillous Hamilton-Serie verkauft und miterlebt, wie das schwedische Krimiwunder geboren wurde, wuchs und in alle Ewigkeit weiterzubestehen schien. Sie hatte Camilla Läckberg zuerst nicht richtig registriert, aber die Taschenbuchausgaben hatte sie dann bemerkt. Bei Sara war das oft so.

Sie hatte sicher zehntausende, vielleicht hunderttausende von Büchern verkauft, aber es wäre doch sinnlos, solche Rechnungen aufzustellen. Wenn sie in diesen Jahren überhaupt an ihre Zukunft gedacht hatte, dann war sie sicher davon ausgegangen, dass sie im Buchhandel alt und langsam grauer und staubiger werden würde, wie die unverkauften Bücher in dem kleinen Lager, dass sie in alle Ewigkeit gelassen Rollen von Kopierpapier und Kugelschreiberminen verkaufen und sich dann mit einer Rente und dem größten Teil der Bücher, die sie im Laufe der Jahre mit Personalrabatt gekauft hatte, zur Ruhe setzen würde.

Aber der Buchladen Josephsson hatte dichtgemacht, Sara war arbeitslos geworden, und jetzt saß sie allein in den USA.

Als ein Wagen auf die Auffahrt abbog, war sie fast dankbar für diese Ablenkung. Der Pastor von der Beerdigung stieg aus, und während er auf das Haus zuging, probierte sie vor dem Spiegel in der Diele drei unterschiedliche Arten zu lächeln aus.

»Sei einfach normal, Sara«, sagte sie zu ihrem Spiegelbild, aber die Frau, die sie aus weit aufgerissenen Augen anstarrte, sah tragischerweise vor allem aus wie eine zum Tode verängstigte Maus mit Turban. Sie lief seit über einer Stunde im Haus herum, hatte aber vergessen, das um die Haare gewickelte Handtuch abzunehmen.

Der Pastor hatte die Veranda inzwischen fast erreicht, also warf sie das Handtuch in einen Schrank, versuchte, sich mit den Fingern zu kämmen, und ging hinaus auf die Veranda.

Lächeln, Sara, schärfte sie sich ein.

Der Pastor sah so nervös aus, wie sie sich vorkam. Der weiße Pastorenkragen hätte doch ausreichen müssen, um ihm eine gewisse Würde zu verleihen, aber dieser Eindruck wurde davon gestört, dass seine dünnen Haare absolut nicht liegen bleiben wollten und dass er sich über sein Hemd eine billige orangefarbene Windjacke gezogen hatte. Die sah aus, wie beim Schlussverkauf in einem Billigladen der achtziger Jahre erstanden.

»Amys Tod war ein harter Schlag für die Stadt«, sagte er. Er stand vor der Veranda und hielt den einen Fuß gegen die unterste Stufe, als könne er sich nicht entscheiden, ob er nach oben kommen oder wieder gehen wollte.

»Ja«, sagte sie. »Wie … wie ist sie gestorben?«

Vielleicht war diese Frage aufdringlich, aber sie wollte es nun einmal gern wissen. Der Pastor jedoch murmelte nur etwas von »Krankheit«. Nicht einmal ein Unfall also. Aber er musste doch plötzlich gekommen sein, der Tod. Erst vor drei Wochen hatte Sara alle Informationen über ihre Reise geschickt, und ihr war mitgeteilt worden, sie werde in Hope erwartet.

Sie überlegte, ob sie ihm Kaffee anbieten müsste. Wie sahen eigentlich die Gesetze der Gastfreundschaft aus, wenn man ein nicht-bezahlender Gast im Haus einer Verstorbenen war? Und dabei fiel ihr etwas ein.

»Ich weiß nicht so recht, wo ich hinsoll«, sagte sie.

»Hinsoll?« Der Pastor sah beinahe noch nervöser aus. Er zog den Fuß von der Treppenstufe. »Aber Sie wohnen doch hier?« Als das keine Wirkung auf sie hatte, fügte er hinzu: »Amy wurde sehr geliebt, wissen Sie. Es ist schön für uns zu sehen, dass ihr Haus nicht leer und verlassen ist. Brauchen Sie übrigens irgendetwas? Sie haben zu essen?«

»Ich glaube, genug für mehrere Wochen.«

»Gut, gut. Und noch anderes? Sie könnten ein Auto brauchen, vermute ich.«

»Ich habe keinen Führerschein.«

Er zuckte zusammen. »Das nicht, na gut. Und, hm, ja … Darüber muss ich ganz einfach mit Caroline sprechen.« Er schien erleichtert darüber zu sein, dass er einen Beschluss gefasst hatte, und verabschiedete sich, noch ehe Sara sich entschieden hatte, ob sie ihm Kaffee anbieten müsste.

Sie hatte die Kaffeefrage noch immer nicht gelöst, als der nächste Besuch erschien. Aber diesmal spielte das keine Rolle.

Mrs Jennifer – »nennen Sie mich Jen« – Hobson war eine amerikanische Hausfrau, die das Vizepräsidentenamt verdient hätte. Sie hatte perfekt frisierte dunkle Haare, die gewissermaßen für sich selbst zu stehen schienen, und das leicht manische Lächeln einer Frau, die viel mit kleinen Kindern zu tun hat. Sie ging geradewegs in die Küche, schaltete den Wasserkocher ein und nahm zwei Löffel Kaffeepulver.

»Ich bin die verantwortliche Herausgeberin des Broken Wheeler Nachrichtenbriefes«, sagte sie durch das Geklapper von Kaffeetassen und Löffeln.

Sie öffnete den unteren Teil eines Schrankes und fand den Zucker. Ihre Haare umwogten sie, als sie sich bückte. »Wir schreiben über alle großen Ereignisse hier. Vor ein paar Jahren war ein Mann aus New Jersey hier zu Besuch. So eine Art freier Journalist. Er wollte sich selbst finden, zog aber nach nur zwei Wochen nach Hope und weigerte sich, ein Interview zu geben.«

Es war unklar, was schlimmer war, nach Hope umzuziehen oder das Interview zu verweigern.

»Eine Freundin von mir in Spencer hat Ahnenforschung betrieben«, sagte sie über ihre Schulter hinweg. »Ich komme aus Spencer. Bin nach meiner Heirat hierhergezogen.«

Ihr Gesicht hatte jetzt etwas Verkniffenes.

»Na ja. Sie war also Ahnenforscherin. Hat Verwandte aus Schweden gefunden. Damit war sie sehr zufrieden. Viel besser als Verwandte aus Irland oder Deutschland, das habe ich ihr auch gesagt. Da haben doch alle welche. Schweden ist viel exotischer.«

Sie sah Sara an und schüttelte dann rasch den Kopf, vermutlich, weil sie nicht glauben mochte, dass Sara selbst so alltäglich war.

»Wie heißen Sie mit Nachnamen? Sie sind ja vielleicht verwandt. So komisch wäre das auch wieder nicht, und so viele Menschen wohnen doch sicher nicht in Schweden?«

»Neun Millionen.«

»Haben Sie Eichen?«

»Eichen?«

»Iowas Staatsbaum. Wir haben hier phantastische Eichen.«

»Doch, wir … haben Eichen.«

»Haben Sie vielleicht etwas, das Sie mir sagen möchten?«

Das hatte Sara nicht.

»Gar nichts? Einen kleinen Gruß vielleicht? Ihren ersten Eindruck von der Stadt?«

»Ich war doch nur in der Hamburger-Bar.«

»Ich muss wohl einfach etwas zusammenschreiben«, sagte Jen zu sich selbst. »Ich bin ganz sicher, Sie werden unsere Stadt lieben, wenn Sie sie erst kennengelernt haben. – Und machen Sie sich keine Sorgen«, fügte sie hinzu. »Sie werden sich im Artikel sehr gewandt ausdrücken. Sowie mir eingefallen ist, was Sie sagen wollen.«

Sara Lindqvist
Kornvägen 7, I
136 38 Haninge
Schweden

Broken Wheel, Iowa, 23. August 2009

Liebe Sara,

wie schön, dass dir Harper Lee gefallen hat. Ich kann mich ja zu dem schwedischen Titel eigentlich nicht äußern, aber ich finde, »Todsünde« hört sich eher an wie ein billiger Massenkrimi. Doch das kannst du besser beurteilen.

Da dir »Wer die Nachtigall stört« gefallen hat, schicke ich dir jetzt auch Kathryn Stocketts »Gute Geister«. Der Rassismus spielt jedenfalls in beiden Büchern eine Rolle. Ich weiß, dass manche Rassismus nicht mehr für ein so großes Problem halten, aber wenn du mich fragst, dann denken so nur Leute im mittleren Alter, die, die glauben, die Welt sei automatisch besser geworden, nur weil sie alt genug sind, um sie zu lenken, ohne dass sie je versucht hätten, sie besser zu machen. Das ist eine der wenigen Fragen, die mich noch immer empören. Zu sehr, sagt mein guter Freund John, der schwarz und über das mittlere Alter schon hinweg ist und der behauptet, alles sei viel besser geworden. Jedenfalls in Broken Wheel, fügt er dann hinzu. John hält nicht viel von vagen Verallgemeinerungen. Ich finde nicht, dass das viel über die Welt an sich sagt, es besagt wohl nur, dass die Menschen hier in der Gegend sich an ihn gewöhnt haben. Er ist der einzige schwarze Mensch in der Stadt und hat zudem den einzigen Laden, in dem noch immer Milch verkauft wird, wie die Leute also etwas gegen ihn haben könnten, weiß ich wirklich nicht. Ich glaube natürlich, dass es unmöglich ist, ihn nicht leiden zu können, aber auch da ist er anderer Meinung als ich.

Viele Grüße,
Amy Harris

Es ist eine allgemein anerkannte Wahrheit, dass eine schwedische Touristin in Iowa auf Männerjagd sein muss

In Broken Wheel gab es, gegenüber vom Grace's, auf der anderen Straßenseite, ein altes Kino. Dessen klassische Fünfzigerjahre-Architektur verlieh der einen Seite der Hauptstraße eine gewisse Würde, aber das Kino hatte schon längst keine neuen Filme mehr gezeigt, und seit einigen Jahren zeigte es gar keine mehr. Der Projektor hatte seinen Geist aufgegeben. Inzwischen wurde das Kino nur noch für die Zusammenkünfte des Gemeinderates benutzt.

Die Gruppe von Menschen, die sich dort versammelte, als Gemeinderat zu bezeichnen, war wohl ungefähr dasselbe, wie das Kino Kino zu nennen; es sagte mehr darüber aus, was sie einmal gewesen waren, als was sie jetzt waren. Früher hatte man es wohl sogar für prestigeträchtig gehalten, dem Gemeinderat anzugehören. Damals hatte es Geld zu verteilen gegeben, und es waren Kämpfe um die beste Verwendung für dieses Geld ausgefochten worden. Neue Bänke vor der Kirche oder neue Straßenbeleuchtung? Welche Farbe für die Bänke vor der Kirche und welche Art Laternen sollten angeschafft werden? War das Kino der Stolz der Stadt oder das Verderben der Jugend?

Inzwischen gab es wohl nur noch eine Handvoll Menschen, die sich dafür engagieren mochten, was in der Stadt geschah, und es gab kein Geld mehr, das sie hätten ausgeben können.

Dennoch trafen sie sich weiterhin, sie saßen in den Kinosesseln in der ersten Reihe im einzigen Kinosaal, jeden zweiten Donnerstag.

Caroline Rohde beobachtete mit einem gewissen Missmut Jens eifriges Gestikulieren auf der kleinen Bühne vor dem, was einst die Kinoleinwand gewesen war.

»Eine Touristin!«, sagte Jen, und Caroline unterdrückte den Drang, sich die Schläfen zu reiben.

Die neueste Touristenwelle im Ort war der einzige Punkt auf der Tagesordnung, und Caroline hatte ihn schon reichlich satt.

Ihr fehlte Amy Harris. Caroline wusste, dass viele sie selbst zu hartherzig fanden, zu sehr auf Gott und Jesus versessen, und ganz allgemein eher langweilig. Aber sie wusste auch, dass die Stadt jemanden brauchte, der die Lage im Griff behielt und allen half, jemanden, der wusste, was richtig war, und jemanden, der wusste, was gut war. Solange Amy gelebt hatte, hatte dieses System funktioniert, aber jetzt fühlte sie sich seltsam einsam und unzulänglich.

Sie hatte anderen nie so helfen können, wie das Amy gelungen war, die offenbar genau gespürt hatte, was andere hören wollten. Sie selbst wusste nur, was andere hören *sollten.* Und das war nur selten dasselbe.

Aber beides war nötig. Und jetzt war Caroline allein übrig geblieben und sollte sich um diese Touristin kümmern, die in Zittern ausbrach, sowie man das Wort an sie richtete.

Sie hätte Amy gern so einiges gesagt. Doch sie sollte natürlich in Frieden ruhen.

Aber das war für sie ja auch kein Problem, da Caroline jetzt allein hier unten war und alles erledigen musste. Der restliche Gemeinderat würde ihr dabei garantiert nicht helfen.

Sie waren jetzt zu dritt. Caroline ging davon aus, dass Jen Hobson dabei war, weil sie davon träumte, Broken Wheel in dieselbe Art Pendlerparadies für die Mittelklasse zu verwandeln, wie Hope es war. Jen kam aus einem, wie sie oft sagte, feinen, angenehmen Vorort von Spencer im nordwestlichen Iowa. Caroline konnte den Gedanken nicht unterdrücken, dass es eigentlich kein Verlust gewesen wäre, wenn sie dort geblieben wäre. Jens Mann stammte aus Broken Wheel und war wirklich so sympathisch, wie man das von einem Hobson erwarten konnte – sie waren niemals für ihre Intelligenz bekannt gewesen, aber Caroline hatte andere nie wegen Dingen verurteilt, auf die sie keinen Einfluss hatten. Es gab genug bewusst begangene Sünden, auf die man sich konzentrieren konnte. Sie konnte sich nicht von dem Verdacht befreien, dass Jen aufgrund eines persönlichen Missgeschicks hergezogen war. Das ärgerte sie. Sie konnte sich nicht vorstellen, dass Spencer etwas haben könnte, das Broken Wheel nicht hatte. Sicher, die Stadt hatte ihre Fehler und Mängel, und Caroline zögerte nie, diese beim Namen zu nennen, aber dass jemand von draußen sich hier voller Herablassung umsah und Änderungen einführen wollte … sie schüttelte den Kopf. Jen wohnte erst seit zehn Jahren hier.

Immerhin schreckte sie nicht davor zurück, sich zu engagieren, das musste Caroline zugeben. Aber wenn Jen ebenso viel Verstand hätte wie sie selbst, könnten sie viel mehr erreichen. Nun war sie die verantwortliche Herausgeberin, die einzige Journalistin und die wichtigste Informationsquelle des Broken Wheeler Nachrichtenbriefes. Oder genauer gesagt, des *Blogs* der Stadt. Caroline hatte sich nie die Mühe gemacht, herauszufinden, was ein Blog eigentlich war. Aus so einem konnte nichts Gutes herauskommen, da war sie sich jedenfalls sicher. Soviel sie wusste, waren alle, die diesen Nachrichtenbrief lasen, mit Jen verwandt und wohnten allesamt in Spencer. Niemand hatte bisher irgendein Interesse daran gezeigt, nach Broken Wheel überzusiedeln, trotz oder wegen des Nachrichtenbriefes.

Auch für das andere Mitglied des Gemeinderates, für Andy, den letzten aus der Familie Walsh, der noch in der Stadt lebte, hatte sie nicht mehr übrig. Caroline hatte seinen Vater, den älteren Andrew Walsh, wirklich nicht leiden können, und sie war fast bereit, Andy so einiges zu verzeihen, weil er nicht war wie der Senior. Aber es musste doch Grenzen geben.

Andy betrieb das Square, die einzige Kneipe der Stadt, zusammen mit seinem guten Freund Carl, und er hatte einmal im fernen Denver gewohnt. Caroline war nicht sehr für Klatsch, aber weshalb musste man unbedingt dazu Anlass geben, indem man aus Denver zurückkehrte und eine Kneipe übernahm, zusammen mit einem ... *guten Freund.*

An diesem Tag trug Andy blitzblaue Jeans, ein kariertes Hemd und einen Gürtel mit einer Schnalle, die ebenso viel zu wiegen schien wie seine Cowboystiefel. Ihm stand das alles gar nicht schlecht, aber die Sachen waren zu neu und zu auffällig. Für Caroline sah er fast aus wie ein soeben eingetroffener Tourist von der Ostküste, auch wenn seine Familie schon seit Generationen in Broken Wheel ansässig war.

»Eine Touristin in Broken Wheel«, sagte er, sprang auf und setzte sich zu Jen auf die Bühne.

»Es ist seltsam«, sagte sie, »dass wir nicht mehr haben.«

»*So* seltsam nun auch wieder nicht«, sagte Caroline. Sie sprach oft kursiv. »Und eine Touristin ohne Führerschein.«

Sie saß noch immer in ihrem bequemen Polstersessel. Es war zwölf Jahre her, dass im Kino der letzte Film gezeigt worden war, aber es roch noch immer ein wenig nach Popcorn, zerlassener Butter und altem Stoff. Der Geruch erweckte in Caroline keine Erinnerungen an lange zurückliegende Begegnungen, aber sie staunte darüber, dass der Stoff noch immer in so gutem Zustand war.

»Wir müssen etwas für sie zu tun finden«, sagte Jen. »Sie muss unterhalten werden.«

»Womit denn?«, fragte Andy. »Das ist die große Frage.«

»Vor allem Ausflüge. Diese ganze schöne Natur. Die Eichen!«

»Und der Mais«, sagte Caroline trocken. Sie liebte die Eichen ebenso wie die anderen, sie war sogar die Vorsitzende im Verein zum Schutz der Eichen, aber eine Touristenfalle waren die nicht.

»Nicht nur Mais«, sagte Andy. »Auch Sojabohnen.«

»Tom kann sie vielleicht fahren«, sagte Jen, als ob ihr dieser Gedanke gerade erst gekommen wäre. »Wenn er nicht arbeitet, natürlich.«

Caroline schloss die Augen. Der unschuldige Tonfall konnte sie nicht täuschen. Herrgott, dachte sie. Die Frau ist noch keine zwei Tage hier, und schon will Jen die Junggesellen der Stadt auf dem Altar des Tourismus opfern. Na ja, um gerecht zu sein, war es vielleicht ebenso sehr die Frau, die geopfert wurde. Die Junggesellen der Stadt waren auch keine Touristenattraktion.

Ausnahmsweise einmal schienen Andy und Jen nicht auf einer Wellenlänge zu sein. »Tom?«, fragte er verständnislos, obwohl doch alle begreifen mussten, was Jen da plante.

Jen zögerte nun doch. »Ja, Tom…«, sagte sie. »Ich dachte bloß, ob die beiden… sich nicht sympathisch finden könnten?« Sie richtete ihren Blick auf eine Stelle irgendwo über Carolines Kopf. »Meinst du nicht, eine Ferienromanze wäre genau richtig, damit sie sich hier wohlfühlt?«

Andy lachte. »Ja, warum nicht? Tom war nie so gut im Flirten. Und diese Sara scheint auch einen Anstoß zu brauchen. Ich kann mit Tom sprechen und ihm schon mal klarmachen, was hier von ihm erwartet wird.«

So weit schien Jen nun doch nicht gehen zu wollen. »Ich frage mich, ob es nicht besser wäre, das eher langsam geschehen zu lassen…«

»Es ist besser, es überhaupt nicht geschehen zu lassen«, sagte Caroline. So, wie sie Jen kannte, würde die sich mit einer schnöden Ferienromanze überhaupt nicht zufriedengeben, und die wäre doch schlimm genug. Vermutlich träumte sie schon von einer Hochzeit und einer neuen Einwohnerin für die Bevölkerungsstatistik, vielleicht mehreren, während Sonderausgaben über Trauungen, Geburten und Taufen einander in raschem Tempo ablösten.

»Wir können Tom jedenfalls bitten, sie zu fahren«, sagte Jen.

»George kann sie fahren«, sagte Caroline. »Er kann dafür bezahlt werden. Symbolisch jedenfalls. Wir könnten dafür sammeln.«

Was wert war, getan zu werden, war auch wert, dass dafür gesammelt wurde.

Sie fing den raschen Blickwechsel zwischen Andy und Jen auf, aber das war ihr egal. Alle Orte brauchten eine Frau, die die Sache im Griff hatte. Sie wusste, dass hinter ihrem Rücken über sie gelacht wurde, aber immerhin sorgte sie dafür, dass etwas passierte. Und niemand wagte zu lachen, wenn sie in der Nähe war.

»Aber ist der arme George denn schon ausreichend ...« Jen schien nach einer beschönigenden Umschreibung zu suchen, gab aber auf. »Trocken?«

»Der hat seit einem Monat nichts mehr getrunken«, sagte Caroline. »Seine Hände zittern kaum noch. Er braucht eine sinnvolle Beschäftigung. Statt einfach nur bei *dieser Frau* herumzusitzen und den ganzen Tag Kaffee zu trinken.«

»Ein guter Mann«, murmelte Jen.

»George fährt sie«, sagte Caroline, und damit war die Sache entschieden.

Sara Lindqvist
Kornvägen 7, I
136 38 Haninge
Schweden

Broken Wheel, Iowa, 9. Oktober 2009

Liebe Sara,

Broken Wheel ist eigentlich nichts Besonderes. Es gibt nur wenig Interessantes in diesem Ort. Es gibt hier überhaupt eigentlich nur sehr wenig. Aber mir gefällt es dennoch. Ich bin hier geboren und aufgewachsen, das macht den Unterschied.
Es gibt eine größere Straße, die einfach Main Street heißt, und drei Querstraßen. Die heißen Second Street, Third Street und Jimmie Coogan Street. Den letzten Namen sollte ich vielleicht erklären. Bis '87 hieß die Straße Fourth Street (wir sind prosaische, hausbackene Menschen ohne Vorliebe für Verzierungen oder große Worte). Aber jetzt heißt sie nach einem waschechten Schelm. Das freut mich. Es schenkt einer Stadt eine gewisse Würde, so einen gehabt zu haben.

Viele Grüße,
Amy Harris

Asphalt und Beton

Bücher zu lesen war kein schlechtes Dasein, aber seit Neuestem fragte Sara sich doch, ob es ein richtiges … Leben sei. Als sie erfahren hatte, dass Josephsson dichtmachen würde, waren ihr diese Gedanken gekommen, und deren Intensität hatte sie schockiert. Als ob siebzehn Jahre ihres Lebens mit dem Buchladen verschwänden, als ob alles, was sie je gewesen war, in den grauweißen Bücherregalen in einem verstaubten Laden läge, sich in den Menschen offenbarte, die im Sommer vier Taschenbücher zum Preis von dreien kauften und zu Weihnachten egal was, wenn es nur schön bunt war.

Sie hatte zwar gehört, dass sie vermutlich in einem anderen Buchladen eine neue Stelle bekommen könnte, aber da und dort, an endlos langen Sommertagen in einem Vororteinkaufszentrum, während der Countdown zum letzten Arbeitstag lief, hatte sie sich gefragt, ob das wirklich ausreichte. Und es hatte ihr Angst gemacht, denn was gab es da draußen denn außer Büchern und Arbeit?

Es hatte Amy gegeben und eine Kleinstadt in Iowa, wie entsprungen aus einem Roman von Fannie Flagg oder Annie Proulx. Sara hatte sich über einen internationalen Antiquariatsdienst im Netz ein Buch von Amy gekauft, denn dort konnten auch Privatpersonen Bücher anbieten. Als Amy keine Bezahlung gewollt hatte, hatte Sara sich ein Herz gefasst und als Dank ein Buch zurückgeschickt, und so war es weitergegangen. Amy hatte phantastische Briefe über Bücher und über die Menschen in ihrer kleinen Stadt geschrieben, und das war gerade damals das Einzige gewesen, woran Sara sich anklammern konnte. Die einzige Rettungsleine in einem Dasein, das jetzt überwältigend sinnlos wirkte.

Wenn ihr Leben ein Buch gewesen wäre, hätte sie darin nicht einmal eine Nebenrolle gespielt. Und eine Nebenrolle war eigentlich alles, was sie wollte. Hauptperson, das wäre zu viel verlangt, aber wenigstens ein Aussehen und einige persönliche Züge, beschrieben in aller Eile in wenigen Zeilen, wenn sie ab und zu der eigentlichen Heldin begegnete. Eine Person mit Namen und einigen Charaktereigenschaften zu sein.

Im Juli war ihr das wie ein unerreichbarer Traum erschienen, und jetzt war es noch immer ebenso unerreichbar.

Aber sie nahm an, sie würde mit Hilfe der Bücher durch die Tage gelangen. Bisher hatte sie das immer geschafft. An diesem Vormittag ging Sara mit Bridget Jones und der dritten Tasse des fast untrinkbaren Pulverkaffees hinaus auf die Terrasse. Sie lief rasch durch die Diele und richtete den Blick dabei auf die Haustür. Sie versuchte, auf keinen Fall zu dem kleinen Andachtstisch hinüberzusehen. Sie wünschte, jemand hätte wenigstens die Fähnchen weggenommen, aber sie hielt sich nicht für befugt, das selbst zu tun.

Draußen fühlte sie sich wohler. Die Schaukelstühle waren bequem, und der überwucherte Garten wirkte eher verzaubert als vernachlässigt. Als sie hin- und herschaukelte, knarrte es vertraulich unter ihr.

Vielleicht war Amy gar nicht tot? Vielleicht war sie in der Küche mit ihren Blumen beschäftigt? Vielleicht war sie irgendwo oben im Haus, mit einem Buch? Es könnte doch so sein.

Sara seufzte. Es war wie der Versuch, das traurige Ende in einem Buch zu ändern. Egal, wie sehr man sich auch einzureden versuchte, dass alles anders würde, wenn erst der sadistische Idiot von Autor von der Bildfläche verschwunden wäre, so blieb das Bild eben doch im Hinterkopf erhalten.

Rhett Butler ließ Scarlett im Stich, als sie gerade anfing, sich als seiner wert zu erweisen. Gegen alle Vernunft, gegen seine eigene Persönlichkeit, gegen das Wesen der Liebe und gegen sein Wort, ja, gegen alles, was recht und billig war. Und nicht einmal Charlotte Brontës schändlicher Vater konnte verhindern, dass M. Paul starb, so vage sie auch den Schluss zu formulieren versucht hatte, um ihm eine Freude zu machen.

Unbegreiflich.

Ja, aber so war es eben. Man musste ganz einfach versuchen, nicht daran zu denken. Margaret Mitchell war dumm, und Amy Harris war tot.

Sie hob das Buch von ihren Knien auf und zwang sich zum Weiterlesen. Es lag schon ein Trost darin, dass das Buch hier genauso war wie in Schweden. Bridget hatte ihre Neujahrsvorsätze ebenso wenig einhalten können wie im Jahr zuvor und hatte Mr Darcy in einem schrecklichen Hemd getroffen. Als Daniel Cleaver in Erscheinung trat, war Sara bereits in der sicheren Welt der Bücher verschwunden und wäre dort geblieben, wenn nicht ein Auto auf der Auffahrt aufgetaucht wäre.

George trug dasselbe rot karierte Hemd wie am Samstag, und es war auch nicht weniger zerknittert. Seine Hände zitterten jetzt noch mehr. Aber sie dachte daran, wie er sie nach der Beerdigung zum Empfang begleitet hatte, und sie lächelte ihn über den Rand des Buches hin an.

»Ich wollte sagen, dass ich jetzt Ihr Chauffeur bin.«

Das Buch sank langsam auf ihr Knie.

»Ich soll Sie fahren«, erklärte er. »Wohin Sie wollen. Sie brauchen nur anzurufen.« Er leierte seine Telefonnummer herunter, ohne darauf zu warten, dass sie sie aufschrieb. »Wenn ich nicht zu Hause bin, dann bin ich bei Grace.« Er gab ihr auch diese Nummer, und wieder konnte Sara sie nicht aufschreiben.

»Aber ich kann doch zu Fuß gehen?«, sagte sie.

»Sie haben gesagt, ich soll Sie fahren.«

»Sie?«

»Jen und Andy. Caroline findet das auch.«

Das gab vermutlich den Ausschlag.

»Also?«, fragte er. »Kann ich Sie irgendwo hinfahren?«

»Es gibt hier nicht mehr so viel zu sehen«, sagte er, als sie in die Stadt fuhren.

Das Einzige, was es im Überfluss zu geben schien, war Mais. Jetzt, Ende August, ragte er in riesigen Feldern um sie herum auf. Das scharfe Sonnenlicht verwandelte die Felder in ein wogendes Meer aus Gold und Grün, das Sara blendete und ihre Augen brennen ließ, bis der Asphalt von Broken Wheel ihr wie eine Befreiung erschien. Er begann zehn Minuten vor der Stadt mit einer Häuserzeile aus grauem Beton und einem verlassenen Wohnwagenparkplatz.

»Da wohne ich«, sagte George. Sie hoffte, er meinte das Haus, denn auf dem Wohnwagenparkplatz gab es nichts, wo man hätte wohnen können. Ein ramponierter Zaun kennzeichnete eine Art Grenze zur Stadt, und hinter dem Platz standen auf einem Streifen Brachland einige vereinzelte Bäume.

Vor ihnen wurde der Weg breiter, aber es dauerte noch, ehe irgendeine Siedlung auftauchte, die diesen Namen verdiente. Das Einzige, was es zwischen Georges Wohngebiet und dem Stadtkern gab, war eine stillgelegte Tankstelle. Ein weißer Wellblechschuppen schien als Tankstellenhäuschen gedient zu haben, und daneben hatte irgendwer zwei Treckerreifen und einen zerbrochenen Kinderwagen abgelegt.

»Früher gab es noch mehr Läden«, sagte George verlegen, als ob der Zustand der Stadt seine Schuld sei. »Aber die meisten haben irgendwann nach der Krise dichtgemacht. Es gibt nicht genug Leute, da rentiert es sich nicht.«

Sie wollte jedenfalls die Jimmie Coogan Street sehen, schärfte sie sich ein. Das musste doch etwas bedeuten. Aber es fiel ihr schwer, irgendwelchen Enthusiasmus aufzubringen. Jetzt, da sie ausgeruht war und geduscht hatte und die Stadt richtig sah, würde der Eindruck womöglich noch deprimierender sein.

Ursprünglich hatte die flache, wogende Landschaft der Great Plains zu einem eigenen Architekturstil inspiriert: flache, großflächige Häuser hatten sich in die sie umgebende Prärielandschaft gefügt, während die Häuser im Zentrum von schönen überdachten Holzgalerien umschlossen wurden, so dass man an den Ladenfenstern vorbeischlendern konnte, eine Art Mischung aus Veranda und Promenade. An vielen Orten funktionierte das auch und wirkte einladend und gemütlich.

Broken Wheel dagegen war eine grandiose Verschwendung von Klinker, Asphalt und Beton. Die Häuser waren zwar niedrig, aber nur deshalb, weil es nie Bedarf an mehr als zwei Stockwerken gegeben hatte. Im Moment wurde nicht einmal eins benötigt. Statt durch eine vom Wind durchfegte Prärie zu gleiten, glitten sie an heruntergekommenen Klinkerbauten vorbei über eine unnötig breite Straße, die fast dreispurig wirkte. Die Straße wurde schon lange kaum noch benutzt, da der Interstate Highway den Autoverkehr umgeleitet hatte.

Nachdem George sie verlassen hatte und im Grace's verschwunden war, wandelte Sara eine Dreiviertelstunde lang ziellos umher. Dann blieb sie am Straßenrand stehen, geradezu überwältigt von der Atmosphäre. Die ganze Stadt hatte etwas Trauriges an sich, als ob Generationen von Problemen und Enttäuschungen sich auf Ziegelsteinen und Asphalt abgelagert hätten. An einer Straßenecke stand eine Gruppe von Männern. Sie waren sicher über fünfzig, vielleicht über sechzig, es war schwer zu schätzen, wegen ihrer verschlissenen T-Shirts und der verhärmten Züge, aber sie strahlten dieselbe rastlose Untätigkeit aus wie die Jugendlichen in dem Einkaufszentrum, in dem Sara gearbeitet hatte.

Konnte das wirklich Amys Broken Wheel sein? Die Stadt, in der ihr Bruder die Zeitung *The Bent Farmer* herausgegeben und wo eine Lehrerin eine improvisierte Mopedbibliothek ins Leben gerufen hatte?

Sie ging weiter die Straße entlang, vor allem, um den Blicken dieser Männer zu entkommen. Sie waren nicht direkt feindselig. Nur auf sie gerichtet, vielleicht, weil es kein anderes Objekt zum Anschauen gab. Wenn sie nur die Jimmie Coogan Street finden könnte, dachte Sara, dann würde sich ihr auf irgendeine magische Weise Amys Stadt offenbaren, mit ihren vielen Holzfassaden, den Frauen in Kleidern und einer zeitlosen Lebensweise nach Art der Amischen, wie sie es sich beim Lesen von Amys Briefen vorgestellt hatte.

Mitten am Tag schien die Sonne unbarmherzig auf einen leerstehenden Laden neben dem anderen. Viele hatten wirklich schöne alte Holzfassaden, als ob die Stadt irgendwann einmal bezaubernd und lebendig gewesen wäre. Aber beim Anblick der leeren Räume verflog jegliche Gemütlichkeit. Ab und zu waren die Fenster notdürftig mit Brettern zugenagelt, anderswo gab es nur zerbrochene Glasscheiben, die niemand repariert oder mit Brettern verkleidet hatte.

Vor manchen Läden waren irgendwann magere Bäume gepflanzt worden, die offenbar niemals richtig zu Kräften gelangt waren, und am Ende einer Querstraße gab es eine Andeutung von einem Park. Aber bezaubernder wurde es dann nicht mehr.

Sie brauchte zwanzig Minuten, um einmal quer durch die Stadt zu gehen, doch von einer Jimmie Coogan Street fand sie nicht die geringste Spur.

Auf der anderen Straßenseite warb ein Schild für ein Mittel, das Wurmbefall von Maiswurzeln verhinderte: *Control cornroot worm!*, rief es in die Welt hinaus, sicher zweimal drei Meter groß und mindestens zwanzig Jahre alt. *With Dyfonate 20-G Intersectitude. Ideal for the big corn grower!*

Darunter gab es ein um einiges kleineres Schild, das erklärte, dies hier sei Broken Wheel. Punkt. Sie hatten sich nicht einmal die Mühe gemacht, etwas wie das übliche »Im Herzen Iowas« oder »Im Garten Iowas« hinzuzufügen oder irgendeinen anderen Versuch zu einer beschönigenden Umschreibung vorzunehmen. Das Schild war so klein, dass es Sara vorkam, als bitte es um Entschuldigung für die Störung.

Sie musste zweimal die gesamte Stadt durchqueren, ehe sie endlich Jimmie Coogans Straße gefunden hatte, und auch das gelang ihr nur durch die Ausschlussmethode. Es gab kein Schild, und die Straße war nur eine düstere Gasse mit hohen Klinkermauern auf beiden Seiten.

Danach ging ihr die Luft aus. Sie blieb vor dem Diner stehen. Durch die Tür konnte man einige goldene Buchstaben vor einem verblassten roten Hintergrund erahnen: *Amazing Grace*. Als Grace persönlich sie hereinwinkte, war sie fast dankbar dafür, dass jemand anderes entschied, was sie tun sollte.

Grace goss ihr ungefragt eine Tasse Kaffee ein und knallte einen Klumpen rosa Hackfleisch auf die Bratplatte hinter ihr. Das Lokal war fast leer. Nur drei Wagen waren davor abgestellt, zwei verstaubte Pick-ups von sonnenverblichen blauer Farbe, und ein weißer Kastenwagen, der bei Straßenreparaturen benutzt wurde. Um einen Tisch saßen drei Männer in leuchtend gelben Reflexwesten, aßen Eier und Speck und tranken Kaffee, eher ein frühes Abendessen als ein Mittagsmahl.

»Nicht viel zu entdecken, was?«, fragte Grace. Ihre gewaltigen Arme ruhten wie immer auf dem Tresen.

»Schöne Stadt«, sagte Sara, ohne das selbst zu glauben.

»Ein verdammtes Kaff, das ist es. Wenn ich Sie wäre, würde ich nicht hierbleiben.« Grace legte eine Kunstpause ein. »Fliehen Sie, solange das noch geht, mehr sage ich nicht. Ich habe nie begriffen, warum meine Großmutter hiergeblieben ist.«

Sie steckte sich eine Zigarette an und redete fast im selben

Atemzug weiter. »Und George ist also Ihr Chauffeur? Ich bin ja keine Klatschtante. Aber er hatte es schwer hier im Leben. Kann ein bisschen Unterstützung brauchen. Seine Frau hat ihn verlassen. Das war, als er angefangen hatte zu trinken. Hat natürlich nicht dauernd gepichelt. Quartalssäufer. Konnte seinen Job im Schlachthof noch mehrere Jahre behalten.«

Grace hatte sich nicht die Mühe gemacht, leiser zu sprechen, aber George schien nicht zugehört zu haben. Vielleicht hatte er mit der Zeit ein selektives Gehör entwickelt.

»An sich war es gut, dass er dann gefeuert wurde. Das war ja nicht gerade die passende Arbeit für einen Mann, dessen Hände nicht so ganz ruhig sind.« Sie zwinkerte Sara zu. »Es kann leicht dazu führen, dass man dann gar keine Hände mehr hat.«

Sie fügte rasch hinzu: »Aber jetzt ist er trocken. Und das schon seit über einem Monat. Guter Mann.«

»Warum nennen Sie sich Grace?«

»Meine Mutter hieß Grace. Ihre Mutter hieß Grace. Die Mutter ihrer Mutter hieß Grace.« Sara hatte schon Angst, sie könne noch eine Generation weitergehen. »Aber ich? Madeleine.«

Sara zwang sich, einen Schluck Kaffee zu trinken. Der war viel zu dünn und schmeckte leicht verbrannt, als habe er zu lange auf einer Heizplatte gestanden.

»Madeleine. Das ist ein Name für feine ältere Damen. Frauen, die in Ohnmacht fallen, wenn man sie antippt. Frauen, die heiraten und Taschentücher mit ihren Anfangsbuchstaben besticken. Ihren Anfangsbuchstaben als Ehefrauen, natürlich. Es ist aber wohl kaum ein Name für eine Frau, die Burger umdreht oder sich mit einem abgesägten Schrotgewehr betrunkene Straßenarbeiter vom Leib hält.«

»Vielleicht hatte sie sich einen anderen Beruf für Sie vorgestellt?«, fragte Sara. Sie schielte nervös über ihre Kaffeetasse zu Grace hinüber, um zu sehen, ob sie zu weit gegangen war.

Aber Grace sah nur zufrieden aus.

»Das ist kein Beruf. Das ist eine Familientradition«, sagte sie. »Die Frauen in meiner Familie waren immer stark, sie haben immer Schnaps serviert, sie hießen immer Grace.«

Sie knallte den Hamburger mit einer so dramatischen Handbewegung auf einen Teller, dass Sara schon erwartete, er werde auf der anderen Seite wieder hinunterrutschen. Dann gab Grace noch eine Portion Pommes frites dazu und schob alles zusammen über den Tresen. Der Teller klapperte, kam dann aber vor Sara zum Stehen.

»Meine Mutter hatte sich in einen Mann verliebt, der ein paar Meilen außerhalb der Stadt einen kleinen Bauernhof hatte«, sagte Grace jetzt. »Und was glauben Sie, was diese Frau dann gemacht hat?«

Sara hatte keine Lust zu raten, und Grace redete sofort weiter.

»Sie heiratete. Ich wurde nach gut und gerne zwei Jahren Ehe geboren. Eine Tochter, die nicht unehelich gezeugt war. Das ist natürlich niemandem im Ort entgangen, das können Sie mir glauben. Meine Großmutter lebte noch und kümmerte sich um die Bar, also war meine Mutter doch nicht ganz akzeptiert. Macht auch nichts, wenn Sie mich fragen.«

Grace steckte sich eine neue Zigarette an. Sara schnitt vorsichtig ein Stück von ihrem Hamburger.

»Meine Mutter versuchte, akzeptiert zu werden. Haben Sie schon einmal versucht, akzeptiert zu werden?«

Sara überlegte, ehe sie antwortete. »Ich weiß nicht«, sagte sie, obwohl sie annahm, dass alle das irgendwie einmal versuchten.

»Das bringt nichts«, sagte Grace. »Wenn Sie nach den Spielregeln der anderen spielen, dann werden Sie jedes Mal geschlagen. Es ist wie das Sprichwort. Nie mit einem Idioten diskutieren, denn der zieht dich auf sein Niveau herunter, und dann schlägt er dich durch seine Erfahrung. Das gilt auch dafür, wie man sein Leben leben soll.« Sie drückte die Zigarette in dem bereits überlaufenden Aschenbecher aus. »Leben Sie Ihr Leben nie nach den Regeln der Idioten. Denn die werden Sie auf ihr Niveau herunterziehen, die werden gewinnen, und Sie werden derweil ein verdammt ödes Leben haben.«

Sie sah Sara eindringlich an. »Sehen Sie sich nur Caroline an. Ihr Leben ist sogar noch öder als das ihrer Mutter, und das sagt schon eine Menge. Das der alten Mrs Rohde war verdammt öde, aber sie hatte immerhin Haltung. Sie war streitsüchtig. Caroline hat sich ihr Leben lang den Erwartungen der anderen angepasst, und jetzt amüsiert sie sich damit, allen anderen ihre eigenen aufzuzwingen.«

Sara sagte nichts. Sie hatte sich Caroline nicht als Menschen vorgestellt, der sich jemals den Erwartungen anderer angepasst hatte. Abgesehen von den Erwartungen, die sie vielleicht an sich selbst stellte, aber Sara war nicht einmal sicher, dass sie denen Aufmerksamkeit schenkte.

Sara Lindqvist
Kornvägen 7, I
136 38 Haninge
Schweden

Broken Wheel, Iowa, 14. Januar 2010

Liebe Sara,

Ein Buchladen! Das muss doch ein wunderbarer Arbeitsplatz sein. Wir hatten hier in Broken Wheel noch nie einen Buchladen, aber einmal hatten wir immerhin eine mobile Mopedbibliothek. Miss Annie, unsere Lehrerin, beschloss, eine Schulbücherei einzurichten und mit dieser jeden Samstag zu den Leuten zu fahren. Es gab nie besonders viele Bücher, und die, die es gab, lagen wild durcheinander auf dem Anhänger von Annies Moped. Aber was war das für ein Abenteuer! Damals las ich »Betty und ihre Schwestern«, ich nehme an, dass der leicht moralisierende Tonfall Louisas zu einer Schulbücherei passte, und »Onkel Toms Hütte«, was, glaube ich, ein Versehen war. Zwar hatten viele Familien in Broken Wheel Abolitionisten in der Verwandtschaft gehabt, aber ich glaube eigentlich nicht, dass ihnen klar war, wie viele meiner liberalen Ansichten ich von Harriet Beecher Stowe übernommen habe. Für manche gab es nur eine haarfeine Grenze zwischen Christentum, Liberalismus und Kommunismus. Und es gab natürlich auch die Bibel, aber diese Geschichten hatte ich damals längst gelesen.

Die Stadtbücherei überlebte ein Jahrzehnt und die Schulbücherei so lange, bis die Schule geschlossen wurde. Aber die Schulbücherei war am Ende nicht mehr dasselbe, da bekamen wir Geld, um Bücher anzuschaffen. Eine Schulbibliothek hat etwas Uninspiriertes, finde ich. Die Klassenausgaben mit zwanzig Exemplaren desselben Titels, weil alle das gleiche Buch lesen müssen, und dieser besondere Geruch nach Zwang. Wir waren nie eine lesende Stadt. Sind sicher zu praktisch veranlagt, stelle ich mir vor. Man muss zu Träumereien neigen, um Bücher zu schätzen, jedenfalls zu Anfang. Aber ich nehme an, dass das in etwas größeren Orten doch anders ist. Es gab eine Bibliothek in Hope, aber nie einen Buchladen. Es ist doch komisch, wenn eine Stadt drei Einrichtungsläden hat, aber keinen Buchladen, oder? Ich meine jetzt Hope. Hier gibt es keinen einzigen Einrichtungsladen, seit Mollys Eckgeschäft dichtgemacht hat, und die hat sowieso nur Porzellanfiguren verkauft.

Caroline Rohde, eine gute Freundin von mir, war eben hier. Sie ist sehr sympathisch, aber ungeheuer aktiv in der Kirche. Sie behauptet, dass wir hier doch eine Art Buchladen haben, da die Bibelgesellschaft (Caroline ist die Vorsitzende der Ortsgruppe von

Broken Wheel) ein Zimmer im Gemeindezentrum hat. Da gibt es zwanzig Bibeln, die man zu fünf Dollar das Stück kaufen kann. Man bekommt sie auch gratis, wenn man beweisen kann, dass man zu Hause keine Bibel hat.
Entschuldige, dass ich so viel schreibe. Ich bin gerade bettlägerig und habe viel zu viel Zeit, um mich kurz zu fassen.
Über mein eigenes Leben gibt es nicht viel zu sagen, aber es ist nett, dass du fragst. Als ich jünger war, war ich davon überzeugt, dass alle alten Leute ihre eigene dramatische Lebensgeschichte haben. Ich glaube, das kam davon, dass ich auf dem Lande groß geworden bin. Alle Familien schienen ihre düsteren Geheimnisse zu besitzen, unerklärliche Schwangerschaften und unselige Auseinandersetzungen um Trecker und Mähdrescher. Oft waren es Katastrophen von biblischen Ausmaßen, manchmal im wahrsten Sinne des Wortes, wie in den Jahren 1934 und 1935, als Heuschreckenschwärme über uns hereinbrachen. Aber derzeit kommt mir unser Leben so alltäglich vor. Ich interessiere mich viel mehr für das Leben der jungen Leute – da gibt es noch Dramatisches!
Wir haben hier im Moment nicht mehr sehr viele junge Leute, und die, die ich als »meine« Jugendlichen betrachte, sind inzwischen fast erwachsen. Meine Jugendlichen sind die, die jung waren, als ich erwachsen war. Claire, Andy und Tom sind jetzt alle über dreißig. Tom ist mein Neffe, genauer gesagt der Sohn meines Bruders Jimmy (nicht zu verwechseln mit Jimmie Coogan). Claire hat eine siebzehn Jahre alte Tochter, eine von diesen unerklärlichen Schwangerschaften. Ich glaube nicht, dass es Tom war, das habe ich nie geglaubt, aber ich habe mich gefragt, ob es vielleicht Andy gewesen sein könnte. Obwohl Andy fast gleichzeitig nach Denver gegangen ist (es gab auch Leute, die das verdächtig fanden, ab und zu glaube ich, dass sein Vater dieses Gerücht bewusst ausgestreut hat). Andy kam mit einem sehr guten Freund namens Carl zurück, der sehr nett ist und obendrein unverschämt gut aussieht. Es gibt nicht sehr viele Menschen,

denen ich ein solches Aussehen verzeihen würde, aber Carl gehört dazu.
Caroline fragt, ob du eine Bibel hast. Ich habe mir die Freiheit genommen zu behaupten, das sei sicher der Fall.

Viele Grüße,
Amy Harris

Eine Touristin in ihrer Stadt

Wenn Sara gewusst hätte, welche Diskussionen sie in der Stadt auslöste, hätte sie gestaunt. Sie war nicht interessant. Sie war nicht exotisch. Sie war einwandfrei nicht schön.

Sie hätte als Erste zugegeben, dass sie überaus alltäglich aussah. Schon mit sieben Jahren hatte sie akzeptieren müssen, dass sie mausgraue Haare hatte. Das ließ sich einfach nicht wegdiskutieren. Nicht einmal mit dem besten Willen auf der Welt hätten ihre Haare *rotblond* oder *kastanienbraun* genannt oder mit einem anderen Wort bezeichnet werden können, mit dem die Heldinnen in ihren Büchern beschrieben wurden. Und sie hatte nicht das geringste Stilgefühl. Das Beste, was ihre Mutter je über ihre Kleidung gesagt hatte, war, dass sie wenigstens sauber und in ordentlichem Zustand sei.

An sich waren ihre Augen ihr größtes Plus. Die waren groß und ausdrucksvoll, wenn sie nicht zu Tode verängstigt wirkten oder sich hinter einem Buch versteckten.

Aber Broken Wheel hatte noch nie eine echte Touristin gehabt.

Am Tag nach Saras Besuch bei Amazing Grace war sie das Hauptgesprächsthema von zwei älteren Bewohnerinnen der Stadt. Die beiden waren auf einen Kaffee in den Diner gekommen, nur, um den neuesten Klatsch über den jüngsten Zuwachs in der Stadt zu hören.

»Sie ist einwandfrei zum richtigen Zeitpunkt gekommen«, sagte die eine. Aus der Ferne war sie kaum zu erkennen, als sie da am einen Ende des Tresens saß, einerseits, weil ihre kleine, dünne Gestalt durch das Alter noch kleiner geworden war, andererseits, weil sie von einer dichten Rauchwolke umgeben war. Gertrude war Kettenraucherin. Außerdem trank sie. Doch weder das noch ihre Essgewohnheiten (sie liebte Eingelegtes und Fett, am liebsten zusammen) hatten sie bisher ins Grab bringen können, im Gegensatz zu ihren beiden Verflossenen. Denn Essen und Passivrauchen hatten beide umgebracht. Gertrude war Witwe.

»Eine Beerdigung«, sagte sie jetzt. »Ein Ort zeigt sich bei einer Beerdigung stets von seiner besten Seite. Es ist immer nett, wenn etwas passiert.«

Ihre Freundin Annie May schwenkte die Hand, um den Rauch zu verteilen.

»Und so schön anzusehen«, sagte sie. »Alle in feinen schwarzen Kleidern. Und so viel zu essen.«

»Ich habe meinen Maiseintopf mitgebracht«, sagte Gertrude. »Mit besonders viel Speck natürlich.«

Beide sahen Grace erwartungsvoll an.

Grace beugte sich über den Tresen vor. »Nette Frau«, sagte sie. »Sie war gestern hier und ist mindestens eine Stunde geblieben. Und ich bin ihr auch begegnet, als sie gerade hier angekommen war.«

»Wirklich?«, fragte Gertrude, und das war genau die Aufmunterung, die Grace brauchte, um die ganze Geschichte zu erzählen.

»Nett, aber vermutlich ein bisschen komisch. Sie hatte ein Buch in der Hand, als sie kam. Hielt sich daran fest wie an ihrem einzigen Schutz auf der Welt. Ich habe sie als Erste gesehen, ich kann das also beurteilen. Wovor zum Henker die Bücher uns wohl beschützen können sollen. Ein solides Schrotgewehr dagegen …« Sie verstummte vielsagend, aber Gertrude und Annie May waren nicht so dumm, Grace noch zu weiteren Anekdoten zu ermutigen.

»Na, ich will ja gar nichts weiter sagen«, fügte Grace hinzu, als sie keine Antwort erhielt. »Wir Graces haben unsere eigenen Macken. Eine der ersten Graces war sogar scharf auf einen Sheriff. Hat kein gutes Ende genommen, aber das hätte man sich ja denken können. Wurde aus der Stadt gejagt.«

Annie May sagte nichts dazu. Sie fragte: »Aber wird sie hierbleiben?«

»Warum denn nicht?«, fragte Grace verärgert, weil sie noch nicht selbst an diese negative Möglichkeit gedacht hatte.

Annie May hatte dünne weiße Haare, die sie zu einem lockeren Knoten aufgesteckt hatte. Sie sah aus wie eine freundliche Großmutter, und das schon seit fünfzig Jahren. Sie war unverheiratet – eine der grausamen Launen der Natur. Es war ja gut und richtig, wie eine Großmutter auszusehen, wenn man Enkelkinder hatte, aber man sollte doch eher nicht so aussehen, wenn man erst noch vorhatte, sich welche zuzulegen. Ironischerweise hatte Annie May sich immer mehr für Männer interessiert als für Kinder. Kinder waren schlichtweg unromantisch.

»Ich glaube, sie wird jemanden kennenlernen«, sagte sie.

»Jemanden kennenlernen?«, fragte Gertrude in unheilschwangerem Tonfall.

»Das tun sie immer, weißt du«, sagte Annie May defensiv.

»Sie?«

»Einsame Menschen, die in eine neue Stadt kommen. In Geschichten, weißt du. Auch Männer.«

»Männer«, sagte Grace. Sie schien nicht zu finden, dass Männer einen weiteren Kommentar verdient hätten. »Wenn sie auch nur das geringste bisschen Verstand hat, dann wird sie ganz schnell machen, dass sie fortkommt. Diese Stadt ist es doch nicht wert, dass man bleibt.«

»Welche Stadt ist das schon?«, fragte Gertrude. »Aber wir sind ja wohl immer noch besser als *Europa.*«

Ein Gasherd. Aber wie funktionierte so ein Gasherd eigentlich? Und was passierte, wenn man etwas falsch machte?

Sara hatte in ihrem ganzen Leben noch keinen Gasherd gesehen. Sie hatte bei ihren Eltern zu Hause gewohnt, und dort hatte es einen ganz normalen, aber offenbar teuren Herd mit Platten gegeben, die gewissermaßen im eigentlichen Herd versenkt waren, ein Wunder in funkelnd Schwarz und Chrom. Und sie hatte allein in einer Zweizimmerwohnung in Haninge gewohnt, mit einem viel älteren Herd, der richtige Platten hatte und einstmals weiß gewesen war.

Sie umkreiste den Gasherd in Amys Küche mehrere Tage lang, wagte aber noch immer nicht, ihn einzuschalten. Sie hatte die vage Theorie, dass auf irgendeine Weise Streichhölzer nötig wären, und in einem Anfall von Übermut hatte sie aus einer Küchenschublade, die alles Mögliche enthielt, sogar eine Schachtel hervorgekramt. Dann aber hatte der Mut sie verlassen.

Ab und zu überkam sie das Gefühl, dass das Haus selbst ihr Gegner war. Vielleicht war es nur ihr schlechtes Gewissen, weil sie keine Miete zahlte, das sie plagte, aber sie konnte sich nicht von dem Gefühl befreien, dass die meisten Zimmer schon lange vor Amys Tod von Unglück beherrscht waren. Im Wohnzimmer gab es nicht einmal Bücher, nur ein schwarzes Ledersofa, das nie im Leben einen Menschen glücklich hätte machen können.

Sie hatte schon fast beschlossen, dass ein kaltes Mittagessen die beste Lösung wäre, als das Telefon klingelte. Sie erstarrte.

Denken, Sara.

Das Telefon klingelte weiter schrill und aufdringlich.

Es würde peinlich werden, egal, wofür sie sich entschied. Sicher wussten schon viele, dass sie hier wohnte, aber einige, vermutete sie, taten das nicht. Wenn jemand anrief, der nicht wusste, dass sie hier wohnte, würde es ziemlich unangenehm werden, wenn sie sich plötzlich am Telefon meldete. Und wenn es jemand war, der nicht einmal von Amys Tod wusste, würde es fast unerträglich sein.

Es klingelte nicht mehr.

Sie bereute, nicht abgenommen zu haben. Sie war fast überzeugt davon, dass sie es hätte tun müssen. Dann fing es wieder an zu klingeln, und wieder war sie unschlüssig. Am Ende meldete sie sich mit »Sara«, einfach, um nicht mehr darüber nachdenken zu müssen.

Eine freundliche, fröhliche Stimme war zu hören. »Sara, hier ist Andy. Wir sind uns bei der Beerdigung begegnet.«

»Andy!«, sagte sie, und dann ging ihr auf, dass das wohl ein wenig zu vertraulich geklungen hatte. Sie konnte sich im Zusammenhang mit der Beerdigung nicht an ihn erinnern, wusste aber aus Amys Briefen, wer er war.

»Hast du Lust, heute Abend im Square vorbeizuschauen? So ein ruhiger Kneipenabend mit ein paar Freunden hier aus Broken Wheel. Ganz locker. Kaltes Bier, nette Leute.«

Sie sah den Gasherd an. Der antwortete nicht. Sie runzelte die Stirn.

Neue Menschen waren natürlich anstrengend. Aber irgendwie hatte sie ja doch das Gefühl, sie schon zu kennen. Und auf jeden Fall würde sie dann dieses Haus verlassen können.

»Danke«, sagte sie. »Gern.«

»Phantastisch. Wir holen dich um sechs ab. Nein, nein, das ist überhaupt kein Problem«, fügte er hinzu, ehe sie auch nur auf die Idee gekommen war, dass sie Umstände machen könnte.

Um fünf Uhr war sie schon so fertig, wie das überhaupt nur möglich war. Sie hatte das Essen ausfallen lassen und sich die ganze Zeit darauf konzentriert, ihre Garderobe nach etwas durchzusehen, das locker aussah, aber nicht zu locker, fein, aber nicht zu fein. Sie war mit dem Ergebnis ziemlich zufrieden. Die graue Hose fiel mit geraden Bügelfalten an ihren Beinen nach unten und ließ sie fast elegant aussehen. Der schwarze Pullover mit dem V-Ausschnitt war ein wenig tailliert und betonte die schlanken Schultern, die Schlüsselbeine und eine Andeutung von Brust. Sie hatte sogar ein wenig Wimperntusche und einen leichten Lidschatten in gedämpftem Lila aufgetragen.

Jetzt saß sie in der Küche, mit ganz geradem Rücken, und versuchte, so stillzuhalten wie überhaupt nur möglich, damit die Hose keine Knitter bekam und die Wimperntusche nicht verschmierte. Aber innerlich machte sie spontane kleine Tanzschritte bei der Vorstellung, dass sie Amys Jugendliche kennenlernen würde. Vielleicht hatte ja auch eine gewisse Nervosität ihren Eifer geweckt und ihr Herzklopfen verursacht, aber jedenfalls war es eine andere Art Nervosität als die Angst, die sie sonst Menschen entgegenbrachte. Das hier war die Erwartung eines Abenteuers, plötzlich kam es ihr vor, als ob alles passieren könnte, als ob Amy auf irgendeine Weise durch ihre Jugendlichen wieder bei ihr wäre. Sie kannte sie so, wie sie Elizabeth Bennet, Jack Reacher und Euthanasia Bondeson kannte. Die hatten sie noch nie im Stich gelassen, und sie war ganz sicher, dass Andy und die anderen das auch nicht tun würden. Die Enttäuschung über die Jimmie Coogan Street war wie fortgeflogen.

Als ein roter Pick-up vor dem Haus vorfuhr, sprang sie auf und ermahnte sich selbst, sich nicht wie eine Idiotin zu benehmen. Für die bist du nur eine Fremde, die nichts über sie, Amy oder über die Stadt weiß. Aber sie lächelte, als sie das dachte.

Der Mann, der aus dem Auto stieg, war nicht Andy, da war sie sich ganz sicher. Seine Bewegungen hatten etwas Angespanntes und Widerwilliges, als er auf sie zukam, etwas, das überhaupt nicht zu der fröhlichen Stimme am Telefon oder zu den Beschreibungen in Amys Briefen passte.

»Tom«, sagte er.

»Sara«, sagte sie automatisch und blinzelte verwirrt zu ihm hoch. Er hatte ein Netz aus feinen Lachfältchen um die Augen, aber er lächelte nicht. Seine Augen waren von derselben tiefen graugrünen Farbe wie das Meer im November, und sie bargen ungefähr ebenso viel Wärme. Aus seiner ganzen Körperhaltung sprachen Distanz und Irritation. Sie wusste nicht, wodurch sie eine solche Abneigung erregt haben könnte, aber dass die vorhanden war, stand ohne jeden Zweifel fest.

Für einen Moment geriet ihre Welt wieder ins Wanken, wie es ihr bei der Jimmie Coogan Street passiert war; nur um einige wenige Grade, eben genug, um verzerrt und unzuverlässig zu erscheinen, aber nicht so sehr, dass sie genau hätte sagen können, was sich hier verändert hatte.

Er trug lässige Jeans und ein T-Shirt, und das ließ Saras graue Hose ziemlich fehl am Platze wirken. Sie dachte nicht mehr, dass ihre Beine auf irgendeine Weise elegant wirken könnten. Sie gehörten wie immer zu ihrem mageren Körper, und abermals war Sara wieder nur noch alltäglich.

Das erlebst du nicht zum ersten Mal, Sara, sagte sie sich. Wenn du blöd genug warst, zu glauben, irgendetwas könnte sich ändern, nur weil es hier um Amys Jugendliche geht, dann ist das deine eigene Schuld. Wimperntusche! Idiotin.

Seltsamerweise brachten diese Gedanken ihr einen gewissen Trost. Immerhin war ihr die Lage vertraut.

»Andy hat mich gebeten, dich zu fahren.« Tom sagte das, als ob es auf irgendeine Weise Saras Schuld wäre.

»Ich hätte zu Fuß gehen können.«

»Sicher.«

Im ersten Augenblick spielte sie wirklich mit dem Gedanken, auf dem Absatz kehrtzumachen und in Amys Haus zurückzugehen. Sie glaubte nicht, den Abend durchstehen zu können, wenn sich auch Andy als so unsympathisch entpuppte. Aber Tom hatte schon die Autotür geöffnet, und jetzt schob er ein wenig an ihrem Arm, um ihr auf den hohen Sitz zu helfen.

»Du bist also Sara«, sagte er endlich.

Dazu gab es nicht viel zu sagen, deshalb blieb sie stumm. Sie wühlte unbewusst in ihrer Jackentasche, in die sie sicherheitshalber ein Taschenbuch gesteckt hatte. Sie hielt es nicht für zulässig, es hervorzuziehen, obwohl es ja ganz klar war, dass Tom nicht mit ihr reden wollte. Die Menschen waren in dieser Hinsicht schon komisch. Sie konnten so gleichgültig sein, wie sie wollten, aber kaum zog man ein Buch hervor, galt man als unhöflich.

Hinter dem Wagenfenster waren wieder die Maisfelder aufgetaucht, kaum dass sie die kleine Stichstraße zu Amys Haus verlassen hatten. Sara wusste nicht, ob diese Felder einen Schutz oder eine Bedrohung darstellten.

»Die also gern liest.«

Sie fragte sich, ob er ihre Gedanken lesen könnte, würdigte ihn aber keines Blickes.

»Du hast ein Buch in der Tasche.« Seine Stimme klang womöglich noch abweisender.

»Menschen in Büchern sind besser«, murmelte sie, so leise, dass sie nicht glaubte, er könnte es hören. Aber als sie zu ihm hinüberschielte, sah sie seine Mundwinkel zucken. »Findest du nicht?«, fragte sie zaghaft.

»Nein«, sagte er.

Sie nahm an, dass die meisten das so sahen wie er. »Aber sie sind so viel witziger, und interessanter, und …« Sympathischer, dachte sie.

»Ungefährlicher?«

»Das auch.« Jetzt musste sie doch lachen.

Er jedoch schien das Interesse an dem Gespräch und ihr wieder verloren zu haben. »Aber sie sind nicht wirklich«, sagte er, als sei der Fall damit erledigt.

Wirklich. Was war an der Wirklichkeit denn so großartig? Amy war tot. Sara saß hier in einem Auto, mit einem Mann, der sie offensichtlich nicht leiden konnte. In den Büchern konnte sie jede und an jedem Ort sein. Sie konnte stark, schön, charmant sein, ihr konnte genau im richtigen Moment genau die richtige Bemerkung einfallen, und sie konnte … Dinge *erleben.* Richtige Dinge. Dinge, die wirklichen Menschen passierten.

In Büchern waren Menschen charmant und freundlich, und das Leben hielt sich an bestimmte Muster. Wenn jemand davon träumte, etwas zu tun, wusste man fast sicher, dass diese Person das am Ende des Buches auch tun und vor allem jemanden finden würde, mit dem sie es tun könnte. In der Wirklichkeit konnte man fast sicher sein, dass eine Person alles andere tun würde, nur nicht das, was sie sich wünschte.

»Sie sollen besser sein als die Wirklichkeit«, sagte sie. »Größer. Lustiger, schöner, tragischer, romantischer.«

»Auf jeden Fall also nicht wirklich«, sagte Tom. Fast wieder belustigt. Seine Augen funkelten, und seine Stimme klang so, als hätte sie ihm eine romantische Schulmädchenphantasie über Helden und Heldinnen und wahre Liebe serviert.

»Wenn sie wirklich sind, sind sie wirklicher als das Leben. Wenn die Geschichten von einem grauen und sinnlosen Alltag handeln, ist der viel grauer und sinnloser als unser eigener grauer und sinnloser Alltag.«

Er schien sich das Lachen mit Mühe zu verkneifen. Die Falten um seine Augen vertieften sich. Dann verschwand sein Lächeln so plötzlich, wie es aufgetaucht war.

»Die Bücher, die du über Amy bestellt hattest, kamen zwei

Tage vor ihrer Beerdigung«, sagte er, und damit war das Gespräch endgültig versandet.

Und in diesem Moment war Sara selbstsüchtig genug, um zu denken: Aber wo sind sie? Ihre dreizehn Bücher würden doch nicht lange vorhalten.

Das Square war ein großer viereckiger Bau, umgeben von leeren Parkplätzen. Zwanzig Minuten von der Stadt entfernt, thronte er in einsamer Majestät über dem Asphalt. Tom blieb stehen und sah sich um, als ob auch er ihn zum ersten Mal erblickte. Dann schüttelte er den Kopf und hielt die Tür für sie auf. »Ich hätte dich vielleicht vorwarnen sollen, was Carl und Andy angeht«, sagte er. »Die sind, na ja, zusammen. Alle sind sehr verständnisvoll. Wir reden nicht darüber.«

»Weiß ich«, sagte sie, worauf er die Augenbrauen hob, aber nichts erwiderte.

Im ganzen Lokal waren nur zwei andere Gäste, der eine schien zu schlafen, der andere aß ununterbrochen aus einer Schale mit Gratis-Erdnüssen. Sara hatte nicht geahnt, dass Menschen in den USA wirklich Cowboyhüte trugen, und sie drehte sich um, um einen begeisterten Kommentar abzugeben. Toms müder Blick sagte ihr allerdings, dass jetzt nicht der richtige Augenblick wäre.

Er winkte sie weiter und folgte ihr zum Tresen. Vorsichtig kletterte sie auf einen der Barhocker, er zog den daneben zu sich heran und ließ sich in einer einzigen lässigen Bewegung darauf nieder.

Als er Andy entdeckte, lächelte er das erste richtige Lächeln. Es ließ ihn jünger wirken.

Sie erkannte Andys Stimme vom Telefon her, aber er sah durchaus nicht so aus wie in ihrer Vorstellung. Das Einzige, was dieser Vorstellung entsprach, war sein schelmischer Blick, der andeutete, dass er vom Leben noch immer viele Abenteuer erwartete.

Er lächelte sie an, als wäre er sicher, dass sie einander sympathisch sein würden, es war ein ziemlich unwiderstehliches Lächeln. Danach wanderten seine Blicke zwischen ihnen hin und her, auf eine Weise, die Sara erröten ließ, während Tom sich auf seinem Hocker ganz gerade setzte und auf diese Weise noch weiter von ihr wegrutschte.

»Willkommen im Square«, sagte Andy. »Ein Stück Geschichte, eine ständige Alkoholquelle, ein Sammelpunkt für Broken Wheel schon lange vor meiner Zeit.«

Sara blinzelte.

»Ich habe es vor …« Er sah Tom fragend an. »Sieben Jahren übernommen? Kann das schon so lange her sein? Damals war Abe gerade von uns gegangen. Er war furchtbar versessen auf Countrymusikerinnen. Kann man ja auch verstehen.«

»Hier hat es ja wohl nie Countrymusik gegeben«, sagte Tom.

Sara entspannte sich immer mehr, je deutlicher wurde, dass man von ihr keine Beteiligung am Gespräch erwartete. Andy schien alles ganz allein zu schaffen.

Er beugte sich zum Tresen vor. »Seine Frau hatte ihn verlassen. Und da suchte er nicht bei Cash oder Williams oder Nelson Trost, sondern bei Dolly, Emmylou, Patsy, Loretta und Tammy. Fünf Jahre lang dämpften ihre schmachtenden und unglücklichen Stimmen die Stimmung hier im Square, bis dann die Dixie Chicks der ganzen Sache ein Ende machten.«

»Um Himmels willen, Andy.«

»Er war einer der Ersten, die ihre CDs verbrannt haben, in einer grünen Mülltonne hier im Hinterhof. Die steht noch immer da. Ich habe sie aufbewahrt. Geschichte, du weißt schon. Er starb eine Woche später, aber niemand glaubte an einen Zusammenhang. Also bin ich mit Carl aus Denver zurückgekommen.«

»Und abermals strömte Countrymusik aus den Lautsprechern«, sagte Tom leise zu Sara.

Das stimmte, aber sie wusste nicht, wer da sang.

»Und hier sind wir geblieben.«

Tom bestellte zwei Bier, die Sara ohne Erfolg zu bezahlen versuchte. Obwohl sie schon Geldscheine auf den Tresen gelegt hatte, hielt Tom Andy ganz einfach sein eigenes Geld hin, vollkommen überzeugt davon, dass Andy Saras nicht nehmen würde. Er hatte recht.

Sie wünschte, Tom hätte sie bezahlen lassen. Es war irgendwie tragisch, von einem Mann zum Bier eingeladen zu werden, der sie nicht einmal leiden konnte. Er saß stumm und bewegungslos neben ihr und sah aus, als ob er an jedem anderen Ort lieber wäre als hier mit ihr. Sie nippte vorsichtig an ihrem Bier und bereute, ihre Küche verlassen zu haben.

»Carl«, sagte Andy. »Komm her und sag Amys Touristin guten Tag.«

Sara schaute erwartungsvoll zur Tür hinüber, die jetzt aufging, und dann erstarrte sie mit dem Bier auf halbem Weg zum Mund. Carl sah wirklich auf eine geradezu unverschämte Weise gut aus. Wie dem Titelbild eines Harlequin-Liebesromans entsprungen. Obwohl natürlich auch er ein T-Shirt trug und kein lila Seidenhemd. Aber das änderte nichts.

Sie zwang sich dazu, keine Miene zu verziehen, als sie Carl die Hand hinhielt, bis sie einsah, dass man nicht ganz so ausdruckslos aussehen darf, wenn man neue Menschen kennenlernt.

Sie versuchte es mit einem entspannten Lächeln.

Carl schüttelte rasch ihre Hand, dann zog er sich zur Wand zurück, wie aus Angst, sie könne sich auf ihn stürzen, obwohl er doch einen ganzen Tresen zum Schutz hatte. Sie konnte ihn verstehen. Mit diesem Aussehen war es bestimmt besser, in Deckung zu gehen.

»Wie dem Umschlag eines Harlequin entsprungen«, murmelte sie. Tom ertränkte sein Lachen mit einem Schluck Bier, und sie schüttelte den Kopf.

»Liest du oft Harlequins?«, fragte er.

Andy und Carl sahen aus, als ob sie den Zusammenhang nicht richtig verstanden hätten, aber Tom tat das einwandfrei. Sie fragte sich, ob er einen gelesen haben könnte.

»Alle Frauen haben schon mal einen Harlequin gelesen«, sagt sie. »Harlequin hat sechshundert Millionen Bücher verkauft. Jeden Monat gibt es über hundert neue Titel. Allein in Schweden sind davon anderthalb Millionen Exemplare verkauft worden, und wir haben knapp neun Millionen Einwohner. – Glaub mir«, fügte sie dann hinzu. »Auch wenn man die Verrückten dazuzählt, die ihre Regale voll davon haben, ist statistisch erwiesen, dass jede Frau schon mal über eine Ausgabe gestolpert ist.«

Sie sah Tom an. »Die meisten Männer vermutlich auch.«

»Öh.« Er sah ein wenig erschrocken aus nach diesem Vortrag.

Sie zuckte mit den Schultern. »Ich habe in einem Buchladen gearbeitet.«

»Und da habt ihr viele Harlequins verkauft?«

»Das nun nicht. Eher so Sachen wie ›Ayla und der Clan des Bären‹.«

Andy sah ihr Geld an und schüttelte den Kopf.

»Also, Sara«, sagte er. Das Thema Buch war jetzt offenbar beendet. »Was machst du hier?«

»Ich habe Ferien«, sagte sie entschieden. »Und ich müsste mit irgendwem über Amys Haus sprechen. Ich habe nicht dafür bezahlt, dass ich dort wohne. Das kommt mir nicht richtig vor.«

»Bezahlt«, sagte Andy. »Wen willst du denn bezahlen? Tom?«

Tom sah aus, als ob er dieses Gesprächsthema geschmacklos fände. Aber es war einfach nicht richtig, dass sie gratis dort wohnte.

»Amy wollte, dass du da wohnst«, sagte Andy.

»Es muss doch jemanden geben, den ich bezahlen kann.«

»Sie hätte dich jedenfalls nicht bezahlen lassen«, sagte Andy.

»Aber das hatten wir so abgemacht. Sie hat versprochen, dass ich bezahlen dürfte. Es war ganz unmöglich für mich, genug Bücher mitzubringen, um damit zu bezahlen, verstehst du. Wo SAS doch bloß dreiundzwanzig Kilo Gepäck erlaubt.«

»Nie im Leben hätte sie dich bezahlen lassen. Nicht, wenn du erst mal hier gewesen wärst«, sagte Andy. »Was spielt das auch für eine Rolle? Sie wollte, dass du hierbleibst. Und sie war so lange krank, da muss sie gewusst haben, dass sie in dieser Zeit vielleicht sterben würde, wenn sie dich für zwei Monate einlud. Tut mir leid, Tom, aber so war das. Ehrlich gesagt glaube ich nicht, dass ihr das etwas ausgemacht hat.«

»Sie wusste, dass sie sterben würde?«, fragte Sara begriffsstutzig.

Amy hatte gewusst, dass sie sterben würde? Ihre Hand verkrampfte sich um das Bierglas.

»Sie war schon so lange krank«, sagte Andy verlegen. »Seit Jahren. In der letzten Zeit bettlägerig. Ihr Tod war für niemanden eine Überraschung. Du dagegen wohl.«

Warum hatte Amy sie eingeladen, wenn sie gewusst hatte, dass sie während Saras Besuch sterben könnte? Wer lud sich Gäste ans *Sterbebett*? Sie kam sich seltsam im Stich gelassen vor. Sie hatte es nie leicht gefunden, mit neuen Menschen umzugehen. Die Vorstellung, zwei Monate bei jemandem zu wohnen, hatte ihr Sterbensangst gemacht, aber in Amys Briefen hatte es etwas gegeben, ein Wissen, dass auch Amy Bücher liebte, und das hatte Sara dazu gebracht, etwas zu wagen und sich in dieses Abenteuer zu stürzen.

»Vielleicht solltest du nach Hope fahren«, sagte Tom. »Da gibt es ein Motel, das ganz in Ordnung ist. Das ist vielleicht angenehmer für dich.«

»Hope!«, sagte Andy. »Wieso denn das, wo sie doch hier ein Haus ganz gratis hat?«

Er schob ihr ein neues Bier und dazu ein kleineres Glas

hin. Sie nippte daran und zog eine Grimasse. Whisky. Vielleicht würde das helfen? Sie trank auf ex, hustete und nickte dankend, als Andy nachschenkte.

Hinter dem Tresen leuchtete der Kühlschrank mit Werbung für Coor und Bud auf dem Spiegel, und eine Girlande aus bunten Lampen hing darüber. Es sah irritierend festlich aus. Die Lampen blinkten vor Saras Augen.

»Es gibt keinen Grund für dich, hier zu bleiben«, sagte Tom. Seine Stimme schien von weit her zu kommen. Wie konnte eine Frau, die wusste, dass sie bald sterben würde, einen fremden Menschen zu sich einladen? Das war unbegreiflich. Sara trank noch einen Schluck Whisky.

»Du hast immer Broken Wheel verteidigt. Nicht einmal, als wir jung waren, bist du auf die Idee gekommen, von hier wegzugehen. Ich wollte in die Gayclubs, und Claire wollte etwas Großes werden, aber du wolltest immer hier bleiben, deinem Vater helfen …«

»Der ist tot«, sagte Tom.

Sara schaute auf. »Das tut mir leid«, murmelte sie, an keinen besonders gerichtet. Die Welt drehte sich vor ihren Augen, als sie aufblickte.

»… auf dem Hof.«

»Der ist verkauft.«

»Mike in der Firma helfen. Immer loyal, immer zur Stelle.«

Tom hatte das Thema offenbar satt. »Warum willst du nicht weg von hier?«, fragte er Sara, aber sie gab keine Antwort.

Vielleicht sollte ich mich volllaufen lassen, dachte sie. Sie nahm einen tiefen Zug von ihrem Bier. Sie war noch nie betrunken gewesen, deshalb wusste sie nicht, ob sich damit wirklich irgendein Problem lösen ließ. Andere schienen sich oft zu betrinken, vielleicht half es also ein wenig. Aber wenn sie ihre Arbeitskolleginnen als Maßstab nahm, dann schien es eher zu neuen Problemen zu führen.

»Sara?«, fragte Tom. Sie schaute auf. »Noch ein Bier?«

Sie nickte. Wie viele neue Probleme könnte das verursachen?

»Aber warum bist du nun also gerade hier gelandet?«

Wegen Amy. »Warum nicht?«

»Hast du überhaupt gewusst, dass Iowa existiert?«

»Natürlich.«

»Was hast du über uns gewusst?«

Sie spielte mit dem Gedanken zu sagen, sie wisse, dass sein Vater eine eigene Zeitung herausgegeben hatte, fand aber in letzter Sekunde, dass das keine gute Idee wäre. »Ich wusste, dass ihr einen Kater habt«, sagte sie stattdessen.

Das hatte nicht die erhoffte Wirkung.

»Einen Bibliothekskater«, fügte sie hinzu. »Dewey Readmore Books. Das muss euch doch bekannt sein.«

»Herrgott«, sagte Andy. »Spencer hatte wirklich einen. Woher zum Henker hast du das gewusst?«

»Es gibt …«, setzte Sara an.

»Ein Buch darüber«, vollendete Tom.

Sie trank noch einen Schluck Whisky. Vielleicht würde das helfen.

Am Ende dieses Abends musste Tom eine stützende Hand unter ihren Arm schieben, als sie vom Barhocker kletterte. Sie war betrunken, das merkte sie, aber nicht so betrunken, dass sich irgendein Problem gelöst hätte. Sie war enttäuscht. Warum tranken die Leute denn, wenn es ihnen danach nicht einmal besser ging? Vielleicht hatte sie ganz einfach nicht genug getrunken.

Tom musste ihr auch dabei helfen, den Sicherheitsgurt zu schließen. Sie schaute Tom an. Sie wusste nicht so recht, was sie von ihm halten sollte. Manchmal schien er nett zu sein. Und sonst höflich. Sie schnitt eine Grimasse.

Er hob unter ihrem forschenden Blick die Augenbrauen und drehte den Zündschlüssel um.

»Du kannst also nett sein?«, sagte sie, und es klang gleichzeitig wie eine Frage und wie eine Behauptung.

Er lächelte. »Es kommt vor«, sagte er.

Sie nickte. »Hab ich mir doch gedacht.«

Sie lehnte den Kopf an die kalte Fensterscheibe und schloss die Augen.

Er brachte sie bis zur Tür. »Schaffst du den Rest allein?«, fragte er.

»Natürlich«, antwortete sie selbstsicher. Sie fühlte sich wirklich mutiger, jetzt, da sie betrunken war. Phantastisches Gefühl. Aber vielleicht lag es nicht am Whisky, sondern daran, dass Amy sie im Stich gelassen hatte. Wenn sie von einer Frau, die wusste, dass sie sterben würde, an der Nase herumgeführt worden war, dann brauchte Sara jedenfalls kein schlechtes Gewissen zu haben, weil sie hier wohnte. Das dachte sie und betrat das Haus, als ob es ihr eigenes wäre.

Sie würde schlafen gehen. Am nächsten Morgen würde sie entscheiden, was sie tun sollte. Aber vor Amys Schlafzimmer blieb sie dann stehen.

Sie zögerte. Sie war angetrunken genug, um einige Minuten lang nichts zu denken, doch dann, plötzlich, kam ihr eine Idee.

Bücher?

Irgendwo im Haus musste es Bücher geben. Die dreizehn Bände, die sie mitgebracht hatte, waren alles, was sie in ihrem Gepäck an Büchern hatte unterbringen können, selbst nachdem sie noch einige Kleidungsstücke und das zweite Paar Schuhe herausgenommen hatte. Das reichte nun wirklich nicht für zwei Monate, zumal sie schon einige davon kannte. Sie hatte sie eher als alte, zuverlässige Freunde mitgenommen, denn als neue, spannende Bekanntschaften.

Sie blieb noch einen Moment stehen. Schwankte. Lachte dabei vor sich hin und öffnete dann langsam die Tür.

Sie ließ sich auf das große Bett sinken, das den Raum dominierte, und sah sich verwundert um.

Amys Zimmer war eingerichtet wie die Bibliothek aus Saras Träumen. In der Mitte stand ein großes Bett, in dem Amy wohl ihre Tage verbracht hatte und an ihrem »albernen kleinen Gebrechen« gestorben war. An allen Wänden: Bücherregale. Der Nachttisch bestand aus einem Bücherstapel. Das oberste, ein Fotoband mit Luftaufnahmen von Iowa, wies auf dem Umschlag die Abdrücke eines Glases auf.

Jemand hatte das Glas weggenommen, das Bett gemacht und staubgesaugt, und das Zimmer hatte etwas Stickiges, das unmöglich dort gewesen sein konnte, als Amy noch am Leben war.

An der einen Seite gab es ein Fenster, ohne Vorhang, und das war der einzige Teil der Wände, der nicht von Büchern bedeckt war. Von dort, wo Sara auf dem Bett saß, konnte sie einen Baumwipfel sehen, der sich langsam im Wind bewegte. Und sie konnte hunderte, vielleicht tausende von Büchern an sich vorüberflimmern sehen, als das Zimmer sich vor ihren Augen drehte.

Die Bücher waren eine Kakophonie aus Farben, dicke Bücher, teure Bildbände, billige Taschenbücher, Klassikerausgaben, alte Lederbände, widerstreitende Genres. Teils nach dem Alphabet sortiert, teils nach Genre, manchmal ohne irgendein erkennbares System.

Sara saß noch immer auf dem Bett und schaute sich verwundert um, während Bücher und Farben und Leben und Geschichten um sie herum kreisten. Da war eine Jane-Austen-Gesamtausgabe sogar mit einer Biographie und den gesammelten Briefen. Alle Schwestern Brontë, aber Amy schien eine Vorliebe für Charlotte gehabt zu haben: Von »Jane Eyre« gab es drei verschiedene Ausgaben, und da standen auch »Vilette« und eine Biographie. Es gab Biographien der US-Präsidenten, sogar der Republikaner, und dicke Bücher über die Bürgerrechtsbewegung, in einer wilden Mischung aus Macht und Widerstand.

Paul Auster, Harriet Beecher Stowe, jede Menge Joyce Carol Oates und etwas Toni Morrison.

Oscar Wilde in einer gesammelten Ausgabe, kein Shakespeare. Alle Harry-Potter-Bände, gebunden. Im nächsten Regal stand Annie Proulx, alle Bücher, die Sara von ihr kannte, und Proulx gehörte zu ihren absoluten Lieblingen. »Schiffsmeldungen« gab es gebunden und als Taschenbuch, die anderen Titel waren zerlesene und zerfledderte Taschenbücher.

Es gab einige Titel von Philip Roth und F. Scott Fitzgeralds »Zärtlich ist die Nacht«, eine ganze Reihe Kriminalromane, Dan Brown, John Grisham und Lee Child, eine Entdeckung, über die sich Sara fast ebenso sehr freute wie über Proulx.

Es gab auch Christopher Paolini: »Eragon. Der Auftrag des Ältesten«, »Die Weisheit des Feuers«, und Sara musste einfach innehalten und sich auf dem Bett zurücksinken lassen.

Amy hatte vielleicht in den letzten Jahren kein besonders spannendes Leben gehabt, hier oben in ihrem Zimmer. Aber sie hatte offenbar bis zuletzt gegen den Tod gekämpft. Sara konnte verstehen, warum sie ihn so lange verleugnet hatte. Es musste eine beängstigende Erkenntnis gewesen sein: so viele Bücher, die sie niemals in die Hand nehmen würde, so viele Geschichten, die ohne sie weitergehen würden, so viele alte Autoren, die sie nicht wiederentdecken könnte.

In dieser Nacht saß Sara viele Stunden in Amys Bibliothek und dachte darüber nach, wie tragisch es war, dass das geschriebene Wort unsterblich ist, der Mensch jedoch nicht, und sie trauerte um die Frau, die ihr nie begegnet war.

Amy würde niemals den letzten Teil der Eragonserie lesen können.

Sara Lindqvist
Kornvägen 7, I
136 38 Haninge
Schweden

Broken Wheel, Iowa, 26. Februar 2010

Liebe Sara,

was die Bibel angeht, bin ich ganz deiner Meinung: Bei so vielen spannenden Geschichten ist es schade, dass niemand sie besser redigiert hat. Ich kann sehr gut verstehen, dass es beim dritten und vierten Evangelium langweilig wird. Inzwischen weiß man ja ganz genau, wie es ausgehen wird. Ich habe immer gefunden, dass die besten Geschichten im Alten Testament stehen. Was war das damals für ein Gott! Wenn mein Vater bereit gewesen wäre, mich zu opfern, hätte ich ihn wirklich nicht für seine Frömmigkeit bewundert. Aber mein Vater hätte das auch nicht getan. Er war genau wie Jimmy. Viel zu lieb zu allen.
Ich glaube manchmal, dass Tom diese Familieneigenschaft vielleicht abschütteln konnte. Versteh das nicht falsch, er ist sehr lieb – zu mir ist er jedenfalls viel zu lieb –, aber er hat noch andere Eigenschaften. Er hat seine Grenzen und seine Verteidigungsmechanismen, die, glaube ich, Jimmy und meinem Vater fehlten. Und sie sind dann ja auch jung gestorben, alle beide.
Ich hoffe, du entschuldigst, dass ich Caroline erzählt habe, dass du eine Bibel hast und darin liest. Ich glaube nicht, dass Caroline eine literarische Perspektive auf die Bibel zu schätzen wüsste. Sie war die Gehilfin unseres armen Pastors William Christopher. Sie würde auch Gott herumkommandieren, wenn er sich zu einem Besuch in Broken Wheel herabließe. Wobei Gott das sicher auch

gut brauchen könnte. Ich hoffe, dass diese Diskussion unter uns bleiben kann, falls du jemals Caroline begegnest.

Viele Grüße,
Amy Harris

»Es gibt hier in der Umgebung eine Menge schöner Ausflugsziele.«

Jens Stimme traf Saras Kopf wie ein lauter Hammerschlag. »Wir haben zum Beispiel einen Fluss. Ein nettes Spätsommerpicknick vielleicht? Ich sag Tom, er soll ein bisschen klassischen Iowa-Proviant mitnehmen, dann könnt ihr es euch zusammen gemütlich machen, und du erlebst gleichzeitig das Beste, was Iowa an Natur und Kost zu bieten hat.«

»Nein.«

Sara fuhr sich mit der Hand durchs Gesicht. Sie hatte Kopfschmerzen, sie war verkatert, und sie hatte sich Tom gegenüber schon einmal blamiert.

Sie war kalt und steif auf Amys Bett erwacht, mit den scharfen Kanten des Fotobandes im Rücken und vier Lee-Child-Krimis als Kopfkissen. Sie rieb sich die Wange. Vielleicht hätte sie sich vergewissern sollen, ob die Reliefbuchstaben von *Outlaw* keinen Abdruck in ihrem Gesicht hinterlassen hatten.

»Er kann dir einen Waldbrand zeigen.« Jen trug ein lachsrosa Kostüm im Stil von Jackie Kennedy und sah unverschämt frisch aus. »Ich weiß, dass der Verein zum Schutz der Eichen einen organisieren wird.«

»Nein … einen Waldbrand?«

»Es geht irgendwie um das Unterholz«, sagte Jen. »Kontrolliert natürlich. Aber sicher ein spannender Anblick. Tom kann dich fahren.«

»Nein«, sagte Sara. Dann erstarrte sie. Zum ersten Mal an diesem Morgen hob sie den Blick von der Kaffeetasse und sah das eifrige Gesicht von Jen, ihrem frühen Besuch, mit jeder Menge von Vorschlägen, die alle irgendetwas mit Tom zu tun zu haben schienen.

Verdutzt richtete sie sich auf. Sie hatte Bücher genug gelesen, um den Verdacht zu nähren, dass Jen versuchte, sie mit Tom zusammenzubringen. Bei dieser Vorstellung musste sie lachen. Ausgerechnet sie.

»Waldspaziergang«, sagte Jen hoffnungsvoll.

Sara lachte. »Nein«, sagte sie.

Was dachten die sich eigentlich? Sie war alltäglich, und Tom, ja, Tom war das nicht. Sie versuchte, gerecht zu sein, und gab sich Mühe, ihn nicht zu verurteilen. Wie so viele kopflastige Menschen misstraute sie einem feschen Körper instinktiv. Der schien so oft in direktem Gegensatz zu anderen Qualitäten zu stehen wie Intelligenz oder Freundlichkeit oder einfach grundlegender Höflichkeit.

Aber er konnte sich ja durchaus als sympathisch erweisen. Sie wusste sehr wohl, dass ein alltägliches Aussehen keineswegs eine Garantie für Charme war.

Dann hörte sie auf zu lachen. Oh nein, was, wenn sie *ihm* das vorgeschlagen hatten! Hatte er sie am Vorabend deshalb abgeholt, gegen seinen Willen, als Teil irgendeines irrsinnigen Plans, ausgeheckt von Jen und vermutlich auch von Andy? Andy traute sie durchaus zu, einen solchen Plan aushecken zu können. Kein Wunder, dass Tom ihr gegenüber so skeptisch gewesen war. Jetzt wünschte sie wirklich, sie hätte ihn nicht sympathisch genannt.

Sie wechselte das Gesprächsthema. »Hast du jemanden gefunden, dem ich die Miete bezahlen kann?«, fragte sie, und sofort sah Jen richtig unglücklich aus.

George hatte es sich angewöhnt, an jedem Vormittag auf dem Weg ins Grace's bei Sara vorbeizuschauen, für den Fall, dass sie in die Stadt wollte oder sonst etwas zu erledigen hatte. Er nahm sein Amt als Chauffeur überaus ernst.

An diesem Tag saß sie mit einer dünnen Decke über den Beinen auf der Veranda und las, als er kam. Sie ließ das Buch sinken und schaute zu ihm hoch, als er sich neben sie setzte.

»Was liest du denn eigentlich?«, fragte er.

Sie hielt das Buch hoch. »Das Tagebuch der Bridget Jones.«

Er nickte, als ob ihm das etwas sagte.

»Kaffee?«, fragte sie. »Mit Milch und Zucker? Obwohl ich gar nicht weiß, ob ich Milch habe.«

»Das macht nichts«, sagte er rasch. »Ich kann ihn auch schwarz trinken. Das ist kein Problem.«

»Aber du nimmst sonst Milch und Zucker?«

»Ab und zu, ja.«

»Ich vermute, du möchtest beides«, sagte sie.

»Ja … es geht wohl nicht so sehr um Milch und Zucker als um die Möglichkeit, auszuwählen, wenn du verstehst.«

Sie wusste nur zu gut, was er meinte.

»Ab und zu finde ich aber, es gibt zu viele Wahlmöglichkeiten im Leben«, sagte er dann. »Das ist anstrengend.« Er beugte sich über den Tisch vor, sah sie an und sagte dann: »Ab und zu wünsche ich mir fast, ich könnte krank sein und den ganzen Tag im Bett liegen. Und müsste gar nichts tun. Tagelang keine Entscheidung treffen.«

»Deshalb hat man Bücher«, sagte sie und lächelte ihn an. »Die perfekte Entschuldigung, um nichts zu tun.«

»Im Ernst?«

»Sicher. Möchtest du eins leihen?«

Sara hatte das als Scherz gemeint, aber er antwortete ganz ernsthaft und ein wenig skeptisch: »Ein Buch?«

»Ja. Ein Buch.« Es wäre eigentlich keine schlechte Idee, dachte Sara.

»Das, was du gerade liest? Ist das gut?« Er fügte rasch hinzu: »Aber natürlich erst, wenn du selbst damit fertig bist.«

»Ich habe es schon mehrere Male gelesen.« Häufiger, als sie zugeben mochte. Bestimmt über zehn Mal.

»Mehrere Male? Dann muss es ja gut sein.«

Sie reichte ihm das Buch mit widersprüchlichen Gefühlen. Sie hoffte, dass es ihm nicht für alle Zukunft das Lesen verleiden würde. Sie würde beim nächsten Mal etwas Härteres vorschlagen. Einen ausgekochten Thriller vielleicht? Michael Connolly, nur düstere Männlichkeit und Gewalt und alkoholisierte Polizei. Oder vielleicht nicht Connelly. Bei genauerem Nachdenken ging ihr auf, dass es schwer sein würde, einen männlichen Krimihelden zu finden, der kein Alkoholproblem hatte.

Sie schaute verstohlen zu George hinüber. Er war wohl kaum ein Jack Reacher. Aber Reacher trank jedenfalls nur ab und zu ein Bier, da hatten sie wenigstens eine Gemeinsamkeit. Sie würde sich die Sache noch genauer überlegen.

George berührte das Buch zögernd. Auf dem Umschlag hockte Bridget Jones in sich zusammengekauert auf der Fensterbank und rauchte. Es war eine frühe Taschenbuchausgabe, vor der Verfilmung erschienen.

»Das kannst du behalten«, sagte sie.

Er legte es unsicher auf seinem Knie ab. »Soll ich dich irgendwohin fahren?«, fragte er, als ob ein Gefallen einen Gegengefallen erforderte, was unlogisch war, da er sie ja schon umhergefahren hatte, ohne irgendeine Belohnung zu verlangen.

»George«, sagte sie langsam. »Es gibt etwas, das du für mich tun könntest. Der Gasherd.«

Er sah sie besorgt an. »Stimmt damit etwas nicht?«

»Ich weiß nicht, wie der funktioniert.«

Er wirkte erleichtert. »Ich wohl«, sagte er und ging vor ihr her ins Haus.

Nachdem er sie in die Mysterien des Gasherdes eingeweiht hatte, fuhr George Sara in die Stadt, um Lebensmittel zu kaufen, die sie auf dem Herd zubereiten könnte. Er setzte sie beim Eisenwarenladen neben dem Amazing Grace ab und schlenderte hinein, zur dritten Tasse Kaffee dieses Tages.

Der Eisenwarenladen hieß Eisenwarenladen, weil er irgendwann einmal die Art Werkzeug und Maschinen verkauft hatte, die jeder Mann und jeder echte Landwirt haben musste, und außerdem alles, was jeder echte Junge sich wünschte. Jetzt sah er eher aus wie ein Kiosk, in dem es auch ein paar Hämmer gab.

Eine kleine Glocke bimmelte, als sie die Tür öffnete, und der Mann hinter der Kasse schaute auf. Das war das Einzige, was darauf hinwies, dass er Sara überhaupt bemerkt hatte. Sie blieb eine Weile zögernd in der Türöffnung stehen, als warte sie auf ein Zeichen von Amy, eine Art Offenbarung, die ihr zeigte, was sie sagen oder tun sollte. Dann nickte sie ihm nervös zu und trat ein.

Der Laden war auf seine Weise durchaus einladend. Neben alten Angelruten, Hämmern, Nägeln, Schrauben und Schraubenziehern gab es einen Kühlschrank mit Milchprodukten und ein wenig Fleisch, zwei Regale mit Broten, Konserven und Kuchen und ein ziemlich mageres Sortiment an Eis und Süßigkeiten. Sie ging langsam umher und suchte sich zusammen, was sie brauchte: Brot, Hackfleisch, eine Dose Tomaten und einige Eier, die aus einem Korb mitten im Laden einzeln verkauft wurden.

Ein Stück vor der Kasse blieb sie dann wieder stehen und sah den Mann an, der dort saß. Da sie sich nicht die Mühe gemacht hatte, sich einen der ramponierten Körbe am Eingang zu nehmen, musste sie ganz still stehen, um keine der Waren in ihren Armen fallenzulassen. Dieser Mann musste Amys John sein.

Er hatte graue Haare und eine Andeutung von ergrauten Bartstoppeln, aber vielleicht war es die Trauer, die den Mann mit den verstaubten Produkten hinter ihm verschwimmen ließ. Er trug einen Anzug aus dickem Wollstoff, und sein

Körper verschwand unter den gewaltig wattierten Schultern.

Als sie dann vor die Kasse trat, gab er ihre Einkäufe ein, ohne auch nur ein Wort zu sagen. Alle seine Bewegungen wirkten mechanisch. Sie kannte das aus ihrer eigenen Zeit hinter dem Ladentisch. Es erinnerte sie an das Weihnachtsgedränge, wenn sie so erschöpft war, dass sie sich nur dadurch zu retten wusste, dass sie alle Verrichtungen auf immer dieselbe Weise ausführte. Darf es dies hier sein? Soll ich es als Geschenk verpacken? Hätten Sie gern eine Tüte? Vielen Dank. Im schlimmsten Weihnachtsgedränge war es vorgekommen, dass sie sich an einem Kiosk einen Kaffee geholt und dort an der Kasse gesagt hatte: »Vielen Dank, ist das recht so, hätten Sie gern eine Tüte?«

John hatte den gleichen leicht verzweifelten Blick, der ihr damals im Spiegel begegnet war. Sie zögerte, streckte am Ende aber die Hand aus.

»Sara«, sagte sie.

»Amys Gast.« Seine Stimme kam als Räuspern heraus, und er würdigte ihre Hand keines Blickes. Sie ließ die Hand wieder sinken.

»Sie müssen John sein.«

»Ja.«

»Amy hat oft über Sie geschrieben.« Das war eine blöde Bemerkung, aber etwas Besseres fiel ihr nicht ein.

Sie hätte gern gewusst, ob er sie überhaupt gehört hatte, da alle seine Antworten kurz und mechanisch ausfielen. Erst, als sie ihm dieselben zerknitterten Dollarscheine hinhielt, mit denen sie schon die ganze Woche zu bezahlen versuchte, änderte sich sein Blick und richtete sich endlich auf sie.

»Nein, nein«, sagte er. »Ich lade Sie ein.«

»Sie können mich doch nicht zu meinen Einkäufen einladen«, protestierte sie. Eine Tasse Kaffee hätte sie ja noch angenommen. Zur Not auch ein Bier. Aber eine Dose geschälte

Tomaten? Nein, wenn sie eine Weile hier bleiben wollte, müssten sie sie für irgendetwas bezahlen lassen.

Aber John winkte ab. »Amy hat sich so über Ihre Briefe gefreut«, sagte er. »Die haben ihr viel bedeutet. Am Ende.«

Zwischen dem Eisenwarenladen und dem Grace's lag ein verlassenes Ladenlokal. Während Sara wartete, bis George seinen Kaffee ausgetrunken hatte, blieb sie mit ihrer überaus echten amerikanischen Papiertüte ohne Handgriff in den Armen davor stehen.

Etwas an diesem Ladenlokal hatte ihr Interesse erweckt, aber sie konnte sich nicht erklären, was das sein mochte. Es war wirklich nicht der einzige leerstehende Laden in der Straße, mehr als die Hälfte der Geschäfte war geschlossen. Das war einer der Gründe, warum Broken Wheel so verlassen wirkte. Die Stadt war so offenbar für *mehr* angelegt worden. Die Straßen waren für mehr Wagen gebaut, die Häuser für mehr Kinder, die Gebäude für mehr Läden, und die Läden – die es noch gab – für mehr Kunden.

Vielleicht lag es nur daran, dass dieser Laden noch unversehrte Fensterscheiben hatte, oder daran, dass er nicht so heruntergekommen wirkte wie die anderen Geschäfte. Er war zwar schmutzig, aber es war doch nicht mehr als der gesammelte Staub von zwei oder vielleicht drei Jahren.

Als George auf sie zukam, fragte sie aus purer Neugier: »Wann hat dieser Laden dichtgemacht?«

Sie beugte sich vor und rieb ein kleines Guckloch in die Fensterscheibe. Von innen sah alles ebenso heruntergekommen aus wie von außen. Zwei Stühle standen noch da, beide schienen intakt zu sein. Die Deckenbeleuchtung bestand aus einer einzigen kahlen Glühbirne, und obwohl die Sonne durch die Schmutzschicht auf der Fensterscheibe dringen konnte, war es schwer, die Farbe von Wänden und Einrichtung zu erkennen.

»Amys?«, fragte er.

»Ist das Amys Laden?« War, dachte sie, aber er achtete nicht auf die Zeitform ihrer Frage.

»Sicher«, sagte er und spielte an seinen Autoschlüsseln herum. Er schaute sich um, als ob er nicht wollte, dass irgendwer sie hören könnte. »Ihr Mann hat ihn gekauft. Zu seinen Lebzeiten war der Laden nie ein Erfolg, aber ich nehme an, er hat ihn immerhin jeden Tag einige Stunden von ihr ferngehalten.« George sah für seine Verhältnisse ungeheuer düster aus. »Sie hat ihn gleich dichtgemacht, nachdem er gestorben war. Keinen Tag zu früh.«

Es war unklar, ob er meinte, wann der Laden geschlossen worden oder wann Amys Mann gestorben war.

»Wann war das?«

»Vor fast fünfzehn Jahren, aber sie hat immer noch sauber gemacht. Ich weiß nicht so recht, warum, ich glaube nicht, dass sie sich eingebildet hat, sie könnte ihn vermieten. Sie hat erst aufgehört, als .... als es ihr schlechter ging.«

Sara konnte sich vorstellen, wie Amy Jahr für Jahr den Laden ihres verstorbenen Mannes putzte. Wie es sich gehörte.

»Was war denn das für ein Laden, als er noch geöffnet war?«

George sah noch unzufriedener aus. »Ein Eisenwarenladen.« Dann sagte er nichts mehr zu diesem Thema. Schweigend fuhr er sie nach Hause.

An diesem Abend saß Sara in der Küche und genoss ihre erste eigenhändig zubereitete Mahlzeit seit ihrer Ankunft. Sie hatte eins von Amys Büchern unter den Tellerrand geklemmt, so dass sie ihr Essen zu sich nehmen und zugleich das Buch aufgeklappt vor sich liegen haben konnte.

Die warme Mahlzeit gab ihr neuen Mut. Sie gab sich nicht einmal die Mühe, durch das Haus zu gehen und alle Lampen einzuschalten, ehe es dunkel wurde. Die Küchenlampe war die einzige im Haus, die brannte. Sara hatte so langsam das

Gefühl, dass sie das hier schaffen würde, dass sie vielleicht ihren Leseurlaub, ihre Geschichten und ihr Abenteuer bekommen würde.

Sie war hergekommen, um eine Weile woanders zu sein, richtig Urlaub zu machen und zu lesen, und natürlich, um Amy zu treffen, aber das war nicht die ganze Wahrheit gewesen. Sie hatte etwas erleben wollen… etwas Großes. Wollte zu Menschen sagen können, zu wem, das wusste sie noch nicht so recht, dass sie einmal zwei Monate in einer Kleinstadt in den USA gewohnt hatte.

»Amy«, sagte sie. »Weißt du, dass in den USA jedes Jahr mehr als dreihunderttausend Bücher auf den Markt kommen? Und ich bin jetzt hier.«

Egal, was passierte, auf jeden Fall würde sie hinterher sagen können, sie habe etwas unternommen.

Zwei Stunden später hatte sie Amys Bücher auf jeder freien Oberfläche verteilt, die sie finden konnte, und saß zufrieden in einem Schaukelstuhl auf der Veranda, neben sich eine vergessene Tasse Tee.

Sie hatte drei Bücher auf dem Knie, las aber in keinem. Sie lauschte auf die Geräusche des Abendwindes, der in dem alten Haus spielte. Auf irgendeine Weise hatte die Entdeckung von Amys Büchern die ganze Stimmung im Haus verändert. Jetzt war es wieder Amys Haus, und Sara war Amys Gast. An den ersten Tagen hatten die dauernden Geräusche sie nervös gemacht, jetzt waren sie ein Teil ihres Abends, der Geborgenheit schenkte. Die Zweige, die oben im Haus gegen die Fenster schlugen, gaben ihr das Gefühl, nicht so allein zu sein, als ob Baum und Wind ihr Gesellschaft leisteten. Die rauschenden Wasserleitungen, der ewig knackende Baum, etwas im Haus schien sich verändert zu haben, als ob es nie wieder ganz leer sein könnte, auch wenn sie nicht mehr da war.

Um neun war es draußen kühl geworden, aber eine Decke

und eine im Kleiderschrank gefundene grobe Jacke hielten sie warm.

Sie sah zuerst die Autoscheinwerfer. Die fegten wie ein Suchlicht über den überwucherten Garten, hielten dann bei ihr inne und erloschen schließlich. Erst jetzt sah sie, dass es Toms Auto war.

Er ging um das Auto herum, kam aber nicht zu ihr. Er lehnte sich gegen die Motorhaube und schlug die Arme übereinander.

»Ich wollte nur nachsehen, ob bei dir alles in Ordnung ist«, sagte er.

»So viel hab ich doch auch wieder nicht getrunken«, sagte sie. Großer Gott, so voll war sie doch gar nicht gewesen? Oder glaubte er vielleicht, dass sie Jens wahnsinnigen Plan unterstützte, und wollte sich nun davon überzeugen, dass ihr sein Desinteresse nichts ausmachte? Sie wollte gerade dazu ansetzen, Tom zu versichern, dass sie niemals die Absicht hatte, sich mit ihm verkuppeln zu lassen, als er hinzufügte:

»Was Amy angeht. Allein hier zu wohnen. Es muss doch ein Schock für dich gewesen sein, als du hergekommen bist.«

Sie schwenkte ihr Buch ein wenig verlegen. »Ich habe Amys Buchversteck gefunden«, sagte sie. »Und John kennengelernt.« Auf irgendeine Weise gehörte beides zusammen. Tom nickte, sagte aber nichts. Er schien es allerdings auch nicht eilig mit dem Aufbruch zu haben. Sie zog Decke und Jacke fester um sich zusammen.

Es war nicht direkt angenehm, das Schweigen zwischen ihnen. Und wie er da stand, ihr genau gegenüber, im schwachen Schein der Küchenlampe, wirkte er nicht ganz entspannt. Aber Sara glaubte, dass sie beide eine Ruhe umgab, die am Vorabend nicht da gewesen war. Vielleicht lag es am Haus, vielleicht hatte er einfach akzeptiert, dass sie jetzt da war. Sara selbst war davon überzeugt, dass es mit Amys Geist zu tun hatte. Der war im Haus jetzt stärker zu spüren.

»Tom«, sagte sie. »George hat mir von dem leeren Laden neben dem Eisenwarenhandel erzählt. Amys Laden.«

Er nickte.

»Er hat gesagt, ihr Mann hätte diesen Laden gehabt?« Tom gab keine Antwort, deshalb redete sie weiter. »George sagt, das war ein Eisenwarenladen?«

»George scheint ja ganz schön viel gesagt zu haben.«

»Aber Tom, *John* hat einen Eisenwarenladen. Ich dachte, den hätte er gehabt, solange er hier ist.«

»Ja.«

»Sie waren also ... Konkurrenten?«

»Amys Mann ...« Tom unterbrach sich und schien zu überlegen. Er änderte seine Stellung und stützte jetzt die Hände hinter sich auf die Karosserie. Er richtete seinen Blick auf eine Stelle auf dem Kiesweg zwischen ihnen. »Amys Mann war kein glücklicher Mensch. Verwirrt. Und wütend. Er hatte viele Probleme, nicht zuletzt mit John, denn der war schwarz und er war ... akzeptiert.«

Es klang, als habe er etwas anderes sagen wollen, aber sie wagte nicht zu fragen, aus Angst davor, dass er dann gar nichts mehr sagen würde.

Er strich zerstreut mit der Hand über die Motorhaube. »Amys Mann glaubte, ihn in die Pleite treiben zu können. Wahnsinn natürlich, da die Menschen hier John mochten und von Amys Mann nicht gerade hingerissen waren. Als er den Laden kaufte, kauften die anderen schon seit Jahren bei John. Und davor beim früheren Besitzer. Es war einfach der Laden, wo man hinging. Am Ende war es nur ein weiteres von seinen Verlustgeschäften. Er versuchte es eine Weile, dann gab er auf.«

Sara nickte.

»Er war nicht beliebt. Amy war ohne ihn auf jeden Fall besser dran. Ich glaube nicht, dass viele getrauert haben, als er gestorben ist. Vielleicht nicht einmal Amy, und Amy war ein sehr freundlicher Mensch.«

Er lächelte kurz. Das Lächeln war so flüchtig, dass Sara nicht ganz sicher war, ob sie es wirklich gesehen hatte. »Ich habe es jedenfalls nicht getan«, sagte er. Sein Tonfall zeigte deutlich, dass er über diese Sache nicht mehr sprechen wollte.

Sie wechselte das Thema. »Wie überleben die Läden hier?«

Er lachte. »Eine gute Frage. Die meisten tun das eigentlich nicht.«

»Aber es gibt sie noch?«

»Einige.«

»Nicht Mollys Eckladen«, sagte Sara und fragte sich, ob es dumm gewesen war, dieses Thema aufzugreifen. Sie wusste noch immer nicht, wie sie mit Amys Briefen umgehen sollte, damit, dass sie viel über die Stadt wusste, ohne sie auch nur im Geringsten zu kennen.

Aber Tom lachte nur und wirkte jetzt ziemlich locker. »Woher zum Henker weißt du von Molly?« Zum Glück wartete er ihre Antwort nicht ab. »Der Laden hat doch sicher vor zwanzig Jahren schon dichtgemacht. Ich war noch ein kleiner Junge, als sie ihre Porzellanküken und diesen ganzen anderen Kram verkauft hat. Jungen hatten keinen Zutritt zu diesem Laden. Aber wir wollten ja auch gar nicht unbedingt rein.«

Er schüttelte den Kopf, wie um sich von dieser Erinnerung zu befreien. Als er sich dann aufrichtete und einen halben Schritt vortrat, wusste sie nicht, ob es ihm jemals gelungen war oder ob er den Versuch aufgegeben hatte.

»Komm«, sagte er, ging auf die Beifahrerseite und öffnete die Autotür. Als sie nicht sofort kam, fügte er mit einem angedeuteten Lächeln hinzu: »Ich will dir etwas zeigen. Es dauert nur zwanzig Minuten. Ich fahr dich dann zurück.«

Sie hatte ohnehin nichts Besseres vor. Und es war ein magischer Abend, wie kühle Spätsommerabende das sein können. Sogar Tom schien beschlossen zu haben, sich freundlich zu geben. Sie legte die Decke weg, ging zum Auto und stieg ein.

Eine Weile waren nur der Motor und das Geräusch der Autoreifen auf dem Kiesweg zu hören. Er fuhr in gleichmäßigem, sicherem Tempo die schmale Stichstraße von Amys Haus entlang, als ob er den Weg im Schlaf hinter sich bringen könnte. Als sie auf die größere Straße abbogen, streckte er die Hand aus und schaltete das Radio ein.

Sara lehnte den Kopf an das Autofenster und versuchte, in der Dunkelheit die Maisstängel auseinanderzuhalten. Die Autoscheinwerfer beleuchteten ein kleines Stück der Straße vor ihnen, alles andere lag im schwarzen Schatten. Sie fuhren von der Stadt fort. Irgendwo, vielleicht eine halbe Meile hinter ihnen, lagen Grace's, Eisenwarenladen und Kino, aber im Moment war es schwer, sich vorzustellen, dass noch etwas anderes existierte, außer Straße, Staub und Dunkelheit.

Einmal verringerte Tom das Tempo. Sie fuhren langsam an einer kleinen Anhöhe vorbei, und er zeigte auf sein Haus. Ein einsamer moderner Bungalow, das einzige Haus, das sie seit zehn Minuten gesehen hatte.

Am Ende bog er auf einen kleineren Weg ab, den sie erst bemerkte, als sie sich darauf befanden. Er hielt vor einem alten zweistöckigen Gebäude und schaltete den Motor aus.

»Meine alte Schule«, sagte er als Erklärung.

Es war offenbar lange her, dass hier der letzte Schüler gequält worden war. Einige Dachziegel waren heruntergefallen, fast alle Fensterscheiben fehlten, und durch die offenen Autofenster roch es nach …

Toms Mundwinkel zuckten. »Ziegen«, sagte er, als er ihr Gesicht sah. »Die letzten Familienbetriebe ließen ihre Ziegen im Sommer hier weiden. Schon damals wuchs Gras auf dem Schulhof und durch einige Bodenbretter.«

Sie folgte ihm über den Hofplatz und in ein Zimmer im Untergeschoss. Durch ein Loch im Dach war ein Streifen blauen Himmels zu ahnen. Es war Vollmond.

»Als ich klein war, konnte ich mir nicht vorstellen, dass die

Schule je ein Ende nehmen würde. Dieses Klassenzimmer war gewisser und unvermeidlicher als der Tod. Dort waren schon meine Eltern gequält worden, und auch ich würde in alle Ewigkeit dort gequält werden.«

Sie drehte sich um. Leichte Wolken glitten lautlos über den Mond. »Warum ist sie geschlossen worden?«, fragte sie.

»Es gibt nicht genug Kinder.«

Sie konnte seinen Blick spüren, belustigt, nachsichtig. Sie schaute weiter zur Decke hoch und versuchte, nicht durch die Nase zu atmen. Hier drinnen roch es noch stärker nach Ziegen.

»Als die Familienbetriebe dichtmachen mussten, gingen die meisten Menschen in größere Städte. Früher war Broken Wheel von noch kleineren Orten umgeben, und aus allen wurden die Kinder hergeschickt. Die, die jetzt übrig sind, müssen nach Hope. Es gibt hier zu wenige Bauern für eine eigene Schule. Wenn du nächstes Mal in die Stadt fährst, sieh über die Maisfelder hinweg und zähl mal, wie viele Höfe du auf eine Meile siehst. – Willkommen in Broken Wheel«, fügte er hinzu. »Hier gibt es nichts mehr.«

Sie drehte sich nicht weiter um, sondern wandte sich ihm zu. Er stand am Fenster, die Hände in die Taschen gebohrt und mit einem ironischen Lächeln auf den Lippen.

»John ist noch hier«, sagte sie. »Und Grace. Andy und Carl.«

Er zuckte mit den Schultern,

»Amy nicht«, gestand sie sich leise ein.

»Nein«, sagte er. »Amy nicht.«

»Und die Schule offenbar auch nicht.« Sie verließ das Haus, und das Atmen fiel ihr etwas leichter, jetzt, da es nicht mehr nach Ziegen roch. Draußen mischte sich dieser Geruch immerhin mit dem Duft des Spätsommerabends nach trockenem Gras und kalter Erde.

Tom blieb vor dem Haus stehen. Er schaute an der Fassade hoch, eine leere Schale, nur erleuchtet vom Mond und einigen einsamen Sternen. Die Straßenlaternen vor dem Haus waren längst erloschen.

»Ich habe damals zum ersten Mal begriffen, dass sich alles Mögliche zu verändern begann«, sagte er. »Als Molly dichtmachte, war mir das ziemlich egal. Es gab noch einen Kramerladen, aber auch der machte zu, als auf der anderen Seite von Hope ein Walmart eröffnete, und die meisten hatten sich ohnehin schon daran gewöhnt, bei den großen Ketten zu kaufen. Aber ich bemerkte, dass die Schule dichtmachte. Ich war noch jung genug, um darüber zu staunen, dass es die Dinge aus meiner Kindheit nicht immer geben würde.«

Er lächelte. »Eigentlich komisch. Mein Vater war damals schon tot. Ich hätte es also schon wissen müssen.«

Er fuhr sie schweigend zurück zu Amys Haus. Als sie aus dem Auto stieg, beugte er sich über den Beifahrersitz zu ihr und lächelte sie an.

»Ich war seit über zehn Jahren nicht mehr in der Schule«, sagte er.

Sie erwiderte sein Lächeln. Es war ein schönes Gefühl, dieses Erlebnis geteilt zu haben.

»Aber natürlich«, fügte er hinzu, noch immer mit einem Lächeln in der Stimme. »Es lag wohl sicher vor allem an dieser Crystal-Meth-Küche, die auf der Rückseite operierte. Miese Typen, die den Dreck herstellten und ihn verkauften.«

Sie hatte keine Ahnung, ob er Witze machte oder nicht.

Ehe sie die Wagentür schließen wollte, sagte er: »Ich wollte nur nicht, dass du dir Illusionen über diese Stadt machst. Du sollst nicht behaupten können, ich hätte dich nicht gewarnt.«

Sie wusste auch jetzt nicht, ob er Witze machte.

»Also, Amy«, sagte sie zu sich, als sie auf der Veranda ihre Sachen zusammensuchte und im Haus eine Runde drehte, um sich davon zu überzeugen, dass alles ausgeschaltet und geschlossen war. »Crystal-Meth-Küche. Schöne Kleinstadtidylle!«

Sara Lindqvist
Kornvägen 7, I
136 38 Haninge
Schweden

Broken Wheel, Iowa, 8. April 2010

Liebe Sara,

was deine Frage angeht: Ich glaube, ich hatte ein glückliches Leben. Ich weiß, dass ich Glück gehabt habe. Ich hatte gute Freunde und war von lieben Menschen umgeben. Keine eigenen Kinder, leider, aber eigentlich glaube ich, es war gut so. Ich habe es jedenfalls nicht nennenswert bedauert, also muss ich es wohl akzeptiert haben. Es gibt immer genug zu tun, wenn es um andere Kinder geht, deshalb habe ich keine Zeit, darüber nachzudenken. Nimm zum Beispiel Andy. Sein Vater ließ so einiges zu wünschen übrig, aber da ich genug Zeit und Platz hatte, konnte ich damals problemlos ein Bett für die Nacht und einige hundert Dollar für die ersten Wochen in Denver anbieten.
Ich habe natürlich auch Kummer gehabt, aber doch nicht mehr, als ich ertragen konnte. Ab und zu glaube ich, dass nicht die Stärke des Kummers von Bedeutung ist, sondern wie sehr er sich festsetzen kann. Vielleicht sind manche Menschen empfänglicher, oder alle sind zeitweise mehr oder weniger empfänglich, aber ich habe Menschen gesehen, die entsetzliche Dinge überlebt haben, sogar ein Kind zu verlieren, obwohl das eigentlich unvorstellbar ist (meine eigene Mutter hat zwischen mir und Jimmy zwei Kinder verloren, aber damals war das ja anders). Und ich habe Menschen gesehen, die von ihren Problemen einfach gefangen waren, die Probleme krochen gewissermaßen unter ihre Haut und fraßen sie von innen her auf, bis die Reaktionen auf diese

Probleme sich entsetzlicher auswirkten, als die Probleme es je gewesen waren. Böse und verbittert sind diese Menschen dann auch, und es ist schwer, sich daran zu erinnern, dass sie Mitleid verdient haben.
Ich glaube nicht, dass ich ein spontan sympathischer Mensch bin. Das hat mir in diesem Leben mancherlei Kummer erspart. Ich nehme an, man sollte versuchen, sich zu bessern, aber das kann schwer sein. Sitz machen kann ich schon, aber es ist doch zu spät, dem alten Hund noch etwas anderes beizubringen.
Egal. Ich nehme an, Leben und Kummer sind wie die Bauern und der Regen: Es ist wenig nötig, damit etwas wachsen kann, aber die richtige Menge, die bekommt man wohl nie. Und man kann darüber reden, so viel man will, aber das macht nicht den geringsten Unterschied.

Liebe Grüße,
Amy Harris

Gefallen und Gegengefallen

Seit ihrem Eintreffen in Broken Wheel hatte Sara das Gefühl, der Stadt irgendetwas schuldig zu sein. Es ging dabei nicht nur um die Miete, auch wenn sie das noch immer belastete. Es ging auch um Kaffee und Bier und Hamburger und Johns geschälte Tomaten.

Wirtschaftliche Zusammenhänge waren weder im Großen noch im Kleinen jemals Saras Stärke gewesen, deshalb sah sie nicht die feinen, komplexen und ebenso wie Johns Angelkescher bisweilen leicht verstaubten Netzwerke, Handelsgeflechte und gegenseitigen Abhängigkeiten, die die Menschen in Broken Wheel miteinander verbanden.

An sich kam die Stadt durch einen feinen Balancegang zurecht. Sie bekam das meiste Bargeld von Außenstehenden. Noch immer hatte das Grace's Gäste von außerhalb, da die fettige Kost hier die billigste in einem Umkreis von mehreren Meilen war, und noch immer kamen Gäste ins Square, da Kneipen immer einige Stammgäste anlocken, auch in den spärlichst besiedelten Gegenden. Manche Bewohner von Broken Wheel hatten natürlich auch noch Arbeit und Geld. Das Bargeld wurde zwischen den Geschäften hin und her gereicht und machte es möglich, einige Waren mit nach Hause zu nehmen. Wer kein Geld hatte, wurde eingeladen und bezahlte mit Gegenleistungen, wenn irgendetwas repariert werden musste.

Viele Geschäfte hatten sich diesen Bedingungen angepasst. John verkaufte zum Beispiel nicht sehr viel, da sich kaum jemand neue Angelgeräte leisten konnte oder sich den Luxus von immer neuen Schraubenziehern gönnte. Aber das bedeutete auch, dass er für seinen Laden nicht viel einkaufen musste. Weil er keine Angelgeräte verkaufte, sparte er letztlich an Kosten. Ehe Amy so krank geworden war, hatte er bisweilen Werbung für die neuen Waren aufgestellt, die er von seinen Zulieferern bekam, um eine Art Illusion von Leben und Fortschritt zu schaffen, auch wenn niemand jemals etwas bestellte.

Madame Higgins betrieb das einzige Bekleidungsgeschäft in der Stadt. Sie hatte seit den sechziger Jahren überhaupt keine neuen Produkte in ihr Angebot aufgenommen. Hässliche und schlecht sitzende Ballkleider gerieten niemals richtig aus der Mode. Alle Frauen brauchten früher oder später so ein Kleid. Aber sie brauchten es eigentlich nicht mehr als einmal im Leben. Und wenn es nicht getragen wurde, war es ja trotzdem da.

Aber Sara hatte keine Erfahrungen mit dieser Art von Wirtschaftssystem, sie konnte nichts dazu beitragen. Immer, wenn sie für ihr Bier oder ihren Kaffee nicht bezahlen durfte, und immer wieder versuchte sie das, spürte sie, dass sie irgendetwas brauchte, womit sie bezahlen könnte. Und jedes Mal wurde sie, ohne das richtig zu begreifen, ein wenig weiter eingeschränkt.

Am Ende brachte George das Fass zum Überlaufen. Er versuchte, sie zum Mittagessen einzuladen.

George, ausgerechnet George, der arbeitslos und gerade erst trocken war und der außerdem seine ganze Zeit damit verbrachte, sie überall hinzufahren.

Dort im Grace's kam ihr ein ganz neues und intensives Bewusstsein ihrer selbst. Sie war eine erwachsene Frau, sie hatte das *Recht*, selbst zu bezahlen, sie würde die Rechnung für sie beide übernehmen.

»A… aber«, stammelte George.

Sara ließ sich nicht beirren. »Ich bezahle«, sagte sie.

Sie zog gerade ihr Geld hervor – diesmal neue Dollarscheine –, als Grace an ihrem Tisch vorbeikam.

»Ach«, sagte Grace. »Das hier geht auf meine Rechnung.«

Wenn es sein musste, war Sara eine Frau von großer Entschlossenheit und mit ziemlich viel Phantasie.

Zuerst tat sie gar nichts.

Sie ließ Grace das Essen bezahlen, sie ließ sich von George nach Hause fahren, und sie verbrachte den Abend damit, dass sie in der Küche hin und her lief und dabei vor sich hin murmelte. Sie hatte mit allen, die ihr einfielen, über die Miete gesprochen. Sie hatte versucht, ihr Bier und ihr Essen selbst zu bezahlen. Alles ohne Erfolg. Der gelbe Kunststoffumschlag mit den leuchtenden neuen Dollarscheinen lag praktisch unberührt in einer Schublade.

Aber sie verzweifelte nicht.

Am nächsten Tag ging sie wieder in die Hauptstraße.

Wenn sie nicht mit Geld bezahlen durfte, blieben nur Gegendienste. Sie wollte anbieten, in den noch vorhandenen Läden zu helfen. Sie hatte Zeit, und sie hatte Erfahrung. Neben der Arbeit im Buchhandel hatte sie ein Praktikum in einer Schulmensa vorzuweisen, und einmal hatte sie einen Sommerjob auf einem Friedhof gehabt. Sie hatte mehr als zehn Jahre Routine an der Kasse. Sie hatte sieben Tage in der Woche und so viele Abende zur Verfügung, wie nötig sein würden. Nur wenige Tage, dann wäre sie schuldenfrei.

Sie wollte mit dem Eisenwarenladen anfangen. Wenn das nicht klappte, würde sie mit dem Square weitermachen. Und dann mit Amazing Grace.

Aber sie war eigentlich sicher, dass John ein wenig Freizeit brauchen könnte.

»Hallo, John.«

»Sara.« Vielleicht war das Einbildung, aber sie fand, dass er skeptisch aussah. Vielleicht ahnte er, dass sie etwas im Schilde führte, das ihm nicht zusagen würde; vielleicht wollte er auch vermeiden, über Amy zu sprechen. Auf irgendeine Weise spürte sie, wie er fast physisch vor ihr zurückwich.

Sie fragte jedenfalls. »Kann ich dir irgendwie helfen?«

»Helfen?«

Sie zuckte mit den Schultern, in dem Versuch, selbstsicher und locker zu wirken. »Egal, womit. Waren auspacken, an der Kasse stehen. Ich habe doch in einem Laden gearbeitet.«

»Aber ich brauche keine Hilfe.«

»Willst du denn keine Freizeit haben? Wenn du mir nur alles erklärst, kannst du mich hier ruhig allein lassen. Du kannst dir so viel freinehmen, wie du willst. Ich habe auch schon allein an der Kasse gestanden und den Alarm ein- und ausgeschaltet.«

»Ich habe keinen Alarm.«

»Ach, na dann.«

»Ich kann mir keine Angestellten leisten, aber wenn du Geld brauchst, dann …« Er verstummte verwirrt. Am Ende sagte er verzweifelt: »Hast du mit Caroline darüber gesprochen?«

»Nein, nein«, sagte sie rasch. »Ich brauche kein Geld. Ich habe ohnehin keine Arbeitserlaubnis. Nicht offiziell. Ich dachte nur, du brauchtest vielleicht Hilfe.«

»Nein, nein«, sagte er ebenso rasch. »Ich brauche keine Hilfe. Gar keine Hilfe. Aber vielen Dank, Sara. Und wenn … ich irgendwann doch Personal benötige, dann komme ich auf dich zurück.«

Sie verließ rückwärts den Laden, unter eifrigen Beteuerungen, dass sie keine Arbeit suche. Gott, war es anstrengend, unabhängig zu sein. Sie überlegte, ob sie es gleich wagen sollte, Grace zu fragen, beschloss aber, damit zu warten.

Vermutlich würde sie bei Andy größeres Glück haben. George fuhr sie hin, ging aber nicht mit hinein. »Sicherheitshalber.«

»Helfen?«, fragte Andy. »Aber ich brauche keine Hilfe.«

Sie sah sich im Lokal um. Es war leider fast leer. Es gab nur einen einzigen Gast. Der brauchte keine Hilfe. Er hing im Halbschlaf über seinem Glas.

Bei Tageslicht sah sie neue Details, den hellen, abgenutzten Holzboden, die Kratzer in der Tischplatte, den Geruch nach schalem Bier und Schweiß, das Trikot der *Iowa Cubs* an der Wand, gleich neben der polizeilichen Mitteilung, wie man Meth-Junkies erkannte.

»Aber gibt es denn gar nichts, was ich tun könnte? Aufräumen? Spülen?«

»Brauchst du denn …?«

Sie fiel ihm ins Wort. »Ich brauche kein Geld. Ich brauche etwas zu tun.«

»Da kann ich dir leider nicht behilflich sein.«

Wie um das wiedergutzumachen, bot er ihr ein Bier an. Sie seufzte und versuchte, es zu bezahlen, aber er sagte schnell, noch ehe sie die verdammten Geldscheine hervorholen konnte: »Das geht aufs Haus.«

Sie seufzte wieder, tiefer.

»Whisky?«, fragte er hoffnungsvoll. »Etwas zu essen?«

»George holt mich gleich ab«, sagte sie und fügte hinzu, wie an sich selbst gerichtet: »Das ist doch nicht normal.«

Andy sah aus, als ob er geneigt war, ihr zuzustimmen.

»Ich habe gehört, Sara ist in Geldnöten«, sagte Annie May.

»In Geldnöten?«, wiederholte Gertrude und steckte sich noch eine Zigarette an. Sie rauchte gierig, mit tiefen Zügen, als ob jede Zigarette ihre letzte sein könnte. »Interessant.«

Sie saßen wieder im Grace's, wo sie, jede mit ihrem kleinen Kaffee, die ganze Mittagszeit verbracht hatten. Es war eine Kunst, die sie schon seit langem entwickelt hatten. Gertrudes Kniff bestand darin, den Kaffee so kalt werden zu lassen, dass er nicht dazu verlockte, so bald wieder einen Schluck zu nehmen. Annie May dagegen sah besonders gütig und großmütterlich aus und rechnete mit gratis Nachschenken. Beide waren total immun gegen vielsagende Blicke von Bedienung oder anderen Gästen, die auf ihren Tisch warteten.

Aber im Grace's waren sie natürlich nur selten den Blicken anderer Gäste ausgesetzt, und nie denen von Grace. Grace füllte automatisch Annie Mays Tasse jedes Mal, wenn sie vorüberkam, und goss Gertrudes kalten Kaffee mit geübter, beiläufiger Handbewegung aus, ehe sie neuen einschenkte.

»Meine Güte«, sagte Annie May. Das war eine typische Bemerkung für eine ältere Dame, und es brachte ihr einen scharfen Blick von Gertrude ein.

»Ich sage doch gar nichts dazu«, sagte Gertrude. »Wir können schließlich alle einmal solche Probleme haben.«

Hier verließ plötzlich Grace ihren Tresen und schaute aus der Tür. »Sara«, sagte sie. »Hast du Hunger? Darf ich dich zum Mittagessen einladen?«

Gertrude und Annie May beugten sich vor und schauten aus zusammengekniffenen Augen aus dem Fenster. Sie sahen aus, als hofften sie, dass Sara das Angebot annehmen würde, damit sie sie in aller Ruhe aus nächster Nähe beobachten könnten. Bisher war ihnen das nicht gelungen. Wenn sie weiterhin solches Pech hatten, würden sie zu drastischen Mitteln greifen und Sara auf der Straße stellen müssen, um mit ihr zu reden. Aber Sara sah nur schuldbewusst aus, murmelte ein »Nein, Danke«, und lief weiter.

Gertrude schüttelte den Kopf. »Eine Gratismahlzeit ablehnen? Was man so alles erleben kann!«

Annie May schaute verträumt auf die Hauptstraße hinaus. Ein Mann. Ein Mann würde Saras Problem sicher lösen können.

Tom hatte Sara seit dem Abend bei seiner alten Schule nicht mehr gesehen. Als er sie in der Stadt erblickte, hielt er an und stieg aus dem Auto, ohne lange darüber nachzudenken.

Er wusste nicht so genau, was er von ihr und ihren ewigen Büchern halten sollte. Eine Frau, die Bücher so offenbar vor allem den Menschen vorzog, hatte fast etwas Beleidigendes. Aber er wollte sie etwas fragen.

In diesem Moment las sie gerade nicht, aber sie hatte ein Buch unter den Arm geklemmt und stand seltsam vorgebeugt vor Amys altem Laden, das Gesicht gegen die schmutzige Fensterscheibe gepresst.

»Stimmt es, dass du Geld brauchst?«, fragte er.

Sie richtete sich auf und drehte sich zu ihm um. »Geld? Aber… natürlich brauche ich kein Geld. Ich bin doch gerade erst hergekommen.«

»Es wäre ja auch idiotisch gewesen, herzukommen, wenn du dir das nicht leisten könntest.«

»Natürlich kann ich mir das leisten. Ich darf ja nicht mal die Miete bezahlen.«

Das interessierte ihn nicht weiter. »Wem solltest du denn Miete bezahlen?«

»Herrgott«, sagte sie. »Darf ich deshalb gar nichts bezahlen? Das Essen bei John, den Kaffee bei Grace oder das Bier bei Andy? Aber warum glauben alle, ich hätte kein Geld?«

Es hatte etwas Charmantes, wie sie ihre grauen Augen aufriss, als ob sie auf irgendeine Weise glaubte, er wüsste die Antwort, und als machte es ihr nichts aus zu zeigen, dass sie keine Ahnung hatte.

»Ich vermute doch, dass sie dich nicht bezahlen lassen, weil sie dich als Amys Gast betrachten. Oder jetzt als unseren gemeinsamen Gast.«

»Aber das ist doch lächerlich. Ich habe ja Geld. Wie können sie denn je zurechtkommen, wenn sie dauernd alles umsonst hergeben?«

»Gute Frage. Aber das hier ist nett und nicht lächerlich.«

Eine Furche tauchte zwischen ihren Augenbrauen auf. »Und als ich gefragt habe, ob ich helfen könnte, da haben sie gedacht… Aber warum laden sie mich ein, wenn ich ihnen nicht im Gegenzug helfen darf?«

»Helfen?«

»Ja, ich könnte John helfen, Waren auszupacken oder die Kasse zu übernehmen, oder bei Andy den Abwasch machen …«

»Du hast angeboten, den Abwasch zu machen?«, sagte er, nur um sicher zu sein, dass er sie richtig verstanden hatte. Herrgott, dachte er, ich hätte ja gern Andys Gesicht gesehen, als sie ihn gefragt hat.

Aber Sara antwortete, als sei das das Allernatürlichste auf der Welt. »Ja, das kann ich gut. Nicht nur den Abwasch, natürlich«, fügte sie hinzu. »Auch die Kasse machen oder Waren auspacken. Darin habe ich Erfahrung. Ich habe ja noch nie in einer Kneipe gearbeitet, aber einmal in einer Schulmensa, spülen kann ich also. Und ich habe jahrelang in einem Buchladen an der Kasse gestanden.«

»Das glaub ich gern«, sagte er und versuchte, sich das Lachen zu verkneifen. »Aber es ist nicht dasselbe, einen Gast zu einem Bier oder einem Kaffee einzuladen, und den Gast dann als Bezahlung abwaschen zu lassen.«

Er sah, dass sie nach Einwänden suchte.

»Vielleicht nicht«, sagte sie schließlich. »Aber sie würden mir einen Gefallen tun. Ich brauche Beschäftigung. Und ich muss doch irgendwann einen Gegendienst leisten.«

»Langweilst du dich hier schon?«

»Ich habe das Gefühl, seit ewigen Zeiten freizuhaben. Wie soll ich das zwei Monate lang durchhalten, wenn ich nichts anderes zu tun habe, als zu lesen und mich zum Kaffee einladen zu lassen?«

Tom schaute verstohlen auf die Uhr. Er würde ohnehin zu spät zur Arbeit kommen. »Du hast doch wohl gewusst, wie es in Broken Wheel zugeht, als du gekommen bist?«

»Ja …«, sagte sie unsicher. Ihre Miene verriet, dass das nicht der Fall gewesen war. »Aber es hat weniger damit zu tun, wie es hier zugeht, als damit, dass ich nicht arbeiten kann. Ich habe noch nie so lange Ferien gehabt.«

Sie wandte sich von ihm ab und beugte sich wieder zu dem Schaufenster vor. Er schielte erneut auf seine Uhr. Er musste jetzt wirklich bald los.

Sara hatte fast vergessen, dass Tom neben ihr stand. Es kam ihr sinnlos vor, dass der Laden nicht genutzt wurde, auch wenn sie nicht so recht wusste, warum gerade dieser Laden anders sein sollte als die anderen leerstehenden, warum er das weniger verdiente. Sie versuchte, sich einen Laden vorzustellen, der Computerspiele oder etwas anderes Modernes verkaufte. Keine Computerspiele, dachte sie energisch. Eine Bäckerei müsste gehen. Alle lieben frisches Brot. Aber vielleicht gab es in Broken Wheel eben nicht genug Kundschaft, um eine Bäckerei über die Runden zu bringen.

Dann amüsierte sie sich damit, sich ein Starbucks vorzustellen. Sie konnte gestresste Teenager in grünen Uniformen hinter dem schmutzig grauen Tresen sehen, während George zu ergründen versuchte, was ein *Decaf non-fat Mocha Latte* mit *extra Shot Espresso* wohl sein mochte und ob er so einen wollte. Sie schaute verstohlen zu Tom hinüber. Auf irgendeine Weise glaubte sie nicht, dass ein Starbucks ihn beeindrucken könnte. Er erwiderte ihren Blick mit einem belustigten Halblächeln, als amüsiere er sich über sie oder über einen privaten Witz, den er nicht mit ihr teilen würde.

Und es war dort, vor Amys leerem Ladenlokal, dass der Schatten einer Idee Gestalt annahm. Noch viel zu vage, um darüber sprechen zu können oder ihn auch nur vor sich selbst zuzugeben, aber ein Gedanke, einwandfrei ein Gedanke.

»Tom«, sagte sie. »Kannst du mich nach Hause fahren?«

Sie überlegte, was zu tun sei. »Und hast du die Telefonnummer von George?«

Er blickte sie überrascht an. »Nein«, sagte er kurz. Da er im selben Moment die Autotür öffnete, nahm sie an, dass seine Antwort sich auf Georges Telefonnummer bezog.

Sara Lindqvist
Kornvägen 7, I
136 38 Haninge
Schweden

Broken Wheel, Iowa, 11. Mai 2010

Meine liebe Sara,

ich kann dir wirklich nicht sagen, welche amerikanischen Klassiker du lesen solltest. Ich halte vom Begriff Klassiker wohl ebenso wenig wie du. Aber ab und zu glaube ich, dass diese Literaturkritiker, die die Kanonlisten aufstellen, einen Sinn für Humor haben müssen. Wie kann man sonst erklären, dass Mark Twains Bücher in Klassikerlisten aufgenommen werden? Falls es nicht eine verdeckte Form von Schmähung ist, aber so kleingeistig können die doch nicht sein? Stell dir vor, jemand sagt: »Ein Klassiker ist ein Buch, das alle loben und das niemand liest«, – und dann findest du alle seine Bücher auf so einer Liste!
Aber ich glaube nicht, dass gerechte Beurteilung das wichtigste Argument gegen Klassikerlisten ist. Oder doch, irgendwie geht es wohl schon um gerechte Beurteilung, aber nicht für die, die nicht auf solchen Listen landen. Nein, ich ärgere mich wegen der Bücher, die darauf auftauchen. Nimm das Beispiel Mark Twain. Einmal, als Tom noch jung war, kam er zu mir und beklagte sich darüber, dass er Huckleberry Finn lesen musste. Huckleberry Finn! Kritiker und Lehrpläne haben ganz schön viel auf dem Gewissen, wenn sie es schaffen, Jungen eine Geschichte über Aufruhr, Abenteuer und Gewitztheit als Pflicht und Hausaufgabe aufzuzwingen. Verstehst du, was ich meine? Das wirkliche Verbrechen bei diesen Listen ist nicht, dass sie verdienstvolle Bücher ausschließen, sondern, dass sie phantastische Abenteuer in Pflichten verwandeln.

Aber jedenfalls bekommst du einige von meinen amerikanischen Lieblingen, wenn du nur versprichst, sie nicht aus Pflicht zu lesen. Paul Auster. Mir ist seine »Brooklyn Revue« lieber als die »New-York-Trilogie«, auch wenn es vielleicht ein Frevel ist, das zu sagen. Im Sommer habe ich noch einmal F. Scott Fitzgeralds »Der große Gatsby« gelesen. Ich habe ihn als »Klassiker« gelesen, als ich jung war, aber erst jetzt konnte ich ihn richtig schätzen.
Aber ich fürchte, dass ich im Grunde Autorinnen mehr schätze. Vielleicht bin ich parteiisch.
Ich glaube, kein Buch hat mich so tief berührt wie Toni Morrisons »Menschenkind«, und ich bewundere kaum eine Autorin so sehr wie Joyce Carol Oates. Ich glaube, der einzige Grund, warum sie noch nicht den Nobelpreis bekommen hat (was treibt ihr eigentlich da drüben? Kannst du nicht mal mit denen reden?), ist, dass sie zu viel schreibt. Eine solche Produktivität ist einfach zu viel für das Selbstbewusstsein mancher Kritiker – sie schreibt schneller, als die Herren kritisieren. Wie soll man denn ein neues Werk rezensieren können, wenn man es nicht über sich bringt, vorher fünfzig andere Bücher dieser Autorin zu lesen?

Mit lieben Grüßen,
Amy

Mitten dazwischen ein Buchladen

Sara fing ganz unten an und arbeitete sich nach oben.

In der Küche fand sie altes Besteck, das offenbar jahrelang nicht mehr benutzt worden war, allerlei Küchengeräte, die sie nicht einmal identifizieren konnte, die übliche Mischung aus Klebeband und Papier und Kugelschreibern, die längst in der Schublade beim Telefon eingetrocknet waren, und einen Küchenschrank, der als Bücherregal diente. Er enthielt nicht einmal Kochbücher, sondern eine muntere Mischung aus Sachbüchern und Krimis. Sie warf die eingegangenen Blumen auf der Küchenfensterbank weg, und als sie danach durch die Diele ging, legte sie die Fähnchen in eine Kommodenschublade. Aber das Bild von Amy ließ sie stehen. Sie hatte angefangen, es zu grüßen, wenn sie vorüberging.

Im Wohnzimmer fand sie keine Schlüssel und auch keine weiteren Bücher. Und im Badezimmer lagen nur drei Bücher und zahllose Medizinfläschchen.

Am Ende fand sie das gesuchte Schlüsselbund in Amys Zimmer. Als sie es dann in der Hand hielt, kam ihr ganzer Plan ihr vor allem dumm vor.

Sie hatte Georges Telefonnummer in einem alten Notizbuch in der Schublade neben dem Telefon gefunden. Er hatte nichts dagegen, sie jetzt gleich abzuholen, obwohl es schon nach acht war. Dafür war sie dankbar. Wenn sie sich die Sache noch länger überlegte, würde sie am Ende vielleicht alles aufgeben.

»George«, sagte sie zögernd, als sie im Auto saßen. »Glaubst du, die Leute hier hätten etwas dagegen …« Sie überlegte sich die Sache anders. »Ich hab bei Amy dieses Schlüsselbund gefunden.«

George sagte nichts.

»Und ich dachte … ich würde mir gern mal Amys Laden ansehen. Wenn du meinst, das geht?«

»Weiß ja nicht, warum das nicht gehen sollte«, sagte er.

Sie hielten vor dem Laden. Die Tür ließ sich leicht und ohne zu quietschen öffnen. Sara tastete auf beiden Seiten und fand den Schalter auf der linken. Die Glühbirne unter der Decke tauchte den verlassenen Raum in ein grelles, unbarmherziges Licht, aber der Strom war jedenfalls noch nicht abgestellt worden.

»Sie hat es wohl nie geschafft, den Laden abzumelden«, sagte George leise.

Sie schauten sich um. Bis auf die Möbel – ein Tresen, einige Regale und zwei Stühle – war der Raum leer. Die Wände waren braungelb. Der Boden war von Staub bedeckt, aber als Sara ein wenig mit dem Fuß scharrte, konnte sie darunter braunes Holz erahnen.

George ging vor ihr her. »Ich glaube, es gibt noch ein Hinterzimmer«, sagte er.

Das war kaum mehr als eine Abstellkammer. Neben dem Spülbecken standen noch immer Tassen.

»Hier muss saubergemacht werden«, sagte Sara.

Am nächsten Tag war Sara so geschäftsmäßig gekleidet, wie sie nur konnte. Sie trug eine schwarze Hose, die mit etwas gutem Willen als Teil eines Anzugs durchgehen konnte, und ein weißes Hemd mit Dreiviertelärmeln, das fast frisch gebügelt aussah. Aber als sie dann vor dem Kino stand und ein Plakat für *Stirb langsam* ansah, fragte sie sich, ob sie nicht ein bisschen zu seriös angezogen war.

Neben ihr stand eine Frau in einem T-Shirt mit einer Werbung für Country Line Dancing, irgendeine Art Tournee, die im August 1987 in Des Moines gastiert hatte. Die Frau schien auch schon einiges mitgemacht zu haben. Ihr fehlte ein Zahn. Das entdeckte Sara, als die Frau sie anlächelte.

Sie hätte ihr helfen können, davon war sie überzeugt. Die Frau hatte die Art Haut, die von harter Arbeit, Alkohol und Rauchen kommt, und die typisch zusammengesunkene Haltung eines Menschen, der sich ununterbrochen unterlegen fühlt. Sara hätte so gern die Tränensäcke unter ihren Augen geglättet und ihre zitternden Hände beruhigt, und sei es nur für einige Stunden oder eine Woche. Und genau neben ihnen standen einige Jugendliche an der Straßenecke, total untätig, und dabei hätten sie doch lesen können.

Diese Stadt hier brauchte furchtbar dringend einen Buchladen.

»Einen Buchladen?«, fragte Jen.

Sie klang nicht direkt feindselig, aber sie war offenbar skeptisch. Andy warf Sara einen seltsamen Blick zu, und Caroline saß nur da, mit unergründlicher Miene.

Sara stand vor ihnen auf der Bühne. Sie wünschte, das wäre nicht nötig gewesen. Vielleicht hätte sie stattdessen im Kontrollraum sitzen können.

»Ich würde gern …« Sie schluckte. Dann erzählte sie ohne Luft zu holen weiter, ehe sie es bereuen könnte: »Ich würde gern in Amys altem Laden eine Buchhandlung eröffnen. Mit ihren Büchern. Als Erinnerung an sie.«

Sie hatte den letzten Teil des Satzes zu Hause geübt, aber jetzt klang er gar nicht richtig gut.

»Du willst Amy Harris' Bücher verkaufen?«, fragte Andy.

»Nicht für Geld natürlich. Es wäre ja kein richtiger Buchladen. Mein Visum enthält doch keine Arbeitserlaubnis.«

Die US-Botschaft hatte betont, dass sie unter gar keinen Umständen arbeiten dürfte und dass ihr ein Schicksal schlimmer als der Tod drohte, wenn sie das auch nur versuchte. Es war erstaunlich schwer gewesen, auch nur ein Touristenvisum zu bekommen. Sie hatten ihr geraten, das Visa-Waiver-Program zu benutzen, durch das man bis zu neunzig Tage in den USA verbringen konnte, ohne das Visum vorher beantragen zu müssen. Alles würde – hoffentlich – schon vor der Landung im Flugzeug geklärt werden.

Sie hatte ein Visum haben wollen, um sicher zu sein, und um es möglicherweise zu verlängern, wenn ihr Geld länger reichte als erwartet, und wegen der Freiheit, die darin lag, aber das hatte die Leute in der Botschaft nur noch nervöser gemacht. Die US-Botschaft, wie Sara entdeckte, wusste Wörter wie »Verlängerung« oder »Freiheit« so gar nicht zu schätzen. Eine amerikanische Kleinstadt zu besuchen und dort länger bleiben zu wollen – beides zutiefst verdächtig – klang zu sehr danach, ganz einfach für immer bleiben zu wollen. Es wäre ihnen offenbar am liebsten gewesen, wenn Sara gar keine Lust gehabt hätte, ihr Land zu besuchen.

»Es wäre eher wie... unser Buchladen«, sagte sie. »Ich würde nur aushelfen.«

»*Unser* Buchladen«, wiederholte Andy.

»Ein Buchladen.« Sara hörte das Kopfschütteln in Jens Stimme.

»Die Räumlichkeiten müssen gereinigt werden«, sagte sie. »Und vermutlich neu gestrichen. Aber das kann ich alles selbst machen, und ich kann bezahlen und überhaupt.«

»Das ist keine schlechte Idee«, sagte Caroline nachdenklich. »Es gibt noch andere Räume, die gereinigt werden müssten. Und du würdest den Laden ja jedenfalls nicht registrieren.«

»Aber...«, protestierte Sara. Sie war ungeheuer gesetzestreu.

Das brachte Andy auf Trab. »Natürlich würdest du das nicht«, sagte er. »Denk doch bloß an die Steuern.«

»Das hätte ja im Grunde auch keinen Sinn«, sagte Caroline. »Der Laden wäre ja nur offen, solange du hier bist. Und ich bezweifle, dass du irgendetwas verdienen wirst, und da ist es doch nicht so, als ob wir dem Finanzamt sein Geld vorenthielten.«

Sie sagte das in einem Tonfall, als sei es überhaupt nicht möglich, dem Steuerwesen Geld vorzuenthalten, da dieses doch sehr viel mehr Erfahrung in der edlen Kunst des Betrugs hatte als man selbst. Alles, was man selbst tat, musste da eher als Notwehr gelten.

Sara hielt sich immer an die Regeln. Vor allem, wenn es um Steuern ging. Sie hatte in ihrem ganzen Leben noch nichts abzusetzen versucht, aus Angst, wegen Steuerhinterziehung angeklagt zu werden. Aber in diesem Moment dachte Sara nicht an Finanzamt oder Visumregeln oder die tausend anderen Gründe, die sicher dafür sprachen, in einer fremden Stadt keinen Buchladen aufzumachen.

Sie dachte daran, dass sie dieser Stadt gern etwas zurückgeben würde. Bücher waren da eine gute Möglichkeit. Egal, ob sie es wussten oder nicht, Bücher waren das, was sie hier brauchten, das war ganz offensichtlich. Und Sara dachte an Amys Bücher, die wieder benutzt und geschätzt werden würden, wie es sich gehörte. Sie könnte im Internet noch weitere bestellen. Gebrauchte Bücher, nicht so teure, persönlich ausgesucht – und bezahlt – von ihr selbst. Manche Leute hier würden ihr alte Bücher schenken, um den Laden in Gang zu bringen. Sie würden in kleinem Maßstab anfangen, natürlich, aber es könnte funktionieren. Sara hatte das Geld, und sie hatte die Zeit. Sie würde etwas *tun* können.

Andy und Jen wechselten einen Blick.

»Bist du sicher, dass du einen Buchladen eröffnen möchtest?«, fragte Andy.

»Ich finde, du solltest uns lieber für ein richtiges Picknick sorgen lassen«, sagte Jen. »Oder warum nicht für einen Waldausflug?«

»Ich will einen Buchladen aufmachen«, sagte Sara.

Das rutschte ihr heraus, sowie George aus dem Auto gestiegen war. Sie hatte den ganzen Morgen lang an nichts anderes denken können, und als George dann um halb neun auftauchte, stand sie schon wartend auf der Veranda.

George nickte nur.

»Er würde mir natürlich nicht gehören«, fügte sie rasch hinzu. Sie hatte noch immer Angst, die anderen könnten denken, sie versuche hier, mit Amys Büchern Geld zu verdienen. »Ich würde nur aushelfen. Solange ich hier bin, meine ich. In Schweden habe ich in einer Buchhandlung gearbeitet, deshalb weiß ich, wie das geht.«

Das stimmte nicht so ganz. Sie hatte nie die Verantwortung für den Laden getragen. Und sie hatte auf jeden Fall keinen eröffnet.

»Ich finde, das klingt wie eine gute Idee«, sagte George.

Aber da war er wohl der Einzige.

Sara wusste nur zu gut, dass niemand sonst in Broken Wheel viel für ihren plötzlichen Wahnsinn, wie Andy das ganze Projekt nannte, übrig hatte. Aber alle hatten sich immerhin bereit erklärt, sich am folgenden Tag mit ihr im Laden zu treffen. Jetzt musterten sie mit düsterer Miene Staub und Schmutz.

»Ich möchte die Wände neu streichen«, sagte Sara. Sie stellte sich einen in Licht und Farbe badenden Laden vor, einen gemütlichen Versammlungsort für Texte und Geschichten, mit großen Sesseln, in denen man versinken konnte, und Zeit genug für lange Gespräche. Ein Ort für Bücher. Für Tausende von Büchern in allen erdenklichen Farben und Formaten.

»Du wirst Farbe kaufen müssen«, sagte Caroline abweisend. »Falls nicht irgendwer hier noch ein paar überzählige Dosen hat.«

»Ich möchte Gelb«, sagte Sara. »Fröhliches Gelb.«

»Eine fröhliche gelbe Farbe«, sagte Caroline verbissen. »Ich vermute, John kann dir dabei helfen«, fügte sie widerwillig hinzu.

»Und ich übernehme die Verantwortung für das Saubermachen«, sagte George. Alle starrten ihn so lange an, dass er errötete. »Ich kann saubermachen«, sagte er noch einmal, aber diesmal lag ein Zögern in seiner Stimme.

Andy, Jen und Caroline fanden offenbar, dass sie genug gehört hatten, denn sie verließen nacheinander den Laden, bis nur noch Sara und George übrig waren.

Plötzlich kam die ganze Idee ihr wieder verrückt vor. Sie wusste nicht, ob es daran lag, dass sie jetzt nicht mehr die Selbstsichere spielen musste, oder daran, dass sie den Schmutz nur deutlicher sah, weil der Laden jetzt nicht mehr voller Menschen war. Sie war so vertieft in eine Art Traumvorstellung von ihrem bunten, gemütlichen Buchladen gewesen, dass es ihr gelungen war, die braungelben Wände und den grauen Fußboden zu verdrängen.

Sie und George gegen Jahrgänge von Staub und Abfall. Wo sollten sie denn überhaupt anfangen?

George schien keinerlei solche Zweifel zu kennen. »Wir fangen mit dem Fenster an«, sagte er entschieden, sowie die anderen verschwunden waren. »Dann sehen wir, wie alles aussieht, wenn ein wenig Licht hereinkommt.«

Er ließ Sara nicht in die Nähe des Fensters, nicht einmal zum ersten Putzgang. »Es gibt Streifen, wenn man das nicht richtig macht«, erklärte er freundlich. Aber sie durfte immerhin den Wassereimer ausleeren.

Er war unermüdlich. Zweimal wagte er sogar einen Witz, und nach einer Weile sagte er:

»Übrigens, das mit Bridget Jones …« Er verstummte angesichts eines verzwickten Teils der Fensterreinigung, danach sagte er: »Eigentlich kein dummes Buch. Aber reden Frauen wirklich so viel über Männer?«

Sara hatte keine Ahnung, als sie sich das jetzt überlegte. »Vielleicht in London«, sagte sie dann.

Er nickte. »Ja, vielleicht in Europa.«

Als sie eine Mittagspause einlegten, taten Saras Muskeln weh, und George war mit seinen Instruktionen immer militärischer geworden. Er gestattete die Mittagspause nur, weil Caroline vorbeischaute und den Vorschlag dazu machte. Gegen Caroline konnte seine frisch erworbene Autorität noch nichts ausrichten. Er verwandelte sich wieder in den Armen George, als bald darauf auch Andy und Jen auftauchten.

Sie aßen vor dem Laden. Die Sonne war noch immer warm, wenn sie denn mal zum Vorschein kam, und Sara schwitzte zu sehr von der Arbeit, um sich um die bereits herbstliche Frische zu scheren, die sich jetzt heimlich in die Luft mischte.

Grace kam mit Hamburgern herüber und lungerte am Rand der Gruppe herum.

»Hier könnt ihr doch nie im Leben einen Buchladen aufmachen«, sagte sie. »Das ist Wahnsinn.«

Niemand ließ sich zu einer Antwort herab.

»Ein Buchladen«, sagte Grace mit dieser unheilverkündenden, dramatischen Stimme, die sie immer für ihre Familienanekdoten benutzte. Andy und Jen sahen sie nervös an. Caroline erstarrte. Und richtig, nun fragte Grace: »Hab ich schon mal davon erzählt, wie die Bibelverkäufer bei meiner Großmutter waren?«

Alle lugten zu Caroline hinüber. Es war einfach eine unglaublich unpassende Geschichte. Caroline hatte eine große Vorliebe für Bibelverkäufer.

»Ihr seid ja schon weit gekommen«, sagte Jen, die sich als Erste gefasst hatte. Es war ein banaler Kommentar, aber nun hatte sie immerhin das Gesprächsthema gewechselt.

»Sehr weit«, sagte Andy eilig. »Und ihr habt noch viel zu tun. Da fangt ihr besser gleich wieder an.«

Er und Jen scheuchten Caroline eilig zu den Autos, und George trieb Sara wieder zum Saubermachen an.

Nach und nach wich der Staub im Laden dem starken Geruch von Reinigungsmitteln und synthetischer Zitrone.

Am Abend konnte Sara den Boden so sehen, wie er einmal gewesen war, dunkel und elegant, dann wurde er rasch wieder von Pappe und Farbdosen bedeckt.

Es knackte unter ihren Füßen, wenn sie im Laden hin und her lief. Noch wies nichts auf das Geschäft hin, zu dem er eines Tages werden sollte. George war noch immer da, obwohl die Uhr schon nach acht zeigte, und irgendwann setzten sie sich dann unter geselligem Schweigen vor dem Laden auf Stühle, beide mit einem Plastikbecher Kaffee aus dem Grace's in der Hand und mit Träumen von Büchern und besiegtem Schmutz.

Sara lächelte. Die Stadt kam ihr abends lebendiger vor. So, als ob sie etwas von ihrer Würde zurückgewinnen könnte. Als Kulisse war sie beeindruckend: dunkle, würdevolle Häuser, die sich zu einem ebenso dunklen Himmel hochreckten und mit ihm verschwammen.

Sie konnte die kilometerlange schwarze Straße erahnen, die sich schnurgerade in beide Richtungen dahinzog. Tagsüber wurde die Stadt auf bedrohliche Weise von der Straße dominiert, aber abends verschmolzen die Hausfassaden mit dem Asphalt und wurden zu einem Teil von etwas Größerem, das sich bewegte. Tagsüber konnte man in einer Minute durch die ganze Stadt fahren und sie, wenn man einige Male blinzelte, fast verpassen, nachts schlich sie sich an und erheischte Aufmerksamkeit.

»Magst du die Sterne?«, fragte George im selben Tonfall, in dem er gefragt hätte, ob sie gern Spaghetti mit Hackfleischsoße aß.

Es war noch immer fast warm draußen, aber der Geruch

von Asphalt und Staub war dem üppigen Duft des Spätsommers gewichen.

»Ich glaube schon«, sagte Sara und schaute zum Sternenhimmel auf.

Sie erkannte keines der Sternbilder hier, was sie als Befreiung empfand. Es war tragisch, dass Menschen dermaßen von Mustern besessen waren, dass sie sogar versuchten, sie den Sternen aufzuzwingen. Wie der Große Wagen – als sie klein war, hatte dieser Name für sie magisch geklungen, wie ein mit Juwelen besetzter, funkelnder Vierspänner aus einem Disneyfilm, aber als sie dann gelernt hatte, ihn zu identifizieren, sah er eher aus wie eine Einkaufskarre. Sieben Sterne, bestimmt Millionen von Meilen entfernt voneinander, von den Menschen willkürlich zu einem Einkaufswagen zusammengesetzt. Oder zu einem ganz billigen, schäbigen Kinderwagen.

»Ich weiß nicht, wie ich sie finde«, gab George zu. »Ab und zu komme ich mir so klein vor, wenn ich sie sehe.« Er lächelte sie an. »Und ich brauche ja eigentlich keine Hilfe, um mich unwichtig zu fühlen. Aber manchmal gefällt mir das auch. Dass wir so klein sind, dass zwei Personen an zwei verschiedenen Orten stehen und denselben Himmel anschauen können.«

»Denkst du an eine besondere Person?«, fragte sie.

Er überraschte sie damit, dass er »ja« sagte, als sei das eine Selbstverständlichkeit. »Sophy«, sagte er.

»Deine Frau?«, wagte Sara zu fragen.

»Großer Gott, nein«, sagte er und lachte. »Du hast also von ihr gehört? Sophy ist meine Tochter. Haben sie auch von ihr erzählt?«

»Nein.«

»Nicht? Sie ist natürlich nicht wirklich meine Tochter. Das hätten sie wohl gesagt, wenn sie etwas gesagt hätten.« Er hatte während des gesamten Gesprächs zum Himmel aufgeschaut, aber nun sah er Sara an. »Der Teufel soll sie holen«, sagte er. »Sie ist meine Tochter.«

Als er dann weitersprach, war sein Tonfall ein ganz anderer. »Ich stelle mir gern vor, dass sie irgendwann in genau demselben Moment zu den Sternen hochschauen wird wie ich. Wenn ich oft genug hochschaue, natürlich.« Er schnitt eine Grimasse. »Idiotisch, was?«

Sie lächelte ihn an. »Das ist eine schöne Vorstellung«, sagte sie.

»Ja, fast, wie sie zusammen anzusehen«, sagte George.

»Jedenfalls«, fügte er nach einer Weile hinzu. »Als Sophy verschwunden ist, habe ich angefangen zu trinken. Ich vermute, auch das haben sie dir erzählt?«

»Ja.«

»Es hat keinen Sinn, so zu tun, als ob das nicht passiert wäre.«

»Sie haben gesagt, dass du seit einer ganzen Weile trocken bist.«

»Anderthalb Monate jetzt. Manche Tage sind noch immer schwer.«

Georges Theorie der Finanzkrise

George sagte nichts darüber, als er Sara nach Hause fuhr, aber er war fest entschlossen, beim Saubermachen gute Arbeit zu leisten und zu beweisen, dass er ihr Vertrauen verdient hatte.

Er war, auf seine eigene Weise, nicht seltsamer und nicht normaler als irgendjemand von den anderen, die in Broken Wheel geblieben waren und dort überlebt hatten. Die Geschichte der Stadt hatte ihn so geprägt wie die meisten anderen, auch wenn es stimmte, dass die kleinen Katastrophen des Lebens ihn schwer getroffen und recht früh zum Armen George gemacht hatten, einem guten Mann, »wenn man alles bedenkt«.

Die Siedlungen in den Prärien waren einst von mutigen, zähen, ausdauernden Menschen errichtet worden, Bauern auf Jagd nach fruchtbarem Boden, bereit, alle Schwierigkeiten und Härten zu meistern, um diesen Boden zu bestellen. Und um ihn an sich zu reißen.

Die Bauern, die versucht hatten, die Gegend um die Great Plains urbar zu machen, waren angeblich besonders verrückt gewesen. Verrückt genug, um sich an einem Ort mitten im Nirgendwo niederzulassen. Und verrückt genug, um dort zu überleben.

Das Überleben wurde an vielen Orten im Mittleren Westen zu einer Art verzerrtem darwinistischen Test, bei dem die Verrücktesten überlebten. Was sie nicht umbrachte, machte sie noch verschrobener.

Vor etwa hundertfünfzig Jahren zog ein Trupp tapferer Siedler im Treck los, auf der Suche nach einer Möglichkeit, eine frühe (und weniger prachtvolle) Version des amerikanischen Traums zu verwirklichen.

Und bei einem dieser Trecks zerbrach ein Rad: Broken Wheel wurde aufgrund eines Unfalls gegründet und danach benannt, und seither schien die Stadt sich alle Mühe zu geben, um diesem Namen Ehre zu machen.

Nichts war für Broken Wheel jemals leicht gewesen. Selbst in den Jahren, als die Landwirtschaft in Iowa blühte, als es noch Familienbetriebe gab, als die Menschen genug Geld und Mais und Apfelkuchen für alle hatten, hatten die Bewohner von Broken Wheel kämpfen müssen. Immer ein wenig im Gegenwind, immer ein wenig im Rückstand, beim Wettbewerb dabei, aber stets ein paar Punkte zurück. Sie mussten immer weiter jagen.

Das war die Zeit, die in der Erinnerung der Menschen die Blüte der Stadt bildete. George war schon damals der Arme George gewesen. Seine Geschwister hatten den elterlichen Hof übernommen, obwohl George der Älteste war, und er war Single in einer Zeit und an einem Ort, wo kein Mensch das Wort Single benutzte oder überhaupt über die sprach, die niemanden gefunden hatten.

Bis das Rad in Iowas auf Familien basierter Landwirtschaft wirklich zerbrach und alles zum Teufel ging.

George erinnerte sich an diese Zeit, und er hatte seine eigene Erklärung für die Ursache der Krise. Er wusste, dass alles angefangen hatte, als er Sophy verloren hatte.

Damals hatte er auch mit Trinken angefangen.

Als seine Frau ihn heiratete, hatte er nicht so ganz begriffen, warum. Nach einer Weile wurde das nur zu deutlich, da sie sieben Monate nach der Hochzeit eine Tochter zur Welt brachte. George wusste, dass Sophy nicht sein eigenes Kind war, er war gänzlich unerfahren in die Hochzeitsnacht gegangen.

Aber das spielte keine Rolle. Er hatte eine Frau und eine

wunderbare Tochter, und die Menschen begegneten ihm mit Respekt. Ganz plötzlich war er nicht mehr der Arme George, sondern Gatte und Vater, eine erwachsene Person.

Seine Tochter war der erste Mensch, mit dem er richtig gut umgehen konnte. Die anderen merkten das auch. »Was bist du für ein feiner Vater, George«, sagten sie, und es fiel kein Wort darüber, dass er den Hof nicht übernommen hatte, obwohl er doch der älteste Sohn war, oder dass er seit zehn Jahren im Schlachthof arbeitete, ohne auch nur zum Vorarbeiter zu avancieren. Nicht einmal damals, als es noch Arbeit gab und nur die Mexikaner dort schuften mochten.

Jetzt, da er wieder der Arme George war, fiel es ihm manchmal schwer, sich an damals zu erinnern, als er fast respektiert worden war. Aber er erinnerte sich noch immer an Sophy. Dass Michelle ihn verlassen hatte, hatte ihm nichts ausgemacht, aber sie hatte Sophy mitgenommen, seine Sophy. Er konnte sich noch immer an jede Regung in ihrem Gesichtchen erinnern, daran, wie weich ihre Haut sich an seiner angefühlt hatte. Wie Seide auf Sandpapier, hatte er einmal gedacht, obwohl er ansonsten nicht sonderlich poetisch war. Und er hatte gelacht. Wie sie duftete, wenn sie schlief, und wie vorsichtig er sich bewegt hatte, um sie nicht zu wecken – und leise, damit Michelle es nicht sah und sich über ihn lustig machte. Daran, wie Michelle gerochen hatte, konnte er sich nicht erinnern.

Alles Elend hatte jedenfalls mit Sophys Verschwinden begonnen. Andere suchten die Schuld bei Ölpreisen, Zinsen und leichtfertigen Bankern, die zu viel Geld verliehen hatten, und bei Politikern, die in Washington saßen und über Dinge entschieden, von denen sie nicht die geringste Ahnung hatten, und bei Gott weiß was. Aber George wusste, dass das alles nicht stimmte.

Sophy verschwand, und nach diesem einen unfassbaren und unerklärlichen Ereignis war nichts mehr zu verstehen. Die Stadt wurde wehrlos zurückgelassen, und plötzlich war einfach alles möglich. Die Preise für die Produkte hatten nichts mit den Kosten für Maschinen und Darlehen zu tun, die Zinsen waren vollends unerklärlich, und Banken, die früher wie Freundinnen gewesen waren und ihn und alle anderen mit Geld überschüttet hatten, schienen ihn nicht mehr zu kennen, obwohl der Banker doch aus der Gegend kam.

Ihr Haus wurde dem Erdboden gleichgemacht, um für mehr Mais Platz zu schaffen. Dieser verdammte Mais, dachte er, und ganz plötzlich war ein gutes, vertrautes Gewächs gierig und unberechenbar geworden.

Ehe seine Frau ihn verließ, erzählte sie noch allen, dass er nicht Sophys leiblicher Vater war. Gleich danach war er wieder der Arme George. Er fing an zu trinken.

Danach, als alle ihre Höfe verkaufen mussten und niemand mehr die Rolle des guten Ehemannes oder Vaters erfüllen konnte, wurden noch andere zum Armen Soundso und leisteten ihm beim Trinken Gesellschaft.

Die anderen glaubten ihm nicht so ganz, wenn er erzählte, dass die Finsternis mit Sophys Verschwinden eingesetzt hatte. Vielleicht hat jeder seine eigene Finsternis, dachte er jetzt, da er eine Weile trocken geblieben war.

Und er war wirklich trocken. Er hatte seit anderthalb Monaten nicht mehr getrunken. Es stimmte, dass er früher, in den fünfzehn Jahren, die seit Sophys Verschwinden vergangen waren, Perioden gehabt hatte, in denen er nicht sonderlich viel getrunken hatte, aber es gab einen Unterschied zwischen nicht viel zu trinken und trocken zu sein, und George war trocken.

Er würde etwas Sinnvolles zu tun haben, er würde Sara helfen, und er würde es schaffen.

»Ich gehe einen Tag nach dem anderen an«, sagte er oft in Gedanken zu Sophy. Aber er versprach ihr nicht, niemals wieder zu trinken. Er hatte nicht vor, irgendein Versprechen zu geben, das er vielleicht nicht halten könnte. Nicht gegenüber Sophy.

»Eine feine Frau, diese Sara«, sagte er stattdessen zu ihr, während er von Saras Haus losfuhr und sein Kopf angenehm von Gedanken an Putzen und an Putzgeräte erfüllt war.

Caroline startet eine Sammlung. Noch eine.

Es war halb zwei Uhr nachmittags, und Caroline hatte schon fünf Häuser hinter sich gebracht. Sie hatte die Aufgabe übernommen, die Möbel zu sammeln, die Sara angeblich brauchte. Caroline fragte sich zwar, was für ein Buchladen Sessel, Stehlampen und altmodische Tischlampen brauchte, aber es war Saras Projekt. Wenn sie diese Dinge haben wollte, dann sollte sie sie haben. Eine zusammengestoppelte Einrichtung wäre doch ein geringer Preis für ein frisch geputztes Ladenlokal mitten in der Stadt.

Caroline fiel es nur selten schwer, anderen Leuten Spenden für die Sammelaktionen zu entlocken. Der Trick war, sich in Bewegung zu halten. Alle zu besuchen. Mit allen zu sprechen. Es kurz und effektiv zu machen und dafür zu sorgen, dass alle begriffen, was von ihnen erwartet wurde. Aber aus irgendeinem Grund war sie an diesem Tag müde, als ob sie es plötzlich anstrengend fände, ein schlechtes Gewissen zu verbreiten.

Obwohl es bei Henry und Susan, bei denen sie gerade angekommen war, doch kein Problem geben dürfte, dachte sie. Aus irgendeinem Grund hatten Henry und Susan immer mehr, als sie loswerden konnten. Ab und zu hatte Caroline den Verdacht, dass die beiden das Leben für einen riesigen Garagenflohmarkt hielten, bei dem man so viel Schrott wie möglich anhäufen musste.

Das war schon auf dem Grundstück zu merken.

Ein riesiger Gartentisch aus weiß gestrichenem Holz nahm den Großteil der kleinen Rasenfläche vor dem Haus ein. Der Tisch und die acht Stühle hätten neu gestrichen werden müssen. Der Tisch war zu groß für die Rasenfläche, und es waren zu viele Stühle für den Tisch, aber das hatte Henry und Susan nicht daran gehindert, auch noch ein Sammelsurium aus Steingutkrügen mit wild wuchernden Blumen aufzustellen, die sich schief und wackelig auf einer unebenen Steinfläche drängten.

Sie seufzte und stieg vorsichtig über etwas hinweg, bei dem es sich um einen Tennisschläger handeln mochte. Dann klopfte sie an die Tür, hart und entschieden, wie um sich selbst ebenso von ihrer Präsenz zu überzeugen wie Henry und Susan.

Susan öffnete. Eine freundliche, nervöse Frau von Mitte sechzig, die immer übertrieben dankbar und überrascht von der geringsten Freundlichkeit wirkte, während sie selbst nie auf die Idee gekommen wäre, unfreundlich zu sein.

»Susan«, sagte Caroline. »Wir sammeln.«

Susan strahlte. Ihr ganzes rundes Gesicht zog sich gewissermaßen zu einem Lächeln zusammen. »Wie schön«, sagte sie und meinte das auch so.

»Am besten Sessel und Tische.«

Andere hatten an dieser Stelle gezögert. Alle hatten jede Menge Sachen, die sie loswerden wollten, aber es war viel leichter, wenn Caroline die selbst aussuchen durfte.

»Das wird sich schon machen lassen«, sagte Susan und rief zum Wohnzimmer hinüber: »Henry! Eine Sammlung!« Sie drehte sich zu Caroline um. »Ein bisschen Kaffee?«

Caroline hatte in allen fünf Häusern, die sie schon besucht hatte, Kaffee getrunken, aber das gehörte dazu, deshalb nickte sie kurz und ging hinter Susan her in die Küche. Dort bekam sie eine Tasse Kaffee und einen Teller mit trockenen gekauften Plätzchen.

»Wir werden, hm, einen Buchladen aufmachen«, sagte Caroline. Mit diesem Teil der Geschichte hatte sie noch immer ihre Schwierigkeiten. Es wirkte so... überoptimistisch. »Mit den Büchern von Amy Harris«, fügte sie hinzu.

»Traurige Geschichte«, murmelte Henry. »Das mit Amy.«

Susan machte für ungefähr eine halbe Minute ein bekümmertes Gesicht, bis Caroline auf die Idee kam, nach den Enkelkindern zu fragen – da war das Lächeln wieder da.

Susan und Henry hatten drei Kinder, die alle die Stadt verlassen hatten, und vier Enkelkinder, die sie niemals besuchten und sich noch nicht an einen einzigen Geburtstag erinnert hatten. Dennoch war das ganze Haus mit ihren Bildern gefüllt, und die beiden erzählten nur zu gern von ihnen.

Danach verschwanden Henry und Susan, um ihre Schatzkammern durchzusehen. Caroline blieb sitzen und vertrieb sich die Zeit mit Überlegungen, warum die Leute überhaupt heirateten oder sich Kinder zulegten.

Sie selbst hatte das nicht getan.

Ab und zu dachte sie, dass verheiratete Frauen sie ansähen, als ob sie auf irgendeine Weise christlicher wären, da sie sich eine Familie zugelegt hatten. Oder sie überhaupt nicht sahen, als ob man nicht richtig existierte, wenn man sich keinen Trottel von Mann hatte krallen können. Sie konnte die Hochzeiten und Taufen nicht mehr zählen, auf denen sie gewesen war und bei denen die Leute so entschlossen gewesen waren, sie nicht vielsagend anzusehen, dass sie sich unsichtbar vorgekommen war. Als ob eine unverheiratete Frau unmerklich zu einem Teil der Tapete würde, über die die Blicke der Leute hinwegglitten, ehe sie dann erleichtert bei den anderen landeten, die verheiratet waren und Kinder hatten.

Jetzt war das natürlich nicht mehr so, dachte sie, trank einen Schluck Kaffee und versuchte, keine Grimasse zu schneiden. Sehr wenige heirateten heutzutage in Broken Wheel, und niemand, den Caroline kannte.

Und du bist älter geworden, sagte sie sich. Niemand erwartete noch etwas von ihr. Offenbar verlief bei vierzig eine Art magische Grenze.

Caroline machte immer kurzen Prozess mit denen, die sich offenbar für etwas Besseres hielten, weil sie es geschafft hatten zu heiraten. Sie hatte nicht viel übrig für Familienidylle. Besser als viele Alternativen, das schon, aber doch wohl kaum ein Grund, selbstzufrieden und herablassend zu sein. Was war Jesus denn gewesen, wenn man genau hinschaute; auch nur eine Art frühe Variante von langhaarigem Hippie, der seine Eltern verließ, um mit einer kollektiven Großfamilie durch die Gegend zu ziehen.

Aber für Hippies hatte sie auch nichts übrig. Die waren auch reichlich selbstzufrieden.

Henry riss sie aus ihren Gedanken, als er in die Küche schaute und mit einer gewissen Hoffnung fragte: »Können wohl auch Gartenmöbel von Interesse sein?«

Sie schüttelte bedauernd den Kopf. »Zimmermöbel vor allem«, sagte sie und fügte im Namen der Diplomatie hinzu: »Diesmal«, als ob es jeden Tag zu neuen Sammlungen kommen könnte, bei denen angestoßene Stühle mit abblätternder Farbe das Ziel aller Wünsche wären.

Das war ja an und für sich auch durchaus möglich. Früher oder später würde sie eine neue Sammlung für die Kirche organisieren, und dann würden sie alles nehmen, was die Leute loswerden wollten. Und dafür dankbar sein.

Und wieder würde sie es sein, die umherlief und alle überredete, ihre ramponierten Gartenmöbel herzugeben, und sie, die die Sammlung organisierte und die Dankeskarten schrieb. Wieder.

Ab und zu hatte sie das Gefühl, ganz allein die Kirche und die ganze Stadt und die ganze Geschichte in Gang zu halten. Als sie jung gewesen war, war ihr diese Art Aufgabe fast magisch erschienen, ein Einblick in ein spannendes Erwachsenenleben, in dem Dinge geschahen und Gespräche geführt wurden. Die Arbeit war von Frauen jeden Alters und mit unterschiedlichen Erfahrungen, Leben und Meinungen ausgeführt worden, und alle hatten einander auf irgendeine Weise geholfen. Und sich gestritten, natürlich.

Sie konnte sich noch immer an den Tunichtgut Samuel Goodwin erinnern, der einmal seine Frau schlimmer geschlagen hatte, als die Leute zu übersehen bereit waren. Caroline war damals zwölf gewesen, vielleicht dreizehn, offenbar erwachsen genug, damit die geflüsterten, bedeutsamen Gespräche nicht automatisch verstummten, wenn sie in der Nähe war, und auch alt genug, um ein wenig davon zu verstehen, worüber gesprochen wurde. Sie erinnerte sich daran, dass alle auf irgendeine Weise da gewesen waren, auch die, die sich vorher nie um diese schweigsame und unterdrückte Frau gekümmert hatten. Mrs Goodwin hatte durch eine Totgeburt ein Kind verloren, und das war offenbar der Startschuss gewesen. Plötzlich waren Frauen aus dem Nichts aufgetaucht, um Mrs Goodwin zu besuchen, für sie zu kochen und fast unmerklich beim Putzen und Kinderhüten zu helfen. Alles war einfach erledigt worden. Kein Dank war erforderlich gewesen.

Damals hatte man sich umeinander gekümmert. Es hatten eine Art Ordnung und Regelmäßigkeit in dem Wahnsinn gelegen, der das Leben ausmachte. Es war zwar weiterhin erwartet worden, dass man sein Schicksal auf sich nahm und stumm litt. Aber alle hatten auf irgendeine Weise begriffen, dass man, wenn es wirklich unerträglich wurde, damit nicht allein gelassen werden durfte.

Ab und zu überlegte Caroline, ob die Frauen der Grund waren, warum sie nie geheiratet hatte. Weil sie gesehen hatte, wie ihre Mutter sich um diese ganzen Probleme kümmerte, und weil sie deshalb eine Abneigung gegen die Ehe oder Männer entwickelt hatte. Zwar hingen nicht alle Probleme mit einem Mann zusammen, aber fast immer war ein Mann vorhanden, der keinen Finger rührte.

Doch sie glaubte nicht, dass es an den Frauen gelegen hatte. Wenn sie ehrlich sein sollte, dann war es wohl vor allem so, dass sie niemals gewusst hatte, wie man sich verliebt. Oder, vermutlich hatte sie das einmal gewusst, aber sie war siebzehn gewesen, und jetzt im Nachhinein nahm sie an, dass vor allem die Hormone schuld gewesen waren. Sie hatte seither ihre Zugbrücke nie wieder heruntergelassen, und niemand hatte das geringste Interesse daran gezeigt, ihre Festungsmauern zu bezwingen.

Susan und Henry waren noch immer irgendwo im Keller beschäftigt, und draußen war jetzt starker Wind aufgekommen. Die Bäume vor dem Küchenfenster bogen sich, und Caroline hatte es durchaus nicht eilig damit, die warme Küche zu verlassen und sich hinaus in den Sturm zu begeben. Sie trank einen Schluck Kaffee und versuchte, nicht zu seufzen.

Sie bedauerte nicht, niemals geheiratet zu haben. Eigentlich nicht. Nur fragte sie sich manchmal, wann genau sie so alt geworden war.

Es musste beim Tod ihrer Mutter gewesen sein. Eine Art Generationenwechsel – von Mrs Rohde zu Ms Rohde. Aber sie hatte diesen Wechsel vollzogen, ohne zu reagieren. Ihre Mutter war gestorben, und Frauen waren noch immer geschlagen worden oder hatten sich scheiden lassen oder waren bei zu frühen ungeplanten Schwangerschaften zusammengebrochen. Oder durch Schwangerschaften, die niemals kamen, nicht einmal, wenn das Kinderzimmer seit Jahren bereitstand und alle Kinderkleider längst genäht waren. Amy hatte sich um die alltägliche Unterstützung für viele von ihnen gekümmert, aber wenn dann die Katastrophe eintraf, war es Caroline, die ausrücken und andere dazu bewegen musste, wie brave Christenmenschen ihren Teil der Last zu tragen. Und das hatte sie getan. Wieder und wieder und wieder, und ehe sie sich's versah, war sie vierzig gewesen. Und fünfundvierzig.

Aber wann hatte sie beschlossen, ihr ganzes Leben allein zu bleiben?

Aus dem Keller war Susans Stimme zu hören, leicht verzerrt durch den Treppenflur: »Wir haben vier Sessel, die wir entbehren können.«

Caroline nahm an, die Möbel würden in der Kirche gesammelt werden und sie würde einen Ort finden müssen, um sie dann aufzubewahren.

Sie seufzte.

Sei nicht albern, Caroline, rief sie sich streng zur Ordnung.

Dann lächelte sie. Vielleicht war das ja gar nicht nötig.

»Vielen Dank«, sagte sie. »Ich weiß schon, wo wir sie solange abstellen können.«

Etwas ganz anderes

»Na gut. Du willst einen Buchladen aufmachen. Warum auch nicht? Aber hast du dir wirklich genau überlegt, wie der aussehen soll?«

Jens Tonfall war von trügerischer Freundlichkeit, aber sie stand mit ausgebreiteten Armen in der engen Diele, deshalb musste Sara in der Türöffnung stehen bleiben. Hinter Jen ahnte sie eine steile Treppe hinauf ins Obergeschoss, und an den Rändern der Treppenstufen lagen Sportkleidung, Turnschuhe und Spielsachen durcheinander. Das war der einzige Hinweis darauf, dass es in diesem Haus Kinder gab. Alle Wände im Erdgeschoss waren in unterschiedlichen Nuancen von Kaffee, Cappuccino und Latte Macchiato gehalten, die Wohnzimmermöbel waren aus dunklem Leder von der Farbe eines Espresso.

Jedenfalls der Teil, den Sara sehen konnte. Jens Haus war doppelt so groß wie ein normales schwedisches Einfamilienhaus. Offenbar war Platz kein Problem in Broken Wheel, das nächste Haus stand mindestens zwanzig Meter entfernt, während Jens Grundstück nur fünf Meter weiter reichte. Der Rest war nicht direkt Ödland, sondern eher… nichts. Nur überflüssige Fläche, die niemanden zu interessieren schien.

»Hast du irgendwelche Möbel auftreiben können?«, fragte Sara. Als Jen angerufen hatte, war sie davon ausgegangen, dass eine gelungene Möbel-Sammelaktion der Grund des Anrufs sei, aber jetzt hatte sie ihre Zweifel.

»Wie man's nimmt…«

»Ich will den Laden gemütlich einrichten«, sagte Sara. »Mit Sesseln und so.« Caroline hatte behauptet, das werde kein Problem sein. Eine Sammelaktion werde für alles sorgen, hatte sie mit gelassener Selbstverständlichkeit versprochen.

»Wir können Sessel besorgen, aber hättest du nicht lieber … ich weiß nicht, etwas Stilechteres?«

»Nein.«

»Nicht einmal einen kleinen Glastisch? Und zwei passende schwarze Ledersessel vielleicht? Es müsste wohl Kunstleder sein, aber es sieht doch immer sehr elegant aus.«

»Ich will welche, die zueinander passen, und sie sollen aus Stoff sein. Richtige Lesesessel, solche, in denen man versinken kann.«

Jen seufzte und ließ Sara widerwillig eintreten. »Dann komm mit«, murmelte sie und ging weiter ins Wohnzimmer. Ihr schauderte sichtlich, als sie den Raum betrat, und in ihrem Gesicht spiegelte sich unendliches Bedauern wider. Aber Sara blieb in der Türöffnung stehen, und langsam breitete sich ein Lächeln über ihr Gesicht aus.

Zwischen den schwarzen Sesseln (sicher aus echtem Leder, vermutete Sara), einem Glastisch und einer schweren Vitrine aus dunklem polierten Holz mit dazu passenden Eisenbeschlägen drängten sich Sessel und Tische in allen Größen und Farben. Ohrensessel, Fußschemel, wackelige Dinger, die eher aussahen wie mit Stoff überzogene Stühle, gewaltige Kolosse, die vermutlich einen erwachsenen Mann auf einen Happen verschlingen konnten, kleine Holztische, runde Tische mit Metallplatten, einer mit einer Glasplatte, dessen Kirschbaumholz aber so verschnörkelt und bearbeitet war, dass er alles andere als stilecht wirkte, rote Tische, blaue, alle Holzarten, die Sara kannte, und noch einige dazu.

»Caroline hat alle um Hilfe gebeten«, sagte Jen unglücklich. »Sie haben wohl gedacht, das sollte für die Gemeinde sein. Und sie hat allen gesagt, sie sollten die Sachen *hier* abliefern. Sie haben uns den ganzen Tag lang Möbel vor das Haus gestellt.« Sie schaute sich voller Verzweiflung um. »Was soll ich denn mit diesem ganzen Kram?«

Sara lachte. »Schenk es der Kirche«, sagte sie. »Ich brauche bloß zwei Sessel und einen Tisch.«

Sara brauchte auch Bücherregale, aber da machte sie sich nicht solche Sorgen. Sie waren zwar der eigentliche Grundstein in einem Buchladen, aber sie würden mit Büchern vollgestopft werden, bis sie dahinter verschwanden und man sie kaum noch bemerken würde, egal, wie sie aussahen. In ihrer Buchhandlung in Schweden hatten sie irgendwelche grauweißen Metallteile gehabt, die irgendwann einmal weiß angestrichen gewesen waren – alles wäre besser als das.

Tom war für die nächste Suchaktion zuständig. Am Tag nach Saras Besuch bei Jen tauchte er vor Amys Haus auf. Da Sara auf Toms Haus neugierig war, fuhr sie mit ihm, obwohl sie eigentlich nicht glaubte, dass es nötig wäre, sich die Bücherregale anzusehen. Es waren Bücherregale. Da konnte man doch nichts falsch machen, oder?

Aber wenn sie erwartet hatte, dass der Besuch bei Tom irgendwelche Hinweise auf seine Persönlichkeit geben würde, dann wurde sie enttäuscht. Sie gingen nicht einmal ins Haus hinein.

Stattdessen führte er sie um den Bungalow herum direkt auf den Hinterhof. Das Haus war so gebaut, dass offenbar die Rückseite wichtiger war. Ein ungepflegter Kiesweg führte zum Haus, eingerahmt von einigen Lärchen, die sich fast bis zur Haustür hinzogen. Die Hausfassade auf der Vorderseite schien fast immer im Schatten zu liegen, und es gab kleine, nichtssagende Fenster, die nicht viel Licht durchlassen konnten.

Aber kaum hatte sie einen Blick um die Hausecke geworfen, öffnete sich das Grundstück vor ihren Augen. Das Haus lag auf einer kleinen Anhöhe, und hier auf der Rückseite waren die Bäume gefällt worden, und man konnte über die Maisfelder hinwegsehen, bis zu der kleinen Ansammlung von Hausdächern, die Broken Wheel markierten, und, im Westen, bis zu Amys einsamem Haus.

Diese ganze Seite der Hausmauer bestand aus Panoramafenstern, die hier auf dem Lande fehl am Platze wirkten.

Eine Veranda zog sich um das Haus herum und lief so unmerklich in einer Nutzfläche aus, dass es schwer war, die genaue Grenze zu bestimmen.

Neben dem Haus gab es einen Anbau, der aussah wie ein Zwischending zwischen zusätzlichem Zimmer und Schuppen. Die Tür stand offen, und Sara konnte robuste Arbeitstische mit Werkzeug, Regale mit sorgfältig beschrifteten Flaschen und Behältern und zwei alte Autositze aus weichem cremefarbenen Leder sehen.

Vor dem Anbau stand neben der Veranda noch ein Arbeitstisch, sicher zwei Meter lang, mit Wasserhahn und Ausguss, er wies Farbflecken auf, war ansonsten aber ganz sauber und leer.

Draußen auf dem Hofplatz – nur trockener, festgetretener Boden, der am Rand des Grundstücks in gelbes kniehohes Gras überging – standen drei wackelige Bücherregale, die in einem ekelhaften rotbraunen Farbton gestrichen waren und so lädiert aussahen, dass sie sicher schon unter dem Gewicht eines Pixibuches zusammenbrechen würden.

»Keine Sorge«, sagte Tom belustigt. »Ich streich sie anders an.«

»Aber das sind *drei*!« Sara konnte ihre Enttäuschung nicht verbergen. In ihrem – kleinen! – Buchladen hatten sie über fünfzig Bücherregale gehabt. Jetzt hatte sie doch verflixt noch mal mehr Sessel als Regale.

»Zu viele?«

»*Zu viele?* Die reichen ja kaum für eine halbe Wand.«

Ein Windstoß ließ die Bücherregale beben und gewissermaßen aus Angst vor den Elementen erschauern. Sie sahen wirklich so elend aus, dass Sara ein gewisses Mitleid überkam. »Ich bin sicher, die werden ganz wunderschön«, sagte sie. »Aber ich brauche mehr. Mindestens noch drei.«

Tom sah sie überrascht an. »Wie viele Bücher hast du denn?«

Amys Büchersammlung enthielt keine ungewöhnlichen oder wertvollen Exemplare, aber sie hatte einen Raum voll purer, konzentrierter Lesefreude erschaffen. Es gab für alle etwas, sogar für die, die »niemals Bücher lasen«, denen »die Filme lieber waren«. Sara war fest entschlossen, ihren – ihren gemeinsamen – Buchladen zu einem ähnlichen Lesetempel zu machen.

Sie versuchte, die Bücher auf unterschiedlichen Stapeln zu sortieren, Lücken zu entdecken, zu sehen, was sie im Internet bestellen müsste, aber es war unmöglich, sich nicht in den Büchern zu verlieren.

Sie breitete sie bei der Arbeit um sich herum aus, schlug ab und zu eins auf, lachte, sprach mit Amy, las sich an den besten Stellen ihrer Lieblingsautoren fest und fand eine Menge neuer Perlen.

Während ein plötzlicher Regen gegen die Fensterscheiben prasselte, saß sie in den Büchern versunken da, umringt von den flüsternden Stimmen von hunderten von Erzählungen, die darauf warteten, von den angehenden Lesern von Broken Wheel entdeckt zu werden.

Es war Liebe auf den ersten Blick. Als Yassarion den Feldpastor zum ersten Mal sah, verliebte er sich heftig in ihn.

Hier kommt eine Darstellung einiger Jahre in Quoyles Leben.

Ich sitze zwar hier auf der Rosenterrasse des Pflegeheims, aber in meinen Gedanken bin ich drüben im Whistle Stop Café und esse einen Teller gebratener grüner Tomaten.

Liebe Sidney! Susan Scott ist ein Phänomen!

Wir liegen jetzt neun Kilometer hinter der Front. Gestern wurden wir abgelöst, jetzt, den Magen voller dicker Bohnen und Rindfleisch, sind wir satt und zufrieden.

Um genau elf Uhr abends an einem kühlen Aprilabend fiel eine Frau namens Joey Perrone vom Deck des Luxuskreuzfahrtschiffes M.V. Sun Duchess. Während sie auf den dunklen Atlantik zustürzte, war Joey zu benommen, um auch nur in Panik zu geraten. Ich habe einen Mistkerl geheiratet, dachte sie, als sie mit dem Kopf zuerst durch die Wasseroberfläche brach.

Sara versuchte, einen Stapel Bücher beiseitezulegen, die sie selbst lesen wollte, aber es wurden zu viele, und sie sah ein, dass sie sich eins nach dem anderen vornehmen müsste, wenn sie erst an Ort und Stelle stünden.

An diesem Abend ging sie widerwillig in ihr Zimmer und schlief unruhig wenige Meter von den Büchern entfernt.

Als sie am nächsten Morgen aufwachte, war sie von einem Gefühl der Erwartung erfüllt. Sie ging nur kurz in die Küche, um sich eine Tasse Kaffee zu holen, dann kehrte sie in Amys Zimmer zurück, bereit, wieder loszulegen.

Sie blieb in der Tür stehen. Auf irgendeine Weise hatte sie unbewusst erwartet, dass Amys Zimmer so aussehen würde wie immer, mit der dicken, in schönen, gedämpften Farben gehaltenen Flickendecke auf dem Bett und der stillen Ruhe der wartenden Bücher. Aber jetzt war das ganze Zimmer geprägt von dem Chaos, das Sara selbst am Abend zuvor angerichtet hatte.

Die Überdecke lag zerknittert unter einem umgestürzten Bücherstapel. Mehrere Regale standen leer, nur die Spuren im Staub verrieten, dass Bücher, die jahrelang dort gestanden hatten, entfernt worden waren. Im Moment waren die meisten natürlich noch nicht weiter gekommen als bis zum Fußboden und lagen da als fächerförmige Formationen rings um freie Stellen in der Mitte, wo Sara gesessen hatte. Die leeren Faltkartons, die am Bett gelehnt hatten, waren während der Nacht auf den Boden geglitten.

Es war nur ein Gefühl, und sie verdrängte es fast sofort, aber als sie vor den geplünderten Bücherregalen stand, musste sie sich doch fragen, ob Amy das wirklich gewollt hätte. Amy hatte doch so lange in diesem Zimmer gelebt, und jedes Mal, wenn Sara es betreten hatte, hatte sie das Gefühl gehabt, auf irgendeine Weise in Amys Welt zu gelangen, in eine Art zeitlose Parallelgeschichte, wo alles noch immer so war, wie es sein sollte.

Jetzt hatte sie das Gefühl, dass Amys Anwesenheit mit den Büchern verschwand, als ob ihr Geist sich auf dieselbe Weise verflüchtigen würde wie die Staubkörner, die Sara aufwirbelte, sobald sie die Bücher bewegte.

Sie kommt doch mit in den Buchladen, sagte sie zu sich, aber sie verspürte trotz allem noch immer diesen bohrenden Zweifel.

Als Tom am Nachmittag vorbeikam, waren die Kartons an der einen Wand aufgestapelt und die Tagesdecke war wieder glatt. Sara hatte zudem in den Regalen Staub gewischt, aber es war ein Fehler gewesen. Als ob sie versucht hätte, Amy selbst wegzuwischen. Danach hatte sie einige Bücher zurückstellen müssen.

Tom sagte nichts über die leeren Bücherregale oder darüber, dass Sara, umringt von Bücherstapeln, mit unsicherem, fast tränenfeuchtem Blick auf dem Boden saß. Er lehnte sich einfach an den Türrahmen und musterte sie schweigend.

Sie wollte fragen, ob er glaubte, Amy könne sie jetzt sehen oder sei bei diesem Projekt auf irgendeine Weise bei ihnen, und was sie dann wohl von diesem Irrsinn hielte, aber sie traute sich nicht.

Am Ende deutete er zu den Kartons hinüber und hob die Augenbrauen wie zu einer Frage.

Sie nickte. Er bückte sich und nahm zwei Kartons auf einmal, aber er trug sie nicht sofort weg. Er blieb stehen und sah Sara an, als ob er etwas sagen wollte. Die schweren Kartons ließen die Muskeln an seinen sonnengebräunten Armen noch deutlicher hervortreten, und Sara musste zum ersten Mal seit zwei Tagen an etwas anderes denken als an Bücher.

»Tom«, sagte sie zögernd, und er blieb wieder stehen. »Ach, nichts«, sagte sie. »Sei vorsichtig. Bücher sind schwer.«

Sie hätte schwören können, dass sie den Schatten eines Lächelns sah, als er die Treppe hinunterlief.

Männer, dachte sie.

Nach mehr als zehn Jahren in einer Buchhandlung hatte sie gelernt, dass der Transport von Büchern eher ein Marathonlauf war als ein Sprint, und immer waren es die Männer, die zuerst erschöpft waren. Aber keiner der Typen, die im Laufe der Jahre in der Buchhandlung gearbeitet hatten, hatte auf sie gehört.

Vielleicht war das genetisch bedingt.

Am Vorabend der Eröffnung blieb Sara allein im Buchladen.

»Ja, also, Amy«, sagte sie. Sie stand vor dem Schaufenster, und das gelbliche Licht der wenigen Straßenlaternen warf einen gespenstischen Schein in den Verkaufsraum. Von hier aus konnte sie fast die Jimmie Coogan Street sehen, und bei diesem Gedanken musste sie schmunzeln.

Sie hatten drei Tage gebraucht, um die Wände anzustreichen, die Möbel und die Bücherregale herzubringen und alle Bücher herzuschaffen und aufzustellen. Als es in den Regalen keinen Platz für noch mehr Bücher gab, hatte Sara die restlichen Bücher für zukünftige Verwendung in die Abstellkammer gepackt. Sie war zwar vermutlich die Einzige in der ganzen Stadt, die glaubte, dass eine solche Verwendung jemals nötig sein würde, aber sie würde es ihnen zeigen.

Die tief sonnengelbe Theke war das Erste, was man beim

Eintreten sah. Sara hatte das Gefühl, einen magischen Laden zu betreten, denn was, fragte sie sich, sollte bei einem gelben Tresen unmöglich sein?

Abgesehen von den Bücherregalen passte nichts zueinander. Die Wände waren in einem warmen gelben Farbton gestrichen, der das Tageslicht einzufangen und im Laden zu verteilen schien. Die Wände passten überhaupt nicht zur Theke, aber das spielte keine Rolle. Es war eine fröhliche Farbe, und die Wände waren ja doch fast ganz hinter den weißen Bücherregalen verborgen. Im Schaufenster standen zwei große Ohrensessel in unterschiedlichen Farben, der eine in einem verwaschenen grünen Muster, der andere dunkelblau. Zwischen ihnen stand ein kleiner runder Tisch aus Zedernholz, der sich vom Boden abhob. Alles wirkte vor allem wie das Zuhause einer Familie, die sich seit Generationen hier versammelte, oder wie das einer jungen Familie, die sich nichts Neues leisten konnte. Ihr gefielen beide Versionen.

George und Caroline und die anderen waren früher an diesem Tag gekommen, um das Ergebnis aller Mühen zu inspizieren, aber jetzt war Sara endlich allein. Sie hatte nichts mehr zu erledigen, doch sie wollte noch nicht weg.

Stattdessen zog sie ihr Telefon hervor. Vielleicht wäre es an der Zeit, ihre Eltern auf den neuesten Stand ihrer Unternehmungen zu bringen? Sie wusste, sie hätte sich häufiger melden, sich größere Mühe geben sollen, um ihnen klarzumachen, wie wichtig Broken Wheel und Amy für sie geworden waren. Abgesehen von einigen wenigen pflichtschuldigen Telefongesprächen hatte sie nicht an ihre Eltern gedacht.

Es stellte sich heraus, dass sie guten Gewissens so weitermachen konnte. Ihre Mutter interessierte sich nicht im Geringsten für Saras Leben in Broken Wheel. Sara war das eigentlich egal, aber sie versuchte dennoch zu erzählen, was sie hier alles erlebt hatte.

»Mama«, sagte sie. »Ich habe einen Buchladen aufgemacht.«

In der Leitung war alles still.

»Du arbeitest in einem Buchladen?«

»Nein, ich ...«

»Mit Touristenvisum?«

»Das ist keine richtige Arbeit, es ist eher ...«, Sara seufzte. »Ich helfe aus.«

Sie konnte hören, wie ihre Mutter ihrem Vater mitteilte, wer da anrief und was Sara drüben unternahm. »Du hast also in Schweden aufgehört, Bücher zu verkaufen und damit Geld zu verdienen, um auf der anderen Seite der Erde das Gleiche gratis zu tun?«

»Ich ...«

»Hängt das irgendwie mit dieser Frau zusammen? Mit dieser Amy? Hat sie dich in ihrem Buchladen eingesetzt?« Die Mutter seufzte so tief, dass Sara glaubte, der Seufzer könne auch ohne Telefon quer über den Atlantik gehört werden. »Du weißt doch, dass dein Vater und ich immer hinter dir stehen, aber vielleicht solltest du mal über deine Berufswahl nachdenken.«

Sara weigerte sich, sich davon den Abend ruinieren zu lassen. »Sicher, Mama«, sagte sie und beendete das Gespräch.

Dann drehte sie sich langsam um sich selbst und hielt dabei das Telefon noch immer in der Hand.

»Glaubst du, wir werden uns hier wohlfühlen?«, fragte sie Amy laut.

Amy gab keine Antwort. Vielleicht hatte sie sich noch nicht richtig orientiert.

»Mach dir keine Sorgen«, sagte Sara. »Wir werden Broken Wheel gemeinsam mit Büchern und Geschichten versorgen.«

John kochte in der Küche Kaffee. Tom konnte ihn hören, als er am Wohnzimmerfenster stand und auf die Hauptstraße hinabblickte, das methodische Geräusch von Tassen und Tellern, die mit präzisen Bewegungen auf einem Tablett abgestellt wurden.

Aber Küche war natürlich übertrieben. Es war eher eine Kochnische mit einer kleinen Speisekammer, einem halben Meter Spülstein und zwei Kochplatten. Der Kühlschrank stand draußen im Wohnzimmer.

Es war schon seltsam, wie wenig sich hier verändert hatte. Das Wohnzimmer hatte noch dieselbe braun gestreifte Tapete wie damals, als Tom zum ersten Mal mit seinem Vater hergekommen war, und als John gerade den Eisenwarenladen und die beiden Zimmer mit Küche im Obergeschoss übernommen hatte. Es roch noch immer so stark nach Alter, vermutlich hatte der Geruch nach alten Möbeln und Kleidern schon bei Johns Einzug in den Wänden gesteckt.

Aber was ihn wirklich überraschte, war, wie wenig die Wohnung sich in den vergangenen Wochen verändert hatte. Ab und zu hatte er das Gefühl, dass die ganze Stadt von Amys Tod beeinflusst war, aber diese Wände hier, diese Decke, die sahen aus wie immer. Vielleicht ging John derzeit deshalb nur so selten aus dem Haus.

Tom versuchte, einige Male pro Woche herzukommen, als ob seine Anwesenheit John auf irgendeine Weise daran hätte hindern können, sich in den Abgrund zu stürzen, der immer irgendwo in seiner Nähe zu klaffen schien. Tom hatte das Gefühl, dass das Einzige, was ihn tatsächlich daran hinderte, die mangelnde Energie war, die John zu diesem Schritt hätte aufbringen müssen.

Vielleicht war die Wohnung deshalb nicht von Amys Tod beeinflusst worden, weil sie niemals etwas mit ihr zu tun gehabt hatte. Tom selbst war vor Amys Tod jahrelang nicht mehr hier gewesen, vielleicht jahrzehntelang. Er hatte John immer bei ihr getroffen.

An diesem Abend fiel ein Stockwerk tiefer Licht aus Amys Laden auf die Straße. Sara war offenbar noch immer dort, obwohl der Buchladen so fertig eingerichtet war, wie er das überhaupt nur sein konnte.

»Hast du etwas gegen das alles?«, fragte er, laut genug, um von John in der Küche gehört zu werden. »Dass Sara in Amys Haus wohnt. Dieses ganze Buchladenprojekt.«

»Ein Buchladen?«, fragte John irgendwo hinter ihm. Tom hatte den Eindruck, dass es wie eine Frage klang.

»Ja.«

»Mit Amys Büchern?«

»Ja.«

Zuckerstücke knirschten in der Küche, als John die Zuckerdose füllte. Weder Tom noch John nahmen Zucker in den Kaffee, aber es gehörte zu dem Ritual, das sie in den Wochen seit Amys Tod entwickelt hatten.

»Ich mag sie gern«, sagte John endlich. Er kam mit dem Tablett mit den Kaffeetassen und einer Schüssel Plätzchen, die beide nicht essen wollten, aus der Küche. »Sie wirkt so munter.«

Er stellte das Tablett auf den kleinen Couchtisch, aber Tom wich nicht von seinem Platz am Fenster.

»Munter?«

»Aber sie wird nicht hierbleiben.«

Es war doch klar, dass sie nicht bleiben würde. »Weißt du, warum sie hergekommen ist? Hat… hat Amy etwas erzählt?«

»Ich halte es nicht für richtig, wenn wir versuchen, sie hier zu halten.«

Diesmal sprach Tom seine Gedanken laut aus. »Großer Gott, nein«, sagte er mit mehr Gefühl, als höflich gewesen wäre. Dann drehte er sich zu John um. »Warum wäre das nicht richtig?«

John reichte ihm eine Tasse Kaffee, statt die Frage zu beantworten. Irgendetwas an dieser Geste machte Tom klar, dass er sie auch nicht beantworten würde. Tom ließ den Blick durch die leere Hauptstraße von Broken Wheel wandern, während John irgendwo hinter ihm stand und weiterredete.

»Hier gibt es zu wenig Zukunft«, sagte John. Seine Stimme war eintönig, als ob es absolut notwendig wäre, Tom genau das begreiflich zu machen. Zum ersten Mal seit Amys Tod sah Tom, dass er sich für irgendetwas engagierte.

Und sicher. Tom konnte das verstehen, er war nur anderer Ansicht. Er fragte sich, ob es überhaupt irgendwo eine Zukunft gab, ob die Menschen in größeren Städten, wo sie immer einem neuen Job hinterherjagen konnten, einem neuen Haus, einer neuen Frau, glücklicher waren. Nach allem, was er bisher von der Welt gesehen hatte, glaubte er, dass die Menschen hier ebenso glücklich waren, wie das an jedem Ort zu erwarten gewesen wäre.

»Wenn es keine Arbeit gibt, bleiben die Jugendlichen und die Familien nicht, und wenn die Familien nicht bleiben, dann wachsen auch keine neuen Jugendlichen heran, und ohne Jugendliche ist es keine Stadt. Und die Alten sterben. Am Ende sind dann nur Leute wie ich übrig.«

»Kein schlechter Grund für eine Stadt«, sagte Tom. »Und wir haben doch Jugendliche«, fügte er hinzu.

»Fünf«, sagte John. »Und die sind älter geworden. Lacey und Steven könnten die letzte Generation sein.«

»Jens Kinder werden heranwachsen.«

»Die werden weggehen.«

Tom schwieg. John sah hinaus auf die leere Hauptstraße, als läge irgendwo dort der Beweis für seine Behauptungen. Jetzt kam Sara aus dem Laden. Sie stand ganz ruhig da, als ob sie es in keiner Weise eilig hätte.

John trat ans Fenster. »Die Sache ist die«, sagte er, »dass Broken Wheel im Sterben liegt.«

Sara Lindqvist
Kornvägen 7, I
136 38 Haninge
Schweden

Broken Wheel, Iowa, 2. Juli 2010

Liebe Sara,

John kam Ende der sechziger Jahre aus Birmingham, Alabama, zusammen mit seiner Mutter und seinen Geschwistern. Ich weiß nicht, ob sein Vater in Alabama geblieben ist oder ob er schon gegangen war, ehe John heranwuchs, oder ob er gar damals schon tot war. John hat nie über seinen Vater gesprochen. Er spricht überhaupt nur selten über Alabama. Ein einziges Mal habe ich ihn dazu bringen können, darüber zu sprechen, aber vorher musste ich ihn mit Schnaps abfüllen.
Birmingham stand damals in dem zweifelhaften Ruhm, ein fast internationales Symbol für Rassentrennung und staatliche rassistische Gewalt zu sein. Als nach dem Urteil des Obersten Gerichts im Falle Brown gegen das Schulsystem von Topeka *das Urteil fiel, wurden auf der ganzen Welt Bilder von Kindern in Schuluniform verbreitet, die von Wasserwerfern beschossen wurden – von der Polizei. Busse wurden angesteckt, Kirchen attackiert, Menschen gelyncht oder lebendig verbrannt. Eine Zeitlang wurde die Stadt*

wegen des weißen Terrorismus gegen die Schwarzen »Bombingham« genannt. Und Martin Luther King schrieb seinen berühmten Brief im Gefängnis von Birmingham.
Es ist bezeichnend, wie heute von Terrorismus geredet wird, als würde unsere Gesellschaft nur von Muslimen und Arabern bedroht. Ich fürchte, meine Vorstellung von Terrorismus ist schon lange vor dem 11. September entstanden. Terrorismus entsteht aus Angst, Selbstgerechtigkeit, Gewalt, die ohne Unterschied zuschlagen – und er wurde durch jene geschürt, die sagten, dass sie nicht mitmachen wollten oder nicht vorhatten, gegen die Segregation zu kämpfen. Für mich ist Terrorismus noch immer das Bild von weißen Männern aus dem Establishment, die den verbrannten, gelynchten Leichnam eines Schwarzen betrachten und mit ihrem Werk sichtlich zufrieden sind.
John sagt, ich denke zu viel über historische Ungerechtigkeit nach. Vielleicht hat er recht. Es ist nur, dass sie mir nicht historisch *vorkommt. Wir scheinen einfach nicht damit fertigzuwerden. Erst sagen wir, es ist eben so, dann zucken wir mit den Schultern und sagen, es war so, aber jetzt ist es anders. Das ist nicht uns zu verdanken, möchte ich dann antworten, aber das scheint kein Mensch jemals zugeben zu wollen.*
Wir hatten in Broken Wheel eigentlich niemals solche Probleme. Ich glaube, dass es einfach daran liegt, dass wir keine Schwarzen hatten. John war der erste, der sich hier niederließ. Ich glaube, er ist jetzt hier zu Hause. Damals, als ich ihn abgefüllt habe, sagte er, hier sei der erste Ort, an dem er keine Angst verspürt habe. Verstehst du jetzt? Wie kann man so etwas verzeihen?

Liebe Grüße,
Amy

Fox and Sons

Am ersten Morgen fuhr George Sara ein ganzes Stück vor zehn Uhr zum Buchladen. Voller Optimismus hatte sie beschlossen, zehn sei die perfekte Zeit, um den Buchladen zu eröffnen, aber an diesem Tag war sie schon um halb zehn dort. George schien den Ernst der Stunde erfasst zu haben, denn er wartete einen halben Meter weiter, während sie aufschloss und dann hineinging, um gewissermaßen zum ersten Mal ihren Buchladen richtig zu betreten.

Sie blieb mitten im Raum stehen, während George noch immer zögernd in der Türöffnung stand.

»Das ist aber schön geworden«, sagte er, und Sara lächelte, obwohl sie wusste, dass er sie nicht sehen konnte.

Sie drehte langsam eine Runde durch das Ladenlokal, schaltete die Stehlampe neben den Sesseln ein und fuhr mit der Hand über die Lehnen, dann legte sie die Arme auf ihren magischen gelben Tresen und stellte sich dahinter, als ob sie auf irgendeine Weise den Laden in Besitz genommen hätte.

Sie schaute sich um.

»Ja, also«, sagte George. »Ich glaube … ich geh jetzt erst mal einen Kaffee trinken.«

Sara nickte. Sie hatte einen grauen, verstaubten Laden in einen bezaubernden, gemütlichen Buchladen verwandelt, und wenn das keine Leistung war, dann wusste sie wirklich nicht, was es sonst sein könnte.

Sie schien hier hinter ihrer Theke ein wenig leichter zu atmen, als ob die Bücherregale, das Schaufenster und die Kasse sie verankerten, ihre Konturen schärfer und sie selbst klarer werden ließen.

Die meisten Bücher im Laden waren Taschenbücher, deshalb sahen die Bücherregale luftig und bunt aus. Es gab die munteren, verschnörkelten Buchstaben der Chick-Lit und ihre weichen Pastellfarben, die härteren schwarzen Einbände der Krimis und ihre kalten, silbernen oder goldenen Titel und die eher nüchternen Romane in beige, grau und weiß. Hier und dort ragte ein gebundenes Buch wie ein Berggipfel zwischen all den Taschenbüchern, und einige Sachbücher und Fotobände ragten über den Regalrand heraus oder lagen, weil sie zum Aufstellen zu groß waren.

Es war in vieler Hinsicht ihr Traumbuchladen, nicht zuletzt, weil alle Bücher hier gelesen waren.

Gelesene Bücher waren die besten.

Sie hatte das nicht immer so gesehen. In ihrer ersten Zeit bei Josephsson hatte sie sich immer nach einem strahlenden Buchladen gesehnt. Nach einem Teil einer großen Kette mit gewaltigen Stapeln von Titeln, die nicht in all den Büchern untergingen, die im Vorjahr nicht verkauft worden waren, und einer Taschenbuchabteilung, wo es von jedem Titel – die alle mit dem Titelbild nach vorn standen! – zehn Exemplare auf Lager gab und wo die Bestseller in eleganten Regalen standen (die nicht grauweiß waren), mit richtigen Plastikschildern statt hastig auf gelbes Papier gekritzelten und in aller Eile in dem kleinen Büro hinter dem Laden laminierten Zetteln. Krimis. Romane. Taschenbuchbestseller. Neuerscheinungen. So sollte es aussehen.

Ehrlich gesagt hatte sie sich nie den Film *E-Mail für dich* ansehen können, ohne insgeheim das Kaffeebar-und-Bücher-Imperium von Fox and Sons viel verlockender zu finden als Meg Ryans vollgestopften kleinen Laden. Die Akademiebuchhandlung in der Mäster Samuelsgata in Stockholm war vermutlich das, was in Schweden einem solchen Imperium am nächsten kam. Der Duft von Latte Macchiato aus Wayne's Coffee, dunkle Ledersessel, über die Jen sich gefreut hätte, Menschen mit Stapeln neuer glänzender Bücher neben sich und ganze Abteilungen für Fachliteratur, falls man je aus einem Impuls heraus Bücher über Physik anzuschaffen gedachte.

Aber das klappte nur in großem Maßstab. Fox and Sons in einem Einkaufszentrum in einem Vorort südlich von Stockholm? Wohl kaum. Da gab es nur blanke schwarze Schilder und eine Bestsellerliste. Ein Einkaufszentrum in einem Vorort brauchte einen Buchladen, der noch immer Faxpapier in Rollen und Kugelschreiberminen verkaufte. Sie brauchten ein Faxgerät, das in alle Welt Faxe verschicken konnte, auch wenn das Bürgerbüro das schon längst nicht mehr machte, und sinnlose Tische, wo man für seine Kinder scheußliche Geschenke kaufen konnte. Und weiße Plastikkästen mit verschlissenen und verstaubten Taschenbüchern, wo man zum halben Preis Schätze finden konnte, die irgendwann um die Mitte der Neunzigerjahre gedruckt worden waren. Diese Art Buchladen.

Sie hatte immer eine Schwäche für Taschenbücher gehabt. Eine ihrer Lieblingsgeschichten handelte von der Gründung des Verlags Penguin Books. Der Gründer, ein gewisser Allen Lane, war auf die geniale Idee gekommen, Taschenbücher zu produzieren, als er eines Tages auf Reisen war und nichts zu lesen hatte. Das Einzige, was am Kiosk verkauft wurde, waren Zeitungen, billige Kitschromane und Krimis. Allen Lane hatte von guter Literatur in einfachen, billigen Ausgaben geträumt, die nicht mehr kosteten als eine Packung Zigaretten und die überall dort verkauft werden sollten, wo man Zigaretten bekam. Sara hatte diese Idee immer phantastisch gefunden, und es war schon traurig, dass Bücher inzwischen, trotz der Tabaksteuer, teurer waren als eine Packung Zigaretten.

Sie lächelte vor sich hin. Vielleicht sollte sie feste Preise für ihr Sortiment einführen. Aber sie hatte keine Ahnung, was Zigaretten in den USA kosteten. Wenn sie ehrlich war, wusste sie nicht einmal, wie viel man in Schweden dafür zahlte.

Die ersten Penguin-Taschenbücher waren im Sommer 1935 auf den Markt gekommen, und es hatte unter anderem Werke von Ernest Hemingway, André Malraux und Agatha Christie gegeben. Sie hatten Erkennungsfarben gehabt, orange für Romane, blau für Biographien und grün für Krimis. Damals hatten sie sechs Pence gekostet. So viel wie eine Packung Zigaretten.

Doch der eigentliche Grund, warum Sara jetzt über die Geschichte des Penguin-Verlags nachdachte, war dessen Gründung des »Armed Forces Book Club«, der zum Ziel hatte, unter Soldaten, die weit fort von zu Hause, ihrer Familie und ihren Freunden waren, ein wenig Lesefreude und Unterhaltung zu verbreiten. Das Beste war das geringere Format der Bücher, die in Uniformtaschen passten. »Vor allem in Gefangenenlagern waren sie beliebt«, wie die Verlagsgeschichte es ausdrückte, und Sara hatte diesen Satz immer sehr traurig gefunden.

Aber es sagte etwas über die Kraft der Bücher. Nicht, dass sie jemals den Schmerz im Krieg lindern könnten, wenn ein geliebter Mensch gestorben war, oder für den Weltfrieden sorgen oder so. Aber Sara musste einfach glauben, dass im Krieg wie im Frieden Erschöpfung und eine schrittweise unbarmherzige Ermüdung zu den großen Problemen gehörten. Es war nicht direkt dramatisch, sondern eher ein langsamer Abbau von Lebenslust und Energie.

Und was wäre dann besser als ein Buch? Noch dazu ein Buch, das in eine Jackentasche passte?

Broken Wheel würde es viel besser gehen, davon war sie überzeugt, wenn die Einwohner erst mit Lesen angefangen hätten.

Denn sie war jetzt noch längst nicht fertig, nur weil ihr Buchladen bereit war. Im Gegenteil, ihr Körper schien von neuer Kraft und Entschlossenheit erfüllt zu sein. Sie zweifelte nicht daran, dass sie die Bewohner von Broken Wheel zum Lesen bringen würde, egal, was die sich so dachten.

Lesen oder nicht Lesen, das ist hier die Frage

Die Arbeit am Buchladen hatte die Stimmung in der Stadt verändert. Die Vorstellung, dass diese Entschlossenheit neu war, schien naheliegend, aber in Wahrheit war sie längst schon vorhanden gewesen. Caroline und Jen waren leuchtende Beispiele dafür. Vielleicht war es ganz einfach so, dass die Entschlossenheit neuen Auslauf bekam, vielleicht lag es daran, dass es ausnahmsweise einmal einen gemeinsamen Sammelpunkt gab. Tatsache war jedenfalls, dass Broken Wheel für einige Tage fast wie eine richtige Stadt gewirkt hatte.

Aber natürlich, als der Buchladen dann eingerichtet war, wusste niemand so recht, was sie jetzt damit machen sollten. Wozu diente denn so ein Buchladen? Niemand kam auf die Idee, ein Buch zu kaufen. Jedenfalls nicht für sich selbst.

»John möchte vielleicht eins«, sagte zum Beispiel Jen zu Andy. Sie standen auf der Straße und musterten den Buchladen skeptisch. Sara stand hinter der Kasse und winkte ihnen ein wenig zaghaft zu. Jen winkte zurück. »Jetzt, wo Amy …« Sie unterbrach sich. »Ich meine, er kann doch sicher eine Beschäftigung gebrauchen.«

»Sicher«, sagte Andy. »Und Tom hat doch viel Zeit zum Lesen, wenn er nicht bei der Arbeit ist. Oder abends, nach Feierabend.«

»Genau das habe ich auch gedacht.«

»Ich habe ja eigentlich keine Zeit …«

»Wirklich nicht. Die Kinder …«

»Die Kneipe …«

Rasch liefen sie auseinander, nachdem sie noch einmal »John« und »Tom« vor sich hin gemurmelt hatten.

Gertrude war noch unbarmherziger. Sie saß mit Annie May bei sich zu Hause, und die beiden tratschten genüsslich über die neuesten Entwicklungen. Sie wohnten weniger als eine Minute voneinander entfernt, jede in einer Wohnung, die der der anderen zum Verwechseln ähnlich sah. Natürlich unterschieden die Wohnungen sich in Einzelheiten. Annie May liebte gestickte Wandbehänge mit erbaulichen Sprüchen, was Gertrude als »elenden Kitsch« bezeichnete. Gertrude schwärmte für schwere Gemälde in Öl oder Acryl. Das Motiv war nicht so wichtig, wenn sie nur viel Farbe und Rahmen für ihr Geld bekam. Annie May liebte leichte, lichte Möbel, Gertrude hatte sich immer für solide, robuste entschieden. Ansonsten aber waren die Wohnungen verwirrend ähnlich. Beide waren klein und dunkel, vor allem, weil an allen Fenstern Vorhänge und Grünpflanzen dominierten, und beide waren mit viel zu vielen Möbeln vollgestopft, wie es passiert, wenn man aus einem Haus in eine Wohnung umzieht und zu alt ist, um sich an neue Möbel zu gewöhnen oder irgendetwas wegzuwerfen.

Sie verbrachten sehr viel Zeit zusammen, fast immer bei Gertrude. Bei ihr hatten sich Decke und Wände an Zigarettenrauch gewöhnt. Wenn sie ein seltenes Mal bei Annie May waren, versuchte die immer, klammheimlich zu lüften, und deshalb lebte Gertrude in dem Irrglauben, dass Annie Mays Wohnung entsetzlich zugig sei und sie unbedingt die Fenster nachsehen lassen müsste.

»So eine Sammelaktion ist ja gut und schön«, sagte Gertrude. Sie hatte selbst einen Sessel beigesteuert, der wegen des Rauchgeruchs leider noch immer in Quarantäne war. Na ja, es kam ja auch auf die gute Absicht an. »Aber wenn sie glaubt, dass irgendwer hier ein Buch kaufen wird, dann ist sie doch verrückt.«

»Vielleicht eine Liebesgeschichte …«, sagte Annie May. Sie schaute dabei aus dem Fenster. Sie überlegte, ob das Wetter gut genug für einen Spaziergang war. Sie könnte durch die Hauptstraße schlendern und dabei wie zufällig an dem neuen Buchladen vorbeikommen. Nicht einmal Gertrude könnte dagegen etwas einwenden.

»Bah!«, schnaubte Gertrude. »Unmoralisch.«

Annie May fingerte an ihrer Bluse herum. »Eine schöne Liebesgeschichte, meine ich«, sagte sie hastig. »Nichts … Unanständiges.«

In ihrer Stimme lag eine gewisse Sehnsucht.

»Gerade die habe ich doch gemeint«, sagte Gertrude. »Die verleiten die Mädchen seit Generationen. Der Märchenprinz und dieser ganze Kram. Und Frösche. Alles gelogen.«

»Hör doch auf«, sagte Grace. Sie saß breitbeinig in einem Sessel und schaute sich um, als fände sie es faszinierend, sich in einem Buchladen aufzuhalten. Sie hatte ihren eigenen Aschenbecher mitgebracht. »Das wird sich nie rentieren. Kein Mensch hier kauft Bücher.«

Sara war kein bisschen besorgt. Sie würden Bücher kaufen. Alle Orte brauchten einen Buchladen.

»Glaub mir, das hier ist keine Stadt, die das Bleiben lohnt. Das ist überhaupt keine Stadt. Sie ziehen dich in ihre Probleme hinein, und danach wollen sie über dich bestimmen, und dann lassen sie dich fallen.«

Sie steckte sich eine Zigarette an. Rauchkringel stiegen zu den Bücherregalen hoch. »Wenn auch nicht immer in dieser Reihenfolge natürlich.«

Dann fügte sie rasch hinzu: »Und jetzt sitzt du hier fest. Vielleicht hätte ich dich an dem ersten Tag nicht zu Caroline schicken sollen.« Sie zuckte mit den Schultern. »Aber du bist zum Glück nicht mein Problem.«

Sara schaute weg. »Natürlich werde ich nicht hierbleiben.

Ich will nur … zurückzahlen. Und nachdenken. – Ein Buchladen ist ein guter Ort zum Nachdenken«, fügte sie trotzig hinzu.

»Vor allem ein leerer Buchladen«, war Graces lakonischer Kommentar.

George teilte seine Zeit zwischen Grace und dem Buchladen und war oft zu sehen, wie er dort in einem Sessel saß, jetzt mit dem nächsten Bridget-Jones-Buch in der Hand. Das war für ihn ebenso unfassbar wie das erste, und ab und zu lachte er entzückt über den letzten Wahnsinn, ehe er hingerissen weiterlas.

Andy war nicht so leicht zu beeindrucken. Er kam natürlich auch vorbei und sah kritisch in die Runde, dann setzte er sich neben George und musterte die vielen Bücher mit aufgesetzter Gleichgültigkeit.

Sara richtete sich ganz gerade auf, als sie da hinter der Theke stand.

»Hast du schon was verkauft?«, fragte Andy.

George hörte die Herausforderung in Andys Stimme, schlug sein Buch zu und murmelte etwas von »Mittagessen«. Es war noch nicht einmal elf. Er war verschwunden, ehe Sara sich entscheiden konnte, ob sie lügen sollte oder nicht.

Sie stellte zwei Bücher zurück, während sie nach einer Antwort suchte, eher, um etwas zu tun zu haben, als weil das nötig war. Ab und zu hatte sie noch immer das Gefühl, einfach nur Kaufladen zu spielen. Nicht, dass sie das Andy gegenüber jemals zugeben würde.

»Ich bin davon überzeugt, dass ich es bald tun werde«, sagte sie.

Er lachte.

Andy, dachte sie, würde Bücher von hier mitnehmen, und wenn sie die in seine Tasche schmuggeln müsste.

Er schaute sich noch einmal um. »Du müsstest ein bisschen

Gay-Erotik auf Lager haben«, sagte er. »Dann würde vielleicht sogar ich Bücher kaufen.«

Sie ballte die Fäuste. »Warum hast du mir bei allem hier geholfen, wenn du doch nicht daran glaubst?«

»Ach, es kann doch nichts schaden.« Er zwinkerte ihr zu. »Außerdem war Caroline die ganze Zeit dafür. Und man muss sich genau überlegen, wann man sich mit ihr anlegt.«

»Sie wirkt ... stark?«

»Caroline ist arbeitslose Lehrerin. Sie hat praktisch die ganze Schule allein betrieben, ehe die geschlossen wurde.« Er zögerte, sah sich um und flüsterte: »Sie war eine sehr gute Lehrerin.«

Sara blickte ihn verständnislos an. Er fügte hinzu: »Sie hat sich um die Kinder gekümmert.« Er wurde noch leiser und beugte sich im Sessel vor, als fürchte er, Caroline könne jeden Moment zur Tür hereinkommen und ihn ausschimpfen, weil er ihre pädagogischen Leistungen lobte. »Ein Drittel Mama, ein Drittel Sozialarbeiterin und ein Drittel ...«

»Lehrerin?«

»Gefängnisaufseherin. Lach du nur, aber jetzt versucht sie, sich in Vollzeit um ganz Broken Wheel zu kümmern. Dieselbe Philosophie.«

»Zu mir war sie immer sehr nett«, sagte Sara.

»Wenn du nicht aufpasst, wird sie dein Leben organisieren.«

Sie lächelte müde. Irgendwer sollte das wirklich tun.

»Was ist das mit ihr und Grace?«

»Geschichte. Ihre Geschichte ist nichts im Vergleich zu der früherer Generationen. Carolines Mutter konnte Graces Großmutter nicht ausstehen. Sie haben sich gegenseitig in den Wahnsinn getrieben.«

»Einen Moment«, sagte Sara und zwängte sich zwischen die Kartons im Abstellraum. Zwei Minuten später kam sie mit zwei Plastikbechern voll Kaffee zurück. Sie gab Andy den einen und ließ sich im Sessel neben ihm nieder.

»Mrs Rohde – Carolines Mutter – war noch einschüchternder als Caroline. Gerüchte behaupten, dass ihr Mann einmal beim Pokern ihr Haus verspielt hat. Aber er hat angeblich nie gewagt, es Mrs Rohde gegenüber einzugestehen. Und der Mann, der gewonnen hatte, traute sich auch nicht. Caroline wohnt bis heute in diesem Haus. Aber Oma Grace, die provozierte sie nur zu gern. Sie war vermutlich am Ende die Einzige, die ihr zu widersprechen wagte. Ehrlich gesagt weiß ich nicht, welche der beiden schlimmer war, Caroline oder Grace. Aber ich wüsste gern, wie wichtig ihnen diese alte Fehde jetzt eigentlich noch ist.« Er überlegte. »Ich nehme an, sie finden nur, dass diese Stadt hier ein paar Traditionen brauchen könnte. – Aber«, sagte er dann, »wie läuft es mit dir und Tom?«

Sara verschluckte sich so heftig, dass er ihr den Rücken klopfen musste.

Über Romantik (Bücher vs. Leben: 2:0)

Tom hatte ganz andere Sorgen. Er interessierte sich nicht für Sara und hatte durchaus keine Lust, aufgrund irgendeines absurden Plans, den Jen und Andy ausgeheckt hatten, mit ihr auszugehen. Aber trotzdem musste er dauernd an sie denken.

Immer, wenn er jetzt durch die Hauptstraße kam, sah er sie dort, entweder lesend oder einfach hinter dem Tresen stehend, lächelnd, als glaube sie, dass jeden Moment die Kundschaft durch die Tür strömen würde.

Warum zum Teufel sollte irgendwer in Broken Wheel einen Buchladen aufmachen?

Er wusste, er müsste höflicher zu ihr sein. Sie ist Amys Gast, sagte eine hartnäckige Stimme in seinem Kopf. Aber Amy war tot. Es war seltsam, wie weh diese Vorstellung noch immer tat. Sie war die letzte Verbindung zu seinem Vater und zu einer Welt gewesen, in der erwachsene Menschen ihr Leben im Griff hatten. Ein letzter Rest von kindlicher Geborgenheit.

Reiß dich zusammen, Tom, dachte er, aber er spürte die Sehnsucht nach Amy wie einen physischen Schmerz gleich hinter dem Brustkorb, wie damals, als er sich beim Fußball zwei Rippen gebrochen hatte.

Amy ist tot, sagte er sich ein weiteres Mal, diesmal energischer. Und wenn ihr Gast jetzt ihre Bücher verkaufte, um eine Schuld zu begleichen, die außer ihr sonst niemand sah, dann war das nicht sein Problem.

Oh, verdammt.

»Entschuldigung?« Sein Chef musterte ihn befremdet.

Na, prima. Offenbar verwandelte er sich gerade in einen Psychofall.

Sein Chef sagte jetzt: »Denen geht es vor allem um unsere Lastwagen und unsere Kundenlisten.«

»Blödsinn«, sagte Tom. »Die haben viel neuere Autos, und unsere belanglosen kleinen Kunden sind ihnen ja wohl egal. Sie wollen einfach der einzige Fuhrbetrieb in der Gegend sein.«

Sein Chef zuckte mit den Schultern.

Mike war ein kleiner, dicker Mann von knapp vierzig und schon fast kahl. Der Versuch, den Familienbetrieb am Leben zu erhalten, hatte ihm eine untertänige, geduckte Haltung verliehen. Er erinnerte an einen lieben Hund, der sich vor Prügeln fürchtet, und in diesem Moment ärgerte das Tom ganz besonders.

»Vielleicht wollen sie noch viel mehr Leute in ihrem Stall haben?«, meinte Mike.

Sie saßen einander gegenüber an einem überfüllten Schreibtisch. Um sie herum gab es deutliche Hinweise auf ein Familienunternehmen im Niedergang. Die wenigen Ordner mit Informationen über Kunden und Aufträge waren schon alt. Die beiden Computer stammten vom Ende der Neunzigerjahre, altertümliche Geräte, die gebraucht aus dem früheren Gemeindehaus gekauft worden waren. Aber bisher spuckten sie unbeirrt ihre Listen und Berechnungen aus, trotz der Drohung, dass der kleinste Fehler sie in den Abfallcontainer vor dem Haus befördern könnte. Reparatur wäre keine Alternative.

»Ich vermute, die Computer kommen nicht mit«, sagte Tom mit der Andeutung eines Lächelns.

Mike sah ihn verwirrt an. »Die Computer? Warum zum Teufel interessieren dich die Computer? Willst du sie haben?«

Graue Schabracken. Die Bildschirme waren sicher einen halben Meter dick. »Nein, danke«, sagte Tom.

»Sie sind bereit, allen mit den nötigen Qualifikationen eine Stelle anzubieten.«

»Und was ist mit dir? Sind sie auch bereit, dich einzustellen?«

»Ich ziehe zu meiner Schwester. Ihr Mann braucht ein wenig Hilfe in seiner Firma. Elektronische Geräte für zu Hause. Nicht ganz so spannend wie Fracht, aber sie haben nette Kinder, und sie haben Platz für mich.«

An den Wänden hingen vergilbte Zeitungsausschnitte. Sie waren einige Jahre zuvor in dem Versuch gerahmt worden, das Büro für neue Kunden ein wenig attraktiver zu gestalten. *Broken Wheel Truck and Transportation sponsert Baseballmannschaft (1997). BTT für sein Engagement für die Broken Wheeler Baptistenkirche zur Firma des Jahres gekürt.* Und noch unheilverkündender: *BTT sorgt für den Umzug der Gemeindeverwaltung.* Lächelnde Politiker auf dem Weg nach Hope, umgeben von Schreibtisch, Bürostühlen und Aktenschränken, zusammen mit einem nicht ganz so strahlend lächelnden Mike.

»Werden die anderen auch nach Hope gehen?«, fragte Tom. Eigentlich war ihm das egal. Es war schwer, im Moment etwas zu finden, das ihm nicht egal war.

»Wer weiß? Sind doch beide noch jung. Die kommen schon zurecht.«

Es gab hinter diesem Satz ein nicht ausgesprochenes »aber«. Mike fügte verlegen hinzu:

»Sie bieten dir eine Stelle als Fahrer an. Du hast keine Ausbildung als Führungskraft, und sie haben schon genug Personal im Büro. Du weißt ja, wie das ist. Vielleicht mit einer Fortbildung …«

»Ich brauchte den Job. Wenn ich umgezogen wäre, hätte der Hof doch nicht überlebt.«

»Vielleicht hättest du diesen Job in Iowa City annehmen sollen.«

»Da lebte mein Vater doch noch.«

»Es tut mir leid, Tom. Mehr konnte ich nicht herausschlagen.«

»Sicher, sicher. Du hast dein Bestes getan. Und es ist ja eigentlich auch nicht deine Sache.« Tom erhob sich. »Dann also zurück auf die Straße.« Er lächelte. »Ich vermute, dass sie deine Einstellung zu Wochenenden und langen Strecken nicht teilen?«

Mike sagte nichts.

»Macht doch nichts. Ich weiß ja, wie das ist. Der Neue. Und es ist ja auch nicht so, als ob mich hier viel hielte.«

»Verdammt, Tom. Das mit Amy Harris und allem tut mir leid. Feine Frau.«

»Ja.« Er blieb bei der Tür stehen. »Wie lange kann ich mir die Sache überlegen?«

»Sie brauchen deine Antwort innerhalb von zwei Wochen. Das war …«

»Ja, ich weiß. Das war das Beste, was du für mich herausholen konntest.«

Er ging hinaus in die kleine Diele vor dem Büro und zog leise die Tür hinter sich zu. In der Diele gab es keine Fenster, deshalb erlaubte er es sich, einige Minuten stehen zu bleiben. Er dachte an seinen Vater und an Amy und an die Jahre mit der Doppelarbeit auf dem Hof und für Mike, und wie alles jetzt zu verschwinden schien. Siebzehn Jahre.

Was zum Teufel sollte er jetzt machen?

Nach einem kurzen Besuch bei John war er gerade auf dem Weg zurück zu seinem Auto, als zwei von Mikes anderen ehemaligen Angestellten auftauchten und ihn in die Mitte nahmen.

Sie stellten sich demonstrativ zwischen ihn und sein Auto. Sie sahen wütend aus, und beängstigend jung. Als ob sie noch immer erwarteten, dass das Leben gerecht wäre.

»Gehst du mit nach Hope?«, fragte der eine. Jungs aus dem Ort, aber eine Generation jünger als er.

»Ich kapiere echt nicht, dass Mike einfach so verkaufen

kann«, sagte der andere. »Die Firma ist doch seit Generationen im Familienbesitz.«

»Zwei Generationen«, sagte Tom. »Sein Vater hat sie gegründet.«

»Aber trotzdem. Einfach so aufzugeben.«

»Und nach Hope zu verkaufen. Als die Schule umgezogen ist, durfte keiner von uns mehr Baseball spielen.«

Tom wusste nicht so recht, was Baseball mit dem Verkauf der Firma zu tun haben sollte. Aber für die Jungs hatte vermutlich alles damit zu tun.

»Es wäre besser gewesen, sie einfach aufzugeben.«

»Für wen denn besser?«, fragte Tom müde.

Sie versperrten ihm wirklich den Weg zu seinem Auto. In heiligem Zorn erwarteten sie, dass er ihre Gefühle teilte.

Und jetzt sah er, dass Jen mit energischen Schritten auf ihn zukam, und im Hintergrund all die leer stehenden Läden an einer unnötig breiten Straße.

Und irgendwo wuchsen andere Städte und Vororte, irgendwo wurde in wütendem Tempo mehr Asphalt gelegt, obwohl es hier so viel davon gab, das niemand Verwendung dafür fand.

»Ich werde die Stelle annehmen«, sagte er. »Das ist ein faires Angebot.«

»Fair?«

»Aber die Baseballmannschaft …«

»Stellt euch nicht so verdammt blöd an.« Er drängte sich zwischen den beiden durch. Fast hatte er sich in seinem Auto in Sicherheit gebracht, als Jen ihn einholte.

Sie schien außer Atem zu sein. »Wie geht es Sara?«, fragte sie.

Er ließ sich nicht zu einer Antwort herab. Einer der Jungs übernahm das für ihn: »Er wird nach Hope umziehen.«

»Ich werde in Hope arbeiten«, korrigierte er, obwohl er sich sofort überlegte, ob er nicht doch umziehen sollte. Was brachte es denn, in Broken Wheel wohnen zu bleiben und in Hope zu arbeiten?

»Hope?« Jen starrte ihn an.

Er zuckte mit den Schultern und wünschte nur, sie ließen ihn in Frieden.

Erstaunlicherweise war Sara offenbar die Einzige, die diesem Wunsch nachzukommen gedachte. Sie stand hinter der Theke im Buchladen und starrte vor sich hin. Es war immerhin eine Art Trost, fand er, dass es ihr jedenfalls egal war, ob er nach Hope umzog.

»Ich weiß, dass die Sache mit Amy und … alles dir arg zu schaffen macht, aber du kannst doch nicht in alle Ewigkeit trauern«, sagte Jen laut.

»Oder überhaupt«, sagte er. »Und was zum Henker hat das mit der Sache zu tun?«

»Du würdest nicht wegziehen, wenn Amy noch am Leben wäre.«

Das stimmte vermutlich. Aber er würde den Job trotzdem annehmen. Er war erwachsen.

Er ging um das Auto herum und öffnete die Tür.

»Lad sie zum Essen ein«, rief Jen hinter ihm her.

Tom hatte durchaus nicht vor, Sara zum Essen einzuladen oder irgendetwas zu tun, das Jens irrwitzige Pläne unterstützen könnte. Aber einige Tage später, als er am Buchladen vorbeikam, musste er doch davor stehen bleiben.

Sara saß allein in einem Sessel, hatte ihre großen Augen weit aufgerissen, und Tränen strömten ihr über die Wangen. Sie starrte traurig ihre Knie an und schien sich nicht darum zu kümmern, dass die ganze Welt sie weinen sehen konnte.

Verdammt, dachte er. Er zögerte vor der Tür und fragte sich, was er jetzt tun sollte. Hineingehen? Weggehen? Sich nichts anmerken lassen? Er spürte, dass er etwas Tröstliches sagen müsste, etwas Freundliches, aber wer heulte denn bei helllichtem Tage in aller Öffentlichkeit?

Er öffnete vorsichtig die Tür und blieb auf der Schwelle stehen.

»Hallo«, sagte er endlich.

Sie schaute auf, während gleichzeitig ihre Augen wieder vor Tränen überliefen. Er ragte eher als ein stummer Schatten denn als hilfreicher Freund über ihr auf. »Alles in Ordnung?«, fragte er idiotisch.

»Was?« Dann schien ihr einzufallen, dass die Tränen noch immer auf ihren Wangen glänzten, und verlegen wischte sie sie weg. »Trauriges Buch«, sagte sie und schniefte.

»Ich störe vielleicht?« Jetzt war er wirklich genervt. Aus irgendeinem Grund, den er sich selbst nicht erklären konnte, ließ er sich trotzdem ihr gegenüber im Sessel nieder.

Sie legte das Buch auf den Tisch zwischen ihnen. »Jane Eyre«, sagte sie zur Erklärung. »Ich hatte vergessen, wie intensiv das ist. Als ich es zum ersten Mal gelesen habe, war ich die halbe Nacht wach und habe zusammengekrümmt auf dem Boden gelesen.«

Er schaute auf den Einband, das Bild einer altmodischen alltäglichen Frau im Profil. Grau und langweilig.

»Blöd, eigentlich, zu weinen, wenn man weiß, dass alles gut ausgeht. Aber es ist so traurig, als sie erfährt, dass ihr Geliebter schon verheiratet ist und dass die Frau auf dem Dachboden eingesperrt ist, und sie muss sich zwingen, ihn zu verlassen, und ihr kalter Idiot von Vetter versucht, sie zu überreden, *ihn* zu heiraten, obwohl er sie nicht liebt und obwohl er weiß, dass sie für Missionsarbeit nicht stark genug ist. Und seine scheinheiligen christlichen Argumente, wo er sie doch aus purem *Ehrgeiz* mit nach Indien nehmen will, oder wo zum Henker er nun die Leute bekehren soll.«

»Solange es gut ausgeht«, sagte Tom und konnte ein Lächeln nicht unterdrücken.

»Sicher«, sagte Sara ernsthaft. »Oder, gut für sie. Ihr Geliebter wird blind und verliert eine Hand.«

Tom rutschte im Sessel hin und her.

»Aber gut«, beteuerte sie rasch. »Er hat doch seine Jane bekommen.«

»Großer Gott«, rutschte es Tom heraus.

Sara Lindqvist
Kornvägen 7, I
136 38 Haninge
Schweden

Broken Wheel, Iowa, 7. August 2010

Liebe Sara,

wie traurig, das mit deiner Arbeit. Vielleicht gibt es doch noch eine Lösung? Es steht doch noch nicht fest, dass in eurem Geschäft jetzt ein Kleiderladen oder ein Café eröffnet wird, oder? Vielleicht gibt es eine neue Buchhandlung, und wenn sie dich dann nicht sofort einstellen, können sie doch nicht ganz bei Verstand sein.
Viele meiner »Jugendlichen« wohnen noch immer in der Stadt. Claire ist noch hier, und sie hat nie verraten, wer Laceys Vater ist. Claire ist zur Hälfte Henderson und zur Hälfte Rohde, und das ist eine explosive Mischung. Ich glaube, es liegt daran, dass beide Familien rote Haare haben. Man kann keine feuerroten Haare haben und sich dann gängeln lassen oder bei der Herde bleiben. Die Hendersons waren immer ein bisschen wild, die Männer wie die Frauen, und auch wenn darüber eigentlich nicht gesprochen wird, gilt dasselbe für die Rohde-Männer. Aber das gleichen die Frauen der Familie Rohde dann wieder aus. Claire ist die Nichte von Caroline Rohde, und auf den ersten Blick scheint Caroline die

Theorie der roten Haare zu widerlegen und immer bei der Herde zu bleiben. Inzwischen sind Carolines Haare nicht mehr ganz so farbenfroh, aber in jüngeren Jahren waren sie wie die von Claire, und egal, wie man Caroline sonst auch nennen kann, so ist wild jedenfalls nicht das richtige Wort. Ich glaube sogar, dass die roten Haare in ihrem Kampf um Sitte und Anstand eine große Rolle spielen. Sie hat ihr Leben lang versucht, bei der Herde zu bleiben, aber es endet immer damit, dass sie die Herdenführerin ist.
Claire ist eine typische Henderson, aber ich bin fest davon überzeugt, dass ihre Stärke von Carolines Seite stammt. Es ist keine ganz perfekte Kombination, wild, selbständig und stark zu sein. Ich betrachte sie, Tom und Andy ja als »meine« Jugendlichen, aber früher war sie sogar zu stolz, um von mir Hilfe anzunehmen. Das einzige Mal, als sie das gemacht hat, war sie erst sieben, und es ging um Marmelade. Dieses Mädchen liebte Süßigkeiten. Bei ihr zu Hause gab es nie genug davon. Das war damals, als Sorten mit künstlichem Süßstoff und sehr wenig Frucht hier in Broken Wheel auftauchten (wir waren immer ein wenig langsam, und gekaufter Marmelade haben wir so lange widerstanden, wie das überhaupt nur möglich war). Und richtig, selbstgekochte Marmelade war plötzlich nicht mehr das Wahre. Die hatte niemals diese grelle klare Farbe oder diesen aufgesetzt süßen Geschmack, und sie enthielt zu allem Überfluss auch noch echtes Obst. Ich kaufte damals nur ihr zuliebe Marmelade, obwohl wir es nie schafften, die aufzuessen, die ich selbst eingekocht hatte. Aber als sie dann größer wurde, war sie auch zu stolz, um Marmelade anzunehmen, und als sie schwanger wurde, kam sie dann überhaupt nicht mehr.
Andy ist es immer viel leichter gefallen, Hilfe anzunehmen oder selbst zu helfen. Er hat die Dinge nie so besonders ernst genommen, und ich glaube eigentlich, dass das seine Rettung war.

Liebe Grüße,
Amy

Engagement für Bäume

Einige Einwohner von Broken Wheel fingen schon an, sich an den neuen Buchladen und an die schrullige schwedische Touristin, die dort ihre Tage verbrachte, zu gewöhnen. Die, die auf irgendeine Weise mit dem Projekt zu tun gehabt hatten, interessierten sich jetzt nicht mehr dafür. Wer Sara kannte, besuchte den Buchladen, um mit ihr zu sprechen. Aber die allermeisten in Broken Wheel und Umgebung waren verwirrt. Wie hatten sie – der Laden, die Touristin – einfach so zwischen ihnen auftauchen können? Warum sollte bei all den Läden, die sie hier brauchen könnten, jemand ausgerechnet einen Buchladen eröffnen wollen? Und warum sollte jemand aus Schweden herkommen, um das zu tun?

Die meisten schüttelten nur den Kopf, wenn sie am Laden vorbeikamen, aber ohne es richtig zu bemerken, gewöhnten sie sich an den Anblick eines neuen Schaufensters in ihrer Straße und an die untätige fremde Frau hinter dem Tresen. Einige fingen von selbst an, ihr verwirrt zuzunicken. Sie lächelte immer auf seltsam strahlende Weise zurück.

Aber gerade an diesem Nachmittag saß sie in einem Sessel, und dass sie las, ließ zwei Jugendliche aus dem Ort vor dem Schaufenster stehen bleiben. Sie kamen vom Schulbus und hatten es durchaus nicht eilig, zu den Hausaufgaben nach Hause zu kommen.

Von außen sah Sara aus wie ein Teil der Schaufensterdekoration. Der Name des Buchladens war auf die Fensterscheibe gemalt, und sie saß genau unter den warmgelben Buchstaben, die in einem breiten Bogen den Namen *Oak Tree Bookstore* bildeten.

Ihre ungebärdigen Locken fielen wie ein Vorhang um ihr Gesicht, als sie da mit dem Buch auf dem Knie neben einem riesigen Bücherstapel auf dem Tisch an ihrer Seite saß. Ihre langen schmalen Finger blätterten so oft um, dass die Jugendlichen sich fragten, wie sie denn überhaupt so schnell etwas lesen konnte.

Deshalb blieben sie stehen. Zuerst waren sie nur stehen geblieben, um zu warten, ob sie ihnen zunicken oder sie wegjagen würde, aber jetzt war mehr als eine Stunde vergangen, und Sara hatte sie nicht einmal bemerkt. Als George sich zu ihnen gesellte, amüsierte sich der Jüngere damit, eine Grimasse zu schneiden und die Nase an die Fensterscheibe zu pressen.

Aber nicht einmal das führte zu einer Verwünschung oder der müden Aufforderung, sich fortzuscheren. Seltsam.

»Was macht ihr denn hier?«, fragte George. Er war ein wenig zu beschützerisch, wenn es um Sara ging.

»Wir wollen wissen, wie lange sie am Stück lesen kann«, sagte der Ältere.

»Sie hat uns noch gar nicht gesehen«, sagte der Jüngere.

George beugte sich vor und schaute durch das Fenster, obwohl er das eigentlich gar nicht wollte. »Wie lange steht ihr schon hier?«

»Eine Stunde.«

»Und sie hat nicht ein einziges Mal aufgeschaut?«

»Nee.«

»Obwohl ich Grimassen geschnitten habe«, mischte sich der Jüngere nun wieder ein, und George sah ihn stirnrunzelnd an. Dann trat er einen Schritt vom Fenster zurück, für den Fall, dass Sara gerade jetzt aufschaute, denn sie sollte nicht glauben, dass er mit den beiden unter einer Decke steckte.

»Wir bleiben hier, bis sie aufschaut«, sagte der Jüngere energisch. »Wir wollen die Zeit stoppen. Oder, Steven?«

Sein großer Bruder nickte. »Ich werde das jedenfalls tun. Du kannst nach Hause gehen, wenn du willst.« Er sagte das mit dem lässigen Tonfall, den ältere Brüder sich leisten können, wenn sie wissen, dass ihre jüngeren Geschwister ohnehin tun werden, was sie sagen.

Wenn sie gewusst hätten, dass Sara sich in Douglas Couplands »Alle Familien sind verkorkst« vertieft hatte, hätten sie sich vielleicht einen anderen Tag für ihr Experiment ausgesucht. Einen, an dem sie eine tiefgründige Biographie las, zum Beispiel, oder etwas anderes, das Pausen verlockend machte. Aber jetzt las sie einfach immer weiter. Ab und zu lachte sie oder lächelte vor sich hin.

Im Laufe des Nachmittags wuchs die Gruppe vor dem Fenster immer weiter an. Als Jen und ihr Mann vorbeikamen, waren sie schon zu zehnt. Jens Mann hatte beschlossen, mitzukommen und die Touristin kennenzulernen, über die seine Frau so viel sprach, und Jen hatte es ihm gnädigerweise gestattet. Sie fand es überhaupt nicht witzig, dass zwei Jugendliche vor der Ladentür standen und ihr den Weg versperrten. Als ihr die Angelegenheit erklärt worden war, drohte sie, alles zu ruinieren, indem sie sofort hineingehen und Sara Bescheid sagen würde.

»Das gehört sich nicht«, sagte sie. Es war unklar, ob sie meinte, hier herumzulungern und Sara anzustarren wie ein Tier im Zirkus oder sie selbst am Betreten des Ladens zu hindern.

George stimmte ihr da zu, aber er konnte sich doch nicht gegen den Verdacht wehren, dass Jens Reaktion auf der Tatsache beruhte, dass ihr diese Idee nicht selbst gekommen war. Ihr Mann erklärte, dass er jedenfalls bleiben und weiter zusehen wolle.

Jen dagegen schien immer noch zu Sara in den Laden zu wollen. Sie liebte ihren Mann, das schon, aber deshalb ließ sie ihn noch längst nicht entscheiden, was sie zu tun hatte. Sie legte die Hand auf die Türklinke.

»Wäre das nicht etwas für den Nachrichtenbrief?«, fragte Steven.

Jen hielt inne. Einige Sekunden lang stand sie unschlüssig

da, dann machte sie kehrt, um ihre Kamera von zu Hause zu holen. »Wartet hier«, sagte sie. »Geht ja nicht weg. Wenn Sara aufschaut, ehe ich zurück bin, müsst ihr trotzdem bleiben, bis ich komme. Ich meine, wenn ich erst meine Kamera geholt habe, können wir ja ein Bild arrangieren.«

Aber alle waren noch immer da, und Sara las noch immer, als sie zurückkam.

Jen machte ein Bild von Sara, wie sie mit ihrem Buch im Fenster saß.

»Wer zum Teufel will denn jemanden lesen sehen?«, fragte Grace in der Tür zu ihrem Diner. Sie hatte sich eine Zigarette angesteckt, aber die war nur eine Entschuldigung dafür, sich anzusehen, was sie da trieben.

»Was sollten wir denn sonst machen?«, fragte Steven.

»Das stimmt natürlich«, gab sie nach einer Weile zu. »Ihr werdet etwas essen müssen«, sagte sie dann. »Helft mir, den Grill hinter dem Haus herzutragen, dann lade ich euch zu Hamburgern ein.«

Während sie alles zusammensuchte, was sie brauchte, fiel ihr ein, dass etwas zu essen sicher gut wäre, dass Bier aber noch besser sein würde. Sie rief kurz Andy an, und der kam mit Carl, einer Lage Bier und seinen Stammgästen.

Tom sah die Menschenmenge, ehe er den Buchladen sah, da die Gruppe, die sich dort versammelt hatte, den Laden inzwischen vollständig verdeckte.

Er war auf dem Heimweg von der Arbeit, als er die vielen Menschen entdeckte, und für einen Moment hatte er einfach an ihnen vorbeifahren wollen. Aber plötzlich hielt er dann an, ohne sich bewusst dazu entschlossen zu haben. Er spürte, wie die Spannung von der Arbeit bei jedem Schritt, den er auf den Laden zuging, von ihm abfiel, und das ärgerte ihn.

Aus irgendeinem Grund fühlte er sich entspannt, wenn er mit Sara zusammen war. Das hatte er schon beim ersten Mal gemerkt, als sie zusammen mit dem Auto unterwegs gewesen waren und sie versucht hatte, nicht zu zeigen, dass sie lieber zu Hause geblieben wäre und gelesen hätte, statt mit ihm zu reden, und als sie so deutlich gezeigt hatte, dass sie nicht das Geringste von ihm erwartete. Sie schien vor allem zu wollen, dass er sie in Ruhe ließ. Als sie schweigend vor seiner alten Schule gestanden hatte, hatte er ein fast körperliches Gefühl von Frieden verspürt. Er hatte kein einziges Mal an die Arbeit oder an John oder an alles andere gedacht, bei dem er doch den Überblick hätte behalten müssen.

Ihm war das damals natürlich nicht bewusst gewesen. Und das machte Saras Gesellschaft so fatal. Er hatte erst später gemerkt, dass er entspannt gewesen war, erst als er merkte, welche Qual es ihm bereitete, wieder in den Alltag zu finden. Aber nicht einmal da hatte er Verstand genug gehabt, die Sache zu bereuen, eigentlich nicht.

An diesem Abend schwor er sich, denselben Fehler nicht noch einmal zu begehen. Er wollte nur hingehen und nachsehen, was da los war. Mehr nicht. Fünf Minuten, allerhöchstens.

Die ganze Szene hatte etwas Gedämpftes. Alle versuchten zu flüstern. Andy fing ihn ab, als er die Gruppe erreichte, gab ihm ein Bier und führte ihn in die erste Reihe.

Es war schon dunkel, aber das Licht aus Amys Laden beleuchtete den Teil der Straße, wo sie standen. Sara selbst saß mit angezogenen Beinen in einem Sessel, mit einem Buch in der Hand, den Blick aufmerksam darauf gerichtet. Ab und zu blätterte sie um. Einmal strich sie sich eine Locke aus den Augen.

Es war ein seltsam intimes Gefühl, sie lesen zu sehen. Als beobachte man eine Schlafende, dachte er. So unmittelbar und ohne dass sie von ihrer Anwesenheit wusste. Aber diesmal waren immerhin keine Tränen zu sehen. Gott sei Dank dafür.

Neben ihm redete Andy mit Flüsterstimme. Tom schnappte Bruchstücke auf, hörte im Grunde aber nicht zu. »Liest…«,

»seit dem späten Nachmittag gewartet…«, »mit dem Buch in der Hand ein Butterbrot geholt…«

Sara lächelte.

Für einen kurzen Moment vergaß er sogar, dass er sie alltäglich fand. Ihr Mienenspiel war so vielseitig, dass sein Interesse gegen seinen Willen geweckt war. Wenn sie sich unbeobachtet glaubte, war ihr Gesicht offen und ausdrucksvoll, warm und freundlich.

Sie hatte ihn noch nie so angelächelt. Vielleicht war ein Buch nötig, um ein solches Lächeln hervorzulocken, dachte er, nicht ganz zu Recht, weil er ja nie versucht hatte, sie zum Lächeln zu bringen. Vielleicht sollte er das irgendwann einmal versuchen, bei diesem Gedanken ertappte er sich nun.

Er zwang sich, wegzublicken. Neben ihm redete Andy noch immer. »Müsstest du jetzt nicht im Square sein?«, fragte Tom.

Andy lachte. »Bloß nicht. Heute Abend geht es hier hoch her. Grace hat uns angerufen, also haben wir ein paar Lagen Bier eingepackt, die Bude dichtgemacht und sind hergefahren. Heute Abend sind alle hier.«

»Und warum?«

»Um Sara lesen zu sehen, natürlich.« Er erklärte, worum es ging. »Unglaublich, was? Sie hat vor zwei Stunden das Buch gewechselt, aber nicht richtig aufgeschaut. Und schon gar nicht aus dem Fenster. Wie ein Staffellauf, weißt du?«

Tom schüttelte den Kopf.

Und Sara las weiter.

Bis sie das nicht mehr tat.

Bis sie die letzte Seite gelesen hatte, lächelte, wie für einen alten Freund, und das Buch zuklappte, die Beine ausstreckte und sich reckte. Als sie dann endlich die Menschenmenge sah, sprang sie auf und kam verwirrt zu ihnen nach draußen.

»Leute«, sagte Steven, als sie aus der Tür trat, »das waren genau fünf Stunden und siebenunddreißig Minuten!«

Hier und dort war Applaus zu hören. In der Luft hing der Geruch von Kohle und gegrilltem Fleisch, und schon lagen leere Bierflaschen auf dem Boden. Über allem hing eine spontane Partystimmung. Die Leute redeten jetzt lauter, weil sie nicht daran denken mussten, dass Sara sie nicht hören durfte.

Sara wurde rot und blinzelte. Es war ihr noch nie leichtgefallen, im Mittelpunkt zu stehen. Sie sah sich um und vergaß für einen Augenblick, dass alle auf ein Wort von ihr zu warten schienen.

Manchmal passiert das. Bestimmte Gruppen scheinen nur zu existieren, um die wirkliche Person, die, die wir instinktiv sehen, stärker hervortreten zu lassen. Es ist selten so deutlich wie im Film, wo sich der ganze Schauplatz mit Menschen füllt, die dann unmerklich zurückweichen, um die Heldin den Helden entdecken zu lassen, oder umgekehrt. Aber es gibt doch für manche ähnliche Momente der Erkenntnis, wenn sie sich einer Menschenmenge zuwenden und dort nur einen einzigen Menschen sehen.

Für Sara war das so, als sie an jenem Abend den Buchladen verließ und vor eine wettende, Bier trinkende und Hamburger futternde Menschenmenge trat, denn für mehrere verwirrende Minuten sah sie nur Tom.

Irgendwer drückte ihr ein Bier in die Hand, und dankbar trank sie einige Schlucke, während Grace und Jen auf sie einredeten.

»Verdammt, Mädel, kannst du mit deiner Zeit nichts Besseres anfangen als zu lesen?«, fragte Grace.

»Was hast du denn da gelesen? Kann ich einen Buchtipp für meinen Nachrichtenbrief haben«, fragte Jen. Die Kamera blitzte auf, ehe Sara antworten konnte.

Alle früheren Gedanken daran, Tom aus dem Weg zu gehen, waren wie weggeblasen, die ganze Zeit über wusste sie genau, wo er sich befand. Es war, als ob ein leise summender

Radar irgendwo in ihrer Brust genau registrierte, wo er stand und mit wem er redete. Sie wollte ihm ausweichen und ihn zugleich wiedersehen. Immer, wenn sie ihn mit jemand anderem reden sah – und er schien fest entschlossen zu sein, mit allen am Ort zu sprechen, nur nicht mit ihr –, dann dachte sie, er müsste doch mit ihr reden, neben ihr stehen, sie anlächeln.

Caroline zögerte am Rand des improvisierten Straßenfestes. Sie blieb in der Nähe der Gebäude auf der anderen Straßenseite und gab sich alle Mühe, mit den Schatten zu verschmelzen.

Niemand schaute in ihre Richtung. Die anderen waren offenbar damit beschäftigt, sich zu betrinken und noch dümmer zu werden als sonst, was so einiges über die schädliche Wirkung des Alkohols bewies.

Caroline selbst war auf dem Weg zu Sara gewesen, um ihr ein paar nette Worte über den Namen zu sagen, den sie sich für ihren Buchladen ausgesucht hatte, als etwas – sie wusste nicht so recht, was – sie dazu gebracht hatte, sich in die Geborgenheit von Einsamkeit und Dunkelheit zurückzuziehen.

Vielleicht war es das Lachen oder wie alle, alle, sogar die sonst so nervöse Sara, so entspannt und selbstsicher wirkten, jedenfalls war Caroline plötzlich wieder siebzehn gewesen, in ihrem besten Kleid, sogar geschminkt, auch wenn sie sich heimlich hatte von zu Hause wegschleichen müssen, damit ihre Mutter den Lippenstift nicht sah, auf dem Weg sich lächerlich zu machen, und bei dieser Vorstellung von tragischer Erwartung erfüllt. Erwartungsvoll und verletzlich.

Grillkohle.

Es war der Geruch von Bier und Feuer gewesen, der sie an jenen Abend zurückversetzt hatte, das ging ihr jetzt auf, als ein Windstoß diesen Geruch auf die andere Straßenseite trug. Sie spürte die Kraft ihrer Erinnerungen wie eine Ohrfeige, ganz unerwartet und demütigender als jeglicher Schmerz.

Reiß dich zusammen, Caroline, dachte sie, aber sogar ihre innere Stimme schien zu zittern.

Das ist doch bloß ein Fest, dachte sie.

Und das war ja gerade das Problem. Sie hatte auf diesem Fest nichts zu suchen. Sie war kein Mensch, der sich Festen hingab. Sie war die, die sich mit den Problemen befasste, die durch Feste geschaffen wurden. Keine ihrer Freundinnen hatte ihren Rat oder ihre Gedanken hören wollen, wenn sie glücklich waren. Sie heirateten nach Lust und Laune, ohne sich im Geringsten für Carolines Meinung zu interessieren. Erst wenn sie Probleme hatten, kamen sie zu ihr. Endlose Ströme von Frauen mit Männern, die arbeitslos waren, tranken, untreu waren, sie schlugen oder ihre Geliebte schlugen.

Aber das bedeutete nicht, dass sie jetzt nicht auf diese Menschenmenge zugehen könnte. Einfach, um mit Sara zu plaudern. Für zehn Minuten. Weil sie gerade hier vorbeikam.

Wovor fürchtest du dich, Caroline?, fragte sie sich streng. Dann richtete sie sich gerade auf, schluckte und ging mit so viel Würde und Selbstsicherheit auf die Menschenmenge zu, wie sie überhaupt nur aufbringen konnte.

Sara sah Caroline auf sich zukommen, aber eigentlich dachte sie an Tom. Gerade sprach er mit einer Frau, die eben erst auf der Bildfläche erschienen war. Die Frau sah müde aus und hatte dunkle Ringe unter den Augen, und sie trug einen unkleidsamen Overall. Aber selbst damit war sie auf eine robuste und feuerrote Weise schön, die Sara daran erinnerte, dass sie selbst grau und farblos war. Die Frau wog ein paar Kilo zu viel und schien erst kürzlich zugenommen zu haben. Ihre Kleider waren eine halbe Nummer zu klein. Aber sie strahlte eine selbstsichere, gelassene Sinnlichkeit aus, die Sara sogar auf zehn Meter Entfernung überwältigte und sie veranlasste, sich noch weiter von dieser Frau zu entfernen, damit der Unterschied zwischen ihnen nicht so deutlich wäre.

Ein Teil von ihr war erleichtert, als Caroline sie aus diesen Überlegungen riss. Vielleicht war es das Licht der Straßenlaternen, aber Sara fand, dass Caroline fast mitfühlend aussah. Ihre Haltung war noch immer militärisch gerade, aber ihr Blick war weicher, und etwas an ihr wirkte locker, als sie bei Sara ankam. Sie trug Jeans und ein schwarzes Cape, unter dem ein weicher sahneweißer Pullover hervorlugte.

»Ich bin die Vorsitzende im Verein zum Schutz der Eichen«, sagte Caroline, ohne sich um die üblichen Einleitungsfloskeln zu kümmern. »Ich möchte dir persönlich danken, weil du deinen Laden Oak Tree Bookstore genannt hast und dich damit für unsere Sache engagierst.«

Vielleicht hätte sie Caroline gestehen sollen, dass sie sich durchaus nicht Iowa zuliebe für diesen Namen entschieden hatte, aber sie traute sich nicht. Es war Teil eines Zitates über Bücher. Außer dem Autor waren noch etliche andere Personen in das Entstehen eines Buches involviert, sagte dieses Zitat, von dem Ersten, der die gute Idee gehabt hatte, eine alphabetische Schrift zu erfinden, über den Erfinder der beweglichen Drucklettern, bis zu den Holzfällern, die die Bäume fällten, aus denen dann Papiermasse wurde. Es ist nicht üblich, den Bäumen zu danken, endete das Zitat, auch wenn ihr Beitrag gewaltig ist.

Sie hatte sich das Oak natürlich Iowa zuliebe ausgesucht, aber sie hatte den Verdacht, dass das die Sache nur schlimmer machen würde. Sie wäre dann nicht nur eine Baummörderin. Sie hätte es ganz besonders auf Iowa abgesehen.

»Äh«, sagte Sara. »Also, das war so, dass …«

»Das wird Aufmerksamkeit auf unsere Arbeit lenken«, Caroline lächelte. »Es ist bemerkenswert, dass eine, die nicht aus Iowa kommt, sieht, wie wichtig die Eichen für unseren Bundesstaat sind. Hast du auch Bücher über Eichen?«

Tom lachte über eine Bemerkung der Rothaarigen, und Sara musste ihren Blick wieder abwenden. Sie verfluchte sich deshalb. Sie durfte sich nicht in ihn verlieben. Sie wusste, wer sie war, und sie wusste um ihre Grenzen. Sie konnte vielleicht einen Buchladen aufmachen, aber sie würde es niemals überleben, sich in jemanden wie Tom zu verlieben: stark und gutaussehend und ganz normal.

Wenn das hier überhaupt Verliebtheit war. Es kam ihr eher vor wie ein Anfall von Übelkeit.

»Ich kann zu Hause nachsehen«, sagte Sara.

Irgendwann wich Caroline dann der Frau, mit der Tom gesprochen hatte.

»Also«, sagte die Frau. »Du bist das also, die sie mit Tom verkuppeln wollen.« Sie betonte das »wollen« ein wenig. »Claire«, sagte sie und lächelte belustigt. »Genau. Die Claire. Die Teenagerschwangerschaft.«

»Das … ich meine, daran hatte ich nicht gedacht.«

Claire nickte zu Tom hinüber. »Du solltest es mal mit ihm versuchen«, sagte sie gleichgültig. »Er kam oft vorbei und hat bei uns gegessen, als Lacey noch klein war«, sagte sie dann. »Lacey, meine Tochter. Nicht wenige haben ihn für ihren Vater gehalten.«

Amy hatte das nie getan. Aber Sara musste doch fragen: »Ist er das denn?«

Claire lachte laut. Sie ging weiter, ohne die Frage beantwortet zu haben, und Sara blieb am Rand einer Gruppe stehen, die sich auf irgendeine Weise dort versammelt hatte. Das war ein seltsames Gefühl. Die anderen lächelten sie an und hoben die Bierflaschen zu einem improvisierten Prost oder klopften ihr im Vorübergehen auf die Schulter, aber sie war nicht richtig dabei. Im Hintergrund spielte ein Radio ruhige Countrystücke. Sie konnte den Text nicht hören, aber die Melodien riefen ein Gefühl von Erinnerung und Geschichte in ihr hervor, nicht richtig nostalgisch, aber in der Vergangenheit verhaftet.

Für einen Moment war sie davon überzeugt, in der kalten Abendluft, in dem Geruch von Hamburgern und kaltem Bier, der über den Asphalt strömte, Amy wahrnehmen zu können. Aber es war nicht Amy, nicht wirklich. Es war möglich, dass sie irgendwo dort draußen war, aber dann war es nicht nur sie. Die ganze Stadt schien präsent zu sein, eine Art kollektive Gegenwärtigkeit von Generationen an Schicksalen und Erinnerungen. Die Hausfassaden, die noch vor wenigen Tagen würdevolle Kulissen gebildet hatten, hatten sich jetzt in verspielte Wesen verwandelt. Zwischen Andy und Carl und Tom – der wieder mit Claire sprach – konnte sie fast Miss Annie mit ihrem Moped umherfahren sehen, und über allem lag ein leises Gemurmel von längst vergessenen Geschichten.

Als Tom dann zu ihr kam, war sie viel zu unkonzentriert, um etwas sagen zu können. Sie standen schweigend nebeneinander, so dicht zusammen, dass sie die Wärme seines Körpers und den leichten Druck seiner Jacke spüren konnte. Sie musste einfach zu ihm hinüberspähen, und die tröstliche Anwesenheit des Vergangenen wich Herzklopfen und kaltem Schweiß.

»Na, was ist das für ein Gefühl?«, fragte er.

Einige Sekunden lang glaubte Sara, er könne wirklich ihre Gedanken lesen, und sie starrte ihn voller Entsetzen an. »G… Gefühl?«, stammelte sie.

»Das mit dem Buchladen.« Er beschrieb mit der Hand einen Bogen über das erleuchtete Schaufenster, das neben dem vielen Leben draußen seltsam leer und verlassen wirkte.

»Sie haben noch kein einziges Buch gekauft«, sagte sie.

Er lachte. »Glaubst du, das kommt noch?«

»Natürlich. Sonst hätte ich ihn doch nicht eröffnet.« Tom zuckte mit den Schultern, und unfreiwillig fasste sie seinen Arm. Sie konnte doch nicht das alles durchgemacht und sozusagen Amys Zimmer ausgeplündert haben, nur, um hinterher festzustellen, dass die Bewohner von Broken Wheel immer noch nicht bereit waren zu lesen? Was hätte es denn für einen Sinn gehabt, Amy zu stören, wenn sie nicht einmal ihren Freunden Geschichten zu bringen vermochte?

Tom entkam dem Zwang, etwas erwidern zu müssen, dank Andy, der dem Mann neben dem Radio zuwinkte, es auszuschalten. »Einen Toast«, sagte er und schaute Sara herausfordernd an.

Sie lächelte, halb traurig, halb belustigt, von ihrem ganz privaten inneren Scherz.

»Auf Miss Annies Anhängermoped«, sagte sie.

»Auf Miss Annies Anhängermoped«, echoten alle.

Sie glaubte nicht, dass irgendwer hier wusste, wovon sie redete, und das war ein seltsam befreiendes Gefühl. Sie gehörte vielleicht nicht richtig in diese Stadt, aber sie war ein Teil von ihrer Geschichte.

Und sie schwor sich, ihnen allen Bücher nahezubringen, bis sie hier fertig wäre.

»Weißt du«, sagte Tom, als ob er die Entschiedenheit in ihren Augen gesehen hätte. »Wenn du diese Leute hier zum Lesen bringen willst, dann wirst du ganz schön viel List brauchen.«

Sara Lindqvist
Kornvägen 7, I
136 38 Haninge
Schweden

Broken Wheel, Iowa, 23. Oktober 2010

Liebe Sara,

Bücher oder Menschen, fragst du. Das ist eine schwere Entscheidung, muss ich sagen. Ich weiß nicht, ob Menschen bedeutsamer sind als Bücher – sie sind auf keinen Fall angenehmer oder lustiger oder tröstlicher … und dennoch, sosehr ich diese Frage auch drehe und wende, ich muss mich am Ende wohl für die

Menschen entscheiden. Ich hoffe, dass du nicht das Vertrauen zu mir verlierst, wenn ich das zugebe.
Ich kann um nichts in der Welt erklären, warum ich die Menschen vorziehe. Wenn man sich ihre bloße Anzahl ansieht, dann tragen auf jeden Fall die Bücher den Sieg davon – in meinem ganzen Leben habe ich vielleicht eine Handvoll Menschen geliebt, im Vergleich zu Dutzenden oder hunderten von Büchern (und hier rechne ich nur die, die ich wirklich geliebt habe, die, bei denen der bloße Anblick schon froh macht, über die man immer lachen muss, egal, was sonst gerade passiert, zu denen man immer wieder zurückkehrt wie zu einem alten Freund und von denen man genau weiß, wann man ihnen zum ersten Mal »begegnet« ist, ich bin sicher, du weißt, was ich meine). Aber die Handvoll Menschen, die man liebt … die ist doch mehr wert als diese ganzen Bücher.
Deine Frage hat mich auch veranlasst, noch einmal »Walden« zu lesen. Ab und zu sehne ich mich auch noch nach einer Hütte im Wald, voller Bücher, frei von all den künstlichen Pflichten, die wir Menschen einander und uns selbst auferlegen. Vielleicht würde es uns allen gut tun, ab und zu für einige Jahre eine Pause von der »Zivilisation« einzulegen (aber eigentlich sind hier in Broken Wheel nur noch so wenige übrig, dass wir vielleicht mehr Ähnlichkeit mit dem Dorf haben, in das Thoreau gezogen ist, als mit der Großstadt, die er verlassen hatte. Ich habe immer gerade die Darstellung der Bauern für seine starke Seite gehalten – er ist besser, wenn er nach oben tritt –, aber wer ist das nicht?).
»Walden« ist so ein Buch, aus dem man zitieren muss. Ich habe noch nicht einmal die ersten fünfzig Seiten durch, doch John hat es schon satt. Was vielleicht zeigt, dass ich recht hatte, was Bücher und Menschen angeht: Bücher sind phantastisch, und sie kommen in einer Hütte im Wald sicher zu ihrem Recht, aber welchen Sinn hat es denn, ein phantastisches Buch zu lesen, wenn man andere Menschen nicht darauf aufmerksam machen und darüber reden und daraus zitieren kann?

»Das meiste, was als gut betrachtet wird, ist meiner tiefen Überzeugung nach schlecht, und wenn ich etwas bereue, dann ist das mit großer Wahrscheinlichkeit meine gute Erziehung. Was sind das für Dämonen, von denen ich besessen war und die mich dazu gebracht haben, mich so gut zu benehmen?« Ist das nicht ein phantastisches Zitat? Mir gefällt vor allem die Vorstellung, dass gutes Benehmen durch Dämonen verursacht wird. Ich fürchte, ich war dumm genug, Caroline auf dieses Zitat aufmerksam zu machen. Sie hob nur leicht die Augenbrauen – sie ist ein Mensch, der die Augenbrauen heben kann und eigentlich gar nichts zu sagen braucht – und sie sagte: »Gutes Benehmen?«, in einem leicht fragenden Ton. Als ob sie mich daran erinnern wollte, dass dieser Dämon mich nicht sonderlich oft heimgesucht hat, sie aber gleichzeitig zu höflich wäre, um das offen zu sagen.
Thoreau hat auch gesagt: »Die öffentliche Meinung ist ein schwacher Tyrann im Vergleich zu unserer eigenen privaten Meinung«, aber das finde ich schon deprimierender. Mir gefällt die Vorstellung eines wilden Dämons, der uns ins Leid führen kann, und nicht, dass wir das selbst tun, vielleicht, indem wir uns Sorgen darüber machen, was andere über uns denken könnten, wo die anderen doch viel zu sehr mit sich selbst beschäftigt sind, um auch nur den geringsten Gedanken für uns übrigzuhaben.

Mit lieben Grüßen,
Amy

Namen sind Schall und Rauch

Der Nachrichtenbrief war bei seinem Erscheinen ein großer Erfolg. Er wurde von einem Bild der im Schaufenster lesenden Sara dominiert, die hinter den Spiegelbildern in der Fensterscheibe, genau unter den großen gelben Buchstaben zu sehen war. Darunter gab es ein kleineres Bild von ihr vor dem Laden, mit zaghaftem Lächeln, während sie in den Kamerablitz blinzelte.

Der Artikel berichtete über ein Fest, mit dem Broken Wheel zwei »Neuzugänge« gefeiert hatte: Sara und Saras Buchladen. Auch wenn dieser Laden offiziell Oak Tree Bookstore hieß (ein Name, auf den Bewohner von Iowa stolz sein konnten!), wurde er doch allgemein Saras Laden genannt. Der Buchladen sei für alle da, die gern lasen. Keine Bestellung sei zu groß oder zu klein, und das wäre doch ein Glück, schrieb Jen in einer kaum verhohlenen Stichelei gegen die Nachbarstadt, da es ja der einzige Buchladen im Umkreis von mehreren Meilen war. Der Nachrichtenbrief forderte zum baldigen Besuch auf (sicherheitshalber schloss Jen ihren Artikel mit mehreren Ausrufezeichen ab).

Zum ersten Mal wurde der Nachrichtenbrief in Broken Wheel wirklich gelesen. Ohne dass irgendwer diese Ehre für sich beanspruchte, wurde der Artikel über den Buchladen ausgedruckt und überall in der Stadt aufgehängt.

Und zum ersten Mal geschah das auch in Hope.

In Broken Wheel hieß es oft, Hope existiere, um ihnen das Leben sauer zu machen, um sie zu reizen und sich einen Spaß daraus zu machen, ihnen mit Herablassung zu begegnen. In

Hope taten die Leute oft so, als ob Broken Wheel überhaupt nicht mehr existierte.

»Ist das Kaff nicht irgendwann in den Neunzigern ausgestorben?«, konnte man in Hope über die Nachbarstadt hören, gefolgt von einem herablassenden und selbstzufriedenen Kommentar.

Hope war eine so moderne Stadt, dass sie einen Metzgerladen, einen Gemüseladen und eine Bäckerei hatte, als ob Supermärkte noch gar nicht erfunden wären.

Es war die Art Kleinstadt, die Politiker in ihren Werbefilmen zeigen, wenn sie traditionelle redliche amerikanische Familienwerte betonen wollen. Die beiden letzten Gouverneure von Iowa hatten das getan, und beide hatten durch diese Filme gesiegt, davon war man in Hope überzeugt. Hope war auch über die Parteigrenzen erhaben. Es spielte keine Rolle, ob der Demokrat Chet Culver oder der Republikaner Terry Branstead den Sieg davontrugen, die Flaggen beider waren an einem gut sichtbaren Ort aufgestellt. Hope war die Art Stadt, wo ordentliche, gut gebügelte amerikanische Flaggen in der Nachmittagssonne wehen konnten, auch wenn das Land nicht im Krieg und die Wahl schon längst vorüber war.

Kein Politiker aber kam jemals nach Broken Wheel. Broken Wheel wurde nicht einmal am Ende eines heißen Wahlkampfes, bei dem »jede Stimme zählt«, von den Politikern aufgesucht, die über den Ort regierten. Es war unklar, ob es daran lag, dass die Politiker glaubten, die Einwohner (alle 637) gingen nicht zur Wahl, oder ob sie ganz einfach nichts von der Existenz dieser Stadt wussten.

Bei Sara folgten auf das improvisierte Fest Tage voller fester Entschlossenheit.

Sie war davon überzeugt, dass die Einwohner von Broken Wheel Bücher kaufen würden. Sie würden es tun, und sie würden nicht einmal mit List dazu gebracht werden müssen, egal, was Tom gesagt hatte. Aber vielleicht sollte sie sich darüber Gedanken machen, wie sie die Bücher präsentieren könnte.

Sie starrte die Buchrücken vor sich an. Im Moment waren die Bücher in drei Kategorien eingeteilt: Krimis, Belletristik, Sachbücher. Für Sara natürlich absolut befriedigende Kategorien, aber vielleicht nichts, was die Uneingeweihten zum Lesen verlocken könnte.

Am Tag nach dem Erscheinen des Nachrichtenbriefes war sie in den Laden gegangen, in dem alles 99 Cent kostete, und hatte leuchtend weißen Karton gekauft. Jetzt lagen die Pappstücke fächerförmig verteilt vor ihr. Fünfzehn Bögen. Sie glaubte zwar nicht, dass sie so viele Schilder brauchen würde, aber sie könnte ja einen oder zwei zum Üben nehmen. Neben den Pappbögen lag ein dicker schwarzer Filzstift und wartete darauf, dass die Inspiration zuschlug.

Was wollten die Leute wohl lesen?

Klassiker vielleicht? Sie schüttelte den Kopf. Nicht einmal sie kaufte Bücher aus dem Klassikerregal, und dabei liebte sie doch alte britische und amerikanische Schinken.

Nachdenken, Sara. Was würde jemanden dazu bringen, ein Buch zu kaufen? Was bringt Leute dazu, Filme zu sehen? Wie schwer kann das denn sein?

Sie lachte auf. Sie griff zu dem Filzstift und schrieb mit großen, deutlichen Buchstaben SEX, GEWALT UND WAFFEN und hängte das Schild über das Krimiregal.

Danach fiel ihr alles leichter. Der Fotoband über die Natur von Iowa durfte das IOWA-Regal allein repräsentieren. Sie spielte mit dem Gedanken, auch ein Regal für Schweden einzurichten, aber die einzigen schwedischen Autoren, die sie anbieten konnte, waren Jens Lapidus und Stieg Larsson, und die gehörten einwandfrei zu Sex, Gewalt und Waffen.

Und das war ja doch ein wenig entmutigend. Broken Wheels Bild von Schweden bestand aus sadomasochistischen

Verschwörungen und organisiertem Verbrechen, mit einer Prise serbischer Mafia als verwirrender Zutat.

Dann gab es noch Amys Lonely-Planet-Reiseführer für Stockholm. Es war überraschend rührend, aber auch befremdend, Stockholm durch Amys Augen zu sehen. Die historischen Bauwerke, die Sonne, die den Wasserspiegel zum Glitzern brachte, die Sauberkeit, die der ganze Reiseführer ausstrahlte, das alles hatte nur sehr wenig mit Sara und Broken Wheel zu tun.

Sie überlegte, ob Amy vor ihrem Tod wohl gern Schweden besucht hätte, aber sie konnte sich Amy oder die anderen aus Broken Wheel nicht so weit weg von ihrem Heimatort vorstellen. Sie gehörten hierher, so selbstverständlich und fest wie die Häuser und Wege. Am Ende entschied sie sich dann doch für ein Schwedenregal. Sie wollte eigentlich nicht an Schweden erinnert werden. Aber sie suchte »Der Hundertjährige, der aus dem Fenster stieg und verschwand«. Es war ins Englische übersetzt worden, würde aber erst in einigen Monaten veröffentlicht werden.

KLEINSTADTLEBEN wirkte passender, als sie sich das genauer überlegte. Die Menschen wollen über sich selbst lesen. Das einzige Problem war, dass es so oft um Sex, Gewalt und Waffen ging, aber keine Kategorisierung war schließlich perfekt.

Sie zögerte bei Steinbecks »Früchte des Zorns« und »Von Mäusen und Menschen«. Natürlich, Kleinstadtleben, aber auch mit so schrecklichem Ende, dass sie überlegte, ob es moralisch vertretbar sei, die Bände zu verkaufen. Am Ende stellte sie sie dazu, schnitt aber einen Pappbogen in kleinere Schilder und stellte eins daneben: WARNUNG: TRAURIGES ENDE, schrieb sie darauf.

Wenn mehr Buchhändler sich ihrer Verantwortung bewusst gewesen wären und Warnschilder aufgestellt hätten, wäre ihr Leben viel leichter gewesen. Wie konnte man Warntexte auf

Zigarettenschachteln verlangen, aber nicht auf tragischen Büchern? Auf Bierflaschen stand, man solle nicht Auto fahren, während man das Bier trank, aber nirgendwo stand auch nur das geringste Wort darüber, dass man traurige Bücher nicht ohne Taschentücher in der Nähe lesen sollte.

Es gab natürlich auch traurige Enden, die ganz hervorragend waren. Ab und zu brauchte man doch eine Entschuldigung, um den Tränen freien Lauf zu lassen. Auf Saras Liste von Büchern, die trotz des traurigen Endes unwiderstehlich waren, standen: alle Bücher von Erich Maria Remarque, Lauren Olivers »Wenn du stirbst« (eine Art deprimierte Version von »Und täglich grüßt das Murmeltier«), Louis de Bernières »Corellis Mandoline« (anders als bei anderen Titeln war es für Sara ganz klar, dass es sich hierbei um ein trauriges Buch handelte. Der Schluss war sogar eine Enttäuschung – warum musste Kapitän Corelli so plötzlich zum Idioten werden?), Pat Conroy –, Sara hatte über »Die Herren der Insel« Ströme von Tränen vergossen und traute sich noch immer nicht, dieses Buch noch einmal zu lesen. Vielleicht gehörte auch Nicholas Sparks hierher, vor allem, falls man ab und zu gern ein wenig über die Liebe weinen wollte, dafür war er perfekt.

Unter KLEINSTADTLEBEN stellte sie auch Fannie Flaggs »Grüne Tomaten«, das ebenfalls ein gerüttelt Maß an Unglücken enthielt. Die Leute glaubten oft, Wohlfühl-Romane seien glückliche, banale Geschichten, aber ein richtiger Wohlfühl-Roman hat seinen Namen nicht verdient, wenn er nicht auch Mord, Unglück, Katastrophen und Todesfälle enthält. Bei den grünen Tomaten gab es Krankheiten, Todesfälle (mindestens zwei tragische), Morde und Kannibalismus. Wichtig war eben, dass sie nicht traurig endeten. Es waren Bücher, die man mit einem Lächeln weglegte, Bücher, bei denen man, wenn man von ihnen aufblickte, das Gefühl hatte, die Welt sei ein wenig verrückter, seltsamer und schöner. Sara überlegte, ob sie auch ein Schild mit der Aufschrift »Garantiert glückliches Ende« aufstellen sollte, aber das würde vielleicht zu viel verraten.

Zu Weihnachten wollte sie eine Menge Exemplare von Fannie Flaggs weniger ehrgeizigem »Das Wunder von Lost River« einkaufen, vielleicht das beste Weihnachtsgeschenk aller Zeiten. Eine so bezaubernde Geschichte, dass sie genauso gut zu Mittsommer verschenkt und gelesen werden könnte.

Die letzte Kategorie war für die, die wirklich nicht lasen. Sie nannte sie KEIN ÜBERFLÜSSIGES WORT und stellte alle Bücher hin, die weniger als zweihundert Seiten hatten, darunter alle Titel von Hemingway. Einer beliebten und zählebigen Sage zufolge hatte er einmal gewettet, dass er eine Geschichte aus weniger als zehn Wörtern schreiben könnte.

Er gewann die Wette. *Zu verkaufen. Babyschuhe. Ungetragen.*

Sie wurde bei der Umstrukturierung des Buchladens die ganze Zeit unterbrochen, weil jetzt Kundschaft aus Hope den Buchladen sehen wollte. Die Leute aus Hope waren leicht zu erkennen. Zum einen fuhren sie immer ziemlich moderne PKWs und nicht die Pick-ups und Kastenwagen, an die Sara sich hier gewöhnt hatte. Zum anderen hielten sie immer vor der roten Ampel. Sie staunten darüber, dass diese Möchtegernstadt Broken Wheel eine Ampel hatte, dann ärgerten sie sich, weil die Ampel Rot zeigte, dann ärgerten sie sich noch mehr, wenn ihnen aufging, dass sie immer Rot zeigte. Wenn sie dann endlich im Buchladen auftauchten, wollten sie unbedingt ihre verlorene Ehre wiederherstellen.

An diesem Morgen wurde Sara von einem Kunden unterbrochen, der sich überrascht umschaute, sowie er den Laden betreten hatte, als ob er noch immer nicht glauben könnte, dass Broken Wheel einen Buchladen hatte, nicht einmal, wo er doch das Schaufenster mit eigenen Augen gesehen hatte und jetzt mitten im Laden stand.

Er nickte, als er den gelben Tresen und die Sessel sah. Wenn

Broken Wheel nun schon einen Buchladen hat, schien er zu denken, dann ist es ja nicht überraschend, dass der nicht ganz normal ist. Er lächelte, als er sah, dass der Laden leer war, und Sara konnte ihm ansehen, was er dachte: »Einen Buchladen haben sie vielleicht, aber haben sie auch Leute, die lesen können?«

Sie fand das gar nicht komisch.

Aber sie musste doch dankbar sein. Die meisten Kunden aus Hope kauften nämlich Bücher. Sie hatte einige Tage zuvor die ersten Exemplare verkauft und ausnahmsweise einmal die Wechselkasse benutzen können, die sie jeden Morgen und Abend gewissenhaft durchzählte. Genau fünfzig Dollar in kleinen Scheinen.

Aber die Blicke, die die Kunden aus Hope wechselten, wenn sie sahen, dass der Buchladen leer war, störten Sara, diese Blicke schienen sagen zu wollen, in Broken Wheel einen Buchladen aufzumachen wäre das eine (und wieso eigentlich da, wo Hope doch nur vierzig Minuten entfernt war?), aber etwas ganz anderes wäre es doch, den Laden zum Florieren zu bringen.

Dieser Kunde verließ nun bald den Laden mit einem Michael Connelly in der Hand, direkt aus dem »Sex, Gewalt und Waffen«-Regal.

Die Kunden aus Hope waren nicht Saras einziges Problem. Sie hatte plötzlich Gesellschaft von einer hartnäckigen Stimme in ihrem Kopf bekommen, die sie nicht in Ruhe ließ. Diese Stimme fragte immer wieder, was Tom jetzt wohl machte, oder wann sie glaubte, dass Tom wohl wieder beim Buchladen vorbeischauen würde, und ob es nicht an der Zeit wäre, aus dem Fenster zu spähen, ob vielleicht draußen gerade … irgendwer vorbeiging.

Sie wollte dieser Stimme nicht nachgeben.

Stattdessen schnitt sie sorgfältig einen Streifen von ihrem weißen Karton ab und schrieb mit deutlichen Buchstaben

GAY-EROTIK darauf. Sie stellte das Schild in ein gesondertes Regal und fing an, Bücher dort einzusortieren.

Und die ganze Zeit dachte sie an Tom.

Am nächsten Tag wurde sie beim Sortieren von Jen unterbrochen, die die Tür aufriss und zielstrebig auf sie zukam. Jen trug einen hellrosa Pullover und einen noch helleren, fast weißen Rock. Das alles machte einen Eindruck von Sittsamkeit, der in seltsamem Gegensatz zu ihrer verbissenen Miene stand.

»Kann ich dir irgendwie behilflich sein?«, fragte Sara.

»Männer!«, sagte Jen. Sie starrte Sara an. »Hast du noch mal was von Tom gehört?«

»Von Tom?«

»Ich hab ihm doch gesagt, er soll dich zum Essen einladen.«

»Herrgott«, sagte Sara.

Jen nickte. »Genau. Auf die ist kein Verlass. Du solltest vielleicht selbst mit ihm reden. Ab und zu brauchen sie einen Anstoß.«

Jen stand da, als erwarte sie von Sara eine Antwort.

»Ich kann ihn doch nicht einladen«, widersprach Sara.

»Warum nicht?«

»Ehrlich gesagt glaube ich, er findet mich ...«

»Ja?«, fragte Jen hoffnungsvoll. »Schön? Geheimnisvoll? Interessant?«

»Komisch.«

Wenn sie selbst nach Lesestoff gesucht hätte, hätte Sara sich über ein Regal mit der deutlichen Aufschrift »unterhaltsame Chick-Lit« gefreut, am liebsten mit einem Sternchen, das erklärte, die Bücher seien durch eine Qualitätskontrolle gegangen. Es gab nichts so Frustrierendes wie schlechte Chick-Lit.

Gute Chick-Lit: alles von Helen Fielding (»Schokolade zum Frühstück« und »Bridget Jones' Guide to Life« und außerdem »Olivia Joules«*);* Elizabeth Young (die Autorin von »Männer auf Bestellung«, Gigolos brachten immer Schwung in die Romantik); Marian Keyes; Jane Austen.

Schlechte Chick-Lit: die meisten Kopien im Kielwasser von Bridget Jones, die zu glauben schienen, man brauche nur eine Heldin mit Gewichtsproblemen und einem schwulen Kumpel. Sie schienen niemals einzusehen, dass es eine Heldin mit einer eigenen lustigen Stimme brauchte, mit Selbstironie und allerlei innerer Frechheit. Und einen richtigen Schluss. Das einzige Problem am Chick-Lit-Regal war, dass George sich bisher als Einziger für die Bücher interessiert hatte, die dort hineingehörten, und da wirkte die Bezeichnung Chick-Lit doch eher irreführend.

Was sie eigentlich suchte, waren die vielen Bücher, die man wie einen Comic lesen konnte, zu einem Glas Wein am Freitagabend oder einer Cola mit Eis und Zitrone und einer Schale Chips an einem ruhigen Sonntag. Die Antwort der Bücher auf einen Film mit Meg Ryan. Angenehme, lockere Geschichten mit gutem Ende, die garantierten, dass man nicht einmal darüber nachzudenken brauchte. Bücher, in denen die Heldin immer lustig war und der Held immer gut aussah, oder umgekehrt, wenn das Buch von einem Mann stammte, und das dann mit John Cusack in der Hauptrolle verfilmt wurde.

Am Ende schrieb sie nur FÜR FREITAGABENDE UND FAULE SONNTAGE IM BETT.

Nach kurzem Zögern stellte sie auch Terry Pratchett dazu, mit einer kleineren weißen Karte, auf die sie schrieb: GARANTIERT ZUVERLÄSSIGER AUTOR.

Eines der größten Probleme beim Navigieren durch den Bücherdschungel war der Umgang mit allen unzuverlässigen Autoren. Es war unglaublich schwer, sie im Griff zu behalten. Ein Autor konnte ein brillantes Buch schreiben, nur, um darauf ein durch und durch mittelmäßiges Werk folgen zu lassen. Oder, fast noch schlimmer, ein brillantes Buch geschrieben zu haben und sich dann als tot zu entpuppen. Dann gab es die, die Serien begannen und nicht weiterschrieben.

Auf Saras Liste über unzuverlässige Autoren stand: John Grisham. Wie jemand Bücher wie »Die Jury« und »Der Regenmacher« schreiben und dann nur noch andere, total platte idiotische Geschichten herausbringen konnte, war ein Rätsel. Vielleicht veröffentlichte er diese vielen Bücher ohne Qualitätskontrolle, um seine Millionen einzusacken, aber wenn das so war, hätte Sara nicht gezögert, ihm ins Gewissen zu reden, er solle kürzertreten und die Sache ein wenig ruhiger angehen, um im Gegenzug dann nur gute Bücher herauszubringen. Ein anderer unzuverlässiger Autor war Paolini. Sara war nicht sicher, ob er es überhaupt verdient hatte, als Autor bezeichnet zu werden. Eine *Trilogie*! Das dürfte doch kein gar zu unbegreifliches Wort sein für jemanden, der sich als Autor bezeichnete. Drei Bücher. Abgeschlossene Serie. Sie war ja durchaus bereit, ihm ein viertes Buch zu verzeihen, *wenn es nur endlich irgendwann erschienen.* Sie hatte Gerüchte gehört, es sei nun endlich unterwegs und komme vielleicht noch dieses Jahr auf den Markt, aber sie würde das erst glauben, wenn sie das Buch in der Hand hielt.

Sie war nicht ungerecht. Der Typ war doch wohl erst neunzehn oder so gewesen, als er sich auf das Eragon-Projekt gestürzt hatte? Sie konnte ja verstehen, dass man eine Schreibblockade bekommen konnte. Die Frage war nur, warum er keinen Ghostwriter anheuerte.

Zuverlässige Autorinnen und Autoren: Dick Francis, Agatha Christie, Georgette Heyer. Eigentlich gehörte wohl auch Dan Brown dazu, dachte Sara. Er war so zuverlässig, dass man jedes Mal genau die gleiche Geschichte bekam. Ein älterer guter Mentor. Bestimmt wird er sich als Schurke entpuppen.

Terry Pratchett dagegen war zuverlässig in einer Klasse für sich. Nicht genug damit, dass er noch immer Bücher in wildem Tempo auf den Markt warf, er übernahm auch eine bewundernswerte Verantwortung, wenn es um neue Personen ging, und seine Bücher wechselten immer überaus gerecht zwischen Zauberern, Hexen, dem Tod und anderen, so dass die Leser in regelmäßigen Abständen ein Buch über ihre Lieblinge bekamen.

Als er seine Alzheimer-Erkrankung bekannt gegeben hatte, tröstete er die Leser damit, dass er sicher noch Zeit für einige Bücher haben würde. Und die Leser hielten auch zu ihm. Als er der Alzheimerforschung eine Million Dollar spendete, starteten seine Fans eine Internetkampagne namens »Match it for Pratchett«, um noch eine Million zusammenzubringen. Sara fand, dass das ganz schön viel über Menschen aussagte, und über Bücher auch.

Als sie gerade Pratchetts Bücher aufstellte, alle in chronologischer Reihenfolge nach dem Erscheinungsdatum, merkte sie, dass jemand sie beobachtete. Der Buchladen war leer, aber als sie aufschaute, sah sie John vor dem Schaufenster stehen.

Eine Weile standen sie einfach nur da, Sara mit vier Taschenbüchern in den Armen und John mit ausdruckslosem leeren Blick, der Sara seltsam nervös machte.

Sie lächelte ihn unsicher an. Aber er schien sie gar nicht bemerkt zu haben. Sein Blick glitt durch den Laden und über die Bücher, doch es blieb unklar, ob er davon etwas sah. Er wirkte nicht direkt ablehnend, aber etwas in seiner distanzierten Haltung und der Tatsache, dass er sich nicht dazu herabließ, hereinzukommen, war Sara sehr unangenehm. Sie hätte gern etwas für ihn getan, wusste jedoch nicht, was. Sie hätte ihn gern gefragt, ob er glaubte, dass Amy etwas gegen den Buchladen gehabt hätte, aber das wagte sie nicht.

Dann kam ein Kunde aus Hope herein, und John zuckte zusammen, als sei ihm plötzlich aufgegangen, wo er stand. Sara wandte sich widerwillig dem Kunden zu. Der Mann sah das

Schild an, das sie gerade aufgestellt hatte, dann sah er Sara an, und sie erwiderte seinen Blick, als fordere sie ihn zu einem Kommentar heraus.

»Die Leute aus Hope glauben nicht, dass der Buchladen überlebt«, sagte Sara. Sie saß im Square am Tresen, zusammen mit Andy und Tom. »Sie glauben nicht, dass irgendwer hier Lust hat, Bücher zu kaufen.«

»Das hat ja wohl auch niemand«, sagte Tom.

Er war im Square aufgetaucht, als sie schon da saß, und sie konnte sich deshalb einreden, dass sie diese Begegnung nicht hätte vermeiden können. Jetzt hielt sie die ganze Zeit Ausschau nach Anzeichen dafür, dass er glaubte, sie sei mit Jens blödsinnigen Plänen einverstanden, aber er behandelte sie eigentlich wie einen Stammgast. Beim Hereinkommen hatte er ihr zugenickt, sich dann neben sie gesetzt und zerstreut ihrer Unterhaltung mit Andy zugehört.

Die Stimme in ihrem Kopf war nicht verstummt. Sie plapperte, Sara solle ihn berühren. Sie versuchte, sie davon zu überzeugen, dass es ganz normal wäre, seinen Arm zu streifen, als Teil des Gesprächs, oder seinen Rücken, um ihn auf etwas aufmerksam zu machen, oder seine Hand, die beunruhigend nah neben ihrer lag.

Er würde das nicht einmal seltsam finden, sagte die Stimme, alle Welt berührt einander. Sie schloss beide Hände um ihr Bierglas, um der Versuchung zu widerstehen.

»Natürlich habt ihr das«, sagte sie, musste aber ehrlicherweise hinzufügen: »Oder ihr werdet es haben.«

»Darum geht es gar nicht«, sagte Andy. »Es geht darum, dass die sich so verdammt überlegen fühlen.«

»Sind sie das denn nicht?«

»Was hat Hope, das wir nicht haben?«, fragte Andy.

»Arbeitsplätze«, sagte Tom.

»Davon abgesehen.«

»Geschäfte.«

»Ha!«, sagte Andy. »Haben die vielleicht einen Buchladen?«

»Genau«, sagte Sara.

Sie wusste es nicht, aber ihre Worte hatten Widerstandswillen aufkeimen lassen. Bei Andy jedenfalls, was nicht sonderlich schwierig war.

Er war ein Vollblutenthusiast – einer, der sich über jedes neue Projekt hermachte, das ihm über den Weg lief, und der immer glaubte, genau das sei jetzt das Richtige (ein bisschen so, hatte Sara den Verdacht, wie manche Kolleginnen im Buchladen sich über neue Liebschaften hergemacht hatten). Er war der Erste, der neue Menschen, die in seiner Nähe auftauchten, willkommen hieß, und für ihn war jeder Fremde, dem er seine Geschichten noch nicht erzählt hatte, ein Freund.

In diesem Moment galt sein großes Interesse Broken Wheel, und so war es schon, seit er aus Denver zurückgekommen war und zusammen mit Carl das Square gekauft hatte. Das Kleinstadtleben war das einzig wahre Leben, niemand wusste es so zu schätzen wie Andy, und Homophobie in den Dörfern der USA war jetzt nur noch ein Mythos und ein Vorurteil der Großstädter. Carl hielt tapfer durch, auch wenn die meisten den Verdacht hatten, dass er nicht ganz so überzeugt war. Was vermutlich ein Glück für ihre nicht registrierte Partnerschaft war, da eine Beziehung von zwei Enthusiasten wie Andy jedes Paar überfordert hätte. Und ihre Freunde auch.

Der Keim, den Saras Worte gelegt hatten, sollte bald zu vollendetem Wahnsinn erblühen: Andy rief Grace an, und zusammen ersannen sie einen einfachen und idiotensicheren Plan, um Broken Wheels guten Ruf zu verteidigen und alle herablassenden Leute aus Hope, die es wagten, ihren Buchladen zu besuchen, in ihre Schranken zu weisen.

Der Plan war in seiner Schlichtheit genial: Immer, wenn ein Kunde aus Hope kam, würde Grace dafür sorgen, dass jemand aus Broken Wheel, der gerade in der Nähe war, hingeschickt wurde, um langsam an den Regalen entlangzugleiten, Bücher zu kaufen, nach Buchbestellungen zu fragen und sich ganz allgemein wie jemand zu benehmen, der seinen Buchladen liebt und *The New York Review of Books* abonniert hat.

Carl wurde nach bekannten Autoren gefragt, die literarisch interessierte und gebildete Menschen möglicherweise lasen. Er schlug Proust vor, was sich als ziemlich unglückliche Wahl erweisen sollte.

»Franzose, das ist doch mal was«, sagte Andy verständnisinnig. »Sehr gut. Literarisch interessierte, gebildete Menschen lesen solche Bücher.« Er brachte die Nachricht weiter an Grace.

An dem Tag, an dem der Plan in die Tat umgesetzt werden sollte, machte George den Fehler, im Grace's vorbeizuschauen. Er hatte nur eine Tasse Kaffee trinken wollen, wurde aber wider Willen durch Graces und Andys Plan festgehalten. Andy hatte ein letztes Mal per Telefon alles abgestimmt, und Grace hatte den ganzen Vormittag in der Türöffnung gestanden und Ausschau nach Kundschaft aus Hope gehalten.

Und jetzt war es so weit.

Sie hatte noch Zeit genug, um George zu instruieren, da der Kunde vor der Ampel wartete. Und George hatte noch Zeit genug, um nervös zu werden.

»Kann nicht jemand anders …?«, fragte er, aber Grace ließ ihn nicht ausreden.

»Mach einfach ein gebildetes Gesicht. Das kann doch nicht so schwer sein. Also, los geht's.«

Es war einfacher, das Diner zu verlassen, als zu protestieren. Vor dem Buchladen blieb er stehen und lugte zu Grace hinüber, die ihm durch energische Gesten zu verstehen gab, dass er hineingehen solle. Dann drückte er sich nervös unmittelbar vor dem Kunden aus Hope hinein.

Er versuchte, sich in der allerhintersten Ladenecke zu verstecken und literarisch interessiert zu wirken. Er wusste nicht so ganz, wie man das machte, aber er versuchte es mit gerunzelter Stirn und intensivem Starren auf die Buchrücken. Unglücklicherweise war er direkt vor Sophie Kinsellas *Shopaholic*-Serie stehen geblieben. In diesem Moment musterte er mit literarisch interessiertem und gebildetem Gesicht »Hochzeit zu verschenken«.

Sara blickte ihn fragend an, ehe sie sich um den Kunden aus Hope kümmern musste. Der war um die fünfzig und zeigte die Sorte Fett, die einem Bürojob und langen Mittagspausen zu verdanken ist. Er war außerdem übertrieben sonnenbraun, die Sorte Bräune, die entweder von ausgiebigem Sonnenbaden mit nacktem Oberkörper oder aus dem Solarium stammt.

»Haha«, sagte er, eher, als dass er gelacht hätte. »Sie müssen Sara sein.«

Sie nickte zustimmend.

»Haha«, sagte er noch einmal. »Nur jemand aus Europa kann auf die Idee gekommen, in Broken Wheel einen Buchladen aufzumachen.«

Auf irgendeine Weise gelang es ihm, sowohl den Erdteil Europa als auch die Stadt Broken Wheel zu beleidigen.

Noch zwei Kunden betraten den Buchladen. Sie trugen neue, gebügelte Holzfällerhemden und funkelnde Schnallen an ihren festgezogenen Gürteln. Es war deutlich, dass sie zusammen gekommen waren und dass der Sonnenbraune sich nicht die Mühe gemacht hatte, auf die anderen zu warten.

»Aus Schweden, ja?«, fragte der Sonnenbraune.

Sara nickte. Sie wurde von George abgelenkt, der die Stirn noch tiefer runzelte und die armen Kinsella-Bücher jetzt schon fast wütend anstarrte. Was an sich überaus literarisch gebildet wirkte.

»Ist ja nicht viel los hier«, sagte Hemd Nr. 1 zum Sonnenbraunen. Hemd Nr. 2 und der Sonnenbraune nickten.

Sara wünschte sich, einer jener schlagfertigen Menschen zu sein, denen sofort eine spitze Antwort einfällt. Sie wandte sich demonstrativ George zu.

»Kann ich dir irgendwie behilflich sein, George?«

Er starrte sie an wie ein Ertrinkender, dem soeben ein Rettungsring an den Kopf geworfen worden ist und der noch immer im Begriff ist zu ertrinken, nun aber mit Kopfschmerzen. Seine Hände zitterten mehr als sonst, und kleine feine Schweißperlen drängten sich auf seiner Stirn.

Aber die kaum verhohlene Kritik der Kundschaft aus Hope an Sara veranlasste ihn, allen Mut zusammenzunehmen und so förmlich wie er nur konnte zu sagen: »Ich suchte Bücher von Pruhß.«

Er sah die Kunden vielsagend an. Die achteten nicht auf ihn.

Sara formte mit den Lippen ein T, wie eine Souffleuse im Theater.

Das machte ihn nur noch verwirrter. »Prouht?«

»Ja«, sagte Sara. »Proust. Natürlich. Leider haben wir sein ›Auf der Suche nach der verlorenen Zeit‹ nicht vorrätig, aber ich kann sie gern für dich bestellen.«

»G… gern«, stotterte George. »Bestell es bitte für mich.«

»Sie«, sagte Sara.

»Sind das mehrere Bücher?«, fragte George. Er konnte das Entsetzen nicht so ganz aus seiner Stimme heraushalten.

»Sieben«, sagte Sara.

Die Kunden aus Hope lachten. Vor dem Fenster war Grace aufgetaucht und versuchte auszusehen wie eine, die ganz locker eine Zigarette raucht.

»Klar, dass die Leute in Broken Wheel keine Ahnung haben«, sagte Hemd Nr. 2 bedeutungsvoll. Vermutlich hatte er Forschungsberichte über die Buchverteilung pro Einwohner von Broken Wheel gelesen.

»Europäerin«, sagte der Sonnenbraune zu den Hemden.

»Ich habe gegen den Beitritt zur EU gestimmt«, sagte Sara, ohne sich dabei speziell an jemanden zu wenden, und eigentlich nur, weil sie das Gefühl hatte, etwas sagen zu müssen.

»Habt ihr gehört, dass ich alle meine Restaurants vor ein paar Jahren angewiesen habe, French Fries in Freedom Fries umzubenennen?«, fragte der Sonnenbraune.

Die Hemden lachten.

»Habt ihr gewusst, dass ihr die Freiheitsstatue aus Frankreich bekommen habt?«, fragte Sara. »Streng genommen wirkt dieser Namenswechsel also eher wie ein Dank an die Franzosen?«

Der Sonnenbraune verzog angeekelt den Mund, sagte aber nichts. Die Männer verließen den Laden, ohne ein Buch gekauft zu haben.

Sie drehte sich zu George um, sowie die Tür hinter ihnen ins Schloss gefallen war.

»Na gut, George«, sagte sie. »Was sollte diese Nummer mit Proust? Soll ich die Bücher wirklich für dich bestellen?«

»Himmel, nein«, sagte er. »Das war Graces Idee. Oder Andys!« Er erklärte, was sich hinter diesem ganzen Fiasko versteckte.

Sie lachte. »Ich kann gar nicht verstehen, wieso du dich da reinziehen lässt.« Dann fiel ihr der Sonnenbraune ein. »Aber es war keine dumme Idee«, fügte sie hinzu.

»Willst du es noch einmal versuchen?«, fragte George besorgt. Er schaute auf die Uhr. »Ich muss jetzt nämlich … los.«

»Rein praktisch gesehen müssen wir die Idee natürlich ein bisschen entwickeln. Ich glaube, es ist das Beste, wenn ich in Zukunft Buchtitel und Autorennamen beisteuere.«

Grace versuchte, Aufmerksamkeit zu gewinnen, um zu erfahren, wie es gelaufen war. Sie fuchtelte so heftig mit den Armen, dass die Zigarettenasche nur so aufstob. Sara merkte nichts davon.

»Überhaupt keine dumme Idee«, murmelte sie vor sich hin.

Ihre Augen hatten einen beunruhigend entschlossenen Glanz bekommen.

Der Plan von Andy und Grace war nicht direkt schlecht, dachte sie. Das Problem war nur, dass er zu kleinformatig gewesen war. Um Hope in Erstaunen zu versetzen, müsste man die ganze Stadt mobilisieren.

In den folgenden Tagen rief Sara Andy an, sprach mit Grace und besuchte Jen.

Jen war leicht zu überreden, was den Nachrichtenbrief anging, nachdem Sara ihr in ihrer Küche bei einer Tasse Kaffee den Plan erklärt hatte. Ihre Söhne waren zum Glück zum Spielen draußen. Jen behielt sie durch das Küchenfenster halbwegs im Auge, während sie zu einer überarbeiteten Version des Plans von Andy und Grace nickte. »Eine Leseaktion«, sagte sie. »Warum nicht?«

So hatte Sara ihr die Idee geschildert. Das mit der Leseaktion sollte natürlich nur der Vorwand sein, aber es war eine gute Gelegenheit, um Besucher aus Hope herzulocken. Wenn sie erst hier wären, könnten die Leute aus Broken Wheel sie mit ihrem literarischen Geschmack und ihrem unglaublich großen Interesse an Büchern blenden.

»Vergiss nicht, dass der Nachrichtenbrief auch in Hope ausliegen muss«, sagte sie noch.

»Ein Buch?«, fragte Sara.

Sie stand vor dem Buchladen und verteilte Bücher an alle, die zu ihrem Pech gerade des Wegs kamen.

Die ältere Frau vor ihr kniff den Mundwinkel um ihre Zigarette zusammen und musterte Sara kritisch.

»Ein Buch, was?«, fragte sie. »Du meine Güte.« Sie streckte die Hand aus. »Gertrude.« Ihr Handschlag war hart und knochig. Sie nahm das Buch, das Sara ihr hinhielt, mit derselben Bewegung, mit der sie gegrüßt hatte.

»Sara«, sagte Sara höflich, obwohl sie den Verdacht hatte, dass die meisten in der Stadt inzwischen ihren Namen kannten. Sie sah ein wenig unglücklich DeMilles »Die Tochter des Generals« an, das Gertrude in der Hand hielt.

Vielleicht sollte sie sich überlegen, welche Bücher sie verteilte. Wenn auch »Das Ehrenwort« ein großartiges Buch gewesen war, so war »Die Tochter des Generals« doch vor allem eine Bondage-Orgie, nur notdürftig als Krimi verkleidet und wohl kaum das richtige Buch für die ältere Frau, die hier vor ihr stand. Sie machte den Versuch, es auszutauschen, aber die Frau hielt das Buch so energisch fest, dass ihre Finger weiß wurden. Jetzt ging es um das Prestige.

»Lesen Sie es am Samstag«, sagte Sara, auch wenn sie im Grunde hoffte, dass Gertrude es gar nicht erst aufschlagen würde. »Auf der Hauptstraße, in der Nähe des Buchladens.«

Niemand kam ungeschoren davon.

Der Pastor von Amys Beerdigung kam zum falschen Moment am Buchladen vorbei.

»Hochwürden«, sagte Sara.

Gehorsam blieb er stehen. »William«, korrigierte er.

Sara hatte ein neues Buch in der Hand. Diesmal hatte sie es sorgfältig ausgesucht, aber sie zögerte doch, als er jetzt vor ihr stand. Sie hatte dem nervösen Geistlichen ein Geschenk machen wollen, und sie hatte geglaubt, jeder müsse doch von Don Camillos Gesprächen mit seinem Jesus und seinen Scharmützeln mit dem lokalen Kommunistenführer bezaubert sein. Aber religiöse Menschen waren manchmal empfindlich, wenn es um ihre Propheten ging. Was ja auch verständlich ist, dachte Sara. Sie konnte schließlich auch keine Menschen leiden, die sich negativ über Bücher äußerten.

Aber nun zögerte sie nicht länger. »Bitte sehr«, sagte sie und hielt ihm das Buch hin.

»›Don Camillo und Peppone‹?«, las der Pastor laut vor.

»Ich hoffe, das wird Ihnen gefallen«, sagte sie.

Er machte eine Handbewegung in Richtung seiner Tasche, in der seine Brieftasche steckte. »Nein, nein«, sagte sie. »Das ist ein Geschenk.«

»Warum denn?« Er klang verwirrt.

»Was hat es denn für einen Sinn, einen Buchladen zu haben, wenn man keine Bücher an Leute verteilen darf, die sie verdienen?«, fragte sie unschuldig. »Lesen Sie das mal. Es wird Ihnen hoffentlich gefallen.«

Sie ruinierte den unschuldigen Eindruck, indem sie hinzufügte: »Und wenn Sie einen Kunden aus Hope sehen, könnten Sie es dann hervorziehen und so tun, als seien Sie darin vertieft? Am besten am Samstag. Hier in der Nähe.«

»Warum denn?«, fragte er noch einmal.

»Weil …« Sie zögerte. »Die sind so eingebildet, Hochwürden«, rief sie dann.

»William«, korrigierte er automatisch.

Sie erzählte von den Kunden aus Hope, von Andys Idee und Georges Pruhß, eher enthusiastisch als zusammenhängend.

»Großer Gott«, rief er und errötete sofort. Dann beugte er sich weiter zu Sara vor. »Woher soll ich denn wissen, dass es ein Kunde aus Hope ist?«

»Die fahren PKWs, die vor der Ampel anhalten, und sie haben viel zu gut gebügelte Hemden.«

Er nickte. »Da haben Sie nicht ganz unrecht.«

»Und Grace gibt ein Zeichen.«

Es war eigentlich kein Wunder, dass der Pastor sich an Saras Kampagne beteiligen wollte. Er wusste, was es bedeutete, eine Enttäuschung zu sein und von herablassenden Witzen und Blicken getroffen zu werden. Er war lange der »Arme Will Christopher« gewesen, und dabei hatte er nicht einmal getrunken.

Er entstammte einer Familie mit einer langen Reihe von Geistlichen. Sein Vater war Pastor gewesen, und der Vater seines Vaters und dazu etliche Onkel. Seine Großtante hatte Geistliche werden wollen, das wusste er noch, und sie hatte mit ihrem Engagement in der Bürgerrechtsbewegung eine Art Skandal verursacht. Sie hatte eine kurze Beziehung zu einem Schwarzen gehabt. Einem Prediger natürlich.

Sein Vater war ebenso charismatisch und erfolgreich gewesen wie die anderen Männer der Familie. Er hatte immer gewusst, dass er Geistlicher werden wollte, aber das hatte ihn in seiner Jugend nicht daran gehindert, die Seelsorge bei jungen Frauen zu üben. *Son of a Preacher Man* war im wahrsten Sinne des Wortes der passende Song für Williams Vater gewesen.

Und er hatte viele Frauen unterrichtet, wenn die nostalgischen Blicke, die Frauen mittleren Alters für William übrighatten, als Maßstab dienen konnten. Sie sahen ihn an, als ob sie sich an herrliche Augenblicke in ihrer Jugend erinnerten und erwarteten, dass er jeden Moment seiner Herkunft Ehre machen und einen Versuch bei ihren Töchtern unternehmen würde. Sie wirkten immer gleichermaßen enttäuscht, wenn er das nicht tat. Offenbar wollten sie ihren Töchtern eine ebenso schöne Jugend schenken, wie ihre es gewesen war. Die meisten hatte Broken Wheel nach Ausbruch der Finanzkrise verlassen und waren in größere Städte gezogen. William aber war in Broken Wheel geblieben.

Jetzt war er der einzige Geistliche im Ort und besorgte alle religiösen Verrichtungen. Baptisten, Methodisten und Presbyterianer wandten sich an ihn, wenn sie keine Lust hatten, zu einer der vielen Kirchen in den umliegenden Städten zu fahren. Die Katholiken fuhren in der Regel nach Hope. Irgendwo am Stadtrand wohnte eine jüdische Familie, und einmal hatte er mit gemischtem Erfolg eine Bar-Mizwa geleitet. Ein älterer Mann hatte behauptet, er sei Druide, und hatte William für kurze Zeit gezwungen, ihm bei der Anbetung einer Espe zu assistieren.

Gott sei Dank ruhte dieser Mann jetzt in Frieden.

William ging davon aus, dass manche Menschen einfach dazu geboren waren, andere zu führen (sein Vater war ganz bestimmt so ein Mensch gewesen), während andere die Arbeit der Anführer ausführten oder sie mit dauernden Vorschlägen und Meinungsäußerungen verärgerten. Manche aber waren offenbar dazu verdammt, immer ins Hintertreffen zu geraten, sie fielen schon beim Start zurück, kamen nie richtig in Gang oder stolperten irgendwann im Lauf des Lebens und konnten nie wieder aufholen.

So war es überall. Die einen führten, die anderen wurden geführt, wieder andere landeten im Kielwasser.

Inzwischen hatte er sich damit abgefunden. Aber es gab da etwas an Saras neuer Ausstrahlung, das ihn aufgerüttelt hatte. In ihrer ersten Zeit in Broken Wheel war sie still und höflich und verwirrt gewesen, ein wenig wie er selbst. Jetzt sah sie aus wie eine Frau mit einer Mission.

Und es konnte doch nicht schaden, ein wenig zu kämpfen?

Saras Kampagne ging im Sturmschritt voran. Grace wollte nicht glauben, dass ihr irgendein besonderes Buch gefallen könnte, war aber bereit, eins auf dem Tresen liegen zu haben. Sara gab ihr die Gesammelten Gedichte von Dylan Thomas in einer Ausgabe von 2000.

»Angeblich ist er in seinem Zimmer im Chelsea Hotel gestorben, nach einer mehrtägigen gewaltigen Sauferei. Seine letzten Worte, als er zu seiner Geliebten torkelte, waren: ›Ich habe achtzehn Whisky getrunken. Ich glaube, das ist ein Rekord. Ich liebe dich.‹«

»Meine Güte«, sagte Grace und sah sich das Buch genauer an.

Sara fand es nicht nötig, hinzuzufügen, dass die Forschung jetzt davon ausging, dass es weder seine letzten Worte noch überhaupt die Tatsachen gewesen waren. Vermutlich hatte er nicht einmal halb so viele Whiskys geschafft.

Andy kam am Buchladen vorbei, um Sara und ihrer Kampagne seiner Unterstützung zu versichern. Das Square war zu weit weg, deshalb konnte er sich selbst nicht daran beteiligen. Aber er wollte sich doch die Reaktion der Leute aus Hope ansehen.

»Irgendwer muss ja auch Alkohol verkaufen«, sagte Sara.

»Das stimmt natürlich.« Er sah sich im Laden um, erstarrte und beugte sich zu einem Regal vor. »Großer Gott«, sagte er, richtete sich auf und drehte sich zu Sara um. »Jetzt hast du ja auch Gay-Erotik!«

Sie zwang sich dazu, ganz ausdruckslos auszusehen, aber ihre Mundwinkel zuckten. »Darum hast du mich doch gebeten«, sagte sie.

»Aber ich hätte nicht gedacht, dass du das tun würdest. Caroline wird der Schlag treffen.« Er ging wieder zum Regal und sah sich die Titel ein wenig genauer an. »Auch wenn das hier nicht gerade die besten sind. Du solltest dir mal ansehen, was man im Netz alles findet.«

Sie wurde rot, obwohl sie wusste, dass er sie nur in Verlegenheit bringen wollte. Sie antwortete überraschend gelassen: »Die sind wirklich nicht schlecht. Gib ihnen doch einfach eine Chance.« Sie ging um den Tresen herum und zog zwei aus dem Regal. »Versuch es mal hiermit, das sind die besten.«

»Hast du sie gelesen?«

»Wie soll ich denn sonst wissen, was ich verkaufe? Und ich weiß auch so einiges darüber, was man im Internet finden kann.«

Viel, viel zu viel, dachte sie. Ihr selbst waren die weniger freizügigen Bücher lieber. Sie hatte immer »Salz und sein Preis« geliebt. Patricia Highsmith aber war eher durch ihre Bücher um Mr Ripley bekannt, leicht unbehagliche Spannungsromane über mordende Männer, mit homosexuellem Beiklang. Diese Bücher hatte Highsmith unter eigenem Namen geschrieben. Ihre einzige romantische lesbische Liebesgeschichte dagegen hatte sie unter Pseudonym veröffentlicht.

Andy lachte schallend, als er den Buchladen verließ, aber er nahm die beiden Bücher mit. Sie weigerte sich, ihn bezahlen zu lassen.

Ein erster Sieg, dachte sie und gönnte sich ein paar improvisierte Tanzschritte durch den Laden. Und am nächsten Tag würde Broken Wheel Hope vorführen, wie eine lesende Stadt aussah.

Die Leser in Broken Wheel empfehlen

Sara war bereit für die Leute aus Hope. Sie hatte ihre Mitstreiter gedrillt und spürte, dass alles auf Revanche drängte.

Das Signal wurde festgelegt und war allen bekannt: Sobald der erste PKW gesichtet würde, sollte Grace vor die Tür treten, sich eine Zigarette anzünden und drei Rauchringe blasen. Danach würden alle ihr Buch hervorziehen und sich hineinvertiefen, als seien sie von einem phantastischen Leseabenteuer gefesselt und verbrächten eigentlich alle Samstagvormittage mit öffentlicher Lektüre. Unter gar keinen Umständen sollte irgendwer ein Buch oder einen Autor erwähnen. Wenn man in der Nähe des Buchladens war und Sara ein Buch vorschlug, sollte man *ja* sagen.

Sogar das Wetter war auf ihrer Seite. Der Samstag war ein warmer und sonniger Tag. Obwohl es schon auf den Oktober zuging, lag noch immer sommerliche Wärme in der Luft. Es war ein Tag wie gemacht für flanierende Menschen, die an der Hausfassade lehnen und ein Buch lesen wollten.

Das Letzte, was Sara noch tat, war, ein neues Bücherregal einzurichten, in dem sie alle unlesbaren Bücher unterbrachte, die sie finden konnte, dazu alle Pulitzer-Preisträger, alle Nobelpreisträger und alle, die für den Booker-Preis nominiert gewesen waren.

Sara hatte einige davon gelesen, aber längst nicht alle. Ihr Wissen über Bücher war nicht sonderlich systematisch. Mehrmals hatte sie versucht, dem abzuhelfen und zu einer Art Allgemeinbildung zu gelangen. Wenn man schon die meiste Zeit mit Büchern verbrachte, sollte man doch die Nobelpreisträger gelesen haben und die Klassiker und alle, über die alle redeten, die aber niemand selbst gelesen hatte, wie Mark Twain sagen würde. Sie hatte sich auf ein ehrgeiziges Lektüreprojekt nach dem anderen gestürzt, aber es war nur selten gut gegangen. Es war frustrierend, Bücher als etwas zu betrachten, das man lesen sollte, weil andere das getan hatten, und außerdem ließ sie sich zu leicht ablenken. Es gab zu viele Bücher, um sich an einer Art Thema festzuhalten. Mit sechzehn hatte sie versucht, die Klassiker von A bis Z zu lesen. Sie war den ganzen Weg zur Stadtbibliothek von Stockholm gefahren und fast in Verzweiflung geraten, weil es dort so viele Bücher gab. Zu viele, um sie in ihrem Leben zu lesen, nicht einmal, wenn sie sich dort rund um die Uhr verschanzte, nicht einmal, wenn sie genügend viele Sprachen beherrschte. Dann hatte sie sich zusammengerissen und sorgfältig eine Liste über eine Art Minimallektüre für jeden Buchstaben aufgestellt. Dickens und Austen hatte sie schon gelesen. Einen Dostojewski, oder lieber zwei. Einen Bulgakow.

Sie war bis zum G gekommen, das wusste sie noch, bis zu »Die Leiden des jungen Werther«, aber sie hatte sich von Gabriel Garcia Márquez ablenken lassen und sich auf eine Odyssee in die Welt der lateinamerikanischen Autoren begeben. Dann hatte sie »Zeit im Wind« gelesen und nach Mr Rothbergs Liste über die besten amerikanischen Autoren gesucht, ohne Mr Rothberg irgendwo zu finden. Sie hatte ihre eigene Liste aufstellen wollen und sich Fitzgerald, Auster und Twain vorgenommen (war von »Querkopf Wilson« abgelenkt worden und zu Büchern über Rassismus übergewechselt.) Als sie Arbeiterklassiker lesen wollte, hatte sie vier von Moa Martinson gelesen und nicht ein einziges von Harry. Sie hatte die meisten Komödien von Shakespeare gelesen und keine seiner Tragödien und alles von Oscar Wilde. Sie hatte viele Nobelpreisträger gelesen, aber erst, wenn sie den Preis bereits erhalten hatten. Ihre einzige Hoffnung, dem Nobelpreiskomitee einmal zuvorzukommen, war, dass Joyce Carol Oates endlich an die Reihe käme.

Amy hatte viele von Saras Lieblingen unter den eher literarischen Autoren gehabt, und viele, bei denen sie sich auf die Lektüre freute. Als sie alle in ein Regal gestellt hatte, taufte sie es DIE LESER VON BROKEN WHEEL EMPFEHLEN.

Sie fand es besonders befriedigend, sorgfältig »Auf der Suche nach der verlorenen Zeit« aufzustellen. Die ganze Romanfolge, doppelt. Sie nahm fünf Exemplare heraus und versteckte sie hinter dem Tresen, um vorzugeben, dass jemand in Broken Wheel in diesem Moment auf gebildete und literarische Weise diese Serie genoss.

Als der erste polierte Stadtjeep am Samstagvormittag in Broken Wheel ankam und vor der roten Ampel stehen blieb, waren sie bereit. Einige Stammgäste aus dem Square waren von Andy hergeschickt worden. Einer hielt das Buch verkehrt herum, ein anderer zeigte deutlich, dass er kurz vor dem Einschlafen war, aber ansonsten lief alles ganz nach Plan.

William Christopher lehnte vor dem Kino und lachte in echter Lesefreude über Don Camillos Gespräche mit Jesus.

Grace zwang allen Gästen ein Buch auf und ließ sie warten, während sie düster das Buch neben ihrem Teller musterte. Ein Gast protestierte verwirrt, er habe es eilig, aber Grace starrte ihn wütend an – mehr war nicht nötig, um alle zum Lesen zu bringen.

George saß in einem Sessel im Buchladen und las nicht Pruhß. Sara hatte ihm stattdessen ein *Shopaholic*-Buch gegeben.

Und Sara selbst war ganz klar bereit. Sie stand in der Türöffnung des Ladens, um freundlich zu lächeln, sowie die Leute aus Hope aus ihren Autos stiegen.

»Was zum Teufel«, sagte ein Mann verwirrt. Eine Frau lächelte Grace spontan an, und die starrte wütend zurück.

Sara machte Grace hektische Zeichen, und Grace ersetzte ihren wütenden Blick durch ein breites freundliches Lächeln, das die Frau erschrocken einen Schritt zurücktreten ließ.

Sara schaltete sich ein. »Kann ich Ihnen irgendwie behilflich sein?«, fragte sie entgegenkommend.

Broken Wheel war auf dem besten Weg, als sonnige, wohlmeinende und fast normale Stadt zu erscheinen. Sogar der Asphalt sah wärmer und angenehmer aus, wenn Menschen mit einem Buch darüberschritten.

»Ich bin ja nicht so sehr für Bücher zu haben, aber das hier ist richtig gut«, gab Gertrude widerwillig gegenüber Annie May zu, als sie das Buch halb gelesen hatte.

Annie May musterte es skeptisch. »Ist das nicht ein wenig … frei?«

Gertrude schnaubte.

Ihr Fenster lag zur Hauptstraße hinaus, und dort schienen sich jetzt Autos und lesende Menschen zu versammeln. »Was ist denn heute los?«, fragte Annie May.

Gertrude wusste es nicht, aber das hätte sie niemals zugegeben. Deshalb ignorierte sie diese Frage würdevoll.

»Und sie hat dir dieses Buch gegeben?«

Gertrude nickte. Sie drehte das Buch in der Hand.

Annie May seufzte verträumt. »Wäre eine schöne Liebesgeschichte nicht netter gewesen?« Sie fügte hinzu: »Natürlich nichts Unanständiges.«

»Blödsinn. Prinzen und …«

»Ja, ich weiß. Frösche.«

Eine Stunde später schaute Annie May sehnsüchtig hinaus in den Sonnenschein. Sie schielte zu Gertrude hinüber, die im Sessel vor sich hin döste, eine brennende Zigarette qualmte im Aschenbecher, und das Buch lag aufgeschlagen auf ihren Knien. Vielleicht sollte sie einen Spaziergang machen? Es war so schönes Wetter. Sie könnte kurz beim Buchladen vorbeischauen.

Da konnte doch niemand etwas dagegen sagen.

Im Buchladen war es warm und chaotisch. Die Leute aus Hope gingen zwischen den Regalen umher und musterten verwirrt das eigenwillige Ordnungssystem. Ein Kunde fingerte nervös an James Joyces »Ulysses« und Gertrude Steins »Geography and Plays« herum, ein anderer schien sich zu fragen, wer in Broken Wheel wohl Iris Murdochs »Das Meer, das Meer« lesen könnte.

Annie May suchte sich diesen Augenblick, um in den Buchladen zu schlüpfen. Sie drängte sich zur Theke durch. Die Leute aus Hope wichen angesichts ihrer großmütterlichen Erscheinung zur Seite, was leider auch dazu führte, dass sie sie umringten, als Annie May sich zu Sara vorbeugte und mit der Art von Flüstern, die alle hören können, sagte:

»Entschuldigen Sie, ich hätte gern ein paar… *Liebesromane.*« Sie schaute sich um, beugte sich noch ein wenig weiter vor und sagte ebenso leise: »Aber natürlich nichts Unanständiges.« Sie fügte hoffnungsvoll hinzu: »Haben Sie irgendwelche Harlequin-Titel?«

Als die Leute aus Hope wieder fuhren, war der Pastor der Einzige, der noch immer las. Die Stammgäste aus dem Square waren über ihren Büchern eingeschlafen.

Es blieb nur noch eins.

Sara lachte über alles. Sie konnte sich zusammennehmen, bis der letzte Kunde aus Hope den Laden verlassen hatte, aber dann lachte sie mehrere Minuten lang über das Fiasko mit den Harlequin-Romanen und den schlafenden Buchliebhabern. Und auch, als sie sich zusammengerissen hatte, funkelten ihre Augen noch immer vor unterdrücktem Lachen. Sie versuchte, normal auszusehen, als Jen über den Erfolg von Nachrichtenbrief und Buchaktion redete. George saß noch immer im Sessel; Andy hatte schon angerufen und einen Bericht verlangt. Sara hatte nichts über seine Stammgäste gesagt.

»Wir müssten eine Touristeninformation haben«, sagte Jen.

Das war nun doch zu viel für George. »Bist du sicher, dass das eine kluge Idee ist?«, fragte er zweifelnd.

»Warum nicht? Jetzt, wo wir einen Buchladen haben, sollten wir das ausnützen. Es gibt doch allerlei, was man in Broken Wheel unternehmen kann. Zum Beispiel … ja, ich bin sicher, uns fällt etwas ein, wenn wir uns ein bisschen Mühe geben. Uns anstrengen. Genau das hat hier in der Stadt gefehlt. – Touristeninformation«, sagte sie noch einmal. »Es ist einen Versuch wert.«

»Aber worüber soll denn da informiert werden?«, fragte George.

»Über das Square vielleicht? Man könnte hier ein Buch kaufen und dann da lecker essen – es könnte vielleicht sogar Tanzabende geben. Das hatten sie früher, das weiß ich. Mein Mann hat davon erzählt.«

Saras Augen funkelten wieder gefährlich. »Dann solltest du ein Foto von Carl dazuhängen«, sagte sie. »Das würde die Massen doch sicher anlocken?«

Sara Lindqvist
Kornvägen 7, I
136 38 Haninge
Schweden

Broken Wheel, Iowa, 10. November 2010

Liebe Sara,

es ist witzig, dass du dich so für unsere kleine Stadt interessierst. Heute habe ich über das Lachen nachgedacht, und da passt es doch, wenn ich etwas mehr über Andy schreibe. Ich habe übers Lachen nachgedacht, weil Andy mich zusammen mit Tom und

seinem sehr guten Freund Carl besucht hat. Andy steckt das Lachen im Blut. Er hat auch wilde Locken. Manchmal glaube ich, das hängt zusammen.
Ich glaube nicht, dass es leicht war, mit solchen Locken aufzuwachsen, wie Andy sie hat. Ich weiß, dass die Mädchen neidisch waren und die Jungen ihn verspottet haben. Aber Andy lachte immer nur darüber. Einmal habe ich gehört, wie ein Junge ihn aufgezogen und gesagt hat, Andy habe die Lockenwickler seiner Mutter gestohlen. Tom war außer sich vor Wut und wollte sofort alle verprügeln. Claire sah aus, als ob sie auch gern mitgemacht hätte. Tom nimmt manchmal die Dinge zu ernst, glaube ich. Nie, wenn es um ihn selbst geht, aber bei anderen Menschen, vor allem bei seinen Freunden. Damals überlegte ich gerade, ob ich eingreifen sollte, als alles sich löste, weil Andy so sehr lachte, dass er sich den Bauch halten und sich zusammenkrümmen musste. »Entschuldigung«, keuchte er, »aber die Vorstellung, dass ich es wagen könnte, deiner Mutter irgendwas zu klauen, war einfach zu viel.« Es war bekannt, dass bei der Mutter dieses Knaben die Hand sehr locker saß. »Könnt ihr euch nicht v... vorstellen, wie ich v... versuche« (er lachte so sehr, dass er ins Stottern kam) »mit ihren Lockenw... wicklern in der Tasche zu f...fliehen? Wie beim Äpfelk...klauen!« Die Vorstellung der geklauten Lockenwickler fanden alle wahnsinnig komisch, sogar Tom.
Ich habe oft gedacht, dass Lachen die beste Verteidigung ist. Aber bei Andys Vater hat das nie funktioniert. Ich habe immer Trost darin gefunden, dass Andy zu mir gekommen ist, ehe er Broken Wheel verlassen hat.

Liebe Grüße,
Amy

Ermunterung zur Homosexualität

Die Nachricht von der Gay-Erotik schien sich weit über die Grenzen der Stadt hinaus verbreitet zu haben, als ob Jen in ihrem Nachrichtenbrief darüber berichtet hätte.

Einige Tage nach der Buchaktion kam ein neuer Kunde in den Laden. Er sah nicht älter als fünfundzwanzig aus, obwohl er sich mit einer entschlossenen Selbstsicherheit bewegte, die ihn älter wirken ließ. Als hätte er irgendwann einfach beschlossen, nie wieder nervös zu sein. Aber er schien nicht so recht zu wissen, was er in einem Buchladen zu suchen hatte. Er ging mit zielstrebigen Schritten hinein, und dann blieb er einfach stehen. Noch immer hocherhobenen Hauptes und mit fast aggressiv ruhigem Blick, aber etwas daran, dass er weder Sara noch die Bücher ansah, ließ annehmen, dass er sich nicht so wohl in seiner Haut fühlte, wie er vorgab. Sein Gesicht verriet nichts, aber Sara hatte das Gefühl, dass er aus irgendeinem Grund mit sich kämpfte.

Am Ende sagte sie: »Sagen Sie einfach, wenn ich irgendwie behilflich sein kann.«

Das brachte ihn immerhin dazu, sich langsam vor den Regalen hin und her zu bewegen.

»Wohnen Sie hier in der Nähe?«, fragte Sara.

»Nein«, sagte er. »Ich wohne in Hope.«

»Gefällt es Ihnen da?«, fragte sie, weil ihr nichts Besseres einfiel.

»Nicht so recht.«

»Suchen Sie etwas Besonderes?«

Er schien einen Entschluss zu fassen. Ein Lächeln ließ seine Augen aufleuchten, irgendwo zwischen weltmännisch und jungenhaft. Sie hatte ein Buch gemeint, aber als er dann antwortete, sagte er: »Einen Liebhaber?«

Sie lachte. »Das Regal ein bisschen weiter links.«

»Meine Mutter hat mir von dem Laden hier erzählt. Sie sagt, du wirst in der Hölle brennen, weil du andere zur Homosexualität ermunterst.«

Sara verspürte einen gewissen Zorn über diese Dreistigkeit einer Frau, die sie nicht kannte, aber auch, das musste sie zugeben, einen gewissen Stolz. Sie, Sara Lindqvist, und zu Homosexualität ermuntern? Wer hätte das ahnen können! Sie sagte freundlich: »Was soll ich sagen? So eine Reklame ist nicht mit Geld zu bezahlen.«

Er zögerte. »Bist du …?«

Es schien für ihn so viel zu bedeuten, dass sie fast gelogen hätte. Er gefiel ihr. Sie machte einen Kompromiss. »Bisexuell«, sagte sie, obwohl sie nie auch nur eine Gay-Pride-Parade gesehen hatte, und errötete ein wenig.

Er lächelte. »Sind wir das nicht alle?«, fragte er. »Du bist nicht von hier, oder?«

»Aus Schweden.«

Er nickte, als sei das eine Erklärung. »Ach so«, sagte er.

Er ging zu dem Regal mit der Gay-Erotik. Sie las weiter. Nach einer Weile kam er mit zwei Büchern an den Tresen.

Sara hatte schöne Kunststoffumschläge mit einem Bild einer Eiche und dem Namen des Buchladens über der ganzen Vorderseite gekauft. Jetzt wickelte sie, ohne zu fragen, die Bücher in Schutzumschläge. Er bezahlte, drückte sich dann aber weiter im Laden herum. Er stand zwischen ihr und der Tür und machte keinerlei Anstalten, sich in irgendeine Richtung zu bewegen.

»Kann ich …«, fragte sie schließlich.

»Ich hatte gehofft …«, sagte er und zögerte. »Ich hatte gehofft, hier mit anderen in Kontakt zu kommen.«

»Das Square«, sagte sie. »Sprich mit Andy und Carl.«

»Sind die …?«

»Zusammen.«

Er schien sich nicht entscheiden zu können, ob er froh oder enttäuscht sein sollte. »Sie wissen vielleicht, wohin man gehen kann«, fügte sie hinzu. »Du kannst sie von mir grüßen. Ich heiße übrigens Sara.«

»Joshua«, sagte er. »Aber alle nennen mich Josh.«

Saras Kommentar über Carl und die Touristeninformation war ein Scherz gewesen, aber sie hatte den Verdacht, dass Jen die Sache doch ernst nahm. Als Andy anrief und sie bat, im Square vorbeizuschauen, kamen ihr sofort bange Ahnungen.

»Du kannst dir nicht vorstellen, wer heute hier war«, sagte Andy, als sie dann mit einem Glas Bier am Tresen saß.

»Nein?!«, fragte sie vorsichtig.

Er hob die Augenbrauen. »Josh«, sagte er.

»Ach«, sagte sie. »Ich hoffe, das war in Ordnung.«

»Sicher. Warum sollten wir nicht die Kontaktadresse für alle Homos sein?«

Nicht rot werden, dachte sie. Aus irgendeinem Grund war ihr das peinlich. Es war die ewige Angst davor, nicht politisch korrekt zu sein.

Carl beugte sich über den Tresen zu ihr vor, als ob er beschlossen hatte, sie aus ihrer Verlegenheit zu retten. »Das war sehr richtig von dir«, sagte er.

»Aber wirklich, Sara«, sagte Andy. »Bisexuell, was? Stille Wasser …«

Zu ihrer großen Erleichterung war nicht mehr die Rede von der Touristeninformation. Sie wünschte, es nicht einmal aus Jux gesagt zu haben. Der Nachrichtenbrief über den Buchladen jedoch schien weit außerhalb Broken Wheels Verbreitung gefunden zu haben und lockte weiterhin Besucher an.

Es waren erstaunlich viele Menschen an diesem Samstag

gekommen. Die allermeisten waren Frauen mit scheußlichen Jeans, karierten Hemden, verstaubten Stiefeln und Cowboyhüten.

Sara konnte den Blick nicht von ihnen losreißen, so, wie man sich nicht von einem Autounfall abwenden kann. Was für eine Vorstellung, dass die Leute wirklich Cowboyhüte trugen. Im Ernst. Sie hatte sich noch immer nicht daran gewöhnt, dass es solche Frauen wirklich gab. Wussten sie denn, was Filme, Bücher und Fernsehserien für sie angerichtet hatten? Sie war nicht sicher, ob die Filme jetzt realistischer wirkten oder ob die ganzen USA ihr wie eine Fiktion vorkamen. Der einzige Unterschied zu den Filmen war, dass alle Frauen in Wirklichkeit mindestens zwanzig Kilo mehr wogen und keine auch nur ein wenig geschminkt war.

Sie kamen in Gruppen, einige kauften Bücher, aber sie lungerten danach noch weiter im Buchladen herum. Sie redeten in undeutlichem Dialekt und nur, wenn es unbedingt nötig war.

Grace kam vorbei, als diese Frauen sich im Buchladen drängten. Sie zwängte sich zum Tresen durch, wo Sara stand und vorgab zu lesen, beugte sich zu ihnen vor und schaute sich demonstrativ um.

»Früher«, sagte sie, »wären alle diese Frauen zu mir gekommen.« Sie gab sich nicht die Mühe, ihre Stimme zu senken. »Alle diese Frauen – patente, starke Frauen, das sehe ich sofort. Solche Frauen, die das Land aufgebaut haben.« Sie schüttelte den Kopf. »Dass sie endlich wieder hier herumhängen. Aber bei den Büchern, nicht beim Schnaps. Das ist nicht natürlich.«

Sara schloss ihr Buch und schaute zu Grace hoch. »Was ist denn schlimm daran, wenn man sich in einem Buchladen versammelt?«, fragte sie. Sie beschrieb mit dem Buch eine Geste, die alle anderen Bücher einbezog. »Gerade weil sie patente, starke Frauen sind, haben sie doch sicher Lust, über andere starke Frauen zu lesen?«

»Quatsch. Es gibt überhaupt keine Bücher über die richtigen USA. Nur diese öden Gedanken von öden Mannsbildern. Das richtige Leben ist hart, brutal, echt. Die Bücher sind zuckersüß, kompliziert und viel zu sehr damit beschäftigt, was alle die ganze Zeit denken und fühlen. Und mit jeder Menge Männer. Was haben die denn je für Iowa getan?«

»Natürlich nichts«, murmelte Sara. Sie fügte ganz leise hinzu: »Auch wenn sie Cowboyhüte haben und hart und laut sind, können sie doch trotzdem Bücher zu würdigen wissen. Hat denn irgendwer Bücher mehr verdient als diese phantastischen Frauen …?«

Sie machte abermals mit dem Buch in ihrer Hand eine weit ausholende Geste. Sicher, sie hatte sich innerlich eher über sie lustig gemacht, statt sie zu bewundern, als sie diese Frauen zum ersten Mal gesehen hatte, aber man kann ja wohl seine Meinung ändern? Offenbar starke und zähe Frauen, allesamt. Und ein klein bisschen unangenehm. Sie wollte gerade mit ihrer geflüsterten Brandrede fortfahren, aber leider trat eine der starken Frauen jetzt vor und fragte:

»Entschuldigung, aber wissen Sie, wo ich diese Bar finde?«

Grace lachte. »Also, Mädels«, sagte sie. »Warum seid ihr eigentlich hier im Buchladen?«

»In dem Artikel heißt es, der wäre einen Besuch wert«, sagte die Frau, die die Frage gestellt hatte. Sie schaute sich um, als ob sie nicht so recht begriffe, worum es hier ging. »Und außerdem macht die Bar doch erst um fünf auf.«

Sara betrachtete diese Horde von Cowboyfrauen mit der starken Vorahnung, dass etwas gleich ganz schrecklich schiefgehen würde.

»Ich habe gehört, dass es mehrere gute Gründe für einen Besuch im Square gibt«, sagte dieselbe Frau. »Oder jedenfalls einen.«

Sara hatte jetzt ein überaus schlechtes Gefühl. »Keine Sorge«, sagte sie düster. »Die sind zu zweit.«

Tom wartete auf sie, als sie aus dem Buchladen nach Hause kam. Während der Leseaktion hatte sie fast aufgehört, nach ihm Ausschau zu halten. Und nun stand er plötzlich vor ihr.

»Hallo«, sagte sie zögernd, während sie auf ihn zuging.

Sie blieb dicht vor ihm stehen, und als er sie anlächelte, beugte er sich vor, nur ein wenig, bis sie das Gefühl hatte, dass sie einander fast berührten.

Sie schaute zu ihm auf und suchte verzweifelt nach etwas, das sie sagen könnte, um noch ein wenig länger sein Lächeln auszukosten. Es war einer der Augenblicke im Leben, wenn die Zeit unerträglich langsam und gleichzeitig viel zu schnell vergeht, als ob jede Sekunde durch ihren Körper tickte. Sie wusste, dass sie bald etwas sagen oder sich von ihm entfernen musste.

Ehe ihr etwas eingefallen war, räusperte er sich und sagte: »Carl hat mich geschickt.«

Sie blinzelte.

»Er braucht deine Hilfe. Er sagt, dass du ihm das schuldest. Er wirkt total gestresst. Ich habe angeboten, dich zu fahren.« Aber er stand noch immer dicht vor ihr, so dicht, dass sie keinen Gedanken an Carls eventuelle Probleme verschwenden mochte.

»Jetzt?«, fragte sie.

»Es scheint eilig zu sein.« Er machte einige Schritte von ihr weg und öffnete für sie die Wagentür, und sie versuchte, sich erleichtert zu fühlen, weil sie wieder atmen konnte.

Das Erste, was sie registrierte, war das Geräusch. Sie hörte es bereits auf dem Parkplatz, das schwere vibrierende Geräusch von lauten Stimmen und lebhaften Gesprächen von Menschen, die auf einer zu kleinen Fläche eingesperrt sind. Das Zweite war die Wärme. Die schlug ihr entgegen, als sie die Tür öffnete. Stickige Luft und der Geruch nach Schweiß, Bier und Körperwärme. Das Dritte war die absurde Menge kräftiger Frauen in unkleidsamen Jeans und Cowboyhüten.

»Großer Gott«, sagte sie. »Das sind ja mindestens fünfzehn.«

Tom wirkte geschockt. Er stand hinter ihr in der Tür, als benutze er sie als Schild. »Wo kommen die denn alle her?«, fragte er.

»Aus dem Buchladen«, sagte Sara düster. Sie hatte keine Zeit, das zu erklären. Carl winkte ihr zu. Er sah nicht gerade belustigt aus.

Sie mussten sich zum Tresen durchdrängen. Hinter dem Tresen war totale Hektik angesagt. Andy schenkte in wildem Tempo Bier und Drinks ein, während er zugleich Geld annahm und lächelte und mit jeder Kundin scherzte. Er sah aus wie ein tuntiger, aber ungeheuer professioneller Tom Cruise. Sara war ganz sicher, dass er mit den Schnapsflaschen jonglieren könnte, wenn das Publikum dafür auch nur im Geringsten empfänglich gewesen wäre. Aber das Publikum trank Bud und Whisky und wollte durchaus nicht, dass jemand mit irgendetwas um sich warf.

Carl presste sich an die Wand aus Spiegeln und Regalen. Er schenkte Bier ein, indem er sich vorbeugte, den Rest des Körpers immer in sicherer Entfernung. Sein Gesicht war vollkommen ausdruckslos, aber in seinen Augen lag unterdrückte Panik. Sara überlegte, ob sie ihm sagen sollte, dass diese vorgebeugte Haltung seine Schultern und Brustmuskeln nur beeindruckender aussehen ließ. Sie beschloss, damit noch zu warten.

Carl berührte Andy immer wieder demonstrativ und nannte ihn »Liebling«. Mehr als eine Kundin fühlte sich angesprochen und lächelte entzückt. Mehr als eine Kundin streifte aus Versehen seinen Arm oder Bauch, wenn sie die Hand nach ihrem Glas ausstreckte.

»Sara«, sagte Carl verbissen. »Du kommst nicht drauf, wer neulich hier war.«

»Josh?«, fragte sie hoffnungsvoll.

»Jen.«

Eine Frau drängte sich vor und bat um Whisky, und Carl bediente sie eilig, ohne Sara aus den Augen zu lassen. Die Frau gab großzügig Trinkgeld, wie Sara bemerkte, aber Carl ließ sich nicht ablenken.

»Hast du irgendeine Ahnung, was sie wollte«, fragte er.

Die Frau mit dem Whisky blickte Carl und Sara forschend an, und sofort legte er den Arm um Sara.

»Nein?«, sagte Sara. Musik und Gespräche um sie herum waren laut, aber sie konnte Carl sehr gut hören. Durch das Gedränge musste sie sich mehr oder weniger gegen Tom drücken, und sie konnte fast ein unterdrücktes Lachen hören.

»Sie wollte ein Bild machen. Für die Touristeninformation.«

»Die Frau hat doch keine Ahnung von Reklame«, sagte Andy plötzlich. Er musste schreien, um sich vom anderen Ende des Tresens her Gehör zu verschaffen.

»Ein Bild vom Square ist ja wohl keine dumme Idee«, sagte Sara. Fast unmerklich ließ sie ihren Arm um Toms Taille gleiten, mit einer ganz leichten Berührung. Als er nicht protestierte, lehnte sie sich dichter an ihn und war fasziniert von dem Gefühl von Muskeln und rauem Jeansstoff unter ihrer Hand.

»Ganz meine Worte«, sagte Andy.

»Nur wollte sie gar kein Foto vom Square, oder?«, fragte Carl vorwurfsvoll. »Sie fand, eins von mir wäre ein besseres ›Verkaufsargument‹.«

Sie konnte die Anführungszeichen um dieses Wort hören. Tom krümmte sich vor Lachen, und sie erlaubte es sich, ihn für einen Moment böse anzusehen, als wären sie die Art von Paar, die gemeinsam lachen und sich zurechtweisen.

»Ich habe angeboten, mit aufs Foto zu gehen«, sagte Andy. »Aber sie glaubte nicht, dass das die ›erwünschte Wirkung‹ haben würde.«

»Sie war überraschend diskret bei der Frage, wie sie auf die Idee gekommen sei«, sagte Carl. »Sie wollte aber nicht die ganze Ehre für sich einheimsen. Also hat sie gesagt, das alles sei vor allem dein Verdienst.«

»Wie kann ein Foto von mir denn nicht die erwünschte Wirkung haben?«, fragte Andy, während er ein weiteres Bier öffnete und drei Glas Whisky einschenkte.

»Ich dachte, es wäre eine gute Reklame für die Bar«, sagte Sara.

»Wieso soll es eine gute Reklame sein, wenn ich mit auf dem Bild bin?«

Carl knallte ihr ein zusammengeknülltes feuchtes Blatt Papier hin. Es war ein Exemplar des Nachrichtenbriefes. Unter einem großen – geradezu unvorstellbar großen – Foto von Carl stand: »Die freundlichste Kneipe von Iowa. Sie leben, um zu bedienen.«

Danach folgte ein lächerlich kurzer Text über das Square, der erklärte, dass hier (nicht anders als in den meisten anderen Kneipen, diesen Gedanken konnte sich Sara nicht verkneifen) Alkohol und kleine Mahlzeiten serviert wurden und dass das Personal wie gesagt freundlich und ungeheuer serviceorientiert sei.

Jen hatte sich selbst übertroffen. Tom lachte jetzt laut.

»Ich mache dich persönlich für alle Folgen verantwortlich«, sagte Carl.

»Krieg ich Provision?«

»Wenn du hier für mich einspringst, kriegst du das halbe Königreich und meinen erstgeborenen Sohn.«

»Du bist schwul«, erinnerte Sara ihn.

»Wir können adoptieren.«

»Ich will kein Kind.«

»Mein Königreich?«

Sie lachte. »Klar doch. Du kannst mich Königin Sara nennen.«

Sie unternahm einen halbherzigen Versuch, sich von Tom zu lösen. Er protestierte, indem er sie noch fester an sich drückte.

»Verlass mich nicht«, sagte er verzweifelt. Sie wusste, dass das nur daran lag, dass die vielen Frauen hier beängstigender waren, als sie selbst das jemals hätte sein können, und doch musste sie sich für einen kurzen Moment unbedingt an ihn schmiegen.

Carl sah sie flehend an, und sie zwang sich, sich von Tom loszureißen und hinter den Tresen zu gehen. Eine Frau versuchte, sich mit ihr hineinzudrängen, aber Tom schloss rasch die Klappe hinter Sara.

Sie staunte darüber, wie anders alles von dieser Seite des Tresens aussah. Das heiße Gedränge verwandelte sich in eine gesichtslose Masse, die in unregelmäßigen Wellen auf sie zuschwappte. Aber sie hatte auch mehr Platz und konnte die Mienen derer sehen, die direkt vor dem Tresen standen, konnte darin ihre Gedanken und Hoffnungen lesen und einen Teil ihrer Gespräche belauschen (die sich im Moment alle um Carl und sie selbst drehten. Die allermeisten beneideten sie um ihre frisch erworbene erhöhte Position). Tom stand einige Meter von ihr entfernt an den Tresen gepresst.

»Was soll ich tun?«, fragte sie und betrachtete Flaschen, Gläser und das ganze Chaos. Ein Schneidebrett mit Zitronenscheiben, ein Spülbecken mit einigen leeren Gläsern, Flaschen, Gläser und Kühlfächer an der Wand. Na gut, Sara, dachte sie. Los geht's.

»Mach einfach Bier auf und schenk Whisky ein«, sagte Andy und zeigte ihr rasch, wo die Flaschen standen. »Denk nicht an die Drinks. Die meisten wollen nur Bier und Whisky. Wenn sie etwas anderes wollen, dann schick sie zu uns.«

»Und egal, was du tust, nicht mit dem Whisky geizen«, sagte Carl. »Sonst fackeln sie uns die Bude ab.«

Sara lachte.

»Hallo, junge Frau«, sagte eine Frau. »Zwei Bier, zwei Whisky. Und schnell. Ich bin total ausgedörrt.«

Sie brauchte dreimal so lange, um Whisky einzugießen,

wie Andy oder Carl. Das mit dem Bezahlen ging leichter, das kannte sie vom Buchladen her. Sie rechnete rasch das Wechselgeld aus und gab es der Frau, die es behielt. Die Frau, die gerade von Carl bedient wurde, gab dagegen Trinkgeld. Saras Anwesenheit würde also die Einnahmen um einiges senken.

Drei Stunden später war sie müde, heiß und verschwitzt, und sie hatte nicht einmal bemerkt, dass Tom gegangen war.

»Gott sei Dank, es ist vorbei«, murmelte Carl. Er schaltete die Deckenlampen ein und sah erleichtert zu, wie die meisten sich erhoben und offenbar gehen wollten. In ihrem Kielwasser fanden sich leere Flaschen, umgekippte Gläser, zusammengeknüllte Servietten und halbvolle Schüsselchen mit Erdnüssen.

Carl schenkte für alle Whisky ein, und Sara ließ sich ermattet auf einen Barhocker sinken, um ihre müden Füße auszuruhen. »Danke für die Hilfe«, sagte er, und das war für seine Verhältnisse schon ziemlich viel.

»Entschuldige«, sagte sie.

»Meint ihr, die haben das ernst gemeint, dass sie zurückkommen wollen«, fragte Andy.

»Klang so«, sagte Carl, der gerade eine Runde durch den Raum drehte und halbvolle Gläser und schmutzige Servietten einsammelte.

»Vor allem, wenn ihr diesen Tanzabend arrangiert, von dem sie geredet haben«, sagte Sara. Sie wollte jetzt gleich vom Hocker gleiten und ihm beim Aufräumen helfen, aber für den Moment nippte sie nur an ihrem Whisky und versuchte, durch die Schuhe verstohlen ihre Füße zu massieren.

»Ich tanze nicht«, sagte Carl.

»Ich tanze gern«, sagte Andy. Er schien unermüdlich zu sein. Er fügte mit noch größerem Enthusiasmus hinzu: »Einen Tanzabend!«

»Wir haben nicht genug Personal«, sagte Carl.

»Sara kann aushelfen.«

»Wir können es uns nicht leisten, irgendwen anzustellen.«

»Was ist mit Josh?«, fragte Sara. »Der hilft bestimmt gern und will sicher auch nicht viel dafür haben.«

»Einen Tanzabend«, sagte Jen.

»Einen *Tanzabend*«, sagte Caroline.

Sie hatten sich wieder im Buchladen versammelt, aber da Caroline dabei war, ließ Grace sich nicht blicken. Sara saß hinter der Theke und versuchte zu lesen, Caroline stand vor der Theke und hinderte sie daran, und Jen hatte es sich in einem Sessel bequem gemacht.

»Das wird nur zu Suff und Unsittlichkeit führen«, sagte Caroline.

»Ich kann im Nachrichtenbrief darüber schreiben«, sagte Jen. Caroline starrte sie wütend an. »Ja, über den Tanzabend«, erklärte Jen.

»Unanständig«, sagte Caroline, aber es fehlte ihre übliche Schärfe. In ihrem Blick lag etwas Gehetztes. Sara gab sich alle Mühe, sie nicht anzusehen.

»Vielleicht«, sagte Sara unschuldig, »vielleicht können wir das mit einem Basar kombinieren? Für die Kirche? Einen Tag für die ganze Familie. Und einen ordentlichen, gesitteten Tanzabend im Square.« Sara war ganz sicher, dass ordentlich und gesittet nicht gerade das war, woran Andy hier dachte, aber sie fand es besser, Caroline gegenüber nicht darauf einzugehen.

»Die Kirche könnte das Geld brauchen«, gab Caroline zu.

Josh kam zwei Tage später in den Buchladen. Beim Eintreten begegnete er Caroline, die mit einem schönen Schal und einer großen Sonnenbrille an ihm vorbeifegte. Er schaute ihr bewundernd hinterher. Die Frau hat Stil, konnte er gerade noch denken.

»Die Leute aus dem Square haben angerufen«, sagte er. »Und gefragt, ob ich bei ihnen arbeiten kann. Sie haben gesagt, ich würde in Naturalien bezahlt werden.«

Sara verschluckte sich an ihrem Kaffee.

»Na ja, ich würde ja gern in Naturalien bezahlt werden. Er hat gesagt, ich dürfte das Trinkgeld behalten. Offenbar kommen da vor allem Frauen hin. Sehr großzügige Frauen.« Er ballte die Fäuste und öffnete sie wieder. »Ich kann auch zu Frauen charmant sein«, sagte er.

»Das kannst du bestimmt.«

Er schaute sich um. »Wer war die Frau, die hier eben gegangen ist?«

Sara wandte sich ab. »Ach, das war … ich verrate die Namen meiner Kundschaft nie.« Sie musste wirklich besser lügen lernen.

Josh blieb in der Tür stehen. »Danke, Sara«, sagte er.

Nachdem Caroline erst einmal zugegeben hatte, dass die Kirche Geld brauchte, kam wirklich Schwung in die Idee. Alle waren dermaßen begeistert, wenn sie an den Tanz dachten, dass niemand darauf reagierte, dass Caroline sich überraschend schnell geschlagen gegeben hatte. Sie merkten auch nicht, dass sie müder aussah als sonst.

Aber Caroline war erschüttert. Und alles hatte mit dieser Gay-Erotik angefangen.

Caroline vs. die Bücher: 0 : 3

Es war nach elf, aber Caroline war immer noch wach. Sie konnte nicht schlafen. Sie starrte das Buch an, und das Buch starrte zurück.

Fass mich an, sagte es.

Lies mich.

Nimm mich.

Sie hasste das verdammte Buch.

Caroline hatte erfahren, dass die Sünde in ihre kleine Stadt importiert worden war, und das war die Erklärung dafür, dass sie jetzt einsam in ihrem Wohnzimmer saß und ein Buch anstarrte.

Sie war natürlich und zu Recht empört gewesen. Unvorstellbar, dass in Broken Wheel Schwulenpornos verkauft werden sollten. Allein schon das Wort war unvorstellbar.

Broken Wheel mochte nur noch eine Kirche haben und einen Pastor, der so allerlei zu wünschen übrig ließ, aber solange sie, Caroline, dort lebte, durfte ein solcher Angriff auf Ehre und Redlichkeit einfach nicht vorkommen. Jedenfalls nicht, ohne dass sie ihr Bestes getan hätte, um das zu verhindern.

Und du musst endlich wieder kämpfen, Caroline, sagte sie zu sich. Sie war eine ehrliche Frau. Sie wurde langsam zu bequem. Sie hatte schon zu lange nichts mehr geleistet. Zu bequem und zu langweilig.

Sie konnte sich nicht vorstellen, dass Sara eine besondere Herausforderung bedeutete. Die Frau sank immer auf eine irritierende Weise in sich zusammen, wenn Caroline in ihre Nähe kam. Sympathisch, das ja, aber offenbar nicht auf dieselbe Weise christlich wie die Leute in Iowa.

Europäerin. Das entschuldigte so einiges, aber nie im Leben den Import von Schwulenpornos in ihre wunderbare, ehrsame Stadt.

Caroline war kampfbereit in den Buchladen marschiert.

Und Sara war hinter dem Tresen in sich zusammengesunken, wie Caroline es schon erwartet hatte. »Sara«, sagte sie mit unheilverkündender Stimme.

»Caroline?«

»Du verkaufst *Pornos*!« Caroline war eine Frau, die gleich zur Sache kam.

Sara reckte sich. Caroline empfand einen gewissen widerwilligen Respekt. Nicht viele würden sich unter ihrem Blick recken. Hinter ihrem Rücken lachen, ja, aber nicht sie herausfordern, wenn sie gerade vor ihnen stand. Und wenn sie lachten, überzeugten sie sich zuerst davon, dass Caroline nicht in Hörweite war.

Caroline war fast fünfzehn Jahre Lehrerin in der Schule von Broken Wheel gewesen. Es gab nur sehr wenige Menschen in der Stadt, denen sie nicht irgendwann einmal die Leviten gelesen hatte.

»Durchaus nicht«, sagte Sara.

»*Durchaus nicht*?«, echote Caroline. Wenn sie sich aufregte, wurde ihr Drang, kursiv zu reden, noch deutlicher. »Ich kann doch von hier aus das Regal *sehen*. Du hast es *gekennzeichnet*. Und dann *wagst* du zu behaupten, du tätest das nicht. Egal, welche Fehler du auch haben magst«, (Caroline sagte das auf eine Weise, die andeutete, dass Sara viele hatte), »Unehrlichkeit hätte ich nicht dazu gezählt.«

»Erotika sind keine Pornos.«

»Komm mir hier nicht mit Wortklaubereien.«

Caroline starrte sie an.

Sara hielt ihrem Blick stand.

Einige Sekunden lang, jedenfalls, dann schaute sie weg.

»Das sind Erotika. Es handelt sich um Literatur. Um Geschichten über Liebe und Freundschaft. Sicher kommt auch Sex darin vor, aber anders als bei *Pornos*« (hier ahmte sie unbewusst Carolines Betonung nach, und Caroline schnappte angesichts dieser offenen Provokation nach Luft), »ist das nicht das Hauptthema. Auch in heterosexuellen Liebesgeschichten gibt es doch Sexszenen.«

»Wagst du hier zu behaupten, das sei kein Unterschied?«

»Sicher«, sagte Sara. »Im Unterschied zu dir hab ich sie ja gelesen.

»Du hast sie *gelesen?*«

»Sicher«, sagte Sara noch einmal. »Ich habe es immer schon unmoralisch gefunden, Bücher oder Menschen ungehört zu verurteilen.«

»Unmoralisch?!« Caroline spürte, dass ihr Gesicht inzwischen auf wenig schmeichelhafte Weise hochrot angelaufen war. Das Gespräch verlief nicht ganz so, wie sie sich das vorgestellt hatte. Ein unbehaglicher Gedanke machte ihr zu schaffen. Sie bekam ihn nicht zu fassen, er war nur irgendwo in ihrem Hinterkopf und wollte sich nicht richtig zu erkennen geben.

»Ja. Unamerikanisch. Fast schon … unchristlich.«

»*Unchristlich?*«

Das unbehagliche Gefühl wurde stärker. Caroline begriff jetzt, was sie gestört hatte. Sara hatte nicht unrecht. Und irgendwo in ihren Worten hatte eine klare Herausforderung gelegen. Caroline war keine, die vor Herausforderungen zurückwich.

»Ich muss mir das überlegen«, stieß sie hervor und stürmte aus dem Buchladen.

Sie war sehr, sehr wütend.

Der Pastor wurde in seiner Gartenarbeit gestört, als der Schatten von Carolines hoch aufgerichteter Gestalt über die Pflanze fiel, mit der er gerade beschäftigt war.

»William Christopher«, sagte sie mit deutlichem Widerwillen. Ihm schauderte. Er hatte sie als Lehrerin gehabt. »Sollte der einzige Geistliche in Broken Wheel nicht wichtigere Dinge zu tun haben, als Unkraut zu jäten? Das ist unwürdig.«

William seufzte (aber nur ganz leise in Gedanken) und erhob sich aus dem Beet. »Ja«, sagte er, und Caroline nickte. »Womit kann ich dir behilflich sein?« Eigentlich war er sich sicher, dass eher sie ihm helfen wollte, und zwar bei etwas, von dem er bisher gar nicht gewusst hatte, dass er dabei Hilfe brauchte.

Aber sie überraschte ihn, als sie sagte: »Ich habe eine Frage, über die ich mir Gedanken gemacht habe …« Sie ließ den Satz verklingen, als ob sie erwartete, dass er etwas dazu zu sagen hätte.

Er wartete.

Sie suchte offenbar nach den richtigen Worten, denn sie schwieg fast eine ganze Minute, dann fügte sie ein wenig verwirrt hinzu: »Wenn man von … von etwas gehört hat, das wahrscheinlich falsch ist, wenn man es aber nicht erlebt hat, sondern es nur aus sicherer Quelle weiß, und wenn alle Logik annehmen lässt, dass es falsch sein muss, ist es dann zulässig, etwas zu verurteilen, ohne es selbst untersucht zu haben?«

William kam überhaupt nicht mit, gab aber zu, so, wie er das sehe, und das sei natürlich nur seine eigene Meinung, könne man niemals vorsichtig genug damit sein, etwas zu verurteilen, wenn man nicht alle Einzelheiten darüber wisse, oder, ja, überhaupt zu verurteilen.

Caroline schnaubte in Gedanken. Nichts zu verurteilen war doch auch ein Urteil, und etwas nicht zu tun, war auch eine Handlung. Aber er hatte ihr eine Antwort gegeben, und sie musste sich eingestehen, dass er durchaus recht haben konnte.

Das war alles ungeheuer unangenehm.

Sie seufzte. »Vielen Dank«, sagte sie, und William fuhr zusammen.

»Nicht der Rede wert«, stammelte er.

Eine Caroline, die um Rat bat und sich anschließend bedankte, machte ihn nervös.

Sie stürmte zurück zum Buchladen.

»Na gut«, sagte sie, nachdem sie sich davon überzeugt hatte, dass der Laden leer war. »Gib mir eins.«

»Ein was?«

»So ein Buch natürlich.« Sie brachte es nicht über sich, um ein Schwulenporno zu bitten. »Ich bin eine gerechte Frau«, sagte sie würdevoll. »Wie du so richtig gesagt hast, ist es falsch, jemanden ungehört zu verurteilen. Oder ungelesen, in diesem Fall. Also gib mir eins.« Sie fügte unheilverkündend hinzu: »Dann wirst du später meine Meinung hören.«

Sara starrte sie an. Als Caroline auf ihrem Anliegen beharrte, ging sie vorsichtig zu dem Regal mit der Gay-Erotik, zog einen Band heraus und steckte ihn in einen Schutzumschlag. Caroline nickte und bezahlte wortlos.

Aber als sie dann zu Hause angekommen war, wusste sie nicht, was sie mit dem Buch machen sollte.

Dort, in der Hitze des Gefechts, hatte sie vielleicht zugestimmt, es sei unchristlich, etwas ungelesen zu verurteilen, aber als sie nun allein zu Hause war, fühlte sie sich nicht mehr so sicher.

Bei der bloßen Vorstellung, dass *sie bei sich zu Hause* so ein Buch hatte, brach ihr der kalte Schweiß aus.

Sie fühlte sich immer wieder zu dem Buch hingezogen. Zuerst, um sich davon zu überzeugen, dass es durch den Umschlag nicht zu sehen war. Dann, um es unter einen Stapel Zeitungen zu legen, um ganz sicher zu sein. Dann, um sich davon zu überzeugen, dass der Titel auf dem Buchrücken nicht zu stark leuchtete. Dann, um das Buch wieder wegzunehmen und hinter dem gestickten Bild auf ihrem Nachttisch zu verstecken, für den Fall, dass jemand vorbeikam, die Zeitungen in der Diele hochhob und am Ende das Buch entdeckte. Bei dieser Vorstellung bekam sie eine Gänsehaut.

Immer, wenn sie dem Impuls nachgab, das Buch zu berühren, wurde das Verlangen stärker, es auch aufzuschlagen. Eine weiche, lockende Stimme sprach zu ihr: Willst du es wirklich ungelesen verdammen, mahnte die Stimme, und dann: Wie gefährlich kann so ein Kapitelchen denn sein, nach einem langen und gottesfürchtigen Leben?

Das Buch schien sie anzustarren. Es war schon lange niemandem mehr gelungen, Caroline in Verlegenheit zu stürzen. Und seit mehr als zwanzig Jahren hatte *niemand* mehr sie dazu bringen können, den Blick zu senken. Und doch zwang dieses Buch sie dazu, den Blick zu senken und sich abzuwenden.

Dort lag es in seinem Schutzumschlag mit den beruhigenden schönen Eichen. *Oak Tree Bookstore* stand dort in der gleichen warmen gelben Farbe, wie das Herbstlaub auf dem Bild sie zeigte. Aber darunter schimmerte das Bild zweier halbnackter, einander umarmender Männer hindurch wie bei diesen Neonschildern, die es in den unanständigen Teilen der Großstädte gab.

Schund! Schund! Schund!, schienen sie in die Welt zu rufen.

Niemand konnte doch wohl glauben, dass sie das hier freiwillig las? Wenn es auch verdächtig wirkte, so etwas im Schlafzimmer zu verstecken. Sorgfältig und mit List versteckt. Vielleicht sollte sie es hinlegen, offen und demonstrativ. Nun sieh dir doch bloß an, was im Buchladen verkauft wird, würde sie empört zu Jen sagen, wenn die vorbei kam.

Sie hatte schon zwei Schritte in Richtung Schlafzimmer gemacht, ehe sie stehen blieb. Herrgott, was hatte sie sich denn nur gedacht? Ein Buch mit zwei praktisch nackten Männern in der Diele liegen zu haben und mit Jen darüber zu sprechen? Das würde der ja nun wirklich Gesprächsstoff liefern.

Das Buch sollte liegen bleiben, wo es war.

Sie schlief nachts unruhig mit dem Buch neben sich. Und jede Nacht schien die Macht des Buches über sie stärker und stärker zu werden. Sie wurde vom Schlafmangel ganz fahrig und unkonzentriert und lief ruhelos auf eine Art durch ihr Haus, die für eine Frau in ihrem Alter absolut unpassend war.

Sie beschloss, ein Kapitel zu lesen, nur zu Forschungszwecken, gewissermaßen. Sie hätte schwören können, dass das Buch sie auslachte, als sie dann endlich danach griff.

»Wenn andere Bücher auch so frech sind wie du, dann wundert es mich gar nicht, dass die Menschen euch jahrhundertelang auf dem Scheiterhaufen verbrannt haben«, sagte sie tadelnd, und das brachte das Buch dann doch zum Schweigen. Sie lächelte zufrieden.

Sie machte sich ganz steif und schlug das Buch auf. Fünfzehn Jahre als Lehrerin, rief sie sich in Erinnerung. Mich kann nichts erschrecken.

Sie fing an zu lesen.

Sara Lindqvist
Kornvägen 7, I
136 38 Haninge
Schweden

Broken Wheel, Iowa, 19. Januar 2011

Liebe Sara,

es ist Tom noch nie besonders leichtgefallen, Hilfe anzunehmen oder zuzugeben, dass er welche braucht. Ich schreibe das hier natürlich mit Liebe. Ab und zu glaubte ich, er ist ziemlich einsam, aber auch das würde er niemals zugeben. Ich glaube sogar, er würde dagegen protestieren, dass er überhaupt jemanden brauchen könnte. Oder etwas. Wenn ich behauptete, dass er Sauerstoff bräuchte, würde er den Kopf schütteln, lachen und sagen, ich sollte mir keine Sorgen um ihn machen. »Ich schaff das schon«, würde er sagen, und es ist auch durchaus nicht unmöglich, dass er wirklich glauben würde, er sei der einzige Mensch auf der Erde, der nicht zu atmen braucht. Es gibt, wenn du mich fragst, eine haarfeine Grenze zwischen Selbständigkeit und Dummheit.

In der Nacht, in der Andy sich mit seinem Vater gestritten hatte, und ehe er nach Denver ging, war er bei mir zu Hause. Ich war schon Witwe, deshalb brauchte ich meinem Mann nichts zu erklären. Ich habe niemals verraten, dass er bei mir übernachtet hatte oder dass er von meinem Geld die Busfahrkarte und einige Wochen ein Dach über dem Kopf bezahlte. Er fuhr den ganzen Weg nach Denver, weil er den Bundesstaat verlassen wollte, nicht nur Broken Wheel. Ich weiß nicht, ob er seinem Vater je verziehen hat, aber damals habe ich gehofft, die Entfernung könnte das leichter machen.

Ich will nicht, dass du glaubst, Andy hätte mein Geld einfach so angenommen. Er ist ebenso stolz wie Tom und Claire. Es ist nur, dass sein Stolz anders ist. Hin und wieder brauchte er wohl das Gefühl, dass es Menschen gab, für die es wichtig war, ob er ein Dach über dem Kopf hatte oder nicht. Aber ungefähr einen Monat, nachdem er uns verlassen hatte, bekam ich ein Paket.

In dem Paket lag alles Geld, das ich ihm geliehen hatte, dazu eine Postkarte mit einem überaus leicht bekleideten jungen Mann. Ich wollte das Geld nicht zurückhaben, war aber dankbar für die Postkarte. Sie zeigte, dass er noch immer über das Leben lachen konnte.

Liebe Grüße,
Amy

Trauminflation

Jetzt, da der Buchladen seit einigen Wochen offen hatte, fing Sara wirklich an, die Tage dort zu genießen, aber es war eine wehmütige Form von Genuss. Sie ließ die Tür einen Spaltbreit offen stehen, so dass der Geruch von feuchter Herbstluft sich mit dem Duft der Bücher vermischte. Sie hatte immer gefunden, dass Herbstluft und Bücher gut zusammenpassten, dass beide auf irgendeine Weise zu bequemen Sesseln und großen Tassen Kaffee oder Tee gehörten, und niemals wurde ihr das deutlicher als hier in ihrem eigenen Buchladen.

In ihrem und Amys Buchladen. Das machte die Sache so wehmütig. Dauernd fielen ihr Dinge ein, die sie Amy gern gefragt hätte. Sie hatten fast zwei Jahre lang Briefe gewechselt, und doch gab es so viel, was sie nicht zur Sprache gebracht hatten. Worüber hatten sie eigentlich geschrieben?

»Findest du es richtig, Bücher wegzuwerfen?«, fragte sie jetzt Amy, mitten ins Schweigen hinein. Sie versuchte, nicht mit Amy zu sprechen, wenn Kunden im Laden waren, aber jetzt vor dem Basar schienen die meisten Leute in Broken Wheel anderes zu tun zu haben, als sie zu besuchen.

Sie war gerade dabei, ein neues Regal einzurichten. Sie spielte mit dem Gedanken, es AUTOREN ZUM ANFASSEN zu nennen, und sie wollte noch weitere Schriftstellerbiographien bestellen. Bisher standen dort nur drei, aber sie könnte doch auch Bücher hinstellen, die von Büchern handelten, und Helene Hanff war der Grund, warum sie jetzt hier stand und überlegte, ob Amy wohl Bücher weggeworfen hätte.

Sie hatte gerade »84, Charing Cross Road« ins Regal gestellt, vermutlich eins der reizendsten Bücher über Bücher, das je geschrieben worden war, selbst nach dem Erscheinen von »Deine Juliet – Club der Guernseyer Freunde von Dichtung und Kartoffelschalenauflauf«. In Schweden hatte der Briefwechsel der freimütigen Amerikanerin Helene Hanff mit einem korrekten britischen Antiquariat soeben eine Neuauflage erlebt, angereichert durch eine fast ebenso phantastische Fortsetzung, »Die Herzogin der Bloomsbury Street«, in der Helene Hanff endlich England besucht.

Miss Hanff konnte nicht begreifen, dass jemand Bücher nicht wegwerfen mochte. Für sie gab es nichts, was weniger heilig gewesen wäre als ein schlechtes oder mittelmäßiges Buch, aber da konnte Sara ihr nicht zustimmen.

Es waren doch immer noch *Bücher.*

Sara verkaufte sie weiter oder verschenkte sie, aber sie konnte sie nicht wegwerfen. Nicht einmal, wenn sie so schlecht waren, dass sie sich fragte, ob es moralisch vertretbar wäre, sie an einen neuen unschuldigen Leser weiterzureichen. Sie hätte gern gewusst, wie Amy das sah.

An Biographien hatte Amy eine von Jane Austen gehabt und eine von Charlotte Brontë, und einen Roman über das Leben der Brontë-Schwestern, »The Taste of Sorrow«. Passend. Sara seufzte. Bisher war ihr Autorenregal sehr dünn bestückt.

»Glaubst du, man wird glücklicher oder unglücklicher vom Bücherschreiben«, fragte sie, als sie die Jane-Austen-Biographie einräumte.

Sie hoffte, dass die Autoren glücklich wurden. Sie hatte immer gehofft, dass Jane zumindest auf ihre Umgebung geschaut und gedacht hatte: »Ich kann eine bessere Welt erschaffen als das da«, oder: »Du bist ganz einfach unerträglich langweilig, und ich darf vielleicht nichts darüber sagen, ohne unhöflich zu sein, aber du wirst dich in meinem nächsten Buch ganz hervorragend machen. Ich brauche noch einen lächerlichen Geistlichen.« Aber Sara musste sich doch fragen, wie es wäre, nicht über Mr Fitzwilliam Darcy tagträumen zu können (wie war sie bloß auf diesen Vornamen gekommen? Eines der vielen ungelösten Rätsel der Literaturgeschichte), nur weil man ihn selbst erschaffen hatte.

Sie hatte »Stolz und Vorurteil« zum ersten Mal mit vierzehn Jahren gelesen, und lange hatte das in ihren Augen Jane Austens übriges Werk in den Schatten gestellt, ja, überhaupt andere Bücher, ganz zu schweigen von wirklichen Männern. Es war eine so perfekt eingerichtete Welt, dass es eine große Ernüchterung gewesen war, daraus erwachen zu müssen. Die stärkste Frau bekam den reichsten, interessantesten Mann, die zweitstärkste bekam den zweitreichsten und so weiter. Nach diesem Leseerlebnis war Edward Ferrars nicht reich genug, und außerdem, das musste Sara einfach denken, obwohl sie ja niemanden verurteilen dürfte, doch ein wenig töricht. Und »Mansfield Park« war zwar berauschend scharfsinnig geschrieben, aber Sara konnte Edmund Bertram doch kaum verzeihen, dass er sich erst am Ende des Buches in die gute Fanny Price verliebte, und das noch dazu auf eine vage, zerstreute Weise. Jetzt wusste sie alle Bücher zu schätzen und fand »Überredung« mit seiner sanften Wehmut fast ebenso großartig wie »Stolz und Vorurteil«, aber dafür hatte es jahrelange Übung gebraucht. Sie hatte nicht einmal den Verstand gehabt, über »Sanditon«, Jane Austens letztes, unvollendetes Werk empört zu sein, sondern hatte heimlich die fünfzig ersten, von Jane selbst geschriebenen Seiten, und den Rest des Buches genossen, der überaus wild und nicht gerade glaubwürdig von »einer anderen Dame« ersonnen war.

»Glaubst du, Jane hatte damals aufgehört zu träumen?«, fragte sie Amy.

Amy gab keine Antwort, und Sara griff zu dem Roman über die Brontë-Schwestern. Sie beschloss, ihn nicht zu lesen. Es war zu deprimierend, an die Schwestern zu denken. Charlottes großer Traum war ein Haus am Wasser gewesen, wo sie zusammen mit ihren Schwestern und ihrem Bruder hätte leben und vielleicht weiter schreiben können. Am liebsten, ohne unterrichten zu müssen und eine Schule im Haus zu betreiben, aber das war nicht das Wichtigste gewesen.

Das war alles, und doch war es ein unerreichbarer Traum, eine fast lächerliche Vorstellung.

Sara hatte das Gefühl, dass heutzutage alle von allem Möglichen träumten. Von Reisen und von Liebe und von einer phantastischen Karriere und einer glücklichen Familie, und die ganze Zeit war man noch dazu schlank, hübsch, beliebt und ausgeglichen.

»Amy«, sagte sie, »glaubst du, es gibt eine Trauminflation?«

»Ja«, sagte eine Stimme von der Tür her. Sara fuhr zusammen, drehte sich verlegen um und sah Tom mit einem belustigten Lächeln dort stehen.

Sie hätte gern gewusst, ob er auch den ersten Teil des Satzes gehört hatte. Wenn das der Fall war, dann ließ er sich jedenfalls nichts anmerken.

Er trug einen Werkzeuggürtel um die Hüften, und als sie aus dem Fenster sah, entdeckte sie auf der Ladefläche seines Wagens sorgfältig gestapelte Bretter. Er spürte ihren Blick und sagte wegwerfend: »Ein Freund hat ein bisschen Hilfe gebraucht.«

Sie antwortete lieber auf seinen ersten Kommentar: »Du hast sicher recht. Aber macht uns das glücklicher oder unglücklicher?«

Er zuckte mit den Schultern. »Ich habe nie gemerkt, dass man von Träumen glücklicher wird.«

Nein, Sara hatte das auch nicht. Aber ab und zu fragte sie sich, ob er die Menschen nicht doch … lebendiger machte. Sie hielt Tom nicht für einen Menschen, der sehr viel träumte, und es machte ihr nicht viel aus. Und doch hatte sie in ihrem ganzen Leben noch nicht einen einzigen vernünftigen Traum gehabt. Die anderen Mädchen im Buchladen schienen etwas zu wollen. Und sei es nur zu verreisen. Für den Urlaub sparen. Sich Kinder zulegen oder jemanden kennenlernen oder die Küche renovieren. Richtige Dinge, von denen sie phantasieren und bei der Arbeit erzählen konnten. Sara selbst las.

Aber hier in Broken Wheel hatte sie angefangen, darüber nachzudenken, was sie in Schweden denn eigentlich *getan* hatte. Ihre Abende und freien Wochenenden waren jetzt nur noch verschwommene Erinnerungen, die ineinander überglitten und sich durch nichts voneinander unterschieden. Das machte ihr Angst, und sie bezweifelte, dass sie in Zukunft damit zufrieden sein würde, nur Bücher zu lesen und zu arbeiten. Aber wie wurde man eigentlich zu einem Menschen, der Träume und ein Ziel im Leben hatte? Sara musste sich eingestehen, dass sie auf irgendeine Weise den Zeitpunkt verpasst hatte, zu dem das Leben hätte anfangen müssen. Lange war sie einfach lesend durch das Leben gegangen, und solange alle anderen Teenager unglücklich und ein wenig lächerlich gewesen waren, war das auch kein Problem gewesen, aber dann waren alle um sie herum plötzlich erwachsen gewesen, und sie, sie hatte weiterhin gelesen.

Bis jetzt. Natürlich las sie noch immer viel, aber um sie herum passierte etwas. Die Menschen redeten mit ihr. Ab und zu suchten sie sie sogar auf, und mehrmals hatte sie sich dabei ertappt, dass es ihr rein gar nichts ausmachte, das Buch wegzulegen. Sie könnte ja später weiterlesen, dachte sie dann, was ein neues und fremdes Gefühl war.

»Einen Kaffee?«, fragte sie. »Ich habe gerade neuen aufgesetzt.« Er nickte fast unmerklich, als ob er eigentlich nicht wollte und sich dann doch geschlagen geben musste.

Sie hatte einige richtige Tassen mit in den Buchladen genommen, und jetzt goss sie für ihn und sich ein, während sich der Kaffeeduft im Laden verbreitete.

»Glaubst du, Amy war ein Mensch, der geträumt hat?«

»Nein«, sagte Tom, aber dann zögerte er. »Ich weiß es eigentlich nicht.«

Sara nickte. »Es gibt so vieles, was ich sie nicht mehr fragen konnte.«

Er überraschte sie durch die Frage: »Und du? Wovon träumst du?« Er sagte das fast ironisch, aber es lag doch ein Unterton von Ernst in seiner Frage, als ob die Ironie eine Entschuldigung dafür sein sollte, dass er diese Frage überhaupt gestellt hatte.

»Ich träume nicht«, sagte sie eilig und trank einen Schluck Kaffee, um nicht mehr sagen zu müssen.

»Was hast du denn vor, wenn du wieder nach Hause fährst?«

Sie verdrängte diesen Gedanken sofort. *Nach Hause.*

»Noch einen Buchladen aufmachen?«

Sie schüttelte den Kopf. Das stand jedenfalls fest. »Dazu muss man eine Menge Dinge wissen. Finanzkram, zum Beispiel.«

Tom schaute sich belustigt in dem leeren Buchladen um. »Ich vermute, dass so was eine Hilfe sein kann.«

Und man brauchte natürlich Kapital.

»Tom«, sagte sie. »Glaubst du, das hier stört John irgendwie? Der Buchladen, meine ich«, fügte sie eilig hinzu, aber was sie eigentlich fragten wollte, war: Glaubst du, *ich* störe ihn irgendwie?

»Warum sollte ihn das stören?«

»Wegen Amy, meine ich. Es ist bloß, weil … er war noch nicht ein einziges Mal hier.«

»Ich glaube, John findet inzwischen kaum noch etwas wichtig.«

Danach schwiegen sie eine Weile, bis Tom in seine leere Kaffeetasse schaute und wie an sich selbst gerichtet sagte: »Ich sollte mich vielleicht mal auf den Weg machen.« Aber er schien es durchaus nicht eilig zu haben, und Sara hatte nichts dagegen, nicht sofort weiterlesen zu können.

Sie wusste nicht, ob es daran lag, dass er es offenbar schön fand, still neben ihr zu sitzen, oder ob es mit dem Holz auf seinem Auto zu tun hatte, aber etwas veranlasste sie zu der Frage: »Möchtest du heute Abend zum Essen kommen? Zu Hause, bei Amy, meine ich.«

Sie konnte vielleicht sonst nichts für ihn tun, aber etwas zu essen konnte sie immerhin auf den Tisch stellen. Er überraschte sie mit der Antwort: »Sicher. So gegen sieben? Ich muss vorher zu Hause noch etwas in Ordnung bringen.«

»Alles klar«, sagte sie und versuchte, ihre Panik in den Griff zu bekommen. »Sieben ist gut.«

Sie hatte früher Ladenschluss machen und bei John einkaufen wollen, um genug Zeit für alle Vorbereitungen zu haben, aber sie wurde von Gertrude und Annie May aufgehalten, die zu einer ihrer Buchkaufrunden vorbeikamen. Damit hatten sie nach der Buchaktion angefangen.

Zuerst war es deutlich gewesen, dass Gertrude nur mitkam, um sich über Annie Mays Buchwahl lustig zu machen. Das Erste, was sie zu Sara gesagt hatte, war: »Ha! Frösche! Alles gelogen!«, und dann war sie in einen wilden Husten ausgebrochen, bei dem es sich auch um ein Lachen hatte handeln können.

Aber seit sie erfahren hatte, dass sie im Laden rauchen durfte, hatte sie Annie May in Ruhe suchen lassen, während Gertrude selbst Sara in ihrer Rauchwolke einfing. Sie kamen mehrmals pro Woche, und dann tauschte Annie May ihre Bücher um, und Gertrude rauchte und fragte Sara nach ihrem literarischen Geschmack aus.

»Glaubst du eigentlich daran? An Romantik und solchen Blödsinn?«

Oder: »Warum ziehen sie sich so komisch an? Würdest du mit einem Kerl mit langen Haaren und lila Seidenhemd ins Bett gehen? *Lila!* Und er hat es ja nicht mal zugeknöpft.«

Sara ließ Annie May die Bücher gratis umtauschen, wenn sie die anderen nur zurückbrachte. Aber sie waren erst am

Vortag da gewesen, und da hatte Annie May fünf neue Harlequin-Bücher mitgenommen, und Gertrude hatte sich sogar etwas aus dem »Sex, Gewalt und Waffen-Regal« empfehlen lassen. »Nichts Romantisches«, hatte sie drohend gesagt, und Sara hatte ihr ein Stieg-Larsson-Buch gegeben, um sicherzugehen, dass es nicht einmal als Nebenhandlung eine romantische Liebesgeschichte gab.

Jetzt ging Gertrude geradewegs auf den Tresen zu, mit raschen, ruckhaften Bewegungen und ohne sich auch nur die Zeit zu nehmen, ihre Zigarette anzuzünden. Als sie näher kam, sah Sara, dass sie dunkle Ringe unter den Augen und einen fast verzweifelten, gehetzten Blick hatte.

»Schnell«, sagte sie und packte den Tresen mit beiden Händen. »Den zweiten Band. Ich brauche das nächste Buch.« Dann schien sie zu sich zu kommen und richtete sich widerwillig auf. Sie fügte, ruhiger und fast verlegen, hinzu: »Hab die halbe Nacht gelesen. Hab sogar das Rauchen vergessen.«

Annie May sah aus, als ob Gertrude sie durch nichts mehr überraschen könnte, aber sie fragte trotzdem nervös: »Du hast das doch auf Lager? Den zweiten Teil, meine ich«, als ob ihr Seelenfriede davon abhinge, was vermutlich auch der Fall war, dachte Sara. Unvollendete Serien konnten katastrophal sein, auch für die Menschen, die einem nahestanden.

Sie lächelte die beiden beruhigend an. »Natürlich«, sagte sie. »Glaubt ihr, ich hätte euch den ersten Band verkauft, wenn ich nicht auch den Rest hätte?« Sie kam hinter dem Tresen hervor und holte die beiden anderen Bände. Auf Englisch fingen alle drei Titel mit *The Girl…* an. Vielleicht klang das ein bisschen weniger bedrohlich, aber Sara hatte *The Girl with the Dragon-Tattoo* immer für eine seltsame Übersetzung eines Stieg-Larsson-Titels gehalten. Sie legte die Bücher vor Gertrude auf den Tresen. »Nimm doch lieber gleich alle beide«, sagte sie, als sie wieder hinter die Kasse ging.

»Noch zwei?«, fragte Annie May mit etwas in der Stimme, das einem Zittern ähnelte.

»Verdammt«, sagte Gertrude. »Ich werde tagelang nicht schlafen können.«

Sowie sie bezahlt hatte – Gertrude hatte sich geweigert, den ersten Band im Tausch dazulassen – schloss Sara den Buchladen. Sie hatte noch immer keine Ahnung, was sie kochen wollte, und es war schon nach fünf. Sie löschte rasch alle Lampen im Laden, schloss hinter sich die Tür ab und ging die wenigen Meter hinüber zu John.

Im Eisenwarenladen hatte sich seit Saras erstem Besuch nicht viel geändert. Inzwischen nahm sie automatisch einen der alten Körbe bei der Tür und ging mit einem mentalen Einkaufszettel durch den Laden. Es gab nicht genug Waren, um eine improvisierte Einkaufsrunde verlockend wirken zu lassen, aber sie hatte George doch nie gebeten, sie zu einem der größeren Läden auf der anderen Seite von Hope zu fahren. Jetzt überlegte sie, was sie denn kochen könnte.

Die ganze Zeit gab sie sich alle Mühe, nicht zu John hinüberzuschielen, jedenfalls nicht so, dass er es merkte. Er war noch immer distanziert, wenn sie in den Laden kam, aber nicht direkt abweisend, nur ein wenig… abwesend. Am Ende entschied sie sich für einen herbstlichen Eintopf, vor allem, weil es im Laden gerade ein gutes Angebot an Fleisch und Feldgemüse gab. Sie blieb vor den Wein- und Bierflaschen stehen, die John vorrätig hatte, dann griff sie zu einer Flasche Rotwein. Im Zweifelsfall könnte sie den ja zum Kochen nehmen.

Beim Kassieren machte John alle nötigen Bewegungen, aber ohne wirkliches Engagement und ohne sie anzusehen. Sie hielt ihm das Geld hin, er gab ihr das Wechselgeld, und als sie dann »vielen Dank« sagte, sah er sie verwirrt an, als ob er nicht mehr wüsste, was er nun sagen sollte.

»John«, sagte sie spontan. »Es tut mir sehr leid… das mit Amy, meine ich. Sie hat mir viel bedeutet.«

Aber John sah sie nur verängstigt an, deshalb zog sie sich auf sichereren Boden zurück, nahm die Tüte mit ihren Einkäufen und sagte noch einmal tonlos »vielen Dank«, ehe sie aus dem Laden floh.

Sara Lindqvist
Kornvägen 7, I
136 38 Haninge
Schweden

Broken Wheel, Iowa, 22. Februar 2011

Nicht zu fassen!
Da wechseln wir seit mehreren Monaten Briefe und Bücher, und ich habe dir noch nicht »Dewey und ich« geschickt – vermutlich das bezauberndste Buch, das je über Iowa geschrieben worden ist, und für mich eine Quelle ständigen Nationalstolzes. Es macht schon etwas aus, in einem Bundesstaat zu leben, der einen Bibliothekskater hatte. Ich lege es jetzt jedenfalls bei. Es sagt etwas darüber, finde ich, welche Bedeutung Bücher für eine Gesellschaft haben, mit der es bergab geht – oder in diesem Fall, was ein Kater in einer Bibliothek bedeuten kann.
Ich habe immer geglaubt, dass Bücher eine Art heilende Kraft haben, und sei es auch nur, weil sie ablenken. Tom sagt, er habe in Hope wieder Zu-Verkaufen-Schilder gesehen. Bei der vorigen Krise hat es dort und in Broken Wheel von solchen Schildern nur so gewimmelt, aber ich vermute, es gibt jetzt kaum noch etwas zu verkaufen. Wie ich diese Schilder hasse! Bei der Krise in den Achtzigern habe ich so viele gesehen, dass ich eine echte Aversion gegen sie entwickelt habe. Sie waren immer noch da. Die Leute mussten ihre Häuser verkaufen, in denen sie schon so lange gewohnt hatten, aber es gab niemals jemanden, der sie kaufen

wollte, und wenn doch jemand verkaufen konnte, reichte das Geld nicht, um die Schulden zu bezahlen.
Ich glaube, in einer Krise brauchen Orte etwas, um das sie sich zusammenschließen können, und in Spencer war das der Bibliothekskater Dewey. Er wurde an einem eiskalten Januarmorgen in der Buchrückgabe gefunden und nach dem Erfinder eines der wichtigsten bibliothekarischen Ordnungssysteme zunächst Dewey getauft. Sie haben dann auch einen Namensfindungswettbewerb ausgerufen, aber inzwischen hatten sich schon alle an diesen Namen gewöhnt. Sie machten da ziemlich oft Wettbewerbe, aber die Beteiligung lag niemals sonderlich hoch. Ein Wettbewerb mit einem guten Preis konnte fünfzig Beiträge bekommen, und wenn der Preis wirklich etwas wert war, ein Fernseher zum Beispiel, brachten sie es möglicherweise auf siebzig. Bei »Einen Namen für den Kater« liefen 397 Beiträge ein. Die allermeisten wollten den Namen Dewey behalten, aber sie fügten »Readmore Books« hinzu, damit es wirklich ein würdevoller Name für ihn wäre. Dewey machte sein Nickerchen entweder in dem Karton mit den Ausleihkarten oder in dem für die Karteikarten oder dem für die Taschentücher und ab und zu auf den Knien oder Taschen der Besucher. Als dann immer mehr Leute kamen, um mit den Computern der Bibliothek nach Arbeitsplätzen zu suchen, die es nicht gab, lag er immer auf ihren Knien.
Ich möchte so gern glauben, dass ihnen das geholfen hat.

Liebe Grüße,
Amy

Kein Rendezvous

Es war natürlich kein Rendezvous.

Tom hoffte nur, dass Sara das auch wusste. Eigentlich war er auch nicht sicher, warum er die Einladung angenommen hatte. Er hatte nach Hause fahren wollen, um ein bisschen am Auto von Mikes Sohn herumzubasteln (also dem Auto, das zu dem von Mikes Sohn werden sollte, wenn Tom es in Gang brächte), vielleicht ein Bier zu trinken und irgendwann am Abend die Bretter abzuliefern, wenn Pete von der Arbeit zurück wäre. Ihm ging auf, dass er nicht wusste, ob Pete in dieser Woche Nachtschicht hatte, vielleicht spielte es ja keine Rolle, wann er die Bretter hinfuhr.

Tom fuhr sofort los, um die Sache hinter sich zu bringen, und stapelte die Bretter ordentlich vor der einen Wand.

Es war vermutlich auch nicht schlimm, wenn Pete nicht zu Hause war. Er würde sicher unbedingt bezahlen wollen, und Tom hatte durchaus nicht vor, Geld von ihm zu nehmen. Es würde, wie immer, damit enden, dass er mehr Eingemachtes und eigene Marmelade von Petes Frau bekam, als er essen könnte.

Als Tom ihn kennengelernt hatte, war Pete Möbelschreiner gewesen, einer von der exklusiven Sorte. Er hatte eine erfolgreiche Firma gehabt, die oft bei Mike Transporte in Auftrag gab, dazu eine reizende Frau und ein so großes Haus, dass es in einem Ort wie Broken Wheel Eindruck machte.

Er hatte die Firma aufgeben müssen, als die Rezession dafür sorgte, dass die Leute ganz einfach kein Geld mehr für elegante Schreibtische hatten oder Häuser, in denen sie die Schreibtische aufstellen konnten. Natürlich gab es in den größeren Städten noch exklusivere Firmen, die sich an reichere Menschen richteten, die nach wie vor immer Geld hatten. Tom war lange genug dabei gewesen, um zu wissen, dass es selbst bei einer noch so großen Krise immer Menschen geben würde, die weiterhin Geld verdienten. Manchmal trotz der Krise, manchmal dank ihrer. Er war auch lange genug dabei, um zu wissen, dass die, die noch immer Geld verdienten, es ganz normal fanden, sich exklusive handgemachte Möbel zu kaufen, während der Rest des Landes sich kaum eine Mahlzeit pro Tag leisten konnte.

Aber Petes Sachen waren nicht elegant genug für die luxuriösen Firmen oder die größeren Städte, deshalb arbeitete Pete jetzt in zwei großen Supermärkten und war dankbar für alle zusätzlichen Schichten, die er bekommen konnte. Man konnte nicht von sechs Dollar die Stunde leben, soviel man auch arbeitete. Die Bank hatte sich das Haus geholt, und Pete und seine Frau waren hergezogen, in eine Hütte, die kaum bewohnbar war.

Drei Fensterrahmen waren lose, längst war die Farbe von den Wänden abgeblättert, und Tom war ziemlich sicher, dass es hineinregnete. Jedenfalls bei den schlimmsten Herbststürmen. Die Hütte bestand aus einem Wohnzimmer, das klein war, einer Küche, noch kleiner, und einer Kammer, die als Schlafzimmer fungierte und in die gerade ein Bett passte.

Die Bretter sollten für den Ausbau der Veranda benutzt werden. Die war nur wenige Meter lang, diente im Sommer aber als zusätzliches Zimmer. Inzwischen war die Hälfte der Bodendielen verfault, und man konnte das Haus nur betreten, wenn man wusste, wohin man die Füße setzen durfte. Vielleicht konnte Tom genug Holz herbeischaffen, um aus der Veranda ein richtiges Zimmer zu machen.

Er spielte mit dem Gedanken, einen Zettel zu schreiben, aber es war schon fast sechs, und Rendezvous hin oder her, er musste vorher eben doch noch duschen.

Er hatte sein Auto schon fast erreicht, als er das unverkennbare Geräusch der Tür hörte, die geöffnet wurde, gefolgt vom Ächzen einer Bodendiele, die gerade betreten wurde.

»Tom?«, fragte Petes Frau, und er zwang sich zu einem Lächeln, ehe er sich umdrehte. Sie trug ein hellblaues Baumwollkleid, Wollsocken und einen gestrickten Pullover, und über alles hatte sie eine von Petes Jacken gestreift. Es war vermutlich unmöglich, die Hütte warm zu bekommen.

»Katie«, sagte er und winkte ungeschickt. »Ich wollte nur schnell die Bretter bringen.«

Sie spähte zu dem ordentlichen Stapel an der Wand hinüber. »Und hast du das mit Pete … geklärt?«

»Wir regeln das später.« Er hoffte inständig, sie möge das so deuten, dass er später bezahlt werden würde, und ihm deshalb nichts Essbares aufzwingen.

Sie sah noch immer skeptisch aus. »Ich weiß nicht … er dachte ja, er würde zu Hause sein, wenn du kommst.«

»Ich musste meine Pläne ändern. Ich schau später in der Woche noch mal vorbei.«

»Ja … warte noch einen Moment, bitte.« Sie verschwand im Haus, und er widerstand dem Drang, die Flucht zu ergreifen. Wenn es bloß kein Apfelkompott ist, dachte er. Er hatte in seiner Küche ein ganzes Regal davon. Ihm war noch nichts eingefallen, was er kochen könnte und zu dem Apfelkompott passte.

Zur Hütte gehörte ein kleines Grundstück, und Petes Frau verbrachte ihre Zeit vor allem mit dem Versuch, einen Küchengarten anzulegen, der zu möglichst vielen Jahreszeiten etwas zu essen lieferte. Wenn für etwas gerade Saison war, schaffte sie es auf irgendeine Weise, immer neue Gerichte damit zuzubereiten, sie kochte dann exzessiv ein und verschenkte viel an Nachbarn, die keine Zeit oder keinen Platz für einen Garten hatten.

Er wusste, dass Pete Waren mit nach Hause brachte, deren

Verfallsdatum überschritten war, und wenn es ganz schlimm kam, stand Katie hinter Petes Rücken für Essensgutscheine Schlange. Auf irgendeine Weise überlebten sie und klagten nie. Wenn Tom Pete oder Katie half, boten sie Essen an, auch wenn er den Verdacht hatte, dass sie selbst sich auf eine Mahlzeit pro Tag beschränkten.

Sie brachte ein kleines Glas.

»Hier«, sagte sie. »Ein bisschen Apfelkompott.«

Er nickte. »Vielen Dank.« Dann lächelte er sie an und log, ohne zu zögern. »Ich hatte gerade den Rest vom letzten Mal aufgegessen«, und sie erwiderte sein Lächeln, erleichtert, weil sie ihm jetzt etwas hatte geben können.

Als er dann endlich zu Hause ankam, war es schon fast halb sieben, aber er gönnte sich doch eine Dusche. Während das heiße Wasser seine Schultern und seinen Rücken massierte, spürte er, wie die Spannungen des Tages und des Lebens nachließen. Er ließ sich Zeit, schloss die Augen und hielt sein Gesicht ins Wasser. Das war sein Lieblingsaugenblick am Tag, die einzige Gelegenheit, zu der er sich wirklich erlaubte, alles loszulassen.

Er lächelte vor sich hin. Unter der Dusche, und wenn er in einem praktisch leeren Buchladen herumlungerte.

Es war natürlich kein Rendezvous.

Sara hoffte nur, dass Tom nicht glaubte, sie hätte es so gemeint. Es sollte einfach ein Essen unter Freunden sein.

Was die Sache nicht sehr viel leichter machte, denn sie hatte eigentlich genauso wenig Ahnung davon, wie so ein Essen unter Freunden funktionierte, wie von einem Rendezvous.

Als sie nach Hause kam, packte sie alle Waren auf der Anrichte aus, nahm sich einen von Amys großen Metalltöpfen und blieb stehen. Sollte sie gleich mit dem Essen anfangen, damit es fertig wäre, wenn er kam? Oder wäre es wichtiger, wenigstens geduscht zu haben, wenn er auftauchte?

Sie schloss einen Kompromiss und bräunte die Fleischwürfel zusammen mit den Zwiebeln an, dann goss sie Wasser und Bouillon dazu und ließ alles köcheln, während sie sich fertig machte. Das Duschwasser war weiterhin nur lauwarm, und die Rohre gaben noch immer beunruhigende Geräusche von sich. Sie hoffte, dass der Boiler nicht ganz zu Bruch gehen würde. Sie hatte zwar noch das meiste von ihrem Geld, wollte es aber lieber nicht in einen neuen Boiler investieren, und sie hatte keine Ahnung, wie man den auswechselte. Sie lächelte vor sich hin, als sie sich Toms Gesicht vorstellte, wenn sie ihn bat, ihr dabei zu helfen.

Aber vermutlich würde er nur mit den Schultern zucken und nach Feierabend auftauchen und alles in Ordnung bringen.

Sie wusch sich in aller Eile die Haare und verließ die Dusche, ehe ihr richtig kalt wurde. Sie überlegte, ob sie etwas Netteres anziehen sollte, begnügte sich dann aber mit Jeans und einer Baumwollbluse. Sie zögerte vor dem wenigen Make-up, das sie bei sich hatte, beschloss dann aber, dass ein wenig Wimperntusche nicht schaden könnte.

Unter Freunden eben.

Unten in der Küche hatten Fleisch, Zwiebeln und Bouillon tadellos vor sich hin geköchelt, und sie gab nun Kartoffeln, Möhren und ein wenig Thymian dazu.

Während alles kochte, spülte sie zwei der schönsten Teller aus dem Schrank, dünnes, fast cremefarbenes Porzellan mit einem Rand aus kleinen Rosen, dazu zwei Weingläser, die offenbar schon lange nicht mehr benutzt worden waren.

Sie goss sich ein Glas ein, vor allem, weil sie sich erwachsen und fast normal vorkam, wie sie da in der Küche stand und auf einen Freund wartete, mit einem Topf auf dem Herd und einem Glas Wein zur Hand.

Es war ein so herrlicher Abend, dass sie einfach kurz in den Garten gehen musste. Sie brauchte jetzt nur noch die Zutaten zu einem Salat kleinzuschneiden, aber damit konnte sie warten, bis Tom da war.

Sie zog die Gummistiefel an, die immer in der Küche standen, und ließ die Küchentür hinter sich offen stehen. Das Licht, das durch Fenster und Tür fiel, leuchtete noch zwei Meter vor ihr, danach krochen die Schatten im Gras allmählich näher.

Es war noch nicht ganz dunkel, aber doch so sehr, dass der Garten im Gegensatz zu der Wärme im Haus kalt und verlassen wirkte. Aus purer Neugier ging sie zum alten Kartoffelfeld und hockte sich dort hin, riss und zog an einer Pflanze und hatte dann fünf kleine Kartoffeln in der Hand, die durch ein Netz aus dünnen erdigen Fäden miteinander verbunden waren.

Sie bürstete sie ab und lief damit zum Haus, ging aber noch nicht hinein. Es roch nach kalter Erde und feuchtem Laub, so stark, dass sie fast den Herbst schmeckte, wenn sie einatmete. Diese kalte Luft hatte etwas sehr Lebendiges, wenn man den ganzen Tag im Haus gewesen war.

In Schweden hatte sie nie Lust gehabt, etwas anzupflanzen. Sie hatte niemals auch nur eine Topfblume besessen. Aber jetzt fragte sie sich, wie es wohl wäre, den Garten von Unkraut zu befreien und ihm etwas von seiner früheren Nutzbarkeit zurückzugeben.

Sie hatte gerade angefangen, ein wenig zu frieren, als auf magische Weise eine Jacke in ihrem Blickfeld auftauchte.

Sie lächelte und hob die Hände mit den Kartoffeln, um zu zeigen, dass sie die Jacke nicht anziehen könnte, worauf Tom sie ihr über die Schultern legte.

»Ich habe geklopft«, sagte er. »Aber als niemand aufgemacht hat, bin ich einfach reingekommen. So war es früher immer hier.«

Sie war froh darüber, dass sie sich hier draußen begegnet waren. Sie brauchte ein wenig Zeit, um sich an seine Anwesenheit zu gewöhnen.

»Ich habe eine Flasche Wein mitgebracht«, sagte er. »Die hab ich in der Küche gelassen.«

Sie schaute sich zur Küche um und sah neben der, die sie geöffnet hatte, eine weitere Flasche, genau die gleiche Sorte. Sie lächelte.

»Bei John ist die Auswahl ja nicht so groß. Aber dieser Wein passt eigentlich immer.«

Als sie wieder ins Licht kamen, sah sie, dass seine Haare noch feucht vom Duschen waren, und sie registrierte seinen Geruch wie einen zusätzlichen Gast in der Küche.

Er schien dorthin zu gehören. Er goss sich ein Glas Wein ein und schenkte ihr nach, dann merkte er, dass sie noch immer in der Türöffnung stand, mit Amys Jacke um den Schultern und den kleinen Kartoffeln in den Händen. Er streckte ihr die Hand hin, und sie ließ die Kartoffeln hineinfallen.

»Ich hoffe, das ist nicht die ganze Mahlzeit«, sagte er und legte die Kartoffeln ins Spülbecken. Sie lachte und nickte zum Kochtopf hinüber.

»Ich wollte etwas Amerikanisches kochen«, gestand sie und nahm das Glas, das er ihr reichte.

»Einen Eintopf?«

»Mir ist nichts anderes eingefallen. Vor ein paar Tagen ist mir aufgegangen, dass ich fast noch kein einziges amerikanisches Gericht gegessen habe, und dabei bin ich doch schon seit Wochen hier.«

Er lachte laut. »Wie bist du denn am Leben geblieben, wenn du nichts Amerikanisches essen willst?«

»Du weißt, was ich meine. *Richtig* amerikanische Küche. Klassiker.«

Sie hatte es nicht eilig mit den letzten Vorbereitungen. Der Eintopf blubberte vor sich hin. Sie setzte sich auf einen Küchenstuhl und fand es faszinierend, wie gemütlich die Küche war, mit ihren verschlissenen hellgelben Schubladen und allem. Tom schielte zu den Zutaten für den Salat hinüber, hatte aber offenbar auch keine Lust, sie zu zerschneiden. Stattdessen trank er einen Schluck Wein und sah Sara an.

»Und was hast du bisher gekocht?«

»Mac and Cheese«, sagte sie. »Aber das hat eigentlich nur geschmeckt wie, na ja, wie Nudeln und Käse. Ehrlich gesagt war es eigentlich eine Enttäuschung.«

»Dann hast du es nicht richtig gemacht.«

»Ich hatte sogar Bacon dazugegeben.«

»Bacon?« Er schüttelte den Kopf. »Sakrileg!«

»Aber… ich hatte ein Rezept mit Bacon gefunden.« Mehrere sogar.

»Keine Sorge, ich bin sicher, dass das noch immer als Mac and Cheese durchgehen kann.«

»Aber das war nicht richtig?«

»Absolut nicht. Wenn ich du wäre, würde ich niemandem etwas von dem Bacon erzählen. Unamerikanisch.«

Sie lachte. »Bacon kann doch nicht unamerikanisch sein. Den tut ihr doch zu allem dazu.«

»Es gibt sicher so viele Rezepte für Mac and Cheese, wie es Mamas gibt. Mein Vater hat behauptet, Wurst wäre das einzig Richtige. Aber das wirkliche Geheimnis ist der Käse. Es muss Cheddar sein.«

»Hm«, sagte Sara. Sie war skeptisch. Das klang nach Makkaroniauflauf. Nicht gerade exotisch. Sie trat neben ihn und bürstete und schälte die neuen Kartoffeln, schnitt sie in kleine Stücke und gab sie in den Eintopf.

»Was hast du sonst noch probiert?«

»Ich wollte heute Abend eigentlich Corn Dogs machen«, sagte sie und lächelte, als er sich am Wein verschluckte.

»Corn Dogs und Mac and Cheese«, sagte er. »Was wäre das für ein Abend gewesen!«

»Abgesehen davon, dass ich nicht so richtig weiß, wie das geht. Kann man die überhaupt selbst machen?«

»Sicher«, sagte Tom. »Wenn man unbedingt will. Man kann

sie auch tiefgefroren kaufen und in der Mikrowelle warm machen, aber das würde ich nicht empfehlen.«

»Wie gut, ich hab keine Mikrowelle.«

Er sah sich um, als ob er sich das noch gar nicht überlegt hätte.

»Sloppy Joes«, sagte sie. »Aber ich weiß nicht einmal, was das ist.«

»Ach, das ist eine Spezialität von Iowa. Erfunden von Sloppy Joe in Sioux City.«

»Dann muss ich eben weitergoogeln«, sagte sie düster. Rezepte zu finden war schwerer, als sie erwartet hatte. Das erste Problem war natürlich, dass die Hälfte der Zutaten ihr unbekannt war. Das zweite war, dass sie sich auch mit den Maßen nicht auskannte. Und dann gab es die vielen Variationen. Keine zwei Menschen schienen auf dieselbe Weise amerikanisch zu kochen.

»Ich mach mal mit dir einen kulinarischen Ausflug«, sagte er, aber sie wusste, dass er es bereute, sowie er es gesagt hatte. Sie deutete ein Lächeln an und schüttelte den Kopf, um ihn damit zu beruhigen, dass sie auf dieses Angebot nicht eingehen würde.

Aber ein wenig von der lockeren Stimmung war verflogen. Wenn er nicht lächelte, wirkte sein Gesicht müde und abgespannt. Die Falten um die Augen schienen tiefer geworden zu sein, und er sah jetzt blasser aus als am Nachmittag. Sie hatte den Verdacht, dass er so aussah, wenn er allein war, wenn er nicht von den Erwartungen anderer aufrecht gehalten wurde.

»Tom«, sagte sie. »Hast du denn jemals frei?«

»Ich habe jetzt frei«, sagte er überrascht.

»Nein, ich meine … dass du nichts zu tun hast. Ausschlafen, ein Buch im Bett lesen, den ganzen Tag im Schlafanzug rumlaufen?«

»Ich trage keinen Schlafanzug«, sagte er, und für einen Moment konnte sie an nichts anderes denken als an seinen nackten Körper, warm und schwer vom Schlaf, an einem sonnigen Samstagvormittag ... Sie zwang sich, sich wieder aufs Kochen zu konzentrieren.

»Und was sollte ich denn mit einem Buch?« Seine Augen funkelten sie auf diese umwerfende Weise an, bei der sie daran denken musste, wie Amy Tom beschrieben hatte. Nicht richtig ein Lachen, aber fast. »Wenn ich gezwungen würde, eins zu lesen, würde ich mich dabei bestimmt nicht entspannen.«

»Dann eben Kaffee im Bett«, sagte sie und wünschte, sie könnte aufhören, über ihn im Bett zu reden. »Fernsehen auf dem Sofa«, sagte sie stattdessen. »Du weißt schon ... zur Entspannung.«

Er zuckte mit den Schultern. »Es kommt vor«, sagte er, aber sie hatte den starken Verdacht, dass er es schon sehr lange nicht mehr gemacht hatte.

Er drehte sich halb um und fing an, die Zutaten für den Salat zu zerschneiden, und sie ging zum Herd und schaute nach Fleisch und Kartoffeln. Noch einige Minuten, entschied sie dann. Tom widmete sich weiter dem Salat und improvisierte ein Dressing. Sara deckte den Tisch. Der war groß genug für vier oder fünf Personen und klein genug, um auch für zwei noch gemütlich zu wirken.

Beim Essen unterhielten sie sich darüber, wie ihr Tag verlaufen war, als wären sie ganz normale Freunde, für die es natürlich war, zusammen zu essen. Sara ertappte sich dabei, dass sie nicht einmal nervös war. Sie erzählte von Gertrude und Stieg Larsson, und er erzählte von seinem Freund Pete und dem Apfelkompott. Erst jetzt sah sie ein Glas auf der Bank, neben den Weinflaschen. Er lachte. »Ein Geschenk.«

Nach dem Essen wuschen sie zusammen ab. Sie spülte, er trocknete ab, in geselligem Schweigen. Die einzigen Geräusche waren das Klappern des Bestecks und das Rascheln der Bäume bei einem plötzlichen Windstoß. Es war durchaus kein magischer Abend, und sie wusste, dass er für Tom vermutlich nichts bedeutete. Aber für sie. Für sie war es ein Abend, an dem sie ganz locker mit einem Mann gescherzt und gelacht hatte, ein Abend, an dem sie auf irgendeine Weise … *gelebt* hatte.

Einfach gelebt.

Vor einigen Monaten wäre das unvorstellbar gewesen. Sie lächelte bei der Vorstellung, was die Mädels aus dem Buchladen dazu gesagt hätten, dass sie, *sie,* einen gutaussehenden Amerikaner zum Essen eingeladen hatte.

Sie lachte leise. Oder dass sie als Tresenfrau eingesprungen war, um einem noch besser aussehenden Amerikaner zu helfen. Wenn der Buchladen noch existiert hätte, hätte sie ihnen eine Ansichtskarte mit einem Bild von Carl geschickt.

Tom hob die Augenbrauen, und sie schüttelte den Kopf, noch immer lächelnd.

Dann drehte sie sich mit einem halbgespülten Teller in der Hand zu ihm um. »Waren Amy und John je … zusammen?«

Er lachte. »Meinst du, ob sie miteinander geschlafen haben?«

»Nein … doch. Vielleicht.«

»Nicht, dass ich wüsste. Aber ich habe sie auch nie gefragt.«

»Aber … waren sie, ja, haben sie sich geliebt?«

»Ja.«

»Von Anfang an?«

»Glaub schon.«

Sara konnte es nicht verhindern, dass sie sich von Amy hintergangen fühlte. Sie spülte den Teller energischer, als nötig gewesen wäre, bis Tom ihn ihr vorsichtig abnahm, Wasser darüberlaufen ließ und ihn abtrocknete.

»Als sie sich damals kennengelernt haben, war es nicht so angesagt für einen schwarzen Mann, mit einer weißen Frau etwas anzufangen«, sagte Tom. »Ich glaube, John hatte hier keine Probleme, nicht wie in Alabama, und Amy konnte mit ihm befreundet sein, aber heiraten .... Wie hätten sie auch nur ein Rendezvous haben können?«

»Und dann hat sie geheiratet?«, fragte sie.

»Ja.«

»Aber John nicht?«

»Nein.«

»Ich wünschte, sie wäre fremdgegangen«, sagte Sara spontan, und Tom lachte. Er widersprach nicht. »Ich kann verstehen, dass man jemanden nicht für immer verlassen kann, aber man kann sich doch heimlich treffen. Denk an den ›Pferdeflüsterer‹. Da konnte sie sich nicht scheiden lassen, weil ihrer Tochter das Bein amputiert worden war und sie sich gerade erst gefasst hatte, aber sie hätte doch eine Woche im Jahr irgendwohin fahren können, wo niemand sie kannte, und da mit ihm schlafen?«

»Äh, sicher«, sagte Tom. Seine Mundwinkel zuckten.

Sara schüttelte den Kopf. »Ich meine, ab und zu eine Woche mit Robert Redford müsste doch für alle gut genug sein?«

Tom lachte jetzt offen. »Ich verzichte lieber«, sagte er.

»Du weißt, was ich meine.«

Das Buch war natürlich ebenso schrecklich wie der Film. Es war ihr ein Rätsel, wie man dieselbe Geschichte nehmen und ihr zwei unglückliche Enden geben konnte. Im Buch hatten sie sich immerhin gekriegt, aber zum Ausgleich wurde er dann von Wildpferden getötet. Im Film mussten sie sich mit einem platonischen Tanz begnügen, aber sie überlebten. Eine amerikanische Art von Moral, dachte sie.

Sie kehrte zum Wesentlichen zurück. »Aber warum haben sie nicht geheiratet, als ihr Mann gestorben war?«

»Ehrlich gesagt, ich glaube, sie fanden das inzwischen nicht mehr nötig. Sie waren schon Freunde. Ich glaube, sie haben sich auf ihre Art geliebt. Auf irgendeine Weise schien John immer zu wissen, was sie wollte. So kam es mir jedenfalls vor, als ich jünger war. Er konnte es ihr vielleicht nicht immer geben, aber er wusste es immer.«

Sie nickte.

»Weißt du noch, wie du gefragt hast, ob Amy geträumt hat?«

»Ja.«

»Ich glaube, das hat sie. Aber Amy war keine, deren Träume in Erfüllung gingen. Andererseits war sie ein Mensch, der mit wenigem glücklich war, und ich weiß nicht, was besser ist. Sie hat nie geklagt.«

Als er ging, brachte sie ihn in die Diele, und aus irgendeinem Grund blieben sie dort stehen, sie mit vor der Brust verschränkten Armen an die Wand gelehnt, er mit der Schulter an der anderen Wand, zur Tür hin gedreht, auf dem Weg hinaus, aber offenbar, ohne es eilig zu haben.

»Tom«, sagte sie noch einmal. »Wovon träumst du?«

»Ich träume nicht«, sagte er.

»Im Ernst jetzt.«

»Das ist mein Ernst.«

Sie hatte das Gefühl, dazu nicht viel sagen zu können, angesichts ihrer eigenen mangelhaften Ambitionen. Oder genauer gesagt, dem totalen Fehlen derselben.

Sie sagte zögernd: »Bekommst du das nie über? Nur zu arbeiten, meine ich.«

»Ziemlich oft.« Sie glaubte, dass dieses Geständnis ihn selbst überraschte, aber er machte keinen Versuch, es zu widerrufen oder abzuschwächen.

»Aber ich frage mich, ob es nicht nur schlimmer wird, wenn man sich entspannt«, sagte er. »Der Trick ist, einfach weiterzuarbeiten. Probleme kriegt man dann, wenn man aufhört und zu viel denkt.«

»Ja«, sagte sie. Das stimmte wirklich. Aber sie konnte ihm nicht zustimmen, dass man einfach weiterarbeiten sollte, jetzt, wo sie etwas anderes erlebt hatte.

Sara Lindqvist
Kornvägen 7, I
136 38 Haninge
Schweden

Broken Wheel, Iowa, 9. März 2011

Liebe Sara,

Johns Familie hat nie richtig nach Broken Wheel gepasst. Seine Mutter war eine bemerkenswerte Person, die mit ihrer ganzen Familie hergekommen war. Ich weiß noch, dass sie sich immer mit der Kraft einer Frau zu bewegen schien, die so an das Überleben von Katastrophen gewöhnt ist, dass Ruhe sie ermüdet. Sie schien nicht zu wissen, was sie mit ihrer Kraft anfangen sollte, wenn sie diese nicht dauernd in Anspruch nahm. Alle ihre Kinder, außer John, noch ein Sohn und drei Töchter, waren von derselben Kraft geprägt. Sie hatten ganz für den politischen Kampf gelebt, und als sie nun hier waren, in einer verschlafenen kleinen Stadt, die nicht einmal interessant genug war, um sich Rassengegensätze zuzulegen, wirkten sie immer irgendwie enttäuscht und leicht verwirrt. Sie zogen dann nach und nach alle nach Chicago. Einer wurde Richter, der andere Anwalt, die dritte Schriftstellerin und die letzte Ärztin. So eine Familie war das.
John dagegen schien durch Broken Wheel zu wandern, als ob alle seine Wünsche auf wundersame Weise plötzlich Wirklichkeit geworden wären und als ob er sein Glück noch nicht richtig glauben könnte. Für ihn war die Schläfrigkeit eine Art harmonische Ruhe. Als ich ihn zum ersten Mal gesehen habe, saß er bewegungslos auf einer Parkbank. Die Blätter an den Bäumen bewegten sich mehr als er, und dabei war es ein windstiller Tag. Als er mich sah, wirkte er erschrocken, als ob das Leben ihn schon

mit sechzehn Jahren gelehrt hätte, dass Weiße eine Bedrohung darstellen, auch wenn sie in der harmlosen Gestalt einer mageren Fünfzehnjährigen mit einem verwaschenen Baumwollkleid und wilden, dünnen, immer wieder aus dem Zopf rutschenden Haaren erscheinen. Ich glaube, in dem Moment habe ich beschlossen, seine Freundin zu werden. Doch ich habe Jahre gebraucht, um ihn davon zu überzeugen, dass das möglich war.
Aber natürlich. Damals. Er kann recht gehabt haben. Und es hat Augenblicke in unserer Freundschaft gegeben, in denen er einwandfrei der Mutigere von uns beiden war.

Liebe Grüße,
Amy

Broken Wheel bereitet sich auf den Basar vor

Der Gemeinderat bildete Teams, um den Basar zu planen. Jen war für das Marketing zuständig, Caroline für den Markt an sich und Andy für das Fest. Der Rest der Bewohner von Broken Wheel zog den Kopf ein, versuchte, sich vorbeizuschleichen, wenn sie den dreien auf der Straße begegneten, und hofften, das Ganze werde vorübergehen, ohne ihnen allzu viel Arbeit zu machen. Das war eine überaus naive Vorstellung. Innerhalb einer Woche waren fast alle in das neueste Projekt des Gemeinderates einbezogen.

George hatte nichts dagegen, zu helfen, auch wenn ihm noch niemand gesagt hatte, was er tun sollte. Er versuchte, zu den Treffen zu kommen, die inzwischen überall und jederzeit stattfinden konnten. In diesem Moment hatte er Jen und Andy bei Grace am Tresen entdeckt, wo sie die Richtlinien für den Markt aufstellten. Caroline war nicht dabei.

»Wann soll der denn stattfinden?«, fragte Jen. »Wir brauchen Zeit, um alles zu organisieren und die Werbetrommel zu schlagen.«

George überlegte, ob sie später alles mit Caroline abstimmen würden oder ob die schon einen Termin festgelegt hatte, ohne die anderen darüber zu informieren.

»In einem Monat?«, schlug Andy vor.

George räusperte sich. »Ist Sara denn dann noch nicht nach Hause gefahren?«

»Nach Hause?«, fragte Jen. Sie schien noch gar nicht an diese Möglichkeit gedacht zu haben.

»Ich glaube, sie fährt Ende Oktober«, sagte George vorsichtig. Er wollte gar nicht daran denken, dass sie nach Hause fahren würde, und er wollte bestimmt nicht bei den Entscheidungen mitwirken. Aber sie konnten den Basar nicht abhalten, nachdem Sara nach Hause gefahren war. Das wäre nicht richtig. Sie würden ihn doch gar nicht veranstalten, wenn Sara nicht gewesen wäre.

Jen und Andy sahen ihn an. Es war der 21. September. Sie verschoben die Frage des Datums und sprachen für die restliche Zeit über andere Dinge, ehe sie sich trennten, um jeder für sich mit den Vorbereitungen weiterzumachen.

George war auf dem Weg nach Hause, als er an Claires Wohnung vorbeikam.

Sie wohnte im selben Wohnkomplex wie er. Kleine, unpersönliche Wohnungen in scheußlichem Bungalowstil mit einem gemeinsamen Rasenstreifen davor und gemeinsamen, oft überfüllten Mülltonnen. Die Leute hatten es sich angewöhnt, zerbrochene Möbel, Autoreifen, Schuhe, Schnapsflaschen und anderes, was sie nicht brauchten, dort abzuladen. Im Moment standen dort eine Matratze, deren gelbes Futter auf dem Boden verstreut war, und zwei nicht zusammengehörende Schuhe. George war so an den Müll gewöhnt, dass er ihm kaum noch auffiel. Claire dagegen fiel ihm auf.

Sie lehnte am Spülbecken und starrte mit leerem Blick aus dem Küchenfenster. Sie schaute ihm fast ins Gesicht, aber trotzdem hatte er das Gefühl, dass sie ihn nicht sah. Nach einigen Sekunden senkte sie den Blick und schaute mit einem so müden, resignierten Gesichtsausdruck ins Spülbecken, dass er nicht glaubte, einfach vorbeigehen zu können.

Er ging an ihre Haustür, zögerte kurz und klopfte dann an.

Sie sah ein wenig besser aus, als sie aufmachte. Sie schaffte immerhin ein müdes Lächeln. Als ob sie ihre normale Maske aufgesetzt hätte, dachte George, und aus irgendeinem Grund brachte ihn das durcheinander. Er konnte sich nicht vorstellen, dass eine wie sie Hilfe von einem wie ihm brauchen könnte. Aber jetzt war es zu spät. Sie hatte schon die Tür geöffnet und ihn in die Diele gelassen. Sie musste zwei Paar Schuhe wegschieben, die mitten auf dem Boden lagen.

»Entschuldige das Chaos«, sagte sie und schnitt eine Grimasse. »Meine Güte, jetzt bin ich schon so tief gesunken, dass ich um Entschuldigung bitte, weil es unordentlich ist.«

Er sagte nichts, folgte ihr einfach in die Küche, wo sie Kaffee aufsetzte, den sie dann im Stehen tranken, er an den Kühlschrank gelehnt, sie ans Spülbecken, vielleicht, um das schmutzige Geschirr nicht mehr sehen zu müssen. Er hatte den Blick nicht ignorieren können, mit dem sie die schmutzigen Teller und Gläser bedacht hatte, und vor allem, besonders resigniert, die Kochtöpfe und die Bratpfanne mit den eingetrockneten Essensresten.

Sie schaute den Fußboden zwischen ihnen an. »Ist es nicht lustig, was die Leute so erwarten? Ich verstoße doch seit Ewigkeiten dagegen. Zuerst wegen Lacey.« Er wandte sich verlegen ab, aber sie redete einfach weiter. »Damals, als die Leute noch auf Teenagerschwangerschaften reagiert haben. Dann, weil ich nicht heiraten wollte und weil ich ein unordentliches Zuhause hatte, und am Ende, weil ich nicht bereuen wollte. Ehrlich gesagt weiß ich nicht, was die Leute am meisten stört. Man sollte doch meinen, sie müssten es inzwischen begriffen haben und mich in Ruhe lassen.«

Er wusste nicht so recht, wer »sie« waren, und fragte sich, ob er auch dazugehörte.

Sie warf einen kurzen Blick auf den Berg aus schmutzigem Geschirr. »Wann hab ich das alles so sattbekommen? Ich kann es einfach nicht über mich bringen, mich an den Abwasch zu machen. Und dann muss ich zur Arbeit, falls Lacey bald mit dem Auto zurückkommt, und alles kommt mir nur schwer vor. Ist das nicht komisch? Denn was zum Henker ist denn das Leben, wenn nicht Spülen und Arbeit und Kochen, und dann geht alles von vorn los?«

Er hatte keine Antwort. Also trank er einen Schluck Kaffee.

»Und jetzt haben wir einen Basar«, sagte sie. »Es ist wirklich alles besser geworden, seit die Touristin da ist.«

»Sara?«, fragte er.

»Ich wüsste ja gern, was jemanden dazu bringt, in einen anderen Erdteil zu reisen. Würdest du das tun?«

George schüttelte den Kopf. Wenn er ehrlich sein sollte, konnte er sich nicht einmal vorstellen, die Grenze zum Nachbarstaat zu überqueren.

»Und wofür? Für Broken Wheel!« Sie schüttelte den Kopf. »Kaum der richtige Ort für eine Touristin. Gibt doch rein gar nichts zu sehen. Das Einzige, wovon wir mehr als genug haben, ist Sinnlosigkeit.«

»Es ist eine schöne Stadt.«

Sie lachte. »Broken Wheel. Keine Arbeit. Keine Zukunft. Stadtführungen jeden Tag um zwei.« Sie drehte sich um und nickte zum Küchenfenster hinüber. »Echte Statisten. Wer weiß, vielleicht sogar für das Herumlungern bezahlt.«

Er lächelte müde. »Weiß nicht so recht, ob es anderswo besser ist.«

Claire schien darüber nachzudenken. »Kann schon sein. Die Menschen woanders sind sicher weder besser noch schlechter. Aber ich kann trotzdem noch nicht begreifen, warum jemand tausende von Meilen weit fährt, um herzukommen.«

George wusste das auch nicht. »Jetzt ist sie jedenfalls hier«, sagte er, aber das schien Claire nicht in bessere Laune zu versetzen.

»Ist das nicht bezeichnend?«, fragte sie. »Sie hat den Buchladen seit weniger als einem Monat, aber er sieht schon mehr wie ein Zuhause aus als meine Wohnung. Und ich wohne hier seit fünfzehn Jahren. Fünfzehn Jahre mit scheußlichen blassgelben Tapeten.«

Er lächelte. »Meine sind genauso.«

»Himmel, was gäb ich nicht alles für ein bisschen Farbe. Das hier ist kein Zuhause.«

»Da irrst du dich«, sagte er. Er staunte darüber, dass er ihr widersprach, und verlor den Faden. Am Ende sagte er. »Sieh dir doch bloß die Jacke und die Schuhe und die Teller an ...«

Laceys verrückte Kükenjacke lag auf dem einzigen Sessel im Wohnzimmer. Sie war knallgelb und hatte eine Art Federn als Kragen. Auf dem Wohnzimmertisch standen mehrere Teller. In der Diele lagen an der einen Wand vier Paar Schuhe auf einem unordentlichen Haufen. Eine Familie. Das war wichtiger für ein Zuhause als die Farbe an der Wand.

»Unordentlich genug ist es jedenfalls«, sagte sie mit unsicherem Lachen. »Wann soll man eigentlich alles schaffen? Und jetzt hat Caroline auch noch beschlossen, dass ich einen Stand mit selbstgebackenem Kuchen betreuen soll.«

Er wandte sich verlegen ab. »Ich kann nicht backen«, sagte er. »Sonst würde ich dir helfen. Ich habe immerhin Zeit.«

»Großer Gott, George«, sagte sie. »Ich kann auch nicht backen. Ich werde diese verdammten Kuchen kaufen müssen.«

Der Buchladen wurde viel weniger besucht, jetzt, da alle mit den Vorbereitungen für Basar und Tanzabend beschäftigt waren. Der Einzige, der regelmäßig vorbeischaute, war Tom. Sara fand, dass er sie jetzt anders ansah, als habe er auf irgendeine Weise akzeptiert, dass sie da war. Er redete über Menschen, die sie gar nicht kannte, als wären das alte, gemeinsame Freunde, als wäre Sara ein Teil der Stadt.

Jetzt ließ er sich in einem Sessel nieder, und für eine Weile saßen sie einfach da, allein mit den Büchern, ohne das Bedürfnis, miteinander zu reden.

Sie sah ihn an. »Weißt du«, sagte sie. »Eines Tages werde ich auch für dich ein Buch finden.«

Und für einen kurzen Moment hätte sie schwören können, dass seine Augen lachten. Er widersprach auch nicht, und sie ließ sich zufrieden im Sessel zurücksinken.

»Ich glaube, ich ziehe nach Hope um«, sagte er.

Sie zwang sich, ihre Stimme neutral klingen zu lassen. »Hope«, sagte sie. Das klang überhaupt nicht natürlich. Sie räusperte sich. »Warum … wie kommt das?«

Er zuckte mit den Schultern. »Ich hab da Arbeit bekommen. Und deshalb scheint es mir sinnlos, hier wohnen zu bleiben.«

Sinnlos. Sie schluckte. »Und könntest du umziehen? Alles hier verlassen?«

Sie rechnete mit einer abweisenden Antwort, aber er sah sie an, lächelte und schüttelte den Kopf, ob über sie oder sich selbst, war schwer zu sagen. »Ich weiß nicht«, gab er zu. »Ab und zu glaube ich, ich hätte schon längst umziehen müssen. Als mein Vater gestorben ist und der Hof verkauft wurde, vielleicht.«

»Da lebte Amy noch«, sagte Sara.

Aber jetzt nicht mehr, dachte er.

Jen ging am Buchladen vorbei und sah die beiden dort sitzen. Sie hielt Andy an, der gerade vorbeikam, und nickte mit deutlicher Zufriedenheit zum Schaufenster hinüber. »Sieh mal«, sagte sie. »Mein Plan macht sich.«

Dann murmelte sie vor sich hin: »Ein Buchladen, etwas zu tun … fast ein Traum, der sich für sie erfüllt hat, das muss man ja wohl sagen dürfen. Und … die Freundschaft mit Tom natürlich. Ich möchte ja wissen, ob sie im Oktober wirklich nach Hause fährt.«

Es sah in der Tat idyllisch aus, die Sonne brachte das Schaufenster zum Funkeln, und Sara und Tom schienen gar nicht zu wissen, dass sie beobachtet wurden. Aber Andy war um einiges pessimistischer.

»Was sollen sie denn machen, wenn ihr Visum ausläuft?«, fragte er. »Hast du dir das schon mal überlegt? Was wird dann mit ihrem Traum passieren?«

Eine kleine Visumsfrage

»Saras Visum läuft aus«, sagte Jen, sowie der Gemeinderat sich versammelt hatte. Es gab gerade so viel zu tun, dass sie sich nicht einmal die Zeit ließen, in den Kinosaal zu gehen. Sie hielten alle ihre Besprechungen im Stehen im Foyer ab. »Wir müssen etwas unternehmen.«

»Ach?« In Carolines Stimme lag ein scharfer Beiklang. Sie hatte das ganze Getue um Sara satt. Man konnte über das Mädel ja sagen, was man wollte, aber sie war immerhin diskret. Caroline hatte nach Anzeichen dafür Ausschau gehalten, dass andere etwas über ihre … Lektüre in der vergangenen Woche wussten, aber soviel sie sehen konnte, hatte Sara kein Wort verraten.

»Wir müssen dafür sorgen, dass sie bleiben darf«, sagte Jen mit Nachdruck in der Stimme. »Wir sind hier in Amerika, um Himmels willen. Wenn wir nicht einmal unsere eigene Freundin einladen können, in unserem eigenen Land zu wohnen, wozu war dann der ganze Unabhängigkeitskrieg gut?«

»Will sie denn überhaupt bleiben?«, fragte Caroline. »Hat sie das irgendwann auch nur angedeutet?«

»Was heißt schon angedeutet. Aber es ist doch überaus wahrscheinlich, dass sie gern bleiben möchte, und dann müssen wir bereit sein, ihr zu helfen.«

Caroline dachte daran, wie Tom und Sara auf dem improvisierten Einweihungsfest nebeneinandergestanden und schweigend und entspannt in die Menge geschaut hatten. Es gab nur sehr wenige, die es schafften, nebeneinanderzustehen, ohne zu reden. Das beunruhigte sie. Und er hatte den Buchladen besucht. Vielleicht hatte Jens wahnwitziger Plan mehr Berechtigung, als sie sich eingestehen mochte.

»Sollten wir sie nicht fragen?«, meinte sie.

»Vielleicht ist es besser, wenn wir zuerst feststellen, ob überhaupt eine Möglichkeit besteht, dass sie bleiben darf, ehe wir ihr einen Floh ins Ohr setzen«, sagte Andy.

»Eine Möglichkeit! Natürlich besteht eine Möglichkeit. Das hier ist ja schließlich ein freies Land!«

Caroline ließ sich nicht einmal zu einem Kommentar herab. Aber sie wusste, was sie zu tun hatte.

Nach der Besprechung wartete sie fünf Minuten am Eingang zum Kino, bis sie davon überzeugt war, dass weder Jen noch Andy zurückkommen würden. Dann ging sie zum Buchladen, sicher, was ihre Pflicht betraf, aber erstaunlich unsicher, wie sie ihr nachkommen sollte.

Sie ließ sich in einem Sessel nieder und winkte Sara neben sich.

Jetzt müsste Amy hier sein und dieses Gespräch führen, dachte sie müde. Amy hätte die Fragen verhüllen, einen freundlichen und vertrauenerweckenden Tonfall anschlagen und Sara auf irgendeine Weise dazu bringen können, über ihre Probleme und Träume zu sprechen.

Als ob es einen Unterschied machte, wie man redete. Sie setzte sich gerade und nahm eine steife Gesprächshaltung ein.

Einfach diplomatisch sein, Caroline. Die Sache verhüllen. Sie schnitt eine Grimasse.

»Wann läuft dein Visum aus, Sara?«, fragte sie.

Sara stand auf und wandte sich vom Fenster ab, als ob sie den Anblick der Hauptstraße plötzlich nicht mehr ertragen könnte.

»In anderthalb Monaten«, sagte sie. »Aber mein Rückflug ist für den 18. Oktober gebucht. Von New York aus.«

Sara drehte Caroline noch immer den Rücken zu, deshalb konnte die ihr Gesicht nicht sehen.

»Und dann wirst du zurückfliegen?«, fragte sie.

»Ich … ja, sicher.«

Caroline nickte nachdenklich und stand auf.

»Das wollte ich nur wissen«, sagte sie.

Auch das hier würde nicht leicht sein. Aber sie wusste immerhin genau, wen sie anrufen würde.

Sara Lindqvist
Kornvägen 7, I
136 38 Haninge
Schweden

Broken Wheel, Iowa, 28. März 2011

Liebe Sara,

mein Mann hat nie gelacht. Er war kein besonders glücklicher Mann. Das war nicht immer so. Seine Mutter hatte seinen Vater verlassen, als er erst dreizehn war, und wenn ich jetzt auf alles zurückblicke, dann glaube ich, dass es ein Gift hinterließ, das so langsam wirkte, dass es manchmal schwer zu sehen war, wann genau es angefangen hatte. Aber ich weiß, dass er vorher gelacht hat, und ich weiß, dass er danach überhaupt nicht mehr lachte. Jedenfalls kein glückliches Lachen.
Ich glaube, dass er die Flucht seiner Mutter viel schwerer nahm als sein Vater. Zuerst war er traurig, später war er wütend. Ich glaube, deshalb fiel es ihm als Erwachsenem nie leicht, Freunde zu finden, was schade war, denn ich habe ihn nicht für einen schlechten Menschen gehalten. Ich habe niemals Die Brücken am Fluss *sehen können, ohne mich zu fragen, ob die Frau, die blieb, es nicht richtig gemacht hat. Ich habe aus nächster Nähe gesehen, was aus dem Teil der Familie wird, der übrig bleibt. Ich habe natürlich*

auch gesehen, was aus den Frauen wird, die bleiben, und es gibt Augenblicke, in denen ich darum bete, dass Meryl Streep auf die Türklinke drückt und in den Regen hinausläuft. Nun lauf doch schon, denke ich.

Amy

Ganz normale Chick-Lit (Bücher vs. Leben: 3:1)

Alle sagten immer, der Herbst sei eine sterbende Jahreszeit, aber Sara sah das anders.

Es gab nichts so Lebendiges, keine dermaßen stetige Veränderung wie in dem Herbst, den sie jetzt in Broken Wheel erlebte. Morgens konnte sie sehen, wie das im Wind bewegte Laub der Bäume in Farben explodierte.

Noch immer weigerte sich der Sommer, ganz loszulassen, aber obwohl es einzelne warme Tage gab, war klar, dass etwas geschehen war. Das Gleichgewicht hatte sich verschoben. Die Welt um sie herum bewegte sich unerbittlich auf den Winter zu, und damit kam das Ende ihrer Zeit in Broken Wheel.

Als George sie holen kam, legte sie müde die Decke weg und ging langsam auf das Auto zu. Sie antwortete auf seine Plauderversuche nur zögernd und einsilbig. Dunkle Wolken ballten sich über der Stadt zusammen, und der Wind rüttelte die wenigen Bäume, aber nicht einmal das konnte den Buchladen an diesem Tag warm und gemütlich wirken lassen. Stattdessen kam er ihr beklemmend eng und erschreckend sinnlos vor.

Sie schaute zu, wie draußen das Laub von den Bäumen gerissen wurde. Der Winter schien mit jedem Blatt, das zu Boden fiel, näher zu kommen, unerbittlich, während die Zweige immer kahler und nackter wurden und ihr Leben mit dem Wind davonwirbelte.

Vielleicht war es nur gut, dass sie nach Hause fahren musste, dachte sie. Sie hatte Amys Stadt erlebt, hatte auf Miss Annie angestoßen, hatte Andy und Claire und … ja, alle kennengelernt. Und sie hatte ihnen Bücher gegeben. Vielleicht war ihre Aufgabe hier beendet.

Aber das mit den Menschen war seltsam. Je mehr sie ihre Schuld zurückzahlte, umso stärker hatte sie das Gefühl, den anderen zu Dank verpflichtet zu sein. Es war, als ob sie die ganze Zeit darum kämpfte, auch die Zinsen abtragen zu dürfen.

Das Gespräch mit Caroline hatte sie erschüttert.

Noch drei Wochen, dann würde sie nach Schweden zurückkehren müssen. Das Bild von Amys behaglichem Haus, der stille Charme des Buchladens und die Menschen um sie herum verblassten vor den vagen Konturen einer Wohnung in Hadinge, eines anderen Buchladens, wenn sie Glück hätte. Aber sie konnte es sich nicht richtig vorstellen, und das machte ihr Angst.

Wann hatte sie aufgehört, an Schweden zu denken? Sie versuchte, sich an ihre Familie zu erinnern, die dort lebte und auf sie wartete, aber ehrlich gesagt war das kein sonderlich überzeugendes Argument.

Ihre Mutter hatte offenbar das Interesse verloren, nachdem sie eingesehen hatte, dass Sara in keine spannende Großstadt weiterreisen würde. Der Vater hatte wahrscheinlich die Hoffnung aufgegeben, als er erfuhr, dass sie ihre Zeit damit verbrachte, ohne Bezahlung in einem Buchladen zu arbeiten, und ihre Schwester hätte vermutlich nicht einmal bemerkt, dass sie nicht da war, wenn Sara ihr nicht vor einigen Wochen eine Ansichtskarte geschrieben hätte.

Sie ging durch den Buchladen und versuchte dabei, nicht an Schweden zu denken. Es gab genug für sie zu tun, aber sie konnte nicht stillsitzen.

Dann blieb ihr Blick an einem der Bücher im Regal vor ihr hängen. Sie lachte auf. Sie hatte jedenfalls das perfekte Buch für Grace gefunden. Starke Frauen, die das Land aufgebaut hatten.

Nicht einmal Grace würde diesem Buch widerstehen können, dachte sie, während sie ihre Jacke anzog und durch den Wind die wenigen Meter hinüber zum Diner lief.

Sie brachte es an diesem Tag nicht über sich, mit Grace zu sprechen, deshalb knallte sie einfach mit einem triumphierenden Lächeln das Buch auf den Tresen, sagte: »Starke Frauen«, und ergriff dann wieder die Flucht.

Es war immer noch ihr Buchladen. So viel stand fest.

Aber die Wirkung hielt nicht lange vor. Bald wurde sie wieder rastlos und sah ein, dass sie sich durch den Rest des Tages zwingen musste.

Vielleicht sollte ich früher Feierabend machen, dachte sie. Hier gab es im Augenblick wirklich nichts für sie zu tun.

Um fünf war sie noch immer da, stand mitten im Laden und sah den Regen kommen. Der traf zuerst die andere Straßenseite, und für einen Moment schienen sie einander abzuschätzen, Sara und das herannahende Unwetter. Sogar der Regen wollte offenbar einen Bogen um sie machen.

Dann nahm er Anlauf. Zuerst kleine Regentropfen, dann eine Art Vortrupp, bis er sie einfing und gegen die beschlagenen Fensterscheiben prasselte, bis Broken Wheel nur noch ein trüber Dunst außerhalb von Saras kleiner Welt war.

Sie wartete eine halbe Stunde vergeblich, dann konnte sie den Anblick des gemütlichen Buchladens mit dem gegen die Fensterscheiben prasselnden Regen und allem nicht mehr ertragen. Sie löschte alle Lampen und blieb eine Weile im Dunkeln stehen. Broken Wheels Hauptstraße draußen war leer und verlassen.

Passend, dachte sie. Überaus passend.

In der kleinen Kammer hinter dem Büro fand sie eine Regenjacke, die sie von Amys Haus mitgenommen hatte, und in diese Jacke gehüllt trat sie ohne zu zögern hinaus in den Regen. Es war doch nur wenigen vergönnt, einen Regenguss zu erleben, wenn man ihn gerade brauchte, dachte sie. Sie ging am Grace's vorbei, ohne auch nur dem einladenden Anblick von Grace nachzugeben, die allein am Tresen saß und Schnaps trank, als sei ihr Lokal noch immer eine Bar.

Ein Glas und eine Flasche standen vor ihr, und an der Flasche lehnte das Buch, das Sara ihr gebracht hatte. Sara hätte schwören können, dass Grace beim Lesen wirklich lachte.

Sonst hätte so ein Anblick sie belebt, aber jetzt blieb sie nicht einmal stehen. Sie senkte nur den Kopf und lief weiter durch die Stadt.

Die Maisfelder umringten sie und begleiteten sie unterwegs. Der Regen klang anders, wenn er hier draußen auf die Pflanzen niederging, schwerer und fülliger, fast wie ein Sommerregen. Nur die Kühle an ihren Wangen erinnerte sie daran, dass alles bald ein Ende haben würde.

Als sie die Abzweigung zu Amys Haus erreicht hatte, ging sie einfach weiter. Sie hätte die Stille und Leere, die sie dort erwarteten, nicht ertragen können.

Du bist hier nicht zu Hause, dachte sie. Es war lächerlich, das zu glauben. Lächerlich, lächerlich, lächerlich. Aber sie hob ihr Gesicht in den Regen, in stillem Trotz, und ging weiter, während Wasser und Kühle sich den Weg zu ihren Beinen suchten.

Im tiefsten Herzen wusste sie, dass sie auf dem Weg zu Tom war. Aus irgendeinem Grund hatte sie das Gefühl, mit ihm über das alles reden zu können. Er würde vielleicht nach Hope umziehen, dachte sie, aber sicher war seine Stadt ihm noch wichtig. Das musste doch so sein? Er müsste verstehen können, wie traurig es sein würde, sie alle zu verlassen.

Als sie vor seinem Haus angekommen war, blieb sie stehen. Plötzlich kam es ihr unmöglich vor, einfach so hier aufzutauchen. Aber sie dachte daran, wie sie zusammen im Buchladen gesessen hatten, und an ihr Gespräch in Amys Diele. *Nicht nur immer weiter arbeiten zu müssen.* Irgendwo zu Hause zu sein.

Sie hoffte, dass Caroline sie nicht durchschaut hatte. Sie hatte versucht, zu verbergen, was für ein Schock die Erkenntnis gewesen war, dass sie nach Schweden zurückmusste, und noch dazu so bald. Sie hatte nicht gewollt, dass alle es erführen, aber sie musste es einfach jemandem erzählen. Tom würde es jedenfalls nicht weitertragen, da war sie sich sicher.

Sie klopfte an die Tür. In der Diele und im einen Teil des Hauses war es dunkel, die Küchenlampe brannte jedoch. Niemand machte auf.

Angesichts des Regens, des langen Heimwegs und der Tatsache, dass die Tür, als sie vorsichtig auf die Klinke drückte, unverschlossen war, beschloss sie, ihrem Wunsch, eine Weile im Haus zu bleiben, ehe sie zu sich nach Hause ging, ganz einfach nachzukommen.

Sie ging vorsichtig durch die Diele. Die führte in ein offenes Wohnzimmer mit Küche und Esstisch am einen Ende, den dunklen Konturen eines Sofas und eines Sessels gleich vor ihr und einem Gang auf der anderen Seite.

»Tom?«, fragte sie. Auch jetzt kam keine Antwort. Sie hängte die Regenjacke auf, zog die Schuhe aus und machte noch einige Schritte.

Sie schaute sich um, und für den Moment waren alle anderen Gedanken vergessen ob ihrer Neugier auf Toms Zuhause.

Aber Zuhause war nicht das richtige Wort. Alles war seltsam unpersönlich und ungeheuer ordentlich.

Es gab kein Bücherregal, nicht einmal ein Regal für CDs oder DVDs. Eigentlich sah es aus, als habe er bewusst versucht, alles zu vermeiden, was etwas über ihn aussagen oder sein Haus in ein gemütliches Heim verwandeln könnte. Die Möbel waren von neutraler Form und Farbe, und alle Oberflächen waren leer und sauber.

Es gab keine Fotos, keine schmutzigen Teller oder halb gelesenen und irgendwo liegen gelassenen Bücher, kein Gewimmel aus unbrauchbaren Stiften, Kleingeld und alten Quittungen.

In der Küche standen zwei gespülte Teller im Abtropfgestell, dazu drei leere Bierflaschen auf der Anrichte.

Aber was den Raum wirklich dominierte, war das Fenster, und es verwischte die Grenzen zwischen draußen und drinnen. Die Scheiben bebten leicht, wenn der Wind in Böen dagegenschlug. Sara kam sich dadurch selbst dem Wetter preisgegeben vor, als wäre sie immer noch dort draußen. Aber es hatte etwas Beruhigendes, dass Abend und Dunkelheit so nah waren.

Hinter den dunklen Maisfeldern konnte sie die Lichter von Broken Wheel durch den Regen ahnen, und auch die von Amys Haus, wo sie vergessen hatte, die Lampen zu löschen.

Das passierte ihr fast immer. Es war weniger einsam, zu einem Haus zurückzukehren, in dem Licht brannte. Und die brennenden Lampen gaben ihr das Gefühl, dass Amys Haus auf sie wartete.

Von Toms Haus wirkte Broken Wheel absolut nahe, dachte sie. Sie fragte sich, ob er wohl jemals aufhörte, sich um die Menschen dort Sorgen zu machen, aber wenn sie sich das recht überlegte, waren es ja nicht die Menschen, die die Aussicht prägten. Auch wenn die Sonne schien, musste es eigentlich unmöglich sein, Menschen zu sehen. Was man sah, waren die zeitlose Landschaft, der Mais, die Wolken, die sich darüber zusammenballten, und die wenigen Scheunen draußen auf den Feldern, alles, was vor langer Zeit ein Teil des Lebens hier gewesen war.

Am Ende ging sie wieder ins Wohnzimmer und ließ sich aufs Sofa sinken. Als ihr die Stille zu viel wurde, stand sie wieder auf und schaltete das Radio in der Küche ein. Dann kehrte sie zurück zum Sofa. Sie fühlte sich plötzlich sehr müde und sehr weit weg von zu Hause.

Sie tat das unter diesen Umständen einzig Richtige.

Sie schlief ein.

Als sie einige Stunden später erwachte, war die Rastlosigkeit verflogen, der Schlaf hatte ihren Körper warm und ruhig und schwer gemacht. Sie reckte sich, bis ihr Fuß gegen ein Bein stieß.

Ein Bein!

Sie setzte sich auf und schaute sich verwirrt um. Tom. Sie war bei Tom zu Hause. Sie lag unter einer Decke. Er musste sie damit zugedeckt haben, als er sie schlafend auf seinem Sofa entdeckt hatte.

Ehe er selbst im Sessel eingenickt war. Sie lächelte. Er sah unerhört gut aus, wenn er schlief.

Sie streckte den Fuß aus und berührte sein Bein, ehe sie sich zusammenreißen konnte, dann stand sie auf und beugte sich über ihn. Er hatte eine Andeutung von Bartstoppeln an Kinn und Wangen, die Falten um seine Augen waren jetzt kaum erkennbar und seine Miene fast friedlich.

»Tom«, sagte sie vorsichtig. Ihr Gesicht war nur zwei Handbreit von seinem entfernt.

Er bewegte sich und öffnete die Augen. Wenn er von ihrem Anblick überrascht war, ließ er sich das jedenfalls nicht anmerken.

Alles ging unerträglich langsam. Sie fragte sich, ob Filmküsse vielleicht übertrieben waren, ob es die langen, gedehnten zögernden Augenblicke vor dem Kuss wirklich gab.

Dann ging ihr auf, was sie hier machte, und rasch trat sie zurück. Sie landete wieder auf dem Sofa und suchte nach etwas, das sie hätte sagen können. Vergeblich. Deshalb versuchte sie zu lachen. Das ging ein wenig besser.

»Sara«, sagte Tom. Er sah sie forschend, fast eindringlich an. »Ich habe kein Interesse an einer Ferienromanze«, sagte er, unnötig brutal.

Obwohl er ja über jeglichen möglichen Zweifel hinaus klargestellt hatte, was er meinte, und obwohl sie ohnehin nichts mehr sagen konnte, fügte er hinzu: »So was habe ich schon hinter mir. Und auch Fernbeziehungen.«

Natürlich hatte er das. Sie hatte nichts dergleichen gehabt.

Sie hatte überhaupt noch nie eine richtige Beziehung gehabt. Sie hatte es einmal versucht, weil alle anderen eine hatten, aber viel war dabei nicht herausgekommen.

Er setzte sich neben sie auf das Sofa, und sie rückte instinktiv von ihm weg.

»Wenn wir uns ineinander verliebten, das wäre doch ... ärgerlich«, sagte er. »Und wenn wir uns nicht ineinander verliebten, wäre es sinnlos.«

Es war klar, dass er sich nicht in sie verlieben würde, dachte sie. Er glaubte doch wohl nicht, dass sie so .... unrealistisch war, das zu hoffen. Aber dennoch. Sie empfand eben doch ein wenig berechtigte Verärgerung darüber, dass er Sex mit ihr als sinnlos und ärgerlich beschrieben hatte.

Sie hob das Kinn und sagte: »Natürlich wirst du dich nicht in mich verlieben.« Sie nahm an, dass ohnehin nichts mehr zu retten war, und fügte hinzu: »Aber ich begreife nicht, warum das sinnlos oder ärgerlich sein soll.«

Er streckte die Hand aus und drehte sanft ihr Gesicht zu sich. Langsam, gleichsam unbewusst, folgte sein Finger ihrer Wange, dem Wangenknochen, dem Hals. Die Berührung war so leicht, dass sie gar nicht sicher war, ob es sie überhaupt gegeben hatte. Abgesehen davon, dass seine Hand jetzt an ihrem Schlüsselbein und Hals ruhte.

»Glaubst du wirklich ...«, sagte er leise und verstummte.

»Ja?«, fragte sie. Es klang eher wie ein Räuspern.

Er zog sie an sich, und ohne richtig zu wissen, wie es passiert war oder wer die Initiative ergriffen hatte, kippte sie rückwärts und lag auf dem Sofa, und er lag schwer auf ihr, so nah, dass sie auf ihrem Körper seinen Atem spürte.

Sie streckte die Hand aus und berührte seine Haut gleich über dem Pulloverausschnitt, einfach so und obwohl, oder vielleicht gerade weil sie irgendwann nach Schweden zurückkehren musste. Herrgott, Beziehungen gingen zu Ende, es war nur eine Entschuldigung seinerseits, nein, es war nur so, dass sie ja wusste, dass er sie eigentlich gar nicht wollte, und da musste sie die Zeit ausnutzen, die ihr blieb.

Er zog sich ein wenig zurück, als sie ihn küsste. Es war fast unmerklich, aber sie merkte doch, wie das Gewicht über ihrem Körper sich veränderte und weniger wurde. Sie versuchte, sich aufzusetzen, aber dann küsste er sie, zuerst weich und zögernd und dann hart und heftig. Sein Körper senkte sich wieder über sie, seine Hand berührte ihre Schultern, Wangen und Haare, in raschem, intensivem Verlangen.

Irgendwann lösten sich ihre Lippen voneinander. Eine Weile lang lagen sie nur da und sahen einander an. Er atmete kurz und heftig. Fast als ob sie wirklich Sex gehabt hätten. Dieser Gedanken half durchaus nicht gegen ihre Erregung.

Sie schloss die Augen und stellte sich vor, wie sie ihn gern berührt hätte und wie sie von ihm berührt werden wollte. Nimm mich, wollte sie ihn bitten. Sie spannte den Rücken an, um noch dichter an seinen Körper zu gelangen. Ihre Arme pressten sich um seinen Rücken, und ihrer beider Beine waren so miteinander verflochten, dass sie gegen seine Oberschenkel gepresst wurde. Sie bewegte das Becken und verspürte eine beinahe quälende Lust, die irgendwo tief in ihrem Inneren erwachte und sich auf alle Teile ihres Körpers ausbreitete, die auf irgendeine Weise den seinen berührten.

Sie wusste, dass sie nicht gut war, wenn es um Sex ging. Sie war ziemlich unerfahren und hatte auf irgendeine Weise immer gewusst, dass sie kein … natürliches Talent dafür hatte. Aber dieses eine Mal schien ihr Körper ganz genau zu wissen, was er wollte, und dieses eine Mal schien es genau das Richtige zu sein. Vielleicht lag es daran, dass sie nie jemanden so sehr begehrt hatte wie jetzt Tom.

Aus irgendeinem Grund machte sie das traurig. Es war wie der ironische Scherz eines gelangweilten Gottes: so viel Verlangen zu erschaffen, nur, weil es danach nicht erfüllt werden konnte.

»Der Teufel soll dich holen, Sara«, sagte Tom, als er ob dasselbe gedacht hätte, aber er klang nicht wütend.

»Scher dich zur Hölle«, antwortete sie im selben Tonfall.

»Glaubst du wirklich«, sagte er. »Dass wir es vermeiden könnten, uns ineinander zu verlieben, wenn wir auch nur die geringste Gelegenheit dazu hätten?«

Er setzte sich wieder auf, und sie folgte seinem Beispiel. Eine Weile saßen sie schweigend nebeneinander und starrten schweigend vor sich hin, während ihr Atem sich langsam wieder beruhigte und Sara zu begreifen versuchte, was eigentlich passiert war und ob sie lieber lachen oder weinen wollte.

Sie hatten keinen Sex. Aber als Sara nach Hause ging, konnte sie sich an die Dinge erinnern, die sie gesagt und getan hatten, und wie sein Körper sich an ihren gepresst hatte, und sie seufzte, zur Hälfte befriedigt und zur Hälfte frustriert. Es war einwandfrei der beste Sex gewesen, den sie jemals nicht gehabt hatte.

Und er hatte wirklich gesagt, er glaube, es bestehe ein Risiko für ihn, sich in sie zu verlieben, er hatte angedeutet, dass es in einer Art alternativem, parallelem Universum (wo offenbar andere Naturgesetze galten als hier) diese Möglichkeit geben könnte. Und er hatte sie geküsst.

Sie hatte nicht die Absicht zu weinen; sie wollte lachen und singen und es in die Welt hinausrufen; er hatte sie begehrt. Sie lächelte. Alle Sorge, dass sie demnächst – in mehreren Wochen, einem Monat fast, Zeit genug – zurück nach Schweden fahren musste, war wie weggeblasen angesichts der Vorstellung, dass sie hier und jetzt unterwegs war und die Gefühle eines Mannes und seine Taten analysierte, als wäre sie für einen Tag zu Bridget Jones geworden. Als wäre sie die Hauptperson in irgendeinem ganz normalen Chick-Lit-Roman.

Und in nur wenigen Tagen würde sie ihn beim Tanz wiedersehen. Wenn sie nur zuerst den Basar überlebte.

Tom sah sie weggehen und schalt sich einen verdammten Idioten.

Zeit und Ferienromanzen waren natürlich nur ein Vorwand gewesen. Kein sonderlich brillanter noch dazu, aber ihm war auf die Schnelle nichts anderes eingefallen.

Plötzlich hatte er die Vorstellung nicht ertragen können, dass sie nach Schweden zurückfahren würde, als ob sie niemals hier gewesen wäre. Auf irgendeine Weise hatte er das Gefühl gehabt, niemals existiert zu haben, als wären er und ganz Broken Wheel nur eine Parenthese in ihrem Leben. Eine Erinnerung, eine Anekdote vielleicht, für Menschen weit weg, so weit weg, dass er sie sich nicht einmal vorstellen konnte. *Schweden.*

Reiß dich zusammen, Tom, dachte er und lehnte die Stirn an das Wohnzimmerfenster, als ob er durch pure Willenskraft Ruhe und Dunkelheit dort draußen dazu bringen könnte, sich über ihn zu senken. Wenn du nur die wenigen Wochen, die sie noch hier ist, einen großen Bogen um sie machst, versuchte er, sich selbst zu überzeugen, dann wird sie dich vergessen, so leicht, wie sie offenbar alle ihre schwedischen Freunde und Bekannten verdrängt hat.

Sie hatte nie ein Wort über diese Menschen gesagt. Sie konnte ja durchaus überall in Schweden Dutzende von Liebhabern versteckt haben.

Und das ginge ihn ja auch gar nichts an. Sie sollte nur zu ihnen zurückfahren, und das konnte, dachte er, gar nicht schnell genug passieren.

Er hatte durchaus keinen Bedarf an einer Frau, die kaum hübsch zu nennen war, mit der er keine Gemeinsamkeiten hatte und die meistens lieber ein Buch zur Hand zu haben schien, als sich um ihn zu kümmern. Er hatte nicht vor, sich auf irgendeine von ihren verrückten romantischen Ideen einzulassen, über Helden, die Arme, Hände, Augenlicht und Verstand verloren, damit Sara ihr Happy End bekäme.

Wenn er in diesem Leben etwas gelernt hatte, dann, dass es kein Happy End gab. Das Leben ging einfach weiter.

Also warum hatte er sie geküsst? Oder eher: Warum hatte er sich über sie hergemacht und sie dort auf dem Sofa bedrängt?

Er hätte es besser wissen müssen. Er *wusste* es besser. Es war nur die Überraschung, nach Hause zu kommen und sie schlafend auf dem Sofa vorzufinden, egal, wie richtig ihm das erschienen war und wie seltsam beruhigend es war, einfach nur in ihrer Nähe sein zu können. Als ob alle Pflicht und alle Verantwortung … nicht direkt verschwanden, aber so weit weg waren, dass er sich für kurze Momente ein Leben vorstellen konnte, wo es Pausen davon gab. Und dann war sie da gewesen, als er erwachte, ganz dicht bei ihm, und er hatte nicht weiter *nachgedacht.*

Denn er war ein verdammter Idiot gewesen, ganz einfach. Das war immerhin verdammt klar.

Aber es war ja nicht die Welt passiert, rief er sich in Erinnerung. Das Einzige, was er nun zu tun hatte, war klarzustellen, dass er nicht im Geringsten in sie verliebt war und das auch durchaus nicht vorhatte.

Er seufzte. Wenn er sich nur selbst davon überzeugen könnte.

Ein bisschen Willenskraft und Selbstdisziplin, mehr brauchte er nicht. Und das konnte er doch so gut, wenn es um Sara ging.

Ein Anwalt wird hinzugezogen

»Aber das müssen Sie doch begreifen«, sagte der Anwalt und machte vor der Gruppe in seiner Kanzlei eine verzweifelte Armbewegung. Er hatte es schon dreimal erklärt, aber niemand in dieser buntgewürfelten Delegation schien zuzuhören. Sie waren höflich und wohlerzogen und fielen ihm nicht ins Wort, aber es war deutlich, dass sie die Informationen, die er ihnen gab, nicht akzeptierten. Er spürte, wie die Kopfschmerzen heraufzogen, und massierte sich diskret die Schläfen.

Es hatte so einfach gewirkt, als Caroline Rohde anrief. Eine Frage nach den Visumsbestimmungen für eine Frau, die bei ihr zu Besuch war. Er war davon ausgegangen, dass es sich um ein verlängertes Touristenvisum handelte, eine Sache, die er vor der Mittagspause rasch erledigen könnte. Er war durchaus nicht darauf vorbereitet, dass gleich fünf Personen in seinem Büro erscheinen würden, die alle zu erwarten schienen, dass er so einfach eine dauerhafte Aufenthaltsgenehmigung aus dem Ärmel schütteln könnte.

Er hätte es sich ja denken können. Bei dieser Caroline Rohde war niemals etwas einfach. Und wenn sie seiner Frau nicht schon so viele Gefallen getan hätte, hätte er sie inzwischen längst vor die Tür gesetzt. Zu diesen Gefallen gehörte auch das kleine Detail, dass Caroline seine Frau überredet hatte, ihm nach einem gewissen kleinen Seitensprung seinerseits doch zu verzeihen.

Und die restliche Delegation war auch nicht besser. Eine manische Hausfrau, ein nervöser Mann in einem Jackett, das ihm nicht einmal richtig passte, und zwei Männer, die er inzwischen fast für ein Paar hielt. Einer sah geradezu unverschämt gut aus für einen Mann. Er hatte für gutaussehende Männer nichts übrig. Es ist nicht natürlich, dachte er verärgert.

»Es muss doch etwas geben, das wir tun können, damit sie bleiben kann«, sagte Jen. »Was ist denn daraus geworden, dass alle frei geboren sind und das Recht haben, ihr Glück zu suchen?«

»Das ist eher … so eine Redeweise«, sagte er müde. »Das mit der Verfassung ist ein bisschen unglücklich. Sie müssen verstehen, dass es immer nur eine Vision war, eine Herausforderung, und keine Beschreibung der Wirklichkeit. Und außerdem gilt es gar nicht für Leute, die keine amerikanischen Staatsbürger sind.«

Er rieb sich die Augen. Ihm war es doch egal, ob diese Sara bleiben durfte. Sie war auf ihre Weise sicher überaus sympathisch.

»Die USA sind eine Art Symbol geworden, ein Traum, ein Land, in das man reist, um sich ein besseres Leben aufzubauen und, wie die Dame es sehr richtig ausgedrückt hat, um das Glück für sich und die Seinen zu suchen. Aber die Einwanderungsgesetze sind hart. In den Neunzigerjahren hat sich zwar allerlei geändert. Die Menge an Einwanderern, die eine Aufenthaltsgenehmigung erhielten, stieg dramatisch auf fast siebenhunderttausend pro Jahr an. Dabei ging es jedoch vor allem darum, Menschen mit besonderem Fachwissen die Einwanderung zu erleichtern – Forschern, Ingenieuren, Ärzten. Oder Menschen, die bereit waren, große Summen in amerikanische Unternehmen zu investieren. Große Summen«, betonte er. »Und seither ist die Stimmung wieder umgeschlagen, nicht zuletzt aufgrund der Antiterrorismusgesetzgebung und der Lage auf dem Arbeitsmarkt. Es hat doch eigentlich niemand Interesse daran, Ausländer die wenigen Arbeitsplätze stehlen zu lassen, die es noch gibt.«

Er zuckte mit den Schultern – eine Geste, die sich wie eine Bitte um Entschuldigung deuten ließ, aber auch wie eine Erinnerung daran, dass er persönlich nicht für die Vorschriften verantwortlich war.

»Und welche Umstände müssen also vorliegen, damit jemand bleiben kann?«, fragte Caroline.

»Asyl natürlich, aber nur, wenn man vor Krieg oder Verfolgung flieht. Und auch dann ist es nicht gerade einfach.«

»Aber wenn man Arbeit hat?«, fragte Jen.

»Das spielt keine so große Rolle. Es ist eine komplizierte und überaus teure Prozedur, so eine Person einzustellen. Eine sehr bürokratische, teure Prozedur. Und der Arbeitgeber muss beweisen, dass diese Person über besonderes Fachwissen verfügt, das hier fehlt. Kann sie irgendetwas Besonderes?«

»Sie hat in einem Buchladen gearbeitet«, sagte Caroline. »Macht ihre Arbeit sehr gut. Liebt Bücher.« In ihrem Tonfall lag etwas Missbilligendes.

»Das ist hier ja wohl kaum eine Mangelware«, fiel er ihr ins Wort.

»Aber all die Lateinamerikaner, die in den Fleischfabriken arbeiten?«, fragte der dünne Mann in dem schrecklichen Jackett. »Die haben doch sicher auch keine besondere Fachkompetenz?«

»Viele von denen haben durch ihre Eltern die Aufenthaltsgenehmigung geerbt, oder sie sind illegal eingewandert und amnestiert worden, aber es ist nicht ausgeschlossen, dass viele illegal hier sind.«

Er sah ihnen der Reihe nach in die Augen. Alle erwiderten seinen Blick, ohne auszuweichen. »Ich muss Ihrer Freundin ganz entschieden davon abraten, illegal hierzubleiben. Ich habe mir oft gewünscht, ich könnte mehr tun, um denen zu helfen, die schon hier sind, aber ich kann jedenfalls aufrichtig davor warnen, sich in diese Lage zu bringen.«

Er hatte den starken Verdacht, dass sie ihm noch immer nicht zuhörten.

»Die bloße Vorstellung, erwischt zu werden! Hier ist die

Rede von sehr hohen Strafzahlungen, von einer Anklage oder vielleicht sogar von einer langen Gefängnisstrafe für sie und für die, die ihr geholfen haben. Selbst wenn sie ohne Buße und Haftstrafe davonkäme, und das ist nicht einmal sicher, würde sie doch sofort ausgewiesen werden. Und danach wäre es so gut wie unmöglich für sie, zu einem späteren Zeitpunkt wieder legal ins Land einzureisen.«

»Aber Tom ….«, sagte Caroline.

»Tom?«, fragte der Anwalt. Er hätte schwören können, dass die anderen ebenfalls überrascht aussahen.

Sie lächelte in die Runde. »Der wird am Boden zerstört sein.«

»Zerstört«, echote die Hausfrau.

»Wer ist Tom?«

»Ihr Freund«, sagte sie. »Sie haben über einen Monat gebraucht, um sich zu finden, aber wir wussten natürlich von Anfang an, dass sie sich ineinander verlieben würden.«

Die Hausfrau schien jetzt auf eine leicht beunruhigende Weise zu strahlen. Vielleicht lag es an dem manischen Blick in ihren Augen oder daran, dass ihr Lächeln ihr ganzes Gesicht zu bedecken schien. »Von Anfang an«, stimmte sie zu.

»Aber die heutige Jugend ist schwer von Begriff«, fügte Caroline hinzu.

Das waren ja immerhin gute Nachrichten. »Sie meinen also, sie hat hier jemanden kennengelernt? Einen amerikanischen Staatsbürger?«

»Tom ist so amerikanisch, wie das überhaupt nur möglich ist«, sagte Caroline.

Die andere Frau nickte enthusiastisch. »Sehr amerikanisch«, sagte sie. »Wie Apfelkuchen.«

»Haben sie sich schon gekannt, ehe sie hergekommen ist, als sie das Visum beantragt hat? Das ist wichtig. Wenn die Behörden denken, sie sei mit einem Touristenvisum hergekommen, um zu heiraten und auf diese Weise länger zu bleiben, können sie ihr trotzdem die Aufenthaltsgenehmigung verweigern.«

»Nein, sie haben sich erst hier kennengelernt«, sagte die Hausfrau. Sie fügte energisch hinzu: »Durch mich.«

»Und sie hat ein Visum? Sie ist nicht durch das Visa-Waiver-Programm hier?«

»Sie hat ein Visum.«

»Aha. Na dann. Wenn dieser Tom zerstört genug ist, um sie zu heiraten, müsste sie bleiben dürfen. Das ist ein verhältnismäßig einfaches Verfahren. Unter der Voraussetzung natürlich«, fügte er hinzu, »dass sie nicht geblieben ist, nachdem ihr Visum abgelaufen war, nicht einen Tag.«

»Wirklich nicht. Eine Heirat würde also helfen?«

»Wenn sie einander richtig lieben«, erklärte er.

»Natürlich«, sagte Caroline.

»Und sie müssen heiraten«, fügte er hinzu. »Es reicht nicht, sich zu verloben oder zusammenzuziehen.« Ihm fiel noch etwas ein. »Warum ist eigentlich Tom nicht hergekommen, um diese Fragen zu stellen?«

»Die heutige Jugend«, sagte Caroline vage. »Durchaus nicht so organisiert wie zu Ihrer und meiner Zeit, als ...«

Er hob die Hände. »Ja, ja, das ist wahr.« Er schaute auf die Uhr. Unbedingt Zeit zum Mittagessen. »Wenn bei der Sache etwas herauskommt, kann ich bei der Papierarbeit helfen. Sie wird auch ein Gesundheitszeugnis brauchen, und sie muss einige Formulare ausfüllen.«

Er erhob sich und streckte die Hand aus, um klarzustellen, dass die Besprechung beendet war. Die gesamte Delegation stand höflich auf, und Caroline schüttelte ihm die Hand und bedankte sich, weil er sich die Zeit genommen hatte.

»Jane?«, sagte er ins Telefon, als sie sein Zimmer verließen. »Übernimm meine Anrufe. Ich bin zu Tisch.«

»Tom?«, fragte George, sowie sie die Kanzlei ein Stück hinter sich gelassen hatten.

Caroline zuckte mit den Schultern. »Ich musste mir doch

irgendwas einfallen lassen.« Sie war nicht ganz zufrieden mit ihren Improvisationsfähigkeiten. War es wirklich moralisch vertretbar, wegen einer Aufenthaltsgenehmigung zu heiraten? Sie hatte da ihre Zweifel. Es war ein Schuss ins Blaue gewesen, ein Versuch, alle Türen offenzuhalten, aber etwas sagte ihr, dass Jen dafür sorgen würde, jeden Rückzieher zu unterbinden, jetzt, wo sie offen ihre Idee unterstützt hatte.

»Sie muss heiraten«, sagte Jen. »Nur so kann sie hierbleiben.«

Andy und Carl wechselten einen Blick, als seien sie fasziniert davon, wie einfach es für Heterosexuelle war, so einen Satz zu sagen. »Sie muss heiraten«, sagten sie zueinander, aber leiser.

»Sagt ihr aber noch nichts davon«, sagte Caroline, um die möglichen Schäden zu begrenzen.

»Nein, wir lassen es eine freudige Überraschung werden«, stimmte Jen fröhlich zu. »Ich glaube übrigens, es ist besser, wenn wir auch Tom noch nichts verraten.«

»Tom ist die offenbare Wahl«, sagte Andy. Carl sah um einiges skeptischer aus, aber Andy redete weiter, ohne sich darum zu kümmern: »Er ist im richtigen Alter. Er ist Single. Er ist heterosexuell.«

»Und sie mag ihn gern«, sagte Jen.

»Aber hat er auch nur die geringste Lust, sie zu heiraten?«, fragte Caroline. »Und will sie ihn heiraten?«

»Was heißt schon wollen«, sagte Jen. »Es ist doch bloß auf dem Papier. Er muss eben für diese Stadt ein kleines Opfer bringen. Es ist wirklich Zeit, dass er sich mal nützlich macht.« Er hatte sich immer geweigert, ihren Nachrichtenbrief zu abonnieren.

Es musste also Tom sein. Er war nicht da und konnte sich nicht wehren, was alle als Vorteil betrachteten. Ein Überraschungsangriff. Das war die richtige Taktik.

»Wir machen beim Tanzabend den Heiratsantrag«, sagte Andy. »Es wird das Fest des Jahrhunderts.«

Ein unerwartetes Angebot

George konnte nicht backen. Aber er hatte alle Zeit der Welt, und er konnte saubermachen.

In Broken Wheel schloss niemand je sein Haus ab. Es gab nur sehr wenig Stehlenswertes und noch weniger Menschen, die zum Stehlen bereit waren. Er öffnete die Tür, ohne das auch nur im Geringsten peinlich zu finden.

Wo sollte er anfangen?

Hier musste staubgesaugt, geputzt, gewischt und gespült werden. Er beschloss, mit dem Spülen anzufangen, da sie das besonders erwähnt hatte. Er ertappte sich dabei, wie er sang, während er das Geschirr im Spülbecken sortierte und die Teller aus dem Wohnzimmer holte.

Er erledigte seine Arbeit sorgfältig und ordentlich, nahm jede Menge Spülmittel, untersuchte jedes Glas und jeden Teller auf der Jagd nach hartnäckigen Essensresten, trocknete ab und stellte alle gewissenhaft an ihren Platz. Voller Befriedigung sah er, wie die Stapel aus schmutzigem Geschirr bei jedem abgewaschenen Glas schrumpften. Die Küche schien vor seinen Augen zu wachsen, sie wurde größer und luftiger und freundlicher, und sogar die Sonne kam ihm jetzt heller vor, obwohl er die Fenster noch nicht geputzt hatte. Aber etwas fehlte ja immer.

So eine Aufgabe, bei der man deutliche Fortschritte sah, machte Spaß. Anders als im Schlachthof, wo die Haufen toter Tiere, die zerteilt werden mussten, niemals schrumpften, so hart er auch arbeitete, und die Abfallberge, die weggeschafft werden sollten, immer und immer wieder nachwuchsen.

Als er mit dem Abwasch fertig war, wischte er das Spülbecken und die anderen Oberflächen in der Küche ab, bis sie fast funkelten. Nach besten Kräften jedenfalls. Man sah, dass sie sich alle Mühe gaben.

Was für eine schöne Küche, dachte er. Freundlich und anspruchslos.

Er beschloss, sich nun den Boden vorzunehmen. Hier musste er staubsaugen und wischen. Er hängte Jacken und Taschen in der Diele auf und legte die Sachen im Wohnzimmer auf dem Sofa auf einen Haufen, damit er den Tisch abwischen könnte.

Er schmunzelte beim Staubsaugen. Er hatte schon lange nichts Vernünftiges mehr zu tun gehabt, abgesehen von der Arbeit für den Buchladen natürlich. Er reckte sich. Sophy wäre stolz auf ihn, wenn sie ihn jetzt sehen könnte.

»Da siehst du«, sagte er laut zu sich selbst. »Papa ist noch längst nicht aus dem Rennen.«

»Ach, Claire«, sagte Grace, als sei Claires Anwesenheit ganz normal. Claire hatte sie seit Jahren nicht mehr aufgesucht, Grace nahm an, dass sie bei sich auf der Arbeit mehr als genug Hamburger abbekam.

Sie goss für sie beide Kaffee ein, während Claire sich ihr gegenüber auf einen Stuhl setzte. »Weißt du«, sagte sie. »Ich hab dich schon immer leiden mögen.«

Sie waren gleich alt, aber in Graces Tonfall lag nichts Herablassendes.

»Gescheit von dir, Graham nicht zu heiraten«, sagte sie dann. »Langweiliger Kerl.«

»Woher weißt du, dass er es war?«

Grace winkte diese Frage mit ihrer Zigarette ab. »Ausschlussmethode. Gab nicht so viele Kandidaten, und du hast so schnell entschieden, dass du nicht heiraten wolltest. Wenn es Tom oder einer von den anderen gewesen wäre, hättest du es dir wenigstens noch mal überlegt.«

»Tom und ich haben nie …«

»Kommt mir wie pure Verschwendung vor. Aber jedenfalls, nur gut, dass du durchgehalten hast. Du hast eine starke Tochter großgezogen. Das beweist Klasse.« Sie blinzelte. »Trotz Graham. Aber wenn man ehrlich sein soll, dann sind wir Graces auch schon auf den Falschen reingefallen. Ist ja auch nichts gegen zu sagen. Der Trick ist eben, nicht bei ihnen zu bleiben.«

»Ist es nicht komisch, dass man mit Männern zusammen sein kann, die so falsch sind, dass man danach das Gefühl hat, von ihnen ›geheilt‹ worden zu sein?«, fragte Claire. »Wie von einer Erkältung. Man bekommt sie, man wird geheilt, man geht weiter.«

»Erkältung«, sagte Grace. »Das gefällt mir. Echt ein treffendes Bild, was?«

Claire bat um eine weitere Tasse Kaffee. »Ich hab gleich eine ganz schön lange Schicht«, sagte sie.

Grace musterte ihre Arbeitskleidung – den kurzen schwarzen Rock, die Turnschuhe und das weiße Polohemd –, ihre müde Haltung und ihre Miene, und kam zu dem Schluss, dass Claire wohl gerade von der Arbeit kam. »Aber nicht beim Job, oder?«, fragte sie. Sie war nicht ganz sicher. Claire arbeitete in zwei Imbissen und nahm alle Extraschichten, die sie bekommen konnte.

»Ich muss irgendwas finden, wo ich selbstgebackene Kuchen kaufen kann.«

»Plötzlich scharf auf Zucker?«, fragte Grace, und Claire lachte auf.

»Caroline hat mir befohlen, einen Stand mit selbstgebackenem Kuchen zu betreuen. Offenbar ist es kein richtiger Basar, wenn es so was nicht gibt.«

In ihrer Stimme lag eine gewisse quengelige Müdigkeit, aber wenn sie Mitgefühl erwartet hatte, wurde sie leider enttäuscht.

Grace lachte und schüttelte den Kopf. »Ich möchte ja wissen, wie viele von diesen Kuchen einfach zwischen den Basaren hin- und hergeschickt werden.«

»Nicht so viele wie Marmeladengläser«, sagte Claire. Sie lächelte müde und machte Anstalten, sich zu erheben.

»Warte«, sagte Grace. »Ich möchte ganz schnell was an dir ausprobieren.«

»Mm?«

»Ich habe immer gesagt, man soll sich nirgendwo reinziehen lassen, schon gar nicht, wenn es um Menschen geht.«

Claire schien keine Ahnung zu haben, wovon Grace da redete, aber sie ließ sich wieder auf den Stuhl sinken. »Klingt vernünftig«, sagte sie.

»Ja. Tut es auch. Aber meine Freundin Idgie hat mir die Augen geöffnet.«

Claire sah aus, als ob sie sich fragte, wer zum Henker diese Idgie sein mochte, aber Grace schien das nicht zu bemerken. Sie sagte jetzt: »Wenn man stark und streitlustig ist und, ja, nicht so doof oder idiotisch wie alle anderen –, sollte man anderen Menschen dann keine Hilfe anbieten? Hat man dann nicht eine Art moralische Verantwortung?«

»Vielleicht«, sagte Claire vorsichtig. »Aber ich weiß nicht, ob ich das über mich bringen würde. Der Job ist doch wirklich anstrengend genug.«

»Idgie hat Landstreichern Essen und Schnaps angeboten, und wenn beim Pokern ein Elefant gewonnen werden musste, ja, dann hat sie auch den besorgt. Das gibt doch zu denken, was?« Grace beugte sich zum Tresen vor und steckte sich eine Zigarette an.

»Sicher«, sagte Claire. »Aber ein Elefant… brauchst du einen Elefanten?«

Grace schwenkte ungeduldig ihre Zigarette. »Es wissen zwar nicht viele, aber ich kann backen. Ich habe ein altes Familienrezept für einen total phantastischen Rumrosinenkuchen. Das Geheimnis liegt darin, keinen Rum zu nehmen.«

Claire blinzelte. »Der Basar ist am Samstag«, sagte sie.

»Kein Problem.«

»Ich bezahle natürlich.«

»Kommt nicht in Frage. Und jetzt ab mit dir.«

Es tat überraschend gut, Claires Wagen zurückkommen zu sehen. George stand in seiner eigenen Küche und sah sie anhalten und aussteigen. Sie wirkte noch immer müde, aber nicht ganz so resigniert wie bei ihrer letzten Begegnung. Vor der Haustür hielt sie zögernd inne und lehnte die Stirn dagegen, als sei es eine zu große Aufgabe, sie zu öffnen und sich allem dahinter zu stellen.

Er war so froh gewesen, dass er aufgeräumt hatte. Er hatte ganz sicher geglaubt, dass sie sich darüber freuen würde, hatte sich ihr Lächeln vorgestellt, wenn sie den sauberen Fußboden sähe, vielleicht sogar ein Lachen, Erleichterung angesichts des leeren Spülbeckens.

Nun aber stellte sich der erste zaghafte Zweifel ein: Würde sie es unverschämt von ihm finden? Einfach so in ihr Haus zu gehen? Würde sie überhaupt begreifen, dass er es gewesen war? Hätte er einen Zettel hinterlassen, um Entschuldigung bitten sollen?

Am Ende öffnete sie dann, ging ins Haus und zog die Tür hinter sich zu.

Aber es war doch nett von mir, Sophy?, fragte er nervös. Er konnte Claire nicht mehr sehen. Er hatte keine Ahnung, wie sie reagieren würde.

Sie kam eine halbe Stunde später. Sie sah nicht froh aus. Ihr Gesicht war ausdruckslos und ihr Körper angespannt, als ob sie sich alle Mühe gäbe, nicht die Beherrschung zu verlieren. Er sah sie fast nervös an und führte sie in die Küche, wo sie sich auf einen Stuhl sinken ließ, als ob sie sich nicht mehr auf den Beinen halten könnte.

Er überlegte, ob er jetzt etwas sagen müsste, um Entschuldigung bitten, alles erklären, aber am Ende setzte er nur Kaffee auf und lehnte sich an den Kühlschrank, wie er das bei ihr zu Hause getan hatte. Er fühlte sich besser, wenn er stand.

»Ich wollte mich bei dir bedanken«, sagte sie, aber es klang nicht im Geringsten dankbar. Eigentlich hörte sie sich vor allem aggressiv an. Erst jetzt sah er, dass sie eine Flasche Wein mitgebracht hatte. Sie folgte seinem Blick zur Weinflasche, als ob ihr gerade der Gedanke gekommen sei, dass es möglicherweise nicht das passende Geschenk für einen ehemaligen Alkoholiker sein könnte, und zu seinem Entsetzen brach sie dann in Tränen aus.

Er wusste nicht, was er sagen sollte.

Sie ließ ein Geräusch hören, bei dem es sich um ein Lachen handeln konnte, aber auch um ein Schluchzen.

»Großer Gott«, sagte sie. »Sieh mich doch an. Hier sitze ich und weine über ein leeres Spülbecken, wie eine Idiotin.«

»Ja …«, sagte er und verstummte dann. »Hättest du vielleicht gern ein Glas Wein?«

Sie lachte, diesmal ein richtiges Lachen. Dann fügte sie zögernd hinzu: »Willst du …?«

»Ich trinke eine Tasse Kaffee. Mach dir keine Sorgen, ich bin lange genug trocken, um einer Flasche Rotwein widerstehen zu können. War sowieso nie so ganz meine Kiste. Anders als Schnaps.«

Er deutete ein Lächeln an.

»Na gut«, sagte sie. »Schön.«

»Ich hoffe, du bist nicht sauer?«, fragte er. »Ich wollte doch bloß helfen!«

»Helfen!« Sie sah sich in seiner Wohnung um. Die war eine genaue Kopie von ihrer, nur spiegelverkehrt und in peinlicher Ordnung.

Er lächelte. »Ich hatte nichts Besseres zu tun.«

»Offenbar nicht.«

»Nein«, sagte er gelassen. Er öffnete die Weinflasche mit

einer raschen, geübten Bewegung, bei der Claire die Augenbrauen hob. Er zwinkerte ihr zu. »Lange Erfahrung«, sagte er. »Nur, dass es nicht mein Lieblingsgetränk war, bedeutet ja nicht, dass ich stets dankend abgelehnt habe.« Er goss ihr ein Glas Wein und sich selbst eine Tasse Kaffee ein.

»Aber ganz gelassen bin ich nicht«, gab er dann zu. »Ich weiß nicht so recht, ob ich zu dem Tanz gehen soll. Der findet doch im Square statt, und vielleicht ist es besser, um die Versuchungen einen Bogen zu machen.«

»Wie geht es mit… allem?«, fragte sie verlegen.

»Gut geht es«, sagte er. »Wirklich. Ich habe seit fast drei Monaten nicht mehr getrunken.«

Claire nickte.

»Es geht um Sophy«, sagte er.

»Und Michelle?«

Er lächelte, diesmal müder. »Nein, die ist mir nicht mehr besonders wichtig.«

»Mach dir keine Sorgen, was den Tanzabend angeht«, sagte Claire. »Wenn es sein muss, kann ich ein Auge auf dich halten. Wenn ich dich in der Nähe einer Flasche sehe, schlage ich dir damit den Schädel ein.«

Daraufhin fühlte er sich um einiges besser. Aber er wollte doch sichergehen, dass sie einander verstanden hatten. »Wenn es eine Colaflasche ist, brauchst du das nicht zu tun«, sagte er.

Und Claire lachte so herzlich über diesen Versuch zu scherzen, dass er sich nun wirklich keine Sorgen mehr machte. Sie würde ihm wirklich eins überziehen, wenn er in Gefahr wäre, rückfällig zu werden. Es wird gut gehen, Sophy, sagte er in Gedanken.

Claire leerte ihr Glas und erhob sich. Ehe sie das Haus verließ, blieb sie in der Diele stehen. Er hatte den Eindruck, dass ihre Haltung jetzt entspannter war. Wenn ihre Augen auch noch ein wenig glänzten, so standen sie doch immerhin nicht mehr voll Tränen.

»George«, fragte sie über ihre Schulter, ohne ihn richtig anzusehen. »Deine Putzaktion.«

Er nickte.

»Das war das Schönste, was jemals jemand für mich getan hat.«

Als sie gegangen war, blieb er in der Küche stehen und betrachtete die noch immer halbvolle Weinflasche. Er zögerte nur einen Augenblick, dann drückte er den Korken hinein und stellte sie ins Küchenregal.

»Weißt du, Sophy«, sagte er. »Ich glaube wirklich, ich kann dir versprechen, dass ich nie wieder trinken werde.«

Die Freundschaft zwischen Grace und Idgie wird auf die Probe gestellt

Als Caroline am nächsten Tag ihre Nichte besuchte, war sie aus mehreren Gründen beeindruckt. Nicht genug damit, dass es ungewöhnlich ordentlich und sauber war (nicht einmal ihr kritischer Blick hatte etwas auszusetzen), Claire hatte noch dazu einen einfach phantastischen Rumrosinenkuchen gebacken.

Caroline schnitt sich bescheiden ein winziges Stückchen ab und erkundigte sich nach dem Rezept. Sie brachte ihrer Nichte jetzt mehr Wohlwollen entgegen als irgendwann in den vergangenen Jahren.

Aber Claire konnte nur eine vollkommen unwahrscheinliche Backbeschreibung zusammenstottern. So unwahrscheinlich, dass Caroline sich wirklich fragte, ob Claire auf irgendeine Weise… berauscht gewesen sein mochte, als sie den Kuchen gebacken hatte.

Aber wenn sie das hier im Suff geschafft hatte, dann war das ja eigentlich noch viel beeindruckender, fand ein Teil von ihr.

Caroline!, sagte der andere.

Am Ende gab Claire zu, den Kuchen gar nicht selbst gebacken zu haben.

»Hast du den etwa gekauft?« Caroline hatte eine ganze Menge zu sagen, konnte es aber zurückhalten und sagte stattdessen: »Wie machen wir das denn jetzt mit dem Basar? Wir müssen einen Stand mit selbstgebackenem Kuchen haben. Wenn du das gleich gesagt hättest, hätte ich eine andere Lösung finden können, aber jetzt…«

»Den Stand werden wir haben«, sagte Claire.

»Wie denn? Du kannst doch nicht genug Kuchen für einen ganzen Stand kaufen. Wie willst du das denn bezahlen?« Sie überlegte. »Ich nehme an, ich werde sie finanzieren müssen«, sagte sie widerwillig. Die Vorstellung, auf einem Basar gekauften Kuchen verkaufen zu müssen, war empörend, aber nicht, wie sie mit einem trockenen Lächeln zugab, so empörend wie andere Dinge, die sie in jüngster Zeit gekauft hatte.

Aber Claire war offenbar gar nicht so an der angebotenen Hilfe interessiert, wie Caroline erwartet hatte. Sie schien in Gedanken mit sich zu ringen.

»Ich habe den Kuchen nicht gekauft«, sagte sie.

Eine Viertelstunde später erschien Caroline im Grace's.

»Ich höre, du hast meiner Nichte geholfen«, sagte sie.

Grace lehnte sich an den Tresen und antwortete: »Ich tue, was ich kann.« Und dann, misstrauisch: »Geholfen?«

»Beim Backen.«

»Hat sie verraten, dass ich backen kann? Hätte sie nicht lieber sagen können, ich sei der Antichrist?«

»Dein Rumrosinenkuchen ist phantastisch.«

»Das ist kein Rum.«

»Ich will das nicht wissen.«

Grace zuckte mit den Schultern.

»Ich finde, du solltest einen Stand auf dem Markt haben. Unter deinem eigenen Namen.«

Grace trat unfreiwillig einen Schritt zurück und starrte Caroline entgeistert an. »Graces Hamburgerstand?«, fragte sie mit allem Sarkasmus, den sie überhaupt nur aufbringen konnte.

»Ich denke da eher an etwas im Stil von *Graces selbstgebackener Kuchen.*«

Sara schaute überrascht auf, als ein dunkler Schatten in der Tür das Licht versperrte. Grace ragte in der Türöffnung auf, mit derart empörter Miene, dass Sara regelrecht dankbar war, dass die andere kein Schrotgewehr bei sich hatte. Grace trug noch immer ihre Arbeitskleidung und roch stark nach Frittieröl, aber sie hatte die Schürze abgelegt. Sie spuckte die ganze Geschichte von den Kuchen, Claire und Caroline in drei kurzen, aufgeregten Sätzen aus sich heraus.

»Das ist eine Beleidigung«, sagte Grace dann. »Und du bist schuld. Du und die verdammte Idgie und ihre ganzen Landstreicher, die mich sentimental machen.«

»Äh«, sagte Sara. »Möchtest du nicht reinkommen?«

Grace stürmte in den Buchladen und ließ sich mit ruckhaften, wütenden Bewegungen in einen Sessel fallen. Sara blieb zögernd hinter dem Tresen stehen. Der Laden kam ihr plötzlich sehr klein vor. Grace hatte die Fähigkeit, überall, wo sie auftauchte, jeglichen Raum einzunehmen.

»Sie wollen, dass ich auf dem Markt einen Stand übernehme.«

»Und, äh, was sollst du da verkaufen?«

Sie wusste nicht so recht, ob es korrekt war, auf einem Markt, der unter anderem von Kindern und Jugendlichen besucht wurde, hausgebrannten Schnaps feilzubieten.

»Selbstgebackenen Kuchen«, sagte Grace mit unheilverkündendem Tonfall.

»Das klingt doch nett«, sagte Sara erleichtert.

»Nett! Die will mich doch bloß provozieren! Es geht darum, dass die Grace-Frauen sich niemals in die Probleme dieser Stadt hineinziehen lassen. Möglicherweise verursachen wir neue. Die Grace-Frauen an einem Stand mit selbstgebackenem Kuchen! Als ob wir … als ob wir Geld für die *Kirche* sammelten. Und das auch noch in aller Öffentlichkeit! So schamlos sind wir denn doch nicht.« Sie überlegte. »Na ja, Mama vielleicht.«

»Möchtest du einen Schluck Kaffee?«

»Es anonym zu machen ist das eine. Ich sage nicht, dass

die Grace-Frauen noch niemals geholfen hätten, wenn auch vielleicht nicht bei einer Sammlung für die Kirche. Abgesehen von meiner Mutter, aber die war eben, wie sie war.«

»Eine feine Frau«, sagte Sara, die ihr natürlich niemals begegnet war.

»Was? Ja, das nehme ich an.« Grace schien da ihre Zweifel zu haben. »Madeleine. Na ja, direkt geschadet hat es wohl nicht.«

»Wie wirst du das mit dem Basar also machen?«

»Ich werde natürlich nein sagen.«

»Wie um alles in der Welt ist sie überhaupt auf die Idee gekommen, dich zu fragen?«

»Claire hat geplappert. Ich hatte angeboten, für sie die Kuchen zu backen. Aber natürlich nicht unter meinem Namen. Was ist denn bloß mit der Welt los?«

Sara musste lächeln. »Dann muss Claire also doch den Kuchen backen? Wenn du beschlossen hast, nein zu sagen, meine ich.«

»Was? Nein, ich weiß nicht. Glaub schon.«

»Wie soll sie denn die Zeit dafür aufbringen?«, fragte Sara. »Ich dachte, sie hat mindestens zwei Jobs?«

»Sie kann nicht backen. Dann muss sie die Kuchen eben kaufen.« Grace sah unglücklich aus. »Es macht mir nichts aus, die Kuchen für sie zu backen. Ich habe sogar angeboten, das zu tun. Es war zwar ein Fehler, mich in fremde Angelegenheiten einzumischen, aber ich stehe zu meinem Wort. Allerdings nicht unter meinem Namen.«

»Aber was soll Claire denn jetzt machen, wo Caroline weiß ...«

Grace musterte sie misstrauisch. Sie überlegte. »Ich weiß nicht«, gab sie dann zu. Sie stützte den Kopf in die Hände. »Ich nehme an, ich muss ihr helfen. Das ist das letzte Mal, dass ich anbiete, irgendetwas für diese Stadt zu tun, wenn das der Dank sein soll.«

»Der Dank? Ja, das klingt wirklich undankbar von Caroline.«

»Du machst dich lustig über mich«, sagte Grace vorwurfsvoll.

»Kann schon sein.« Sie lächelte Grace an. »Du weißt, dass Idgie von einem Pastor gerettet wurde? Nachdem sie einen Mann ermordet und ihn zerstückelt, gegrillt und in ihrem Café serviert hatte?«

»Da kommt man doch wirklich mal auf Ideen«, sagte Grace und schien gegen ihren Willen beeindruckt zu sein. »Dieses verdammte Buch!«

Moral und Menschen

Grace hätte sich sicher darüber amüsiert, dass Caroline nun mit ihrem Gewissen rang. Kaum hatte sie sich vom Bücherlesen erholt, schon bedrohte ein neues Geschehnis ihren Seelenfrieden.

Sie rechnete durchaus nicht mit einem neuen Angriff auf diesen Frieden. Am Nachmittag besuchte sie auf einer ihrer fast täglichen Runden die Kirche und bewegte sich langsam hindurch. Hob unter einer Bank eine vergessene Bibel auf, nahm eine heruntergebrannte Kerze weg, wechselte die Blumen auf dem Altar aus. Sie überlegte, ob die Fenster geputzt werden müssten, musste aber zugeben, dass es ihr vor allem darum ging, dass sie etwas zu tun brauchte.

Es war keine besonders schöne Kirche, aber Caroline gefiel sie. Mit ihren beige-weißen Wänden, den ganz normalen Fenstern und kahlen Holzbänken an einem breiten Mittelgang erinnerte sie eher an einen Versammlungsraum. Es gab Platz für an die hundert Menschen, aber Caroline hatte nie mehr als zwanzig gesehen, jedenfalls nach dem Jahrtausendwechsel nicht mehr.

Und was sollen wir nun von dieser Sara halten?

Gott gab keine Antwort, und insgeheim war Caroline darüber erleichtert. Wenn sie eine Stimme von oben gehört hätte, hätte sie geglaubt, den Verstand verloren zu haben, nicht aber, dass ihr eine Art göttliche Offenbarung zuteilgeworden war.

Außerdem war sie ziemlich sicher, dass sie keine Nettigkeiten hören würde, wenn Gott sich wider alles Erwarten dazu herabließe, zu ihr zu sprechen.

Der Gott, mit dem sie aufgewachsen war, hätte niemals einen Beliebtheitswettbewerb gewinnen wollen. Wenn die Leute sie, Caroline, für hart hielten, dann hätten sie mal ihren Gott sehen sollen.

Sie war auch ziemlich sicher, dass Er nicht ihre Gedanken las. Das hoffte sie jedenfalls seit diesem Gay-Erotik-Roman. Aus irgendeinem Grund ließ die Geschichte des einsamen Jungen ihr keine Ruhe.

Die war im Grunde platonisch, sagte sie zu ihrer Verteidigung, aber der Gott, mit dem sie aufgewachsen war, hätte sich dadurch nicht sonderlich besänftigen lassen.

Nur ein einsamer Junge, und dann eine verbotene Liebe in einer Kleinstadt. Kaum ein Kuss vor Seite 178 (Caroline würde niemals zugeben, dass sie instinktiv gedacht hatte: Wie langweilig!).

Gott hat sicher auch so genug zu tun, ohne sich auf dich einzuschießen, sagte sie sich, irgendwo zwischen Ermahnung und Trost. Aber dennoch. Sie versuchte, ihre Gedanken respektvoll und unbedingt von den Büchern fernzuhalten. Sie versuchte, an Gott gewissermaßen immer in Großbuchstaben zu denken. Für alle Fälle.

Aber eine Kirche hatte etwas an sich, das Gespräche mit Gott verlockend wirken ließ. Egal, ob Er sie hörte oder nicht. Sie zuckte mit den Schultern. Er antwortete jetzt jedenfalls nicht.

Als sie alles in der Kirche erledigt hatte, was ihr überhaupt einfiel, und als sie noch eine zusätzliche, vollkommen überflüssige Runde gedreht hatte, um Zeit zu schinden, ging sie durch die Hintertür hinaus und schloss ab. Sie wollte nach Hause gehen und etwas Sinnvolles tun, was, wusste sie noch nicht, aber es gab immer Dinge, die getan werden mussten. Doch stattdessen wanderte sie um die Kirche herum und zögerte bei den Parkbänken, die in der einzigen kleinen Andeutung von Park standen, die Broken Wheel aufweisen konnte.

Der Park bestand aus einigen mageren Birken, die sich über einer kleinen kurzgeschorenen Rasenfläche erhoben. Bei den Bänken standen zwei kleine Kirschbäume mit schon strahlend rot gefärbtem Laub. Diese Kirschbäume erinnerten sie immer an Kinder, die sich eifrig in jede neue Jahreszeit stürzten. Die Birken waren noch immer nur leicht senfgelb.

Es war ein so schöner Tag, dass Caroline sich einfach auf eine der Bänke setzen musste. Sie trug einen warmen Pelzmantel, Schal und Handschuhe zum Schutz gegen die kühle Herbstwitterung, und als sie dort saß, gab sie sich alle Mühe, nicht zu zeigen, wie sehr sie den Nachmittag genoss.

Es empfahl sich nie, die Bewohner der Stadt durch uncharakteristische Anfälle überschäumender Laune zu schockieren, aber es war schwer, wirklich schwer, an so einem strahlenden Herbsttag ernst zu bleiben.

Es kam alles von der Luft. Richtig klare und kühle Herbsttage hatten etwas Läuterndes, jedenfalls, wenn man gescheit genug war, sich warm genug anzuziehen. Wenn sie ausatmete, bildeten ihre Atemzüge vor ihr kleine Wolken, zum ersten Mal in diesem Jahr.

Vielleicht lag es an dem schönen Tag, aber ihre Gedanken kehrten immer wieder zu dem Jungen in der Geschichte zurück, und sie sah seine Romanze und die des anderen Mannes mit etwas, das große Ähnlichkeit mit gerührter Nachsicht hatte.

Es gab etwas in dieser Geschichte, das sie nicht losließ. Vielleicht war es das Gefühl, dauernd *beobachtet* zu werden. Als ob alles, was sie taten – jeder Blick, jede kleinste Berührung –, analysiert, kategorisiert und beurteilt würde. Viele Menschen konnten saufen, richtig schlimme Dinge miteinander treiben, sogar jede Menge Kinder bekommen, ohne dass irgendwer es wirklich bemerkte … aber ein einziger Blick schien auszureichen, und schon redeten die Leute darüber.

Nach jenem Sommer, als sie siebzehn gewesen war, hatte

es einen Mann gegeben, der sich für sie interessiert hatte. Sie hatten sich nicht oft genug gesehen, als dass sie selbst sich verliebt hätte, aber er hatte sie einige Male von der Kirche nach Hause gebracht. Nicht *so.* Er war mit ihr zu ihrer Haustür spaziert. Hatte sie angelächelt, vielleicht, auch wenn sie das Lächeln nicht erwidert hatte. Er hatte nicht einmal ihre Hand genommen.

Aber es hatte gereicht. Die Leute hatten geredet, und sie hatten gelacht, und sie hatte der ganzen Sache ganz schnell ein Ende gemacht.

Sie fragte sich, ob sie jetzt Reue empfand oder einfach nur eine hypothetische Neugier. Ein kleines Gefühl von »was, wenn«, das sich auf irgendeine Weise mit der frischen Herbstluft bei ihr einschlich.

Sie war so tief in Gedanken versunken, dass sie gar nicht merkte, wie ein Mann sich neben sie setzte, bis er sich dann umdrehte, sie anlächelte und sagte: »Ich hoffe, Sie haben nichts dagegen, dass ich Ihnen hier Gesellschaft leiste.«

Vielleicht färbte ihre gute Laune ab, denn der Mann wirkte nicht im Geringsten skeptisch oder verlegen. Sein Lächeln war so strahlend wie der Tag, der sie umgab. Ihre eigenen Mundwinkel zogen sich ein wenig nach oben, und er nickte zustimmend, als ob sie laut gelacht hätte.

»Ich habe Sie von der Straße aus gesehen«, sagte er.

Sie hob die Augenbrauen ein wenig, sagte aber nichts.

»Und ich habe Sie vor einigen Tagen im Buchladen gesehen.«

Zuerst erstarrte sie, während sie überlegte, ob sie angreifen oder fliehen sollte, aber er sah sie nur an, als läge in seinen Worten keinerlei Zweideutigkeit. Als glaubte er, sie habe nur Bücher gekauft.

Was du ja auch getan hast, Caroline, schärfte sie sich ein.

Haha, sagte ein anderer Teil von ihr wenig hilfsbereit.

Im Nachhinein fragte sie sich jetzt, ob die Sonnenbrille

wirklich eine gute Idee gewesen war. Das konnte Ende September doch auch verdächtig wirken.

»Schöner Tag heute«, brachte sie heraus, um das Thema zu wechseln. Sicherheitshalber.

Er nickte und sah sich dann wieder schweigend um. Ab und zu ballte er die Fäuste und öffnete sie wieder, offenbar ohne das selbst zu merken. Er hatte schöne Hände. Lange Finger. Keine Handschuhe, aber er war ja auch noch jung.

»Das hier ist eine schöne Stadt«, sagte er plötzlich.

Sie sah ihn überrascht an. Vor ihnen war der kleine Zubringer zur Hauptstraße zu sehen. Auf beiden Straßenseiten gab es nur niedrige, nichtssagende und heruntergekommene Häuser, mit leeren Erdgeschossen, wo früher einmal Läden gewesen waren. Die Hauptstraße war auch nicht viel beeindruckender. Man konnte von hier aus einen schmalen Streifen sehen, der im kühlen Sonnenschein badete. Ein Teil des Buchladens und ein kleiner Teil des Eisenwarenladens, dazwischen ein Baum, das war alles.

Aber er klang ernst und aufrichtig. Sie stimmte ihm zu, jetzt, da sie sich die Sache überlegte. Seltsam, dass sie das nicht häufiger dachte. »Sie sind nicht von hier?«

»Aus Hope.«

»Ach«, sagte Caroline.

Er lächelte dabei sein rasches, offenes Lächeln. »Genau«, sagte er, drehte sich zu ihr hin und streckte die Hand aus. Sein Händedruck war warm und fest unter ihren Handschuhen. »Josh«, sagte er.

»Caroline.«

Danach schwieg er, aber es war kein verlegenes Schweigen. Nur sehr wenige sind gescheit genug, um Schweigen zu schätzen zu wissen, dachte sie, auch wenn ihre verräterischen Gedanken jetzt die Gelegenheit nutzten, um von einem persönlichen Misserfolg zum nächsten zu wandern.

Vielleicht lag es an dem Tag, der sie umgab. Solche Tage

luden zur stillen Reflexion ein, was in ihrem Fall fast immer eine Gewissenserforschung bedeutete. Sie dachte an den Heiratsantrag für Sara, und wie sie wohl überhaupt auf diese Idee gekommen war.

Aber sie wusste, warum sie es getan hatte. Es war der Blick in Saras Augen, als Caroline gefragt hatte, ob sie nach Hause fahren würde, in dem Moment, ehe Sara sich von ihr abgewandt hatte. Nicht direkt verzweifelt, nur eine Art verzweifelte Tapferkeit, als ob sie fest entschlossen sei, niemanden sehen zu lassen, wie sehr sie bleiben wollte. Caroline konnte diese Art Selbstverleugnung respektieren. Sie hatte sie selbst bisweilen erlebt, auch wenn sie ihre Gefühle besser versteckt hatte.

War das hier so ein Fall, in dem ihre Mutter und die anderen Frauen ausgerückt wären, um Sara zu helfen? Oder hätten sie sich zurückgezogen und über sie geredet?

Schwer zu sagen. Sie hatte den Verdacht, dass diese Frauen auch nicht immer gewusst hatten, was sie tun sollten.

Sie überraschte sich mit der Bemerkung: »Weißt du, das Leben wäre so viel einfacher, wenn die Menschen nicht wären.«

Er lachte. »Manche sind doch nett.«

»Vielleicht.« Er hatte offenbar die Zweifel in ihrer Stimme gehört, denn nun lachte er wieder.

»Die Menschen werden überschätzt«, sagte sie. »Ich glaube, wenn sie nicht im Weg wären, könnte ich für sie alles in Ordnung bringen.«

»Aber du müsstest ja immer noch selbst zurechtkommen«, sagte er lachend.

Doch sie selbst war ja nicht das Problem. Sie hatte seit Jahrzehnten die volle Kontrolle über sich selbst. »Es ist alles eine Frage der Disziplin«, erklärte sie energisch.

Das mit dem Heiratsantrag ist aber deine Schuld, Caroline, erinnerte sie sich selbst. Du hast beim Anwalt Jens Idee aufgegriffen. Sie schnitt eine Grimasse. Glücklicherweise bemerkte der Mann die nicht. Sie hatte durchaus nicht vor, ihm ihre jüngste Schwäche einzugestehen, nicht einmal einem Fremden wie ihm.

»Hast du nie Zweifel an dir selbst?«, fragte er. Es klang, als sei die Frage ehrlich gemeint, als ob ihre Antwort ihn aus irgendeinem Grund interessierte. Eine neue Erfahrung.

»Totale Zeitverschwendung, an sich zu zweifeln. Wenn du auch nur den kleinsten Fehler machst, wird irgendwer dich darauf hinweisen.« Sie fügte lächelnd hinzu: »Vermutlich jemand wie ich.«

Er lachte. »Bis du also sagst, dass ich einen Fehler gemacht habe, brauche ich mir keine Sorgen zu machen? Praktisch. Mein moralischer Kompass. Gilt das nur für die eher ethischen Fragen oder auch für andere Lebensentscheidungen?«

Sie schaute verstohlen zu ihm hinüber, um festzustellen, ob er sich über sie lustig machte, aber er sah ganz locker aus, als genieße er den Tag und das Gespräch. Sie lachte auf, ein tiefes, echtes, ganz und gar unfreiwilliges Lachen, das ihr hinausgerutscht war, ehe sie etwas daran ändern konnte.

»Ich an deiner Stelle«, sagte sie, »würde mich nicht auf meine Ansichten verlassen.«

Wieder lächelte er, diesmal selbstsicherer. »Jetzt ist es aber zu spät zum Rückzug. Ich vertraue dir voll und ganz. Die Frage ist nur, soll ich kommen und dich fragen, ehe ich etwas tue, oder reicht es, wenn ich danach komme? Um mir die Absolution zu holen?«

»Ich würde niemals zu mir kommen, um mir vergeben zu lassen, wenn ich du wäre. Auch darin war ich noch nie gut.« Die Leute rechneten zu sehr mit Vergebung. Caroline glaubte an Beichte und Reue, natürlich, und an die Vergebung der Sünden, vielleicht, aber oft ließen die Menschen Buße und Reue und Besserung ausfallen und vertrauten auf die Kirche und darauf, dass alle anderen ihnen die andere Wange zukehren würden.

Ihrer Ansicht nach wurden die Menschen nicht besser, wenn man ihnen nach dem Mund redete.

Nun sah er sie an, fast forschend, als wäge er ihre Worte ab. Dann zuckte er mit den Schultern. »Das mit der Verzeihung liegt niemandem so recht. Nicht in der Praxis.«

Dieses eine Mal wusste sie nicht, was sie sagen sollte. Sie hatte das Gefühl, als habe sie seit Jahren kein ehrliches Gespräch mehr mit einem anderen Menschen geführt. Seine Worte klangen, als sei er viel älter, als er tatsächlich war.

Sie schüttelte über sich selbst den Kopf und sagte: »Wer weiß, vielleicht mache ich für dich eine Ausnahme. Aber keine Todsünden.«

»Ich glaube, ich weiß nicht mal mehr, welche das sind.«

Sie wollte die Todsünden schon aufzählen, als sie sein Lächeln sah. Sie lachte und schüttelte wieder den Kopf, diesmal über ihn.

»Andy hat mich gebeten, beim Tanz am Samstag auszuhelfen«, sagte er.

Dazu sagte sie nichts, aber es war kein unfreundliches Schweigen.

»Wo sie solchen Andrang erwarten.«

Als sie noch immer nichts sagte, fügte er ein wenig zögernd hinzu:

»Ich bin von selbst auf die Idee gekommen. Um … andere kennenzulernen.«

»Wie nett«, sagte sie. Etwas anderes fiel ihr nicht ein. Er sah so dankbar aus über diesen Kommentar, dass sie sich bei dem Wunsch ertappte, etwas gesagt zu haben, um diese Dankbarkeit zu verdienen. Dann dachte sie an den Jungen im Buch und fragte sich, ob vielleicht das wichtig war, was sie nicht gesagt hatte.

Sie zog ihren Schal und ihren Mantel zurecht, um sich gegen die Kälte zu schützen, beschloss aber, noch ein wenig sitzen zu bleiben. Sie schielte zu ihm hinüber. Sie war keine

Klatschtante. Und dieses eine Mal würde sie sich nicht einmischen.

»Willst du gehen?«, fragte er.

Sie setzte sich gerade, und er missverstand diese Bewegung und erhob sich.

»Es war nett, dich kennenzulernen«, sagte er. Langsam ging er davon, während sie noch immer auf der Bank saß. Ehe er auf der Hauptstraße verschwand, drehte er sich noch einmal zu ihr um, aber er hatte die Sonne im Rücken und sie konnte seinen Gesichtsausdruck nicht mehr erkennen.

»Ich hoffe, du kommst am Samstag«, sagte er. »Wenn du kommst, dann verspreche ich dir einen guten Drink.«

Sie starrte hinter ihm her und hatte vollständig die Sprache verloren.

Nun saß sie immer noch da. Sollte sie hingehen? Sie war noch nicht einmal auf diesen Gedanken gekommen, aber das hätte sie tun müssen. Sie wollten doch Sara den Vorschlag zur Heirat unterbreiten, und ein Teil der Verantwortung für das ganze Elend lag bei ihr – ein um einiges größerer Teil, als sie anerkennen mochte –, und es wäre nicht richtig, sich vor den Folgen dieser unbedachten Idee zu verstecken.

Es wäre auch falsch, sich an etwas zu beteiligen, aus dem aller Wahrscheinlichkeit nach eine Orgie aus Suff und Sittenlosigkeit werden würde. »Unmoral«, sagte sie vorsichtig. Sie hatte das Gefühl, ihre normale Schärfe nicht aufbringen zu können.

Eins aber stand immerhin fest: Einen Drink würde sie nicht annehmen!

Sara Lindqvist
Kornvägen 7, I
136 38 Haninge
Schweden

Broken Wheel, Iowa, 14. April 2011

Weißt du, Sara,

ab und zu sehe ich dich in Broken Wheel, wie eine Serie aus kleinen, klar beleuchteten Momentaufnahmen. Es mag seltsam klingen, aber so ist es, wenn man alte Leute über die Vergangenheit reden lässt. Man wird so leicht ein Teil davon. Vielleicht geht es mehr darum, dass so viel davon, also von der Vergangenheit, nur in mir existiert. Es ist eine gewisse Erleichterung, dass es sie jetzt auch bei dir gibt. Aber ich würde mich nicht zu sehr darauf konzentrieren, wenn ich du wäre. Es kann gefährlich sein, in den Erinnerungen anderer hängenzubleiben. Ich hoffe, du weißt, dass ich es eigentlich nicht bedauere, alt geworden zu sein, aber heute ist es doch ein bisschen der Fall. Nicht nur, dass man viel weniger Zukunft hat, man verliert auch so viel von seiner Geschichte, mit jedem Todesfall. Ich sehe es bei den älteren Leuten hier, wie sich ihr Leben jetzt nur noch um Todestage dreht. Ehepartner, Freunde, Kinder sogar. »Mein Mann ist vor neun Jahren gestorben«, »heute vor sieben Jahren starb mein Sohn«.
Ich nehme an, ich habe Glück, weil ich noch alle meine Jugendlichen habe. Ab und zu habe ich das Gefühl, dass alle, die ganze Stadt, in einem ähnlichen Kreislauf feststecken, wo alles, was jemals sein wird, bereits gewesen ist. Und dann tröstet mich die Vorstellung von dir hier. Ich weiß nicht genau, zu welcher Zeit ich mir dich hier vorstelle, in meinem Gehirn ist es seltsam vermischt mit dem Rest meines Lebens. Du würdest vielleicht mit Caroline

Bibeln verkaufen oder mit Miss Annie Bücher verteilen oder einfach ein wenig mit meinem John plaudern.

Liebe Grüße,
Amy

Das Buch der Bücher

Wie, wie um alles in der Welt hatte sie sich nur dazu überreden lassen können?

Sara stand vor dem Spiegel in ihrem Zimmer und musterte niedergeschlagen ihr Spiegelbild. Ihr Gesicht zeigte die Miene eines Menschen, der zu viel durchgemacht hat, um noch stumm leiden zu können. Sie sah aus wie eine Mischung aus einem trotzigen Kind und einem überaus traurigen Teenager.

Sie war sicher, dass sie nicht die Erste war, die so empfand, dass andere, wenn sie sich auf einem Markt oder in einem Einkaufszentrum wiederfanden, verkleidet in irgendein idiotisches Produkt, das dort verkauft werden sollte, ganz ähnliche Gefühle hatten. War das nicht der Weg, wie Schauspieler überlebten, jedenfalls, wenn man Filmen und Fernsehserien über Menschen glauben wollte, die Schauspieler werden wollen? Die verkleideten sich doch als singende Tomaten und Küken für irgendwelche Werbefilme, oder, noch schlimmer, um auf Märkten und in Einkaufszentren aufzutreten.

Der Unterschied war natürlich, dass sie nicht Schauspielerin werden wollte. Und dass die anderen bezahlt wurden. Und als etwas Harmloses verkleidet waren. Sara aber war als Buch verkleidet. Und nicht nur als irgendein Buch. Sondern als das Buch der Bücher.

Wie hatte es nur so weit kommen können?

Bücher durften wirklich nicht so weit erniedrigt werden wie irgendwelche drittrangigen Schauspieler. Sie sollten würdevolle magische Türen zu Mysterien, Spannung, Liebe sein. Und nicht ein wenig schmeichelhaftes Tor zu ihrer Unterwäsche.

Nicht, dass irgendwer, der sie in diesem Aufzug sah, irgendein Interesse daran haben könnte, nun auch noch einen Blick auf ihre Unterwäsche zu werfen. Man musste doch ganz wahnsinnig verliebt sein, um solche Gelüste zu entwickeln. Man musste ganz einfach verrückt sein.

Jen war begeistert gewesen. Der Buchladen sollte lieber normal geöffnet sein, statt einen eigenen Stand zu haben, da der Basar ja doch auf der Straße vor dem Geschäft abgehalten werden würde. Aber etwas musste geschehen, um ihn ein bisschen festlich zu gestalten.

Das »Buch der Bücher«, nannte sie ihre Idee, mit unverhohlenem Stolz. »Und die Leute können dich ansprechen und sich nach den Büchern erkundigen.«

Das könnten sie auch, wenn sie normal angezogen wäre, meinte Sara. Sie war sogar bereit gewesen, bis zu einem gewissen T-Shirt zu gehen, aber dieser Kompromissvorschlag hatte Jen nicht weiter beeindruckt.

»Ein T-Shirt! Wo ich dir so ein wunderbares Kostüm nähen kann! Es bedeutet nicht einmal zusätzliche Arbeit für dich, ich mache doch alles, nicht, dass ich so viel Zeit hätte, bei zwei Kindern und all der Marketingarbeit, die ich hier leisten muss, aber mir ist diese Stadt hier eben wichtig!«

»Mir ist die Stadt auch wichtig«, protestierte Sara kläglich.

Aber es müsste doch noch andere Möglichkeiten geben, ihre Liebe zu zeigen, als sich als Buch zu verkleiden?

Das gab es offenbar nicht. Deshalb stand sie nun also hier, bereit, sich aus Liebe lächerlich zu machen, wie schon so viele andere vor ihr.

Das Kostüm war nicht gerade schmeichelhaft.

Jen hatte eine Vision von blankem, glattem Stoff gehabt, mit einem bizarren Stahlgestell über den Schultern als Buchrücken und schönen Goldbuchstaben wie bei einem antiquarischen Buch. Aber der Oktober hatte mit kaltem Wetter angefangen, deshalb hatte sie einen Kompromiss mit Flanell eingehen müssen und war sogar so weit gegangen, Sara darunter Jeans tragen zu lassen.

Sara dachte daran, wie sehr sie sich auf das Wiedersehen mit Tom gefreut hatte, das erste seit dem Abend auf seinem Sofa, und dass sie ganz entspannt und natürlich hätte sein wollen, aber dennoch auf irgendeine geheimnisvolle Weise hübscher als sonst.

Es war elf. Der Basar sollte um zwölf beginnen. Jeden Moment konnte George vorfahren, um sie abzuholen, und sie sah aus wie eine ungewöhnlich literarische Vogelscheuche. Anders konnte man das nicht ausdrücken.

Es war zudem ein strahlend schöner Tag, nur, um ihr eins auszuwischen. Der Spätsommer war für einen Tag zurückgekehrt, mit sanfter, milder Brise und einer Sonne, die schon jetzt wärmte. Sara konnte sich vorstellen, wie die vielen Menschen in diesem Moment in den Sonnenschein hinausblickten und sich auf einen Markttag freuten, während sie selbst in den Spiegel schaute und sich einen Tag der öffentlichen Demütigung vorstellte.

Sie lehnte die Stirn an den Spiegel und schloss die Augen. Sie würde Tom als Buch verkleidet gegenübertreten.

Broken Wheels Asphalt war niemals gemütlicher gewesen. Girlanden aus transparenten Wimpeln hingen quer über die Straße und bildeten zusammen die Farben des Sternenbanners. Die Straße war so breit, dass die Girlanden in der Mitte leider ein wenig durchsackten, aber alle fanden, dass es trotzdem sehr schön aussähe. Überall auf der Hauptstraße waren Stände aufgebaut, zum Schutz gegen den Wind von Iowa sicherheitshalber fest verankert. Durch die Stände sah die Hauptstraße für diesen einen Tag gerade groß genug aus.

Grace verkaufte ihre selbstgebackenen Kuchen und wirkte nur ein wenig verlegen. Sie hatte ein Schild mit dem Text aufgestellt: »Vorsicht! Kann Kopfschmerzen verursachen!« Caroline war gerade dabei, das Schild herunterzureißen. Graces Protest klang ziemlich halbherzig, vermutlich, weil sie niemals im Ernst damit gerechnet hatte, dass das Schild überleben würde.

Ein Stand verkaufte allerlei Ziergegenstände und unvollständige, aber handbemalte Porzellanservices. Ein anderer hatte bestickte Kissen und gestrickte Pullover und Handschuhe und Mützen in munteren Farben, wo doch bald die kalten Herbstwinde einsetzen würden.

Die meisten Bewohner von Broken Wheel hatten sich bereits eingefunden. Sara machte einen Versuch, in den Buchladen zu schlüpfen, um ihre Demütigung noch einen Moment hinauszuzögern, wurde jedoch von Grace daran gehindert. Sie bereute sehr, nicht in ihrer normalen Kleidung hergekommen zu sein und sich im Buchladen umzuziehen, aber sie hatte Angst gehabt, dazu nicht genug Zeit zu haben. Also hatte sie schräg auf dem Autositz gesessen, damit das Schultergestell Platz genug hatte, und jetzt musste sie allen gegenübertreten, ohne sich darauf vorbereiten zu können.

»Was hast du denn an?«, fragte Grace und lachte erbarmungslos über Saras Erklärung. Jen kam ihr zu Hilfe und erklärte die Idee dahinter, aber das war ein jämmerlicher Trost, da es nicht Jen war, die hier als literarische Vogelscheuche herumlaufen musste.

Eine wandelnde Bücherwerbung, vielleicht, aber auch ein wandelnder Schutz gegen Krähen.

Sie hatte den Verdacht, dass diese Verkleidung ein ebenso wirkungsvoller Schutz gegen Männer war. Zu ihrem Glück war Tom noch nicht gekommen. Vielleicht ist er krank geworden, dachte sie hoffnungsvoll.

Inzwischen kamen auch Autos angefahren, und die Menschen strömten daraus hervor wie kleine Armeen, die für einen Tag die Stadt besetzten. Familien mit quirligen Kindern und erwartungsvollen Erwachsenen. Jugendliche, die sich von Anfang an strategisch am Rand der Geschehnisse aufstellten und aus irgendeinem, vermutlich ihrem Alter geschuldeten Grund zu den heruntergekommenen Parkbänken hinüberstarrten. Unverheiratete Erwachsene in lärmenden Gruppen, zwei Paar Großeltern, bei denen die Männer sich in der Nähe der essbaren Dinge aufhielten, die Frauen dagegen kichernd die unvollständigen Services inspizierten. Alle aus Broken Wheel waren da, dazu viele aus Hope.

Die meisten schienen das Buch der Bücher nicht so sonderbar zu finden, sobald ihnen erst einmal erklärt worden war, was Sara darstellen sollte. Sara fand das faszinierend, erklärte es sich aber damit, dass die anderen bestimmt an ausgestopfte Küken und ähnliche Dinge gewöhnt waren. Sie versuchte, in der Geborgenheit des Buchladens zu bleiben, aber bald lockte das Gewimmel auf dem Markt auch sie heraus.

»Komm doch mal zu uns«, sagte Grace. »Du hältst uns die Vögel vom Leib.«

Um sie herum drängten sich die Leute.

»Woher kommen die denn alle?«, fragte Sara. Sie konnte sich nicht vorstellen, dass so viele Menschen in Broken Wheel wohnten.

Grace zuckte mit den Schultern. »Das ist eben Iowa. Die Nachbarn können meilenweit auseinanderwohnen, aber das bedeutet nicht, dass die Nachrichten sich nicht verbreiten.«

Sara hielt Ausschau nach Tom, konnte ihn aber nirgendwo entdecken. Sie wurde lockerer. Es war ein schöner Tag. Wenn sie nur Tom nicht sehen müsste, ehe sie dem Kostüm entkommen wäre, könnte der Tag sogar noch perfekt werden.

Andy war da und machte Werbung für den Tanz. Auf dem Markt wurde kein Alkohol ausgeschenkt. (»Wir wollen nicht zu solchen Unsitten ermuntern«, sagte Caroline zu Sara. »Wir wollen nicht, dass die Leute schon betrunken sind, ehe sie zu uns kommen«, sagte Andy. Aber bei den vielen Flachmännern, die Sara hier schon gesehen hatte, würden beide vermutlich arg enttäuscht werden.)

»Also«, fragte er. »Wirst du diese … Ausrüstung auch heute Abend beim Tanz tragen?«

»Natürlich wird sie das nicht«, sagte Claire. Sie half an Graces Stand aus.

»Warum sollte sie das denn nicht?«, fragte hinter Sara eine Stimme. »Die steht dir doch so gut. Was soll das übrigens darstellen?«

Tom zwinkerte ihr zu und küsste Claire auf die Wange.

»Ich bin ein Buch«, sagte Sara düster.

Tom konnte sich zwar das Lachen verkneifen, aber seine Augen funkelten dennoch.

»Ich nehme an, es könnte schlimmer sein«, sagte Sara, die das in Wirklichkeit durchaus nicht glaubte. Sie überlegte. »Sie hätten mich unter einem Haufen Bücher begraben können … mich in ein riesiges Plastikbuch wickeln … die Königin der Bücher, auf einem Thron aus Büchern und mit einem Diadem … sie hätten mir echte Bücher ankleben können … mich nackt auf die Straße jagen, mit wenigen ausgesuchten Büchern, um meine Blöße zu bedecken.«

Sie hätte noch weitere furchtbare Katastrophen aufgezählt, aber Tom schien nicht mehr zuzuhören. Der Blick in seinen Augen verschlug ihr die Sprache.

Für Caroline war der Markt ein so großer Erfolg, dass er ihr all die Selbstgerechtigkeit zurückgab, die sie durch den Gay-Erotik-Roman möglicherweise verloren hatte. Sie musterte alles mit wohlverdienter Befriedigung. Wie es schien, benahm sich sogar Grace ordentlich.

Der Mann von der Parkbank tauchte neben ihr auf. Sie gestand sich ein, dass sie sich über dieses Wiedersehen freute, was vollkommen unerwartet kam und durchaus unangenehm werden konnte.

»Phantastischer Tag«, sagte er, und zu ihrem Entsetzen ging ihr auf, dass sie lächelte. Reiß dich zusammen, Caroline, dachte sie. Aus irgendeinem Grund sah sie vor ihrem inneren Auge einen Buick.

»Wir haben wirklich Glück mit dem Wetter«, sagte sie. Ein gutes, unverfängliches Gesprächsthema.

Er schien es nicht eilig mit dem Weitergehen zu haben. Sie redete sich ein, das habe nichts zu bedeuten. Er würde sicher bald einsehen, dass es in dieser Stadt unterhaltsamere Menschen gab, und dann lieber hinter ihrem Rücken anstatt ihr ins Gesicht lachen. Und das, Caroline, sagte sie sich und reckte den Rücken, kann gar nicht schnell genug passieren.

»Kommst du heute Abend?«, fragte er.

Heirate uns!

»Und jetzt geht es wirklich los«, sagte Andy zu niemandem im Besonderen.

Sie hatten nichts mehr zu tun. Alles war vorbereitet. Das Square war bereit. Es sollte eine Tanzveranstaltung werden, von der die Leute noch lange reden würden. Alkohol würde ausgeschenkt, Musik gespielt werden, es würde so allerlei passieren.

Die Bar hatte nie besser ausgesehen, Carl war so hübsch wie immer, und sein Gehilfe Josh schien alles problemlos zu lernen. Der Tanz war Andys großer Triumph, sein bisher bestes Projekt. Der Heiratsantrag war natürlich auch wichtig.

Jen und ihr Mann waren die ersten aus Broken Wheel, die eintrafen. Der Mann sah resigniert, aber locker aus, in einem beigen Jackett, das offenbar seine Frau ausgesucht hatte und das eine halbe Nummer zu klein war. Jen war festlich gewandet in ein diskretes schwarzes Kleid aus steifem, dickem Material, das sie ein wenig kantig aussehen ließ.

»Wir sind also die Ersten?«, fragte sie. Aber das stimmte nicht ganz. Einige Gäste von weit her waren bereits da und saßen ganz hinten im Raum vor Bier und Whisky. Jen beugte sich über den Tresen und fragte Andy mit Flüsterstimme: »Und das Transparent? Sind wir so weit?«

Er nickte. »Wir sind so weit.«

In diesem Moment kam Tom zur Tür herein, dicht gefolgt von Claire und George. Das beendete sofort alle weiteren Diskussionen.

Anders als die Gäste von weiter weg versammelten sich die Bewohner von Broken Wheel um den Tresen und standen da ein wenig steif und befangen, wie Menschen, die sich selten feinmachen, eben aussehen können. Grace durchbrach die Befangenheit auf eine sympathische Weise, da sie davon einfach frei war. Sie trug eine saubere, frisch gebügelte Bluse und verhielt sich, als trage sie jeden Tag gebügelte Blusen. Sie ließ sich auf einen freien Hocker vor dem Tresen nieder und bestellte einen Whisky, ehe sie die anderen überhaupt begrüßte.

»Ist Sara noch nicht da?«, fragte sie. »Man kann über sie sagen, was man will, aber sie sorgt immerhin dafür, dass etwas passiert.«

»Das ist doch nicht dein Ernst«, sagte Tom trocken.

Andy und Jen wechselten einen raschen Blick.

»Starke Frau, diese Sara.« Grace schüttelte den Kopf und lachte wie über einen gelungenen Witz. »Ganz zu schweigen von Idgie. Landstreicher zum Schnaps einladen, noch vor dem Mittagessen. Und Elefanten und was weiß ich nicht alles.«

Sie redete weiter, ohne sich um die verwirrten Blicke zu kümmern. »Die andere Frau wird dann auch ganz schön stark, als sie anfängt zu phantasieren, wie sie Männer umbringt. Towanda, was?«

Als die anderen sie weiterhin anstarrten, machte sie eine vielsagende Handbewegung. »Grüne Tomaten! Ein Buch über die starken Frauen hier in diesem Land! Sie kennt sich mit Büchern aus, diese Sara. Sicher hat es nie eine stärkere Frau gegeben als Idgie Threadgoode. Vielleicht mit Ausnahme meiner Großmutter, natürlich.« Dann fügte sie, im Namen der Gerechtigkeit, hinzu: »Aber mit einem Elefanten hatte nicht mal meine Oma zu tun. Soviel ich weiß, natürlich.«

Das löste bei Andy eine vage Erinnerung aus. »War das nicht ein Film?«

Grace schüttelte den Kopf. »Ein Film. Ja, danke. Aber ich gehe mal davon aus, dass nicht alle so gebildet sein können wie ich und Sara.«

Aus irgendeinem Grund, den Tom nicht so ganz begriff, brachten die anderen immer wieder Sara ins Gespräch. Als ob sie keinen einzigen Abend überleben könnten, ohne über sie zu reden, dachte er.

Aber es hatte ja auch etwas Rührendes, wie sie alle auf Sara zu warten schienen. Jedes Mal, wenn die Tür aufging, schielte jemand hinüber, und jedes Mal, wenn es nicht Sara war, wandten sie ihre Blicke wieder ab.

Sie war seit anderthalb Monaten da, und die andern benahmen sich, als wäre sie immer schon da gewesen. Als würde sie immer da sein. Mit ihrem Buchladen, unter Menschen, die, wenn sie je zu einem Buch griffen, damit lieber jemand anderem eine reinsemmeln würden, als es zu lesen.

Widerwillig lachte er.

Es fiel ihm schwer, sich die Hauptstraße ohne Buchladen vorzustellen, aber er sagte sich, das sei nur eine Frage der Gewohnheit. Sara würde ja bald weiterziehen, und alles würde zur Normalität zurückkehren.

Er trank einen Schluck Bier und zwang sich dazu, Jen anzulächeln, die neben ihm redete. Er versuchte gar nicht erst, zu begreifen, was sie da sagte. Es hatte irgendetwas mit Elefanten zu tun.

Das Beste wäre, wenn er Sara aus dem Weg gehen könnte, bis sie nach Hause fuhr. Er wusste, dass es ein Fehler gewesen war, auf dem Markt mit ihr zu reden, aber wie hätte er das vermeiden können, wo sie doch als Buch verkleidet dort aufgetaucht war?

Wenn sie nur das mit dem Nacktsein nicht erwähnt hätte, dann hätte er sie problemlos von jetzt an ignorieren können. Sie kurz begrüßen, um zu zeigen, dass er wusste, was sich gehört, und sich dann den ganzen Abend von ihr fernhalten. Er kehrte der Tür entschlossen den Rücken zu und widmete sich wieder dem oberflächlichen Geplauder mit Jen.

Aber als Sara hereinkam, schaute er eben doch hinüber.

Sie sah erwachsen aus und überraschend schön. Sie trug ein schlichtes ärmelloses Kleid mit breiten Trägern und einem viereckigen Ausschnitt, der tief genug für ein Fest war, aber nicht tief genug, um gewagt zu wirken. Das Kleid wurde bei den Hüften ein wenig weiter und endete kurz über den Knien. Die tiefgelbe Farbe ließ ihre Haare dunkler aussehen, und ihre Augen waren sogar noch größer als in seiner Erinnerung. Der Schnitt des Kleides betonte ihren schlanken Körper, und wenn sie sich bewegte, sah sie geschmeidig und selbstsicher aus, und irritierend sexy. Das gedämpfte Licht wurde vom Kleid aufgefangen und ließ Saras bloße Arme und die bleiche Haut über ihren Schlüsselbeinen glänzen.

Geh ihr aus dem Weg, ermahnte er sich, aber ohne die Augen von ihr abwenden zu können. Sie würde nach Schweden zurückkehren, und das, dachte er, konnte nicht schnell genug passieren. Er zählte in Gedanken nach. Zwei Wochen vielleicht, höchstens. Danach würde alles wieder normal werden.

Die Wärme und die Freundlichkeit der Menschen in Broken Wheel schlugen ihr entgegen, sowie sie durch die Tür kam. Sie lächelten sie zur Begrüßung an und winkten sie zu sich, als ob sie auf sie gewartet hätten. Als ob sie es wirklich bemerkt hätten, wenn sie nicht gekommen wäre. Das war eine ganz neue Erfahrung.

Dann am Ende suchte ihr Blick instinktiv Tom. Als ihre Augen einander begegneten, sah er ganz schnell wieder weg. Sie hätte schwören können, dass er eine Grimasse schnitt. Das sagte ihr mehr, als sie wissen wollte. Ihr Lächeln wurde unsicher, aber sie ließ sich von Jen und Grace an den Tresen ziehen und begrüßte Josh, der hinter der Bar stand, mit einem verzagten »Hallo«. Die Menschen umringten und begrüßten sie und lachten mit ihr, als ob sie seit Jahren in der Stadt wohnte.

Nur Tom nicht, der ihr steif zunickte und sich dann in die

entgegengesetzte Richtung bewegte, wobei er über eine Bemerkung von Claire lachte.

Sie zwang sich dazu, ihn auch nicht anzusehen. Wie zum Hohn trug er ein weißes Hemd, das seine breiten Schultern betonte und verdammt gut gebügelt an einem flachen Bauch entlang über nur notdürftig in Jeans versteckte muskulöse Hüften fiel… Sie schaute wieder weg.

Sie erinnerte sich jetzt eher an den ersten Teil ihrer Begegnung auf dem Sofa als an den zweiten, und sie gab ihre Tagträume so schnell auf, dass sie wohl niemals richtig daran geglaubt hatte. Sie sehnte sich nach einer Zeit, in der auch er alles vergessen haben würde, so dass er ihr nicht länger auszuweichen brauchte.

Musik und Tanz waren jetzt richtig in Gang gekommen. Die meisten der Bewohner von Broken Wheel hielten sich noch immer in Tresennähe auf, aber hinter ihnen drängten sich die Marktbesucher und viele der Frauen jenes improvisierten Festes. Sie hatten sich zwar auf dem Basar nicht blicken lassen, aber jetzt waren sie jedenfalls zugegen. Andy und Jen tauschten die ganze Zeit verstohlene Blicke, aber Sara hatte an so vieles andere zu denken, dass sie das nur flüchtig registrierte.

Sie war natürlich nicht in Tom verliebt.

Sie wollte nur seine Freundschaft behalten, so, wie sie jetzt war. Die Freundschaft, die ihn dazu gebracht hatte, ab und zu den Buchladen zu besuchen und darüber zu lachen, dass sie so viel las.

Also ignorierte sie energisch den Teil von ihr – der sich jetzt irgendwo in der Nähe des Solarplexus befand –, der die ganze Zeit genau registrierte, wo im Raum Tom sich gerade aufhielt.

Es war nur ein… Kuss oder so etwas gewesen. Das kam vor. Auch unter Freunden. Man sitzt zufällig nebeneinander auf einem Sofa, konzentriert sich nicht richtig, und schon liegt man unter einem anderen Menschen.

Ein kleines Missgeschick, dachte Sara. Nichts, was sie weiter ernst nehmen müssten. Sie würden darüber hinwegkommen, vergessen, dass es überhaupt passiert war, oder vielleicht darüber lachen. Haha, wie verrückt, was für eine Vorstellung, dass du da plötzlich auf diese Weise über mir lagst. Und danach könnten sie wieder Freunde sein.

Ganz einfach.

Sie würde den Abend auf dem Sofa überhaupt nicht mehr erwähnen, nahm sie sich vor, und sie hoffte, dass Tom das auch nicht tun würde. Alles würde nach und nach wieder normal werden.

Aber dennoch war sie einige Minuten später gefährlich nahe daran, alles zur Sprache zu bringen.

Sie hatte gerade Grace verlassen, um zu George hinüberzugehen, und war inzwischen entspannt genug, um nicht zu bemerken, dass Tom derweil auf dem Weg zu Claire war. Sie endeten als verlegenes Quartett. Sara sah fast demonstrativ George an, aber erst, als sie in Toms Augen ein Lächeln erahnt hatte.

Das war einfach zu viel. Sie hatte den ganzen Abend noch nicht mit ihm gesprochen. Und jetzt hatte sie einen einzigen – nur einen! – zufälligen Blick auf ihn geworfen, nur um sie davon zu überzeugen, dass es keinen zufälligen Blickkontakt gab, und schon besaß er die Frechheit, darüber zu lachen, als glaube er, sie sei bewusst hergekommen, um in seine Nähe zu gelangen.

Sie reckte sich. Ihre Augen sprühten Funken. Sie drehte sich zu ihm um, bereit, um zu …

Die Musik setzte aus.

Sie stand mitten in einem plötzlichen Lichtschein. Ein Transparent tauchte von irgendwoher hinter dem Tresen auf. Es bedeckte die ganze Querwand.

Auf einem alten weißen Laken stand in großen handgemalten roten Buchstaben, total unbegreiflich: HEIRATE UNS!

Trost bei Candide

Sie sah aus wie ein im Scheinwerferlicht eines Autos gefangenes Reh.

Caroline umklammerte mechanisch den rosa Drink in ihrer Hand, während sie hörte, wie Andy einen Versuch machte, den wahnsinnigen Plan zu erklären. Und für einen Moment sah es aus, als werde alles gut gehen. Sara lächelte, zuerst unsicher und dann zögernd und schließlich immer strahlender. Ihre Augen leuchteten von etwas, das wirklich wie Dankbarkeit aussah. Sie drehte sich um, um alle in ihr Lächeln einbeziehen zu können.

Es lag eine so klare, reine Freude in dem Lächeln und Blick, die Caroline trafen, dass diese blinzelte und das Lächeln kaum erwidern konnte.

Andy und Jen lieferten im Hintergrund immer weitere Erklärungen, aber Caroline wusste, dass niemand richtig zuhörte, so stark war Saras Ausstrahlung. Es ist doch immerhin etwas, konnte Caroline noch denken, ehe alles zum Teufel ging, bei einem anderen Menschen so einen Blick verursacht zu haben, und so ein Lächeln.

Später war Caroline die Einzige, der die Veränderung in Saras Gefühlen auffiel, vielleicht, weil sie zu diesem Zeitpunkt als Einzige noch einigermaßen nüchtern war.

Sara war wirklich glücklich. Es war so eine verrückte, bizarre Idee, dass sie einfach lachen musste, und sie war auch ziemlich gerührt. Es war eine Möglichkeit, zu zeigen, dass sie sie gernhatten, das wusste sie, eine Art großartiger Abschiedsgeste. Egal, was noch passieren würde, dieses Transparent bewies, dass sie hier zu Hause gewesen war.

Andy und Jen redeten weiter. »Städte an sich können ja nicht heiraten«, sagte Jen, und Sara lachte. »Also haben wir beschlossen, einen Stellvertreter zu ernennen.«

»Einen Stellvertreter«, wiederholte Andy begeistert. »Und ausersehen als Op… als Stellvertreter ist Tom.«

»Eine pure Vernunftehe natürlich«, sagte Jen, und Sara nickte. Natürlich. Sie warf einen eiligen Blick zu Tom hinüber, voller Humor und Lachen, der ganze Vorsatz, ihn zu ignorieren, war für einen Moment vergessen, in dem Bedürfnis, diesen Augenblick mit ihm zu teilen. Doch dann sah sie sein Gesicht.

Es war total ausdruckslos, abgesehen von einem gezwungenen starren Lächeln und einem kühlen, fast zornigen Blick. Zwei wütende rote Flecken tauchten dicht oberhalb seines Halses auf und dehnten sich bald über seine Wangen aus. Da er dabei aber lächelte, fiel außer Caroline und Sara niemandem der Ausdruck in seinen Augen auf. Sara schluckte.

Dann verschwand der Lichtstrahl, die Musik setzte wieder ein, und alle drängten sich um sie zusammen. Sie suchte nach Tom, weil sie wissen wollte, ob sie sich seinen Gesichtsausdruck nur eingebildet hatte, aber immer neue Menschen tauchten neben ihr auf und trennten sie von ihm. Sie antwortete kurz und fast mechanisch auf das, was die andern zu ihr sagten. Als sie ihn endlich wieder sah, stand er am Tresen, wo Carl ihm einen Whisky einschenkte. Er kippte ihn unangebracht schnell.

Sie sagte sich, dass ihr das schließlich egal sein könne. Sie hatte diesen Antrag nicht gestellt. Und die anderen hatten sie gern.

Sie hatten sie sogar so gern, dass sie sich diese ganze verrückte Geschichte mit der Vernunftehe ausgedacht hatten, und sie hatte vor, dieses Gefühl zu genießen.

Also lachte sie und lächelte und zwang sich, den Kopf hochzuhalten, während sie langsam umherging. Menschen, die sie kaum kannte, und Menschen, die sie nie gesehen hatte, klopften ihr auf die Schulter, und mehr als eine Frau mit Cowboyhut zog sie in einer bärenstarken Umarmung an sich.

»Bedeutet das, dass der Junge an der Bar jetzt zu haben ist?«, fragte eine von ihnen, aber Sara brauchte sich keine Antwort zu überlegen. Eine andere Frau, die sich durchgedrängt hatte, um ihr zu gratulieren, hatte sie so energisch in den Rücken gestoßen, dass es ihr für den Moment die Sprache verschlug.

Die ganze Zeit ignorierte sie ganz bewusst Toms steife Gestalt am Tresen.

Der verdammte Tom.

Als es sich nicht mehr vermeiden ließ, ging sie am Ende zu ihm. »Was für eine wahnsinnige Geschichte«, sagte sie lachend. Jetzt müsste er doch wohl ein bisschen lockerer werden, dachte sie.

Er sah sich um, vermutlich, um sich davon zu überzeugen, dass niemand zuhörte. Carl war am anderen Ende des Tresens beschäftigt, und die Musik war so laut, dass man nicht hören konnte, was die anderen sagten, aber dennoch senkte er die Stimme. »Ich nehme an, ich müsste dir gratulieren. Oder genauer gesagt, uns.«

Seine Stimme klang so zu Unrecht verärgert, dass sie der Versuchung nicht widerstehen konnte zu sagen: »Ich sehe ja, dass du ganz klar der glücklichste Mann hier in der Stadt bist.«

In ihrer Stimme lag noch immer ein Lachen. Er schien das nicht gut zu finden. »Herrgott, Sara«, sagte er. »Denk doch wenigstens mal nach, ehe du es tust.«

Er sah sich um. »Kann ich dich nach Hause fahren?«, fragte er. Sie entdeckte, dass er bereits ihren Mantel in der Hand hielt.

Um sie herum tobte das Fest, und alle anderen schienen strahlender Laune zu sein. Die meisten standen dicht gedrängt mitten im Raum, aber mehrere Leute tanzten jetzt auch wieder. Es gab sogar eine Band, die weiter hinten im Lokal auf einer improvisierten Bühne spielte, eine Gitarre, eine Sängerin, Geige und Schlagzeug. Sara schaute sehnsüchtig zu den Tanzenden hinüber.

Man hat so selten eine Gelegenheit zu tanzen, dachte sie, und es ist doch noch so früh. Er hielt ihr den Mantel hin, und sie zog ihn mit leisem Seufzer an.

Es wird noch andere Gelegenheiten geben, sagte sie sich.

Dann blieb sie stehen.

Es würde keine anderen Gelegenheiten geben, keine anderen Tanzfeste oder improvisierten Heiratsanträge. Sie würde nach Schweden zurückfahren, und dieser Abend würde verblassen, wie alles andere, was sie hier erlebt hatte. Aber Tom war schon auf halber Strecke zur Tür und schaute sich ungeduldig nach ihr um.

»Möchtest du tanzen, ehe wir gehen?«, fragte sie.

»Herrgott«, sagte er und riss die Tür auf. Er legte ihr die Hand in den Rücken und schob sie fast hinaus.

»Das nicht, nein«, murmelte Sara vor sich hin. Sie gönnte sich einen letzten sentimentalen Blick in die Runde. Sie waren die Ersten, die gingen. Sogar Caroline war noch da.

Er öffnete ihr in einem zerstreuten Anfall von Höflichkeit die Autotür. Er hatte noch immer nichts gesagt, aber das war bestimmt ein Zufall, vermutete Sara. Es gab nur einen Grund, sie nach Hause zu fahren, noch dazu demonstrativ vor aller Augen.

Und richtig.

»Denk wenigstens an die Konsequenzen«, sagte er, sowie sie den Parkplatz verlassen hatten. Sie lächelte über diese Vorhersagbarkeit, was vielleicht nicht gerade diplomatisch war.

»Das ist mein Ernst, Sara.«

Er war noch immer wahnsinnig attraktiv. Das weiße Hemd war kaum zerknittert. Er hatte sich die Hemdsärmel aufgekrempelt und für die kurze Autofahrt auch nicht seine Jacke angezogen. Seine Finger trommelten angespannt auf dem Lenkrad herum.

»Ich kenne die Regeln ja nicht so ganz, aber wenn das herauskommt, kannst du nie wieder legal hier einreisen, und bestimmt musst du Strafe zahlen. Das ist ein Vergehen, meine Güte.«

Der Herbst war wirklich eine widerliche Jahreszeit für eine Rückkehr nach Schweden, dachte sie.

»Hörst du mir überhaupt zu?«

»Vergehen – Strafe – furchtbare Konsequenzen«, sagte sie brav, ohne ihn anzusehen.

»Das hier ist kein Scherz.«

Sie hatten Amys Haus bereits erreicht. Aber sie blieb im Auto sitzen. Sie hatte den Verdacht, dass er noch nicht fertig war. Und da sollte er doch alles ausspucken dürfen. Er redete jedenfalls weiter: »… über uns«, hörte sie plötzlich. Nun musste sie ihn doch ansehen.

»Ich weiß, dass es kein ›uns‹ gibt«, sagte er jetzt. »Aber hat es etwas damit zu tun, was neulich an dem Abend passiert ist?«

Sie wurde wider Willen rot. »Natürlich nicht«, sagte sie.

Er musterte sie forschend, aber sie hatte nicht vor, noch mehr zu sagen, und wenn er dieses Schweigen für die restlichen zwei Wochen beibehielt.

»Du weißt, was der Grund ist«, sagte er. Vielleicht hatte sie zu viel verraten, auch wenn sie geschwiegen hatte. Sie zwang sich zu einem Lächeln und war fast überrascht darüber, wie gut es ihr gelang.

»Was ich gesagt habe, war mein Ernst. Das würde niemals gut gehen.«

Sie nickte.

»Du liebst mich nicht«, sagt er, aber diesmal fiel sie ihm ganz rasch ins Wort.

»Nein«, sagte sie und schaute aus dem Seitenfenster. »Natürlich liebe ich dich nicht.«

»Und ich liebe dich nicht.«

Das wusste sie natürlich.

»Wie lange wolltest du denn überhaupt hierbleiben?«

So lange ich darf, dachte sie.

»Was hattest du also vor? Mich heiraten, noch zwei Monate bleiben, bis du es satthast, und mir aus Schweden die Scheidungspapiere schicken?«

Er wirkte überraschend wütend. Als ob er fest entschlossen sei, ihr klarzumachen, dass sie nicht hierhergehörte. Es kam ihr unnötig grausam vor, nach etwas, das doch nur eine freundliche Geste gewesen war.

Bei dieser Erinnerung musste sie einfach lächeln. Es war ein phantastisches Laken gewesen. Ihre Finger zeichneten kleine Muster auf die beschlagene kalte Fensterscheibe. *Es ist ja nicht gerade so, als ob ich etwas hätte, zu dem ich zurückfahren kann,* dachte sie. Das erschreckte sie mehr, als sie zugeben mochte: die Zukunft. Wieder allein.

Aber sie sagte nichts. Sie hatte nicht vor zu verraten, wie wenig es war, zu dem sie zurückkehren konnte. Nicht, da er so offensichtlich nicht wollte, dass sie blieb.

»Und dann, eine Heirat, um die Aufenthaltsgenehmigung zu bekommen – das ist zu riskant, Sara.«

Sie zuckte mit den Schultern. »Alles findet sich in dieser besten aller möglichen Welten«, sagte sie leise. Sie hatte immer schon in Candides Schicksal und Abenteuern einen gewissen Trost gefunden. Egal, was passierte, Candide war es schon schlimmer ergangen. Vielleicht war das nicht direkt das Gefühl, das Voltaire hatte hervorrufen wollen, aber so war es nun eben.

Seine Augen wurden wieder kalt. »Zum Teufel«, sagte er. »Denk doch wenigstens nach, ehe du es tust.«

Gut gesprochen, lieber Philosoph, aber lass uns jetzt unseren Garten pflegen, dachte sie und öffnete die Autotür. Ehe sie ausstieg, drehte sie sich zu ihm um. »Das war vielleicht kein Witz«, sagte sie. »Aber es war auch nicht so verdammt ernst. Es war eine freundliche Geste, das ist alles. Das Einzige, was du oder ich jetzt tun müssen, ist, ihnen zu sagen, dass wir nicht vorhaben zu heiraten.«

Sie stieg aus dem Auto, aber nur, um in einiger Entfernung stehen zu bleiben. »Es ist ja klar, dass wir nicht heiraten«, fuhr sie fort. »Du glaubst ja wohl nicht im Ernst, dass ich erwarte, du würdest so etwas für mich tun. Und niemand kann dich zwingen, irgendwen zu heiraten.«

Damit knallte sie die Tür energischer zu, als eigentlich nötig gewesen wäre.

Der Knall übertönte Toms letzte, fast verzweifelte Worte: »Du kennst sie nicht so gut wie ich«, gefolgt von einem »ach, zum Teufel!«

Er blieb im Auto sitzen, bis Sara Amys Tür aufgeschlossen hatte. Erst dann fuhr er los und ließ sie einsam in der Küche zurück. Wer weiß, dachte Sara, vielleicht fährt er jetzt sogar wieder auf das Fest.

Sie schaute auf die Uhr. Der Tanz war sicher noch immer voll in Gang.

Es wurde im Square jetzt ruhiger, und Caroline fühlte sich zum ersten Mal an diesem Abend etwas entspannter.

Als sie gekommen war, hatten die Menschenmenge, der Geräuschpegel und die allgemeine Grobheit sie total verschreckt. Sie hatte sich durchgedrängt und immer wieder »Entschuldigung« und dann »ENTSCHULDIGUNG!« gesagt.

Sie hätte in der Tür fast wieder kehrtgemacht.

Sie, auf einem Fest, um einen Mann zu treffen. Im tiefsten Herzen wusste sie, dass sie hier genau das tat. Aber es war schon sehr lange her, dass sie es für möglich gehalten hatte, Frau zu sein, stark und intelligent, und doch ein normales Leben zu leben. Bis zu jenem Abend im Sommer '84 hatte sie sogar geglaubt, es könne irgendwo dort draußen Männer geben, die Stärke bei einer Frau zu würdigen wussten.

Es war witzig, dachte sie, während sie hin- und hergestoßen wurde und überlegte, ob es lohnte, sich nach vorn zu drängen, dass sie sich an den Namen dieses Mannes nicht erinnern konnte. Doch sie wusste noch immer genau, wie sich die Nylonstrümpfe auf ihrer Haut angefühlt hatten, sie erinnerte sich an den Geruch von Feuer und Abgasen und daran, wie wild ihr Herz gehämmert hatte, als sie dort eingetroffen war. Den Sex an sich hatte sie vergessen, sie erinnerte sich vage an den Geruch von Tabak und Schnaps, als er sie küsste, und wie schwer er über ihr gelegen hatte.

Reiß dich zusammen, Caroline, dachte sie. Josh entdeckte sie fast im selben Moment, als sie das dachte, und ehe sie etwas sagen konnte, hatte er einen Drink für sie gemixt, ein wahnsinnig rosafarbenes Zeug, das garantiert nicht alkoholfrei war.

Sie wusste noch immer nicht, ob sie geflohen wäre, wenn er sie in diesem Moment nicht entdeckt hätte.

Aber jetzt saßen die Leute in kleinen Gruppen zusammen und redeten über Themen, die sie interessierten. Sie beugten sich über die Tische vor, um sich Gehör zu verschaffen, berührten einen Arm oder eine Hand, um Aufmerksamkeit zu erlangen oder um ihrem Gegenüber eine kleine Freundlichkeit zu erweisen. Drei Paare tanzten langsam und entspannt wie alte Freunde, und ab und zu ging ein Paar nach draußen, um ein wenig frische Luft zu schnappen. Caroline nickte verständnisvoll. Das konnte inzwischen durchaus nötig sein.

Hinter dem Tresen wurden Andy, Carl und Josh immer lockerer, je weiter der Abend fortschritt. Josh nahm sich zwei Bier und kam auf sie zu. Er berührte ihren Arm ganz leicht und zeigte mit der Bierflasche auf einen freien Tisch in einer leeren Ecke.

»Komm«, sagte er und führte sie zu dem Tisch. Er ließ sich im Sessel zurücksinken und schloss die Augen. »Was für ein Abend«, sagte er.

»Bist du müde?«

»Ein bisschen«, gab er zu. »Aber was für ein Abend.«

Er setzte sich auf und beugte sich über den Tisch vor. »Danke, dass du gekommen bist«, sagte er und streifte ihre Hand in einer fast unbewussten Bewegung. Seine Finger berührten ihre Hand kaum, und doch verspürte sie plötzlich ein Flattern hinter dem Schlüsselbein. Sie schluckte und gab sich alle Mühe, um nicht voller Panik ihre Hand zurückzureißen. Stattdessen öffnete und schloss sie ihre Hände langsam.

»Es war sehr nett«, sagte sie. Für das Ende des Abends traf das immerhin zu. Und es war nett, noch eine Weile hier sitzen und in aller Ruhe reden zu können. Sie nippte vorsichtig an ihrem Bier, das befreiend kalt war. Aber natürlich würde sie nicht die ganze Flasche leeren.

Zunächst schwiegen sie einfach zusammen, wie auf der

Parkbank, und schauten die wenigen Menschen an, die noch immer feierten. Einer stolperte bei einem Tanzschritt und musste von seiner Partnerin hochgerissen werden; Caroline sah Josh instinktiv an, und ihre Augen funkelten in diesem geteilten Lachen. Der Gitarrist und die Sängerin standen noch immer auf der Bühne, aber der Schlagzeuger saß mit geschlossenen Augen da, an die Wand gelehnt, ein Bier in der Hand, die Trommelstöcke ruhten auf seinen Knien. Die Geigerin war mit einem Mann von einem der benachbarten Höfe zum Luftschnappen nach draußen gegangen.

»Kann ich dich nach Hause fahren?«

Sie nickte, aber sie blieben sitzen. »Das hast du heute gut gemacht«, sagte sie.

»Es hat mir Spaß gemacht. Hat dir dein Drink gefallen?«

Sie nickte wieder. Eine Notlüge konnte doch nicht schaden.

Als sie aufbrechen wollten, hatten Andy und Carl schon mit Aufräumen angefangen. Josh hob fragend die Augenbrauen, und sie winkten ihnen zu, sie sollten einfach nach Hause fahren.

Auf der Fahrt schwiegen sie wieder. Aus irgendeinem Grund fand Caroline, dass es sehr viel länger dauerte als sonst, obwohl die Fahrt eigentlich fast sofort zu Ende war. Er überraschte sie damit, dass er sie bis zu ihrer Haustür begleitete.

Sie zögerte, ehe sie aufmachte. Auf irgendeine Weise wollte sie nicht, dass der Abend schon zu Ende wäre. Er schien es auch nicht eilig damit zu haben, zu seinem Auto zurückzugehen.

»Danke, dass du gekommen bist«, sagte er noch einmal, so leise, dass sie es fast nicht hören konnte.

Er beugte sich dichter zu ihr vor. Sie sah ihn verwirrt an.

Für einen Moment glaubte sie fast, er wolle sie küssen, so dicht stand er vor ihr. *Mach dich nicht lächerlich, Caroline,* konnte sie noch denken, dann tat er es auch schon. Seine Lippen berührten ihre ganz sanft, und sie erstarrte.

Sie wusste, dass sie hätte gehen sollen. Die Tür öffnen und fliehen. Aber sie konnte sich trotzdem nicht rühren.

Er trat einen kleinen Schritt zurück und streifte mit einem Finger ihre Wange. Sie konnte seinen Blick nicht erwidern. »So«, sagte er. »Du hast mir nicht einmal gesagt, dass das nicht richtig ist.«

Dann küsste er sie wieder.

Weißt du, Caroline, sagte sie zu sich. Ich glaube, du hast vollkommen den Verstand verloren.

Sie saß in ihrem üblichen Sessel im Wohnzimmer und hatte sich eine Tasse Tee gemacht, um ihre angegriffenen Nerven zu beruhigen. Das klappte aber nicht. Der Tee war schon kalt geworden. Draußen lag ihr schöner Garten einer dunklen Schale gleich, in der die Blumen längst verwelkt waren und das Laub bereits fiel. Um Caroline selbst stand es nicht viel besser. Sie war nur ein Schatten ihres früheren Selbst, sie konnte ihr Spiegelbild im Wohnzimmerfenster sehen, ein weißes starres Gesicht mit etwas Gehetztem im Blick.

Gleich nach dem Aufwachen an diesem Morgen hatte sie angefangen, sich in Gedanken die Leviten zu lesen. Der vergangene Abend war nicht richtig gewesen. Sie hätte es besser wissen müssen, statt ihn auch noch zu ermuntern. Sie war über vierzig, um Himmels willen. Eine christliche, respektable Frau, die sich wie ein verliebter Teenager aufführte. Mit einem anderen Teenager. Einem homosexuellen Teenager.

Er ist doch mindestens fünfundzwanzig, sagte sie sich.

Und das soll eine Entschuldigung sein? Fünfundzwanzig!

Großer Gott.

Das Gespräch mit Josh war nicht wie geplant verlaufen.

Auf irgendeine Weise hatte sie gewusst, dass er an diesem Tag vorbeikommen würde. Sie war im Haus geblieben, um niemandem zu begegnen. Sie hatte sogar das Putzen ausfallen lassen. Sie!

Stattdessen hatte sie den Vormittag damit verbracht, am Küchentisch zu sitzen und sich Sorgen darüber zu machen, was die Leute sagen würden, wenn sie es erführen. Sie werden dich auslachen, wenn sie je davon hören, sagte sie sich immer wieder, bis die Welt sich um sie drehte. Auf irgendeine Weise hörten die Leute ja immer von solchen Dingen.

In jenem Sommer, als sie noch jung und dumm gewesen war, war ihr der Verdacht gekommen, dass der Mann, in den sie sich verliebt hatte, sich durch Intelligenz nicht beeindrucken ließ, aber sie hatte geglaubt, sich entscheiden zu müssen, ob sie gescheit sein oder akzeptiert werden wollte. Sie war mit ihm auf ein Fest gegangen und hatte ihre ganze Persönlichkeit hinter einem neuen Kleid, Schminke und einer restlos unmöglichen Frisur versteckt. Sie staunte darüber, wie naiv sie gewesen war. Als ob die Leute Intelligenz verzeihen würden, bloß, weil sie einen Abend lang Alkohol getrunken, sich durch eine Zigarette hindurchgehustet und auf der Rückbank eines Buick ihre Unschuld verloren hatte.

Sie hatte freiwillig ihren Schild gesenkt, hatte fröhlich ihre Waffen gestreckt und war deshalb dem Gelächter wehrlos ausgeliefert gewesen. Es war ein widerlicher Sommer gewesen.

Und jetzt saß sie wieder hier.

Als gleich nach der Mittagszeit an die Tür geklopft wurde, hatte sie gewusst, dass es Josh war. Einen Moment lang hatte sie mit dem Gedanken gespielt, nicht aufzumachen.

Er hatte aufreizend munter und ausgeschlafen ausgesehen und nicht im Geringsten verlegen. Er war in ihr Wohnzimmer getreten, als ob er dort zu Hause wäre. Sie konnte ihn vor sich sehen: stark und selbstsicher und demütigend jung und schön. Sie ließ sich noch tiefer in den Sessel sinken, wie um sich vor dieser Erinnerung zu schützen.

»Das war nett gestern.« Er hatte ihr sogar zugezwinkert.

Also hatte sie ihm erklären müssen, dass der vergangene Abend in jeder Hinsicht falsch gewesen war. Er hatte nicht widersprochen, hatte keinerlei Erklärung verlangt. Er hatte mit den Schultern gezuckt und gesagt: »Ich wollte nur sicher sein, dass du dich nicht hier versteckst, weil du Angst davor hast, mir zu begegnen.«

Eine gemeine Bemerkung, dachte sie. Natürlich versteckte sie sich.

An allem war Sara schuld. Ehe sie gekommen war, waren solche Dinge nie passiert.

Caroline erhob sich und ging in die Küche, um sich neuen Tee zu kochen. Sie war einfach zu alt, um sich so zu benehmen. Sie hatte sich aufgeführt wie eine von diesen grell geschminkten älteren Frauen, die versuchten, mit jüngeren Kellnern zu flirten, und die nicht begriffen, dass die Kellner danach nach Hause gingen und mit ihren ebenso jungen Freundinnen über sie lachten.

Oder ihren Freunden.

Es ist ja nicht so, als ob du diesen Dingen gewachsen wärst, Caroline. Und wir wollen doch mal ehrlich ein: Was du an Rüstung hast, ist alt und abgenutzt. Die hat inzwischen schon viele Meilen zurücklegen müssen.

Aber nicht alle Teile.

Caroline!

(Na, es stimmte doch.)

Josh kam am selben Abend zurück.

»Warum war es falsch?«, fragte er, ehe er auch nur einen Fuß in die Diele gesetzt hatte.

Sie drehte sich um und ging ins Wohnzimmer. Die Diele war viel zu klein, um mit ihm dort allein zu sein. »Ich will nicht darüber sprechen«, sagte sie.

Er folgte ihr. »Es war nur ein Kuss. Außerdem küsse ich dich gern.«

Sie wurde blass. »Großer Gott«, murmelte sie.

»Ich glaube kaum, dass der viel damit zu tun hat.«

Das ist doch nicht dein Ernst, dachte sie, aber er konnte ihr doch ein kleines Lächeln entlocken.

»Es war nicht richtig«, sagte sie langsam, als ob sie einfach nur eine Selbstverständlichkeit feststellte. Was, wie sie sich mahnend vorhielt, ja auch der Fall war.

»Hat es etwas mit der Kirche zu tun? Mit irgendeinem Gebot über christliche Frauen und Bisexuelle?«

Sie schaute ihn überrascht an. Bisexuelle? Was hatte es denn damit nun wieder auf sich?

»Das würde mich gar nicht überraschen«, sagte sie. Die Kirche hatte ja eigentlich für alles ihre Regeln. »Aber daran liegt es nicht.«

»Ich hätte schwören können, dass es dir auch gefallen hat.«

Bei der Erkenntnis, wie leicht sie zu durchschauen war, bekam sie eine Gänsehaut, und sie konnte ihn nicht mehr ansehen. »Ich … es war nicht richtig.«

»Warum nicht?«

Er stand dicht neben dem durchgesessenen Sessel, in dem sie immer saß, und unfreiwillig trat sie einen Schritt zurück. Sie wusste nicht so ganz, wohin sie blicken sollte. Er wirkte fehl am Platz in ihrem Wohnzimmer. Jung, voller Leben, Kraft und Energie, umgeben von Dingen, die alt, unmodern und irgendwie hausbacken waren. Sie fühlte sich zwischen ihm und den gestickten Bildern gefangen.

»Du bist jung, und ich bin … nicht jung«, sagte sie. Nicht jung? Großer Gott, Caroline. »Ich bin alt«, korrigierte sie sich. »Viel zu alt für dich. Du solltest mit einer zusammen sein, die so jung und schön ist wie du …« Sie errötete wütend, als ihr aufging, was sie da gesagt hatte. »So jung wie du«, sagte sie eilig und hoffte, dass er den Rest nicht gehört hatte.

»Du bist schön.« Er schien ihr überhaupt nicht zugehört zu haben. »Das finde ich eben. Spielt irgendetwas anderes denn überhaupt eine Rolle? Und es war doch nur ein Kuss, um Gottes willen.«

»Natürlich war es nur ein Kuss. Was hätte es denn sonst sein sollen?«

Er hob die Augenbrauen, sagte Gott sei Dank aber nichts.

»Es geht hier also um den Altersunterschied?«, fragte er.

»Unter anderem.«

»Du findest mich zu jung?«

»Ich bin zu alt«, korrigierte sie.

Er winkte mit einer gereizten Handbewegung ab. »Ist dasselbe«, sagte er.

Sie lachte. »Wohl kaum. Dein Problem wird vorübergehen. Meins wird nur immer schlimmer.«

Darüber lächelte er denn doch. »Altersunterschiede sind aber von Natur aus konstant.«

Sie hörte auf zu lachen.

»Und was noch?«, fragte er.

Ihr Blick irrte davon. »Was noch?«

»Du hast gesagt, unter anderem das Alter. Was hast du sonst noch gegen mich?«

Sie wurde normalerweise nicht von anderen gefragt, was an ihnen nicht stimmte. Normalerweise teilte sie das ungebeten mit. Welch Ironie, dachte sie, dass sie jetzt, da jemand fragte, selbst das Problem war.

»Es geht hier eher um mich«, gab sie zu.

»*Nicht du bist das Problem, sondern ich?* Verdammt, Caroline, das sagt nun wirklich niemand mehr.«

Sie wurde rot. »Fluch hier bitte nicht«, sagte sie. »Ich habe noch nie behauptet, die neuesten Modeausdrücke zur Hand zu haben.«

»Es geht hier nicht um Mode, sondern um Klischees. Ausgelutschte, sinnlose Klischees.«

»Für mich sind sie nicht ausgelutscht«, sagte sie. »Ich habe das noch nie zu irgendwem gesagt.«

Er ließ ein leises, unterdrücktes Stöhnen hören, dann lachte er.

»Na gut«, sagte er. »Und was ist das Problem bei dir?«

Ihr ging auf, dass sie jetzt, da sie das Problem war, keine Lust hatte, darüber zu sprechen. Noch so eine Ironie des Schicksals.

»Ich bin zu alt.«

»Das hast du schon gesagt«, erklärte er brutal. Sie registrierte, dass er ihr nicht widersprach. Was logisch war, da es stimmte. Sie fühlte sich seltsam deprimiert.

»Ich bin … nicht schön genug.«

Sie redete rasch weiter, ehe er auch dagegen Widerspruch einlegen könnte. »Müde. Dieser Körper hat schon viel zu viele Meilen hinter sich gebracht.«

»Aber dennoch ist er fast wie neu. Die Besitzerin hat ihn ja nur benutzt, um damit sonntags in die Kirche zu fahren.«

Das war so deprimierend wahr, dass sie darüber nicht einmal lachen konnte. Er sagte nichts, er stand nur da mitten in ihrem Wohnzimmer und weigerte sich, sie mit ihren bitteren Gedanken in Ruhe zu lassen.

»Ich habe nicht die richtige Ausrüstung«, sagte sie verzweifelt. Sie dachte an den Jungen im Buch. »Du solltest dir einen netten jungen Mann suchen.«

»Ausrüstung, Caroline?«

Wieder wurde sie rot. Sie hatte die Kontrolle über dieses Gespräch verloren. Es lief überhaupt nicht so, wie sie sich das gedacht hatte.

»Was bist du für eine phantastische Frau«, fügte er hinzu, fast an sich selbst gewandt.

Überhaupt nicht so, wie sie sich das gedacht hatte.

»Aber es stimmt doch«, sagte sie.

Er hob die Augenbrauen, als sei überhaupt nicht klar, was sie da meinte.

»Ich nehme an, ich mag sowohl als auch«, sagte er. »So was kommt vor, weißt du. Ich bin noch nie auf Frauen abgefahren, aber jetzt ist das offenbar der Fall. Wer kann denn ahnen, was in der Zukunft passieren wird? Vielleicht tue ich mich mit einem netten jungen Mann zusammen, vielleicht nicht. Spielt das denn wirklich jetzt eine Rolle für uns?«

»Es gibt kein *uns*«, sagte sie rasch, um es ganz klarzustellen.

Er zuckte mit den Schultern, aber jetzt lag etwas Beängstigendes in seinem Blick. Etwas Entschlossenes und Herausforderndes. Es war draußen bereits ganz dunkel, und das ganze Wohnzimmerfenster war nur ein schwarzer Spiegel. Sein langer, lässiger Körper war wirklich überall.

Er trat einen Schritt vor, legte die Arme um ihre Taille und drückte sie an sich. Sie stöhnte auf und musste sich leider eingestehen, dass es kein entsetztes Aufstöhnen war. Diesmal war sie fast sicher, dass er sie küssen wollte, aber noch zögerte er es hinaus. Etwas – eine Art Lächeln – spielte in seinen Augen. Er lachte sie einwandfrei aus. Das machte sie so wütend, dass sie seinen Blick erwidern konnte. Und da küsste er sie.

Seine Lippen waren weich und fordernd auf einmal. Sein Körper war jung und hart und männlich, und als sie die Augen schloss, hatte sie Visionen von muskulösen nackten Männerleibern, die einander im Dunklen berührten.

Sie staunte darüber, dass sie das genoss. Sie spürte, wie tiefe, seltsame Teile ihres Körpers zum Leben erwachten. Sie hätte nicht gedacht, dass sie die Fähigkeit besaß, es zu genießen. Und wenn sie die jemals gehabt hatte, dann hatte sie geglaubt, sie sei mit dem Alter verschwunden. Ein Teil von ihr fand das faszinierend.

Ein anderer Teil war entsetzt.

Sie wich ein wenig von ihm zurück und sagte: »Ich bin doch Kirchenälteste, zum Teufel.«

Er lächelte sie an. »Ich bin schwul, zum Teufel«, sagte er. Aber er ließ sie los, noch immer mit diesem Lachen in den Augen, und trat einen Schritt zurück. Er zwinkerte ihr zu. »Ich habe doch gleich gesagt, dass du nichts dagegen hast.«

Und sie hätte es sich niemals eingestanden, aber als er sich von ihr entfernte, empfand sie etwas, das große Ähnlichkeit mit Enttäuschung hatte.

»Ich komme am Dienstag zurück«, sagte er. »Bis dahin kannst du dich ja entscheiden.«

Sie hätte fast gefragt, wofür denn entscheiden, aber sie hatte den starken Verdacht, dass sie es nicht ganz offen von ihm hören wollte.

Caroline war nicht die Einzige in Broken Wheel, die am Tag nach dem Tanz erschüttert war. Am stärksten erschüttert war George, obwohl er der Einzige war, der nichts getrunken hatte.

Als es Tag wurde, wusste er noch nicht, dass Chaos und Verwirrung sich mit hundertvierzig Stundenkilometern auf dem Interstate 34 näherten.

Er hatte einen ruhigen, angenehmen Abend verbracht. Er hatte nichts getrunken. Und das Phantastischste von allem: Er hatte Claire nach Hause gefahren, und sie hatte sich vorgebeugt und zum Dank seine Wange geküsst, wie eine richtig echte Freundin. Als er am Morgen aufwachte, war diese Erinnerung noch immer ganz nah.

Er stand auf, er lächelte vor sich hin, er trank Kaffee, er rasierte sich sogar, obwohl er das schon am Vortag getan hatte, und er schielte zu dem zweiten Bridget-Jones-Buch hinüber, während er sich überlegte, was der Tag ihm wohl zu bieten haben würde.

Er hatte wirklich das Gefühl, dass der Tag ihm etwas zu bieten haben könnte, was ein neues und revolutionäres Gefühl war. Er nippte an seinem Kaffee und spielte nicht einmal mit dem Kaffeelöffel herum. Er hatte an diesem Tag Lust auf Milch und Zucker gehabt. Das war eine einfache Entscheidung gewesen.

Er überlegte, ob er losfahren und Sara chauffieren sollte,

aber er hatte den Verdacht, dass sie lieber zu Fuß gehen würde. Es waren zwar einige Wolken am Himmel, aber es regnete nicht, und wenn es anfing, könnte er sie nachmittags ja abholen.

Als er die Türklingel hörte, schmunzelte er und überlegte, ob es wohl Claire sein könnte. Er öffnete die Tür mit einem strahlenden Lächeln auf den Lippen.

Er erstarrte.

Sie war viel älter als in seiner Vorstellung, und kleiner. Sie reichte ihm kaum bis zum Kinn, und dabei hatte sie in seinem Gehirn fast mythische Ausmaße angenommen. Sie war eher hübsch als schön, und sie hatte einen durchdringenden Blick. An den erinnerte er sich.

»Hallo, George«, sagte sie.

»Sophy?«

»Ich finde es auch nett, dich zu sehen.« Die Luftfeuchtigkeit hatte ihre Haare auf eine Weise gelockt, die sie verabscheute, wie er wusste.

»Wo ist Sophy?«

»Keine Ahnung. Ich hab sie vor zwei Jahren bei einem Ex abgeladen.«

Er wurde blass und konnte kaum fassen, was sie da gesagt hatte.

»Sei nicht so blöd, George. Sie sitzt im Auto.«

Er schaute über ihre Schulter, als sei ihm gerade erst klargeworden, was ein Auto war. Eine Person saß auf dem Beifahrersitz, aber er konnte sie nicht deutlich erkennen.

Sie ging an ihm vorbei in die Diele, und er blieb unsicher in der Türöffnung stehen, hin- und hergerissen zwischen der Sehnsucht nach Sophy und der Vorstellung, dass es ein schmerzhaftes Wiedersehen sein könnte.

»Jetzt sag ihr endlich guten Tag, verdammt noch mal«, befahl Michelle unsentimental.

»Wie lange bleibt ihr?«, fragte er, um Zeit zu gewinnen.

Michelle zuckte mit den Schultern, ehe sie im Zimmer verschwand. »Nicht in alle Ewigkeit, wenn du dir deshalb Sorgen machst.«

Das hatte er nicht getan. Er schaute verstohlen zum Auto hinüber. Sophy ging gerade zur Hecktür, vermutlich, um die Taschen zu holen. Sie war so groß wie Michelle, aber viel hübscher. Sie war noch immer ein Teenager, der sich noch nicht richtig an seinen Körper gewöhnt hatte, und ihr fehlte Michelles aufdringliche Selbstsicherheit. Sie war das Schönste, was er jemals gesehen hatte.

Er ging hinaus und half ihr mit den Taschen. Sie hatten zwei. Beide waren geblümt und verschlissen, die eine war jedoch um einiges größer als die andere. »Mamas«, sagte Sophy. Mehr sagte sie nicht. Er schwieg ebenfalls, dankbar, weil er ihr irgendwie helfen konnte. Sie ging vor ihm her ins Haus, mit der kleineren Tasche, blieb aber in der Diele stehen.

Ihm fiel nichts ein, was er hätte sagen können, und doch hatte er in all den Jahren immer mit ihr geredet. Natürlich war er dabei nicht immer nüchtern gewesen, und er wurde rot bei dem Gedanken an alles, was er ihr gezeigt hatte, auch wenn sie ja eigentlich gar nichts gesehen hatte, was schade war, aber vielleicht auch gut, da er nicht immer nüchtern gewesen war... er hatte sich in seinen Gedanken verirrt, und ihm fiel nichts Besseres ein, als sie wieder anzulächeln.

»Ich heiße Sophy«, sagte sie, als ob sie sich noch nie begegnet wären.

Sein Herz krampfte sich für einen Moment zusammen, aber nicht so schlimm, dass er damit nicht fertigwerden konnte. Er verspürte eine absurde Lust, mit ihr darüber zu reden.

»Ich heiße George«, sagte er. »Aber vor langer Zeit hast du mich Papa genannt.«

»Nenn ihn George«, rief Michelle aus der Küche. Er war froh darüber, dass er am Vortag gespült hatte. Die Wohnung war unpersönlich und trist, aber sie war immerhin sauber. Wenn er gewusst hätte, dass sie kommen würde, hätte er mehr getan. Neu gestrichen vielleicht. Neue Möbel gekauft. Ein neues Haus gekauft.

Sophy lächelte unsicher und schielte zur Küche hinüber.

»George geht auch«, sagte er.

Er merkte, dass er noch immer sein Buch in der einen Hand hielt, und stellte die Reisetasche auf den Boden. Er sah sich um, um eine Stelle zu finden, wo er das Buch ablegen konnte. Am Ende legte er es auch auf den Boden.

»Ist es gut?«, fragte sie. Sie hatte eine schöne weiche Stimme.

»Was?«, fragte er und dann, nachdem er sich zusammengerissen hatte, »möchtest du es lesen?«

»Später vielleicht«, sagte sie und lachte.

Er nickte. Sie spähte wieder zur Küche hinüber.

Sie wollte natürlich bei ihrer Mutter sein. Er musste daran denken, dass sie ihn doch gar nicht kannte oder ihn vielleicht auch nicht kennen wollte. Er musste ihr Zeit geben, sich an ihn zu gewöhnen.

Sie braucht mich gar nicht zu lieben, das verlange ich nicht, versprach er seinem Gott oder dem Schutzheiligen seiner verlorenen Eltern oder wem auch immer man so etwas versprach, wenn man es seiner Tochter nicht mehr versprechen konnte. Wenn sie nur weiß, dass sie sich auf mich verlassen und zu mir kommen kann, wenn sie ein Problem hat. Er würde ihr das erklären, wenn sie sich ein wenig besser an ihn gewöhnt hätte, und ihr zeigen, dass er ganz normal war, und ja, sozusagen *cool*? Oder dass er das werden könnte. Ihr zuliebe würde er sogar aufhören, lächerlich und peinlich zu sein.

Erst einmal wollte er nur eine ruhige, gelassene Frage stellen, ob sie einen Tee oder etwas zu essen wollte. Er würde ihr natürlich nichts aufzwingen, es sollte nur eine ganz normale Frage sein.

»Kann ich irgendwas für dich tun?«, fragte er. »Brauchst du etwas? Eine Tasse Tee? Etwas zu essen? Ein neues Auto?«

Sie lächelte wirklich, als er ihr das Auto anbot. Er lächelte erleichtert zurück und tat so, als sei es ein Witz gewesen.

»Ich habe keinen Führerschein«, sagte sie.

»Brauchst du Geld für Fahrstunden?« Er könnte etwas verkaufen. Das Sofa vielleicht.

Ihr Lächeln wurde unsicherer, und sie schielte wieder zur Küche hinüber.

»Eine Tasse Tee wäre nicht schlecht«, sagte sie schließlich.

Ein Buch für alle

Auf irgendeine Weise hatte Sara den Tag nach dem Basar hinter sich gebracht. Sie war froh darüber gewesen, dass sie zu Fuß zum Buchladen gehen konnte. Sie musste ein wenig von ihrer Gereiztheit loswerden. Für den restlichen Tag stand sie hinter dem Tresen und sah die Einwohner der Stadt lachen und scherzen, während sie die Stände abbauten und die Straße säuberten.

Weder George noch Caroline waren da gewesen, aber sie hatte irgendwann an diesem Tag Toms Auto auftauchen sehen. Danach hatte sie wirklich nicht mehr hinausgehen können. Wer konnte denn wissen, ob er noch einmal kommen würde?

Also stand sie da, stumm und untätig, und hatte Tom und sich selbst satt.

Sie war durchaus nicht sicher, dass der nächste Tag besser werden würde, aber als sie am nächsten Morgen zum Buchladen kam, wartete schon eine Kundin auf sie.

Eine einsame dünne, kleine Gestalt, die sich vorbeugte und durch das Schaufenster spähte. Sie kann kaum älter als fünfzehn sein, dachte Sara. Ihre Haare hingen in feuchten Strähnen über ihr Gesicht, also stand sie wohl schon eine ganze Weile im Regen, aber sie lächelte Sara an, als die die Tür aufschloss.

»Ist das Ihr Buchladen?«, fragte sie und ging hinter Sara hinein.

»Irgendwie schon.«

Sara hängte ihre Jacke in die kleine Kammer und schaltete alle Lampen ein. Sie sammelte einige Bücher auf, die sie in die Regale einsortieren wollte, aber dann legte sie sie auf einen Stapel auf dem Tresen und trat dahinter, um das Mädchen in Ruhe zu lassen. Die Kleine stand noch immer in der Türöffnung und schaute sich fasziniert um.

»Ich heiße Sophy«, sagte sie.

Bei dem Namen klingelte es in Saras Kopf, aber ihr fiel nicht ein, warum. Sie zuckte mit den Schultern. Er würde ihr schon irgendwann einfallen.

»Und du hast Bücher gern?«, fragte Sara.

Sophy nickte. Ein kluges Mädchen, dachte Sara. Und hübsch. Draußen regnete es noch immer, aber es war gemütlich geworden, sowie Sophy den Laden betreten hatte. Das alles konnte ein Mädchen mit nassen, strähnigen Haaren schaffen.

»Was sind denn deine Lieblingsautoren?«, fragte Sara. »Falls du welche hast?«

Sophy schüttelte den Kopf. Sie trat einige Schritte in den Laden und musterte die Regale mit ernster Miene. »Gehören all die Bücher hier Ihnen?«

»Ja … irgendwie schon.« Sara überlegte. »Oder eigentlich der Stadt. Bis jemand kommt und sie kauft, natürlich.«

»Ist es nicht traurig, wenn Sie sich davon trennen müssen?«

Vielleicht hätte Sara jetzt einige wohl gewählte betriebswirtschaftliche Prinzipien erklären sollen. Dass sie sich zwar von den Büchern trennte, dafür aber Geld bekam, mit dem sie sich andere Sachen zulegen oder es in der Bank sparen oder unter der Matratze aufbewahren konnte, aber das kam ihr unerhört zynisch und ganz einfach unglaublich vor. Warum sollte irgendwer lieber Papierscheine haben wollen als Bücher? Ein kleines Stück Papier mit einem albernen Bibelspruch und dem Bild eines Politikers, statt viele Stücke Papier mit phantastischen Geschichten?

Sara hatte den Verdacht, dass auch sie selbst diese betriebswirtschaftlichen Prinzipien niemals ganz begriffen hatte.

Doch sie nahm die Frage ernst und überlegte. »Nein,

eigentlich nicht«, sagte sie. »Ich könnte diese vielen Bücher niemals alle selbst lesen. Wenn jemand anderes sie bekommt, dann werden sie doch immerhin geschätzt. Und Bücher, die man liebt, möchte man doch gern an andere weiterreichen.«

»Und die, die niemand haben will?«

»Es gibt immer einen Menschen für jedes Buch. Und ein Buch für jeden Menschen.«

Sophy lächelte hastig und drehte sich aufs Geratewohl zu einem Regal um. »Auch für mich?«, fragte sie über ihre Schulter hinweg.

»Sicher.«

Sophy schien mit dieser Antwort zufrieden zu sein, aber sie bat nicht um einen Lesetipp oder ein besonderes Buch. Stattdessen sagte sie nur höflich:

»Es war nett, Sie kennenzulernen.«

Sara lächelte sie an. »Dann komm bald wieder.«

Und dann war sie wieder allein und konnte sich dem Aufräumen widmen.

Aber die Frage des Mädchens hatte in Saras Gehirn etwas ausgelöst. Es fehlte eine Kategorie. Das hier war zwar der Buchladen der Stadt, aber vor allem war er Amys Laden.

Ehe sie sich an das Aufräumen machte, sammelte sie alle Bücher, die sie und Amy ausgetauscht hatten, und all die schönsten Perlen aus Amys Buchsammlung in einem Regal. Louisa May Alcott landete ganz vorn. Das war richtig so. Sara taufte das Regal AMYS REGAL. Sie fand, das reiche.

Wie kann ein leerer Buchladen so schmutzig werden, dachte Sara, während sie den Boden fegte, damit er sauber genug zum Wischen würde.

Sie versuchte, dabei nicht zu sehr an Tom zu denken, aber sie konnte nicht verhindern, dass in ihrem manischen Sauberkeitsdrang eine gewisse Irritation zum Ausdruck kam. Er war ganz einfach ungerecht.

Es war ja nicht so, als ob sie in ihn verliebt wäre. Das hätte ihn stören können, und dafür hatte sie Verständnis. Zwar konnte das Gefühl der Verliebtheit unerwidert bleiben, aber Begehren oder sexuelles Verlangen erforderten etwas vom Gegenüber. Liebe war selbstsüchtig. Es war klar, dass es anstrengend war, wenn man versuchen musste, mit sentimentalem Seufzen zu leben, mit den übertriebenen Erwartungen eines anderen Menschen, während man auf einem Piedestal balancieren musste, das man sich nicht selbst ausgesucht hatte.

Aber sie war nicht in ihn verliebt. Was sie nicht begriff, warum Tom sie nicht einmal als Freundin haben wollte, nicht einmal als Bekannte. Sie wäre ja zufrieden gewesen, wenn sie sich in der Woche ab und zu getroffen und dann eine Viertelstunde in geselligem Schweigen verbracht hätten. Wenn sie ihn nur hätte sehen können.

Als sie das Fegen aufgab und nun den Boden wischte, knirschte noch immer Sand unter ihren Füßen. Sie seufzte und war fast dankbar, als Jen sie bei der Arbeit unterbrach.

Jen lief zum Tresen, deshalb packte Sara den Mopp weg und stellte sich hinter die Kasse. »Wie kann ich dir behilflich sein?«, fragte sie.

»Hier unterschreiben.«

Sie sah das Papier vor sich an. *Formular 1-130,* stand in der oberen Ecke. *Petition for Alien Relative.* Sie musste einfach lachen über eine Gesetzgebung, die Nicht-Staatsangehörige mit Außerirdischen gleichsetzte.

»Du hast doch ein Touristenvisum? B-2?«

Sara nickte. Jen zeigte auf eine Zeile ganz unten. »Du musst hier unterschreiben.« Sie hatte schon Toms Namen eingetragen. *Tom Harris.* Offenbar hatte Amy nach dem Tod ihres Mannes wieder ihren eigenen Namen angenommen.

Sara hatte nicht einmal gewusst, wie er mit Nachnamen hieß. Sie hatte den Verdacht, dass das eine schlechte Grundlage für eine Ehe war. Er hatte nicht unterschrieben. Er hatte auch seit dem Tanz nicht mehr mit ihr geredet. Sie sah zu Jen auf.

Dann lächelte sie ein einwandfrei trotziges Lächeln und schrieb ihren Namen mit einem dramatischen Schnörkel am Schluss.

So, dachte sie. Soll er sich doch vor Jen fürchten.

Nichts, worüber man spricht

Als Josh am Dienstagabend auftauchte, hatte Caroline noch keine Entscheidung getroffen.

Sie hatte sich sogar geweigert, daran zu denken. Ein Teil von ihr versuchte zu argumentieren, es sei das Beste so. Es sei so selbstverständlich, dass sie gar nichts tun würde, dass sie nicht einmal darüber nachzudenken brauchte.

Ein anderer Teil gelangte sehr dicht an das Eingeständnis heran, dass sie deshalb nicht daran gedacht hatte, weil sie sich nicht alle Erklärungen dafür anhören wollte, warum zwischen ihnen niemals etwas passieren würde.

Als er dann vor ihrer Tür stand, war eines ihrer stärksten Gefühle das Staunen darüber, dass er überhaupt da war. Sie hatte wohl gedacht, einige Tage Nachdenken müssten ausreichen, um ihm klarzumachen, welcher Wahnsinn es wäre, auch nur das geringste Interesse an ihr zu haben.

Das zweitstärkste Gefühl war eine Art verwirrter Freude darüber, ihn wiederzusehen. Als er sich vorbeugte und sie, ganz selbstverständlich, auf die Wange küsste, zuckte sie nicht einmal zusammen.

Er sah müde aus. Eine Haarsträhne hing ihm in die Stirn, und unter seinen Augen zeigten sich schmale Furchen, die sonst nicht dort waren. Als er sich auf ihr Sofa sinken ließ, schloss er kurz die Augen, als ob er zum ersten Mal an diesem Tag entspannt wäre. Sie setzte sich neben ihn und unterdrückte den Drang, die Hand auszustrecken und die Strähne wegzustreichen.

Er lächelte sie an, ein offenes, ganz entspanntes Lächeln, als freue er sich, sie zu sehen, als seien sie … Freunde. Sie lächelte zurück, fasziniert. Nur sehr wenige Menschen lächelten sie an, als freuten sie sich, sie zu sehen, oder als seien sie in ihrer Anwesenheit vollkommen entspannt. Freundschaft war gut.

»Wie laufen die Heiratspläne?«, fragte er.

»Die Pläne?«, fragte sie zurück. Sie hatte offenbar in den vergangenen Tagen nicht sehr viel an die Stadt gedacht. Eine schändliche Vernachlässigung ihrer Pflichten.

Dann zuckte sie mit den Schultern. Sie glaubte nicht, dass irgendwer etwas vermisst hatte.

Josh schien mit diesem Gesprächsthema bereits abgeschlossen zu haben. Jetzt sah er sie an und lächelte ein ganz anderes Lächeln. In seinem Blick lag eine offene Frage. Oder eine Einladung.

Sie wandte den Blick ab.

»Caroline«, sagte er. Sie sah vorsichtig zu ihm hinüber. Oh, verflixt. Da war dieser lachende Blick wieder.

»Meinst du nicht, es wird Zeit, dass du mich küsst?«

Sie starrte ihn an. *Das ist ja wohl nichts, worüber man redet, um Himmels willen,* dachte sie. Und das war, wie sie zugeben musste, meilenweit entfernt von *das tut man nicht.*

Verwirrt stand sie auf, um rein physisch der plötzlichen Spannung zwischen ihnen zu entkommen. Auch Josh erhob sich. Er sah irritierend ruhig aus.

Und noch immer machte er keine Anstalten, sie zu berühren. Er stand nur ganz still da, einen knappen halben Meter von ihr entfernt, und wartete.

Es war ganz klar, dass sie hier die nächste Entscheidung treffen sollte. Sie wünschte sich fast, dass er sie einfach wieder küsste und von dieser Entscheidung erlöste. Sie wusste, dass das alles falsch wäre, aber jetzt, wo sie die Möglichkeit hatte, ihn zu berühren, wusste sie nicht so recht, warum sie es nicht einfach tat.

Nur einmal, sagte sie sich. Ich kann ihn jetzt anfassen, nur eine kleine Parenthese in meinem ansonsten so gottesfürchtigen Leben, und danach kann ich mich wieder den Kirchenbasaren widmen. Wieder.

Sie glaubte sich selbst nicht so recht. Aber sie würde niemals eine neue Chance bekommen, ihn zu berühren.

Deshalb streckte sie ganz einfach die Hand aus und tat es. Sie konnte fast hören, wie das Blut durch ihre Adern rauschte, und sie schluckte nervös, während ihre Hand sein Schlüsselbein fand und sich an seinem Brustkorb abwärtsbewegte. Sie zögerte nur ein wenig an seinem ersten Hemdenknopf, dann öffnete sie alle, da die Knöpfe sie störten.

Warum sollte ich das denn nicht tun?, dachte sie trotzig. Dann sah sie sich um, als fürchte sie, jemand – Gott? Ihre Mutter? – könnte antworten.

Ich werde nie wieder eine andere Chance haben, jemanden zu berühren.

Er stand noch immer still da, aber der Ausdruck in seinen Augen hatte sich verändert. Das Lachen verschwand, und der Blick wurde tiefer, dunkler. Ihr ging auf, dass es Begierde war, die diese Veränderung hervorrief, und sie wurde mutiger.

Das merkte er, und er legte den Arm um ihre Taille und zog sie an sich. Auch jetzt, da sie den Anfang gemacht hatte, war klar, dass im Grunde er die Initiative ergreifen musste. Er wirkte erwachsener, selbstsicherer. Sie genoss es, jemand anderem die Führung zu überlassen, und erwiderte seine Küsse mit mehr Innigkeit als Verstand.

»Großer Gott«, sagte er, und sie war durchaus bereit, ihm zuzustimmen.

Es war nicht ganz leicht, mit Michelle und Sophy zusammenzuwohnen. Er wusste noch immer nicht, wie lange sie bleiben würden. Nach dem, was er aus ihnen herausbekommen hatte, hatte es irgendeinen Streit mit dem neuen Mann gegeben. Er glaubte nicht, dass sie sehr lange bleiben würden, aber er hoffte, Zeit genug zu haben, um Sophy wieder kennenzulernen. Er versuchte, nicht daran zu denken, was danach passieren würde. Aber leicht war das nicht.

Michelle blieb meistens in seinem Zimmer (er selbst schlief jetzt auf dem Sofa). Sie hatte einen Laptop mitgebracht, was ihn überraschte. Sie hatte sich nie für Technik interessiert, als er mit ihr verheiratet gewesen war. Jetzt verbrachte sie den Großteil des Tages am Bildschirm.

Er hatte keine Probleme damit, Michelle bei sich wohnen zu lassen. In gewisser Weise war er noch immer an sie gewöhnt. Viel schwieriger war es mit Sophy.

Er musste sich die ganze Zeit ermahnen, nicht seine sonstigen Gespräche mit ihr zu führen. Einmal, als er sich allein glaubte, hatte er angefangen: »Sophy ...«, und dann aus der Diele ihr überraschtes »Ja?« gehört.

Und sie war so lieb und reizend. Es war schwer, sie wieder im Haus zu haben und sich wie ein Fremder zu verhalten. Er war dankbar, das schon, aber er wünschte, er könnte mehr tun.

»Ich war heute im Buchladen«, sagte sie, als sie zusammen Essen machten.

Er gab sich große Mühe, sie nicht anzusehen, und starrte das Schnittbrett an. Zum ersten Mal hatte sie ihm jetzt freiwillig etwas erzählt. Ansonsten wartete sie darauf, dass er etwas sagte. Auf irgendeine Weise schienen sie gern zusammen zu schweigen. Ab und zu fragte er sie nach der Schule oder nach ihren Freunden und ihrem Leben, und sie antwortete immer höflich, aber ohne Begeisterung. Er wusste nicht einmal, in welcher Stadt sie wohnten. Er glaubte, dass sie noch immer in Iowa lebten, aber nicht einmal da war er sich sicher. Jedenfalls war ein Mann mit im Spiel, und darüber wunderte er sich nicht.

»War Sara da?«, fragte er.

»Ja«, sagte sie. »Sie hat gesagt, dass es auch für mich Bücher gibt.«

»Ich wusste gar nicht, dass du gern liest.«

»Ich weiß nicht, ob ich das tue.« Sie lächelte ihn an. »Aber die vielen Bücher … die waren so schön, George.«

Er zuckte bei dem »George« ein wenig zusammen, gewöhnte sich langsam aber daran. Er würde nichts mehr dazu sagen.

»Sie hat gesagt, dass der Buchladen der Stadt gehört?«

Er lächelte. »Ein kleiner Teil vielleicht. Ich habe geholfen, ehe er eröffnet wurde.« Er fügte im Namen der Ehrlichkeit hinzu: »Vor allem beim Saubermachen. Und beim Fahren natürlich. Sara hat keinen Führerschein.«

»Du glaubst also, dass Sara recht hat? Dass es ein Buch für mich gibt?«

»Wenn Sara das gesagt hat, dann ist das so.«

Sie erwiderte sein Lächeln. »Danke … Papa.«

Michelle tauchte hinter ihnen auf. »George«, sagte sie automatisch.

Aber Sophy hatte ihn angelächelt, fast verschwörerisch.

Gavin Jones war ein guter Bürokrat. Er wusste, dass viele das für eine Art Widerspruch in sich hielten. Gut und Bürokrat in einem Satz. Aber Gesetze wurden aus bestimmten Gründen erlassen. Die Leute wählten ihre Vertreter, und dann entschied eine Mehrheit derselben, welche Gesetze gut waren. Es wäre doch sinnlos, diese ganze Prozedur mit Wahlen und allem durchzumachen und danach niemanden zu haben, der dafür sorgte, dass die Regeln und Gesetze eingeführt und befolgt wurden. Er wurde gebraucht. Er wurde dafür bezahlt, dass er seine Arbeit machte. Das tat er also. Er war kompetent und intelligent, er machte seine Sache gut.

Gavin machte seinen Job aus drei Gründen gut. Erstens hatte er ein instinktives Gefühl dafür, wenn etwas nicht stimmte. Zweitens nahm er dieses Gefühl ernst und war bereit, hart zu arbeiten, um der Sache auf den Grund zu gehen. Drittens schnappte er alles Mögliche auf und behielt es im

Gedächtnis. Eine Touristin, die schon lange in einer Stadt in der Umgebung wohnte, ohne dass er einen Antrag auf ein Visum gesehen hätte, zum Beispiel. Ein Gerücht über Arbeiter, die kein Englisch sprachen. Behelfsunterkünfte, die einfach auftauchten.

Vielleicht ging alles nur darum, dass er gute Arbeit leisten wollte? Er las die Lokalzeitungen, prägte sich Nachrichten ein, er machte Stichproben. Vermutlich beruhte seine Intuition auf unbewusst im Hinterkopf gespeicherten Informationen, die er irgendwo aufgeschnappt hatte. In diesem Fall gab es nichts, das unmittelbar die Alarmglocken ertönen ließ. Er schaute das Antragsformular an, eingereicht von einem gewissen Tom Harris und durch einen Anwalt hier in der Stadt. Aber Tom war nicht aus Hope.

Broken Wheel ….? Hatte er schon einmal von diesem Ort gehört? Er glaubte nicht. Er zuckte mit den Schultern. Wenn es dort etwas gab, dann würde es ihm zu Ohren kommen, früher oder später.

Der Duft von Büchern und Abenteuern

»Hallo.«

Sophy stand in der Türöffnung und schaute Sara fragend an. Sophy hatte sie buchstäblich mit der Nase in einem Buch erwischt. Jetzt schaute Sara auf und ließ den Band langsam auf den Tresen sinken. Sie packte gerade einen frisch eingetroffenen Karton mit neuen Büchern aus und hatte natürlich die Nase hineingesteckt, um an ihnen zu riechen.

»Komm«, sagte Sara und kam hinter dem Tresen hervor. Sie öffnete den Bücherkarton von der Seite. »Hast du schon mal an Büchern gerochen?«

Sophy schüttelte den Kopf. Sara reichte ihr ein Taschenbuch. Das neueste von Marian Keyes. Der Einband war in glänzenden Pastellfarben gehalten, warmes Blau mit rosafarbenen Nuancen und riesigen verschnörkelten Buchstaben. »Mach das mal auf«, sagte sie.

Sophy öffnete vorsichtig das Buch, als habe sie Angst, es zu beschädigen.

»Nein, nein«, sagte Sara und schaute erschrocken auf. »Mach es richtig auf.« Sie führte das vor. »Du musst die Nase hineinbohren können.«

Sophy hob das Buch an ihr Gesicht, noch immer vorsichtig und behutsam, und zog langsam durch die Nase den Geruch ein. Sie lächelte.

»Merkst du das? Der Duft von neuen Büchern. Ungelesenen Abenteuern. Freunden, die man noch nicht kennengelernt hat, Stunden magischer Wirklichkeitsflucht, die auf uns warten.«

Sara wusste zwar, dass Sophy das vermutlich nicht so ausführlich beschrieben hätte, aber sie war dennoch sicher, dass sie es ebenfalls spürte. Sara zog ein anderes Buch aus einem Regal, ein schönes Buch mit Bildern von Eichen, mit den dicken, glänzenden Seiten und dem harten Einband der Fotobände. Die dicken Seiten rochen ganz anders, nach Kunststoff und hochwertigem Farbdruck.

»Und das hier.«

Ein ganz normales gebundenes Buch diesmal, auch dieses mit steifem Einband, aber mit dünnerem Papier und vergilbteren Farben. Sie rochen daran.

Sara lächelte. Gebundene Bücher und Taschenbücher rochen vollkommen verschieden, aber es gab auch Unterschiede zwischen den einzelnen Taschenbuchausgaben und zwischen schwedischen und englischen Taschenbüchern. Die Klassikerausgaben zum Beispiel waren ganz anders als die anderen Bücher. Lehrbücher hatten ihren ganz eigenen Geruch, und die von der Universität rochen anders als die aus der Grundschule; der alte Geruch von Klassenzimmern, Ruhelosigkeit und Eingesperrtsein. Aber die Menge der Schulkinder, die den Geruch neuer Schulbücher erleben durften, war im Laufe der Jahre natürlich geschrumpft.

Neue Bücher rochen immer am stärksten. Sara nahm an, dass noch immer der Geruch aus der Druckerei darinhing und dass er auf irgendeine zweifellos logische Weise verschwand, wenn ein Buch geöffnet und wenn darin geblättert und gelesen wurde. Rein vom Verstand dachte sie so, aber sie glaubte es nicht. Sie glaubte noch immer, dass sie den Duft von neuen Abenteuern und Leseerlebnissen verspürte, die gerade auf sie warteten.

Sophy wirkte jetzt um einiges selbstsicherer. Sie legte das Buch weg und ging langsam an den Regalen und Büchern vorbei. Sara widmete sich wieder Marian Keyes. Vielleicht war es idiotisch, neue Bücher zu bestellen, wo ihr nur noch wenige Wochen blieben, aber nur so konnte sie die letzte Zeit überleben. Einfach ganz normal weitermachen und so tun, als sei nichts passiert. Sie würde schon früh genug im Flugzeug sitzen, dann könnte sie über alles nachdenken.

»Was würdest du gern lesen?«, fragte sie.

Sophy zuckte mit den Schultern. »Weiß nicht«, sagte sie. Sie schaute sich weiter im Laden um. Sie schien die Titel nicht zu lesen, sondern nur die Buchrücken anzusehen. Ab und zu streckte sie die Hand aus und berührte im Gehen einen Einband, so, wie jemand in einem Boot die Fingerspitzen in das vorübergleitende Wasser hält.

Sie blieb fast eine halbe Stunde. Ehe sie ging, sagte sie: »Drachen. Ich finde Drachen gut. Ich glaube, eines Tages werde ich ein Buch über Drachen finden. Oder mit einem Drachen. Es spielt keine so große Rolle.«

Drachen, meine Güte, dachte Sara. »Warte«, sagte sie. »Wie lange bleibst du hier in der Stadt?«

Sophy zuckte mit den Schultern. »Weiß nicht.«

»Wo wohnst du denn sonst?«

»Bloomfield.«

Sara schob ein Blatt Papier über den Tresen und bat Sophy um ihre Adresse. Sophy schrieb sie auf, fragte aber nicht, warum Sara das wissen wollte. Und Sara sagte nichts. Sie war fest entschlossen, das perfekte Buch für Sophy zu finden, ehe sie zurück nach Schweden müsste.

Sie dachte noch immer über Drachen nach, als Jen hereinkam.

»Du brauchst ein Brautkleid.«

Sie hatte inzwischen offenbar mit Tom gesprochen, dachte Sara. Und der musste doch wohl nein gesagt haben? Wenn nicht, dann war das hier für Sara genau der richtige Augenblick, um das zu tun.

Sie schaute Jen in die Augen, so energisch, wie sie nur konnte, und sagte: »Ich …«

»Du musst zu Madame Higgins gehen«, fiel Jen ihr ins

Wort. »Sie hat schon Brautkleider in Broken Wheel verkauft, als Caroline noch jung war.«

Sara hatte das Schaufenster von Madame Higgins gesehen. Es war kein aufmunternder Anblick gewesen.

Jen schaute ein Stück Papier an, das sie in der Hand hielt. Es schien eine Liste zu sein, denn sie sagte, als lese sie davon ab: »Einen Polterabend und einen Junggesellinnenabschiedsabend, wegen der Bilder. Dokumentation. Misstrauische Leute da im USCSI.« Sie hatte den Namen der Behörde fast richtig genannt.

Wie gemein von denen, dachte Sara zynisch. »Jen«, sagte sie. »Das ist doch Wahnsinn.«

»Ich behaupte ja gar nicht, dass wir einen richtigen Junggesellinnenabschied und einen richtigen Polterabend brauchen.« Sie lachte. »Allerdings wäre es die Sache allein deshalb wert, um Carolines Gesicht zu sehen, wenn der Stripper auftaucht. Aber keine Sorge, ich habe an alles gedacht. Wir laden nur ein paar ausgesuchte Bekannte zur Brautkleidanprobe ein und legen für einen Schluck Wein zusammen. Schöne Bilder, nichts zu organisieren. Und du wirst beraten.«

»Diese Hochzeit ist doch ein Wahnsinn«, erklärte Sara. »Zum einen ist das Ganze illegal, und zum andern will Tom doch gar nicht heiraten!«

»Tom!«, sagte Jen wegwerfend. Sie erwiderte standhaft Saras Blick. »Willst du hierbleiben?«, fragte sie.

Und auf diese Frage konnte Sara jedenfalls mit »ja«, antworten, ohne zu zögern.

Nichts zu erzählen

»Wirst du jemals mit deinen Eltern darüber sprechen?«

Sie lag nackt neben ihm im Bett. Die Lampe war natürlich gelöscht, aber es war ja mitten am Tag und deshalb noch hell. Sie konnte sich nicht entscheiden, ob ihr das sündhaft oder befreiend oder einfach unanständig vorkam.

Caroline wusste im Grunde gar nicht, was sie von allem halten sollte. Sogar ihre inneren Stimmen waren verstummt. Sie hatte seit mehreren Stunden kein einziges tadelndes Wort mehr gehört, es war, als sei alles … als sei das hier so unvorstellbar, dass ihr moralischer Kompass einfach ausgeschaltet worden war. Sie hatte schon früher Sex gehabt, vor vielen, vielen Jahren. Es war eine belanglose Erfahrung gewesen, nicht der Rede und sicherlich keinerlei christlichen Rechtfertigung wert. Aber jetzt. Sie hatte keine Ahnung gehabt, dass Sex so sein konnte. Sie hatte mit Josh Sex gehabt, um Gottes willen.

»Über uns?«, fragte Josh.

Sie starrte ihn an und hätte sich im Bett fast aufgesetzt, dann fiel ihr ein, dass sie unbekleidet war. Sie zog die Decke bis ans Kinn und ließ sich auf die Kissen zurücksinken. Er hatte nicht im Geringsten überrascht geklungen.

»Nein, nicht über uns, natürlich«, sagte sie erschrocken. Sie konnte nicht begreifen, wie er das auch nur hatte denken können. Das hier durfte absolut niemand erfahren. Nicht einmal seine Eltern (sie hätte fast auch noch den Kopf unter die Decke gezogen, als sie sich diese Szene vorstellte), und auf keinen Fall irgendwer in Broken Wheel. »Über dich. Dass du … Männer vorziehst.«

Er lachte und zog sie an sich, so dass ihr Kopf an seiner

Schulter und seinem Hals ruhte, statt auf dem Kopfkissen. Es war seltsamerweise viel angenehmer so.

»Das ist im Moment ja nicht so aktuell«, sagte er.

Sie dachte nach, kam aber zu keinem Schluss. Am Ende sagte sie nur: »Du weißt doch, dass es kein *uns* gibt, oder?«

Er ließ sich nicht zu einer Antwort herab.

»Du wirst einen netten, sympathischen Mann in deinem Alter finden und dich mit ihm zusammentun. Oder eine Frau, falls dir das lieber sein sollte. In deinem Alter«, betonte sie.

Das würde er sicher tun. Sie war zu alt. Aber anders als er hatte sie sich an diesen Gedanken gewöhnt. Bei ihr würde es keine Gefahr geben. Wenn jemand davon erführe, würde sie es vielleicht sogar überleben können.

Spinnst du, Caroline? Du hättest keine Chance, wenn jemand davon erführe. Die würden dich in Stücke reißen.

Und es wäre auch für ihn eine Katastrophe. Sie glaubte nicht, dass er wusste, wie ekelhaft und rücksichtslos sogar nette Menschen sein konnten, sobald sie etwas gefunden hatten, worüber sich spotten ließ.

Er ließ sich auch jetzt zu keiner Antwort herab. Sie sagte sicherheitshalber: »Niemand darf von unserer Affäre erfahren. Sie würden … uns nur auslachen.«

Sein einer Finger berührte ihre Schulter. Er zeichnete langsame sinnlose Muster auf ihre Haut. Sie entspannte sich, musste sich aber doch fragten, ob er wirklich begriffen hatte.

»Da es kein *uns* gibt, gibt es natürlich auch nichts zu erzählen«, sagte er.

Sie nickte an seiner Schulter. Genau. Vielleicht könnte es einfach schön sein, so lange es dauerte.

»Haha«, sagte der Nachbar von Gavin Jones. Er war so einer, dessen Lachen eher wie Sprechen klang. Er lehnte jetzt gerade über dem Zaun zwischen ihren Grundstücken und schien nicht vorzuhaben, Gavin in Ruhe zu lassen.

»Mal wieder ein paar Mexikaner ausgewiesen?«, fragte er.

Gavin seufzte. Noch vor wenigen Minuten hatte er an einem stillen Freitagabend Laub zusammengeharkt, aber jetzt stand er hier und war der menschlichen Idiotie ausgesetzt.

»Dieser Einsatz in Postville vor ein paar Jahren«, sagte jetzt der Nachbar. »Hunderte von armseligen Mexikanern, die nichts anderes getan hatten, als für weniger Lohn zu malochen, als faule Amerikaner bereit wären ...«

Es war natürlich nicht sein Teil der Behörde, die die Razzia durchgeführt hatte. Aber sie hatte ihm auch nicht gefallen. Sie war einer der Gründe, weshalb er sich hatte versetzen lassen.

»Macht dir das denn kein schlechtes Gewissen? Wir könnten es uns ja wohl leisten, diese armen Teufel in Ruhe zu lassen.«

Im vergangenen Monat hatte der Nachbar sich beklagt, warum sie nicht die Kanaken einsperrten, die ihnen die Arbeit wegnahmen. Keine Arbeit, die du haben möchtest, hatte er gedacht. Und jetzt waren sie also arme Teufel. Er zuckte mit den Schultern. Er nahm an, dass er hier ganz einfach nicht gewinnen konnte.

Er selbst hatte sich in eins der Lokalbüros des USCIS versetzen lassen, um sich Europäern zu widmen, die vielleicht oder vielleicht auch nicht mit amerikanischen Staatsbürgern verheiratet waren. Vor allem Papierarbeit, aber manchmal befriedigend.

Er hatte einen sechsten Sinn dafür, wenn jemand in einem Antrag log. Das beeindruckte die Kollegen, aber manchmal musterten sie ihn auch mit etwas, das Ähnlichkeit mit Verachtung hatte. Als ob sie nicht genug an ihren Job glaubten, um es richtig zu finden, dass jemand ebendiesen Job gut machte. Aber er machte ihn wirklich gut. Deshalb hatte er sich langsam davon wegbewegt, illegale Einwanderer festnehmen zu lassen, die nur versuchten, ihren Lebensunterhalt zu verdienen, um verwöhnte Europäer festnehmen zu lassen, die glaubten, die Gesetze gälten nicht für sie. Die Europäer schienen es für ein Menschenrecht zu halten, in den USA bleiben zu dürfen, solange sie wollten. Anders als die Lateinamerikaner, die wussten, dass es in diesem Leben keine Rechte gibt, und die nicht mehr erwarteten als harte, undankbare Arbeit, Trennung von ihrer Familie und schlechten Lohn.

Leute festnehmen zu lassen bereitete ihm noch immer keine Befriedigung. Er wusste, dass es Kollegen gab, die glaubten, er genieße es zu sehen, wie Menschen vor ihm nervös und verzweifelt wurden. Und er wusste, dass es Menschen gab, bei denen es wirklich so war. Aber es war ja nicht so schlimm. Die Europäer mussten Bußgelder bezahlen und wurden nach Hause geschickt. Bei den Mexikanern war es schlimmer. Manche landeten im Gefängnis, ohne so richtig zu begreifen, was ihnen da geschah, und wenn sie nach Hause geschickt wurden, war das eine Katastrophe.

»Ich hab vielleicht einen Tipp für dich«, sagte der Nachbar. Gavin zwang sich, seine Harke wegzustellen und sich zu dem Mann umzudrehen, denn vielleicht würde der Mann schneller fertig sein, wenn ihm aufmerksames Zuhören zuteilwürde.

»Warte hier«, sagte der Nachbar, ging los, war aber nach ungefähr einer Minute schon wieder da, mit zwei ausgedruckten Blättern Papier. Gavin nahm sie zögernd entgegen. *Bro-*

ken Wheels Nachrichtenbrief stand ganz oben. Er sah den Nachbarn jetzt mit etwas größerem Interesse an.

»Ein neuer Buchladen in Broken Wheel«, sagte der Nachbar.

Gavin las die Artikel. Sara. Es konnte natürlich ein Zufall sein. Oder es gab zwei schwedische Saras in der Stadt. Aber die Sara Lindqvist in dem Antrag, der auf seinem Schreibtisch lag und auf seine Vervollständigung wartete, war mit einem Touristenvisum in die USA eingereist (das noch nicht ausgelaufen war) und hatte dann offenbar einen amerikanischen Staatsbürger kennengelernt und sich in ihn verliebt.

Man durfte mit einem Touristenvisum keinen Buchladen aufmachen, das stand fest. Und wenn sie das getan hatte, erschien auch die Blitzromanze mit dem guten Tom Harris in einem neuen Licht.

»Darf ich das hier behalten?«, fragte er widerwillig und deutete mit einem Nicken auf die Ausdrucke.

»Sicher«, sagte der Nachbar und breitete die Arme aus, wobei ein wenig mehr von seiner Brust entblößt wurde. Es war fast Oktober, und der Mann war noch immer sonnenbraun, dachte Gavin verärgert. Er hatte unter der Jacke nicht weniger als drei Hemdenknöpfe geöffnet.

Er seufzte. Es war klar, dass er den Buchladen besuchen und mit dieser Sara reden musste. Er sah den freien Tag morgen vor seinen Augen davonfliegen.

Am nächsten Nachmittag fiel es Gavin nicht schwer, Sara anhand des Bildes im Nachrichtenbrief zu erkennen. Als er vor dem Buchladen auf der Straße stand, hatte er einen perfekten Überblick über ihren Arbeitsplatz. Gerade empfahl sie einem Kunden zwei Bücher, und sie bewegte sich mit der natürlichen Gelassenheit eines Menschen, der wirklich einen Buchladen besitzt oder dort arbeitet.

Er ging nicht sofort hinein. In solchen Fällen wollte er sich lieber festen Boden unter den Füßen verschaffen, ehe er mit den Verdächtigen sprach. Aber er bezweifelte nicht, dass er die Wahrheit ans Licht bringen würde.

Die Sara Lindqvist im Antrag war seit knapp zwei Monaten in Iowa. Wenn sie sich wirklich so schnell verliebt hatte, dass sie bereit war, aus anderen Gründen als der Aufenthaltsgenehmigung zu heiraten, dann mussten die Leute in der Stadt davon wissen. Die Stadt würde von dieser Romanze summen und brummen, die beiden würden in ihrer übertriebenen Verliebtheit so viel Zeit miteinander verbringen wollen, dass sie aller Wahrscheinlichkeit nach schon zusammen wohnten. Sie wären ganz einfach nicht zu übersehen.

Wenn sie sich nicht vorher schon gekannt hatten, natürlich. Aber vermutlich würden die Leute das dann auch wissen. Der Mann hätte sie als seine Freundin oder Verlobte aus Schweden vorgestellt. Und es war verboten, sich mit einem Touristenvisum ins Land zu schleichen, wenn man dort heiraten wollte.

Der Diner vor ihm war ziemlich gut besucht, aber die Frau hinter dem Tresen stand einsam und untätig herum. Sie wirkte wie eine, die alles im Griff und im Blick hat. Ein Diner war fast so gut wie eine Kneipe, wenn es darum ging, Gerüchte aufzuschnappen.

Er ging hinein und kletterte auf einen Barhocker. Die Frau fing an, einen Hamburger zu braten, und er hatte den starken Verdacht, dass der für ihn sein sollte. Er spürte schon, wie der Geruch in ihm Wellen des Unwohlseins aufsteigen ließ. Durchhalten, dachte er. Und so schnell wie möglich so viel wie möglich in Erfahrung bringen.

Er hatte schon jede Menge Vernehmungen durchgeführt, mit zahllosen Menschen, die genauso waren wie die Frau hinter dem Tresen. Die Leute wollten reden, das war seine Erfahrung. Wenn man ihnen auch nur die geringste Aufmunterung zuteilwerden ließ, dann erzählten sie alles, was man wissen wollte. Der Trick war, sie dazu zu bringen, beim Reden die Vorsicht zu vergessen, und dann ganz einfach zuzuhören und ab und zu eine Frage zu stellen. Oft reichte es, den letzten Satz mit einem Fragezeichen zu wiederholen, um das Gespräch in Gang zu halten. Das war nicht gerade Gehirnchirurgie.

Er grunzte einen Dank für den Kaffee, der vor ihm auftauchte, und hob den Becher zu einem stummen Prosit. »Ich vermute, Ihre Familie lebt schon lange in Broken Wheel?«, fragte er. Eine freundliche Frage nach der Familie reichte meistens, um das Eis zu brechen.

Grace strahle. »Ah«, sagte sie. »Witzig, dass Sie danach fragen.« Sie streckte die Hand aus. »Grace«, sagte sie. »Aber eigentlich heiße ich Madeleine.«

Eine Dreiviertelstunde später war es Gavin schlecht, und er war sehr müde. Er hatte nichts über Sara erfahren, dafür aber mehr über ein Schrotgewehr, das unter dem Tresen aufbewahrt wurde, als er eigentlich wissen wollte. Bei einer Gelegenheit war auch ein Sheriff in die Sache verwickelt gewesen.

Er hoffte, dass es sich um eine historische Anekdote handelte. Aber sie hatte auch etwas darüber gesagt, auf ein Jagdgewehr umzusteigen, und das klang beunruhigend aktuell. Er war nur entkommen, weil das Lokal aus irgendeinem Grund früher Feierabend machte. Und als er auf die Straße trat, war auch der Buchladen leer und dunkel.

Sara Lindqvist
Kornvägen 7, I
136 38 Haninge
Schweden

Broken Wheel, Iowa, 4. Mai 2011

Sara!

Ich habe nur noch ein Blatt Briefpapier und werde ausführlicher auf deinen letzten Brief antworten, wenn John mir neues gekauft hat, aber ich muss dir direkt schreiben und dir erzählen, dass heute Tom den ganzen Vormittag Bücher aus meinem Regal nehmen musste. Und du hast recht! Die riechen ganz unterschiedlich. Ich würde einen Blindtest wohl noch nicht bestehen, aber du kannst mir glauben, ich werde üben. Ich habe schon drei verschiedene Sorten Taschenbücher und einen gebundenen Roman bestellt, um zu erfahren, wie sie »frisch« riechen.
Ich muss zugeben, dass Tom nicht so richtig verstanden hat, was ich da machte. Ich sagte, es sei ein Tipp von meiner »guten Freundin Sara in Schweden«, und das hat ihn dann zum Schweigen gebracht. In meinem Alter kommt es so selten vor, dass man mit neuen Freunden prahlen kann.
Aber Tom hat also nichts gesagt. Dazu ist er viel zu höflich. Er sieht einen nur auf diese ganz bestimmte Weise an, als ob er einen lieber auslachen oder verspotten würde, aber einen gern genug hat, um mitzuspielen. Ein lachender Blick ist keine schlechte Eigenschaft für einen Mann. Tom nimmt die Dinge manchmal vielleicht zu ernst, aber mit den Augen lachen, das kann er. Bisweilen glaube ich, dass das Lachen das meiste über einen Mann erzählt und dass es leider nichts ist, was man lernen kann. Vielleicht kann man auch ohne glücklich werden, aber mein Rat

ist: Heirate niemals einen Mann, der keinen lachenden Blick hat. Das ist kein Rat, den ich selbst befolgt habe. Zu meiner Verteidigung kann ich sagen, dass ich damals jünger war und wohl nicht wusste, was ich suchte. Nicht einmal Johns Augen lachen mich jemals aus, aber sie lachen oft, deshalb glaube ich, es liegt wohl vor allem an den Umständen.

Wenn du jemals herkommst, dann hoffe ich, dass John dir gefallen wird. Er ist ohne Zweifel der außergewöhnlichste Mensch, der mir je begegnet ist. Während ich das hier schreibe, sitzt er in seinem üblichen Sessel neben meinem Bett (habe ich erzählt, dass ich ein albernes kleines Gebrechen habe, das mich bisweilen ans Bett fesselt? Es spielt aber keine Rolle). Ich bin fast sicher, dass er weiß, dass ich über ihn schreibe, und dass er eigentlich protestieren möchte – er weiß, dass ich nur Gutes schreibe, und er findet, dass ich übertreibe –, aber dennoch sitzt er da und riecht an einem Taschenbuch. Es gehört zu den Dingen, die mir die größte Befriedigung schenken, wenn ich auf mein Leben zurückblicke, dass ich eine solche Freundschaft erlebt, einen solchen Mann kennengelernt habe und dass ich gescheit genug gewesen bin, um ihn zu schätzen zu wissen.

Also. Mein Bogen ist voll, gerade im richtigen Moment, ehe ich unerträglich sentimental werde. Nur ein letzter Gedanke – kannst du nicht herkommen?

Liebe Grüße,
Amy

PS. Das ist nicht nur eine wirre Idee einer alten Dame. Wenn du jemals Lust bekommst, an einem ruhigen Ort Ferien zu machen, dann hoffe ich, du weißt, dass du hier sehr willkommen sein wirst. Ich kann dir die Jimmie Coogan Street zeigen, und wir könnten über Bücher reden und, ja, zusammen sein. Und du wärst durchaus nicht mir allein ausgeliefert. Wir würden uns alle um dich kümmern und dich nach besten Kräften unterhalten. Überleg es dir.

Nur ein Sexspielzeug

»Bist du sicher, dass du in dem Kleid da heiraten willst?«

Sara war sich überhaupt nicht sicher. Sie waren in Madame Higgins' furchtbaren Laden eingedrungen. Sogar Tom war da. Er versuchte, nicht zu lachen beim Anblick von Sara in einem fast vergilbten, flauschigen weißen Brautkleid, das offenbar für eine Iowamatrone mit mehr … Gewicht gemacht worden war.

»Du siehst phantastisch aus«, sagte Jen.

»Wisst ihr, warum Frauen in Weiß heiraten?« Niemand ließ sich zu einer Antwort herab. »Das liegt doch auf der Hand. Alle Haushaltsartikel sind weiß.«

Sara lachte. Jen machte ein Foto.

Der Laden von Madame Higgins war groß genug für sie alle, aber sie hatten sich in kleinere Gruppen aufteilen müssen, um sich zwischen all den voluminösen Kleidern bewegen zu können. Die ganze Sicht hinaus auf die Second Street wurde von drei monströsen, tiefrosafarbenen Kleidern verstellt.

Auf den Tresen hatte Andy einige Flaschen Wein und zwei Stapel Kunststoffgläser gestellt. Jetzt unterhielt er alle, die das Pech hatten, in seiner Nähe zu stehen, mit ausgewählten Geschichten über Saras Broken Wheeler Abenteuer. »Ihr Gesicht, als wir ihr den Heiratsantrag gemacht haben. Entsetzt, oder was?« Er zwinkerte Josh zu. »Aber nicht ganz so verdutzt wie Toms. Allerdings war es eine naheliegende Wahl. Eine Zeitlang hatte ich Angst, sie könnten versuchen, mich zu überreden. Oder Carl.«

Er versetzte Josh einen Rippenstoß. »Fast so verrückt, wie es mit dir zu versuchen, was?«

Josh musterte ihn mit einem kalten Blick. Er war zwischen Andy und Grace eingeklemmt, und die ganze Zeit bohrte sich ein Kleiderbügel in seinen Rücken. Caroline stand am anderen Ende des Ladens. Sie zuckte jedes Mal zusammen, wenn er nur in ihre Nähe kam.

»Ich meine, alle wissen doch, dass wir schwul sind. Broken Wheel ist zwar sehr tolerant, aber so verrückt sind die Leute nicht, dass sie darauf reinfallen würden.«

»Ja, ja«, sagte Grace und boxte Josh in den Arm. Er sah noch verbissener aus. »Die hätten uns wohl kaum geglaubt, wenn wir behauptet hätten, du wolltest heiraten.«

»Warum …«, fing Josh an, aber Jen unterbrach ihn mit einem perlenden Lachen.

Sara bemerkte, dass Jen den Versuch aufgegeben hatte, Andy dazu zu bringen, die schöne Situation ernst zu nehmen, vor allem, da weder Tom noch sie selbst irgendwelche Anzeichen ahnen ließen, dass sie es taten. Sie verschwand wieder in der Umkleidekabine (eine Ecke mit zwei Stoffbahnen als Trennwände) und befreite sich mit Mühe von dem katastrophalen Kleid. Na ja. Hauptsache, es war weiß. Nicht einmal das USCIS konnte verlangen, dass sie auf den Bildern elegant aussah.

»Großer Gott, nein«, sagte Jen. »Ich muss zugeben, dass ich zuerst an Carl gedacht habe. Er sieht immerhin so gut aus, dass alle glauben würden, dass Sara in wenigen Wochen wie eine Fichte gefallen ist.«

Sara kam gerade rechtzeitig aus der Umkleidekabine, um diese Bemerkung zu hören, und Toms Augen lachten ihr entgegen bei dieser verdeckten Herabsetzung seiner Anziehungskraft. Sie war so dankbar, dass er nicht wütend aussah, dass sie automatisch zurücklachte, ehe ihr einfiel, dass er sie ja nicht leiden konnte und dass ihr das egal sein konnte.

»Aber niemand würde doch glauben, dass Josh sich plötzlich in eine Frau verliebt hat.«

»Ich begreife nicht, warum es so unvorstellbar ist, dass ich eine Frau heiraten könnte«, sagte Josh verärgert. »Es gibt schließlich etwas, das Bisexualität heißt.«

Claire und George standen etwas am Rand der Gruppe. Er fühlte sich lockerer als sonst, fast selbstsicher in einem schlichten, aber gebügelten Baumwollhemd. Der oberste Knopf war offen, und der hellweiße Rand des T-Shirts darunter bildete einen lebhaften Kontrast zu dem blauen Hemd. Jetzt beugte er sich zu Claire hinüber und sagte lächelnd:

»Du fragst dich vielleicht, warum ich in letzter Zeit nicht mehr vorbeigeschaut habe.«

»Nein.«

Er lachte. »Du hast sie natürlich gesehen.«

»Ja.«

»Sophy, meine ich.«

»Und Michelle.«

»Ja … aber Sophy ist es wert. Sie ist ein phantastisches Mädchen.« Er fügte großzügig hinzu: »Wie Lacey«, bekam aber keine Antwort. Claire starrte noch immer mit verbissener Miene zu Tom und Sara hinüber. George zuckte mit den Schultern.

Während die anderen in ihre Gespräche vertieft waren, hängte Sara das furchterregende Kleid zurück, ohne sich andere Alternativen zu überlegen.

Sie wusste nicht, warum sie das alles tat. Sie hätte mit Jen über diesen wahnwitzigen Plan reden und die Sache endlich abblasen müssen. Dann schaute sie zu Jen mit ihrem manischen Lächeln und ihrem eifrig gezückten Fotoapparat hinüber, und ihr schauderte. Nicht heute Abend.

Sie hielt ein Kleid hoch, um es besser sehen zu können. Wenn sie überhaupt heiratete, könnte dieses hier gehen. Es war ein Kleid, das aussah, als ob es keinerlei Illusionen über Liebe und Ehe zuließe. Perfekt für eine gefälschte Hochzeit.

Sie seufzte und hängte es zurück, war aber nicht schnell genug gewesen. Als sie sich umdrehte, stand Tom neben ihr. Sie wusste, dass er sie zwischen den Kleidern gesehen hatte. Als ob sie noch immer vorhätte, ihn in die Ehe zu manövrieren.

»Tom«, sagte sie und legte ihm die Hand auf den Arm, ehe er etwas sagen konnte.

Der Blick zwischen ihnen vertiefte sich, als sie ihn berührte, und etwas in seinen Augen wurde weicher, als ob er sie zum ersten Mal richtig sähe oder ihr zum ersten Mal erlaubte, das zu sehen. Sie dachte daran, wie wenige Männer normalerweise etwas mit den Augen ausdrücken und wie sehr sie ihn mochte.

Erstaunlicherweise war diese Erkenntnis zuerst überhaupt nicht erschütternd. Sie geriet nicht im Geringsten in Panik. Sie sah ihn nur an, ganz unbeweglich, während ihr ganzer Körper sich in der absoluten Gewissheit entspannte, dass sie ihn liebte. Eine ruhige Feststellung, so, wie man feststellt, dass die Erde rund ist oder dass es Schwerkraft und Naturgesetze gibt: Es war so, ganz klar, und sie konnte nichts daran ändern. Sie war sicher, dass diese Liebe nach und nach zu Problemen führen würde, aber für den Moment kam sie ihr eher vor wie eine Art… Friede.

Und das gab ihr immerhin den Mut zu sagen: »Tom, du musst das nicht tun.« Ihre Hand ruhte noch immer auf seinem Arm. »Ich habe Jen gesagt, dass es der pure Wahnsinn ist.«

Tom lachte. »Und sie hat natürlich respektvoll zugehört und den ganzen Plan abgeblasen?«

»Ich werde noch einmal mit ihr reden.«

»Sara, ich habe das Gesuch unterschrieben.«

»Aber…«, sie blinzelte. »Warum denn?«

Er zuckte mit den Schultern. »Amy hätte es so gewollt.«

»Es ist nicht richtig«, sagte sie.

Er hat es doch bloß getan, weil er dazu gezwungen war,

dachte sie. Weil er irgendein zwanghaftes Bedürfnis hat, immer für alle und alles da zu sein.

»Warum nicht?«, fragte er und nickte zum Kleidergestell vor ihnen hinüber. »Du hast ein Kleid.«

Sie schnitt eine Grimasse.

»Und ich weiß mit Sicherheit, dass Jen schon mit dem Pastor gesprochen und den nächsten Samstag für uns gebucht hat.«

Seine Augen lachten noch immer. »Wir können auch gleich darauf eingehen. Wir können es jetzt ohnehin nicht mehr stoppen. Aber natürlich, du kannst immer noch nein sagen, wenn der Pastor dich fragt.«

Sie versuchte, sich an irgendeine Art Wirklichkeit zu klammern. Man konnte sich doch keine Aufenthaltsmöglichkeit erheiraten. Man konnte in einem fremden Land keinen Menschen heiraten, den man nicht einmal kannte. Und man konnte wirklich niemand anderen zwingen, das zu tun.

Sie starrte das Gestell mit den alten Kleidern an, als ob der verschlissene Stoff, die unmodernen Farben oder der Schnitt sie in der Wirklichkeit festhalten könnten.

Aber das Einzige, was sie sah, war ein Abgrund.

Es ist komisch, dachte sie, wie oft man sich auf den sicheren Wegen im Leben hält. Scheuklappen anlegt oder den Boden anstarrt und sich dabei alle Mühe gibt, die schöne Aussicht nicht zu sehen. Die Höhe, in der man sich befindet, der Abgrund, alle Möglichkeiten, die es da draußen eigentlich gibt, einfach losspringen und fliegen, jedenfalls für einen Moment.

Sie hatte sich ihr Leben lang auf der sicheren Seite der Absperrungen gehalten, aber jetzt stand sie zum ersten Mal dort, am Abgrund, und sie tappte im Blinden bei der Erkenntnis, dass es andere Arten gab zu leben und wie intensiv und reich das Leben sein könnte.

Sie reagierte angesichts dieser Aussicht, wie sie vermutlich auch vor einem echten Abgrund reagiert hätte. Ihr wurde schwindlig, sie verspürte große Lust zu springen, egal, wie die Konsequenzen aussehen würden, sie konnte sich vorstellen, wie es wäre, sich einfach fallen zu lassen, sie wollte es tun, aber sie verspürte einen ebenso starken Drang, in die Sicherheit zurückzutreten.

Du liebst ihn, dachte sie, aber sie wusste nicht, ob das ein Argument war zu springen, oder eins zum Zurückweichen.

»Na los, Sara«, sagte Tom, als könnte er ihre Gedanken lesen. Sie hoffte nur, dass er das nicht wirklich konnte. »Du willst doch bleiben, oder?«

»Ja«, sagte sie schnell und schlicht. Sie sah ihn an. »Es ist, weil ich euch alle hier so gern mag. Ich habe zum ersten Mal wirklich das Gefühl, irgendwo zu Hause zu sein.« Sie verstummte.

»Willst du immer noch nach Hope umziehen?«, fügte sie dann hinzu. Sie konnte sich diese Frage einfach nicht verkneifen.

»Ich würde niemals nach Hope ziehen«, sagte er. »Aber in einigen Wochen fange ich an, da zu arbeiten. Das ist schon in Ordnung.« Er zuckte mit den Schultern. »Wenn wir heiraten, brauchst du jedenfalls nicht mit mir nach Hope zu gehen«, sagte er und grinste.

»Vielleicht wäre es besser, wenn du für eine Weile bei mir einziehst«, sagte er dann. »Wir müssen mehr übereinander wissen. Ob du zum Frühstück Vogelfutter isst, zum Beispiel.«

»Vogelfutter?«, fragte sie. Sie hatte das Gefühl, das Gespräch aus dem Griff verloren zu haben.

»Das hab ich aus einem Film«, sagte er lachend. »Mit Gerard Depardieu und Andie MacDowell.«

»Ach«, sagte sie. »Ich kenne mich nicht so aus mit Filmen. Ich ….«

»Lese lieber Bücher«, fiel er ihr ins Wort. Aber dabei lächelte er.

»Also«, sagte Jen. »Glaubt ihr, dass Josh eigentlich in Sara verliebt ist?«

»Warum sollte er?«, fragte Andy.

»Dieses ganze Gerede darüber, dass er vielleicht bisexuell ist. Ich finde das sehr verdächtig.« Sie schenkte sich Wein nach. »Er ist sehr engagiert bei diesem Thema.«

»Geht er denn überhaupt in den Buchladen?«, fragte Grace.

»Nein …«, sagte Jen zögernd. »In letzter Zeit nicht mehr.« Sie hob die Weinflasche, und Grace und Andy hielten ihr die Gläser hin.

»Eben«, sagte Andy.

»Aber irgendeine Frau steckt dahinter«, beharrte Jen. »Es muss ja keine aus Broken Wheel sein. Die Einzige, die er hier besucht, ist offenbar Caroline.«

Grace und Andy starrten sie an. »Großer Gott, Jen«, sagte Andy, fügte aber nachdenklich hinzu: »Immerhin haben sie nach dem Tanz zusammen Bier getrunken.«

»Bier?«, fragte Jen. »Caroline?«

Sie sah erstaunt aus.

Sie schauten automatisch zu Josh und Caroline hinüber. In diesem Moment legte Josh Caroline die Hand auf den Arm und lachte über etwas, das sie gesagt hatte. Sie zog ihren Arm sofort zurück, aber es war auch nicht die Berührung, die hier von Bedeutung war. Niemand hätte sich gewundert, dass er sie berührte, ohne dass sie etwas miteinander hatten. Aber über eine Bemerkung von Caroline zu lachen? Da musste man verliebt sein.

»Vielleicht hat er getrunken …«, sagte Grace.

»Sieht man doch«, sagte Jen. Andy widersprach nicht mehr. Er hatte jetzt einen ungeheuer entschiedenen Blick.

Als Josh das nächste Mal vorüberkam, packte Andy seinen Arm und sagte:

»Jen hat hier einige interessante Theorien vorgebracht.«

Josh sah ihn gelassen an. »Ach?«

»Sehr lustige sogar. Sie glaubt, du hast etwas mit Caroline.«

Josh sagte nichts, aber sein Blick wurde womöglich noch kühler.

»Eine verrückte Unterstellung«, sagte jetzt Andy. »Ausgerechnet Caroline.«

»Ach was.«

»Ich wusste ja, dass es nicht stimmt. Bisexualität in allen Ehren, und ältere Frauen, von mir aus, aber der kann man sich doch nicht nähern, ohne sich Frostbeulen zu holen. Oder ohne plötzlich ein Keuschheitsgelübde abzulegen.« Er lachte über seinen eigenen Witz, fügte aber fairerweise hinzu: »Na ja, ich nehme an, es gibt Leute, die Sex mit ihr haben könnten. Sie hat sich ja jedenfalls gut gehalten. Aber verliebt sein? *In Caroline?«*

»Natürlich habe ich nichts mit Caroline«, sagte Josh tonlos.

Andy klopfte ihm auf den Arm. »Selbstverständlich, selbstverständlich«, sagte er und fügte hoffnungsvoll hinzu: »Und es ist auch nicht etwa so, dass sie Interesse hätte? Viele ältere Frauen verlieben sich plötzlich in jüngere Männer. Ich beobachte das die ganze Zeit.«

Josh lachte, aber es war ein Lachen ohne Humor. »Ich kann dir wirklich versichern, dass Caroline nicht im Geringsten in mich verliebt ist«, sagte er.

»Nicht?« Andy klang enttäuscht.

»Nein«, sagte Josh. »Sie braucht mich nur als Sexspielzeug.«

Mrs Hurst (Bücher vs. Leben: 4 : 1)

Es schmeckte wie eine Mischung aus sehr süßen Pfannkuchen und Würstchen, was, wenn Sara sich das genauer überlegte, vermutlich genau das war, woraus das Gericht bestand.

Tom hatte für sie Corn Dogs gemacht, und während sie die als Vorspeise verzehrte, schnitt er Zwiebeln und briet Hackfleisch für Sloppy Joes. Und deshalb saß sie nun hier und versuchte verzweifelt, Tränen der Rührung wegzublinzeln. Er hatte für sie Corn Dogs gemacht! Ganz echte amerikanische Kost!

Er war losgefahren und hatte eingekauft, nachdem er sie bei Amy abgesetzt hatte, wo sie das packte, was sie für einige Tage bei ihm benötigte. Als er sie abholte, hatte er sich geweigert, ihr zu verraten, was es zu essen geben würde.

Die Corn Dogs entpuppten sich als frittierter Teig aus Eiern, jeder Menge Zucker (der schien zu den meisten amerikanischen Rezepten zu gehören, überlegte sie, denn sie hatte gesehen, wie Tom auch in das Hackfleisch eine großzügige Dosis gegeben hatte) und Maismehl, in dem die Würste gerollt wurden. Dann wurde die Wurst in einer tiefen Pfanne so gut gebraten, wie das eben ging, in einer Menge von sehr heißem Öl. Der Teig schien auslaufen zu wollen, und die Corn Dogs wurden platter und kantiger als die kreisrunden, die sie auf den Rezeptfotos gesehen hatte, aber Sara kamen sie so authentischer vor. Die Wurst schmeckte nicht schlecht und süßer als sonst. Sie nahm noch eine.

Sie hatten beide Caroline nicht erwähnt, aber Sara musste dauernd an sie denken. Sie hatte etwas so… Hilfloses im Blick gehabt.

Alle Anwesenden hatten Joshs Kommentar gehört und sich zu ihr umgedreht, aber Caroline hatte nur ein wenig das Kinn gehoben und sie mit ihrem üblichen selbstsicheren, unterkühlten Blick gemustert. Dann hatte sie Madame Higgins zugenickt und den Laden verlassen, ohne sich umzublicken und ohne Josh anzusehen.

Vielleicht, dachte Sara, war ihr Gesicht ein wenig bleicher und ihre Falten ein wenig tiefer gewesen, aber das war alles. Nicht ein Wort. Nicht ein Blick.

Ein würdevoller Abgang.

Alle hatten gewusst, dass es nur ein Witz gewesen war, aber Sara war von Josh enttäuscht. Es war kein komischer Witz gewesen.

Andy hatte es natürlich gefallen, aber Sara hatte nur Mitleid verspürt, auch wenn Caroline mit der Situation gut fertiggeworden war, und auch wenn sie ganz bestimmt keinen Wert auf Saras Mitleid legte.

Tom wandte sich vom Spülbecken ab und trank einen Schluck Bier. Diese entspannte Haltung betonte seine Bauch- und Schultermuskeln, und die Küche wirkte plötzlich sehr viel kleiner.

»Der Trick bei Sloppy Joes«, sagte er, »ist die Konsistenz. Man muss einen Bissen nehmen können, ohne dass alles in sich zusammenfällt, aber es muss natürlich auch ein bisschen klebrig sein. Das Geheimnis ist, das Hackfleisch beim Braten immer wieder zu lockern.«

»Sloppy Joes sind also Hamburger-Brötchen mit Hackfleischsoße?«

»Japp.«

»Kein Gemüse?«

»Im Hackfleisch ist Tomatenketchup, falls das zählt.«

Sie lachte und trank einen Schluck Bier, und während Tom sich wieder umdrehte und grüne Paprika, Zwiebeln und Knoblauch hackte, überlegte sie, wie das Leben hier sein könnte. Im Buchladen arbeiten, jeden Abend nach Hause kommen und mit jemandem Essen zubereiten, der sich über sie und ihre Bücher lustig machte, eine Art verzauberte Welt aus … Alltag und Freundschaft. War das wirklich zu viel verlangt vom Leben, fragte sie sich. Nicht die ganze Zeit allein sein zu müssen?

»Du weißt, dass das Hackfleisch fertig ist«, sagte jetzt Tom, »wenn du ein Stück auf den Bratenwender nehmen kannst, ohne dass es einsackt.« Er führte das vor, indem er einen Brocken hochhob, der sofort hinunterfiel. »Also noch eine Runde.«

Sie lächelte, befahl sich dann aber selbst, sich nicht ablenken zu lassen. Gerade weil dieser Abend so schön war, wusste sie, dass sie jetzt etwas zur Sprache bringen musste, das ihr seit dem Gespräch in dem Bekleidungsgeschäft zu schaffen machte. Vielleicht, weil sie sich selbst ermahnen musste, vielleicht, um ihm zu zeigen, dass sie sich keine Illusionen machte.

»Tom«, sagte sie. »Wir müssen danach nicht zusammen wohnen. Du kannst ganz normal weitermachen. Es wird bei allem hier … keine Gefühle geben.« Sie hatte das entschieden sagen wollen, beruhigend, aber es klang eher wie eine Frage. Und auf irgendeine Weise konnte es die lockere Stimmung dann doch ruinieren.

Das Lachen verschwand aus Toms Augen. Er drehte sich wieder dem Spülbecken zu.

»Das ist klar«, sagte er. »Keine Gefühle.«

»Ich kann bei Amy wohnen. Oder auf dem Sofa schlafen.«

Sie hätte besser schweigen sollen. Auf dem Sofa schlafen? Was für ein idiotischer Vorschlag. Die Vision eines gemütlichen Alltags wich Phantasien eines stetigen Stroms von Toms Geliebten, die in den zwei Jahren, in denen sie verheiratet sein mussten, damit sie eine Arbeitsgenehmigung bekommen könnte, sein Haus frequentierten, während sie selbst versuchte, sich im Wohnzimmer unsichtbar zu machen.

Reiß dich zusammen, Sara. Du kannst bleiben.

Tom nicht zu bekommen war doch ein geringer Preis dafür, sich irgendwo zu Hause zu fühlen.

»Du kannst dich weiter mit anderen treffen«, sagte sie, denn das musste gesagt werden.

Tom ließ sich nicht einmal zu einem Kommentar herab. Sie nahm an, für ihn sei das von Anfang an selbstverständlich gewesen.

Sie würden im selben Bett schlafen.

Sie hatte ihren idiotischen Vorschlag wiederholt, auf dem Sofa zu übernachten, aber er hatte rundheraus erklärt, dass er das für eine ziemlich schlechte Idee hielt. Wenn sie nicht im selben Bett schliefen, wie sollte er denn zum Beispiel wissen, ob sie schnarchte? Sara hatte gegen diese Unterstellung protestiert, aber er hatte nur geantwortet, dass man solche Dinge selbst eben nicht wissen könnte.

Sie hätte ja auch nichts dagegen gehabt, neben ihm zu schlafen, wenn sie nur hätte glauben können, dass er sie auf diese Weise in sein Bett locken wollte.

Aber so war es nicht. Er hatte das deprimierend rasch versichert, und jetzt lagen sie so weit auseinander, wie das überhaupt nur möglich war.

Sie hatten sich im Dunkeln ausgezogen, aber der Mondschein sickerte durch die Vorhänge, und Sara hatte für einen Moment nackte Haut und einen bloßen Oberkörper gesehen, ehe er sich hingelegt hatte. Das hatte ihren Seelenfrieden nicht vergrößert.

Sie seufzte lautlos.

Seine Bettwäsche roch fremd, frisch und männlich. Sie konnte neben sich seinen Atem hören und verspürte den überwältigenden Wunsch, die Hand auszustrecken und ihn zu berühren. Sie faltete die Hände auf ihrer Brust, um sich daran zu hindern, und dann lag sie da und starrte eine fremde Zimmerdecke an.

Er interessierte sich nicht für sie, aber das war, wie sie sich vor Augen hielt, kaum eine Katastrophe. Und auch keine Neuigkeit. Ab und zu wurde Liebe eben nicht erwidert. Sie hatte eigentlich auch nichts anderes erwartet.

Und so war es ja auch in Büchern. Sie wusste, dass Tom glaubte, sie ziehe Bücher vor, weil die glücklicher verliefen als das Leben, aber auch in Büchern wurden Menschen abgewiesen und machten Schluss und verloren jemanden, der ihnen wichtig war. Und im Leben wie in den Büchern wandten die Menschen sich dann irgendwann neuen Liebesabenteuern zu. Da gab es keinen Unterschied zwischen Büchern und Leben; bei beiden kam es zu glücklichen und unglücklichen Lieben in ein und derselben Geschichte.

Im Leben konnte man natürlich niemals wissen, ob die Verliebtheit, die man gerade empfand, die war, die sich als die richtige entpuppen sollte, oder ob sie lediglich dazu diente, einen wie Mr Darcy besser erscheinen zu lassen. Aber wenn man nur durchhielt, würde man auch im wirklichen Leben einige Kapitel später jemand Neues kennenlernen.

Dennoch. Wie sie da so starr auf dem Rücken lag und zur Decke hochstarrte, zum sanften, regelmäßigen Geräusch seines Atems, fühlte sie sich einsamer als je zuvor in Broken Wheel.

Und natürlich. In Büchern hatte man den Trost, dass es gut ausgehen würde. Man stand Enttäuschungen und Komplikationen durch und war sich im tiefsten Herzen doch die ganze Zeit sicher, dass Elizabeth am Ende Mr Darcy bekommen würde. Im Leben gab es dieses Vertrauen nicht. Aber früher oder später taucht schon einer auf, den man für Mr Darcy halten kann, sagte sie sich mahnend.

Allerdings nur unter der Voraussetzung, dass man eine der Hauptpersonen war.

Bei dieser beängstigenden Erkenntnis hätte sie sich im Bett fast aufgesetzt. Tom bewegte sich neben ihr, deshalb zwang sie sich, sich wieder zu entspannen, aber in ihrem Gehirn herrschte noch immer Chaos.

Hilf mir, dachte sie, lass mich keine Nebenfigur sein.

Sie konnte damit leben, dass sie ihren Mr Darcy noch nicht gefunden hatte, eigentlich hatte sie ja auch nie damit gerechnet, ihn zu finden. Früher einmal hatte sie auch gar nicht mehr verlangt, als eine Nebenfigur zu sein.

Aber jetzt. Die Vorstellung, dass der Sinn all dessen, was bisher geschehen war, allein der gewesen sein könnte, Tom eine andere finden zu lassen, erfüllte sie mit purem Entsetzen. Sie musste unwillkürlich an Claire denken, verdrängte diesen Gedanken aber mit aller Kraft.

Aber was, wenn sie selbst *Caroline Bingley* war?

Oder Mrs Hurst.

Sara Lindqvist
Kornvägen 7, I
136 38 Haninge
Schweden

Broken Wheel, Iowa, 22. Mai 2011

Liebe Sara,

ich finde es natürlich gut, dass du Geld gespart hast, nicht zuletzt, weil deine berufliche Situation so unsicher ist (und dann hast du doch sicher noch mehr Zeit, um hier bei uns zu bleiben?). Aber du darfst das Geld nicht für diesen Besuch verwenden. Es sollte eine Einladung unter alten Freundinnen sein – da unsere Bücher sich begegnet sind, meinst du nicht, es sei an der Zeit, dass wir das auch tun? –, aber ich möchte nicht, dass du dafür bezahlst. Ich fürchte, in diesem Fall musst du dich nach mir richten.

Die bloße Vorstellung, du könntest dafür bezahlen, dich von einer alten Frau langweilen zu lassen! Ehrlich gesagt erinnerst du mich an Tom. Ihr scheint beide zu glauben, im Leben gehe es nur darum, für andere da zu sein. Ich liebe euch natürlich beide, aber das Leben ist kein Wettbewerb darum, gute Taten zu begehen. Lebe ein bisschen. Lies ein bisschen. Bleib, solange du willst, ganz gratis, aber komm bald.

Mit lieben Grüßen,
Amy

Vielleicht ist es nicht die Welt, dachte Sara. Es haben schon andere Leute geheiratet. Und zwar total alltägliche Personen.

Vor dem Autofenster zog der Mais an ihren Augen vorbei. Auf einigen Feldern hatte bereits die Ernte begonnen, und in regelmäßigen Abständen tauchten kahle, platte Flecken in einer ansonsten wogenden Landschaft aus hohen Maisstängeln auf.

Tom sah neben ihr im Wagen unverschämt gut aufgelegt und ausgeruht aus, und wie um sie zu verwirren, war der Tag warm und klar, ein letzter Rest von einem Sommer, der eigentlich schon verloren war.

Wenn sie bleiben könnte, dachte sie, würde sie eine Möglichkeit finden müssen, sich zu ernähren. Sie hatte zwar noch ihre Ersparnisse, aber die würden nicht ewig reichen, und sie hatte nicht vor, sich von Tom aushalten zu lassen.

Der Buchladen hatte inzwischen natürlich mehr Kundschaft. Derzeit verging kaum ein Tag, an dem sie nicht etwas verkaufte. Aber von drei betagten Taschenbüchern pro Tag konnte sie nicht leben.

Wenn sie bleiben dürfte, würde sie ihre Verkaufsstrategien verbessern müssen.

Sie lächelte vor sich hin und spähte zu Tom hinüber. Es war ein erregender Gedanke. Zeit zu haben, den Buchladen weiter aufzubauen. Als er merkte, dass sie ihn ansah, lächelte er kurz, dann richtete er seinen Blick wieder auf die Straße. Sie überholten ziemlich knapp ein anderes Auto.

Vielleicht könnte sie auch per Internet verkaufen? Darüber hatte sie schon häufiger nachgedacht, bereits zu Hause in Schweden. Eine Mischung aus Bücherblog und Internetbuchhandel, mit einem lokalen, persönlichen Anstrich. Interviews mit Autoren aus der Gegend, jedes Buch, das je über Iowa oder von jemandem aus Iowa geschrieben worden war. Eine internetbasierte Alternative zu den kleinen Lokalbuchhandlungen, die es früher einmal gegeben hatte. Sie fragte sich, wie weit die Menschen für einen wirklich bezaubernden Buchladen wohl fahren würden. Weit, glaubte sie, wenn Bücher von jemandem verkauft wurden, den sie kannten. Man sollte die Vermarktungskraft enthusiastischer Amateure niemals unterschätzen. Ein Clarence-County-Regal natürlich, und vielleicht ein virtuelles Regal für jeden County in Iowa.

Tom hielt vor dem Buchladen, beugte sich zu ihr vor und öffnete ihre Tür, und dabei lächelte er sie an. Vielleicht würde sie eines Tages immun gegen sein Lächeln sein.

»Und jetzt los, ein paar Bücher verkaufen«, sagte er, und sie lächelte ebenfalls, fest entschlossen, genau das zu tun.

Grace lehnte an der Tür und nickte Sara zu, als die vorbeiging. Sie sah erstaunlich gereizt aus. »Kaffee?«, rief sie, und Sara blieb stehen. Warum nicht? Es war ein schöner Tag, der zu Gesprächen einzuladen schien.

Grace schenkte für sie beide ein und lehnte sich an den Tresen. Vielleicht war es Saras offenkundiges Glück, das sie zu der für Grace reichlich säuerlichen Bemerkung veranlasste: »Ich kapier echt nicht, warum du hierbleiben willst.«

Warum sollte ich das nicht wollen, dachte Sara. Grace hatte ja offenbar auch nicht vor, wegzuziehen. Warum sollte Grace hier zu Hause sein und Sara nicht? Nur weil bei ihrer Geburt irgendein Missverständnis sie nach Haninge verpflanzt hatte?

»Hab ich von damals erzählt, als sie einen Aufruf gegen meine Oma veranstalten wollten? *Amazing Grace is the Devil in Disguise,* haben sie den genannt.« Sie schaute Sara erwartungsvoll an. Sara spielte mit ihrer Kaffeetasse. »Wie das Elvisstück! Stell dir das doch nur vor. Ein Elvis-Fan in Broken Wheel! Der, dem das eingefallen ist, hat sicher viel Spaß damit gehabt. Die Kirchendamen haben natürlich nicht begriffen, dass es ein Zitat war. Das war damals, als Elvis noch als Provokation galt.«

Sara war dermaßen in ihre großartigen Pläne vertieft, dass sie ein wenig zerstreut antwortete: »Ja, aber ich sehe ja, dass du diese Stadt nicht verlassen hast.«

»Aber ich kann noch immer dazu gezwungen werden«, erklärte Grace dramatisch. Sie fügte prosaischer hinzu: »Selbstgebackene Kuchen!«

»Hör auf«, sagte Sara. »Weder du noch deine Oma scheinen große Probleme damit gehabt zu haben, hier akzeptiert zu werden.«

»Was für eine gemeine Bemerkung!«

»Sie mögen dich«, sagte Sara. »Sie wollen dich hierhaben. Und du magst sie, auch wenn du so tust, als ob du nicht hierher gehörtest. Sogar deine Großmutter ist hiergeblieben. Ich wette, dass ihr die Stadt auch gefallen hat.«

Grace sah aus, als ob Sara sie geschlagen hätte. »Mögen!«, sagte sie. Sie fügte verzweifelt hinzu. »Das war nicht nur meine Großmutter. Die Gracefrauen waren immer ausgestoßen. Wir haben Schnaps verkauft! Wir haben uns geprügelt! Es ist …«

»… gewissermaßen eine Familientradition«, sagte Sara. Der Gerechtigkeit halber fügte sie hinzu: »Vielleicht ist es nicht nur deine Schuld. Die Zeiten ändern sich. Ich vermute, heute ist es schwerer, ausgestoßen zu sein.«

»Sag so was nicht«, erwiderte Grace sauer. »Nichts schockiert noch. Suff, Unsittlichkeit, Gewalt … und an allem ist Hollywood schuld.«

»Das, und dass du jetzt Hamburger verkaufst.«

Bei seinem zweiten Besuch ließ Caroline ihn herein. Er war schon einmal da gewesen. An *jenem Abend* (sie konnte noch immer kaum daran denken, ohne dass ihr schauderte), aber da hatte sie es nicht über sich gebracht, mit ihm zu reden.

»Ich weiß, dass das nicht richtig von mir war«, sagte er und fuhr sich unsicher mit der Hand durch die Haare.

»Ja«, stimmte sie zu. Sie war eigentlich nicht böse. Sie brachte nicht genügend Energie dazu auf.

»Ich habe gesagt, dass du mich nicht liebst.«

»Du hast gesagt, dass wir *Sex* haben.«

»Ich weiß.« Für einen Moment vergaß er, den Reuigen zu spielen. »Aber sie haben mich provoziert«, sagte er wütend.

»Kann es nicht sogar positiv sein?«, fragte er dann. »Die starke ältere Frau, die den jüngeren Mann am Gängelband hat …?« Er verstummte unter ihrem Blick. »Vielleicht nicht.«

»Vielleicht nicht«, stimmte sie zu. Sie hatte ihr Haus den ganzen Tag noch nicht verlassen. Sie hatte durchaus nicht vor, es je wieder zu verlassen. Aber sie merkte, dass er nicht ganz begriff, und sie hatte jedenfalls das Gefühl, wenigstens einen Erklärungsversuch geben zu müssen. Sie wünschte, er hätte geschwiegen und sie hätten noch eine Weile weitermachen können, aber es war wohl unvermeidlich gewesen, dass es herauskam, so nach und nach.

»Als alleinstehende ältere Frau …«, begann sie.

Er machte ein interessiertes Gesicht. Als bedeuteten ihre Gedanken ihm etwas. Das würden sie aber nicht mehr lange tun.

»Als alleinstehende ältere Frau kannst du auf jeden Fall sicher sein, dass alles, was du tust oder auch nicht tust, ins Lächerliche gezogen wird. Die Leute werden über dich lachen. So ist das. Und normalerweise ist mir das ja egal, denn ich habe es so gewollt. Verstehst du?«

Das tat er offenbar nicht.

»Ich bin vielleicht nicht direkt beliebt, aber ich schaffe so allerlei. Sie lachen über mich, ich weise sie zurecht, und in gewisser Weise kann man sagen, ich entscheide, weshalb ich mich auslachen lasse. Das gleicht sich aus. Aber jetzt ... das Gleichgewicht hat sich verschoben. Sie werden mich wegen Dingen auslachen, die ich nicht selbst entschieden habe. Verstehst du nicht, dass ich von nun an nie mehr nur Caroline sein werde?«

»Wer solltest du denn sonst sein?«

Sie wusste nicht so recht, wie sie das ausdrücken sollte. »Unsere Beziehung ...«, fing sie an. »Von nun an wird sie ein Teil davon sein, was ich bin. Ich werde Caroline-die-sich-über-junge-Männer-hermacht sein oder Caroline-weißt-du-dass-die-Affären-mit-jungen-Männern-hat? Du, vermute ich, wirst weiterhin Josh sein. Und sie werden recht haben. Sie werden darüber lachen, und ich werde nichts sagen können. Wenn sie darüber gelacht haben, dass ich energisch oder spießig war, konnte ich mich wehren. Und ich war immer noch nur Caroline.«

»Aber warum sollten wir gezwungen sein, es zu verbergen? Sara und Tom können ganz offen vorgehen, können vor den Augen der ganzen Stadt kollektive Heiratsanträge annehmen und heiraten?«

»Sara und Tom sind nicht zusammen, das zum ersten, und sie sind gleichaltrig.« Sie fügte, ruhiger, hinzu: »Und die Welt ist nicht gerecht.« Sie versuchte zu argumentieren. »Ich werde nicht zu dir nach Hause kommen und bei deinen Eltern hereinplatzen und über dich und deine Liebhaber reden, oder? Obwohl es nicht richtig ist, dass du die verstecken musst.«

»Ich hab doch gar keine Liebhaber.«

Sie ließ sich nicht zu einem Kommentar herab. Sie standen noch immer in der Diele. Sie hatte nicht vor, ihn weiter ins Haus zu lassen, aber auf diese Weise kam er ihr sehr nah.

»Es tut mir leid«, sagte er, in einem schroffen, wütenden

Tonfall, der überhaupt nicht reuig klang. »Kann ich die Sache denn gar nicht wieder in Ordnung bringen?«

Sie wünschte, die Welt wäre besser, oder sie selbst brauchte nicht der Mensch zu sein, der ihm zeigte, wie die Welt war. Sie lehnte sich mit der Schulter an die Wand und berührte sie langsam mit der Hand. »Das hier kannst du nicht in Ordnung bringen, Josh«, sagte sie. »Nach einer Weile, wenn sie sehen, dass wir nicht zusammen sind, werde ich vielleicht zu Caroline-die-arme-alleinstehende-Frau-die-glaubte-ein-junger-Mann-wollte-mit-ihr-zusammen-sein oder Caroline-wusstest-du-dass-ein-junger-Mann-sie-im-Stich-gelassen-hat. Vielleicht lassen sie mich dann irgendwann in Ruhe.«

»Wenn sie sehen, dass wir nicht zusammen sind?«

»Ich habe nicht vor, dich noch weiter zu treffen«, sagte sie so freundlich sie konnte, auch wenn sie überzeugt war, dass ihm das ohnehin nicht sehr lange etwas ausmachen würde.

Josh wurde bleich. Sein Gesicht nahm einen beängstigend weißen Farbton an, und für einen Moment war sein Blick fast schon wild. Sie trat einen Schritt zurück, nicht, weil sie fürchtete, er könnte ihr etwas antun, sondern, weil sie fürchtete, er könnte sie wieder berühren, und es würde ihr gefallen.

Aber als er dann etwas sagte, war seine Stimme nur kalt, fast ausdruckslos vor mühsam unterdrücktem Zorn: »Verlass mich nur, wenn du willst, Caroline, aber bild dir ja nicht ein, es ginge nur darum, was die Leute sagen. Denn du bist jetzt vielleicht Caroline-die-frisch-Verlassene – keine sehr treffende Bezeichnung, oder? –, aber du warst nie nur Caroline. Ehe ich gekommen bin, warst du die arme-alleinstehende-Caroline oder Caroline-das-wandelnde-Kirchenklischee.«

Sie starrte ihn an. »Mach's gut, Josh«, sagte sie, nicht mehr freundlich, drängte sich an ihm vorbei und riss die Tür auf. Sie nickte barsch in Richtung Straße, und er ging rückwärts hinaus.

»*Caroline.* So war das doch nicht gemeint ....«

Aber sie hatte bereits die Tür hinter ihm geschlossen.

Als sie gerade den Bücherstapel bei den Sesseln austauschte, fiel Saras Blick auf *Eragon*. Sie lächelte in plötzlicher Inspiration. Ein Buch für ein Mädchen, das Drachen liebte. Sie legte es unter den Tresen, um es ihr bei ihrem nächsten Besuch zu geben.

»Ich weiß nicht, ob du das weißt, aber Amy und ich waren gute Freunde ...«

Sara schaute auf. John stand in der Türöffnung. Die Sonne stand in seinem Rücken, und es war schwer, seinen Gesichtsausdruck zu erkennen, aber er sprach schleppend und müde, und seine Schultern waren eingesunken. Die Zeit nach Amys Tod hatte ihm nicht gutgetan.

Sara nickte ihm zu.

»Du hast sie nicht kennengelernt, aber sie war eine phantastische Frau.«

»Ich weiß«, sagte sie. Sie fügte hinzu, ohne ihn richtig anzusehen: »Hätte sie mich gemocht, was meinst du?«

»Sie hat dich gemocht.«

»Und ... den Buchladen?«

Der Schatten eines Lächelns huschte über sein Gesicht. »Den Buchladen auch.« Er musterte sie mit ernster Miene. »Aber sie hätte nicht gewollt, dass du ohne Liebe heiratest.«

Unfreiwillig drückte sie die Bücher an sich. »Natürlich nicht«, sagte sie. Sie glaubte nicht, dass John wusste, wie vollkommen unnötig diese Warnung war. Es war sehr lange her, dass sie Tom und die Stadt noch nicht geliebt hatte. Sie fasste sich ein Herz und sagte: »Ich weiß, wie viel du ihr bedeutet hast. Viel mehr als ihr Mann. Du warst ihr Robert Kincaid, der im Regen stehen blieb.«

Aber er redete weiter, als ob er sie nicht gehört hätte: »Und sie hätte nicht gewollt, dass Tom das tut.«

Sie fragte sich, ob er glaubte, sie habe Tom in alles hineingelockt. Ob er glaubte, dass sie ihn nur ausnutzte.

Die Wut machte es leichter, seinen Blick zu erwidern, und ließ sie sagen: »Amy hat es getan.« Sie konnte sich nicht daran hindern, hinzuzufügen: »Warum habt ihr nicht geheiratet? Wie konnte Amy so … feige sein? Warum hat sie nicht gewagt, sich über ihre eigenen Vorurteile hinwegzusetzen?«

Sie konnte es nicht verstehen. Amy, die sich um Andy gekümmert und sich über eine Karte mit einem halbnackten Mann gefreut hatte. Es war unbegreiflich.

»Sie wusste, wie es ist, ohne Liebe zu heiraten«, sagte John, ein Geständnis, das er offenbar nur mit großem Widerwillen machte. Sie fand darin einen gewissen Trost. Schau an, wollte sie sagen. Amy hat es getan. Aber schon als sie das dachte, wusste sie, dass es kein besonders effektives Argument war, um einen Neffen dem auszusetzen, was sie selbst durchgemacht und, davon war Sara überzeugt, bereut hatte.

»Sie hätte nicht gewollt, dass Tom es tut«, sagte John noch einmal.

Sie seufzte. Nein, das hätte sie nicht. Es reichte wohl nicht, dass die eine in einer Ehe den anderen liebte.

Als er den Buchladen verlassen wollte, zögerte er plötzlich, blieb stehen und drehte sich um. Sie weigerte sich, vom Tresen aufzublicken. Sie starrte den Bücherstapel an.

»Nicht Amy war zu feige zum Heiraten«, sagte er. »Sondern ich.«

Die Dunkelheit holt George ein

George war nach der improvisierten Brautkleidanprobe in seine eigene Hölle zurückgekommen.

Die offenbarte sich in Form von zwei kurzen Zetteln und einer leeren blassgelben Wohnung.

»George, sind weg«, sagte der eine.

»Danke, dass wir hier wohnen durften«, sagte der andere.

Zum Glück war das Sophys Zettel, aber es stand keine Adresse darauf.

Die Dunkelheit hatte ihn wieder eingeholt.

Diesmal war es viel schwerer, sie zu verlieren.

Vielleicht lag es daran, dass alles beim vorigen Mal so viel unsicherer gewesen war. Es war schrittweise gekommen: Probleme, Streit, Taschenpacken, Aufbruch. Und nicht einmal da hatte er sich den Gedanken erlaubt, es könnte für immer sein. Sophy kommt zurück, hatte er gedacht, auch als die Leute ihn schon lange mitleidig ansahen.

Als er sich dann hatte eingestehen müssen, dass sie das nicht tun würde, hatte er schon mit Trinken angefangen, und das hatte geholfen. Hatte den schlimmsten Kummer betäubt, als er dann am Ende die Hoffnung aufgegeben hatte.

Er hatte aber vergessen, wie weh es tat. Er konnte sich nicht daran erinnern, dass es so schlimm gewesen war.

Er wusste, ohne den Schatten eines Zweifels, dass kein Vater es überleben kann, seine Tochter zweimal zu verlieren. Diese Erkenntnis schenkte ihm einen perversen Trost. Er hatte es geschafft, sie einmal zu verlieren. Er hatte nicht vor, es ein zweites Mal zu schaffen.

Komischerweise dachte er nicht sofort an Alkohol.

Den ganzen ersten Tag nach dem Brautkleidkauf für Broken Wheel und nach dem Verschwinden Sophys saß er am Küchentisch und überlegte, wie etwas so Einfaches und Automatisches wie das Atmen plötzlich so schwer werden konnte. Er sah, wie die Dunkelheit sich auftat, und machte keinen Versuch, sich dagegen zu wehren.

Aber am Ende hob er den Blick von den Zetteln auf dem Küchentisch und entdeckte Claires geöffnete Weinflasche.

Er überlegte, ob er die leeren sollte.

Er hatte kein schlechtes Gewissen, weil er das dachte, obwohl er Sophy versprochen hatte, nie wieder zu trinken. Es war nicht einmal die richtige Sophy gewesen, das wusste er jetzt, sondern nur eine Stimme in seinem Kopf. Nicht einmal eine Stimme, sie hatte ihm nie geantwortet. Und er konnte nicht mehr mit ihr reden. Die wirkliche Sophy hatte die Sophy aus seinem Kopf mitgenommen, als sie ihn verlasen hatte.

Er brachte nicht genug Energie auf, um aufzustehen und die Hand nach der Flasche auszustrecken. Sogar das Sitzen kam ihm zu anstrengend vor. Irgendwann taumelte er zum Bett und legte sich hin, vollständig angezogen und ohne auch nur ein Buch mitzunehmen.

Vielleicht würde er die Flasche später leeren, wenn er sich besser fühlte.

Den ganzen zweiten Tag verbrachte er im Bett.

Er hatte nicht aufgegeben, dachte er. Das hatte er beim ersten Mal getan, so nach und nach. Aber aufzugeben bedeutete, dass man es zuerst versucht hatte. Man gab *etwas* auf. Wie beim vorigen Mal, nachdem er zunächst protestiert und sich selbst belogen und danach, während einer langen Trinkerphase, die Illusionen aufgegeben hatte, eine nach der anderen. Diesmal gab es ganz einfach nichts aufzugeben. Er hatte sofort akzeptiert, dass er sie verloren hatte.

Diesmal wurde nichts geleugnet. Es gab auch keinen Zorn. Das hatte er beim vorigen Mal erlebt, und es hatte nichts geändert.

Natürlich, wenn man es aus einer anderen Perspektive betrachtete, dann konnte man wohl behaupten, dass dieses Etwas, das er jetzt aufgab, der Versuch war, so zu tun, als könne er ohne sie ein normales Leben leben. Vielleicht war es das Leben, was er aufgegeben hatte. Aber er hatte doch das Gefühl, das nicht selbst entscheiden zu können. Eher war es das Leben, das ihn aufgegeben hatte.

Sonst hätte das Leben ihm nicht Sophy zurückgeschickt und sie ihm dann erneut weggenommen. Für einen kurzen Moment schwankte er an der Grenze zu diesem Gedanken. *Wenn sie nur nicht zu mir zurückgekommen wäre.* Aber dann wich er davor zurück. Eine Woche mit der wirklichen Sophy war den Verlust der Sophy in seinem Kopf wert gewesen. Viel weniger hätte schon gereicht. Ein Tag, eine Stunde, eine Minute, nur ein Blick von ihr.

Aber er hätte sie natürlich nicht wiedererkannt, wenn das Leben ihm nur einen Moment gegeben hätte. Jetzt brach ihm der kalte Schweiß aus, feine kleine Schweißperlen auf seiner Stirn. Sie gesehen und sie nicht erkannt zu haben, das wäre grauenhaft gewesen.

Also. Er hatte nicht aufgegeben. Er hatte nur keine Lust, etwas zu tun.

Die Decke müsste neu gestrichen werden. Die weiße Farbe wies breite Risse auf und war von Schmutz und Alter an einigen Stellen gelbbraun geworden.

Er folgte den Rissen mit dem Blick und holte aus ihnen einen gewissen Trost. Sie gaben ihm etwas Konkretes und Alltägliches, woran er sich festhalten und woran er denken konnte.

Farbe. Anstreichen. Aufräumen. Möbel abdecken.

Er wandte den Kopf um. Die Vorhänge waren geschlossen.

Vielleicht hätte er sie öffnen sollen, ehe er sich hinlegte, um mehr zu sehen und zu bedenken zu haben.

Die Vorhänge wechseln. Neue nähen. Natürlich konnte er nicht nähen. Und er hatte ja auch gar nicht vor, das Bett zu verlassen.

Jemand klopfte an die Tür, aber er brachte es nicht über sich, aufzustehen und zu öffnen. Und das war ja nur der Anfang. Es hätte ihm gutgetan zu reden. Zuzuhören. Wörter auszusprechen.

Unvorstellbar.

Er hatte den Verdacht, es könnte Claire sein. Das wäre in Ordnung. Claire würde verstehen, sie hatte eine eigene Sophy. Aber er verspürte einen kurzen, unerwarteten Gewissensbiss, als er dachte, dass es auch Sara sein könnte. Sie würde vielleicht nicht verstehen, und vielleicht brauchte sie ihren Chauffeur.

Broken Wheel ertränkt seinen Kummer

Um halb fünf hatte Sara alle Hoffnungen für diesen Tag aufgegeben. Ehe sie den Laden verließ, fiel ihr Blick auf den Zettel mit Sophys Adresse, der noch immer auf dem Tresen lag, und ihr ging plötzlich auf, dass sie nicht wusste, ob Sophy noch bei George war. Sie schrieb einen freundlichen kleinen Brief und beschloss, ihr das Buch zu schicken, falls sie schon zurückgefahren war. Wenn Sophy das Buch gefiel, würde ihr Sara auch noch die beiden anderen Bände zusenden. Aber, dachte sie traurig, das würde sie wohl doch nicht tun können. Denn dann würde sie ja nicht mehr in Broken Wheel sein.

Sie wartete gar nicht erst, ob George oder Tom sie wohl abholen kämen. Sie würde nach Hause gehen, zu Amy oder zu Tom, je nachdem, wo sie landete, und vielleicht würde ihr unterwegs etwas einfallen. Das war ein deprimierender Gedanke. Denn das Einzige, was ihr einfiel, war, dass sie nicht bleiben konnte. Das hatte Amy gesagt. Und es war noch ein Tag bis zur Hochzeit.

Sie hatte das Gefühl, vorwärtszustolpern. Da sie die Stadt noch nicht verlassen hatte, zwang sie sich zu dem Versuch, wie ein normaler Mensch einen Fuß vor den anderen zu setzen.

»Sara«, rief jemand aus einem Fenster. Sie glaubte zuerst, es sei George, obwohl es eine Frauenstimme war. Sie lächelte automatisch, wenn auch nicht gerade ehrlich, und drehte sich um. Das Lächeln verschwand, als sie sah, dass es Claire war, aber sie schaffte es fast sofort, die Mundwinkel wieder nach oben zu ziehen.

»Komm rein«, sagte Claire und zeigte auf die Haustür. Sie

verschwand vom Fenster und tauchte einige Sekunden darauf bei der Tür wieder auf.

Es war weniger anstrengend, nachzugeben, als zu protestieren. Claire hielt ihr eine Flasche Whisky und zwei Gläser hin.

»Komm«, sagte sie. »Ich will nicht im Haus sein. Wir fahren irgendwohin.«

Warum nicht?

Claires Auto war ein alter Chevrolet-Pick-up, der schon bessere Tage gesehen hatte. Sara schob mit dem Fuß einen leeren Pappbecher mit Cola-Logo beiseite und legte den Sicherheitsgurt an.

Sie hielten auf einer kleinen Anhöhe, die vielleicht zehn Minuten vor der Stadt lag. Sara konnte plätscherndes Wasser hören, aber wenn es einen Bach gab, dann war der zu klein, um über das kniehohe Gras hinweg entdeckt zu werden. Claire zeigte auf eine wenige Meter entfernte Baumgruppe, das einzig Waldähnliche, was Sara in Broken Wheel bisher gesehen hatte.

»Weißt du, was mir an dieser Stelle hier am besten gefällt?«

Sara schüttelte den Kopf.

»Kein Mais. Ich hab den Mais so verdammt satt.«

Sie setzten sich auf die Ladefläche. Eine alte Decke lag weiter hinten, aber noch war es so warm, dass Sara sie nicht brauchte, und Claire trug eine dicke militärgrüne Stoffjacke.

»Weißt du«, sagte Claire. »Ich hab dich eigentlich nie richtig leiden können.«

Was du nicht sagst, dachte Sara. Es spielte keine Rolle. Sie leerte ihr Glas und hielt es Claire hin, die es wieder füllte. Einiges schwappte über ihre Hand.

»Du warst mir zu elegant gekleidet.«

»Ich war doch nicht elegant gekleidet.«

»Du hattest keine Jeans. Du sahst aus wie eine Touristin. Und ich wusste, dass es in Broken Wheel nichts gab, das einen Besuch verdient hätte.«

»Weißt du«, sagte Sara. »Ich hatte gedacht, du und Tom, ihr würdet am Ende zusammen sein.«

»Tja, es ist ja noch nicht zu spät.«

Sara versuchte, sich nichts daraus zu machen. Doch das schaffte sie nicht. »Hast du ihn denn gern?«

»Nicht ausreichend.«

»Ich dachte, du könntest mich deshalb nicht leiden.«

»Nein … nicht wegen Tom«, Claire schüttelte den Kopf. »Nicht wegen Tom«, wiederholte sie, diesmal leiser.

»Du hast allerlei in Bewegung gesetzt«, sagte sie dann. »Die Sache mit dem Buchladen, das Fest, den Basar. Eine Zeitlang hätte ich schwören können, ich wäre wieder sechzehn, als wir noch alle zusammen herumhingen. Ich habe mich gefragt, was passiert wäre, wenn du damals hier gewesen wärst. Hätten wir uns trotzdem in alle Winde zerstreut, wenn du dabei gewesen wärst?«

Nicht denken. Neuer Schluck. »Aber an wem liegt es denn, dass du mich nicht leiden kannst? Wenn es nicht Tom ist?«

»Nicht leiden *konntest.* Ich kann dich doch leiden, Sara.« Sie nickte. »Ich kann dich leiden.«

»Wer war es also?«

Claire lachte und wurde rot. »George«, sagte sie endlich.

Sara starrte sie an. »Liebst du George?«

»Warum nicht?«, fragte Claire gereizt. »Muss Liebe denn immer heiß sein wie eine verdammte Grippe? Fieber und Halluzinationen und keine Kopfschmerztablette, die wirkt?«

Sara hatte keine Ahnung, wovon Claire da redete, aber jedenfalls schüttelte sie den Kopf und trank noch ein bisschen Whisky. Der Himmel schien sich zu ihren Füßen auszubreiten, und wie alles in den USA war er größer als in Schweden.

»Kann Liebe nicht einfach so sein, dass man jemanden gernhat? Richtig gernhat, meine ich, nicht so ein blödes: ›Ich finde dich sympathisch, aber ich liebe dich nicht‹, was ja nur bedeutet, dass man diesen Menschen nicht kennt und auch keine Lust hat, ihn kennenzulernen? Sondern ihn wirklich zu mögen. Ruhig zu sein, wenn man bei ihm ist, ihm nichts vorspielen zu müssen, nicht so verdammt stark sein zu müssen? Jemand, der auch widerspricht, wenn man versucht, ein Problem mit einem Scherz abzutun. Oder der spült, wenn man müde ist, so dass man zu einem funkelnd sauberen Spülbecken nach Hause kommt, wenn einem gerade alles über den Kopf zu wachsen scheint? Warum sollte ich George nicht lieben? Er ist phantastisch.«

»Ja.« Aber es reichte normalerweise nicht, phantastisch zu sein, nicht im wirklichen Leben. Wieder lachte Sara. »Du und George«, sagte sie, und Claire schlug ihr auf den Arm. Sie lachte wieder.

Die Welt wirkte größer und spannender, wenn Claire George lieben konnte.

Josh kam nach einem weiteren Besuch vor Carolines Haustür am Grace's vorbei.

»Meine Güte, ich brauche einen Schnaps«, sagte er und ließ sich am Tresen nieder.

Grace versuchte es mit einem Scherz. »Haha«, sagte sie. »Hat Caroline dich vor die Tür gesetzt?«

Josh fand das durchaus nicht komisch. Grace hatte das Gefühl, dass ihre Witze derzeit oft falsch ankamen. Dann bemerkte sie etwas in seinem Gesichtsausdruck, das sie betroffen machte.

»Sag nicht, es stimmt«, entfuhr es ihr.

»Jetzt nicht mehr.«

»Caroline, die kleine Jungs anbaggert«, sagte Grace leise. »Nicht böse gemeint«, fügte sie dann eilig hinzu. »Jüngere Männer jedenfalls.« Sie grinste und sagte tröstend: »Mach dir keine Sorgen, es glaubt doch niemand, dass sie Schluss gemacht hat. Oder, wenn doch, dann werden sie jedenfalls wissen, dass du sie früher oder später verlassen hättest.« Sie fügte aufgemuntert hinzu. »Weißt du, das hat mir den Tag gerettet. Wo Caroline doch immer so verdammt tugendhaft war.«

»Stark«, sagte Josh. Grace sah ihn fragend an. »Nicht tugendhaft. Stark.«

»Sicher, sicher.« Grace wollte gerecht sein. »Stark natürlich auch. Aber nervig. Wer hätte das geahnt. Jetzt wird sie nie wieder andere runterputzen können.«

Das schien Joshs Laune nicht zu bessern.

»Es wäre natürlich besser gewesen, wenn du ein bisschen länger durchgehalten hättest, dann hätte sie sich deinetwegen wirklich lächerlich gemacht.«

»Caroline hätte sich niemals lächerlich gemacht.«

»Doch, doch. Ältere Frauen machen sich immer lächerlich, wenn sie sich auf jüngere Männer einlassen. Naturgesetz. Ältere Männer mit jüngeren Frauen natürlich auch.«

Josh senkte den Kopf auf die Hände und ließ ein halb ersticktes Geräusch hören, es klang wie ein gequältes Grunzen. »Ich brauche Schnaps«, sagte er noch einmal.

»Da kann ich dir immerhin behilflich sein.«

Als er ging, schien er noch schlechterer Laune zu sein als bei seinem Kommen, aber er hatte immerhin eine ganze Flasche Schwarzgebrannten bei sich. Sie sah, dass er gleich vor der Tür zögerte, dann zuckte er übertrieben betont mit den Schultern und schlug den Weg in Richtung Hope ein. Er hielt die Flasche in der einen Hand, und nach den ersten paar Schritten trank er einen Schluck. Sie malte sich hinter dem Tresen seine Grimasse aus. Guter Schnaps war bei gewissen Leuten verschwendet. Grace blieb mit einem vagen Gefühl des Unbehagens zurück. Sie glaubte, Saras freundliches Lächeln vor sich zu sehen. Freundlich, aber ein wenig vorwurfsvoll.

»Hol dich der Teufel, Sara«, murmelte sie in sich hinein. »Sie hat das verdient. Sie würde dasselbe sagen wie ich. Es war nur ein Witz.«

Und seit wann hatte sie denn überhaupt ein Gewissen? Es war ja nicht so, als ob sie zu diesem Kaff hier gehörte.

George hatte sich zum Küchentisch geschleppt, aber nur, weil sein Körper einfach nicht mehr liegen wollte.

Er starrte den Rotwein an. Er könnte ihn trinken. Oder einen Spaziergang machen. Oder sitzen bleiben.

Wenn er den Wein tränke, würde er neuen Alkohol kaufen müssen. Das wusste er immerhin, eine halbe Flasche Wein würde nicht reichen. Nicht auf lange Sicht. Grace hatte sich immer geweigert, ihm Schnaps zu verkaufen. Andy auch. In der guten alten Zeit war das kein Problem gewesen. Damals hatte er seine Kontakte gehabt, die ihm behilflich sein konnten. Er könnte natürlich Claire fragen, aber er hatte den Verdacht, dass sie bei sich zu Hause nicht sonderlich viel Alkoholisches hatte.

Er könnte auch nach Hope gehen. Er könnte in alle Ewigkeit weitergehen.

Auf dem Weg nach Hope begegnete er Josh, der mit einer Flasche winkte, als er George erkannte. Er schien die Flasche schon angebrochen zu haben, aber er war noch nicht betrunken. »Darf ich dich zu einem Schlückchen einladen?«

»Sicher«, sagte George endlich ohne größere Begeisterung.

Josh zuckte mit den Schultern und reichte ihm die Flasche. »Frauen«, sagte er.

Sie gingen weiter. Keiner interessierte sich im Grunde dafür, wohin. Josh trank noch einen Schluck und reichte George die Flasche, und George trank, ohne auch nur im Geringsten das Gesicht zu verziehen.

»Die Dunkelheit ist wieder da«, sagte George.

»Ich hätte bei den Männern bleiben sollen«, sagte Josh. »Aber wenn ich ehrlich sein soll, hatte ich auch bei denen nicht besonders viel Erfolg.«

George hob die Flasche. »Auf Sophy«, sagte er. Er trank einen Schluck und reichte sie weiter.

»Auf Caroline«, sagte Josh und hob ebenfalls die Flasche. Er hatte einen trotzigen Blick, aber George merkte nicht einmal, dass er etwas gesagt hatte.

»Ich liebe Caroline«, erklärte Josh.

»Diesmal kommt sie nicht wieder zurück«, sagte George.

Als Tom zum Buchladen kam, um Sara abzuholen, war sie schon gegangen. Er lief gerade zurück zum Auto, als John ihm aus dem Eisenwarenladen zuwinkte.

»Ich habe mit Sara gesprochen«, sagte John. »Über die Hochzeit. Konnte doch nicht zulassen, dass sie dich opfern.«

»Ich habe mich freiwillig gemeldet«, sagte Tom.

»Amy hätte das nicht gefallen.«

Tom wollte schon weitergehen, erstarrte dann aber. Er drehte sich wieder zu John um. »Was hat Sara gesagt?«

»Sie hat natürlich zugestimmt.« John nickte. »Ich glaube, sie hat eingesehen, dass es nicht richtig wäre, wenn sie hierbleibt. Es hält sie hier doch nichts.«

Tom ging mit raschen Schritten zurück zum Auto und ärgerte sich über Sara, weil die etwas gesagt hatte, das er selbst gedacht hatte. Warum zum Teufel konnte sie sich nicht einfach entscheiden? Im einen Moment sagte sie, sie wolle bleiben, und sah so traurig aus, dass er einfach etwas tun wollte, um sie zu trösten. Wie ein blödes Hundebaby, mit diesen großen Augen. Und gleich darauf behauptete sie, es halte sie hier doch nichts.

Oder diese Reden, dass sie bei Amy wohnen oder auf seinem Sofa schlafen könnte. Was hatte sie sich dabei wohl gedacht? Dass sie ihn heiraten und bei Amy wohnen könnte, während sie einen Strom von Liebhabern mit nach Hause nahm und er nur danebenstand und zuschaute? Und was bildete sie sich denn überhaupt ein, wen sie hier kennenlernen könnte?

Es hätte doch eigentlich nett werden können. Er stellte sich vor, wie er in Amys Haus auftauchte und die Rolle des eifersüchtigen Ehemannes spielte. Und dabei lachte er im Auto laut auf.

Aber er verstummte sofort wieder. Er hatte den starken Verdacht, sich nicht sonderlich verstellen zu müssen, um den eifersüchtigen Ehemann zu spielen, falls er bei Sara einen anderen Mann fände.

Auch bei ihm zu Hause war sie nicht. Offenbar sollte die Komödie ein Ende haben. Er ging durch das Wohnzimmer zur Küche. Beim Anblick von Saras Büchern hätte er fast wieder lachen müssen. Er konnte sich nicht daran erinnern, dass sie je gelesen hätte, wenn sie bei ihm gewesen war, aber er vermutete, dass Saras Bücher ein Naturgesetz ohne logische Erklärung waren.

Er ging mit einem Glas und einer Flasche Whisky auf die Veranda. Dort draußen gab es eine selbstverständliche Ruhe. Das Geräusch von Vögeln und Insekten war so vertraut, dass es sanft in sein Bewusstsein glitt, ohne dass er es wirklich registriert hätte. Er bemerkte es nur durch das vage Gefühl von Geborgenheit und Frieden, das es hervorrief.

Unterhalb des Hauses konnte er die wenigen Lichtpunkte sehen, die Broken Wheel markierten. Die Stadt, oder das, was von ihr noch übrig war, war abends kaum zu sehen. Er konnte die spärlichen Lichter der Häuser in Amys Nachbarschaft erahnen und den Wohnkomplex, wo Claire wohnte. Dazwischen, dort, wo sich die Maisfelder erstreckten, herrschte kompakte Finsternis.

Die Lichter der Häuser erinnerten ihn daran, dass die Stadt noch immer dort draußen lag. Die Dunkelheit schuf eine Distanz, sagte ihm, dass alles, was sich dort abspielte, warten konnte.

Vielleicht war es eine verrückte Vorstellung, dass sie ihn wirklich heiraten wollte. Vor allem jetzt, wo die ganze Stadt sie zu lieben schien. Ab und zu, wenn er sah, wie alle in ihrer Nähe zu strahlen schienen, musste er einfach an Amy denken.

Es war, als ob die Stadt einen Mittelpunkt brauchte, etwas, worum sie sich sammeln konnte, und Sara hatte die leere Stelle gefüllt, die Amy hinterlassen hatte, durch Amys Laden und ihre Bücher und ihre fast allumfassende Freundlichkeit.

Er dachte an Sara, an den Buchladen und den Basar – seine Gedanken machten einen Sprung vorbei an dem Heiratsantrag und den Szenen an jenem Abend – und an eine Hauptstraße, die wieder zu leben schien, als sei sie plötzlich immer in Sonne gebadet, an eine Stadt, die in wenigen Wochen von Schwarzweiß auf leuchtendes Technicolor übergegangen war.

Broken Wheel – jetzt in Farbe. Demnächst in diesem Theater! Abgesehen davon, natürlich, dass das Kino schon längst dichtgemacht hatte und Sara nach Schweden zurückgehen, der Buchladen schließen würde. Die Menschen, die sich um ihn gesammelt hatten, würden wieder auseinanderlaufen, und die Hauptstraße würde zurückkehren zu ihrer früheren … Ruhe.

Und so wäre es ja auch richtig. Aber er hatte den eindeutigen Verdacht, dass der Kontrast zu stark sein würde. Dass die Träume dieser Stadt, die er auf irgendeine Weise liebte, den Todesstoß versetzen würden, dass ein ruhiger und grauer Alltag nach Sara und ihren Büchern nicht mehr genug sein würde.

Aber was spielte das für eine Rolle? Er brauchte keine Bücher und Basare und Tanzabende im Square und keine großen, ausdrucksvollen Augen oder … sein verräterisches Herz blieb bei der Szene auf dem Sofa, bei dem Anblick dieser irritierenden Augen, dem Moment, ehe er sie geküsst hatte, dem Gefühl, wie ihr Körper gegen seinen gepresst wurde, warm und einladend.

Du bist ein verdammter Idiot, Tom.

Caroline saß mit einer kalten Tasse Tee in der Küche und versuchte, die deutlichen Zeichen einer Depression zu ignorieren, die langsam auf sie zukroch. Caroline wurde nicht deprimiert. Sie wurde nicht bedrückt. Sie wurde schon gar nicht passiv oder apathisch und starrte nicht vor sich hin ins Leere.

Und sie weinte auch nicht.

Vielleicht hätte ich lieber toben sollen, dachte sie. Etwas zerschlagen, schreien, mit Gegenständen um mich werfen. Sie trank einen Schluck kalten Tee und konnte sich nicht dazu bringen, neuen aufzusetzen.

Es war schon Nacht, sicher ging es auf ein Uhr zu. Oder sogar auf zwei. Vor einigen Stunden hatte sie mitten in der Diele gestanden, ebenso passiv, ebenso stumm, ebenso vollständig handlungsunfähig.

Er hatte mit mehr Kraft als Verstand an die Tür geklopft und eine ganze Stunde vor ihrem Haus gestanden, vielleicht als Rache, um den Nachbarn Gesprächsstoff zu geben, vielleicht, weil er sie wirklich wiedersehen wollte.

»Komm schon, Caroline«, hatte er hinter ihrer Tür gesagt. »Ist das wirklich das Letzte, was du sein willst? Caroline-die-schöne-Frau-die-junge-Herzen-bricht? Ich kann Josh-der-liebeskranke-Knabe sein, und dann können wir glücklich leben bis ans Ende unserer Tage und die Leute über uns lachen lassen, so viel sie wollen.«

Und sie hatte nur dagestanden. Sie hatte die Tür nicht einmal berührt, obwohl sie auf irgendeine Weise gewusst hatte, dass seine Hand gegen die andere Seite drückte.

Es war an sich keine revolutionäre Erkenntnis. Es sagte nichts darüber aus, was sie füreinander empfanden, es war einwandfrei kein Hinweis auf irgendeine Art von Zusammengehörigkeit oder dafür, dass sie die Tür öffnen müsste. Alle, die mit einer geschlossenen Tür redeten, legten irgendwann die Hand dagegen. Sie war ziemlich sicher, dass sie genau dieselbe Stelle berührt hätte wie er, wenn sie tatsächlich zur Tür gegangen wäre. So lief das doch ganz einfach.

Es wäre fast so gewesen, wie ihn zu berühren, aber es wäre

auch total sinnlos gewesen. Sie hatte doch gar nicht vor, ihn zu berühren. Er wollte sie auch nicht berühren, jedenfalls würde er das bald nicht mehr wollen. Wenn sie ihn dennoch durch den sicheren Abstand einer geschlossenen Tür hindurch fast berührt hätte, dann hätte sie die Tür auch gleich öffnen und ihn gleich richtig berühren können.

Oder ihn küssen.

Und das wäre doch sinnlos gewesen. Er würde sie irgendwann verlassen. Und, großer Gott, natürlich würde er über alles hinwegkommen. Wie lange er wohl brauchte, um sie zu vergessen? Einige Monate? Wochen? *Tage?*

Aber sie war einen Schritt auf die Tür zugegangen, als er ihren Namen genannt hatte. Gewisse Dinge hatte man nicht unter Kontrolle. Er würde sie nicht vermissen, aber sie konnte sich nicht richtig davon überzeugen, dass es gut so wäre.

Es war eigentlich lächerlich, dass es ihr so … traurig vorkam.

Broken Wheel hat Kopfschmerzen

Am Tag vor der Hochzeit machte der Pastor sich bereit, um offen, wenn auch im Schutz des frühen Morgens, Carolines Verhaltensmaßregeln zu trotzen, nach denen Geistliche nicht in ihrem eigenen Garten arbeiten durften.

Er wollte sich im Garten betätigen, ohne den Pastorenkragen über sein T-Shirt zu legen. An sich war ja Mitte Oktober im Garten nicht viel zu tun, aber es gab Büsche und es gab Erde und damit musste ein wirklicher Enthusiast sich zufriedengeben können.

Er ging angesichts von Gottes Größe mit angemessenem religiösen Eifer an die Arbeit. Es roch nach kalter Erde und fast verwestem Laub, und die Reste des Morgennebels lösten sich gerade auf. Er glaubte, dessen feuchten Duft wahrnehmen zu können, aber vielleicht war es nur das taufeuchte Gras.

Es war ein strahlend schöner Tag.

Und es sollte eine Hochzeit geben! In Broken Wheel wurde nicht mehr oft geheiratet. Es heirateten sogar noch weniger, als zum Gottesdienst kamen. Umgekehrt wäre ihm lieber gewesen. Hochzeiten waren für eine Stadt doch noch wichtiger als Gottesdienste. Außerdem glaubte er, dass es bei Hochzeiten für die Menschen am einfachsten war, sich Gott zu nähern. Es war ein Tag, an dem sie sich daran erinnerten, worum es bei Gott wirklich ging.

Er wollte in Gedanken gerade noch einmal seine Predigt durchgehen, als er unter einem Busch einen einsamen Fuß hervorragen sah.

Für einen kurzen Moment hatte er schon Angst, er werde

die Hochzeit durch eine Beerdigung ergänzen müssen, aber dann hörte er aus dem Gebüsch ein leises, leidendes Geräusch. Der Fuß zuckte ein wenig.

Der Pastor beugte sich vor und sagte unsicher zu dem Busch: »Entschuldigung?«

Er hätte gern gewusst, wie er sich verhalten sollte.

»Ist alles in Ordnung, mein Kind?« Er versuchte, ruhig und väterlich zu klingen, aber es klang vor allem albern. Beim zweiten Mal redete er deshalb den Busch mit »mein Freund« an.

Der Fuß ruckte jetzt stärker, bis er dann am Ende unter den Busch gezogen wurde und sich eine lange, schmale und offenbar erschöpfte Gestalt aus den Zweigen wickelte.

»Guten Morgen, ehrwürdiger Vater«, sagte Josh, und William schnitt eine Grimasse.

Er überlegte schon, den Kerl zurechtzuweisen und ihm klarzumachen, dass er kein Katholik sei, aber dann sah er sich den jungen Mann genauer an und beschloss, mit den theologischen Diskussionen noch zu warten. Der andere war offenbar lädiert nach einem Abend voller … Ausschweifungen, dachte William. In seinem Blick lag etwas Resigniertes, das natürlich auf der üblichen unmittelbaren Strafe für gerade diese Sünde beruhen konnte, aber sein Kummer schien doch tiefer zu sitzen und älter zu sein als die wenigen Minuten, die Josh schon bei Bewusstsein war.

William nickte vor sich hin. »Kaffee?«, schlug er vor und ging zurück zu seinem kleinen Haus neben der Kirche, ohne die Antwort abzuwarten, aber er hörte, wie Josh hinter ihm auf die Beine kam.

»Wohl kaum die richtige Jahreszeit, um im Freien zu schlafen«, sagte er, während das Wasser heiß wurde. Er stellte Kaffee und Zucker auf den Tisch. Josh lehnte Milch dankend ab, was gut war, da er keine im Haus hatte.

»Entschuldigen Sie die Störung«, sagte Josh.

»Keine Ursache. Ich wollte nur ein bisschen im Garten arbeiten, ehe ich meine Predigt für heute durchgehe.« Er lächelte glücklich. »Eine Hochzeit! Hier in Broken Wheel!«

»Freuen Sie sich darauf?«

»Das ist doch klar. Eine Hochzeit ist ein phantastisches Ereignis.«

»Ich hätte nur gedacht... wenn man alles bedenkt? Den Hintergrund?«

William musterte ihn nur ausdruckslos. »Also«, sagte er endlich. »Womit kann ich behilflich sein?«

»Ich hatte diesen Besuch hier ja nicht direkt geplant«, sagte Josh und lächelte.

»Natürlich nicht«, sagte William und sah Josh wieder an. »Und hat es etwas mit... Enttäuschungen in der Liebe zu tun?« Er hatte natürlich von dem Abend bei Madame Higgins gehört. Niemand schien diese Sache ernst genommen zu haben, aber er hatte Caroline bereits seit Tagen nicht mehr gesehen.

Josh gab keine Antwort.

»Es ist nie eine gute Idee, aufzugeben«, sagte William. »Und in diesem Fall, wenn Sie entschuldigen, kommt es mir ein wenig übereilt vor.«

Josh lachte trocken. William fand es ein bitteres Lachen, es lag jedenfalls keinerlei Freude darin.

»In diesem Fall, glaube ich, hätte ich schon längst aufgeben sollen.«

William sah ihn so besorgt an, dass Josh eine Grimasse zog und sagte: »Entschuldigung.«

»Und Sie haben mit... ihr darüber gesprochen?«

»Eher hat sie mit mir gesprochen.«

»Ja«, sagte William verständnisvoll. »Caroline ist eine... bemerkenswerte Frau.«

Josh schien nicht darüber zu staunen, dass William alles wusste. Er sagte nur: »Aber sie nimmt es zu wichtig, was andere über sie denken.«

William trank einen Schluck Kaffee und überlegte, wie er sich ausdrücken sollte. Nachdenklich drehte er die Kaffeetasse herum. »Ja«, sagte er zögernd. »Aber die Welt kann sehr unbarmherzig zu Frauen sein, die nie geheiratet haben. Immer noch, wissen Sie.«

Josh schnitt abermals eine Grimasse, dieselbe Art von um Entschuldigung bittender, leicht selbstkritischer Grimasse wie vorhin. »Keine Sorge, ich verurteile diese Frau deshalb ja nicht. Manchmal glaube ich, sie hat recht.«

Mehr sagte er nicht. Er trank seinen Kaffee, bedankte sich höflich und ging. Aber William glaubte, in seinen Schritten eine neue Entschlossenheit zu sehen. Es ist eben doch eine große und phantastische Welt, dachte William, wenn Josh Caroline lieben kann.

Und Caroline Josh.

Er hatte jetzt das seltsame Gefühl, eine Aufgabe zu haben. Auf irgendeine Weise hatte er immer gewusst, dass er insgeheim für die Finanzkrise dankbar war. Es war natürlich schändlich, sich über das Unglück einer Stadt zu freuen. Aber so war es eben. Er kam besser mit Leuten zurecht, die ebenfalls ein wenig ins Hintertreffen geraten waren.

Über diesem ungewohnten Gefühl von Euphorie, das sich plötzlich einfand, weil er sich gebraucht fühlte, hatte William die ganze Gartenarbeit vergessen.

Vielleicht war er ganz einfach dazu geboren, sich um die zu kümmern, die zu kurz gekommen waren.

Sara erwachte an ihrem Hochzeitstag mit dem Gefühl, sterben zu müssen.

Sie lag diagonal über Toms Bett, trug noch immer die Kleidung vom Vortag und konnte sich absolut nicht erinnern, wie sie dort gelandet war. Sie hörte Geräusche aus der Ferne, energische Schritte, hier und da Werkzeug, das auf Holz stieß.

Sie versuchte, sich auf die Ellbogen zu erheben, merkte

aber, dass das eine schlechte Idee war, und ließ sich wieder auf den Bauch sinken.

Als sie das nächste Mal aufwachte, saß er neben ihr auf dem Bett, in der einen Hand ein Glas Wasser und in der anderen zwei Kopfschmerztabletten.

Er hatte gerade geduscht. Seine Haare lockten sich von der Feuchtigkeit, und sie nahm den Duft von warmem Wasser, Shampoo und Rasierwasser wahr. Sie kam mühsam ins Sitzen und nahm dankbar Glas und Kopfschmerztabletten entgegen.

Es lag etwas Selbstverständliches darin, wie er da saß, vollständig entspannt, und sie musste ihn einfach anlächeln. Sie berührte leicht seinen Handrücken, und er drehte die Hand um, so dass seine Handfläche genau unter ihrer lag.

Sie wandte sich ab.

Du musst das hier verhindern, Sara, dachte sie, aber sie sagte noch immer nichts. Das konnte sie nicht. Jetzt nicht.

George erwachte am Rand eines Feldes, gleich am Stadtrand von Broken Wheel. Etwas trat gegen seine Füße. Er nahm den Geruch von Schnaps und feuchtem Gras wahr und freute sich gar nicht über die Entdeckung, dass es Claire war, die da irgendwo oberhalb seiner Füße stand. Sie hätte mich nicht so sehen dürfen, dachte er, und er wäre ins Gras zurückgesunken, wenn Claire nicht gesagt hätte:

»Zum Teufel, George.«

Er blinzelte.

»Steh jetzt auf«, befahl sie. »Sara heiratet heute. Das ist nicht der richtige Moment für einen Zusammenbruch.«

Er schaffte es, sich aufzusetzen, wenn auch nur, weil er sie ansehen wollte, während er sprach. Sie sah aus wie eine Art Rachegöttin, fand er, wenn auch auf eine schöne Weise, natürlich. Solide Stiefel, Jeans, eine dicke Stoffjacke und feuerrote Haare, als ob niemand sie besiegen könnte. Es war schwer, sich vorzustellen, dass sie dieselbe war, die in seiner Küche über sauberes Geschirr geweint hatte.

Aber er konnte jetzt nichts für sie tun. Sie und Sara mussten ohne ihn fertigwerden. Vielleicht verdiente sie eine Erklärung. »Sophy hat mich verlassen«, sagte er.

»Und?« Der Schock brachte ihn fast wieder auf die Füße. Sie packte seinen Ellbogen und half ihm auf dem letzten Stück nach oben. »Sara heiratet heute«, sagte sie noch einmal.

Er schüttelte den Kopf und versuchte, Klarheit in seine Gedanken zu bringen. Das Einzige, was passierte, war, dass ihm seine Kopfschmerzen bewusst wurden. »Sophy«, sagte er noch einmal.

»Sicher, sicher«, sagte Claire. »Weg. Diese miese Kuh von deiner Exfrau ist wieder abgehauen.«

Er versuchte, ihr das Wesentliche vor Augen zu halten. »Mit Sophy.«

»Natürlich mit Sophy. Und du hast getrunken.«

Sie führte ihn zu ihrem Auto. Er ließ sich neben ihr auf den Vordersitz sinken, ohne so richtig zu wissen, was er tat. Seine Kleider waren nass und kalt, aber es war ein gutes Gefühl. Etwas Praktisches, worauf er sich konzentrieren konnte. Vielleicht würde er eine ganz besonders scheußliche Lungenentzündung bekommen und das Bett nicht wieder verlassen müssen.

Claire sah ihn mit einem Ausdruck an, der durchaus Mitleid sein mochte. Zum ersten Mal an diesem Morgen zeigte sie etwas, das Ähnlichkeit mit Wärme hatte. Aber ihre Stimme war noch immer hart und energisch. Er griff danach wie ein Ertrinkender nach einem Rettungsring, als ob der Klang ihrer Stimme ihn auf irgendeine Weise aufrecht halten könnte, bis er wieder zu Hause wäre.

»Ich weiß, dass es schlimm ist«, sagte sie. »Natürlich werden wir sie für dich suchen, aber das ist hier nicht der richtige Moment, um sich in diese Sache zu vergraben.«

Er blinzelte. »Sie suchen?«

Er machte nicht den Fehler, ihr zu glauben. Sich mit seinem Schicksal zu versöhnen. Nur so konnte er das hier durchstehen.

»Aber Herrgott, wir leben im einundzwanzigsten Jahrhundert. Wir wissen, wie sie aussieht. Sie muss sich doch ausfindig machen lassen. Vermutlich wohnen sie noch immer in Iowa, und so verdammt riesig ist dieser Staat nicht. Vielleicht ist sie sogar bei Facebook.«

Er wusste nicht einmal, was Facebook war. Sie schien zu spüren, dass er nicht überzeugt war, denn sie fügte hinzu: »Wir finden sie, egal ob sie dort ist oder nicht. Wir sprechen mit Sara darüber. Sie wird eine Lösung finden. Vermutlich gibt es ein Buch darüber – *Privatermittlung für Amateure* oder so.«

Ja, vielleicht könnte Sara die Sache klären. Es schien nichts zu geben, womit sie nicht fertigwurde.

»Oder wir heuern ganz einfach einen Detektiv an. Einen von der whiskytrinkenden, kettenrauchenden Sorte.«

Er versuchte ein Lächeln.

»Sie ist fast erwachsen, George. Es ist jetzt anders. Sie wird dich selbst suchen. Warum hast du nicht einfach aufgemacht, als ich bei dir angeklopft habe, wenn du dir solche Sorgen machst? Oder warst du da vielleicht schon auf Alkoholjagd?«

Er schüttelte den Kopf.

»Du hättest auch für den Schnaps zu mir kommen sollen.«

»Ich dachte, du hättest nicht genug«, sagte er.

Sie lachte. »Nein«, gab sie zu. »Jetzt nicht mehr.«

Sie fuhr ihn nach Hause, kam mit herein und wartete, bis er ins Badezimmer verschwand, um vor der Hochzeit zu duschen. »Ich bin in einer Stunde wieder hier«, sagte sie durch die Badezimmertür, es war eine Mischung aus Drohung und Versprechen.

Er lächelte, als er sich auszog, jetzt aber schwächer, da sie ihn nicht sehen konnte.

Sie sollte ihre Energie für etwas Besseres verwenden, dachte er.

Josh war nicht mehr außer sich.

Es reicht jetzt, sagte er sich, als er den Pastor verlassen hatte. Es gibt noch andere Menschen, die man lieben kann. Fahr nach Des Moines oder Denver und bitte Andy und Carl um Hilfe. Und komm darüber hinweg.

Vielleicht hatte Caroline recht. Übrigens spielte es ja keine Rolle. Sie hatte sich entschieden.

Er erklärte das alles Carolines Tür. Er hatte eigentlich nicht geglaubt, dass sie aufmachen würde, und doch empfand er einen plötzlichen und unerklärlichen Stich von Enttäuschung, als er einsah, dass sie nicht bereit war, von Angesicht zu Angesicht von ihm Abschied zu nehmen. Das drang durch den schützenden Nebel, in den der Kater ihn gehüllt hatte. Die Enttäuschung wies eine überraschende Ähnlichkeit mit Schmerz auf.

Er presste die Hand auf die Tür und sagte: »Mach dir keine Sorgen«, obwohl die Tür ganz unberührt und kein bisschen besorgt aussah.

»Ich wollte dich nicht volllabern. Nach der Hochzeit fahre ich nach Denver. Ich wollte nur auf Wiedersehen sagen.«

Er wartete noch ein wenig. Die Tür gab keine Antwort.

»Leb wohl, Caroline«, sagte er, jetzt viel sanfter, als er es vorgehabt hatte.

Sara Lindqvist
Kornvägen 7, I
136 38 Haninge
Schweden

Broken Wheel, Iowa, 17. Juli 2011

Liebe Sara,

ich kann ja verstehen, dass es dir nicht leicht vorkommt, in Form von Büchern zu bezahlen, wenn du nur zwanzig Kilo Gepäck mit ins Flugzeug nehmen darfst. Aber ich habe ohnehin schon alle Bücher und mehr Geld, als ich verbrauchen könnte, also bitte, sieh das nicht als etwas an, wofür du bezahlen musst. Wenn du es wirklich tun willst, dann werde ich auf keinen Fall mehr annehmen als dreihundert Dollar. Das ist meine absolute Obergrenze, und auch das nur unter der Voraussetzung, dass wir für dieses Geld gemeinsam etwas Schönes unternehmen werden. Und wenn wir nur ganz oft bei Andy und Carl essen gehen. Lass von dir hören und sag, wann du kommst, dann holen wir dich ab.

Liebe Grüße,
Amy

Falls jemand irgendwelche Einwände hat

Sie trug das schlichte Kleid aus dem Laden von Madame Higgins. Der alltägliche Stoff, der gerade, einfache Schnitt und der nur knapp bis zu den Knien reichende Saum wirkten irgendwie traurig. Es war kein glückliches Kleid, das nun wirklich nicht, aber wenigstens war es von Rüschen und Spitzen verschont worden.

Tom hatte sie zwei Stunden zuvor bei der Kirche abgesetzt, und sie hatte sich in der Kammer ganz hinten umgezogen. Jetzt würde es bis zur Trauung noch eine halbe Stunde dauern, und die Bewohner von Broken Wheel hatten schon angefangen, sich zu versammeln. Sara musterte sie durch den Türspalt, ging aber nicht zu ihnen. Stattdessen schlich sie sich zur Hintertür hinaus.

Sie kam sich ein wenig albern vor, als sie in einem weißen Brautkleid mit einem kleinen Strauß aus rosafarbenen Rosen durch die Hauptstraße lief. Aber sie hätte sich keine Sorgen zu machen brauchen. Kein Mensch war unterwegs. Die ganze Straße war leer und verlassen, im Eisenwarenladen brannte kein Licht, das Amazing Grace war geschlossen, und ihr eigener Laden sah so einsam aus, wie ein Raum voller Bücher nur aussehen kann.

Sie schaute sich dennoch um, ehe sie vorsichtig die Tür aufschloss und hineinschlüpfte. Sie wollte nicht, dass irgendwer sie sah und hereinkam und ein Gespräch anfing. Für das, was sie vorhatte, musste sie allein sein.

Eigentlich wusste sie gar nicht, warum sie es gerade jetzt machen musste. Vielleicht versuchte sie nur, ihre Gedanken abzulenken. Sie war inzwischen fast überzeugt davon, dass sie allen sagen würde, dass sie Tom nicht heiraten könnte, aber sie konnte ihr verräterisches Gehirn nicht dazu bringen, sich dem Problem zu widmen, *wie* sie das erklären sollte.

Sie machte sich nicht die Mühe, die Lampen einzuschalten. Um halb drei war es draußen noch hell genug, so dass sie die Titel auf den Buchrücken und den Tresen und alles andere sehen konnte, was noch für kurze Zeit ihr gehören würde. Sie musste eine Weile stehen bleiben und einige Tränen wegblinzeln, die ihr hartnäckig den Blick trübten.

Dann schloss sie die Augen und drehte sich langsam um, als ob sie versuchte, sich durch diese Bewegung alles einzuprägen, die trockene Luft, den Geruch von Büchern und alten Sesseln, das Licht, das sich seinen Weg durch das Schaufenster suchte und bis zu Saras Augenlidern vordrang.

Sie blieb stehen. Für solche Dinge hatte sie keine Zeit. Sie hatte einiges zu erledigen.

Sie legte den Brautstrauß auf den Tresen und nahm die letzten Bögen und den Filzstift hervor. Das Papier war jetzt verschlissener, aber sie fand zwei Seiten, die keine Eselsohren hatten. Sie legte sie zur Seite, machte sich ans Werk und verschob Bücherstapel.

Dann schrieb sie ein neues Schild: AMYS UND SARAS BÜCHER. Ihre Freundschaft, verewigt.

Bis die Buchhandlung geschlossen und die Bücher zurückgebracht werden würden, natürlich nur.

Sie faltete die Hände. Sie würden sich jedenfalls an sie erinnern, so, wie sie sich alle noch immer an Amy erinnerten, auch wenn sie nicht von ihr sprachen. Eine vage Nähe, noch ein Schicksal, das in Ziegelsteinen und Asphalt zu spüren war und das in einsamen Häusern gegenwärtig schien.

Und vielleicht würde es ja doch noch ein kleines Wunder geben, etwas, das dafür sorgte, dass sie bleiben konnte. Vielleicht würde Tom sie noch einmal überreden, vielleicht würde Jen sie zum Heiraten zwingen, vielleicht … sie drehte sich wieder dem Laden zu, während sie um Selbstbeherrschung rang. Sie wusste, was sie zu tun hatte. Auf irgendeine Weise würde sie stark genug sein, um es durchzustehen.

Es gab noch eine letzte Kategorie. Sie fing wieder an, Bücher zu tragen, in hohen Stapeln, die sie an ihre Brust lehnte und mit dem Kinn festhielt. Dann schrieb sie die neue Rubrik auf feines Papier, holte einen wackeligen Stuhl aus dem Abstellraum und balancierte unsicher darauf, während sie ganz oben das Schild aufstellte, genau im Blickfang von Schaufenster und Tür.

Sara klammerte sich an die neue Kategorie, als sei das glänzende weiße Schild das Einzige, was sie noch aufrecht hielt. Das Beste an Büchern versammelt an einem einzigen Ort, der größten Abteilung im ganzen Buchladen, alles, was Bücher so viel besser machte als das Leben.

GLÜCKLICHES ENDE UND ALTERNATIVE WELTEN

Als sie sich wieder in die Kirche schlich, war dort fast ganz Broken Wheel versammelt. John saß in einer der hintersten Bänke und sah ernst und fast traurig aus. Sara zwang sich, an Amy zu denken, an den Preis, den Tom bezahlen müsste, wenn sie nicht zu allem hier nein sagte.

Als sie an John vorbeiging, beugte sie sich über seine Schulter und sagte leise: »Mach dir keine Sorgen. Ich werde ihn nicht heiraten.«

Vielleicht sagte sie das ebenso sehr zu sich wie zu John, aber sie fühlte sich danach nicht sehr viel besser, und sie versuchte nicht einmal zu lächeln. Stattdessen ging sie langsam auf den Altar zu.

Als Tom kam, sah er ebenso ernst aus wie Sara, und er war ebenso blass. Er ging geradewegs auf sie zu, ohne irgendwen zu grüßen. Aber als er sie erreicht hatte, gab er ihrer Hand einen federleichten Druck.

Sie überlegte sich, ob sie glücklicher wäre, wenn sie keine

Wünsche gehabt hätte, wenn sie sich hier nicht zu Hause gefühlt hätte. Sie wusste, dass Menschen in Büchern so dachten.

Ich wünschte, ich wäre dir nie begegnet.
Ich wünschte, ich hätte dich nie auch nur gesehen.
Wenn ich nur niemals hergekommen wäre.

Aber so empfand sie nicht. Nicht einmal jetzt.

Der Pastor vor ihnen fing an zu reden, doch Sara hörte kaum, was er sagte. Sie überlegte weiter. Wäre sie dann glücklicher? Oder würde die Erfahrung, irgendwohin zu gehören, sie glücklicher machen, irgendwann, wenn sie wieder in Schweden wäre und sich an ihren Verlust gewöhnt hätte? Vielleicht würde der ihren Ehrgeiz steigern, ihr Alternativen zeigen, nach denen sie noch einmal suchen könnte, an einem anderen kleinen Ort, vielleicht in einem neuen Land. Es gab Länder, das wusste sie, in denen man bleiben und arbeiten durfte. Allerdings waren das nicht die Länder, in die sie gern reisen würde.

Sie müsste William jetzt ins Wort fallen. Aber es war seine Predigt, und sie gelang ihm so gut. Sie durfte das nicht tun. Er schien nicht einmal zu bemerken, dass Caroline hereinschlüpfte und ganz hinten in der Kirche Platz nahm oder dass Josh erstarrte, als er sie sah. William sprach so sicher und eingeübt, dass es ihm sogar gelang zu ignorieren, dass Grace nicht gerade leise, sondern geradezu beschwipst in die Kirche torkelte, mit ihrem Jagdgewehr unter dem Arm, vermutlich, um die Hochzeit danach mit Stil zu feiern. Sara wandte ihre Aufmerksamkeit wieder dem Pastor zu. Er schien jetzt zum Ende zu kommen.

Er verstummte und blickte sich erwartungsvoll um, und für einen Moment konnte Broken Wheel sich aus seinen egozentrischen Grübeleien reißen und in spontanen Applaus ausbrechen. William lächelte und wandte sich Tom und Sara zu.

Sie müsste es jetzt wirklich sagen. Abgesehen davon, dass sie nicht so ganz wusste, ob ihre Stimme tragen würde. Sie hatte einen widerlichen, trockenen Geschmack im Mund. Ihre Wangen glühten dermaßen, dass es fast wehtat. Sie hätte weinen mögen, aber ihr Herz schlug so hart gegen ihren Brustkorb, dass selbst das unmöglich schien.

Großer Gott, ich kann nicht vor so viel Leuten reden, dachte sie.

Für einen Moment vergaß sie, dass sie alle Anwesenden kannte, dass sie ihre Freunde waren, und sie konnte nur daran denken, dass sie bei Vorträgen in der Schule immer schlecht gewesen war.

Sie wurde von einem diskreten Hüsteln hinten im Raum davor gerettet, etwas sagen zu müssen.

Alle drehten sich um und musterten überrascht den kleinen Mann, der lautlos hereingeschlüpft war und sich jetzt räusperte, um die Aufmerksamkeit der Versammlung zu erregen. »Ich suche Sara Lindqvist und Tom Harris.«

Tom trat einen halben Schritt vor.

»Sie haben meines Wissens einen Antrag auf dauerhafte Aufenthaltsgenehmigung eingereicht, begründet mit der Ehe, deren Anfang ich hier fast miterlebt hätte?«

»Ja.«

»Und Sie sind schon verheiratet?«

Tom lächelte ironisch. »Wir waren gerade dabei, als Sie gekommen sind.«

»Aha. Dann habe ich einen kleinen Einwand, müssen Sie wissen.«

William starrte ihn an. »Aber so weit bin ich doch noch gar nicht gekommen«, sagte er.

»Ich fürchte, es duldet keinen Aufschub«, sagte der Mann.

Alle flüsterten jetzt leise miteinander über diese unerwartete Entwicklung, bis auf Grace, die schon längst die Fähigkeit verloren hatte, leise zu sprechen. »Zum Teufel, wofur hält der sich denn mit seinen Einwänden?«, wollte sie von Claire wissen, die nur unsicher lächelte und den Kopf schüttelte.

»Ich würde Ihnen ja empfehlen, sich diese Sache noch einmal zu überlegen.«

»Aber warum um alles in der Welt?«, fragte William.

»Selbst wenn die beiden heiraten, steht noch lange nicht fest, dass wir die Aufenthaltsgenehmigung bewilligen. So, wie es jetzt aussieht, habe ich starke Zweifel, dass wir das tun werden.«

»Er will uns unsere Sara wegnehmen!«, sagte Grace wütend zu Claire.

Claire flüsterte »Pst« und streichelte ihren Arm, als wäre sie ein verstörtes Pferd oder, in diesem Fall, ein angetrunkenes verstörtes Pferd mit einem Jagdgewehr.

»Aber wie sollen sie dann zusammenleben?«, fragte William.

»Ich muss schon sagen, dass es in meinen Augen aussieht wie ein Plan, sich eine Aufenthaltsgenehmigung zu erschleichen, unter falschen Voraussetzungen, was, wie ich hier klarstellen möchte, ein strafbares Vergehen ist.«

»Aber deshalb heiraten sie doch gar nicht«, protestierte William.

Die anderen rutschten auf den Bänken hin und her. Sara lächelte hilflos.

»Auch ohne den Buchladen und die Frage, welche Rolle er bei der ganzen Angelegenheit spielt, würde ich mich wohl gezwungen sehen, eine Ablehnung zu empfehlen.«

Grace sprang auf. »Wir Graces haben uns noch nie von irgendeiner Scheißregierung vorschreiben lassen, was wir zu tun haben«, sagte sie. Das Gewehr richtete sich, ein wenig unsicher, auf Gavin Jones, der noch immer total ungerührt wirkte. »Towanda!«

»Grace«, sagte Claire flehend, während Andy sie zugleich etwas weniger hilfreich darauf aufmerksam machte, dass das

Gewehr noch gesichert war. Grace ließ das Gewehr sinken und schaute es skeptisch an. Claire und George atmeten auf. Andy lachte.

Gavin Jones nutzte die Gelegenheit, um die Polizei anzurufen.

Einwände

Gavin Jones schaute von seinen Notizen auf. Die Personen im Wartezimmer konnten ihn nicht sehen, da das Fenster auf der anderen Seite ein Spiegel war. Gavin hatte keine Ahnung, warum die Erbauer des Raumes sich solche Extravaganzen gestattet hatten, aber für den Moment bedeutete das, dass er die anderen in aller Ruhe betrachten konnte. Der Fall hätte ja einfach sein müssen, aber die bloße Menge von potentiell Wahnsinnigen erfüllte seine wohlgeordnete Seele mit Entsetzen. Er hatte den starken Verdacht, dass nichts jemals einfach war, wenn es um Broken Wheel ging.

Sara Lindqvist und Tom Harris saßen ein wenig für sich, in eine Ecke gedrückt, stumm und verbissen. Die Frau war dünn und alltäglich und trug ein langweiliges weißes Kleid. Sie hatte sich nicht einmal Mühe gegeben, gut auszusehen. Seiner Erfahrung nach gaben Frauen, die heiraten wollten, ein halbes Vermögen für Spitzen und Rüschen aus und widmeten sich stundenlang ihrer Frisur und ihrem Make-up. Sara Lindqvist hatte nicht einmal Lippenstift aufgetragen.

Der Mann dagegen sah auffallend gut aus. Wenn Gavin noch irgendwelche Zweifel gehabt hatte, als er in die Kirche kam, so waren die jetzt wie weggeblasen.

Ihm fiel nur ein einziger Grund ein, warum ein Mann wie Tom Harris eine Frau wie Sara heiraten könnte.

Hier hat Geld den Besitzer gewechselt, dachte er verbissen.

»Womit sollen wir anfangen?«, fragte der Polizist neben ihm. »Dem Gewehr? Dem Pastor? Dem tristen Brautkleid?« Er schien das alles komisch zu finden.

Gavin schaute ein letztes Mal aus dem Fenster.

Sara Lindqvist. Schwedische Staatsbürgerin und mutmaßliche Gesetzesbrecherin.

War es das wert gewesen?, fragte er sich im Stillen.

Sie hakten zuerst die weniger interessanten Personen ab. Zwei Männer – ein Paar, wie der Polizist belustigt und Gavin gleichgültig registrierte – erschienen zusammen zur Vernehmung.

»Sara und Tom«, sagte der eine. Seine Augen lachten. »Ein perfektes Paar. Wir wussten es schon lange, ehe sie selbst eine Ahnung hatten.«

»Und habt alles für sie organisiert?« Gavins Stimme war trocken.

»Sicher«, sagte derselbe Mann. Er schien keinerlei Reue zu empfinden. »Wer weiß, auf was für Ideen sie sonst gekommen wären?«

»Und der Buchladen?«

»Welcher Buchladen?«

»Wie viele habt ihr in Broken Wheel?« Der Polizist hatte diese Frage eingeworfen, und Gavin musterte ihn mit strengem Blick.

»Was ist mit dem, meine ich.«

»Der wird von Sara betrieben?«

Der Mann überlegte. »Tja, sie ist manchmal da. Aber sie wird nicht bezahlt, falls Sie das gedacht haben sollten, und er gehört ihr nicht. Streng genommen gehört er wohl dem Gemeinderat.« Er lachte. »Oder Amy Harris.«

Gavin notierte den Namen.

»Und das Gewehr?«, fragte der Polizist. Gavin warf einen weiteren missbilligenden Blick in seine Richtung.

»Ein Missverständnis.« Der Mann lächelte. Seine Augen funkelten wieder auf.

Gavin machte sich nicht die Mühe, den beiden weitere Fragen zu stellen. Er hätte schwören können, dass der Mann ihm zuzwinkerte.

Gavin Jones hatte größere Erwartungen an das nächste Verhör. Es war die Frau aus dem Diner, die mit dem Jagdgewehr.

»Eine wunderbare Frau, die Sara«, sagte die Frau mit dem Gewehr. Gavin Jones schaute auf das ausgefüllte Formular, das vor ihm lag. Grace. Es stand kein Nachname da.

»Tom und Sara haben einander sofort gefunden, sowie sie nach Broken Wheel gekommen war«, sagte sie. »Sie waren seither sozusagen unzertrennlich.«

Gavin machte keine Anstalten, diese Aussage zu notieren.

»Und das Gewehr?«, fragte der Polizist trocken. Grace starrte ihn wütend an.

»Das Gewehr?«, wiederholte Grace. »Einfach ein Missverständnis. Eine Art zu feiern. Wie am 4. Juli.«

»Mhm«, sagte der Polizist lächelnd. Gavin fand es gar nicht komisch.

»In meiner Familie nehmen wir die Feiern ernst«, sagte Grace. »Das erinnert mich an damals, als meine Urgroßmutter ….«

»Danke«, sagte Gavin eilig. »Wenn wir also über Tom und Sara sprechen könnten?«

»Verdammt vorhersagbar, das waren Tom und Sara«, sagte Grace. »Manche Paare haben es einfach zu leicht. Nicht wie wir, die dafür kämpfen mussten.«

»Sie?«

Grace würdigte den Polizisten diesmal keines wütenden Blickes.

»Glauben Sie mir, die Gracefrauen mussten kämpfen. Männer haben doch einfach keinen Sinn für Romantik. Wollen unbedingt heiraten und ihren Kram machen, statt bei ein wenig Schwarzgebranntem mit Waffen zu hantieren. Mit Revolvern. Messern. Wir interessieren uns für fast alles. Sogar einmal für eine Bratpfanne, ehe wir zum Schrotgewehr übergegangen sind. Man kann über Messer und Bratpfannen sagen, was man will, aber gegen einen Revolver auf zwanzig Meter Entfernung taugen sie nicht viel. So ist das«, fügte sie nachdenklich hinzu. »Im Moment schwöre ich auf eine Marlin 336.«

»Vielen Dank«, sagte Gavin rasch. »Lassen Sie Ihre Kontaktdaten hier. Dann können Sie erst einmal nach Hause fahren.«

Der Polizist hob eine Augenbraue, widersprach aber nicht.

Caroline saß allein am Rand des Wartezimmers und versuchte, nicht zu Josh hinüberzublicken. Sie hätte eigentlich hinübergehen und mit ihm reden sollen, da sie schon so weit gekommen war, aber sie brachte es nicht über sich, nicht jetzt, vor aller Augen.

Die Einzigen noch Verbliebenen waren der Pastor, Sara und Tom, und sie schienen sich nicht sonderlich für Carolines Unternehmungen zu interessieren. Der Pastor sah verwirrt und unglücklich aus. Sara und Tom saßen nur stumm und ruhig nebeneinander. Sie sagten nichts, was vermutlich auch gut so war, denn was hätten sie sagen sollen? Was hätte irgendwer von ihnen jetzt sagen sollen?

Als der Polizist sie holte, schaute sie instinktiv zu Josh hinüber. Er löste sich von der Wand und trat neben sie. Sie mussten durch eine Tür und durch einen kurzen Gang, der am Wartezimmer vorbeiführte. Josh ließ sie vor, und der Geruch seines Rasierwassers traf sie wie ein Schlag in den Magen, als sie an ihm vorbeiging.

Sie blieb wider Willen stehen und ballte die Fäuste, aber er legte ihr leicht die Hand in den Rücken und nahm ihren Arm.

»Ich habe es mir anders überlegt«, sagte er, kaum hörbar, als er sie weiterführte.

Natürlich hatte er es sich anders überlegt. Er hatte ihr ja schon gesagt, dass er nicht mehr mit ihr zusammen sein wollte. Dass er nach Denver gehen wollte oder wo immer er nun enden würde. Es machte sie traurig, das schon, vor allem, da sie gerade beschlossen hatte, dass es gleich war, ob die anderen über sie lachten, wenn sie zusammen waren, oder sich, wie jetzt, nicht mehr trafen. Aber sie war nicht überrascht.

Was sie nicht verstehen konnte, war, warum er unbedingt mit ihr zusammen zur Vernehmung gehen wollte, um das alles noch einmal zu erklären. Vielleicht hatte sie ihn mit ihrer Weigerung so verärgert, dass er unbedingt klarstellen musste, wie grundlegend er sich die Sache anders überlegt hatte.

Sie lächelte vor sich hin. Es war nicht ganz unmöglich, dachte sie, und sie mochte ihn deshalb nur noch mehr. Warum sollte er sich auch einfach geschlagen geben und sie ungeschoren davonkommen lassen?

Wenn sie in Bezug auf Beziehungen so stark wäre wie in allen anderen Zusammenhängen, würde auch sie ihn nicht ungeschoren davonkommen lassen.

Der Polizist öffnete die Tür zum Büro. Der graue Kerl, der bei der Hochzeit aufgetaucht war, saß hinter dem Schreibtisch. Der Polizist trat schräg hinter ihn und schaute lässig aus dem Fenster, statt sie anzusehen.

Unhöflich, dachte Caroline, aber nicht ohne Verständnis.

Josh schien es ganz egal zu sein, wo er war oder was um ihn herum passierte. Er setzte sich auf einen Stuhl, aber nur, weil sie das auch tat, und er wandte sich ihr zu. Er schien das Thema von vorhin wiederaufnehmen zu wollen, aber jetzt ergriff der Bürokrat in dem schlecht sitzenden Anzug das Wort. Sie war so dankbar über den Aufschub, dass sie ihn anlächelte.

»Erzählen Sie von dieser … Hochzeit«, sagte er. Das Misstrauen in seiner Stimme war gerade stark genug, um zur Wahrheit zu ermutigen, und nicht überdeutlich genug, um sein Gegenüber vor Verärgerung verstummen zu lassen.

»Was wollen Sie wissen?«, fragte Caroline. »Sie haben sich kennengelernt, als Sara herkam, um Amy zu besuchen.«

Der Bürokrat schaute in seine Papiere. »Und handelt es sich dabei um eine gewisse Amy Harris?«

»Sie ist tot«, sagte Caroline gelassen, was den Polizisten dazu veranlasste, sich vom Fenster wegzudrehen und sie neugierig anzuschauen.

»Was für eine Stadt«, sagte er bewundernd. Der Bürokrat sah ihn stirnrunzelnd an.

»Na ja, es kam nicht unerwartet. Aber es war unpraktisch, das muss man schon sagen.«

»Und wie«, sagte der Polizist zustimmend.

»Sie hat natürlich in ihrem Haus gewohnt. Amy hatte das so gewollt.«

»Und in ihrem Buchladen gearbeitet?«

»Ausgeholfen.«

»Und diese Hochzeit, hat Amy die auch gewollt?«

»Ich glaube doch, sie hätte sich darüber gefreut, aber da die beiden sich bei Amys Tod noch nicht kannten, hat sie sich darüber wohl keine Gedanken gemacht.«

»Aber der Buchladen, den sollte Sara haben?«

»Es sind vor allem Amys Bücher. Er gehört nicht Sara. Man könnte vielleicht sagen, dass wir vom Gemeinderat – eine Gruppe von Menschen, die der Stadt helfen, verstehen Sie, ganz informell zurzeit – die Besitzer sind.«

»Von Stadt kann ja wohl kaum die Rede sein«, sagte der Polizist.

Caroline machte nicht den Fehler, sich zu ihm umzudrehen. Josh saß irgendwo zwischen ihr und dem Polizisten, und sie hielt ihren Blick auf den Bürokraten gerichtet, um ihn nicht ansehen zu müssen. Josh sagte nichts, aber sie glaubte, seine Anspannung fühlen zu können. Vielleicht bildete sie sich das ein, aber sie hatte nicht vor, es zu überprüfen.

»Hat Sara dort gearbeitet?«

»Sie wurde jedenfalls nicht bezahlt, wenn Sie das wissen wollen. Sie saß manchmal zum Lesen da, und sie hat Bücher ausgeliehen. Ich glaube nicht, dass da irgendwer richtig gearbeitet hat. Wir haben alle ausgeholfen. Es waren allerdings auch nie viele Kunden da. Aber es ist ein netter Laden, in jeder Hinsicht.«

Der Bürokrat sagte nichts dazu. Er machte auch keine Notizen, obwohl vor ihm Papier und Stift lagen. Caroline war von seiner Gleichgültigkeit nicht sonderlich beeindruckt.

»Und damit wären wir bei dem kleinen Detail dieser Hochzeit angekommen ....«

»Ich glaube, das ist ein Detail, nach dem Sie die beiden selbst fragen sollten.«

»Das werden wir auch«, sagte der Bürokrat.

Er schien noch weitere Fragen stellen zu wollen, als der Polizist plötzlich aufschaute und Josh und Caroline mit einem aufdringlichen, fast belustigten Blick ansah.

»Jetzt sagen Sie bloß nicht, dass Sie beide auch ein Paar sind«, sagte er.

»Wir sind nur Freunde«, sagte Caroline. Und wenn ein kleiner Hauch von Trauer sich in ihre Stimme einschlich, dann konnte sie daran nichts ändern.

»Ja, verdammt!«

Sie drehte sich instinktiv zu Josh um. Sie kam nicht dagegen an. Es sah ihm gar nicht ähnlich, sich dermaßen danebenzubenehmen. So vulgär zu sein. Ihre Hände zitterten, sie musste sie über ihrem Knie falten, um das zu verbergen.

»Wir sind doch wohl Freunde ...?«, fragte sie unsicher.

»Ich habe doch gesagt, dass ich mir die Sache anders überlegt habe«, sagte er.

Dass er sich die Sache anders überlegt hat, ja, dachte sie. Nicht, dass sie keine Freunde wären. Oder, natürlich hatte sie gewusst, dass sie danach keine Freunde mehr sein würden. Aber sie hatte nicht geglaubt, dass er es offen sagen würde.

Er sah sie an. Sie wandte ihren Blick ab und blinzelte heftig. Sie schluckte und zwang sich, so ruhig sie konnte zu sagen: »Natürlich.« Aber ihre Stimme klang trotzdem dünn und unglücklich. Sie zwang sich auch, sicherheitshalber zu nicken. »Vielleicht ist es so das Beste«, sagte sie.

»Ich werde nicht nach Denver gehen und dich in Ruhe lassen, nur um es dir leichter zu machen«, sagte er. »Ist das nicht der Sinn der Liebe? Das Leben *interessanter* zu machen?«

Caroline musste wider Willen lächeln. »Interessanter auf jeden Fall«, stimmte sie zu.

»Es muss auch aufregend, kompliziert, verquer und seltsam sein. Sollen die Leute doch lachen. Es bedeutet nur, dass wir ein interessanteres Leben haben als sie.«

Caroline versuchte, diese neue Entwicklung zu begreifen, aber das gelang ihr nicht, und deshalb sagte sie nichts.

»Es gibt zwei Sorten Menschen auf der Welt, Caroline, die, die vorangehen und leben, und die, die hinterhertrotten und über sie lachen. Und sosehr du auch versuchst, trist und langweilig zu sein, du bist es eben nicht. Du musst ganz einfach damit leben, dass du ein wenig stärker bist als alle anderen. Das einzig wirklich Feige, das ich je bei dir erlebt habe, war, dass du mit mir Schluss gemacht hast.« Jetzt wurde sein Blick energisch. »Und das lass ich nicht zu. Ich weigere mich.«

»Vielleicht«, sagte Caroline vorsichtig.

Er verlor den Faden.

»Vielleicht?«, fragte er. »Nicht nein?«

»Ja«, sie lächelte. »Nicht nein.«

Der Bürokrat hustete in dem Versuch, ihre Aufmerksamkeit auf sich zu lenken. Der Polizist wirkte halbwegs fasziniert und halbwegs zweifelnd. »Was ist nur los mit dieser Stadt?«, murmelte er vor sich hin. Der Bürokrat nutzte die Gelegenheit, um wieder das Kommando an sich zu reißen.

»Was Sara angeht«, sagte er.

Josh und Caroline wirkten erstaunt angesichts der Entdeckung, dass er noch immer im Raum war. Caroline musste

Josh einfach anschauen, und ihre Blicke trafen sich zu einem stummen, verständnisinnigen Lächeln.

»Sara und Tom. Ein feines Paar«, sagte die Frau. »Sie passen sehr gut zusammen. Sie sind zum Beispiel gleich alt und … hm … ja, sie waren beide mit niemand anderem zusammen, als sie sich kennengelernt haben. Tom war lange allein. Zu lange. Sie können sich also denken, dass alle es sehr … passend fanden, dass sie zusammen sein wollten?«

Gavin rieb sich die Schläfen. Dieses Paar war noch schlimmer als das davor.

»Phantastische Frau, die Sara«, sagte der etwas jüngere Mann. »Sie hat mir geholfen, hier Arbeit zu finden.«

»Und die bewaffnete Bedrohung?«, fragte der Polizist.

Gavin hatte die Hoffnung aufgegeben, jemals eine Vernehmung ohne Unterbrechungen durchzuführen.

»Ein Missverständnis«, sagte der Mann.

»Oh ja«, stimmte die Frau zu. »Eine Art zu feiern, verstehen Sie? Diese Frau … Grace war beim Feiern schon immer ganz schön inspiriert.«

»Wenn wir zu Tom und Sara zurückkehren könnten«, sagte Gavin trocken. »Sie scheinen überraschend schnell zueinandergefunden zu haben.«

»Sehr passend.«

»Kannten die beiden sich schon, als sie in die USA gekommen ist?«

»Nein, durchaus nicht. Ich glaube nicht, dass sie irgendwen hier kannte.«

Der Polizist drehte sich erschöpft zum Fenster um, als das Paar gegangen war. Die beiden eigentlichen Objekte der Vernehmung saßen noch immer im Wartezimmer. Sie hatten sich soeben des gutgläubigen Pastors entledigt.

»Ob die wohl wissen, dass wir sie sehen können?«, fragte er.

»Vermutlich«, sagte Gavin. Er schaute von seinen Notizen auf. Bei der bevorstehenden Vernehmung musste alles richtig laufen.

»Geht es ihnen also wirklich nur um die Aufenthaltsgenehmigung?« Der Polizist schaute weiter aus dem Fenster.

»Vermutlich«, sagte Gavin.

»Würde es eine Rolle spielen, wenn sie doch zusammen wären?«

Gavin überlegte. »Ich weiß es nicht«, sagte er schließlich.

Der Polizist sah ihn an. »Ist dir denn klar, dass wir noch keinen Beweis dafür haben, dass sie versucht haben, uns zu betrügen?«

Das war Gavin klar. »Hol sie jetzt rein«, sagte er.

Alles war so surreal.

Sara saß da und starrte eine Wand mit verschossenen Tapeten von Anfang der Neunzigerjahre an. In einer Ecke gab es einen Wasserspender, so einen mit Plastikbechern an der Seite und Hähnen für stilles und für kohlensäurehaltiges Wasser. Sie hatte nicht geglaubt, dass solche Geräte noch benutzt würden. Vielleicht wurden sie das ja auch nicht, denn der Hahn für das kohlensäurehaltige Wasser war zugeklebt. Ein Radio spielte im Hintergrund Country-Musik. Vermutlich stand das Radio in irgendeinem Büro oder gehörte zu einem System, das sich automatisch einschaltete, denn sie konnte kaum glauben, dass für sie und Tom Musik gespielt wurde.

Das ist nun also das Ende, dachte sie.

Die Rezeption war dunkel und trübe beleuchtet. Vier Schreibtische waren hinter dem Plexiglas zu erahnen, und vor jedem befand sich ein kleiner Schalter, durch den Pässe und andere Dokumente eingereicht werden konnten. Alle waren jetzt am Samstagnachmittag leer und nicht besetzt.

Es war eigentlich seltsam, dass ein so großer Apparat im

Einsatz war, nur um dafür zu sorgen, dass sie nicht mit ihm zusammenkäme.

»Tom«, sagte sie. Sie wusste nicht, was sie sonst noch sagen sollte, aber sie hatte das Gefühl, etwas sagen zu müssen. Alles war ihre Schuld. Sie machte eine hilflose Handbewegung.

Er schüttelte den Kopf.

»Wir müssen reden«, sagte sie, klang aber nicht gerade überzeugend. Das war auch schwer, wenn man selbst nicht glaubte, was man sagte.

In diesem Moment wurde ein neues Stück gespielt. Er hob die Augenbrauen. »Möchtest du tanzen?«, fragte er.

Er erhob sich und streckte die Hand aus, und nach kurzem Überlegen stand sie auf.

Er nahm ihre Hand. Er zögerte, aber als sie nicht protestierte, legte er ihr den Arm um die Taille.

»Ich glaube, wir können das mit Reden nicht in Ordnung bringen, Sara«, sagte er.

Sie schloss die Augen und lehnte sich an ihn.

Sein weißes Hemd war überraschend weich unter ihrer Hand. Ihre Finger bewegten sich wie von selbst in kreisenden Bewegungen, von der Schulter zum Nacken und dann das Rückgrat hinab, und etwas in ihr flackerte auf.

Seine Hand bewegte sich über ihren Rücken.

Erst war sie unsicher, ob sie das wirklich gespürt, ob seine Hand sich wirklich bewegt hatte. Sie tastete erneut mit den Fingern nach seiner Schulter, und da war sie wieder. Einwandfrei eine Bewegung. Ein festerer Druck in ihrem Rücken. Sie berührte die weichen Haare in seinem Nacken und spürte seine Jeans über ihre Beine reiben, seinen Gürtel an ihrem Bauch, und die warme Dunkelheit umschloss sie beide, sowie sie die Augen schloss. Ihre Körper drückten sich fester aneinander, bis ihr eines Bein sich zwischen seine Oberschenkel schob. Sie musste einfach den Kopf an seine Schulter lehnen.

In einer entfernten Ecke ihres Bewusstseins ahnte sie, dass diese unerwartete Nähe die Distanz danach noch unvorstellbarer wirken lassen würde, aber daran konnte sie wohl nichts ändern.

Sie wusste, dass der Rest an Wirklichkeit irgendwo hinter diesem einzigen gemeinsamen Lied lag, aber für den Moment ging es wunderbarerweise weiter, und niemand kam sie holen. Zum ersten Mal fragte sie sich, ob es ein besseres oder schlimmeres Gefühl wäre, wenn er sie auch liebte.

Sie presste seine Schulter, viel zu intensiv für einen entspannten Tanz unter Freunden, und merkte, wie die Muskeln in seinem Arm sich anspannten, als er ihren Rücken fester umarmte, genau zwischen ihrer Taille und ihren Schulterblättern. Sie klammerte sich an ihn, oder besser gesagt: Sie klammerten sich aneinander. Ihre Wange ruhte an seiner Schulter, seinen Wangen und seinen Haaren, und nichts anderes existierte noch außer der Musik und ihren Körpern.

Das Lied neigte sich dem Ende zu. Ihr Körper merkte es, ehe sie selbst es hörte, es erreichte eine Art Höhepunkt und setzte zum Endspurt an. Der Refrain wurde noch einmal wiederholt, mit ein wenig mehr Betonung auf einer Zeile, irgendetwas signalisierte, dass das Beste bald vorüber sein würde und es Zeit wurde, der Sache ein Ende zu machen.

Ihr Körper reagierte darauf, indem er sich noch fester an ihn presste. Auf irgendeine unterbewusste Weise schien sie sich das Gefühl seiner Oberschenkel, seines Bauches, seiner Schultern und seiner Wangenlinie einprägen zu wollen, die kleine Haarlocke hinter dem einen Ohr, den Duft seines Rasierwassers und das weiße Hemd, die Augen, die sich beim Tanz geschlossen hatten. Er schien es auch zu spüren, denn sein Zugriff wurde noch fester, und er presste sie an sich, bis sie nicht mehr atmen konnte und das auch nicht brauchte.

Ein Tanz, der zu Ende ging, hatte etwas tragisch Einfaches.

Eine Hand, die eine Schulter verließ, eine Hand, die eine Taille verließ, zwei Hände, die sich öffneten und voneinander lösten. Einfach so.

Tom räusperte sich. Sie sah ihn verwirrt an. Er nahm ihre Hand auf fast zerstreute Weise. Dann hob er sie, bis seine Lippen sanft die Unterseite ihres Handgelenks streiften.

»Wer möchte zuerst reinkommen?«, fragte der Polizist.

Sara war viel zu verwirrt, um eine Entscheidung zu treffen, deshalb drückte Tom kurz ihre Hand und ließ sie einsam und benommen in dem verwirrenden Wartezimmer einer verwirrenden Behörde zurück.

Verwirrt. Sie war verwirrt. Sie ließ sich auf den Stuhl sinken, der zufällig am nächsten stand.

Der Polizist löste sich von der Wand und lehnte sich an die Schreibtischkante.

»Sie waren also das Opferlamm?«, fragte er.

Tom sagte nichts.

Gavin übernahm. »Wessen Idee war denn dieser wahnsinnige Plan?«

»Wahnsinnig?«

»Dass Sie heiraten sollten, damit sie bleiben könnte.«

»Ach, *der* Wahnsinn.« Tom sah ihn an. »Das war ganz und gar meine Idee.«

Gavin beugte sich vor. »Es gab also einen Plan? Wegen der Aufenthaltsgenehmigung?«

»Das müssen die anderen Ihnen doch gesagt haben.«

»Sie ... haben viele interessante Dinge erzählt, ja.«

Tom lächelte ein kurzes, müdes Lächeln. »Das kann ich mir denken. Aber jedenfalls war es meine Idee. Sara wollte nicht. Ich musste sie überreden. Wenn jemand deshalb also Probleme bekommt, dann ja wohl ich.«

»Es ist natürlich ein schwerwiegendes Vergehen«, sagte Gavin. Er lächelte fast. »Aber ich glaube schon, dass wir eine

Lösung finden werden. Die Hauptsache ist, dass Sie alles zugeben.«

»Und Sara?«

»Die wird natürlich nach Hause geschickt.« Er zuckte mit den Schultern. »Wenn Sie gestehen, kann ich dafür sorgen, dass es keine Bußgelder gibt.« Er fügte als Warnung hinzu: »Oder gar eine Gefängnisstrafe.« Dann zuckte er mit den Schultern. »Aber sie wird in der nächsten Zukunft große Probleme haben, wenn sie noch einmal eine Einreisegenehmigung beantragt.«

Tom nickte.

»Oder für immer.«

»Sie lieben sie also nicht?«, fragte der Polizist.

Diesmal versuchte Gavin Jones nicht, ihn am Reden zu hindern.

Tom sah ihn überrascht an. »Natürlich liebe ich sie. Ich will sie doch wirklich heiraten.«

»Und sie?«

»Ich nehme an, sie möchte hierbleiben.«

Der Polizist sah bewegt aus. Gavin war noch immer total unberührt.

Die Erinnerungen an Toms Nähe verblassten sehr rasch in dieser schäbigen Bürolandschaft.

Sie wusste nicht mehr genau, wie sein Rasierwasser roch, und schon sehr bald würde sie sich auch nicht mehr an seinen Arm um ihre Taille erinnern können. Ihr verräterischer Körper war schon dabei, das ganze Gefühl seiner Nähe zu vergessen.

Irgendwann würde sie sich nicht einmal mehr an die Farbe seiner Augen erinnern oder daran, wie die aussahen, wenn er lächelte. Und sie erlebte einen Moment blinder Panik, als sie da auf der Kante eines Bürostuhls saß. Sie schloss die Augen und zwang sich dann, sie wieder zu öffnen.

Der graue Mann von der Hochzeit saß hinter dem Schreibtisch. Er hatte das Jackett abgelegt und trug eins von diesen billigen Hemden, bei denen sich fast sofort Schweißringe unter den Armen bildeten. Ihm schien das egal zu sein, und er musterte Sara mit neugierigem Blick.

Der Polizist dagegen sah ganz offen missbilligend aus. Er hatte kein Wort gesagt, als er sie geholt hatte oder auf dem kurzen Weg durch den Flur. Im Vernehmungsraum angekommen, hatte er sich auf den Stuhl neben dem Schreibtisch gesetzt und sie von da an angestarrt. Seine graugrüne Uniform sah seltsam förmlich aus und stand im Gegensatz zu seiner jugendlichen Ausstrahlung, aber der Blick, mit dem er Sara bedachte, war eindeutig von Verachtung erfüllt.

Sie hatte Tom nicht gesehen. Sie vermutete, dass er das Haus verlassen hatte, vielleicht durch einen anderen Eingang. Sie fragte sich, wie schnell solche Entscheidungen eigentlich ausgeführt wurden. Sie konnten sie doch nicht nach Hause schicken, ohne dass sie sich verabschieden dürfte, dachte sie verzweifelt. Andererseits, was gab es denn noch zu sagen?

»Also«, sagte Gavin. »Erzählen Sie von diesem Heiratsplan.«

»Das war meine Idee«, sagte Sara.

Keiner der beiden glaubte ihr. Sie war keine sonderlich gute Lügnerin.

»Tom wurde mehr oder weniger dazu gezwungen.« Seltsamerweise klang es diesmal wie die Wahrheit.

Sie wandte sich ab. »Die anderen wussten nichts davon.«

Darüber lachte der Polizist nun aber. »Wollen sie uns einreden, dass keiner von den Menschen, die wir heute angetroffen haben, die Wahrheit erraten hatte?«

Saras Mundwinkel hoben sich zur Andeutung eines Lächelns.

»Es war meine Idee«, sagte sie hartnäckig. Sie sah nervös aus. Es waren diese Augen, die sie entlarvten. Jetzt sah sie die Männer fast flehend an. »Sie werden doch deshalb keine Probleme bekommen …?«

Der Polizist schüttelte leicht den Kopf, ehe Gavin etwas sagen konnte, und Sara lächelte erleichtert. »Vielen Dank«, sagte sie. Es klang ehrlich gemeint.

»Sie können natürlich nicht hierbleiben«, sagte Gavin.

Sie hörte auf zu lächeln.

»Sie wollten also nur wegen der Aufenthaltsgenehmigung heiraten?«, fragte der Polizist.

»Ich …«, sie wandte sich wieder ab. »Ja«, sagte sie. »Um bleiben zu können.«

»Um zu arbeiten?«

Nun lachte sie. »Das wohl kaum.«

»Wie wollten Sie sich denn versorgen? Oder sollte Tom Harris auch dafür geopfert werden?« Der Polizist schien das alles persönlich zu nehmen. In seiner Stimme lag Verachtung.

Sie wurde rot. »Nein, ich … ich habe ein bisschen Geld. Und hier lässt mich ja niemand richtig bezahlen. Sie wissen doch, wie das ist? Sie helfen einander. Grace lädt alle zum Kaffee ein, und Andy gibt allen ein Bier aus, und John lässt die Leute Geräte leihen, statt sie zu kaufen, wenn etwas repariert werden muss, und Tom hilft beim Reparieren. Sie sind Freunde. Ich werde noch immer Geld haben, wenn ich nach Hause fahre«, sagte sie. Diesmal war ihr Lächeln ironisch.

»Sie lieben ihn also nicht?«, fragte der Polizist drängend.

Sie sah ihn überrascht an.

»Natürlich liebe ich ihn. Ich liebe sie alle, aber ihn ganz besonders. Ich hätte das hier nicht tun dürfen, das weiß ich. Und ich habe wirklich versucht, es zu verhindern, seinetwegen. Er sollte sich eine nette Frau suchen, die er wirklich heiraten möchte, statt mit mir leben zu müssen, nur damit … nur weil ich die Vorstellung nicht ertragen kann, ihn verlassen zu müssen.«

»Was ist bloß los mit dieser Stadt?«, murmelte der Polizist ein weiteres Mal. Dann wandte er sich wieder an Sara. »Und

Sie hätten also eigentlich nicht wegen der Aufenthaltsgenehmigung geheiratet?«

Sie sah verlegen aus. »Ich habe allen gesagt, es sei wegen der Aufenthaltsgenehmigung.« Sie fügte hinzu, traurig und eher an sich selbst gerichtet: »Ich wollte nicht so furchtbar lange bleiben. Ich … ich wusste doch, dass Tom mich nicht liebt. Aber ich bin trotzdem darauf eingegangen.«

Sogar Gavin war gespannt. Dieser Teil seiner Aufgabe gefiel ihm gar nicht, egal, was andere glaubten. Am liebsten hätte er sich seinen Ermittlungen gewidmet und andere mit den Betroffenen sprechen lassen.

»Fahren Sie nach Hause«, sagte er endlich.

Sie fuhr zusammen, schien sich aber alle Mühe zu geben, um das zu verbergen. »Nach Hause?«, fragte sie und fügte dann leise hinzu: »Nach Schweden, ja.«

»Nach Broken Wheel, meine ich.« Gavin war verärgert über seine eigene Undeutlichkeit. »Bis auf Weiteres«, fügte er unheilverkündend hinzu. »Sie hören von uns.«

Sara sprang auf und verließ den Raum mit der Gefasstheit einer Frau, die schon längst besiegt worden ist.

Broken Wheels nächste Auslandskorrespondentin

Als sie aus dem Gebäude trat, musste sie stehen bleiben und im scharfen Sonnenlicht die Augen zusammenkneifen. Sie schien alles als eine Serie von Einzelaufnahmen zu sehen, als müsse alles in kleine Stücke aufgeteilt werden, und im Augenblick erstarren, damit sie es in sich aufnehmen könnte. Sie sah den Parkplatz, die leeren Parknischen, die weißen Striche, die die Grenze dazwischen markierten, und den Schatten des einzigen Autos. Die Sonne auf der verstaubten Motorhaube. Die Gebäude auf der anderen Straßenseite, weiß und frisch gestrichen und mit so gepflegtem Rasen, dass alles aussah wie eine unwirkliche Kulisse.

Und dann Tom, bloß die Umrisse seines Körpers, als ob sie ihn nur auf diese Weise in sich aufnehmen könnte. Im Gegenlicht wirkte seine Haltung fast entspannt, wenn man ihn nicht kannte. Aber er war unnatürlich ruhig, fand Sara. Als ob er versuchte, alles im Griff zu behalten und sich nicht im Geringsten berühren zu lassen.

Dann setzten die Bilder sich vor ihren Augen in Bewegung und verwandelten sich in eine verwirrende Mischung aus Gegenwart und Geschichte, Vergangenheit und Phantasie. Eine Taube, die so unbeweglich auf der Straßenlaterne saß, dass sie zu einem Teil davon wurde, Amy in ihrer Jugend, sie und John auf dieser Parkbank; Amy umgeben von ihren Büchern, aber Sara wusste nicht, ob Amy in ihrem Zimmer war oder im Buchladen; der Buchladen, der aussah wie an diesem Morgen, kühl und dunkel: der Schaukelstuhl vor Amys Haus, die zwei Paar Gummistiefel, die leeren Regale, und dann Tom, aber sie versuchte, nicht an diese Bilder zu denken. George, nervös und verhärmt und über ein Buch lachend, Miss Annie, nur ein vager, fast gespenstischer Umriss, und Tom, wieder Tom. Schlafend im Sessel, sein Gesicht merkwürdig entspannt, verglichen mit dem wirklichen Tom, der dort stand und darauf wartete, dass sie sich genügend zusammenriss, um zu ihm gehen und mit ihm reden zu können.

Sie würde einfach losgehen und es tun. Keine Klagen, keine Vorwürfe gegen eine ungerechte Welt, keine hilflosen Tränen. Vor allem keine Tränen. Das konnte sie ihm immerhin versprechen. Sie würde kein Problem werden, das er nicht zu lösen vermochte. Mit etwas Glück würde sie eines Tages zu einer witzigen Anekdote werden, die ihn zum Lachen brachte. Diese verrückte lesende Frau. Erinnerst du dich an sie? Aus Schweden, oder war das die Schweiz?

Sie riss sich aus ihren Gedanken. Die taten ihr nicht gut. Sie musste immer wieder blinzeln, als sie auf ihn zuging. Auf dem ganzen Weg die Treppe hinunter und über den breiten Bürgersteig bis zum Parkplatz überlegte sie verzweifelt, was sie sagen sollte, wenn sie ihn erreicht hätte. Aber ihr fiel nichts ein, was es wert gewesen wäre, gesagt zu werden.

Als er sie kommen sah, zog er die Hände aus den Taschen und breitete in einer hilflosen, wortlosen Geste die Arme aus. Sie machte einen weiteren Schritt hinein in diese Umarmung, als wäre das ganz natürlich. Sie atmete seinen Duft ein, der ihr so vertraut schien, und war erleichtert, weil sie sich noch immer daran erinnern konnte.

Sie versuchte es mit einem Lachen, aber das klang nur wie ein halbersticktes Schnauben. Er drückte sie noch fester an sich.

»Es kommt schon in Ordnung«, sagte er, vermutlich, weil ihm nichts anderes einfiel. »Du kannst zurückkommen.«

Das würde ihr nicht erlaubt werden. Das wusste er offenbar auch. »Wir kommen dich besuchen«, sagte er deshalb. »Ich nehme alle mit. George kann uns fahren, Jen kann aus dem

Nachrichtenbrief einen Reiseführer machen. Caroline kann für die Sammlung sorgen.«

Sie lachte, und er atmete erleichtert auf. Aber eine kleine verräterische Träne stahl sich ihre Wange hinunter, und sie versuchte, ihr Gesicht von ihm wegzudrehen. Er berührte ihr Kinn behutsam und wischte die Träne mit dem Daumen weg.

»Dieses ganze Fiasko ist meine Schuld«, sagte er.

»Ich hätte es nicht so weit kommen lassen dürfen«, sagte sie.

»Glaubst du«, sagte er zögernd, »wenn wir von Anfang an eine Beziehung eingegangen wären, es wäre dann anders geworden? Dann könnten sie jedenfalls nicht behaupten, wir wollten nur wegen der Aufenthaltsgenehmigung heiraten.«

»Ich glaube kaum, dass du mir nach ein paar Wochen schon einen Heiratsantrag gemacht hättest«, sagte Sara. »Ich bin auch nicht so gut, was Beziehungen angeht. Wirklich nicht so gut, dass irgendwer mich so schnell heiraten will. Die anderen hätten trotzdem alles arrangieren müssen.«

Sie sah ihn unsicher an.

»Hättest du denn gewollt, dass etwas zwischen uns läuft?«, fragte sie.

»Ich glaube, ich habe dich seit dem ersten Mal geliebt, als du erklärt hast, dass dir Bücher lieber sind als ich.« Er überlegte. »Oder vielleicht, als du angeboten hast, für das Bier abzuwaschen.«

»Das war doch ein angemessenes Angebot!«, protestierte sie, und nun küsste er sie, wie um seine Aussage zu beweisen.

Weder Gavin noch der Polizist sahen den Kuss, und vermutlich hätte das auch nichts geändert.

Aber ein einsamer Mann stand vor dem Haus und sah alles. Für ihn hatte der Kuss einwandfrei etwas geändert.

Grace traf John, als er wieder in Broken Wheel war. Etwas an seiner wirren Erscheinung ließ sie stehen bleiben. Sie vergaß sogar, sich sofort eine neue Zigarette anzustecken.

»Ich weiß nicht mehr, was Amy gewollt hätte«, sagte er. Er schien ebenso mit sich selbst zu reden wie mit Grace. »Sie wollte natürlich, dass Sara herkommt. Das habe ich immer gewusst, lange, ehe sie gewagt hat, diesen Gedanken laut auszusprechen. Aber jetzt? Was würde sie jetzt wollen?«

Angesichts dessen, was eine lange Erörterung zu werden drohte, fühlte Grace sich aufgefordert, sich doch eine Zigarette zu nehmen. Ihr einziger Kommentar war: »Im Moment würde sie überhaupt nichts mehr verstehen«, ein prosaischer Kommentar, den John nicht einmal zu hören schien.

»Ich hatte das ja alles nicht geglaubt, aber jetzt frage ich mich, ob sie auf irgendeine unterbewusste, seltsame Weise spürte, dass wir Sara ebenso brauchten, wie sie selbst es tat. Und dass Sara uns braucht. Allerdings ist das ja nicht dasselbe, wie Jimmys Sohn zu einer lieblosen Ehe zu zwingen. Das hätte sie niemals akzeptiert. Aber gibt es da keine Liebe? Das wüsste ich ja gern.«

»Mein Gott, alle Menschen müssen irgendwann sterben. Du lebst ja wohl schon lange genug, um das gelernt zu haben? Wenn du mich fragst, dann denkst du zu viel nach. Übrigens ist es auch nicht sehr schwer, das herauszufinden. Sie hätte natürlich gewollt, dass Sara bleibt. Und sie hätte diesem Bürohengst gewünscht, dass er nie im Leben in unsere Stadt gekommen wäre.«

John wirkte noch immer nicht ganz überzeugt. Grace zuckte mit den Schultern. »Dann musst du eben Caroline anrufen.«

Eine Verschwörung wird entdeckt

Gavin Jones war durchaus an Menschen gewöhnt, die ihn in unterschiedlichen Stadien der Irritation besuchten. Und wenn es um Broken Wheel ging, dann konnte ihn kaum noch etwas überraschen.

Aber Caroline Rohde wirkte beunruhigend ruhig für eine Wutbürgerin. Er musste an ihren jüngeren Liebhaber denken und ärgerte sich über sich selbst, als er rot wurde. Sie dagegen blieb ganz unberührt.

Er führte sie in einen Besucherraum. Sein eigenes Büro war nur eine Zelle mit dünnen schmalen Wänden, und an dieser Geschichte gab es allerlei, was er seinen Kollegen nur ungern erzählt hätte. Er ließ sich hinter dem Schreibtisch nieder, und sie nahm ruhig und ungebeten ihm gegenüber Platz.

»Womit kann ich Ihnen also behilflich sein?«

Er hoffte, sein Tonfall möge andeuten, dass er nicht glaubte, ihr auf irgendeine Weise helfen zu können.

Aber sie lächelte nur und sagte noch immer nichts.

»Ich muss schon sagen, dass dieser Fall mir so einiges Kopfzerbrechen macht«, sagte er. Sie sah nicht sonderlich beeindruckt aus. »Dieses kollektive Element … es ist ein interessanter Fall.«

Sie zog ihre Handschuhe aus, faltete sie zusammen und legte sie auf ihre Knie. »Sie verstehen das nicht«, sagte sie gelassen. »Die beiden lieben sich.«

Gavin lachte trocken. »Das habe ich auch schon begriffen, ja.«

Caroline wirkte fast verwirrt. »Aber … was ist dann das Problem?«

»Das Gesetz…«, begann Gavin, aber sie fiel ihm ins Wort.

»Das Gesetz muss doch dafür da sein, dass amerikanische Staatsbürger nicht-amerikanische Staatsbürger heiraten und mit ihnen zusammenleben können, weil sie sie zufällig lieben.«

»Ja«, gab Gavin zu. »Aber da ist ja noch die kleine Frage dieser, wie es aussieht, Verschwörung der ganzen Stadt.«

Caroline zuckte mit den Schultern. »Dann können Sie uns ja verhaften«, sagte sie. »Jen, Andy, Carl. Vielleicht sogar George.« Sie zählte an den Fingern ab. »Dann haben wir Claire, Lacey und natürlich Jens Mann.«

»Und Sie?« Ihm ging auf, dass sein wütender Blick nichts half, und er zwang sich dazu, seine Stirn nicht mehr zu runzeln.

»Ich natürlich auch.« Caroline machte ein nachdenkliches Gesicht. »Jens Kinder waren auch auf der Hochzeit, aber die Frage ist, ob sie vielleicht ein bisschen zu jung sind. – Wahrscheinlich«, fügte sie fast im selben Atemzug hinzu. »Jedenfalls fürs Gefängnis. Aber vielleicht eine Erziehungsanstalt? William, der Pastor, hatte nichts damit zu tun, das muss gesagt werden. Den müssen Sie wohl ungeschoren davonkommen lassen. Aber alle anderen dachten unbedingt, dass Sara und Tom nur wegen der Aufenthaltsgenehmigung heiraten sollten. Wir waren vollkommen bereit… wie hat Ihr Kollege das noch gesagt?«

»Er ist nicht mein Kollege.«

»Ihn zu opfern, das war es. Wir haben sie natürlich nicht dazu gezwungen, aber vielleicht können wir immerhin verhaftet werden, weil wir sie zum Verbrechen ermuntert haben.« Sie lächelte. »Wir waren jedenfalls ermunternd, verstehen Sie?«

»Und Tom und Sara?«, fragte Gavin.

»Die haben kein Verbrechen begangen«, sagte Caroline freundlich. »Die wollten doch heiraten.«

»Von Anfang an?«

»Ja, sicher. Sie haben es mir nachher gesagt.« Caroline

lachte leise vor sich hin. Es war ein überraschend glückliches Geräusch, aber es versetzte ihn in keine bessere Laune. »Sie haben uns also hereingelegt! Wir hatten keine Ahnung! Schade, dass sie nicht offener waren«, fügte sie hinzu. Es war deutlich, dass sie versuchte, ihr Lachen zu unterdrücken, aber er glaubte trotzdem, es aus ihrer Stimme herauszuhören und aus ihrem irritierend verständnisvollen Blick. »So viele sind auf die schiefe Bahn geraten, nur, weil sie Gefühle für eine Privatsache hielten. Eine Tragödie!«

»Das Gesetz«, sagte Gavin.

»Natürlich. Sie können nichts tun. Wir müssen uns damit abfinden. Ihnen sind die Hände gebunden.«

»Tom und Sara haben gestanden«, sagte er verzweifelt. »Alle anderen haben geleugnet. Nur Tom und Sara haben gesagt, sie trügen die Verantwortung.«

Caroline schien zu zögern, was Gavin einen Moment der Entspannung verschaffte, bis sie dann sagte: »Ja, und moralisch gesehen sind die beiden sicher verantwortlich. Ich nehme an, dass sie, als sie erst eingesehen hatten, wie viele Menschen glaubten, sie hätten ein Verbrechen begangen, am Ende ja einfach gestehen mussten.«

»Sie scheinen nicht sonderlich viel dagegen zu haben«, sagte Gavin. Dieses Gespräch verlief durchaus nicht so, wie er sich das gedacht hatte. »Und dabei gehören Sie doch zu denen, denen ein Vergehen zur Last gelegt werden kann.«

»Das Gesetz …«, sagte sie nur. Gavin hatte den Verdacht, dass sie diese Situation geradezu genoss. »Ich bin absolut bereit, meine Strafe auf mich zu nehmen. Die anderen werden vielleicht Schwierigkeiten machen, aber ich bin sicher, es wird kein Problem für Sie sein, alles zu beweisen, vor Gericht. Auch wenn Grace und Jen und, ja, sogar Andy vielleicht nicht ganz so kooperativ sein werden wie ich … Aber dem Gesetz muss Genüge getan werden.«

Sie erhob sich und zog wieder ihre Handschuhe an. »Das

verstehe ich ja so gut«, sagte sie. »Niemand könnte größeres Interesse an Gesetzestreue, Ordnung und Regeln haben als ich. Ich bin sicher, in der Hinsicht sind wir ganz gleich.«

Mit diesen freundlichen Worten nahm sie Abschied von ihm, versicherte, den Ausgang selbst finden zu können, und klopfte ihm beruhigend auf die Schulter, das alles, ehe ihm auch nur eine einzige passende Antwort eingefallen war.

Er hasste diese Stadt.

Einen Moment lang spielte er mit dem Gedanken, die ganze Bande festnehmen zu lassen. Caroline brachte ihn immerhin zum Lachen. Bei der Vorstellung, sie vor Kollegen und möglicherweise vor Gericht befragen zu müssen, verging ihm jedoch das Lachen. Er dachte an das Prusten der Kollegen. Die Verzweiflung des Richters.

Er musste mit irgendwem über diese ganze Geschichte reden. Man musste dabei gewesen sein, um sie zu begreifen. Er ging mit seinen Zweifeln in seine Bürozelle und hob den Telefonhörer.

»Liebevolle Stadt«, war der einzige Kommentar des Polizisten.

Gavin lachte trocken.

»Was wirst du denn jetzt machen?« In der Stimme des Polizisten lag ein deutliches, aber nicht hilfreiches Mitgefühl.

»Ich habe keine Ahnung«, sagte Gavin.

Der Polizist war freundlich genug, nicht zu sagen, wie lächerlich Gavin sich machen würde, wenn er wirklich eine Anzeige gegen eine ganze Stadt einreichte. Stattdessen fragte er nur: »Und was machst du mit dem Jagdgewehr?«

Gavin seufzte. Die bewaffnete Bedrohung war sein geringstes Problem. »Du hast die Frau gehört«, sagte er. »Wie am 4. Juli. Vergiss es.«

»Wie du willst«, sagte der Polizist. »Es gibt natürlich nicht viel, was ich ohne Anzeige machen kann.«

»Man kann nicht immer gewinnen«, sagte Gavin. Er fühlte

sich zusehends philosophischer in dieser Angelegenheit. Philosophisch im Sinne von: Er hatte die Sache reichlich satt.

»Nicht gegen solche Gegner, nein«, sagte der Polizist. Er lachte auf. »Und sie sind natürlich in der Überzahl.«

Sara Lindqvist
Kornvägen 7, I
136 38 Haninge
Schweden

Broken Wheel, Iowa, 15. August 2011

Liebe Sara,

Jimmie Coogan! Ich hatte total vergessen, dass ich versprochen hatte, dir von ihm zu erzählen. Ja, mein Gott. Jimmie Coogan. Das ist vielleicht eine Geschichte. Jimmie war der erste Coogan, dem je ein Anzug gehörte, später der erste, der lesen konnte, der erste, der ein eigenes Haus hatte, der erste, der sich die Haare färbte, und der erste, nach dem je eine Straße benannt wurde. Wenn du herkommst, werde ich dir erzählen, wie es dazu kam. Das wird dann unser erster gemeinsamer Ausflug.
Es ist kein Problem, mit dem Greyhound-Bus nach Hope zu fahren. Hope liegt eine knappe Stunde von uns entfernt, es ist also einfach für uns, dich dort abzuholen. Ich hoffe, dass ich das selbst tun kann, aber wenn das nicht geht, dann kommt jemand anderes. Wenn es unterwegs auch nur das kleinste Problem gibt, dann ruf mich an.
Ich freue mich darauf, dich am 27. zu sehen.

Liebe Grüße,
Amy

Epilog

Glücklich bis ans Ende ihrer Tage (Bücher vs. Leben: 4:4)
Endstand: unentschieden

Das Leben ist voll von Happy Ends.

Als Sara zum zweiten Mal wegen ihrer Hochzeit in der Kirche stand, dachte sie, dass für das Leben doch eine ganze Menge spräche. Kein einziges Mal während der ganzen Predigt des Pastors sehnte sie sich nach einem Buch, und dabei hatte sie seine Rede doch schon einmal gehört.

Sie war nicht in Weiß gekleidet.

Jen hatte natürlich protestiert, aber Sara hatte sich nicht beirren lassen. »Kein Mensch wird auf die Sache mit dem weißen Kleid reinfallen«, hatte sie entschieden erklärt. »Das ist meine zweite Hochzeit in einem Monat.«

»Mit demselben Mann«, sagte Jen, aber Sara lachte nur und schüttelte den Kopf. Sie stellte fest, dass sie jetzt oft lachte, genau wie viele andere in Broken Wheel. Aber sie hatte sich als Kompromiss von Claire einen weißen Cowboyhut geliehen. Das schien Jen nicht glücklicher zu machen. Eher im Gegenteil.

Es war möglich, dass Broken Wheel dem Pastor diesmal genauer zuhörte, aber Sara glaubte es nicht. Caroline war da, zusammen mit Josh, Grace war da, zusammen mit ihrem Gewehr. Sara war fast sicher, dass sie es in der Kirche nicht abfeuern würde. Sie war auch fast sicher, dass Grace diesmal nüchtern war.

John hatte in letzter Zeit häufiger im Buchladen vorbeigeschaut und mit ihr über Amy geredet. Ab und zu war er einfach so aufgetaucht, hatte sich in einen Sessel gesetzt und erzählt. Seine Stimme war dabei immer leise und fast abwesend gewesen, und er hatte sich nie die Mühe gemacht, sich zu vergewissern, ob sie zuhörte. Er hatte einfach nur geredet, über etwas, das Amy gesagt oder getan hatte, oder was geschehen war. Sara hatte dadurch das Gefühl bekommen, dass Amy nicht wirklich tot war, und sie hoffte, dass John ebenso empfand. Jetzt saß er auf demselben Platz wie beim ersten Mal, ganz hinten und ein wenig abseits. Es war unmöglich, seiner Miene etwas abzulesen, aber Sara glaubte doch, dass er sich über diese Hochzeit freute.

Claire war in Georges Wohnung gezogen. Sie hatten die Wände noch nicht angestrichen, aber Sara wusste, dass John Farbe bestellt hatte. Und sie spürte, dass Jen gerade überlegte, ob sich eine Sonderausgabe des Nachrichtenbriefes lohnen würde. Vielleicht später, dachte Sara, wenn sie nicht mehr über die Hochzeit schreiben könnte.

George hatte noch immer etwas Trauriges. Sara konnte es in seinem Blick lesen, wenn er sich unbeobachtet glaubte. Aber er klagte nicht. Er selbst wirkte fast überrascht darüber, dass er nicht aufgab, aber Sara ging das anders. Sie fand, dass er etwas Stoisches an sich hatte. Ab und zu fragte sie sich, ob er Katastrophen anzog, weil er sie erwartete. Sie lächelte. Aber George hatte jetzt Claire. Sara glaubte nicht, dass die Katastrophen noch eine Chance hatten, nicht gegen Claire.

Sie schielte zu Tom hinüber und entdeckte, dass er sie ansah. Er zwinkerte ihr zu, und sie musste sich gewaltige Mühe geben, um das Lachen zu unterdrücken, das in ihr aufperlte. Eine Tages würde sie ein Buch für ihn finden. Aber es eilte nicht. Sie hatte doch den Rest ihres Lebens dafür. Sie streckte eine Hand aus und berührte seine, einfach nur so.

Broken Wheel war wirklich auf dem besten Weg dazu, eine richtig glückliche Stadt zu werden.

Ein großer Teil des Glückes schien dem Wissen geschuldet, dass es ihnen gelungen war, die Obrigkeit auszutricksen. Fast wie in der guten alten Zeit, hatte Grace gesagt, und Jen schien ihr da zuzustimmen. Ihre ganze Erscheinung deutete an, dass sie niemals daran gezweifelt hatte. Wenn Jen etwas organisierte, sagte ihr zufriedener Blick, konnte ein so belangloses Detail wie die amerikanischen Einwanderungsgesetze den Plan nicht stören.

Jen würde im Nachrichtenbrief natürlich über die Hochzeit berichten. Caroline hatte trocken gefragt, ob Jen denn auch mit auf die Hochzeitsreise gehen und davon ebenfalls berichten wolle.

Und Sara hatte ihre Meinung geändert.

Die Wirklichkeit war genauso gut wie Bücher.

William näherte sich jetzt dem Ende seiner Predigt. Sie war noch immer nervös, wenn sie vor anderen sprechen musste, aber diesmal würde sie ja nicht sonderlich viel zu sagen brauchen.

Sie war so bereit, wie sie es nur sein konnte, als hinter ihnen die Tür abermals geöffnet wurde.

Ah, dachte Sara, als sie sah, wer da kam. Die Einzige, die noch gefehlt hatte.

Bei der Kirchentür stand ein dünnes, unscheinbares Mädchen mit strähnigen braunen Haaren und einer blauen Stoffjacke. Sie sagte: »Papa?«, und George erhob sich halb und sagte: »Sophy!«

Das Mädchen machte zwei unsichere Schritte auf die Bank zu, in der sie saßen, und Claire rückte gelassen einen Platz weiter. »Setz dich, Liebes«, sagte sie und klopfte auf den jetzt freien Sitz.

Sara lächelte und zwinkerte Claire zu. Sie hatten zusammen mit dem zweiten *Eragon*-Band eine Einladung zur Hochzeit geschickt.

Die Welt ist ganz einfach voller Happy Ends, dachte Sara

und drehte sich wieder zu William hin. Es wäre doch Verschwendung, da nicht zuzugreifen.

Sie würde Broken Wheel heiraten. Und sie würden glücklich leben bis ans Ende ihrer Tage.

Melanie Gideon

Die Eheprobe

Roman

512 Seiten, btb 74848

Als Alice Buckle an der Online-Studie »Die Ehe im 21. Jahrhundert« teilnimmt, ahnt sie nicht, wie sehr dies ihr Leben verändern wird. Plötzlich gewährt sie einem Fremden intimste Einblicke in ihre Ehe. Und ihr Mann ahnt nichts davon. Aber so ein Geheimnis kann ein ziemlich gutes Aphrodisiakum sein …

»Erhellend … ein Befreiungsschlag!«
Madame

»Wow, was für ein grandioser Mix aus Bridget-Jones-Gags, Harry-und-Sally-Momenten und E-Mail-Alarm!«
Grazia